御選唐宋文醇

（一）

〔清〕清高宗弘曆　選
〔清〕允祿　等　編

北方聯合出版傳媒（集團）股份有限公司
萬卷出版有限責任公司

U0880589

詳校官中書臣劉源溥

臣紀昀覆勘

御選唐宋文醇序

不朽有三立言其一言之無文行而不遠若是乎言之文者乃能立於後世也文之體不一矣語文者說亦多矣羣言淆亂衷諸聖當必以周孔之語為歸周公曰言有序孔子曰辭達而已矣無序固不可以達欲達其辭而失其序則其為言奚能雲蒸波折而與天地之文相似也然使義則茇茇而言有枝葉妃青媲白雕琢曼辭則所謂八代之衰已其咎同歸於無序而不達抑又有

進焉文所以足言而言固以足志其志已荒文將奚附是以孔子又曰言有物夫序而達達而有物斯固天下之至文也已昌黎韓愈生周漢之後幾五百年遠紹古人立言之軌則其文可謂有序而能達者然必其言之又能有物如布帛之可以暖人菽粟之可以飽人則李瀚所編七百篇中猶且十未三四況昌黎而下乎甚矣文之至者不易得也明茅坤舉唐宋兩朝中昌黎柳州廬陵三蘇曾王八大家薈萃其文各若干首行世迄今

操觚者膾炙之本朝儲欣謂茅坤之選便於舉業而弊即在是乃復增損之附以李習之孫可之爲十大家欲俾讀者興起於古毋祇爲發策決科之用意良美已顧其識之未衷而見之未當則所去取與茅坤亦未始徑庭朕讀其書嘉其意而亦未嘗不憾其失也夫十家者謂其非八代駢體云爾駢句固屬文體之病然若唐之魏鄭公陸宣公其文亦多駢句而辭達理詣足爲世用則駢又奚病日月麗乎天天之文也百穀草木麗乎土地

之文也化工之所為有定形乎哉化工形形而不形於形而謂文可有定形乎哉顧其言之所立者何如耳勅幾之暇偶取儲欣所選十家之文録其言之尤雅者若干首合而編之以便觀覽夫唐宋以來名儒碩士有序有物之嘉言固不第十人已也雖然嘗鼎一臠亦足以知道腴之可味況已斟其雋膏哉

乾隆三年戊午秋九月御筆

乾隆三年九月初九日奉

旨開列校刻諸臣職名

監理

議政大臣辦理藩院尚書事務兼理總管内務府和碩莊親王臣允禄

校對

經筵講官内閣學士兼禮部侍郎臣張照

校刊

翰林院編修臣朱良裘

臣董邦達

翰林院檢討臣吳泰

臣唐進賢

臣萬松齡

翰林院庶吉士臣帥家相

臣馮祁

臣吳紱

監造

內務府南苑郎中兼佐領加六級紀録八次臣雅爾岱

內務府武備院郎中兼佐領加五級紀録四次臣永保

內務府織染局員外郎加三級臣李之綱

內務府廣儲司司庫加二級臣三格

武英殿監造臣西寧

臣恩克

武英殿委署主事臣永忠

職名

凡例

一各家之文有經

聖祖仁皇帝御評者用黄書恭載篇首以昭異代儒臣千古之至榮

一朱子韓文考異採取古人之語居多然未著其姓氏既難根尋且已多經朱子繩削者故並録為朱子評語

一文之短長抑揚高下及起伏照應本無定法所為

天機至則律吕自調耳古今人評此者並不録恐

印定後人眼目也

一是編所采古今人評跋及詩文論說在唐為柳宗

元李商隱孫樵在宋為穆修歐陽修司馬光吕公

著蘇軾蘇轍石介黄庭堅王安石王定國邵伯温

伊川程子朱子吕祖謙真德秀洪邁周必大葉夢

得葉適黄震陳善朱弁王應麟王明清劉克莊徐

度謝枋得在元為虞集在明為邱濬胡居仁楊慎

唐順之林希元茅坤姜寶王愼中王世貞李廷機
王志堅黄道周陳子龍徐孚遠凌安國凌安世在
本朝為張英勵杜訥李光地儲欣蔡世遠皆取其
於文有所發明者但積卷浩瀚奚能徧覽就目之
所及錄之云耳其文中所載姓名事蹟有須考者
間採錄本史以備參詳

一各家文凡書序論記等各以類編惟蘇軾上書奏
狀對策諸篇以年月先後編次緣軾進諫自有次

第故不與諸家一例也

一是編始雖取材於儲欣選本復有欣本所遺而不可不采者亦並録入通計十之二

欽定四庫全書　　集部八

御選唐宋文醇目録　　總集類

昌黎韓愈

卷之一雜著

原毀

對禹問

雜說一

雜說二

卷之三　書

卷之八碑

卷之九 碑銘 墓誌銘

江南西道觀察使贈左散騎常侍太原王公
神道碑銘
唐故相權公墓碑
殿中少監馬君墓誌
考功員外盧君墓銘
李元賓墓銘
施先生墓銘
唐故江西觀察使韋公墓誌銘

卷之十墓誌銘　雜文

送窮文

毛穎傳

河東柳宗元

卷之十一 賦 雜著

解祟賦

平淮夷雅 二篇

晉文公問守原議

桐葉封弟辨

憂箴

師友箴

答問

敵戒

謗譽

咸宜

鞭賈

序棊

卷之十三 書

卷之十四 書 啟

愚溪詩序

同吴武陵贈李睦州詩序

送南涪州量移澧州序

送徐從事北游序

送婁圖南秀才遊淮南將入道序

送崔子符罷舉詩序

送從弟謀歸江陵序

送澥序

卷之十七　記　議　碑

隴西李翺

卷之十九　賦　雜著

故正議大夫行尚書吏部侍郎上柱國賜紫金魚袋贈禮部尚書韓公行狀

關東孫樵

卷之二十一 賦 雜著 書 祭文 雜文

大明宫賦

讀開元雜報

孫氏西齋録

書何易于

廬陵歐陽修

卷之二十二　賦　雜著　書

卷之二十三 書

與張秀才第二書

卷之二十四 序

帝王世次圖序

後序

外制集序

詩譜補亡後序

集古録目序

韻總序

問士策一
問進士策四首之四
泰誓論
本論
卷之二十六論 記
為君難論上
為君難論下
吉州學記

卷之二十七 狀 疏

卷之二十九　劄子

卷之三十二 墓誌銘

卷之三十三 墓誌銘

卷之三十四　雜著

卷之三十五 雜著 書 序 論

卷之四十一論

卷之四十二 論

卷之四十三論

論養士

論魯隱公

論隱公里克李斯鄭小同正允之

論管仲

論周東遷

論商鞅

論始皇漢宣李斯

卷之四十七 狀

卷之五十二記　論事　狀

卷之五十三 狀 上書 祭文

南豐曾鞏

卷之五十四 雜著 書 序

贈職方員外郎蘇君墓誌銘

臨川王安石

卷之五十八 雜著 書 序 記 祭文 墓誌銘

原過

進說

傷仲永

讀孟嘗君傳

讀孔子世家

芝閣記
遊褒禪山記
祭范潁州文
祭曾博士易占文
廣西轉運使蘇君墓誌銘

臣等謹案唐宋文醇五十八卷乾隆三年

御選製序頒行自明茅坤取唐韓愈柳宗元宋歐陽修蘇洵蘇軾蘇轍曾鞏王安石之文為八

大家而初學之士人奉一編用為橅法逮國朝儲欣乃頗為增損又益以李翺孫樵之文為十大家學者見聞稍廓矣而持擇去取未能盡當則欣譏坤以便於舉業而流弊在是者欣之所輯弊亦如之夫文自昌黎起八代之衰為去排偶茶弱之習而返之於先秦兩漢之遺法也唐宋文人林立而獨取此十家意亦良是我

皇上幾餘典學文參訓詁復以操觚之士鮮所嚮
方乃取欣所選本芟其猥雜補其遺漏於是
十家之菁華盡顯而為文之渠矱悉正矣其
文有經
聖祖仁皇帝御評者則用黃色書載篇首
皇上御評則朱書篇後至古今人評跋及詩文論
說於文有所發明者亦别色附録於後而姓
名事蹟有資考核者間亦及之用以

昭示藝林洵足為萬世學者之正鵠矣乾隆四十
九年九月恭校上
總纂官臣紀昀臣陸錫熊臣孫士毅
總校官臣陸費墀

欽定四庫全書

御選唐宋文醇卷一

昌黎韓愈文一

原毀

古之君子其責己也重以周其待人也輕以約重以周故不怠輕以約故人樂為善聞古之人有舜者其為人也仁義人也求其所以為舜者責於己曰彼人也予人也彼能是而我乃不能是早夜以思去其不如舜者就

其如舜者聞古之人有周公者其為人也多才與藝人也求其所以為周公者責於己曰彼人也予人也彼能是而我乃不能是早夜以思去其不如周公者就其如周公者舜大聖人也後世無及焉周公大聖人也後世無及焉是人也乃曰不如舜不如周公吾之病也是不亦責於身者重以周乎其於人也曰彼人也能有是是足為良人矣能善是是足為藝人矣取其一不責其二即其新不究其舊恐恐然惟懼其人之不得為善之利

一善易修也一藝易能也其於人也乃曰能有是是亦足矣曰能善是是亦足矣不亦待於人者輕以約乎今之君子則不然其責人也詳其待己也廉詳故人難於為善廉故自取也少己未有善曰我善是是亦足矣己未有能曰我能是是亦足矣外以欺於人內以欺於心未少有得而止矣不亦待其身者已廉乎其於人矣曰彼雖能是其人不足稱也彼雖善是其用不足稱也舉其一不計其十究其舊不圖其新恐恐然惟懼其人之

有聞也是不亦責於人者已詳乎夫是之謂不以衆人待其身而以聖人望於人吾未見其尊己也雖然為是者有本有原怠與忌之謂也怠者不能修而忌者畏人修吾嘗試之矣嘗試語於衆曰某良士某良士其應者必其人之與也不然則其所踈遠不與同其利者也不然則其畏也不若是強者必怒於言懦者必怒於色矣又嘗語於衆曰某非良士某非良士其不應者必其人之與也不然則其所踈遠不與同其利者也不然則其

畏也不若是強者必説於言懦者必説於色矣是故事修而謗興德高而毀來嗚呼士之處此世而望名譽之光道德之行難已將有作於上者得吾説而存之其國家可幾而理歟

語曰躬自厚而薄責於人記曰君子不以其所能者病人不以人之所不能者愧人是故聖人之制行也不制以己使民有所勸勉愧耻以行其言昌黎作原毀其言古之君子者蓋本諸此也宋范忠貞謂以責人之心責

己以恕己之心恕人張橫渠又謂以愛己之心愛人則盡仁以責人之心責己則盡道則又出於昌黎而鼻祖於禮記孔子之語反是則昌黎所為今之君子者矣既窮其情狀又抉其本原如大禹鑄鼎使民知神奸其於天下後世所以詔告而警戒者深矣顧於古之君子之所以為是者未暇究論其本原也夫為是者又復有本有原聖人無己靡所不已是故制行不制以己古君子之以舜周公自責者豈蘄己之名與舜周公埒哉其於

人則曰能有是是亦足者豈絶人以舜周公而蘄己之高出一世哉凡以謂天下國家而不至於舜周公則理不可得而至也天下國家不可以獨理而必期於舜周公其人然後與共理則將曠世無一人而不可得而待故也且也寸涔尺澤與渤澥之水無差培塿蟻封與泰華之土奚别積水成海積土成嶽一人之小仁小義小材小藝足以治一事理一邑迨其衆也萬事治天下理則舜周公之仁義材藝固無以加斯正舜周公之所

以為舜周公也於戲由乎無已者天下萬事靡所不已而又奚毀焉由乎私已者天下萬事皆與已為敵為對莫不可毀而天下萬世之毀乃並集於已矣人欲尊已者其何所從也

對禹問

或問曰堯舜傳諸賢禹傳諸子信乎曰然然則禹之賢不及於堯與舜也歟曰不然堯舜之傳賢也欲天下之得其所也禹之傳子也憂後世爭之之亂也堯舜之利

民也大禹之利民也深曰然則堯舜何以不憂後世曰舜如堯堯傳之禹如舜舜傳之得其人而傳之堯舜也無其人慮其患而不傳者禹也舜不能以傳禹堯為不知人禹不能以傳子舜為不知人堯以傳舜為憂後世禹以傳子為慮後世曰禹之慮也則深矣傳之子而當不淑則奈何曰時益以難理傳之人則爭未前定也傳之子則不爭前定也前定雖不當賢猶可以守法不前定而不遇賢則爭且亂天之生大賢也不數其生大惡

也亦不數傳諸人得大聖然後人莫敢爭傳諸子得大惡然後人受其亂禹之後四百年然後得桀亦四百年然後得湯與伊尹湯與伊尹不可待而傳也與其傳不得聖人而爭且亂孰若傳諸子雖不得賢猶可守法曰孟子之所謂天與賢則與賢天與子則與子者何也曰孟子之心以為聖人不苟私於其子以害天下求其説而不得從而為之辭

堯舜創也禹因也刪書斷自唐虞帝王世紀等書雖不

足信然使堯以前皆傳賢則堯授舜舜授禹乃大經通義又何為創見而夸美足知堯以前亦傳子而禹亦猶行古之道也禹亦行猶古之道則萬章曷問曰周衰處士横議如伊尹割烹孔子主癰疽寺人瘠環齊東之語亦多矣此亦其類也且堯典放齊有子朱啟明之請益稷謨大禹有丹朱殄世之戒若非堯以前亦傳子斯曷以稱焉然使孟子舉是說以折之則人必謂傳天下必堯舜乃為至是禹變其道以從古為非無乃仍無解於

德衰之惑歟且順天從民之義亦不著也觀昌黎之說實能補孟子之所未言雖然民者天之心也慮民之深而得民之心即為得天之心原其本而推其極致則亦仍無越乎孟子天與賢則與賢天與子則與子之義歟

雜說一

龍噓氣成雲雲固弗靈於龍也然龍乘是氣茫洋窮乎元間薄日月伏光景感震電神變化水下土汨陵谷雲亦靈怪矣哉雲龍之所能使為靈也若龍之靈則非雲

之所能使為靈也然龍弗得雲無以神其靈矣失其所憑依信不可歟異哉其所憑依乃其所自為也易曰雲從龍既曰龍雲從之矣

李光地曰此條寄托至深取類至廣精而言之則如道義之生氣德行之發為事業文章皆是也大而言之則如君臣之遇合朋友之應求聖人之風興起於百世之下皆是也

雜說二

善醫者不視人之瘠肥察其脉之病否而已矣善計天下者不視天下之安危察其紀綱之理亂而已矣天下者人也安危者肥瘠也紀綱者脉也脉不病雖瘠不害脉病而肥者死矣通於此説者其知所以為天下乎夏殷周之衰諸侯作而戰伐日行矣以傳數十王而天下不傾者紀綱存焉耳秦之王天下也無分勢於諸侯聚兵而焚之傳二世而天下傾者紀綱亡焉耳是故四支雖無故不足恃也脉而已矣四海雖無事不足矜也紀

綱而已矣憂其所可恃懼其所可矜善醫善計者謂之天扶與之易曰視履考祥善醫善計者為之

憂其所可恃懼其所可矜善醫善計者謂之天扶與之四句或以上二句讀斷而以善醫善計者謂之天扶與之二句連讀或以善醫善計者謂之為句而以天扶與之別為一句承上起下兩者俱若未合當以善醫善計者作足上二句之辭蓋善醫善計者必憂其所可恃懼其所可矜也特倒文耳其曰謂之天扶與之者何記曰

人者天地之心也操則存心存則人存舍則亡心亡則
人亡天人之際呼則同呼吸則同吸謂之呼吸相通者
猶遠也使恃其所可恃矜其所可矜則方寸之中驕泰
之氣積焉維清於穆之所不居是語所謂以惡實心而
棄其精傳所謂天奪之鑒而益其疾也惟能憂能懼者
天之明命不離於顧諟之間自必自天祐之吉無不利
故曰謂之天扶與之言知憂知懼若此者即是天扶與
之也猶恐未明故又申之曰視履考祥善醫善計者為

之夫憂其所可恃懼其所可矜固視履考祥之實際矣韓子可謂明於易而達於治天下之要者歟

雜說三

談生之為崔山君傳稱鶴言者豈不怪哉然吾觀於人其能盡其性而不類於禽獸異物者希矣將憤世嫉邪長往而不來者之所為乎昔之聖者其首有若牛者其形有若蛇者其喙有若鳥者其貌有若蒙倛者彼皆貌似而心不同焉可謂之非人邪即有平脅曼膚顏如渥

丹美而狠者貌則人其心則禽獸又惡可謂之人邪然則觀貌之是非不若論其心與其行事之可否為不失也怪神之事孔子之徒不言余將特取其憤世嫉邪而作之故題之云爾

述孟子幾希之旨開濂洛關閩之先

雜說四

世有伯樂然後有千里馬千里馬常有而伯樂不常有故雖有名馬祇辱於奴隸人之手駢死於槽櫪之間不

以千里稱也馬之千里者一食或盡粟一石食馬者不知其能千里而食也是馬也雖有千里之能食不飽力不足才美不外見且欲與常馬等不可得安求其能千里也策之不以其道食之不能盡其材鳴之而不能通其意執策而臨之曰天下無良馬嗚呼其真無良馬耶其真不知馬也

臯陶舉治天下二大端曰在知人在安民知人居其先馬一部論語以知人終先聖先賢之明訓如此誠能知

人將治天下如運之掌矣雖然人固不易知知人固不易易三復斯文懍然氷淵惄如調飢

讀荀

始吾讀孟軻書然後知孔子之道尊聖人之道易行王易王霸易霸也以為孔子之徒没尊聖人者孟氏而已晚得揚雄書益尊信孟氏因雄書而孟氏益尊則雄者亦聖人之徒歟聖人之道不傳於世周之衰好事者各以其説干時君紛紛藉藉相亂六經與百家之説錯雜

然老師大儒猶在火於秦黄老於漢其存而醇者孟軻氏而止耳揚雄氏而止耳及得荀氏書於是又知有荀氏者也考其辭時若不粹要其歸與孔子異者鮮矣抑猶在軻雄之間乎孔子删詩書筆削春秋合於道者著之離於道者黜去之故詩書春秋無疵余欲削荀氏之不合者附於聖人之籍亦孔子之志歟孟氏醇乎醇者也荀與揚大醇而小疵

伊川程子云荀卿才高而其言多過子雲才短而其

言多失然皆未免夫駁者也退之以大醇歸之盖韓子待人以恕

朱子云荀子二十三篇其非十二子篇以子弓並仲尼謂子思孟軻畧法先王而不知其統其性惡篇謂人之性惡禮義生於聖人之偽此其牴牾不合於道而公所欲削者歟又云韓子說荀揚大醇是泛說與田駢慎到申不害韓非之徒觀之則荀揚為大醇

讀鶡冠子

鶡冠子十有九篇其辭雜黄老刑名其博選篇四稽五至之說當矣使其人遇時援其道而施於國家功德豈少哉學問篇稱賤生於無所用中流失船一壺千金者余三讀其辭而悲之文字脱謬為之正三十有五字乙者三滅者二十有二注十有二字云

朱子曰西漢藝文志有鶡冠子一篇箋云楚人居深山以鶡鳥羽為冠而唐志云鶡冠子三卷豈漢時遺鈌至唐而全耶漢唐皆以為道家者流公謂其辨施

於國家功德豈少而柳子厚作辨鶡冠子則曰得其書而讀之盡鄙淺言也二公所見不同如此

讀儀禮

余嘗苦儀禮難讀又其行於今者蓋寡沿襲不同復之無由考於今誠無所用之然文王周公之法制粗在於是孔子曰吾從周謂其文章之盛也古書之存者希矣百氏雜家尚有可取況聖人之制度邪於是掇其大要奇辭奥旨著於篇學者可觀焉惜乎吾不及其時進退

揖讓於其間嗚呼盛哉

夏以忠殷以質周以文說者謂忠敝而救以質質敝而救以文是未達而強為解者也忠者衷也衷實有之必形於外忠不能不為質也質者幹也幹既茂盛必灼其華質不能不為文也譬如幼而長長而壯其可曰幼敝而救以長長敝而救以壯哉文王曰盥而不薦有孚顒若洵乎文之必尚乎忠也周公曰白賁無咎孔子曰致飾然後亨則盡矣故受之以剥洵乎文之必本乎質也

周衰詐偽萌生忠質盡喪徒存其文夫徒存其文則文非其文也况乎世遠言湮時移世變傳經者訛易於煨燼之餘傳容者沿襲於時師之謬始則皮之不存而毛無所附繼則虎豹之毛化於犬羊之毛而所謂文非其文者亦紊而不可考矣此韓愈所以讀儀禮而謂今無所用顧猶有愛於聖人之制度者也欲本三代之遺意以為天下國家必衷之於忠以求天理民彝之自然期忠得而漸具其質或庶幾焉不此之務而徒從事於文不知文固非其文也此新室荆舒之用周禮所以亡漢而亂宋也

讀墨子

儒譏墨以上同兼愛上賢明鬼而孔子畏大人居是邦不非其大夫春秋譏專臣不上同哉孔子泛愛親仁以博施濟衆為聖不兼愛哉孔子賢賢以四科進褒弟子疾沒死而名不稱不上賢哉孔子祭如在譏祭如不祭者曰我祭則受福不明鬼哉儒墨同是堯舜同非桀紂同修身正心以治天下國家奚不相悦如是哉余以為辯生於末學各務售其師之説非二師之道本然也孔

子必用墨子墨子必用孔子不相用不足為孔墨

朱子謂學者必知孟子歸斯受之之意然後識公讀墨之旨伊川程子則謂孔墨相用之說為甚不可蓋韓愈之意憫後世經生家各務售其師之說而不求諸心不衷於理距楊墨於門墻之外而為楊墨於門墻之中外猶恃其中之存中則無復外之迹其為害也更有甚焉是以著說以矯之豈果賢墨而與孟子相剌謬哉況夫墨為孔用則其墨亦孔孔為墨用則是孔非墨孔子為

魯司寇魯諸臣自三家以下安得盡易其位而後為治耶魯之諸臣尚猶可用而有不用墨子者哉　上同兼愛上賢明鬼皆本漢書藝文志所著墨家者流之所長

獲麟解

麟之為靈昭昭也詠於詩書於春秋雜出於傳記百家之書雖婦人小子皆知其為祥也然麟之為物不畜於家不恒有於天下其為形也不類非若馬牛犬豕豺狼麋鹿然然則雖有麟不可知其為麟也角者吾知其為

牛鬣者吾知其為馬犬豕豺狼麋鹿吾知其為犬豕豺狼麋鹿惟麟也不可知不可知則其謂之不祥也亦宜雖然麟之出必有聖人在乎位麟為聖人出也聖人者必知麟麟之果不為不祥也又曰麟之所以為麟者以德不以形若麟之出不待聖人則謂之不祥也亦宜

李翺書此文贈陸傪云韓愈非兹世之文古之文也其詞旨意適則孟軻旣没亦未見有過於此者

進學解

國子先生晨入太學招諸生立館下誨之曰業精於勤荒於嬉行成於思毀於隨方今聖賢相逢治具畢張拔去兇邪登崇畯良占小善者率以録名一藝者無不庸爬羅剔抉刮垢磨光蓋有幸而獲選孰云多而不揚諸生業患不能精無患有司之不明行患不能成無患有司之不公言未畢有笑於列者曰先生欺余哉弟子事先生於茲有年矣先生口不絶吟於六藝之文手不停披於百家之編紀事者必提其要纂言者必鉤其玄貪

多務得細大不捐焚膏油以繼晷恒兀兀以窮年先生之業可謂勤矣觝排異端攘斥佛老補苴罅漏張皇幽眇尋墜緒之茫茫獨旁搜而遠紹障百川而東之迴狂瀾於既倒先生之於儒可謂有勞矣沈浸醲郁含英咀華作為文章其書滿家上規姚姒渾渾無涯周誥殷盤佶屈聱牙春秋謹嚴左氏浮誇易奇而法詩正而葩下逮莊騷太史所録子雲相如同工異曲先生之於文可謂閎其中而肆其外矣少始知學勇於敢為長通於方

左右具宜先生之於為人可謂成矣然而公不見信於人私不見助於友跋前躓後動輒得咎暫為御史遂竄南夷三年博士冗不見治命與仇謀取敗幾時冬煖而兒號寒年豐而妻啼飢頭童齒豁竟死何裨不知慮此而反教人為先生曰吁子來前夫大木為杗細木為桷欂櫨侏儒椳闑扂楔各得其宜施以成室者匠氏之工也玉札丹砂赤箭青芝牛溲馬勃敗鼓之皮俱收並蓄待用無遺者醫師之良也登明選公雜進巧拙紆餘為

妍卓犖為傑校短量長惟器是適者宰相之方也昔者孟軻好辯孔道以明轍環天下卒老於行荀卿守正大論是弘逃讒於楚廢死蘭陵是二儒者吐辭為經舉足為法絶類離倫優入聖域其遇於世何如也今先生學雖勤而不繇其統言雖多而不要其中文雖奇而不濟於用行雖修而不顯於衆猶且月費俸錢歲靡廩粟子不知耕婦不知織乘馬從徒安坐而食踵常途之促促窺陳編以盜竊然而聖主不加誅宰臣不見斥非其幸

歟動而得謗名亦隨之投閒置散乃分之宜若夫商財賄之有無計班資之崇卑忘己量之所稱指前人之瑕疵是所謂詰匠氏不以杙為楹而訾醫師以昌陽引年欲進其豨苓也

孫樵曰玉川子月蝕詩韓吏部進學解莫不拔地倚天句句欲活如赤手捕修蛇不施控勒騎生馬急不得暇莫可捉搦

李光地曰此體文此篇與揚子解嘲千載稱絕矣解嘲中云炎炎者滅隆隆者絕觀雷觀火為盈為實天收其聲地藏其熱高明之家鬼瞰其室此段全是釋豐卦義

炎炎者火也隆隆者雷也當其炎炎隆隆以爲盈且實矣然豐卦雷居上則是天收其聲火居下則是地藏其熱此其盛不可久而滅且絶之徵也豐之義如此故卦爻俱發日中之戒至窮極則曰豐其屋蔀其家闚其戶闃其無人即揚子所謂高明之家鬼瞰其室也揚子是變易辭象以成文然自輔嗣以来未有知之者故此卦之義至今不白也此篇謹嚴滂夸奇法正葩等字並極羣經要眇故未有不精於經術而能行文者

聖祖御評
提一道字為主識解最高而用筆尤極其古峭

師說

古之學者必有師師者所以傳道授業解惑也人非生而知之者孰能無惑惑而不從師其為惑也終不解矣生乎吾前其聞道也固先乎吾吾從而師之生乎吾後其聞道也亦先乎吾吾從而師之吾師道也夫庸知其年之先後生於吾乎是故無貴無賤無長無少道之所存師之所存也嗟乎師道之不傳也久矣欲人之無惑也難矣古之聖人其出人也遠矣猶且從師而問焉今

之衆人其下聖人也亦遠矣而恥學於師是故聖益聖愚益愚聖人之所以為聖愚人之所以為愚其皆出於此乎愛其子擇師而教之於其身也則恥師焉惑矣彼童子之師授之書而習其句讀者非吾所謂傳其道解其惑者也句讀之不知惑之不解或師焉或不焉小學而大遺吾未見其明也巫醫樂師百工之人不恥相師士大夫之族曰師曰弟子云者則羣聚而笑之問之則曰彼與彼年相若也道相似也位卑則足羞官盛則近

諛嗚呼師道之不復可知矣巫醫樂師百工之人君子不齒今其智乃反不能及其可怪也歟聖人無常師孔子師郯子萇弘師襄老聃郯子之徒其賢不及孔子孔子曰三人行則必有我師是故弟子不必不如師師不必賢於弟子聞道有先後術業有專攻如是而已李氏子蟠年十七好古文六藝經傳皆通習之不拘於時學於余余嘉其能行古道作師說以貽之

洪邁曰柳子厚答韋中立書云今之世不聞有師獨

聖祖御評
體局峭嚴字字精采杜牧守論
盎祖述此篇而氣之雄健則遠

韓愈不顧流俗犯笑侮收召後學作師說因抗顔而為師愈以是得狂名又報嚴厚輿書云僕才能勇敢不如韓退之故不為人師人之所見有同異無以韓責我余觀退之師說云弟子不必不如師師不必賢於弟子其言非好為人師者也

守戒

詩曰大邦維翰書曰以蕃王室諸侯之於天子不惟守土地奉職貢而已固將有以翰蕃之也今人有宅於山

不遠矣

者知猛獸之為害則必高其柴楥而外施窞穽以待之宅於都者知穿窬之為盜則必峻其垣墻而内固扃鐍以防之此野人鄙夫之所及非有過人之智而後能也今之通都大邑介於屈強之間而不知為之備噫亦惑矣野人鄙夫能之而王公大人反不能焉豈材力為有不足歟蓋以為不足為而不為耳天下之禍莫大於不足為材力不足者次之不足為者敵至而不知材力不足者先事而思則其於禍也有間矣彼之屈強者帶甲

荷戈不知其多少其縣地則千里而與我壤地相錯無

有邱陵江河洞庭孟門之關其間又自知其不得與天下齒朝夕舉踵引頸冀天下之有事以乘吾之便此其暴於猛獸穿窬也甚矣嗚呼胡知而不為之備乎哉責育之不戒童子之不抗魯雞之不期蜀雞之不支今夫鹿之於豹非不巍然大矣然而卒為之禽者爪牙之材不同猛怯之資殊也曰然則如之何而備之曰在得人

朱子曰唐自安史亂後河南河北地裂為七八蔡在

當時最爲近地成德淄青連結爲援所謂今之通都大邑介於屈强之間而不知爲之備者此公守戒之所以作終之曰如之何而備之曰在得人及裴度平蔡而公之言驗

御選唐宋文醇卷一

欽定四庫全書

御選唐宋文醇卷二

昌黎韓愈文二

五箴

人患不知其過既知之不能改是無勇也余生三十有八年髮之短者日益白齒之摇者日益脫聰明不及於前時道德日負於初心其不至於君子而卒為小人也昭昭矣作五箴以訟其惡云

游箴

余少之時將求多能蚤夜以孜孜余今之時既飽而嬉蚤夜以無為嗚呼余乎其無知乎君子之棄而小人之歸乎

言箴

不知言之人惡可與言知言之人默焉而其意已傳幕中之辯人反以汝為叛臺中之評人反以汝為傾汝不懲邪而呶呶以害其生邪

行箴

行與義乖言與法違後雖無害汝可以悔行也無邪言也無頗死而不死汝悔而何宜悔而休汝惡曷瘳宜休而悔汝善安在悔不可追悔不可爲思而斯得汝則弗思

好惡箴

無善而好不觀其道無悖而惡不詳其故前之所好今見其尤從也爲比捨也爲讐前之所惡今見其臧從也

為愧捨也為狂維譽維比維狂維愧於身不詳於德不義不義不祥維惡之大幾如是為而不顛沛齒之尚少庸有不思令其老矣不慎胡為

知名箴

內不足者急於人知霈焉有餘厥聞四馳今日告汝知名之法勿病無聞病其晷晷昔者子路惟恐有聞赫然千載德譽愈尊矜汝文章負汝言語乘人不能揜以自取汝非其父汝非其師不請而教誰云不欺欺以賈憎

擠以媒怨汝曾不寤以及於難小人在辱亦克知悔及其既寧終莫能戒既出汝心又銘汝前汝如不顧禍亦宜然

自訟之深悔過之深其精神肆溢楮墨間猶若見其饋不食而寢不寐也詩曰溫溫恭人如集於木惴惴小心如臨於谷小宛詩人如此則其時可知觀韓愈五歲而德宗之世亦可知矣雖然悔箴言之行也無邪言也無頗死而不死汝悔而何則又坦坦蕩蕩而非有所恐懼

疑惑而動其心也君子之心本如是歟

釋言

元和元年六月十日愈自江陵法曹詔拜國子博士始進見今相國鄭公公賜之坐且曰吾見子某詩吾時在翰林職親而地禁不敢相聞今為我寫子詩書為一通以來愈再拜謝退録詩書若干篇擇日時以獻於後之數月有來謂愈者曰子獻相國詩書乎曰然曰有為讒於相國之座者曰韓愈曰相國徵余文余不敢匿相國

豈知我哉子其慎之愈應之曰愈為御史得罪德言朝同還於南者凡三人獨愈為先收用相國之賜大矣百官之進見相國者或立語以退而愈辱賜坐語相國之禮過矣四海九州之人自百官以下欲以其業徹相國左右者多矣皆憚而莫之敢獨愈辱先索相國之知至矣賜之大禮之過知之至是三者於敵以下受之宜以何報況在天子之宰乎人莫不自知凡適於用之謂才堪其事之謂力愈於二者雖日勉焉而不逮束帶執笏

立士大夫之行不見斥以不肖幸矣其何敢敖於言乎夫敖雖凶德必有恃而敢行愈之族親鮮少無攀聯之勢於今不善交人無相先相死之友於朝無宿資蓄貨以釣聲勢弱於才而腐於力不能奔走乘機抵巇以要權利夫何恃而敖若夫狂惑喪心之人蹈河而入火妄言而罵詈者則有之矣而愈人知其無是疾也雖有讒者百人相國將不信之矣愈何懼而慎歟既累月又有來謂愈曰有讒子於翰林舍人李公與裴公者子其慎

歟愈曰二公者吾君朝夕訪焉以為政於天下而階太平之治居則與天子為心膂出則與天子為股肱四海九州之人自百官以下其孰不願忠而望賜愈也不狂不愚不蹈河而入火病風而妄罵不當有如讒者之說也雖有讒者百人二公將不信之矣愈何懼而慎既以語應客夜歸私自尤曰咄市有虎而曾參殺人讒者之效也詩曰取彼讒人投畀豺虎豺虎不食投畀有北有北不受投畀有昊傷於讒疾而甚之之辭也又曰亂之

初生僭始既涵亂之又生君子信讒始疑而終信之之謂也孔子曰遠佞人夫佞人不能遠則有時而信之矣今我恃直而不戒禍其至哉徐又自解之曰市有虎聽者庸也曾參殺人以愛惑聽也巷伯之傷亂世是逢也今三賢方與天子謀所以施政於天下而階太平之治聽聰而視明公正而敦大夫聰明則聽視不惑公正則不邇讒邪敦大則有以容而思彼讒人者孰敢進而為讒哉雖進而為之亦莫之聽矣我何懼而慎既累月上

命李公相容謂愈曰子前被言於一相令李公又相子

其危哉愈曰前之謗我於宰相者翰林不知也後之謗

我於翰林者宰相不知也令二公合處而會言若及愈

必曰韓愈亦人耳彼敖宰相又敖翰林其將何求必不

然吾乃令知免矣既而讒言果不行

朱子曰此元和二年春作宰相鄭絪翰林學士李吉

甫中書舍人裴垍也國語驪姬使奄楚以環釋言注

以言自解釋也退之作釋言取此又曰同遷於南者

凡三人謂公及張署李方叔也

儲欣曰仕路險巇讒人罔極讀之慨然

伯夷頌

士之特立獨行適於義而已不顧人之是非皆豪傑之士信道篤而自知明者也一家非之力行而不惑者寡矣至於一國一州非之力行而不惑者蓋天下一人而已矣若至於舉世非之力行而不惑者則千百年乃一人而已耳若伯夷者窮天地亘萬世而不顧者也昭乎日

月不足為明萃乎泰山不足為高巍乎天地不足為容也當殷之亡周之興微子賢也抱祭器而去之武王周公聖也從天下之賢士與天下之諸侯而往攻之未嘗聞有非之者也彼伯夷叔齊者乃獨以為不可殷既滅矣天下宗周彼二子乃獨恥食其粟餓死而不顧繇是而言夫豈有求而為哉信道篤而自知明也今世之所謂士者一凡人譽之則自以為有餘一凡人沮之則自以為不足彼獨非聖人而自是如此夫聖人乃萬世之

標準也余故曰若伯夷者特立獨行窮天地亘萬世而不顧者也雖然微二子亂臣賊子接跡於後世矣

王安石謂伯夷叔齊扣馬而諫采薇而食餓死首陽諸事皆無有者據孟子以駁史記亦具有見朱子云荆公之論與此須正相反學者審之朱子之言或為引而不發或為疑事毋質皆未可知顧嘗論之聖人人倫之至也而武周夷齊相反若是然後知天下之理無終窮各行其至是而無非者耳至是而無非者君子以同而異

其同者根於天性止乎忠孝窮天地亘萬世而不變也其異者時也位也如百越適京師則北行三韓適京師則南行始終相反而其至則一也唯其同者窮天地亘萬世而不變故其爲異可以窮天地亘萬世而不顧

王安石曰事有出於千世之前聖賢辯之甚詳而明然後世不深考之因以偏見獨識遂以爲說既失其本而學士大夫共守之不爲變者蓋有之矣伯夷是已夫伯夷古之論有孔子孟子焉以孔孟之可信而

又辯之反復不一是愈益可信也孔子曰不念舊惡求仁而得仁餓於首陽之下逸民也孟子曰伯夷非其君不事不立惡人之朝避紂居北海之濱目不視惡色不事不肖百世之師也故孔孟皆以伯夷遺紂之惡不念以怨不忍事之以求其仁餓而避不自降辱以待天下之清而號為聖人耳然則司馬遷以為武王伐紂伯夷叩馬而諫天下宗周而恥之義不食周粟而為采薇之歌韓子因之亦為之頌以為微二

子亂臣賊子接迹於後世是大不然也夫商衰而紂以不仁殘天下天下孰不病紂而尤者伯夷也嘗與太公聞西伯善養老則往歸焉當是之時欲代紂者二人之心豈有異邪及武王一奮太公相之遂出元元於塗炭之中伯夷乃不與何哉蓋二老所謂天下之大老行年八十餘而春秋固已高矣自海濱而趨文王之都計亦數千里之遠文王之興以至武王之世歲亦不下十數豈伯夷欲歸西伯而志不遂乃死

於北海耶抑來而死於道路耶抑其至文王之都而不足以及武王之世而死耶如是而言伯夷其亦理有不存者也且武王倡大義於天下太公相而成之而獨以爲非豈伯夷乎天下之道二仁與不仁也紂之爲君不仁也武王之爲君仁也伯夷固不事不仁之紂以待仁而後出武王之仁焉又不事之則伯夷何處乎余故曰聖賢辯之甚明而後世偏見獨識者之失其本也嗚呼使伯夷之不死以及武王之時其

烈豈獨太公哉

後漢三賢贊 三首

王充者何會稽上虞本自元城爰來從居師事班彪家貧無書閱書於肆市肆是遊一見誦憶遂通衆流閉門潛思論衡以修為州治中自免歸歟同郡友人謝姓夷吾上書薦之待詔公車以病不行年七十餘乃作養性一十六篇肅宗之時終於永元

王符節信安定臨涇好學有志為鄉人所輕憤世著論

潛夫是名述赦之篇以赦為賊良民之甚其旨甚明皇甫度遼聞至乃驚衣不及帶屣履出迎豈若鴈門問鴈呼御不仕終家吁嗟先生

仲長統公理山陽高平謂高幹有雄志而無雄才其後果敗以此有聲俶儻敢言語默無常人以為狂生州郡會名稱疾不就著論見情初舉尚書郎後參丞相軍事卒不至於榮論説古今發憤著書昌言是名友人繆襲稱其文章足繼西京四十一終何其短邪嗚呼先生

後漢三賢皆不為時用著書垂後故本書三人者同傳與愈所為欲作唐之一經垂之於無窮誅姦諛於既死發潛德之幽光者其志同而愈為仕未達其行事亦駮駁相似故贊之以明己意也若夫不滿百言之間而敘事略無遺者又其文章餘事且唯別有意在言外故括其生平於數十字之內而韻之若果為三賢史贊則當別標立傳之意不徒促縮其詞將傳文覆舉一過而已也是亦文體之宜考者

鄆州谿堂

憲宗之十四年始定東平三分其地以華州刺史禮部尚書兼御史大夫扶風馬公為鄆曹濮節度觀察等使鎮其地既一年褒其軍號曰天平軍上即位之二年召公入且將用之以其人之安公也復歸之鎮上之三年公為政於鄆曹谿也適四年矣治定制成衆志大固惡絶於心仁形於色專心一力以供國家之職於時沂密始分而殘其帥其後幽鎮魏不悅於政相扇繼變復歸

於舊徐亦乘勢逐帥自置同於三方惟鄆也截然中居四鄰望之若防之制水恃以無恐然而皆曰鄆為虜巢且六十年將彊卒武曹濮於鄆州大而近軍所根柢皆驕以易怨而公承死亡之後掇拾之餘剝膚椎髓公私掃地赤立新舊不相保持萬目睽睽公於此時能安以治之其功為大若幽鎮魏徐之亂不扇而變其功反小何也公之始至衆未熟化以武則忽以憾以恩則横而肆一以為赤子一以為龍蛇憊心罷精磨以歲月然後

致之難也及教之行衆皆戴公爲親父母夫叛父母從仇讐非人之情故曰易於是天子以公爲尚書右僕射封扶風縣開國伯以褒嘉之公亦樂衆之和知人之悦而侈上之賜也於是爲堂於其居之西北隅號曰豁堂以饗士大夫通上下之志既饗其從事陳曾謂其衆言公之畜此邦其勤不亦至乎此邦之人累公之化惟所令之不亦順乎上勤下順遂濟登兹不亦休乎昔者人謂斯何今者人謂斯何雖然斯堂之作意其有謂而喑

無詩歌是不考引公德而接邦人於道也乃使來請其
詩曰帝奠九壥有業有年有荒不條河岱之間及我憲
考一收正之視邦選侯以公來尸公來尸之人始未信
公不飲食以訓以徇孰飢無食孰呻孰嘆孰冤不問不
得分願孰爲邪蟲節根之螟羊狠狼貪以口覆城吹之
呴之摩手拊之箴之石之膊而磔之凡公四封既富以
彊謂公吾父孰違公令可以帥征不令守邦公作谿堂
播播流水淺有蒲蓮深有蒹葦公以賓燕其鼓駭駭公

燕谿堂賓校醉飽流有跳魚岸有集鳥既歌以舞其鼓考考公在谿堂公御琴瑟公暨賓贊稽經諏律施用不差人用不厭谿有薲苽有龜有魚公在中流右詩左書無我斁遺此邦是庥

朱子考異載長安薛氏家藏皇甫湜與昌黎手帖推重此文特至　又按鄆州石本凡公四封既富以彊謂公吾父孰違公令可以師征不寧守邦朱子曰平淮西碑云屢興師征作師爲是石本或誤未可知也今按師率

聖祖御評

一解一難開闔有法

同義如大學師天下之類故將帥之師亦可作率可以帥征言可以帥之而征不庭也與平淮西碑屢興師征不同應從石本

爭臣論

或問諫議大夫陽城於愈可以為有道之士乎哉學廣而聞多不求聞於人也行古人之道居於晉之鄙晉之鄙人薰其德而善良者幾千人大臣聞而薦之天子以為諫議大夫人皆以為華陽子不色喜居於位五年矣

視其德如在野彼豈以富貴移易其心哉愈應之曰是易所謂恒其德貞而夫子凶者也惡得為有道之士乎哉在易蠱之上九云不事王侯高尚其事蹇之六二則曰王臣蹇蹇匪躬之故夫不亦以所居之時不一而所蹈之德不同也若蠱之上九居無用之地而致匪躬之節以蹇之六二在王臣之位而高不事之心則冒進之患生曠官之刺興志不可則而尤不終無也今陽子在位不為不久矣聞天下之得失不為不熟矣天子待之不

為不加矣而未嘗一言及於政視政之得失若越人視秦人之肥瘠忽焉不加喜慼於其心問其官則曰諫議也問其祿則曰下大夫之秩也問其政則曰我不知也有道之士固如是乎哉且吾聞之有官守者不得其職則去有言責者不得其言則去今陽子以為得其言乎哉得其言而不言與不得其言而不去無一可者也陽子將為祿仕乎古之人有云仕不為貧而有時乎為貧謂祿仕者也宜乎辭尊而居卑辭富而居貧若抱關

擊柝者可也蓋孔子嘗為委吏矣嘗為乘田矣亦不敢曠其職必曰會計當而已矣必曰牛羊遂而已矣若陽子之秩祿不為卑且貧章章明矣而如此其可乎哉或曰否非若此也夫陽子惡訕上者惡為人臣招其君之過而以為名者故雖諫且議使人不得而知焉書曰爾有嘉謀嘉猷則入告爾后于內爾乃順之于外曰斯謀斯猷惟我后之德夫陽子之用心亦若此者愈應之曰若陽子之用心如此滋所謂惑者矣入則諫其君出不

使人知者大臣宰相者之事非陽子之所宜行也夫陽子本以布衣隱於蓬蒿之下主上嘉其行誼擢在此位官以諫爲名誠宜有以奉其職使四方後代知朝廷有直言骨鯁之臣天子有不僭賞從諫如流之美庶巖穴之士聞而慕之束帶結髮願進諫於闕下而伸其辭說致吾君於堯舜熙鴻號於無窮也若書所謂則大臣宰相之事非陽子之所宜行也且陽子之心將使君人者惡聞其過乎是啓之也或曰陽子之不求聞而人聞之不

求用而君用之不得已而起守其道而不變何子過之深也愈曰自古聖人賢士皆非有求於聞用也閔其時之不平人之不乂得其道不敢獨善其身而必以兼濟天下也孜孜矻矻死而後已故禹過家門不入孔席不暇暖而墨突不得黔彼二聖一賢者豈不知自安佚之為樂哉誠畏天命而悲人窮也夫天授人以賢聖才能豈使自有餘而已誠欲以補其不足者也耳目之於身也耳司聞而目司見聽其是非視其險易然後身得安

焉聖賢者時人之耳目也時人者聖賢之身也且陽子之不賢則將役於賢以奉其上矣若果賢則固畏天命而閔人窮也惡得以自暇逸乎哉或曰吾聞君子不欲加諸人而惡訐以為直者若吾子之論直則直矣無乃傷於德而費於辭乎好盡言以招人過國武子之所以見殺於齊也吾子其亦聞乎愈曰君子居其位則思死其官未得位則思修其辭以明其道我將以明道也非以為直而加人也且國武子不能得善人而好盡言於

亂國是以見殺傳曰惟善人能受盡言謂其聞而能改之也子告我曰陽子可以為有道之士也今雖不能及已陽子將不得為善人乎哉

按歐陽修曰退之譏陽城不能極諫城卒以諫顯人皆謂城之不諫蓋有待而然退之不識而妄譏修獨以為不然當退之作論時城為諫議已五年後二年始廷論陸贄及沮延齡作相欲裂其麻才兩事耳當德宗時可謂多事付受失宜叛將強臣羅列天下又多猜忌信任

小人於此之時豈無一事可言而需七年耶當時豈無急於延齡陸贄兩事者而爲諫官七年適遇其事一諫而罷以塞其責向使止五年而遂遷司業是終無一言而去也何所取哉修之爲此言以警當時突梯脂韋自托於陽城待事後諫之徒也然所以訾城者得無未察其心歟夫君子之事君忍冀其君之有大過舉以成我敢諫之名哉使城五年遷官而終無一言以去豈其以敢諫之名未成而有所不槩於心耶好名之人能讓千

乘之國苟非其人簞食豆羮見於色使誠以諫為名則五年之間可以為名者亦多矣而五年之後亦必不能為是二事炳炳烺烺照耀千古識之不可掩如是也德宗之朝洵多故矣叛臣强將洵羅列天下矣其措置付托洵失宜矣然其時勢猶如痼疾然攻之不可達之不及去其疾則命亦隨之故轉以病為命而貞疾恒不死非有大聖大賢為之君與相別造有唐之命徒區區補苴罅漏於温凉燥濕之間此節愈則彼節病無益也城

誠自度無伊尹周公之才而亦度德宗非武丁祖甲之君五年不言城蓋自知其言不能損其疾使適有喜而又不忍恝然去其君以自高初不計天下後世謂其無敢諫之名而姑為嘵嘵以塞其責也至於納延齡之譖逐陸贄且以延齡為相則誠所謂樂其所以亡者城安得不被髮纓冠而救之垂涕泣而道之德宗失國陸贄規畫密勿言中乎經動中乎宜激天下忠臣義士之心沮天下亂臣賊子之氣安九廟於既傾引千鈞以一髮

乃瘡痍猶痛詒墨未乾先自壞其心膂股肱使亂臣賊子笑之齒冷義士忠臣痛之心傷大事去矣德宗之時土地甲兵半為叛臣强將之所有延齡又將為敲骨取髓之謀使已叛者不返未叛者胥叛夫言利之臣之喪人家國也雖貞觀之治一相延齡其為貞元不難況貞元之時其為昭僖易於反掌耳誠為諫議七年德宗失政雖多安有更急於此二事者脩乃曰豈無之誠未能其世也德宗雖終逐陸贄而國日益不振然延齡亦卒

不相叛臣强將知朝廷之猶有人士志民心知天理之不可滅唐之不亡於德宗之手孰謂非城之力哉迨順宗初年城已死愈為實錄其中特立傳者三人陸贄陽城張萬福詳書其諫德宗事是愈於其時已曉然有以知城之心後人又何必伸愈而絀城哉若林少穎又曰退之譏陽城固善矣及退之為史官不敢襃貶而柳子厚作書以責之子厚之責退之亦猶退之之責陽城目見泰山不見眉睫其是之謂乎以此絀陽城并絀韓愈

則更為好議論之過也記有之人藏其心不可測度也是故泥迹而求未有不大謬夫明見其迹猶或以不知其心而是非大謬況所聞異辭所傳聞又異辭且不得見其迹而欲斷其心以為天下萬世之褒誅是唯孔子之聖乃能知微知彰而不爽纍黍耳退之之不敢以孔子自任而不為史也以猶陽城之不敢以伊周自任而不妄諫也可輕議之哉柳子厚之學不可與退之絜也明矣而退之作爭臣論時猶未若為史官時之明達也

聖祖御評
叙致曲折如畫
真得龍門神髓
非徒形似也

雖然退之責諫臣子厚責史官砥礪臣節而羞素餐之徒豈非直諒多聞古之益友哉尚友古人者胥當三復其言不必索瑕求瘢好為虐古之論也

張中丞傳後叙

元和二年四月十三日夜愈與吳郡張籍閲家中舊書得李翰所為張巡傳翰以文章自名為此傳頗詳密然尚恨有闕者不為許遠立傳又不載雷萬春事首尾遠雖材若不及巡者開門納巡位本在巡上授之柄而處

其下無所疑忌竟與巡俱守死成功名城陷而虜與巡死先後異耳兩家子弟材智下不能通知二父志以為巡死而遠就虜疑畏死而辭服於賊遠誠畏死何苦守尺寸之地食其所愛之肉以與賊抗而不降乎當其圍守時外無蚍蜉蟻子之援所欲忠者國與主耳而賊語以國亡主滅遠見救援不至而賊來益衆必以其言為信外無待而猶死守人相食且盡雖愚人亦能數日而知死處矣遠之不畏死亦明矣惡有城壞其徒俱死獨

蒙愧耻求活雖至愚者不忍為嗚呼而謂遠之賢而為之耶説者又謂遠與廵分城而守城之陷自遠所分始以此詬遠此又與兒童之見無異人之將死其藏腑必有先受其病者引繩而絶之其絶必有處觀者見其然從而尤之其亦不達於理矣小人之好議論不樂成人之美如是哉如廵遠之所成就如此卓卓猶不得免其他則又何説當二公之初守也寧能知人之卒不救棄城而逆遁苟此不能守雖避之他處何益及其無救而

且窮也將其創殘餓羸之餘雖欲去必不達二公之賢其講之精矣守一城捍天下以千百就盡之卒戰百萬日滋之師蔽遮江淮沮遏其勢天下之不亡其誰之功也當是時棄城而圖存者不可一二數擅彊兵坐而觀者相環也不追議此而責二公以死守亦見其自比於逆亂設淫辭而助之攻也愈嘗從事於汴徐二府屢道於兩府間親祭於其所謂雙廟者其老人往往說巡遠時事云南霽雲之乞救於賀蘭也賀蘭嫉巡遠之聲威

功績出已上不肯出師救愛霽雲之勇且壯不聽其語彊留之具食與樂延霽雲坐霽雲慷慨語曰雲來時睢陽之人不食月餘日矣雲雖欲獨食義不忍雖食且不下咽因拔所佩刀斷一指血淋漓以示賀蘭一座大驚皆感激為雲泣下雲知賀蘭終無為雲出師意即馳去將出城抽矢射佛寺浮圖矢著其上甎半箭曰吾歸破賊必滅賀蘭此矢所以志也愈貞元中過泗州船上人猶指以相語城陷賊以刃脅降巡巡不屈即牽去將斬

之又降霽雲雲未應巡呼雲曰南八男兒死耳不可為不義屈雲笑曰欲將以有為也公有言雲敢不死即不屈張籍曰有于嵩者少依於巡及巡起事嵩常在圍中籍大歷中於和州烏江縣見嵩嵩時年六十餘矣以巡初嘗得臨渙縣尉好學無所不讀籍時尚小粗問巡遠事不能細也云巡長七尺餘鬚髯若神嘗見嵩讀漢書謂嵩曰何為久讀此嵩曰未熟也巡曰吾於書讀不過三徧終身不忘因誦嵩所讀書盡卷不錯一字嵩驚以

為巡偶熟此卷因亂抽他帙以試無不盡然嵩又取架上諸書試以問巡巡應口誦無疑嵩從巡久亦不見巡常讀書也為文章操紙筆立書未嘗起草初守睢陽時士卒僅萬人城中居人戶亦且數萬巡因一見問姓名其後無不識者巡怒鬚髯輒張及城陷賊縛巡等數十人坐且將戮巡起旋其衆見巡起或起或泣巡曰汝勿怖死命也泣不能仰視巡就戮時顏色不亂揚揚如平常遠寬厚長者貌如其心與巡同年生月日後於

巡呼巡為兄死時年四十九嵩貞元初死於亳宋間或傳嵩有田在亳宋間武人奪而有之嵩將詣州訟理為所殺嵩無子張籍云

儲欣曰雷萬春茅鹿門謂當作南霽雲而黃黎州非之黃近是葢所謂不載首尾者如唐書云雷萬春者不詳所從來前人不載後人自不得詳也睢陽戰鬭南雷略同張公任雷與南無二又偕公同日死節而首尾不載不詳此子韓子所以恨其闕也春秋之法

傳著傳疑闕者巳矣惟往來汴徐之間耳聞目見得南將軍事而具書之著以傳著史法固然何必前提後應哉按唐書南霽雲者魏州頓丘人少微賤為人操舟末云子承嗣歷涪州刺史則南將軍固首尾歷碌而猶恨闕如無是理矣

愛直贈李君房別

左右前後皆正人也欲其身之不正惡可得邪吾觀李生在南陽公之側有所不知知之未嘗不為之思有所

不疑疑之未嘗不為之言勇不動於氣義不陳乎色南陽公舉措施為不失其宜天下之所窺觀稱道洋洋者抑亦左右前後有其人乎凡在此趨公之庭議公之事者吾既從而遊矣言而公信之者謀而公從之者四方之人則既聞而知之矣李生南陽公之甥也今不知者將曰李生之託婚於貴富之家將以充其所求而止耳故吾樂為天下道其為人焉今之從事於彼也吾為南陽公愛之又未知人之舉李生於彼者何辭彼之所以

待李生者何道舉不失辭待不失道雖失之此足愛惜而得之彼為歡欣於李生道猶若也舉之不以吾所稱待之不以吾所期李生之言不可出諸其口矣吾重為天下惜之

子路去魯與顔子别顔子曰何以處我子路曰何以贈我贈别以言舊矣題曰愛直所以明立言之大旨也紆徐委折以扶友於直善辭哉

圬者王承福傳

圬之為技賤且勞者也有業之其色若自得者聽其言約而盡問之王其姓承福其名世為京兆長安農夫天寶之亂發人為兵持弓矢十三年有官勳棄之來歸喪其土田手鏝衣食餘三十年舍於市之主人而歸其屋食之當焉視時屋食之貴賤而上下其圬之傭以償之有餘則以與道路之癈疾餓者焉又曰粟稼而生者也若布與帛必蠶績而後成者也其他所以養生之具皆待人力而後完也吾皆賴之然人不可徧為宜乎各致

其能以相生也故君者理我所以生者也而百官者承君之化者也任有小大惟其所能若器皿焉食焉而怠其事必有天殃故吾不敢一日捨鏝以嬉夫鏝易能可力焉又誠有功取其直雖勞無愧吾心安焉夫力易强而有功也心難强而有智也用力者使於人用心者使人亦其宜也吾特擇其易為而無愧者取焉嘻吾操鏝以入貴富之家有年矣有一至者焉又往過之則為墟矣有再至三至者焉而往過之則為墟矣問之其鄰或

曰噫刑戮也或曰身既死而其子孫不能有也或曰死而歸之官也吾以是觀之非所謂食焉怠其事而得天殃者邪非强心以智而不足不擇其才之稱否而冒之者邪非多行可愧知其不可而强為之者邪將富貴難守薄功而厚饗之者邪抑豐悴有時一去一來而不可常者邪吾之心憫焉是故擇其力之可能者行焉樂富貴而悲貧賤我豈異於人哉又曰功大者其所以自奉也博妻與子皆養於我者也吾能薄而功小不有之可

也又吾所謂勞力者若立吾家而力不足則心又勞也一身而二任焉雖聖者不可能也愈始聞而惑之又從而思之蓋賢者也蓋所謂獨善其身者也然吾有譏焉謂其自為也過多其為人也過少其學楊朱之道者邪楊之道不肯拔我一毛而利天下而夫人以有家而勞心不肯一動其心以畜其妻子其肯勞其心以為人乎哉雖然其賢於世之患不得之而患失之者以濟其生之欲貪邪而亡道以喪其身者其亦遠矣又其言有可

以警余者故余為之傳而自鑒焉

史有二記事記言左傳記事也國語記言也韓集私傳二何蕃傳記事也王承福傳記言也其言有足警鄙夫之事君明天之不假易而民生之不可以媮則不可以無傳也然而國史之所不得載則義得私立傳也

太學生何蕃傳

太學生何蕃入太學者廿餘年矣歲舉進士學成行尊自太學諸生推頌不敢與蕃齒相與言於助教博士助

教博士以狀申於司業祭酒司業祭酒撰次蕃之羣行焯焯者數十餘事以之升於禮部而以聞於天子京師諸生以薦蕃名文說者不可選紀公卿大夫知蕃者比肩立莫為禮部為禮部者率蕃所不合者以是無成功蕃淮南人父母俱全初入太學歲率一歸父母止之其後間一二歲乃一歸又止之不歸者五歲矣蕃純孝人也閔親之老不自克一日揖諸生歸養於和州諸生不能止乃閉蕃空舍中於是太學六館之士百餘人又以

蕃之義行言於司業楊先生城請諭留養於是太學闕祭酒會陽先生出道州不果留歐詹生言曰蕃仁勇人也或者曰蕃居太學諸生不為非義葬死者之無歸哀其孤而字焉惠之大小必以力復斯其所謂仁歟蕃之力不任其體其貌不任其心吾不知其勇也歐陽詹生曰朱泚之亂太學諸生舉將從之來請起蕃蕃正色叱之六館之士不從亂茲非其勇歟惜乎蕃之居下其可以施於人者不流也譬之水其為澤不為川乎川者高

澤者卑高者流卑者止是故蓄之仁義充諸心行諸太學積者多施者不遐也天將雨水氣上無擇於川澤澗谿之高下然則澤之道其亦有施乎抑有待於彼者歟故凡貧賤之士必有待然後能有所立獨何蓄歟吾是以言之無亦使其無傳焉

首句至茲非其勇歟傳也惜乎至末贊也贊語最得先聖先師修道立教之深意蓋禮樂刑政四達而不悖者聖賢在上位居高建瓴順風而呼用能錫庶民於汝極

其義顯而易見也若夫入孝出弟守先而待後者聖賢在下位如天地絪縕萬物化醇有以感人心而天下和平其義隱而難知也積者多施者不遐位下者如是雖然其顯者然其隱者不皆然也積之誠多則忠孝之耿光昭昭然揭日月以行其感人之深淪肌浹髓正如天將雨水氣上不期然而然莫之致而至其施之遐有非耳目心思之所計及者豈係位之高與卑哉君子之道費而隱其斯之謂歟雖然言之無文行而不遠則所謂必

有待然後能有所立也爰於卒章告萬世以立言之意焉或乃謂冀斯文之行而蓄或得一用於世亦淺之乎讀斯傳矣

御選唐宋文醇卷二

欽定四庫全書

御選唐宋文醇卷三

昌黎韓愈文三

答竇秀才書

愈白愈少駑怯於他藝能自度無可努力又不通時事而與世多齟齬念終無以樹立遂發憤篤專於文學學不得其術凡所辛苦而僅有之者皆符於空言而不適於實用又重以自廢是故學成而道益窮年老而智愈

困今又以罪黜於朝廷遠竄蠻縣愁憂無聊瘴癘侵加
惴惴焉無以冀朝夕足下年少才俊辭雅而氣鋭當朝
廷求賢如不及之時當道者又皆良有司操數寸之管
書盈尺之紙高可以鈞爵位循次而進亦不失萬一於
甲科今乃乘不測之舟入無人之地以相從問文章為
事身勤而事左辭重而請約非計之得也雖使古之君
子積道藏德遁其光而不曜膠其口而不傳者遇足下
之請懇懇猶將倒廪傾囷羅列而進也若愈之愚不肖

又安敢有愛於左右哉顧足下之能足以自奮愈之所有如前所陳是以臨事愧恥而不敢答也錢財不足以賄左右之匱急文章不足以發足下之事業捆載而往垂槖而歸足下亮之而已

朱子曰公以言事黜為陽山令故云遠宰蠻縣貞元二十年作也

答尉遲生書

愈白尉遲生足下夫所謂文者必有諸其中是故君子

慎其實實之美惡其發也不揜本深而末茂形大而聲宏行峻而言厲心醇而氣和昭晰者無疑優游者有餘體不備不可以為成人辭不足不可以為成文愈之所聞者如是有問於愈者亦以是對今吾子所為皆善矣謙謙然若不足而以徵於愈愈又敢有愛於言乎抑所能言者皆古之道古之道不足以取於今吾子何其愛之異也賢公卿大夫在上比肩始進之賢士在下比肩彼其得之必有以取之也子欲仕乎其往問焉皆可學也若獨

有愛於是而非仕之謂則愈也嘗學之矣請繼今以言

文之為文也以其體言之在易為離日月麗乎天百穀草木麗乎土天地之文也重明以麗乎正乃化成天下人之文也正也者善也善也者含於人心之明而麗於萬物之文者也以其用言之在易為賁宣人心之明而著萬物之文非文無以為也縱之橫之不知其幾千萬里也上之下之不知其幾千萬年也言語不通嗜欲不同同其文則五方可一家焉萬年可一念焉賁之功也

雖然賁无飾也賁之六爻賁趾賁須皆言自然而不可强也皤如濡如戔戔白賁皆言貴乎其質而非貴乎其賁也致飾然後亨則盡矣孔子所戒也昌黎未嘗言易而深得乎易之義其云實之美惡其發也不掩可為探本窮源矣誠慎乎其實及其至也即仲尼所得統於文武周公而文在茲之文也其未至者雖曰有冽氿泉不可語海然與斷港絶潢固不同也

上宰相書

正月二十七日前鄉貢進士韓愈謹伏光範門下再拜獻書相公閣下詩之序曰菁菁者莪樂育材也君子能長育人材則天下喜樂之矣其詩曰菁菁者莪在彼中阿既見君子樂且有儀說者曰菁菁者盛也莪微草也阿大陵也言君子之長育人材若大陵之長育微草能使之菁菁然盛也既見君子樂且有儀云者天下美之之辭也其三章曰既見君子錫我百朋說者曰百朋多之之辭也言君子既長育人材又當爵命之賜之厚祿

以寵貴之云爾其卒章曰汎汎楊舟載沈載浮既見君子我心則休説者曰載載也沈浮者物也言君子之於人材無所不取若舟之於物浮沈皆載之云爾既見君子我心則休云者言若此則天下之心美之也君子之於人也既長育之又當爵命寵貴之而於其才無所遺焉孟子曰君子有三樂王天下不與存焉其一曰樂得天下之英才而教育之此皆聖人賢士之所極言至論古今之所宜法者也然則孰能長育天下之人材將非

吾君與吾相予孰能教育天下之英才將非吾君與吾相予幸今天下無事小大之官各守其職錢穀甲兵之問不至於廟堂論道經邦之暇捨此宜無大者焉今有人生二十八年矣名不著於農工商賈之版其業則讀書著文歌頌堯舜之道雞鳴而起孜孜焉亦不為利其所讀皆聖人之書楊墨釋老之學無所入於其心其所著皆約六經之旨而成文抑邪與正辨時俗之所惑居窮守約亦時有感激怨懟奇怪之辭以求知於天下亦

不悖於教化妖淫誕佞譸張之說無所出於其中四舉於禮部乃一得三選於吏部卒無成九品之位其可望一畝之宫其可懐遑遑乎四海無所歸恤恤乎飢不得食寒不得衣濱於死而益固得其所者爭笑之忽將棄其舊而新是圖求老農老圃而為師悼本志之變化中夜涕泗交頤雖不足當詩人孟子之謂抑長育之使成材其亦可矣教育之使成才其亦可矣抑又聞古之君子相其君也一夫不獲其所若己推而内之溝中今有

人生七年而學聖人之道以修其身積一十年不得已一朝而毀之是亦不獲其所矣伏念今有仁人在上位若不往告之而遂行是果於自棄而不以古之君子之道待吾相也其可乎寧往告焉若不得志則命也其亦行矣洪範曰凡厥庶民有猷有為有守汝則念之不協于極不罹于咎皇則受之而康而色曰予攸好德汝則錫之福是皆與善之辭也抑又聞古之人有自進者而君子不逆之矣曰予攸好德汝則錫之福之謂也抑又

聞上之設官制禄必求其人而授之者非苟慕其才而富貴其身也盖將用其能理不能用其明理不明者耳下之修己立誠必求其位而居之者非苟没於利而榮於名也葢將推己之所餘以濟其不足者耳然則上之於求人下之於求位交相求而一其致焉耳苟以是而為心則上之道不必難其下下之道不必難其上可舉而舉焉不必讓其自舉也可進而進焉不必廉於自進也抑又聞上之人下得其道則勸賞不必徧加乎天下

而天下從焉因人之所欲為而遂推之之謂也今天下不由吏部而仕進者幾希矣主上感傷山林之士有逸遺者屢詔內外之臣旁求於四海而其至者蓋闕焉豈其無人乎哉亦見國家不以非常之道禮之而不來耳彼之處隱就閒者亦人耳其耳目鼻口之所欲其心之所樂其體之所安豈有異於人乎哉今所以惡衣食窮體膚麋鹿之與處猨狖之與居固自以其身不能與時從順俯仰故甘心自絕而不悔焉而方聞國家之仕進

者必舉於州縣然後升於禮部吏部試之以繡繪雕琢之文考之以聲勢之逆順章句之短長中其程式者然後得從下士之列雖有化俗之方安邊之畫不由是而稍進萬不有一得焉彼惟恐入山之不深入林之不密其影響昧昧惟恐聞於人也今若聞有以書進宰相而求仕者而宰相不辱焉而薦之天子而爵命之而布其書於四方枯槁沈溺魁閎寛通之士必且洋洋焉動其心峨峨焉纓其冠于于焉而來矣此所謂勸賞不必

徧加乎天下而天下從焉者也因人之所欲為而遂推之之謂者也伏惟覽詩書孟子之所指念育才錫福之所以考古之君子相其君之道而忘自進自舉之罪思設官制禄之故以誘致山林逸遺之士庶天下之行道者知所歸焉小子不敢自幸其嘗所著文輙採其可者若干首録在異卷兾辱賜觀焉干黷尊嚴伏地待罪

愈再拜

唐時士子不恥自薦斯文固是昌黎少作然説詩義極

深其道先王典賢育才之意甚明切宰相而能如是可為舉職矣傳所為其自為謀也則過矣其為人謀則忠故不與他書並刪焉

答崔立之書

斯立足下僕見險不能止動不得時顛頓狼狽失其所操持困不知變以至辱于再三君子小人之所憫笑天下之所背而馳者也足下猶復以為可教貶損道德乃至手筆以問之攀援古昔辭義高遠且進且勸足下之

于故舊之道得矣雖僕亦固望于吾子不敢望于他人者耳然尚有似不相曉者非故欲發余乎不然何子之不以丈夫期我也不能默默聊復自明僕始年十六七時未知人事讀聖人之書以為人之仕者皆為人耳非有利乎已也及年二十時苦家貧衣食不足謀於所親然後知仕之不唯為人耳及来京師見有舉進士者人多貴之僕誠樂之就求其術或出禮部所試賦詩策等以相示僕以為可無學而能因詣州縣求舉有司者好

惡出于其心四舉而後有成亦未即得仕閒吏部有以博學宏辭選者人尤謂之才且得美仕就求其術或出所試文章亦禮部之類私怪其故然猶樂其名因又詣州府求舉凡二試于吏部一既得之而又黜于中書雖不得仕人或謂之能焉退自取所試讀之乃類于俳優者之辭顏忸怩而心不寧者數月既已為之則欲有所成就書所謂恥過作非者也因復求舉亦無幸焉乃復自疑以為所試與得之者不同其程度及得觀之余亦

無甚愧焉夫所謂博學者豈今之所謂者乎夫所謂宏辭者豈今之所謂者乎誠使古之豪傑之士若屈原孟軻司馬遷相如楊雄之徒進于是選必知其懷慙乃不自進而已耳設使與夫今之善進取者競于蒙昧之中僕必知其辱焉然彼五子者且使生于今之世其道雖不顯于天下其自負何如哉肯與夫斗筲者决得失于一夫之目而為之憂樂哉故凡僕之汲汲于進者其小得蓋欲以具裘葛養窮孤其大得蓋欲以同吾之所樂

于人耳其他可否自計已熟誠不待人而後知今足下乃復比之獻玉者以為必俟工人之剖然後見知于天下雖兩刖足不為病且無使勍者再尅誠足下相勉之意厚也然仕進者豈捨此而無門哉足下謂我必待是而後進者尤非相悉之辭也僕之玉固未嘗獻而足固未嘗刖足下無為為我戚戚也方今天下風俗尚有未及于古者邊境尚有被甲執兵者主上不得怡而寧相以為憂僕雖不賢亦且潛究其得失致之乎吾相薦之

乎吾君上希御大夫之位下猶取一障而乘之若都不可得猶將耕于寬閑之野釣于寂寞之濱求國家之遺事考賢人哲士之終始作唐之一經垂之于無窮誅姦諛于既死發潛德之幽光二者將必有一可足下以為僕之玉凡幾獻而足凡幾刖也又所謂勍者果誰哉再尅之刑信如何也士固信于知己微足下無以發吾之狂言愈再拜

朱子考異曰立之字斯立貞元四年進士唐進士禮

聖祖御評
好學深思讀書養氣昌黎一生精力畧盡此篇

部既登第後吏部試之中其程度然後命之官公貞元八年第進士至是三試吏部不售斯立以書勉之而公以書答之也

答李翊書

六月二十六日愈白李生足下生之書辭甚高而其問何下而恭也能如是誰不欲告生以其道道德之歸也有日矣況其外之文乎抑愈所謂望孔子之門墻而不入于其宫者焉足以知是且非邪雖然不可不為生言

之生所謂立言者是也生所為者與所期者甚似而幾
矣抑不知生之志蘄勝于人而取于人邪將蘄至于古
之立言者邪蘄勝于人而取于人則固勝于人而可取
于人矣將蘄至于古之立言者則無望其速成無誘于
勢利養其根而竢其實加其膏而希其光根之茂者其
實遂膏之沃者其光華仁義之人其言藹如也抑又有
難者愈之所為不自知其至猶未也雖然學之二十餘
年矣始者非三代兩漢之書不敢觀非聖人之志不敢

存處若忘行若遺儼乎其若思茫乎其若迷當其取于心而注于手也惟陳言之務去戛戛乎其難哉其觀于人不知其非笑之為非笑也如是者亦有年猶不改然後識古書之正偽與雖正而不至焉者昭昭然白黑分矣而務去之乃徐有得也當其取于心而注于手也汩汩然來矣其觀于人也笑之則以為喜譽之則以為憂以其猶有人之說者存也如是者亦有年然後浩乎其沛然矣吾又懼其雜也迎而距之平心而察之其皆醇

也然後肆焉雖然不可以不養也行之乎仁義之塗遊之乎詩書之源無迷其塗無絕其源終吾身而已矣氣水也言浮物也水大而物之浮者大小畢浮氣之與言猶是也氣盛則言之短長與聲之高下者皆宜雖如是其敢自謂幾於成乎雖幾于成其用于人也奚取焉雖然待用于人者其肖于器邪用與舍屬諸人君子則不然處心有道行己有方用則施諸人舍則傳諸其徒垂諸文而為後世法如是者其亦足樂乎其無足樂也有

志乎古者希矣志乎古必遺乎今吾誠樂而悲之亟稱其人所以勸之非敢褒其可褒而貶其可貶也問于愈者多矣念生之言不志乎利聊相為言之愈白

樊汝霖曰自三代以還陵夷至於江左斯文掃地唐興貞觀開元之盛終莫能起至貞元末而公出於是以六經之文為諸儒唱其觀於人也笑之則心以為喜者大聲不入於里耳而不笑不足以為道此公所以喜若人人皆見而說之而譽之斯亦淺矣此所以

為憂李漢所請時人始而驚中而笑且排先生益堅終而翕然隨以定者其此之謂歟王荊公乃云力去陳言夸末俗可憐無補費精神好詆之過也汩汩然來矣浩乎其沛然者皇甫持正諭業所云韓吏部之文如長江秋注千里一道老蘇上歐陽書亦云韓子之文如長江大河渾浩流轉者是也

與李翺書

使至辱足下書歡愧來并不容于心嗟乎子之言意皆

是也僕雖巧説何能逃其責邪然皆子之愛我多重我厚不酌時人待我之情而以子之待我之意使我望于時人也僕之家本窮空重遇攻刼衣服無所得養生之具無所有家累僅三十口攜此將安所歸託乎捨之入京不可也挈之而行不可也足下將安以為我謀哉此一事耳足下謂我入京誠有所益乎僕之有子猶有不知者時人能知我哉持僕所守驅而使奔走伺候公卿間開口議論其安能有以合乎僕在京城八九年無所

取資日求于人以度時日當時行之不覺也今而思之如痛定之人思當痛之時不知何能自處也今年加長矣復驅之使就其故地是亦難矣所貴乎京師者不以明天子在上賢公卿在下布衣韋帶之士談道義者多乎以僕遑遑于其中能上聞而下達乎其知我者固少知而相愛不相忌者人加少內無所資外無所從終安所為乎嗟乎子之責我誠是也愛我誠多也今天下之人有如子者乎自堯舜已來士有不遇者乎無也子獨

安能使我潔清不洿而處其所可樂哉非不願為子之所云者力不足勢不便故也僕于此豈以為大相知乎累累隨行役役逐隊飢而食飽而嬉者也其所以止而不去者以其心誠有愛于僕也然所愛于我者少不知我者猶多吾豈樂于此乎哉亦將有所病而求息于此也嗟乎子誠愛我矣子之所責于我者誠是矣然恐子有時不暇責我而悲我不暇悲我而自責且自悲也及之而後知履之而後難耳孔子稱顏回一簞食一瓢飲

人不堪其憂回也不改其樂彼人者有聖者為之依歸而又有簞食瓢飲足以不死其不憂而樂也豈不易哉若僕無所依歸無簞食無瓢飲無所取資則餓而死其不亦難乎子之闇我言亦悲矣嗟乎子亦慎其所之哉離違久乍還侍左右當日懽喜故專使馳此候足下意并以自解愈再拜

時昌黎在張僕射建封幕中翺以書勸其棄之走京師昌黎復書云云道其愁苦無聊不得已而就之之故也

録此與後上張僕射書並讀知昌黎雖之困其身行拂亂其所為至於如此而曽不以纎毫非義屈益以見其平日所云實之美惡其發不揜者誠篤論也至謂顔子有簞食瓢飲得以不死其樂也易今無簞食瓢飲將餓而死其樂也難則出於一時困苦之懐其言不可為典要不特顔子之樂固在生死之外且顔子屢空并簞食瓢飲而無之日又安見其未經也且昌黎雖自謂舍此而去則無簞食瓢飲而餓死而張建封令其晨入夜歸

有楚王不設醴之意即直以書詆其視去此而餓死何嘗有一毫顧藉心哉讀者當師其意勿師其辭匪特不得以昌黎言疑顏子亦不得以昌黎言疑昌黎也

上張僕射書

九月一日愈再拜受牒之明日在使院中有小吏持院中故事節目十餘事來示愈其中不可者有自九月至明年二月之終皆晨入夜歸非有疾病事故輒不許出常時以初受命不敢言古人有言曰人各有能有不能

若此者非愈之所能也抑而行之必發狂疾上無以承事于公忘其將所以報德者下無以自立喪失其所以為心夫如是則安得而不言凡執事之擇于愈者非為其能晨入夜歸也必將有以取之苟有以取之雖不晨入而夜歸其所取者猶在也下之事上不一其事上之使下不一其事量力而任之度才而處之其所不能不彊使為是故為下者不獲罪于上為上者不得怨于下矣孟子有云今之諸侯無大相過者以其皆好臣其所

教而不好臣其所受教令之時與孟子之時又加遠矣皆好其聞命而奔走者不好其直己而行義者聞命而奔走者好利者也直己而行道者好義者也未有好利而愛其君者未有好義而忘其君者今之王公大人惟執事可以聞此言惟愈于執事也可以此言進愈幸于執事其所從舊矣若寛假之使不失其性加待之使足以為名寅而入盡辰而退申而入終酉而退率以為常亦不廢事天下之人聞執事之于愈如是也必皆曰

執事之好士也如此執事之待士以禮如此執事之使人不枉其性而能有容如此執事之欲成人之名如此執事之厚于故舊如此又將曰韓愈之識其所依歸也如此韓愈之不謟屈于富貴之人如此韓愈之賢能使其主待之以禮如此則死于執事之門無悔也若使隨行而入逐隊而趨言不敢盡其誠道有所屈于己天下之人聞執事之于愈如此皆曰執事之用韓愈哀其窮收之而已耳韓愈之事執事不以道利之而已耳茍如

是雖日受千金之賜一歲九遷其官感恩則有之矣將以稱于天下曰知己知己則未也伏惟哀其所不足矜其愚不録其罪察其辭而垂仁採納焉愈恐懼再拜

朱子曰建封字本立兖州人貞元四年為徐州刺史徐泗濠節度使十二年加檢校右僕射公以十五年二月脫汴州之亂依建封於徐秋建封辟為節度推官至是供職書意以晨入夜歸為不可其不諂屈於富貴之人可知矣

與崔羣書

自足下離東都凡兩度枉問尋承已達宣州主人仁賢同列皆君子雖抱羈旅之念亦且可以度日無入而不自得樂天知命者固前修之所以禦外物者也況足下度越此等百千輩豈以出處近遠累其靈臺耶宣州雖稱清涼高爽然皆大江之南風土不並以北將息之道當先理其心心閒無事然後外患不入風氣所宜可以審備小小者亦當自不至矣足下之賢雖在窮約猶能

不改其樂況地至近官榮禄厚親愛盡在左右者耶所以如此云云者以爲足下賢者宜在上位託于幕府則不爲得其所是以及之乃相親重之道耳非所以待足下者也僕自少至今從事于往還朋友間一十七年矣日月不爲不久所與交往相識者千百人非不多其相與如骨肉兄弟者亦且不少或以事同或以藝取或慕其一善或以其久故或初不甚知而與之已密其後無大惡因不復決捨或其人雖不皆入于善而于己已厚

雖欲悔之不可凡諸淺者固不足道深者止如此至於心所仰服考之言行而無瑕尤窺之閫奥而不見畛域明白淳粹輝光日新者惟吾崔君一人僕愚陋無所知曉然聖人之書無所不讀其精粗巨細出入明晦雖不盡識抑不可謂不涉其流者也以此而推之以此而度之誠知足下出羣拔萃無謂僕何從而得之也與足下情義寧須言而后自明邪所以言者懼足下以為吾所與深者多不置白黑于胸中耳既謂能粗知足下而復

懼足下之不我知亦過也比亦有人說足下誠盡善盡

美抑猶有可疑者僕謂之曰何疑疑者曰君子當有所

好惡好惡不可不明如清河者人無賢愚無不說其善

服其為人以是而疑之耳僕應之曰鳳凰芝草賢愚皆

以為美瑞青天白日奴隸亦知其清明譬之食物至于

遐方異味則有嗜者有不嗜者至于稻也粱也膾也炙

也豈聞有不嗜者哉疑者乃解解不解于吾崔君無所

損益也自古賢者少不肖者多自省事以來又見賢者

恒不遇不賢者比肩青紫賢者恒無以自存不賢者志滿氣得賢者雖得卑位則旋而死不賢者或至眉壽不知造物者意竟如何無乃所好惡與人異心哉人不知無乃都不省記任其死生壽夭邪未可知也人固有薄卿相之官千乘之位而甘陋巷菜羹者同是人也猶有好惡如此之異者況天之與人當必異其所好惡無疑也合于天而乖于人何害況又時有兼得者邪崔君崔君無怠無怠僕無以自全活者從一官于此轉困窮甚

思自放于伊頴之上當亦終得之近者尤衰憊左車第二牙無故動摇脱去目視昏花尋常間便不分人顏色兩鬢半白頭髮五分亦白其一鬚亦有一莖兩莖白者僕家不幸諸父諸兄皆康彊早世如僕者又可以圖于久長哉以此怱怱思與足下相見一道其懷小兒女滿前能不顧念足下何由得歸北來僕不樂江南官滿便終老嵩下足下可相就僕不可去矣珍重自愛慎飲食少思慮惟此之望愈再拜

此篇與與衛中行書皆昌黎見道之言讀者所宜深玩其謂造物者好惡與人異心又謂都不省記極似柳州天說而相去千里葢彼正言以為天固然此則抑揚其詞以申其合天之義非正言也易曰先天而天弗違後天而奉天時凡現今之窮通得喪壽夭皆後天也其所以窮通得喪壽夭如此者有先之者焉非今之所得而預也若其介福於方求垂光於後世則皆現今之出言制行為之先既有以為之先則天弗能違也天時者天

理也言理則未必其皆時言時未有不造極乎理者猶之言正則未必其皆中言中則未有不造乎正者也奉天時則合天矣合乎天而窮也喪也天也是其有先焉者之不可知非今合天之所招也合乎天而通也得也壽也亦其先焉者之不可知而無礙乎今合天之所兼得也由後而視今則今固為先焉者矣社稷之子或在畎畝畎畝之人或在社稷然而在畎畝者又或以基德在社稷者又或以基亂後者見其言而不知曩之然

則曰天之好惡與人異心又曰無乃都不省記不知天無心亦無省記唯弗違乎先焉者而已必以心語天則理乃天之心奉天時則合天之心誠奉天時則窮通得喪壽夭皆非其好惡之所存矣人心尚非所存而謂天之心存乎哉无妄曰不耕穫不菑畬耕者必穫然當其耕時無可穫也菑者必畬然當其菑時無所為畬也責穫與畬耕於且菑之時而謂地之好惡與人異心抑或都不省記豈非惑歟良農耕耳菑耳寧有疑地之無穫與

不成畲而釋耒者哉昌黎之言截斷先後專責現今之合天與否誠達於天道篤行君子也

與衛中行書

大受足下辱書爲賜甚大然所稱道過盛豈所謂誘之而欲其至于是歟不敢當不敢當其中擇其一二近似者而竊取之則于交友忠而不反于背面者少似近焉亦其心之所好耳行之不倦則未敢自謂能爾也不敢當不敢當至江汲汲于富貴以救世爲事者皆聖賢之

事業知其智能謀力能任者也如愈者又焉能之始相識時方甚貧衣食于人其後相見于汴徐二州僕皆為之從事日月有所入比之前時豐約百倍足下視吾飲食衣服亦有異乎然則僕之心或不為此汲汲也其所不忘于仕進者亦將小行乎其志耳此未易遽言也凡禍福吉凶之來似不在我惟君子得禍為不幸而小人得禍為恒君子得福為恒而小人得福為幸以其所為似有以取之也必曰君子則吉小人則凶者不可也賢

不尚存乎己貴與賤禍與福存乎天名聲之善惡存乎人存乎己者吾將勉之存乎天存乎人者吾將任彼而不用吾力焉其所守者豈不約而易行哉足下曰命之窮通自我為之吾恐未合于道足下徵前世而言之則知矣若曰以道德為己任窮通之來不接吾心則可也窮居荒涼草樹茂密出無驛馬因與人絕一室之內有以自娱足下喜吾復脫禍亂不當安安而居遲遲而來也

石大任曰韓愈謂貴與賤禍與福存乎天以予觀之貴

與賤存乎天可也禍與福存乎天則不可也蓋禍與福在己而已孟子曰禍福無不自己求之者斯言也不特未達昌黎之旨蓋亦未達孟子之旨也孔子曰夫言豈一端而已夫各有所當也善不積不足以成名惡不積不足以滅身積善之家必有餘慶積不善之家必有餘殃是故靡言不酬靡德不報基德十五世而周以興基禍十五世而周以廢要其歸極而言之非天也非人也己也孟子之言信善矣雖然唯高視遠覽之士乃有以

知其信善耳否則齬齬不合者又豈尠哉德莫盛於孔子畏於匡厄於陳蔡伐檀於宋不謂之禍可乎孰求之乎惡莫過於盜跖日殺不辜肝人之肉竟以壽終於東陵之上不謂之福可乎孰求之乎至若依古以來國之蠹民之蝨賊席寵怙侈取精多而用物宏而死於牖下或蹈白刃犯危難以明君臣之義父子之倫而毒苦憯嬰見聞流涕史冊所載不可勝屈指也倘所謂禍福自己求之者是耶非耶昌黎曰賢不肖存乎己貴與賤禍與

福存乎天未已也不特禍與福與已無與也又曰名聲之善惡存乎人而亦與已無與也其所以責賢不肖之存乎已者不亦潔淨而精微哉若是者其與孟子同乎否乎是中庸尚絅之心也論語為已之義也倘必與孟子同也賢者自賢不以禍而損其賢不肖者自不肖不以福而損其不肖又況福莫大於天下後世皆曰賢禍莫大於天下後世皆曰不肖世俗之所為禍福又何足論哉雖然善積而餘慶惡積而餘殃世俗所為禍福者

必兼舉之特或代異時移茫昧而不可考又或迹秦心
[illegible]必[illegible]不[illegible]辨[illegible]爲福無不自己求之果信也而謂
[illegible]之禍福在乎己[illegible]非也由斯以譚昌黎謂窮通之
[illegible]吾言[illegible]易行哉安在其爲與孟子刺謬
[illegible]論之[illegible]言有國家者宜修政刑於平日
[illegible]已止當自問其爲賢爲不肖而
則國家福政刑隳則國家禍皆
自己求也賢者不皆福不肖者不皆禍不存乎己也文

各自明不煩牽合誠以昌黎之心行孟子之言左盾而

孟子之矛刺昌黎之盾夫矛

然哉以文害辭以辭害志孟子

欽定四庫全書

御選唐宋文醇卷四

昌黎韓愈文四

與馮宿論文書

辱示初筮賦實有意思但力為之古人不難到但不知直似古人亦何得於今人也僕為文久每自測意中以為好則人必以為惡矣小稱意人亦小怪之大稱意即人必大怪之也時時應事作俗下文字下筆令人慙及

示人則人以為好矣小懃者亦蒙謂之小好大懃者即必以為大好矣不知古文直何用於今世也然以竢知者知耳昔揚子雲著太玄人皆笑之子雲之言曰世不我知無害也後世復有揚子雲必好之矣子雲死近千載竟未有揚子雲可歎也其時桓譚亦以為雄書勝老子老子未足道也子雲豈止與老子爭彊而已乎此未為知雄者其弟子侯芭頗知之以為其師之書勝周易然侯之他文不見於世不知其人果如何耳以此而言

作者不祈人之知也明矣直百世以俟聖人而不惑質諸鬼神而不疑耳足下豈不謂然乎近李翺從僕學文頗有所得然其人家貧多事未能卒其業有張籍者年長於翺而亦學於僕其文與翺相上下一二年業之庶幾乎至也然閔其棄俗尚而從於寂寞之道以之爭名於時也久不談聊感足下能自進於此故復發憤一道愈再拜

凡有血氣皆有爭心人心之不同如其面焉故雖末藝

鄙事欲造其至皆不祈人之知而惟求已之是謂夫已所獨知者本不得有人知之理也雖然迨其是也則必合乎離血氣而存之性離血氣而存之性貊與越一人也黃農虞夏與今一時也則又人必知之而不得有終於已獨知之之理也昌黎之於文於此實深喻之深喻之則藝也進乎道矣至其以揚雄為勝老子又述侯芭勝周易之語所為溺愛者不明迨其作送王塤序述孟荀而不及楊則晚年更進一籌矣

聖祖御評
於樸茂中獨見
風骨

答劉正夫書

愈白進士劉君足下辱牋教以所不及既荷厚賜且愧其誠然幸甚幸甚凡舉進士者於先進之門何所不往先進之於後輩苟見其至寧可以不荅其意邪来者則接之舉城士大夫莫不皆然而愈不幸獨有接後輩名名之所存謗之所歸也有来問者不敢不以誠荅或問為文宜何師必謹對曰宜師古聖賢人曰古聖賢人所為書具存辭皆不同宜何師必謹對曰師其意不師其

辭人問曰文宜易宜難必謹對曰無難易惟其是爾如是而已非固開其為此而禁其為彼也夫百物朝夕所見者人皆不注視也及覩其異者則共觀而言之夫文豈異於是乎漢朝人莫不能為文獨司馬相如太史公劉向揚雄為之最然則用功深者其收名也遠若皆與世沈浮不自樹立雖不為當時所怪亦必無後世之傳也足下家中百物皆賴而用也然其所珍愛者必非常物夫君子之於文豈異於是乎今後進之為文能深探

而力取之以古聖賢人為法者雖未必皆是要若有司馬相如太史公劉向揚雄之徒出必自於此不自於循常之徒也若聖人之近不用文則已用則必尚其能者能者非他能自樹立不因循者是也有文字來誰不為文然其存於今者必其能者也顧常以此為說耳愈於足下忝同道而先進者又常從遊於賢尊給事既辱厚賜又安得不進其所有以為答也足下以為何如愈白

李光地曰宋人謂程伊川三代以下凡事必求其是

者伊川一人而已伊川之門上蔡謝氏則以求是二字為窮理之要公此篇以求是論文噫此其所以獨出於諸家歟

答陳生書

愈白陳生足下今之負名譽享顯榮者在上位幾人足下求速化之術不於其人乃以訪愈是所謂借聽於聾求道於盲雖其請之勤勤教之云云未有見其得者也愈之志在古道又甚好其言辭觀足下之書及十四篇

之詩亦云有志於是矣而其所問則名所慕則科故愈疑於其對焉雖然厚意不可虚辱聊爲足下誦其所聞蓋君子病乎在己而順乎在天待己以信而事親以誠所謂病乎在己者仁義存乎彼彼聖賢者能推而廣之而我蠢焉爲衆人所謂順乎在天者貴賤窮通之来乎吾心而隨順之不以累於其初所謂待己以信者己果能之人曰不能勿信也己果不能人曰能之勿信也孰信哉信乎己而已矣所謂事親以誠者盡其心不夸於

外先乎其質後乎其文者也盡其心不夸於外者不以己之得於外者為父母榮也名與位之謂也先乎其質者行也後乎其文者飲食甘旨以其外物供養之道也誠者不欺之名也待於外而後為養薄於質而厚於文斯其不類於欺歟果若是子之汲汲於科名以不得進為親之羞者惑也速化之學如是而已古之學者惟義之問誠將學於太學愈猶守是說而竢見焉愈白

朱子曰陳生以書求速化之術於公公以待己以信

事親以誠告與言寡尤行寡悔之説無異君子之言自衆人視之雖若迂濶而其理實如此

答吕毉山人書

愈白惠書責以不能如信陵執轡者夫信陵戰國公子欲以取士聲勢傾天下而然耳如僕者自度若世無孔子不當在弟子之列以吾子始自山出有樸茂之美意恐未礱磨以世事又自周後文弊百子為書各自名家亂聖人之宗後生習傳雜而不貫故設問以觀吾子其

已成熟乎將以為友也其未成熟乎將以謂去其非而趨是耳不如六國公子有市於道者也方今天下入仕惟以進士明經及卿大夫之世耳其人率皆習熟時俗工於語言識形勢善候人主意故天下靡靡日入於衰壞恐不復振起務欲進足下趨死不顧利害去就之人於朝以爭救之耳非謂當今公卿間無足下輩文學知識也不得以信陵比然足下衣破衣繫麻鞵率然叩吾門吾待足下雖未盡賓主之道不可謂無意者足下行

天下得此於人蓋寡乃遂能責不足於我此真僕所汲汲求者議雖未中節其不肯阿曲以事人者灼灼明矣方將坐足下三浴而三熏之聽僕之所為少安無躁愈頓首

唐承晉魏之後六經晦塞昌黎思掃其榛蕪務張而明之旁搜遠紹孤而無鄰故每以顏子得聖人為依歸則簞瓢自樂為易易深悲已之不得所依歸也其於經生如殷侑輩繾綣請問辭氣加敬遇山野之士必設問以

聖祖御評議兵事文英氣勃發西漢晁錯

觀其成熟與否益可見求其友生以為攻錯平生殆無往不然歟設與程朱生同時則其所造詣必更有進具其與張籍書所云請待五六十然後為書者究亦未及作也其胸中所蘊流落人間者泰山一毫芒亦可慨矣若其裁山人之狂簡渴益友之直諒聲出金石胸羅義娥又磊落而英多哉

與鄂州柳中丞書 第二首

愈愚不能量事勢可否比常念淮右以靡弊困頓三州

趙充國每以此
擅長斯文近之

之地蚊蚋蟻蝨之聚感兇豎喣嚅飲食之惠提童子之手坐之堂上奉以為帥出死力以抗逆明詔戰天下之兵乘機逐利四出侵暴屠燒縣邑賊殺不辜環其地數千里莫不被其毒洛汝襄荆許潁淮江為之騷然丞相公卿士大夫勞於圖議握兵之将熊羆貙虎之士畏懦蹴蹜莫肯仗戈為士卒前行者獨閤下奮然率先揚兵界上将二州之守親出入行間與士卒均辛苦生其氣勢見将軍之鋒穎凛然有向敵之意用儒雅文字章句之業取先天下武夫關其口而奪之氣愚初聞時方食不覺棄

匕箸起立豈以為閤下真能引孤軍單進與死寇角逐爭一旦僥倖之利哉就令如是亦不足貴其所以服人心在行事適機宜而風采可畏愛故也是以前狀輒述鄙誠眷惠手翰還荅益增欣悚夫一衆人心力耳目使所至如時雨三代用師不出是道閤下果能充其言繼之以無倦得形便之地甲兵足用雖國家故所失地旬歲可坐而得況此小寇安足置齒牙間勉而卒之以俟其至幸甚夫遠徵軍士行者有羈旅離别之思居者有怨曠騷動之憂本軍有饋餉煩費之難地主多

姑息形迹之患急之則怨緩之則不用命浮寄孤懸形勢銷弱又與賊不相諳委臨敵恐駭難以有功若名募土人必得豪勇與賊相熟知其氣力所極無望風之驚愛護鄉里勇於自戰徵兵滿萬不如召募數千閣下以為何如儻可上聞行之否計已與裴中丞相見行營事宜不惜時賜示及幸甚不宣愈再拜

唐書柳公綽傳為鄂岳觀察使時方討吳元濟詔發鄂岳卒五千隸安州刺史李聽公綽曰朝廷謂吾儒

生不知兵耶即請自行許之引兵渡江每戰輒克

上留守鄭相公啓

愈啓愈愈為相公官屬五年辱知辱愛伏念曾無絲毫事為報答效日夜思慮謀畫以為事大君子當以道不宜苟且求容悅故於事未嘗敢疑惑宜行則行宜止則止受容受察不復進謝自以為如此真得事大君子之道今雖蒙沙汰為縣固猶在相公治下未同去離門墻為故吏為形跡嫌疑改前所為以自疏外於大君子固當

不待煩說於左右而後察也人有告人辱罵其妹與妻為其長者得不追而問之乎追而不至為其長者得不怒而杖之乎坐軍營操兵守禦為留守出入前後驅從者此真為軍人矣坐坊市賣餅又稱軍人則誰非軍人也愚以為此必姦人以錢財賂將吏盜相公文牒竊注名姓於軍籍中以陵駕府縣此固相公所欲去奉法吏所當嫉雖捕繫杖之未過也昨聞相公追捕所告受辱罵者愚以為大君子為政當有權變始似小異要歸於

正耳軍吏紛紛入見告屈為其長者安得不小致為之之意乎未敢以此仰疑大君子及見諸從事說則與小人所望信者少似乖戾雖然豈敢生疑於萬一必諸從事與諸將吏未能去朋黨心蓋覆黤黮不以真埥狀白露左右小人受私恩良久安敢閉蓄以為私恨不一二陳道伏惟相公憐察幸甚幸甚愈無適時才用漸不喜為吏得一事為名可自罷去不啻如棄涕唾無一分顧藉心顧失大君子纖芥意如邱山重守官去守惟今日

指揮愈惶懼再拜

朱子曰元和五年終改河南令以軍人事辨於留守鄭公其言剴切其退甚輕偉乎史所謂篤道君子也

送竇從事序

踰甌閩而南皆百越之地於天文其次星紀其星牽牛連山隔其陰鉅海敵其陽是維島居卉服之民風氣之殊著自古昔唐之有天下號令之所加無異於遠近民俗既遷風氣亦隨雪霜時降癘疫不興瀕海之饒固加

於初是以人之之南海者若東西州焉皇帝臨天下二
十有二年詔工部侍郎趙植為廣州刺史盡牧南海之
民署從事扶風竇平平以文辭進於其行也其族人殿
中侍御史牟合東都交遊之能文者二十有八人賦詩
以贈之於是昌黎韓愈嘉趙南海之能得人壯從事之
答於知我不憚行之遠也又樂貽周之愛其族叔父能
合文辭以寵榮之作送竇從事少府平序

唐室重内輕外匪特輕外也其遐方邊徼朝士得罪者

乃之官焉地莫非王土民莫非赤子其遠於京師君相耳目之所難及則俾牧斯民撫斯土者宜較近地有加意必忠信慈惠才行卓犖世所共仰之人乃宜居之而以為罪臣責逐之所何其倒置也竇平為廣州從事益人情所不釋然者故昌黎文以開之

送孟東野序

大凡物不得其平則鳴草木之無聲風撓之鳴水之無聲風蕩之鳴其躍也或激之其趨也或梗之其沸也或

炙之金石之無聲或擊之鳴人之於言也亦然有不得已者而後言其歌也有思其哭也有懷凡出乎口而為聲者其皆有弗平者乎樂也者鬱於中而泄於外者也擇其善鳴者而假之鳴金石絲竹匏土革木八者物之善鳴者也維天之於時也亦然擇其善鳴者而假之鳴是故以鳥鳴春以雷鳴夏以蟲鳴秋以風鳴冬四時之相推敚其必有不得其平者乎其於人也亦然人聲之精者為言文辭之於言又其精也尤擇其善鳴者而假

之鳴其在唐虞咎陶禹其善鳴者也而假以鳴夔弗能以文辭鳴又自假於韶以鳴夏之時五子以其歌鳴伊尹鳴殷周公鳴周凡載於詩書六藝皆鳴之善者也周之衰孔子之徒鳴之其聲大而遠傳曰天將以夫子為木鐸其弗信矣乎其末也莊周以其荒唐之辭鳴楚大國也其亡也以屈原鳴臧孫辰孟軻荀卿以道鳴者也楊朱墨翟管夷吾晏嬰老聃申不害韓非眘到田駢鄒衍尸佼孫武張儀蘓秦之屬皆以其術鳴秦之興李斯

鳴之漢之時司馬遷相如楊雄最其善鳴者也其下魏晉氏鳴者不及於古然亦未嘗絶也就其善者其聲清以浮其節數以急其辭淫以哀其志弛以肆其為言也亂雜而無章將天醜其德莫之顧邪何為乎不鳴其善鳴者也唐之有天下陳子昂蘇源明元結李白杜甫李觀皆以其所能鳴其存而在下者孟郊東野始以其詩鳴其高出於魏晉不懈而及於古其他浸淫乎漢氏矣從吾遊者李翶張籍其尤也三子者之鳴信善矣抑不

知天將和其聲而使鳴國家之盛邪抑將窮餓其身思愁其心腸而使自鳴其不幸邪三子者之命則懸乎天矣其在上也奚以喜其在下也奚以悲東野之役於江南也有若不釋然者故吾道其命於天者以解之

朱子曰據本集貞元十九年與陳給事書云送孟郊序一首生紙寫不如裝飾此序呂汲公以為是年作序云東野之役於江南也有若不釋然者時東野為溧陽尉云

上巳日燕太學聽彈琴詩序

與衆樂之之謂樂樂而不失其正又樂之尤也四方無鬬爭金革之聲京師之人既庶且豐天子念致理之艱難樂居安之閒暇肇置三令節詔公卿羣有司至於其日率厥官屬飲酒以樂所以同其休宣其和感其心成其文者也三月初吉實惟其時司業武公於是總太學儒官三十有六人列燕於祭酒之堂罇俎既陳肴羞惟時醆斝序行獻酬有容歌風雅之古辭斥夷狄之新聲

褎衣危冠與與如也有儒一生魁然其形抱琴而来歷階以昇坐於罇俎之南鼓有虞氏之南風賡之以文王宣父之操優游夷愉廣厚高明追三代之遺音想舞雩之詠歎及暮而退皆充然若有得也武公於是作歌詩以美之命屬官咸作之命四門博士昌黎韓愈序之

子貢觀於蜡子曰賜也樂乎子貢曰一國之人皆若狂賜未知其樂也子曰賜非爾所知也張而不弛文武弗能也弛而不張文武弗為也一張一弛文武之道也唐

貞元間詔正月晦日三月三日九月九日三節日宜任文武百僚選勝地追賞為樂亦古者通蜡之遺意雖然順成之方其蜡乃通若德宗時叛將强臣羅列天下及閑暇以明政刑猶懼弗甚當張而弛其事不足書也而彈琴以詠先王之風如見舞雩沂水之意又可紀也文意固兩具之

送陳密序

太學生陳密請於余曰密承訓於先生今將歸覲其親

不得朝夕見願先生賜之言密將以為戒密来太學舉明經累年不獲選是弗利於是科也今將易其業而三禮是習願先生之張之也密將以為鄉榮余媿乎其言遺之言曰子之業信習矣其容信合於禮矣抑吾所見者外也夫外不足以信内子誦其文則思其義習其儀則行其道則將謂子君子也爵祿之来也不可辭矣科寧有利不利耶

學於太學以明先王之經而唯資以發策決科其陋出

老佛下也科有不利則易其業而他經是習以此請於博士又乞文以張之太學生之於經也如此賢博士所聞而懟者也故昌黎曰余媿乎其言

送李愿歸盤谷序

太行之陽有盤谷盤谷之間泉甘而土肥草木叢茂居民鮮少或曰謂其環兩山之間故曰盤或曰是谷也宅幽而勢阻隱者之所盤旋友人李愿居之愿之言曰人之稱大丈夫者我知之矣利澤施於人名聲昭於時坐

於廟朝進退百官而佐天子出令其在外則樹旗旄羅弓矢武夫前呵從者塞途供給之人各執其物夾道而疾馳喜有賞怒有刑才俊滿前道古今而譽盛德入耳而不煩曲眉豐頰清聲而便體秀外而惠中飄輕裾翳長袖粉白黛綠者列屋而閒居妬寵而負恃爭妍而取憐大丈夫之遇知於天子用力於當世者之所為也吾非惡此而逃之是有命焉不可幸而致也窮居而野處升高而望遠坐茂樹以終日濯清泉以自潔採於山美

可茹釣於水鮮可食起居無時惟適之安與其有譽於前孰若無毀於其後與其有樂於身孰若無憂於其心車服不維刀鋸不加理亂不知黜陟不聞大丈夫不遇於時者之所為也我則行之伺候於公卿之門奔走於形勢之途足將進而趑趄口將言而囁嚅處穢汙而不羞觸刑辟而誅戮徼倖於萬一老死而後止者其於為人賢不肖何如也昌黎韓愈聞其言而壯之與之酒而為之歌曰

盤之中維子之宮盤之土可以稼盤之泉可濯可沿盤之阻誰爭子所窮而深廓其有容繚而曲如往而復嗟盤之樂兮樂且無央虎豹遠跡兮蛟龍遁藏鬼神守護兮呵禁不祥飲且食兮壽而康無不足兮奚所望膏吾車兮秣吾馬從子於盤兮終吾生以徜徉

東坡云歐陽公言晉無文章惟陶淵明歸去來辭而已余謂唐無文章惟韓退之送李愿歸盤谷序而已平生欲效此作每執筆輒罷因自笑曰不若且放教退之獨

步後世遂以東坡之言為信然矣東坡好滑稽觀不若且放教退之獨步一語可見蓋自嘆不能企及乃從而為之辭耳豈真唐之文章止此一序也六一所云晉無文章止歸去來辭一首亦屬難信或六一以晉宋間龍戰於野其人果賢者宜皆避世若淵明者言而履之可謂真文章也是以為是說耶

送董邵南序

燕趙古稱多感慨悲歌之士董生舉進士連不得志於

有司懷抱利器鬱鬱適茲土吾知其必有合也董生勉乎哉夫以子之不遇時苟慕義彊仁者皆愛惜焉矧燕趙之士出乎其性者哉然吾嘗聞風俗與化移易吾惡知其今不異於古所云邪聊以吾子之行卜之也董生勉乎哉吾因之有感矣為我弔望諸君之墓而觀於其市復有昔時屠狗者乎為我謝曰明天子在上可以出而仕矣

朱子云邵南壽州安豐人舉進士不得志去遊河北

公作此送之公詩有嗟哉董生行亦為邵南作也此篇言燕趙之士仁義出於其性乃故反其詞以深譏其不臣而習亂之意其卒章又為道上威德以警動而招徠之其旨微矣讀者詳之

贈崔復州序

有地數百里趨走之吏自長史司馬已下數十人其禄足以仁其三族及其朋友故舊樂乎心則一境之人喜不樂乎心則一境之人懼丈夫官至刺史亦樂矣雖然

幽遠之小民其足跡未嘗至城邑苟有不得其所能自直其鄉里之吏者鮮矣況能自辨於縣吏乎能自辨於縣吏者鮮矣況能自辨於刺史之庭乎由是刺史有所不聞小民有所不宣賦有常而民産無恒水旱癘疫之不期民之豐約懸於州縣令不以言連帥不以信民就窮而斂愈急吾見刺史之難爲也崔君爲復州其連帥則于公崔君之仁足以蘇復人于公之賢足以庸崔君有刺史之榮而無其難爲者將在於此乎愈嘗辱于公

之知而舊游於崔君慶復人之將蒙其休澤也於是乎

言

父天母地子萬民曰天子由血氣而分之則各子其子由理氣而分之天下莫不子也理氣者血氣之主則子萬民者較子其子為更切焉而非虛言其理而實無其事者也子有不能呼顲其父母則行道傷之民有不能呼顲其大君則莫之省憂者理之不明而道之不行也惟其形隔勢暌是以設官分職大以遞統小小以遞承

大使萬里之遠億兆之衆皆得以情達於天子天子得以盡其父母之責焉爾然而龍蛇混雜蒼黃交眩大吏欲達而小吏蔽之小吏欲達而大吏壅之且大小朋比而專以罔其上唯身之名位是保民之性命非所問於是九重之上奚翅水旱癘疫之不聞賊民與良民肝腦塗地而方且以為無纖芥事者史冊所載有不盡寧有虐哉成湯慄慄危懼若將隕於深淵良有以也欲為君盡君道欲為臣盡臣道當於此等文字反復循環推類

以盡其餘庶幾赤子得養於其父母乎

贈張童子序

天下之以明二經舉於禮部者歲至三千人始自縣考試定其可舉者然後升於州若府其不能中科者不與是數焉州若府總其屬之所升人考試之如縣加察詳焉定其可舉者然後貢於天子而升之有司其不能中科者不與是數焉謂之鄉貢有司者總州府之所升而考試之加察詳焉第其可進者以名上於天子而藏之

屬之吏部歲不及二百人謂之出身能在選者厥惟艱哉二經章句僅數十萬言其傳注在外皆誦之又約知其大說由是舉者或遠至十餘年然後與乎三千之數而升於禮部矣又或遠至十餘年然後與乎二百之數而進於吏部矣班白之老半焉昏塞不能及者皆不在是限有終身不得與者焉張童子生九年自州縣達禮部一舉而進立於二百之列又二年益通二經有司復上其事由是拜衛兵曹之命人皆謂童子耳目明達神

氣以靈余亦偉童子之獨出於等夷也童子請於其官之長隨父而寧母歲八月自京師道陝南至虢東及洛師北過大河之陽九月始来及鄭自朝之聞人以及五都之伯長羣吏皆厚其餼賂或作歌詩以嘉童子童子亦榮矣雖然愈將進童子於道使人謂童子求益者非欲速成者夫少之與長也異觀少之時人惟童子之異及其長也將責成人之禮焉成人之禮非盡於童子所能而已也然則童子宜暫息乎其已學者而勤乎其未

學者可也愈與童子俱陸公之門人也慕回路二子之相請贈與處故有以贈童子

勇力材技智慧皆得乎天而不可強然而所性不存焉固無足為人之重輕也骨騰肉飛曳牛礫石臨死生而狐疑禁痒則不如迎風則僵順風則伏者矣目覽辭訟手答牋書耳行聽受口並應酬不相參涉皆悉瞻舉以此行其私而濟其不仁則不如木僵拙訥無能為役者矣人之智慧何獨不然下筆便成過目成誦又特智慧

中之一端耳佛氏之説曰神通本宿因亦謂與性無涉也人之有勇力材技智慧當思天之生材之難累千累萬而無一人務成其美以為國家之用已之有勇力材技智慧當知與能飲健啖無二無别無足矜者務力於學以成其人毋使斯世目為尤物焉可也如張童子者後乃無聞徒以十一歲通二經名於後世兹榮也兹所以為愧也夫

御選唐宋文醇卷四

欽定四庫全書

御選唐宋文醇卷五

昌黎韓愈文五

送區册序

陽山天下之窮處也陸有邱陵之險虎豹之虞江流悍急橫波之石廉利侔劒戟舟上下失勢破碎淪溺者往往有之縣郭無居民官無丞尉夾江荒茅篁竹之間小吏十餘家皆鳥言夷面始至言語不通畫地為字然後

可告以出祖賦奉期約是以賓客遊從之士無所為而至愈待罪於斯且半歲矣有區生者誓言相好自南海拏舟而來升自賓階儀觀甚偉坐與之語文義卓然莊周云逃空虛者聞人足音跫然而喜矣況如斯人者豈易得哉入吾室聞詩書仁義之説欣然喜若有志於其間也與之翳嘉林坐石磯投竿而漁陶然以樂若能遺外聲利而不厭乎貧賤也歲之初吉歸拜其親酒壺既傾序以識别

朱子曰洪謂區冊即區弘考其始末非也貞元十九年冬公自御史出為陽山令此序在陽山作其曰歲之初吉當在明年正月也　按洪謂洪興祖慶善

送王秀才序

吾常以為孔子之道大而能博門弟子不能徧觀而盡識也故學焉而皆得其性之所近其後離散分處諸侯之國又各以所能授弟子原遠而末益分蓋子夏之學其後有田子方子方之後流而為莊周故周之書喜稱

子方之為人荀卿之書語聖人必曰孔子子弓子弓之事業不傳惟太史公書弟子傳有姓名字曰馯臂子弓子弓受易於商瞿孟軻師子思子思之學蓋出曾子自孔子沒羣弟子莫不有書獨孟軻氏之傳得其宗故吾少而樂觀焉太原王塤示予所為文好舉孟子之所道者與之言信悅孟子而屢賛其文辭夫沿河而下苟不止雖有遲疾必至於海如不得其道也雖疾不止終莫幸而至焉故學者必慎其所道道於楊墨老莊佛之學

而欲之聖人之道猶航斷港絕潢以望至於海也故求觀聖人之道必自孟子始今塤之所由既幾於知道如又得其船與檝知沿而不止嗚呼其可量也哉

李光地曰此韓子之文醇乎其醇者也前無所承而斷置分明如此亦頗采楊雄之意然楊不能如此條暢也故原道譏雄語焉不詳柳子原亦謂退之決作之加恢奇惜乎其自許以五六十著書而未逮也

送浮屠文暢師序

人固有儒名而墨行者問其名則是校其行則非可以與之游乎如有墨名而儒行者問之名則非校其行而是可以與之游乎揚子雲稱在門牆則揮之在夷狄則進之吾取以為法焉浮屠師文暢喜文章其周遊天下凡有行必請於縉紳先生以求咏歌其所志貞元十九年春將行東南柳君宗元為之請解其裝得所得序詩累百餘篇非至篤好其何能致多如是邪惜其無以聖人之道告之者而徒舉浮屠之說贈焉夫文暢浮屠也

如欲聞浮屠之說當自就其師而問之何故謁吾徒而來請也彼見吾君臣父子之懿文物事為之盛其心有慕焉拘其法而未能入故樂聞其說而請之如吾徒者宜當告之以二帝三王之道日月星辰之行天地之所以著鬼神之所以幽人物之所以蕃江河之所以流而語之不當又為浮屠之說而瀆告之也民之初生固若禽獸夷狄然聖人者立然後知宮居而粒食親親而尊尊生者養而死者藏是故道莫大乎仁義教莫正乎禮

樂刑政施之於天下萬物得其宜措之於其躬體安而氣平堯以是傳之舜舜以是傳之禹禹以是傳之湯湯以是傳之文武文武以是傳之周公孔子書之於冊中國之人世守之今浮屠者孰為而孰傳之邪夫鳥俛而啄仰而四顧夫獸深居而簡出懼物之為已害也猶且不脫焉弱之肉彊之食今吾與文暢安居而暇食優游以生死與禽獸異者寧可不知其所自邪夫不知者非其人之罪也知而不為者惑也悅乎故不能即乎新者

弱也知而不以告人者不仁也告而不以實者不信也

余既重柳請又嘉浮屠能喜文辭於是乎言

送高閑上人序

苟可以寓其巧智使機應於心不挫於氣則神完而守固雖外物至不膠於心堯舜禹湯治天下養叔治射庖丁治牛師曠治音聲扁鵲治病僚之於丸秋之於奕伯倫之於酒樂之終身不厭奚暇外慕夫外慕徙業者皆不造其堂不嚌其胾者也往時張旭善草書不治他技

喜怒窘窮憂悲愉佚怨恨思慕酣醉無聊不平有動於心必於草書焉發之觀於物見山水崖谷鳥獸蟲魚草木之花實日月列星風雨水火雷霆霹靂歌舞戰鬭天地事物之變可喜可愕一寓於書故旭之書變動猶鬼神不可端倪以此終其身而名後世今閑之於草書有旭之心哉不得其心而逐其跡未見其能旭也為旭有道利害必明無遺錙銖情炎於中利欲鬭進有得有喪勃然不釋然後一決於書而後旭可幾也今閑師浮屠

氏一死生解外膠是其為心必泊然無所起其於世必淡然無所嗜泊與淡相遭頹墮委靡潰敗不可收拾則其於書得無象之然乎然吾聞浮屠人善幻多技能閑如通其術則吾不能知矣

昌黎以浮屠氏一死生解外膠於心泊然無所起於世淡然無所嗜必不能書是蓋以沉空窈冥為一生死解外膠也夫沉空窈冥非浮屠氏之所許而一死生解外膠又非沉空窈冥之謂也其曰於心泊然無所起非謂

其屏聞而去見邪屏聞而去見其聞見之根不增減於毫末也其曰於世淡然無所嗜非謂其屏聲而去色邪屏聲而去色其聲色之陰仍縱横於區宇也明之與暗猶晝之與夜晝之與夜猶生之與死今將取暗而舍明則是取夜而舍晝取死而舍生但見其惑之滋甚何嘗一死生哉是即外膠也又何嘗解哉故曰無内無外然後膠解無死無生然後一如夫此無内無外無死無生者大之為天地小之為萬物明之為日月幽之為鬼神

見乃謂之象形乃謂之器制而用之謂之法利用出入民咸用之謂之神日用而不知者庶民行著而習察者聖賢夫豈浮屠氏所得而專之者哉學者牛毛識者麟角識者牛毛至者麟角彼高閑者固不足以語此也雖然無邉之不中無小之不大一技之末亦未有不一死生解外膠而能造其極者堯舜禹湯之治天下不具論若基之射僚之丸秋之奕曠之音鵲之醫藝之所以致精者何以能然哉當其志不分而凝於神則已有射無基

有丸無僚有奕無秋有音無曠有醫無鵲矣及其官知止而神欲行則又基無射僚無丸秋無奕曠無音鵲無醫也唯其在此無自在彼無物然後技之奏也通於神明使奏技之時不滯於自即滯於物則必支離眩轉奚有奪天巧而號國能者哉昌黎謂外物至不膠於心猶未達夫心亦無心非外物者亦不至也夫心亦無心非外物亦不至到此地位豈非一生死解外膠哉若夫旭之於書心有所動物有所感具於書然發之何以能然

哉喜怒等情既發之於書則其情無情也書之爲書郤狀情之喜怒則其書無書也兩皆無者妙爲一有於是情見而書入於神其於物也亦然否則點畫波磔豈繪事哉而能狀山水崖谷鳥獸蟲魚草木種種造物之變也即昌黎此文可謂與旭之書同一化工矣其何以能然哉當其下筆時豈非在此不見有自在彼不見有文不期然而然言之短長與聲之高下皆宜乎於斯時也豈不一死生解外膠哉孟子言之矣其至爾力也其中

非爾力也藝固然矣道何獨不然邪

送殷員外序

唐受天命為天子凡四方萬國不問海内外無小大咸臣順於朝時節貢水土百物大者特來小者附集元和睿聖文武皇帝既嗣位悉治方内就法度十二年詔曰四方萬國惟回鶻於唐最親奉職尤謹丞相其選宗室四品一人持節往賜君長告之朕意又選學有經法通知時事者一人與之為貳由是殷侯侑自太常博士遷

尚書虞部員外郎兼侍御史朱衣象笏承命以行朝之大夫莫不出餞酒半右庶子韓愈執盞言曰殷大夫今人適數百里出門惘惘有離别可憐之色持被入直三省丁寧顧婢子語刺刺不能休今子使萬里外國獨無幾微出於顔面豈不真知輕重大丈夫哉丞相以子應詔真誠知人士不通經果不足用於是相屬為詩以道其行云

唐書殷侑傳侑陳州人通經術以講道為娱貞元末

五經第其學長於禮元和八年回鶻請和親朝廷以費廣欲紓其期詔侑副宗正少卿李孝誠使回鶻可汗驕甚盛陳甲兵欲臣使者侑不為屈已傳命虜責其倨宣言欲留不遣衆色怖侑徐曰可汗唐壻欲坐屈使者拜乃可汗無禮非使臣倨也虜憚其言不敢逼

送楊少尹序

昔疏廣受二子以年老一朝辭位而去於時公卿設供

張祖道都門外車數百兩道路觀者多歎息泣下共言其賢漢史既傳其事而後世工畫者又圖其迹至今照人耳目赫赫若前日事國子司業楊君巨源方以能詩訓後進一旦以年滿七十亦白丞相去歸其鄉世常說古今人不相及今楊與二疏其意豈異也予忝在公卿後遇病不能出不知楊侯去時城門外送者幾人車幾兩馬幾匹道邊觀者亦有歎惜知其為賢與否而太史氏又能張大其事為傳繼二疏蹤跡否不落莫否見今

世無工畫者而畫與不畫固不論也然吾聞楊侯之去丞相有愛而惜之者白以為其都少尹不絶其禄又為歌詩以勸之京師之長於詩者亦屬而和之又不知當時二疏之去有是事否古今人同不同未可知也中世士大夫以官為家罷則無所於歸楊侯始冠舉於其鄉歌鹿鳴而來也今之歸指其樹曰某樹吾先人之所種也某水某邱吾童子時所釣遊也鄉人莫不加敬誡子孫以楊侯不去其鄉為法古之所謂鄉先生沒而可祭於

社者其在斯人歟其在斯人歟

姚令威集注曰楊巨源新舊史無傳藝文志云字景山貞元五年第進士以能詩名嘗有三刀夢益州一箭取遼城之句白樂天贈詩云早聞一箭取遼城以此詩遂知名旣引年去命爲其都少尹蓋公河中人卽其鄉也張籍有詩送之官爲本府當身榮因得還鄉任野情意蓋指此此序長慶中公爲吏部侍郎時作故序謂余忝在公卿後云

送石處士序

河陽軍節度御史大夫烏公為節度之三月求士於從事之賢者有薦石先生者公曰先生何如曰先生居嵩邙瀍穀之間冬一裘夏一葛食朝夕飯一盂蔬一盤人與之錢則免請與出遊未嘗以事辭勸之仕不應坐一室左右圖書與之語道理辨古今事當否論人高下事後當成敗若河決下流而東注若駟馬駕輕車就熟路而王良造父為之先後也若燭照數計而龜卜也大夫

曰先生有以自老無求於人其肯為某來邪從事曰大夫文武忠孝求士為國不私於家方今寇聚於垣師環其疆農不耕收財粟殫亡吾所處地歸輸之塗法治政謀宜有所出先生仁且勇若以義請而彊委重焉其何説之辭於是譔書詞具馬幣卜日以授使者求先生之廬而請焉先生不告於妻子不謀於朋友冠帶出見客拜受書禮於門内宵則沐浴戒行李載書冊問道所由告行於常所來往晨則畢至張上東門外酒三行且起

有執爵而言者曰大夫真能以義取人先生真能以道自任決去就為先生別又酌而祝曰凡去就出處何常惟義之歸遂以為先生壽又酌而祝曰使大夫恒無變其初無務富其家而飢其師無甘受佞人而外敬正士無味於諂言惟先生是聽以能有成功保天子之寵命又祝曰使先生無圖利於大夫而私便其身先生起拜祝辭曰敢不敬蚤夜以求從祝規於是東都之人士咸知大夫與先生果能相與以有成也遂各為歌詩六韻

退愈為之序云

本傳洪字濬川其先姓烏石蘭後獨以石為氏有至行舉明經為黃州錄事參軍罷歸東都十餘年隱居不出公卿聞數薦皆不答烏重允鎮河陽求賢者以自重乃具書幣邀辟洪亦謂重允知己欣然戒行後詔書召為昭應尉集賢校理歐陽修曰洪始終無可稱而名重一時以嘗為退之稱道耳今按新唐書乃歐陽修奉勅撰稱洪有至行而平日議論又云洪始終無可稱甚矣古今

信史之難也

送温處士赴河陽軍序

伯樂一過兾北之野而馬羣遂空夫兾北馬多天下伯樂雖善知馬安能空其羣邪解之者曰吾所謂空非無馬也無良馬也伯樂知馬遇其良輒取之羣無留良焉苟無良雖謂無馬不為虛語矣東都固士大夫之兾北也恃才能深藏而不市者洛之北涯曰石生其南涯曰温生大夫烏公以鈇鉞鎮河陽之三月以石生為才以

禮為羅羅而致之幕下未數月也以溫生為才於是以石生為媒以禮為羅又羅而致之幕下東都雖信多才士朝取一人焉拔其尤暮取一人焉拔其尤自居守河南尹以及百司之執事與吾輩二縣之大夫政有所不通事有所可疑奚所諮而處焉士大夫之去位而巷處者誰與嬉遊小子後生於何考德而問業焉搢紳之東西行過是都者無所禮於其廬若是而稱曰大夫烏公一鎮河陽而東都處士之廬無人焉豈不可也夫南面

而聽天下其所託重而恃力者惟相與將耳相為天子得人於朝廷將為天子得文武士於幕下求內外無治不可得也愈縻於兹不能自引去資二生以待老今皆為有力者奪之其何能無介然於懷邪生既至拜公於軍門其為吾以前所稱為天下賀以後所稱為吾致私怨於盡取也留守相公首為四韻詩歌其事愈因推其意而序之

温造字簡輿大雅五世孫嗜書盛氣少所降屈李希烈

反造為張建封參謀承宗諂說劉濟效命稱旨將用為諫官不果復去隱東都烏重允奏置幕府長慶初以京兆司錄為太原幽鎮宣諭使為劉總開示禍福總籍所部九州入朝還授侍御史知彈奏劾大金吾李祐違詔進馬祐曰吾夜入蔡州擒吳元濟未嘗心動今日胆落於溫御史與元軍亂殺李絳授造山南西道節度使許以便宜從事至則大宴將士酒闌伏兵起叛者八百餘人皆伏誅加檢校禮部尚書觀唐書所載造蓋英幹之

士昌黎兩處士序辭若重石而簡温細玩之石序猶反覆進規温序則惟自嘆失良友而已則其重温者尤至也昌黎時為河南令故曰資二生以待老今皆為有力者奪之葢實為平日政有不通事有可疑之所諮而處者非虛言也

送鄭尚書序

嶺之南其州七十其二十二隷嶺南節度府其四十餘分四府府各置帥然獨嶺南節度為大府大府始至四

府必使其佐啓問起居謝守地不得即賀以為禮歲時必遣賀問致水土物大府帥或道過其府府帥必戎服左握刀右屬弓矢帕首袴鞾迎郊及既至大府帥先入據館帥守屏若將趨入拜庭之為者大府與之為讓至一再乃敢改服以賓主見適位執爵皆興拜不許乃止虔若小侯之事大侯有大事諮而後行隸府之州離府遠者至三千里懸隔山海使必數月而後能至蠻夷悍輕易怨以變其南州皆岸大海多洲島颿風一日踔數

千里漫瀾不見蹤迹控御失所依險阻結黨仇機毒矢以待將吏㨩搪呼號以相和應蜂屯蟻雜不可爬梳好則人怒則獸故常薄其征入簡節而疎目時有所遺漏不究切之長養以兒子至紛不可治乃草薙而禽獮之盡根株痛斷乃止其海外雜國若躭浮羅流求毛人夷亶之州林邑扶南真臘于陀利之屬東南際天地以萬數或時候風潮朝貢蠻胡賈人舶交海中若嶺南帥得其人則一邊盡治不相寇盜賊殺無風魚之菑水旱癘

毒之患外國之貨日至珠香象犀玳瑁奇物溢於中國不可勝用故選帥常重於他鎮非有文武威風知大體可畏信者則不幸往往有事長慶三年四月以工部尚書鄭公為刑部尚書兼御史大夫往踐其任鄭公嘗以節鎮襄陽又帥滄景德棣歷河南尹華州刺史皆有功德可稱道入朝為金吾將軍散騎常侍工部侍郎尚書家屬百人無數畝之宅僦屋以居可謂貴而能貧為仁者不富之效也及是命朝廷莫不悅將行公卿大夫士

苟能詩者咸相率為詩以美朝政以慰公南行之思韻
必以來字者所以祝公成政而來歸疾也

昌黎寫蠻夷情狀可謂如繪然云至紛不可治乃草薙
而禽獮之盡根株痛斷乃止則讀者當以意逆志是為
得之蓋唐德既衰朝廷削弱立言之體不得不張國威
耳如元和聖德詩婉婉弱子赤立傴僂牽頭曳足先斷
腰膂蓋欲使藩鎮聞之畏罪懼禍不敢叛耳然而蘇子
由以為李斯頌秦所不忍言而朱子亦有德不足則夸

之議此亦其類也嘗考蠻夷之俗自周以上皆然非古淳而今漓也其用兵之見於經者虞舜殷武而已舜以三旬殷武以三年詩頌殷武而易稱其憊不無微辭然亦止是楚地耳非此序所稱嶺南五管之遠也自漢以降多用兵於蠻夷然終莫或得志孰曾盡根株痛斷之哉就使能草薙而禽獮之無俾遺種於帝王御世之道又烏乎可孟子曰不嗜殺人者能一之海可塵嶽可礪斯言不可易也如使殺人如草如禽而可以為平天下

之具孔孟不足為萬世師矣況此蛇虎毒腥馬搏頹人懸渡之區實非用武之地甲士饟夫勞苦疾疫之所傷死四封之外徵發期會之所繹騷兵刃未接於蒭民而良民已入於湯火矣所司恃其遠而莫之證也以敗為功以無為有千端萬倪莫可究詰非漢唐之已事乎且唐時邕管莫峒之役昌黎謂據所殺傷賊必已盡今仍如故足明欺罔見於奏狀是昌黎未嘗以為真可草薙禽獮也說者曰聖王之治天下道德一而風俗同安

得於蠻夷而有異治治之而不治寔能去兵曰夏后殷周之盛可謂至矣王化之隆可謂道德一而風俗同矣然所謂驪戎者所謂陸渾之戎者其地即漢唐中原之地也其東南荒服之蠻所爲吳者所爲於越者其地即漢唐文物之區也在周則以其爲蠻夷戎狄之國並未嘗以杞宋魯衛之政被之修其教不易其俗然而無礙其爲三代之治道德一而風俗同也況其尤遠者哉說者曰如此則聖王之威亦有所止其何以云仁者無敵

乎曰仁者無敵豈殺敵淨盡之謂邪虎與人異類而媚養己者順也天下莫不歸者仁也歸則無敵矣易曰神武不殺唯仁故神武唯不殺故無敵也且夫所謂蠻夷者為其好則人怒則獸也好則人民吾同胞同胞可悉剸以刃哉怒則獸於禽獸又何難焉興六軍之衆盡殺山中之蛇虎可不謂之無威乎讀者無惧會昌黎之意謂控制蠻夷之術真有盡根株痛斷之一說也

送水陸運使韓侍御歸所治序

六年冬振武軍吏走驛馬詣闕告飢公卿廷議以轉運使不得其人宜選才幹之士往換之吾族子重華適當其任至則出贓罪吏九百餘人脱其桎梏給耒耜與牛使耕其傍便近地以償所負釋其粟之在吏者四十萬斛不徵吏得去罪死假種糧齒平人有以自效莫不涕泣感奮相率盡力以奉其令而又為之奔走經營相原隰之宜指授方法故連二歲大熟吏得盡償其所亡失四十萬斛者而私其贏餘得以蘓息軍不復飢君曰此

未足為天子言請益募人為十五屯屯置百三十人而種百頃令各就高為堡東起振武轉而西過雲州界極於中受降城出入河山之際六百餘里屯堡相望寇來不能為暴人得肆耕其中少可以罷漕輓之費朝廷從其議秋果倍收歲省度支錢千三百萬八年詔拜殿中侍御史錫服朱銀其冬來朝奏曰得益開田四千頃則盡可以給塞下五城矣田五千頃法當用人七千臣令吏於無事時督習弓矢為戰守備因可以制虜庶幾可

謂兵農兼事務一而兩得者也大臣方持其議吾以爲邊軍皆不知耕作開口望哺有司常僦人以車船自他郡往輸乘沙逆河遠者數千里人畜死蹄踵交道費不可勝計中國坐耗而邊吏恒苦食不繼今君所請田皆故秦漢時郡縣地其課績又已驗白若從其言其利未可遽以一二數也今天子方舉羣策以收太平之功寧使士有不盡用之歎懷奇見而不得施設也君又何憂而中臺士大夫亦同言侍御韓君前領三縣紀綱二州

奏課常為天下第一行其計於邊其功烈又赫赫如此使盡用其策西北邊故所没地可指期而有也聞其歸皆相勉為詩以推大之而屬余為序

按唐食貨志元和中振武軍飢宰相李絳請開營田可省度支漕運及絶和糴欺隱憲宗稱善乃以韓重華為振武京西營田和糴水陸運使歲收粟二十萬及重華入朝奏請益開田五千頃可以盡給五城會李絳已罷後宰相持其議而止此文不言發議自李絳昌黎或亦

有深意蓋惜其言不用不得寵其施而猶冀其相之一改或終得奏其績也　又按六年冬重華之官始屯田連二歲大熟又請置十五屯因高為堡自振武極於中受降城屯堡相望朝廷從其議秋果倍收則是已更三歲矣而云八年冬來朝則非篇首六年六字誤即此八年八字誤也食貨志只言元和中而不言幾年歐陽永叔殆亦莫能考歟

石鼎聯句詩序

元和七年十二月四日衡山道士軒轅彌明自衡下來舊與劉師服進士衡湘中相識將過太白知師服在京夜抵其居宿有校書郎侯喜新有能詩聲夜與劉說詩彌明在其側貌極醜白鬚黑面長頸而高結喉中又作楚語喜視之若無人彌明忽軒衣張眉指鑪中石鼎謂喜曰子云能詩能與我賦此乎劉往見衡湘間人說云年九十餘矣解捕逐鬼物拘囚蛟螭虎豹不知其實能否也見其老頗貌敬之不知其有文也聞此說大喜即

援筆題其首兩句次傳於喜喜踴躍即綴其下云云道士啞然笑曰子詩如是而已乎即袖手竦肩倚北牆坐謂劉曰吾不解世俗書子為我書因高吟曰龍頭縮菌蠢豕腹漲彭亨初不似經意詩旨有似譏喜二子相顧慙駭欲以多窮之即又為而傳之喜喜思益苦務欲壓道士每營度欲出口吻聲鳴益悲操筆欲書將下復止竟亦不能奇也畢即傳道士道士高踞大唱曰劉把筆吾詩云云其不用意而功益奇不可附說語皆侵劉侯

喜益忌之劉與侯皆已賦十餘韻彌明應之如響皆頽脱含譏諷夜盡三更二子思竭不能續因起謝曰尊師非世人也某伏矣願為弟子不敢更論詩道士奮曰不然章不可以不成也又謂劉曰把筆來吾與汝就之即又唱出四十字為八句書訖使讀讀畢謂二子曰章不已就乎二子齊應曰就矣道士曰此皆不足與語此寧為文耶吾就子所能而作耳非吾之所學於師而能者也吾所能者子皆不足以聞也獨文乎哉吾語亦不當聞

也吾閉口矣二子大懼皆起立牀下拜曰不敢他有問也願聞一言而已先生稱吾不解人間書敢問解何書請聞此而已道士寂然若無聞也累問不應二子不自得即退就座道士倚牆睡鼻息如雷鳴二子恇然失色不敢喘斯須曙鼓動鼕鼕二子亦困遂坐睡及覺日已上驚顧覓道士不見即問童奴奴曰天且明道士起出若將便旋然奴怪久不返即出到門覓無有也二子驚惋自責若有失者間遂詣余言余不能識其何道士也

嘗聞有隱君子彌明者豈其人邪韓愈序

[illegible]里姓氏子孫至備至悉蓋漢室黄老言至武帝時[illegible]修亡秦之遺説謂神仙可致不[illegible]藥可得[illegible]以著其平生行蹟子孫仕籍以黄[illegible]老子老子特世之隱君子爾以[illegible]謬悠之説可息也昌黎作軒轅[illegible]意其時必有謂侯劉遇神仙者故其序首即言彌明與劉師服素來往復歷著其狀貌語

言而終篇即用太史公之文亦以隱君子稱之蓋深曉

此[illegible]之說誠荒唐也自宋以來

謂軒轅彌明[illegible]韓[illegible][illegible]道之自託以嘲弄俳喜亦失

之[illegible]

御選唐宋文醇卷五

欽定四庫全書

御選唐宋文醇卷六

昌黎韓愈文六

汴州東西水門記

貞元十四年正月戊子隴西公命作東西水門越三月辛巳朔水門成三日癸未大合樂設水嬉會監軍軍司馬賓佐僚屬將校熊羆之士肅四方之賓客以落之士女稐會闐郭溢郛既卒事其從事昌黎韓愈請紀成績

其詞曰

維汴州河水自中注厥初距河為城其不合者誕寘聯鎖於河宵浮晝湛舟不潛通然其襟抱虧疏風氣宣洩邑居弗寧訛言屢騰歷載已來孰究孰思皇帝御天下十有八載此邦之人遭逢疾威囂童嗷嘑劫衆阻兵懍懍栗栗若墜若覆時維隴西公受命作藩爰自洛京單車來臨遂拯其危遂去其疵弗肅弗厲薰為太和神應祥福五穀穰熟既庶而豐人力有餘監軍是咨司馬是

謀乃作水門為邦之郛以固風氣以閑寇偷黃流渾渾

飛閣渠渠因而飾之匪為觀遊天子之武維隴西公是

布天子之文維隴西公是宣河之沄沄源於崑崙天子

萬祀公多受祉乃伐山石刻之日月尚俾來者知作之

所始

樊汝霖曰公時佐董晉在汴州陳后山云退之作記

記事耳今之作記乃論也以后山論觀公諸記信然

燕喜亭記

太原王弘中在連州與學佛人景常元慧游異日從二人者行於其居之後邱荒之間上高而望得異處焉斬茅而嘉樹列發石而清泉激輦糞壤燔椔翳却立而視之出者突然成邱陷者呀然成谷窪者為池而缺者為洞若有鬼神異物陰來相之自是弘中與二人者晨往而夕忘歸焉乃立屋以避風雨寒暑既成愈請名之其邱曰竢德之邱蔽於古而顯於今有竢之道也其石谷曰謙受之谷瀑曰振鷺之瀑谷言德瀑言容也其土谷

曰黃金之谷瀑曰秩秩之瀑谷言容瀑言德也洞曰寒居之洞志其入時也池曰君子之池虛以鍾其美盈以出其惡也泉之源曰天澤之源出高而施下也合而名之以屋曰燕喜之亭取詩所謂魯侯燕喜者頌也於是州民之老聞而相與觀焉曰吾州之山水名天下然而無與燕喜者比經營於其側者相接也而莫直其地凡天作而地藏之以遺其人乎弘中自吏部郎貶秩而來次其道途所經自藍田入商洛涉淅湍臨漢水升峴首

以望方城出荆門下岷江過洞庭上湘水行衡山之下繇郴踰嶺蝯狖所家魚龍所宫極幽遐瑰詭之觀宜其於山水飫聞而厭見也今其意乃若不足傳曰知者樂水仁者樂山弘中之德與其所好可謂協矣智以謀之仁以居之吾知其去是而羽儀於天朝也不逺矣遂刻石以記

樊汝霖曰王弘中字仲舒自吏部員外郎貶連州司户參軍韓醇曰亭在連州公為陽山令時作陽山連

之屬邑云

藍田縣丞廳壁記

丞之職所以貳令於一邑無所不當問其下主簿尉主簿尉乃有分職丞位高而偪例以嫌不可否事文書行吏抱成案詣丞卷其前鉗以左手右手摘紙尾鴈鶩行以進平立睨丞曰當署丞涉筆占位署惟謹目吏問可不可吏曰得則退不敢略省漫不知何事官雖尊力勢反出主簿尉下諺數慢必曰丞至以相訾謷丞之設豈

端使然哉博陵崔斯立種學績文以蓄其有泓涵演迤日大以肆貞元初挾其能戰藝於京師再進再屈闕人元和初以前大理評事言得失黜官再轉而為丞茲邑始至喟曰官無卑顧材不足塞職既噤不得施用又喟曰丞哉丞哉余不負丞而丞負余則盡枿去牙角一躡故跡破崖岸而為之丞廳故有記壞漏汚不可讀斯立易桷與瓦墁治壁悉書前任人名氏庭有老槐四行南牆鉅竹千梃儼立若相持水㶁㶁循除鳴斯立痛掃溉

對樹二松日哦其間有問者輒對曰余方有公事子姑去

官必有貳古制也猶左右手然左右手皆從其心人果皆以國事為心則正必無嫌其貳貳必無狃其正者雖十百人同一事猶若耳目口鼻手足共處一身無一之可簡也惟各心其心則雖兩人亦不可共一事為貳者非侵官即曠官為正者非委事即擅事矣然而責成者必正也於是貳為贅疣焉貳猶贅疣則所謂參者伍

者考者殷者輔者又安得而舉其職哉以一人之身而政事一埤益之則叢脞矣貳以下皆贅疣則惰矣叢脞而惰則萬事隳矣觀昌黎此記唐時州縣之治可知也

新修滕王閣記

愈少時則聞江南多臨觀之美而滕王閣獨為第一有瓌偉絶特之稱及得三王所為序賦記等壯其文辭益欲往一觀而讀之以忘吾憂繫官于朝願莫之遂十四年以言事斥守揭陽便道取疾以至海上又不得過南

昌而觀所謂滕王閣者其冬以天子進大號加恩區內
移刺袁州袁於南昌為屬邑私喜幸自語以為當得躬
詣大府受約束於下執事及其無事且還儻得一至其
處竊寄目償所願焉至州之七月詔以中書舍人太原
王公為御史中丞觀察江南西道洪江饒虔吉信撫袁
悉屬治所八州之人前所不便及所願欲而不得者公
至之日皆罷行之大者驛聞小者立變春生秋殺陽開
陰閉令修於庭戶數日之間而人自得于湖山千里之

外吾雖欲出意見論利害聽命於幕下而吾州乃無一事可假而行者又安得捨己所事以勤館人則滕王閣又無因而至焉矣其歲九月人吏浹和公與監軍使燕於此閣文武賔士皆與在席酒半合辭言曰此屋不修且壞前公為從事此邦適理新之公所為文實書在壁今三十年而公來為邦伯適及期月公又來燕於此公烏得無情哉公應曰諾於是棟楹梁桷板檻之腐黑撓折者蓋瓦級甎之破缺者赤白之漫漶不鮮者治之則

已無侈前人無廢後觀工既訖功公以衆飲而以書命
愈曰子其為我記之愈既以未得造觀為歎竊喜載名
其上詞列三王之次有榮耀焉乃不辭而承公命其江
山之好登望之樂雖老矣如獲從公遊尚能為公賦之

樊汝霖曰滕王閣在洪州公自袁州作此記凡五百五字
首尾叙其不一到為歎而終之曰其江山之好登望之樂
雖老矣如獲從公遊尚能為公賦之蓋叙事之外所以寄
吾不盡之意歐陽永叔為襄守史中輝記峴山亭尹師魯

聖祖御評 禘祫之議紛如聚訟此論折衷衆議條貫井然

為襄守燕公記峴山亭蘇子美為處守李然明記照水堂蘇子瞻為眉守黎希聲記遠景樓四者其辭雖異而大意略同豈作文之法當如是邪抑亦祖公之意而為之也

禘祫議

右今月十六日勅旨宜令百僚議限五日內聞奏者將仕郎守國子監四門博士臣韓愈謹獻議曰伏以陛下追孝祖宗肅敬祀事凡在擬議不敢自專聿求厥中延

訪羣下然而禮文繁漫所執各殊自建中之初迄至今歳屢經禘祫未合適從臣生遭聖明涵泳恩澤雖賤不及議而志切效忠今輒先舉衆議之非然後申明其説一曰獻懿廟主宜永藏之夾室臣以為不可夫祫者合也毁廟之主皆當合食於太廟獻懿二祖即毁廟主也今雖藏於夾室至禘祫之時豈得不食於太廟乎名曰合祭而二祖不得祭焉不可謂之合矣二曰獻懿廟主宜毁之瘞之臣又以為不然謹按禮記天子立七廟一

壇一墠其毀廟之主皆藏於祧廟雖百代不毀祫則陳於太廟而饗焉自魏晉巳降始有毀瘞之議事非經據竟不可施行今國家德厚流光創立九廟以周制推之獻懿二祖猶在壇墠之位況於毀瘞而不禘祫乎三曰獻懿廟主宜各遷於其陵所臣又以為不可二祖之祭於京師列于太廟也二百年矣今一朝遷之豈惟人聽疑惑抑恐二祖之靈眷顧依遲不即饗於下國也四曰獻懿廟主宜附於興聖廟而不禘祫臣又以為不可傳

曰祭如在景皇帝雖太祖其於屬乃獻懿之子孫也今欲正其子東向之位廢其父之大祭固不可為典矣五曰獻懿二祖宜别立廟於京師臣又以為不可夫禮有所降情有所殺是故去廟為祧去祧為壇去壇為墠去墠為鬼漸而之遠其祭益稀昔者魯立煬宫春秋非之以為不當取已毁之廟既藏之主而復築宫以祭今之所議與此正同又雖違禮立廟至于禘祫也合食則禘無其所廢祭則於義不通此五説者皆所不可故臣博

採前聞求其折中以為殷祖玄王周祖后稷太祖之上皆自為禘又其代數已遠不復祭之故太祖得正東向之位子孫從昭穆之列禮所稱者蓋以紀一時之宜非傳於後代之法也傳曰子雖齊聖不先父食蓋言子為父屈也景皇帝雖太祖也其於獻懿則子孫也當禘祫之時獻祖宜居東向之位景皇帝宜從昭穆之列祖以孫尊孫以祖屈求之神道豈遠人情又常祭甚衆合祭甚寡則是太祖所屈之祭至少所伸之祭至多比於伸

孫之尊廢祖之祭不亦順乎事異殷周禮從而變非所失禮也臣伏以制禮作樂者天子之職也陛下以臣議有可采粗合天心斷而行之是則為禮如以為猶或可疑乞召臣對面陳得失庶有發明謹議

朱子曰此等公家文字或施於君上或布之吏民只用當時體式直述事意未嘗故為新巧以失莊敬平易之體但其間反覆曲折說盡事理是真文章他人自不能及耳按韓公本意獻祖為始祖其主當居初

室百室不遷懿祖之主則當還於太廟之西夾室而太祖以下以次列於諸室四時之享則惟懿祖不與而獻祖太祖以下各祭於其室室自為尊不相降厭所謂所伸之祭常多者也禘祫則惟獻祖居東向之位而懿祖太祖以下皆序昭穆南北相向於前所謂祖以孫尊孫以祖屈而所屈之祭常少者也韓公禮學精深蓋諸儒所不及故其所議獨深得夫孝子慈孫報本返始不忘所由生本意真可為萬世之通法

矣程子以為不可漫觀者此類是也

論淮西事宜狀

右臣伏以淮西三州之地自少陽疾病去年春夏已來圖為今日之事有職位者勞於計慮撫循奉所役者修其器械防守金帛糧畜耗於賞給執兵之卒四向侵掠農夫織婦攜持幼弱餉於其後雖時侵掠小有所得力盡筋疲不償其費又聞畜馬甚多自半年已來皆上槽櫪譬如有人雖有十夫之力自朝及暮常自大呼跳躍

初雖可畏其勢不久必自委頓乘其力衰三尺童子可使制其死命況以三小州殘獘困劇之餘而當天下之全力其破敗可立而待也然所未可知者在陛下斷與不斷耳夫兵不多不足以必勝必勝之師必在速戰兵多而戰不速則所費必廣兩界之間疆埸之上日相攻劫必有殺傷近賊州縣徵役百端農夫織婦不得安業或時小遇水旱百姓愁苦當此之時則人人異議以惑陛下之聽陛下持之不堅半塗而罷傷威損費為獘必

深所以要先決於心詳度本末事至不惑然可圖功為統帥者盡力行之於前而參謀議者盡心奉之於後內外相應其功乃成昔者殷高宗大聖之主也以天子之威伐背叛之國三年乃克不以為遲志在立功不計所費傳曰斷而後行鬼神避之遲疑不斷未有能成其事者也臣謬承恩寵獲掌綸誥地親職重不同庶寮輒竭愚誠以效裨補謹條次平賊事宜一一如後

一諸道發兵或三二千人勢力單弱羇旅異鄉與賊不

相諳委望風懾懼難便前進所在將帥以其客兵難處使先不存優恤待之既薄使之又苦或被分割隊伍隸屬諸頭士卒本將一朝相失心孤意怯難以有功又其本軍各須資遣道路遼遠勞費倍多士卒有征行之艱閭里懷離别之思今聞陳許安唐汝壽等州與賊界連接處村落百姓悉有兵器小小俘劫皆能自防習於戰鬬識賊深淺既是土人護惜鄉里比來未有處分猶願自備衣糧共相保聚以備寇賊若令名募立可成軍若

要添兵自可取足賊平之後易使歸農伏請諸道先所
追到行營者悉令却牒歸本道據行營所追人額器械
弓矢一物已上悉送行營充給所召募人兵數既足加
之教練三數月後諸道客軍一切可罷比之徴發遠人
利害懸隔
一繞逆賊州縣堡栅等各置兵馬都數雖多每處則至
少又相去濶遠難相應接所以數被攻劫致有損傷今
若分為四道每道各置三萬人擇要害地屯聚一處使

有隱然之望審量事勢乘時逐利可入則四道一時俱發使其狼狽驚惶首尾不相救濟若未可入則深壁高壘以逸待勞自然不要諸處多置防備臨賊小縣可收百姓於便地作行縣以主領之使免散失

一蔡州士卒為元濟迫脅勢不得已遂與王師交戰原其本根皆是國家百姓進退皆死誠可憫傷宜明勅諸軍使深知此意當戰鬬之際固當以盡敵為心若形勢已窮不能為惡者不須過有殺戮喻以聖德放之使歸

銷其兇悖之心貸以生全之幸自然相率棄逆歸順一論語曰欲速則不達見小利則大事不成比來征討無功皆由欲其速捷有司計算所費苟務因循小不如意即求休罷河北淮西等見承前事勢知國家必不與之持久併力苦戰幸其一勝即希冀恩赦朝廷無至忠憂國之人不惜傷損威重因其有請便議罷兵往日之事患皆然也臣愚以為淮西三小州之地元濟又甚庸愚而陛下以聖明英武之姿用四海九州之力除此小

冦難易可知泰山壓卵未足為喻

一兵之勝負實在賞罰賞厚可令廉士動心罰重可令兇人喪魄然可集事不可愛惜所費憚於行刑

一淄青恒冀兩道與蔡州氣類略同今聞討伐元濟人情必有救助之意然皆闇弱自保無暇虛張聲勢則必有之至于分兵出界公然為惡亦必不敢宜特下詔云蔡州自吳少誠已來相承為節度使亦微有功效少陽之歿朕亦本擬與元濟恐其年少未能理事所以未便

處置待其稍能緝綏然後許其承繼今忽自為狂誖侵掠不受朝命事不得已所以有此討伐至于淄青恒州范陽等道祖父各有功業相承命節年歲已久朕必不利其土地輕有改易各宜自安如妄自疑懼敢相扇動朕即赦元濟不問迴軍討之自然破膽不敢妄有異說以前件謹録奏聞伏乞天恩特賜裁擇謹奏

元和九年吳少陽卒其子元濟自立為節度使憲宗欲討之十年遣御史中丞裴視師還奏兵可用與夫宰相

意不合既而盜殺宰相武元衡傷裴度不死憲宗遂相度以主東兵愈時為中書舍人乃上淮西事宜然由是失宰相意左遷為右庶子憲宗獨斷而相裴度可以卜其中興任宰相意而黜韓愈亦可以知大業之不卒矣第一條募土兵罷客軍當與柳公綽書參觀其言曲盡事勢物情與兵家喜忌第三條即宋太宗諭曹彬下江南之意辟以止辟則以此毒天下而民從之矣用師之本也第六條異時李德裕用以制澤潞為古今所稱雖

然帝王之道不爾也觀史所載肅代德順四朝雖軍將跋扈而百姓猶思貞觀之澤天猶未厭唐德也使為憲宗者赫然修明綱紀法度旁求碩士正人淨除宦寺專政鹽庫之敝悉破朝臣黨比軋訐之習弛其利綱一以與民休養生息腹心既定爪牙既布然後明詔諸鎮以相承命節之非而開以自新之路其尤無良必不順命者六師移之天下未嘗不可定於一也今乃欲許淄青恒范等鎮叛將云必不利其土地輕自改易以此為散

其黨叛之謀抑亦末矣夫土地者朝廷之土地也賊臣盜之而曰我不利爾土地則土地已屬之賊臣爲叱土地之人民者將安歸命乎子曰必也正名君子名之必可言也言之必可名也今指賊臣之盜土地者爲其所固有則吳元濟又奚獨不可有蔡哉元濟伏誅之後淄青等鎮又如何處之奪其節是無信也不奪其節則一吳元濟死而衆吳元濟仍在也朝廷尚不以相承命節爲非愚民悍卒益習而安之矣而惟吳元濟是討何以

聖祖御評於論事之中暢發閎議愈文往往有此所以迴出諸家之上

作三軍之氣哉

論今年權停舉選狀

右臣伏見今月十日敕今年諸邑舉選宜權停者道路相傳皆云以歲之旱陛下憐閔京師之人慮其乏食故權停舉選以絕其來者所以省費而足食也臣伏思之竊以為十口之家益之以一二人於食未有所費今京師之人不啻百萬都計舉者不過五七千人并其童僕畜馬不當京師百萬分之一以十口之家計之誠未為

有所損益又今年雖旱去歲大豐商賈之家必有儲蓄

舉選者皆齎持資用以有易無未見其弊今若暫停舉

選或恐所害實深一則遠近驚惶二則人士失業臣聞

古之求雨之詞曰人失職歟然則人之失職足以致旱

今緣旱而停舉選是使人失職而名災也臣又聞君者

陽也臣者陰也獨陽為旱獨陰為水今者陛下聖明在

上雖堯舜無以加之而羣臣之賢不及於古又不能盡

心於國與陛下同心助陛下為理有君無臣是以久旱

以臣之愚以為宜求純信之士骨鯁之臣憂國如家忘身奉上者超其爵位置在左右如殷高宗之用傅説周文王之舉太公齊桓公之拔甯戚漢武帝之取公孫弘清閒之餘時賜名問必能輔宣王化銷殄旱災臣雖非朝官月受俸錢歲受禄粟苟有所知不敢不言謹詣光順門奉狀以聞伏聽聖旨

樊汝霖曰德宗貞元十九年自正月至五月不雨分命祈禱山州秋七月戊午以關輔饑罷吏部選禮部

聖祖御評
義正詞直足以
祛世俗之惑允
為有唐一代儒
宗

貢舉公時為四門博士抗疏論之其曰雖非朝官蓋未為御史時也按登科記貞元二十年卒停舉是公雖有此疏而上不從也

方岳貢曰似李尋翼奉災異奏

論佛骨表

臣某言伏以佛者夷狄之一法耳自後漢時流入中國上古未嘗有也昔者黃帝在位百年年百一十歲少昊在位八十年年百歲顓頊在位七十九年年九十八歲

帝嚳在位七十年年百五歲帝堯在位九十八年年百一十八歲帝舜及禹年皆百歲此時天下太平百姓安樂壽考然而中國未有佛也其後殷湯亦年百歲湯孫大戊在位七十五年武丁在位五十九年書史不言其年壽所極推其年數蓋亦俱不減百歲周文王年九十七歲武王年九十三歲穆王在位百年此時佛法亦未入中國非因事佛而致然也漢明帝時始有佛法明帝在位纔十八年耳其後亂亡相繼運祚不長宋齊梁陳

元魏已下事佛漸謹年代尤促惟梁武帝在位四十八年前後三度捨身施佛宗廟之祭不用牲牢晝日一食止於菜果其後竟為侯景所逼餓死臺城國亦尋滅事佛求福乃更得禍由此觀之佛不足事亦可知矣高祖始受隋禪則議除之當時羣臣材識不遠不能深知先王之道古今之宜推闡聖明以救斯獘其事遂止臣常恨焉伏惟睿聖文武皇帝陛下神聖英武數千百年已來未有倫比即位之初即不許度人為僧尼道士又不許創

立寺觀臣常以為高祖之志必行於陛下之手今縱未能即行豈可恣之轉令盛也今聞陛下令羣僧迎佛骨於鳳翔御楼以觀舁入大内又令諸寺遞迎供養臣雖至愚必知陛下不惑於佛作此崇奉以祈福祥也直以年豐人樂徇人之心為京都士庶設詭異之觀戲翫之具耳安有聖明若此而肯信此等事哉然百姓愚冥易惑難曉苟見陛下如此將謂真心事佛皆云天子大聖猶一心敬信百姓何人豈合更惜身命焚頂燒指百十

為羣解衣散錢自朝至暮轉相倣效惟恐後時老少奔波棄其業次若不即加禁遏更歴諸寺必有斷臂臠身以為供養者傷風敗俗傳笑四方非細事也夫佛本夷狄之人與中國言語不通衣服殊製口不言先王之法言身不服先王之法服不知君臣之義父子之情假如其身至今尚在奉其國命來朝京師陛下容而接之不過宣政一見禮賓一設賜衣一襲衛而出之於境不令惑衆也況其身死已久枯朽之骨凶穢之餘豈宜令入

宮禁孔子曰敬鬼神而遠之古之諸侯行弔於其國尚令巫祝先以桃茢祓除不祥然後進弔今無故取朽穢之物親臨觀之巫祝不先桃茢不用羣臣不言其非御史不舉其失臣實恥之乞以此骨付之有司投諸水火永絶根本斷天下之疑絶後代之惑使天下之人知大聖人之所作為出於尋常萬萬也豈不盛哉豈不快哉佛如有靈能作禍祟凡有殃咎宜加臣身上天鑒臨臣不怨悔無任感激懇悃之至謹奉表以聞臣某誠惶誠

恐

陳善曰韓文公論佛骨表其說始於傅奕奕言五帝三王未有佛法君明臣忠年祚長久至漢明帝始立胡祠然惟西域桑門自傳其教西晉以上不許中國髡髮事胡至石苻亂華乃弛厥禁主庸臣佞政虐祚短事佛致然愈特敷衍其辭耳愈以人主無不欲壽者以此劫之冀從其諫耳不意憲宗之惑深也愈至潮州上表哀謝憲宗曰合成我得謂事佛則年代不

永誠不可然憲宗自是不善聽諫賈誼言於文帝曰生為明帝死為明神顧成之廟名為太宗當天子春秋隆盛之時以死生言之然文帝不忌也使愈當此時庶其說得行哉然愈所論與周公無逸之戒大異

為裴相公讓官表

臣某言伏奉今日制書以臣為朝議大夫守中書侍郎同中書門下平章事承命驚惶魂爽飛越俯仰天地若無所容臣某誠惶誠恐頓首頓首臣少涉經史粗知古

今天與朴忠性惟愚直知事君以道無憚殺身慕當官而行不得利巳人以為拙臣行不疑元和之初始拜御史旋以論事過切為宰臣所非移官府廷因佐戎幕陛下恕臣之罪憐臣之心拔居侍從之中遂掌絲綸之重受恩益大顧巳益輕苟耳目所聞知心力所追及少關政理輒以陳聞於裨補無涓埃之微而讒謗有邱山之積陛下知其孤立賞其微誠獨斷不謀獎待踰量臣誠見陛下具文武之德有神聖之姿啓中興之宏圖當太

平之昌歷勤身以儉與物無私威怒如雷霆容覆如天地實羣臣盡節之日才智效能之時聖君難逢重德宜報苦心焦思以日繼夜苟利于國知無不為徒欲竭愚未免妄作陛下不加罪責更極寵光既領臺綱又毗邦憲聖君所厚兇逆所讐闕於防虞幾至斃踣恩私曲被性命獲全忝累祖先玷塵班列未知所措祇自內慚豈意陛下擢臣于傷殘之餘委臣以燮和之任忘其陋汚使佐聖明此雖成湯舉伊尹於庖廚高宗登傳說於版

築周文用呂望於屠釣齊桓起甯戚於飯牛雪恥蒙光去辱居貴以今準古擬議非倫陛下有四君之明行四君之事微臣無四子之美獲四子之榮豈可叨居以彰非據方今干戈未盡戢夷狄未盡賔麟鳳龜龍未盡游郊藪草木魚鼈未盡被雍熙當大有為之時得非常人之佐然後能上宣聖德以代天工如臣等類實不克堪伏願博選周行旁及巖穴天生聖主必有賢臣得而授之乃可致理乞迴所授以叶羣情無任懇款之至

唐憲宗紀元和十年六月乙丑御史中丞裴度為中書侍郎同中書門下平章事按其年盜殺宰相武元衡擊裴度傷首度墜溝得免朝議罷度以安王承宗李師道反側帝不聽度疾愈詔毋須宣政衙即延英拜為相憲宗此舉誠為破三賊之根本唐室幾中興實繫乎此昌黎時為考功郎中知制誥代度撰此表史稱度以權紀未張王室陵遲常愧憤無死所文實能寫度心曲碧血熒熒光出楮墨而辭氣渾浩流轉足為千古表箋法式

可知文體正偽固不在單辭駢語間也

御選唐宋文醇卷六

欽定四庫全書

御選唐宋文醇卷七

昌黎韓愈文七

順宗實録紀張萬福陸贄陽城

左散騎常侍致仕張萬福卒萬福魏州元城人也自曾祖至父皆明經官止縣令州佐萬福以祖父業儒皆不達不喜書學騎射年十七八從軍遼東有功為將而還累遷至壽州刺史州送租賦詣京師至潁川界為盜所

奪萬福使輕兵馳入潁川界討之賊不意萬福至忙迫不得戰萬福悉聚而誅之盡得其所亡物并得前後所掠人妻子財物牛馬萬計悉還其家為淮南節度崔圓所忌失刺史改鴻臚卿以節度副使將兵千人鎮壽州萬福不以恨而許杲以平盧行軍司將將卒三千人駐濠州不去有窺淮南意圓令萬福攝濠州刺史杲聞即提卒去止當塗陳莊賊陷舒州圍又以萬福為舒州刺史督淮南岸盜賊連破其黨大歷三年名赴京師代宗

謂曰聞卿名久欲一識卿且將累卿以許杲萬福拜謝因前曰陛下以許杲召臣如河北賊諸將叛以屬何人代宗笑曰且欲議許杲事方當大用卿即以為和州刺史行營防禦使督淮南岸盜賊至州杲懼移軍上元杲至楚州大掠節度使韋元甫命萬福討之未至淮陰杲為其將康自勤所逐自勤擁兵繼掠循淮而東萬福倍道追而殺之免者十二三盡得其所虜掠金帛婦女等皆護致其家代宗詔以本州兵千五百人防秋京西遂

帶和州刺史鎮咸陽因留宿衛李正已反將斷江淮路
令兵守埇橋渦江淮進奉船千餘隻泊渦口不敢進
德宗以萬福為濠州刺史萬福馳至渦口立馬岸上發
進奉船淄青將士傳岸睥睨不敢動諸道繼進改泗州
刺史為杜亞所忌徵拜左金吾衛將軍名見德宗驚曰
杜亞言卿昏耄卿乃如是健耶圖形淩烟閣數賜酒饌
衣服並勑度支籍口畜給其費至賀陽城等於延英門
外天下益重其名二十一年以左散騎常侍致仕元和

元年卒年九十萬福自始從軍至卒祿食七十年未嘗病一日典九郡皆有惠愛

贈故忠州別駕陸贄兵部尚書故道州刺史陽城左常侍贄字敬輿吳郡人也年十八進士及第又以博學宏詞授鄭縣尉書判拔萃授渭南尉遷監察御史未幾選為翰林學士遷祠部員外郎德宗幸奉天贄隨行在天下搔擾遠近徵發書詔一日數十下皆出於贄贄操筆持紙成於須臾不復起草同職皆拱手嗟嘆不能有所

助常啟德宗言方今書詔宜痛自引過罪己以感人心昔成湯以罪己致興後代推以為聖人楚王失國亡走一言善而復其國至今稱為賢者陛下誠能不悋改過以言謝天下臣雖愚陋為詔詞無所忌諱庶能令天下叛逆者迴心 喻旨德宗從之故行在制詔始下聞者雖武人悍卒無不揮涕感激議者咸以為德宗尅平寇難旋復天位不惟神武成功爪牙宣力蓋以文德廣被腹心有助焉累遷考功郎中諫議大夫中書舍人兼翰林

學士丁母憂免喪權知兵部侍郎復入翰林中外屬意
旦夕踐其為相竇參深忌之贄亦短參之所為且言其
黷貨於是與參不能平尋真拜兵部侍郎知禮部貢舉
於進士得人為多八年春遷中書侍郎平章事始令吏
部每年集選人舊事吏部每年集人其後遂三年一置
選選人猥至文書多不了尋勘直偽紛雜吏因得大為
姦巧選士一蹉跌或至十年不得官而官之闕者或累
歲無人贄令吏部分内外官員為三分計闕集人以為

常其獘十去七八天下稱之初竇參出李巽為常州刺史且迫其行巽常銜之至參貶為郴州别駕巽適遷湖南觀察德宗常與參言故相姜公輔罪參漏其語參敗公輔因上疏自陳其事非臣之過德宗詰之知參漏其語怒未有所發會巽奏汴州節度劉士寧遺參金帛若干士寧得汴州參處其議士寧常德之故致厚貺德宗以參得罪而以武將交結發怒竟致參於死而議者多言參死由贄焉裴延齡判度支天下皆嫉怨而獨幸於

天子朝廷無敢言其短者贄獨身當之日陳其不可用延齡固欲去贄而代之又知贄之不與已多沮其奏請也謗毀百端翰林學士吳通元故與贄同職姦巧佻薄與贄不相能知贄與延齡相持有間因盛言贄短宰相趙璟本贄所引同對嫉贄之權密以贄所譏彈延齡事告延齡延齡益得以為計由是天子益信延齡而不直贄竟罷贄相以為太子賓客而黜張滂李充等權言事者皆言其屈贄固畏懼至為賓客拒門不納交親士友

春旱德宗數獵苑中延齡疏言贄等失權怨望言於衆曰天下旱百姓且流亡度支愛惜不肯給諸軍軍中人無所食其事奈何以摇動羣心其意非止欲中傷臣而已後數日又獵苑中會神策軍人跪馬前云度支不給馬草德宗意延齡前言即廻馬而歸由是貶贄為忠州别駕滂充皆斥逐德宗怒未解贄不可測剌陽城等救乃止贄之為相常以少年入翰林得幸於天子長養成就之不敢自愛事之不可者皆争之德宗在位久益自

攬持機柄親治細事失君人大體宰相益不得行其事職而議者乃云由贄而然贄居忠州十餘年常閉門不出入人無識面者避謗不著書習醫方集古今名方為陸氏集驗方五十卷卒於忠州年五十二上初即位與鄭餘慶陽城同徵詔始下而城贄皆卒陽城字亢宗北平人代為官族好學貧不能得書乃求入集賢為書寫吏竊官書讀之晝夜不出經六年遂無所不通乃去滄州中條山下遠近慕其德行來學者相繼於道閭里有

爭者不詣官府詣城以決之李泌為相舉為諫議大夫拜官不辭未至京師人皆想望風采云城山人能自苦刻不樂名利必諫諍死職下咸畏憚之既至諸諫官紛紛言事細碎無不聞達天子益厭苦之而城方與其二弟牟容連夜痛飲人莫能窺其意有懷刺譏之意將造城而問者城揣知其意輒彊與酒客或時先醉仆席上或時先醉臥客懷中不能聽客語約其二弟云吾所得月俸汝可度吾家有幾口月食米當幾何買薪菜鹽米

凡用幾錢先具之其餘悉以送酒媼無留也未嘗有所貯積雖其所服用切急不可闕者客稱其物可愛城輒喜舉而授之陳長者候其始請月俸常往稱其錦帛之美月有獲焉至裴延齡讒毀陸贄等坐貶黜德宗怒不解在朝無敢救者城聞而起曰吾諫官也不可令天子殺無罪之人而信用姦臣即率拾遺王仲舒數人守延英門上疏論延齡姦佞贄等無罪狀德宗大怒召宰相入語將加城等罪良久乃解令宰相諭遣之於是金吾將

軍張萬福聞諫官伏閤諫起往至延英門大言賀曰朝廷有直臣天下必太平矣遂徧拜城與仲舒等曰諸諫議能如此言事天下安得不太平也已而連呼太平萬歳太平萬歳萬福武人時年八十餘自此名重天下時朝夕相延齡城曰脱以延齡為相當取白麻壞之慟哭於庭竟坐延齡事改國子司業至引諸生告之曰凡學者所以學為忠與孝也諸生寧有久不省其親乎明日謁城歸養者二十餘人有辥約者嘗學於城狂躁以言

事得罪將徙連州客寄有根蔕吏縱求得城家坐吏於門與約飲訣別涕泣送之郊外德宗聞之以城爲黨罪人出爲道州刺史太學生魯郷李儻等二百七十人詣闕乞留住數日吏遮止之疏不得上在州以家人禮待吏人宜罰者罰之宜賞者賞之一不以簿書介意賦稅不登觀察使數誚讓上考功第城自署第曰撫字心勞徵科政拙考下下觀察使嘗使判官督其賦至州怪城不出迎以問州吏吏曰刺史聞判官來以爲已有罪自

囚於獄不敢出判官大驚馳入謁城於獄曰使君何罪某奉命來候安否耳留一兩日未去城固不復歸館門外有故門扇橫地城晝夜坐臥其上判官不自安辭去其後又遣他判官崔某按之崔承命不辭載妻子一行中道而逃城孝友不忍與其弟異處皆不娶給侍終身有寡妹依城以居有生年四十餘癡不能如人常與弟負之以遊初城之妹夫亡在他處家貧不能葬城親與其弟舁尸以歸葬於其居之側往返千餘里卒時年六

十餘

天生昌黎而所爲欲作唐之一經者有志而未逮也即順宗實録一書亦有後人竄易處良可惜也今録書中三傳以存韓氏之史云

祭田橫墓文

貞元十一年九月愈如東京道出田橫墓下感橫義高能得士因取酒以祭爲文而弔之其辭曰事有曠百世而相感者余不自知其何心非今世之所稀孰爲使余

歔欷而不可禁余既博觀乎天下昌有庶幾乎夫子之所為死者不復生嗟余去此其從誰當秦氏之失鹿得一士而可王何五百人之擾擾而不能脫夫子於劒鋌抑所寶之非賢亦天命之有常昔闕里之多士孔聖亦云其遑遑苟余行之不迷雖顛沛其何傷自古死者非一夫子至今有耿光跽陳亂而薦酒魂髣髴而來享

晁无咎云唐宰相如董晉亦未足言而晉為汴州纔奏愈從事愈始終感遇語稱隴西公而不姓後從裴度亦

自謂度知已然度亦終不引愈共天下事故愈躊躇發憤太息於區區之横以為夫茍如横之好士天下將有賢於五百人者至焉君子一言以為不知其斯言之謂歟古今學人論世之謬莫大於不計年歲而隨舉一生之迹以就吾所論之一事今按文曰貞元十一年九月愈如東京道出田横墓下則其年愈方二十八歲舉宏詞不第去明年董晉始表為汴州觀察推官也其時裴度為監察御史以論權要梗切出為河南功曹參軍而

乃謂愈作田橫祭文為感董晉而怨裴度何其不深考也如董晉者能屈回紇强虜降懷光賊臣以片言其為人又豈易易而曰未足言如田橫者能感五百人皆自剄以殉而曰區區之橫何其放言高論乃爾也稍進便當曰區區之周公孔子矣裴度為相伐蔡引愈為行軍司馬愈時右庶子耳歸擢刑部侍郎嚮用矣已而為迎佛骨事直言極諫貶潮州刺史愈自為之而自當之求仁而得仁又何怨使怨裴度不已薦真灌夫所為不值

一錢者哉若夫稱董晉為隴西公而不姓乃一時行文偶爾聞有諱君父之名者矣未聞有諱舉主之名者也聞有諱君父之名者矣未聞有諱君父之姓者也以此推崇昌黎昌黎不受也

祭郴州李使君文

維年月日將任郎守江陵府法曹參軍韓愈謹以清酌庶羞之奠敬祭於故郴州李使君之靈古語有之白頭如新傾盖若舊顧意氣之何如何日時之足究當貞元

之癸未惕皇咸而左授伏荒炎之下邑嗟名顏而位仆歷貴部而西邁邇清光於暫覯言莫交而情無由既不賈而奚售哀窮遐之無徒挐百憂以自副辱問訊之綢繆恒飽飢而愈疚接雄詞於章句窺逸跡於篆籀苞黃甘而致貽獲紙筆之雙貿投乂魚之短韻媿鄙瑕而擧旁埃新命於衡陽費薪芻於館候空大亭以見處憩水木之幽茂遲英心於縱博沃煩腸以清酣航北湖之空明覩鱗介之驚透宴州樓之豁達衆管啾而並奏得恩

惠於新知脫窮愁於往陋輟行謀於儀項見秋月之三穀逮天書之下降猶低徊以宿留念暌離之在期謂此會之難又授縞紵以託心示茲誠之不謬儻後日之北遷約窮歡於一晝雖掾俸之酸寒要拔貧而為富何人生之難信捐斯言而莫就始訝信於暫疎遂承凶於不救見明旌之低昂尚遲疑於别袖憶交酬而迭舞奠單盃而哭柩美夫君之為政不撓志於讒構遣脣舌之紛羅獨陵晨而孤雊彼憸人之浮言雖百車其何詬洞古

往而高觀固邪正之相冠章竊覩其始終敢不明白而蔽覆神乎來哉辭以為侑尚饗

朱子曰公貞元十九年冬出為陽山令過郴州識李使君有李員外寄紙筆及叉魚詩即所謂獲紙筆之雙貿投叉魚之短韻也其生平契分皆具此文筆墨間錄云祭李郴州文尤雄奇

祭河南張員文

維年月日彰義軍行軍司馬守太子右庶子兼御史中

丞韓愈謹遣其乙以庶羞清酌之奠祭於亡友故河南縣令張十二員外之靈貞元十九君為御史余以無能同詔並跱君德渾剛標高揭已有不吾如唾猶泥滓余戇而狂年未三紀乘氣加人無故自恃彼婉孌者實憚吾曹側肩帖耳有舌如刀我落陽山以尹鼯猱君飄臨武山林之牢歲弊寒兇雪虐風饕顛於馬下我泗君咷夜息南山同卧一席守隷防夫觝頂交跖洞庭漫汗粘天無壁風濤相豗中作霹靂追程盲進颿船箭激南上

湘水屈氏所沈二妃同迭淚蹤染林山哀浦思鳥獸吽音余唱君和百篇在吟君止於縣我又南踰把戕相飲後期有無期宿界上一又相語自别幾時遷變寒暑枕臂欹眠加余以股僕來告言虎入廐處無敵驚逐以我驂去君云是物不駿於乘虎取而往來寅其徼我預在此與君俱膺猛獸果信惡禱而憑余出嶺中君俟州下偕掾江陵非余望者郴山奇變其水清寫泊砂倚石有遌無捨衡陽放酒熊咆虎嘷不存令章詩籌蠋毛委舟

湘流往觀南嶽雲壁潭潭穹林攸擢避風太湖七日鹿角鉤登大鮎怒頰豕豞臠盤炙酒羣奴餘啄走官階下首下尻高下馬伏塗從事是遭予徵博士君以使已相見京師過願之始分教東生君掾雍首兩都相望於別何有解手背面遂十一年君出我入如相避然生闊死休吞不復宣刑官屬郎引章訐奪權臣不愛南昌是幹明條謹獄氓獠戶歌用遷澧浦為人受癢還家東都起令河南屈拜後生憤所不堪屢以正免身伸事蹇竟死

不昇孰勸為善丞相南討余辱司馬議兵大梁走出洛
下哭不憑棺奠不親斝不撫其子葬不送野望君傷懷
有隕如濡銘君之績納石壤中爰及祖考紀德事功外
著後世鬼神與通君其奚憾不余鑒衷嗚呼哀哉尚饗

朱子曰貞元十九年冬公與張署自御史俱出南方
為令明年順宗即位俱徙江陵故凡道塗經涉唱和
契濶皆具此文公方從晉公討蔡祭其在元和十二
年八月歟張之行治則詳於公誌

祭柳子厚文

維年月日韓愈謹以清酌庶羞之奠祭於亡友柳子厚之靈嗟嗟子厚而至然邪自古莫不然我又何嗟人之生世如夢一覺其間利害竟亦何校當其夢時有樂有悲及其既覺豈足追惟凡物之生不願為材犧尊青黄乃木之菑子之中棄天脱馬羈玉佩瓊琚大放厥辭富貴無能磨滅誰紀子之自著表表愈偉不善為斲血指汗顔巧匠旁觀縮手袖間子之文章而不用世乃令吾

徒掌帝之制子之視人自以無前一斥不復羣飛刺天嗟嗟子厚今也則亡臨絶之音一何琅琅徧告諸友以寄厥子不鄙謂余亦託以死凡今之交觀勢厚薄余豈可保能承子託非我知子子寔命我猶有鬼神寧敢遺墮念子永歸無復來期設祭棺前矢心以辭嗚呼哀哉尚饗

姚令威曰子厚以元和十四年十月十五卒於柳州

公其月自潮即袁明年自袁名為國子祭酒此文袁

州作也故劉夢得祭子厚文有云退之承命改牧宜陽亦馳一函候於便道其後序柳集又云凡子厚行已之大方有退之之誌若祭文在祭文蓋謂此也

祭侯主簿文

維年月日吏部侍郎韓愈謹遣男殿中省進馬佶致祭於亡友故國子主簿侯君之靈嗚呼惟子文學今誰過之子於道義困不捨遺我狎我愛人莫與夷自始及今二紀於茲我或為文筆俾子持唱我和我問我以疑我

釣我遊莫不我隨我寢我休莫爾之私朋友昆弟情敬異施惟我於子無適不宜棄我而死嗟我之衰相好滿目少年之時日月云亡今其有誰誰不富貴而子為羈我無權利雖怨曷為子之方葬我方齋祠哭送不可誰知我悲嗚呼哀哉尚饗

韓醇曰詳觀公此文當知其為侯喜作公貞元十七年與喜同漁於温洛嘗有詩云吾黨侯生字叔起呼我持竿釣温水故此又有我釣我遊莫不我隨之語

嘗薦喜於汝州剌史盧郎中又嘗薦之於陸員外摻觀其薦詞亦與此文惟子文學令誰過之之意相表裏又公集中端有贈侯主簿喜詩用是知其非侯繼也其曰吏部侍郎韓愈即長慶二年自兵部轉吏部時作

祭馬僕射文

維年月日吏部侍郎韓愈謹以清酌庶羞之奠敬祭於故僕射馬公十二兄之靈惟公弘大温恭全然德備天

故生之其必有意將明將昌實艱初試佐戎滑臺斥由
尹寺違彼甌閩鯨飢跋躓顛而不踒乃得其地于泉于
虔始執郡符遂殿交州抗節番禺去其螟蟊越大蕪
擢亞秋官朝得碩士人謂其崇我勢始起東征淮蔡相
臣是使公兼邦憲以副經紀殲彼大慝厥勳孰似丞相
歸治留長蔡師茫茫黍稷昔寔棘茨鳩鳴雀乳不見梟
鴟惟蔡及許舊為血仇命公并侯耕借之牛束其弓矢
禮讓優優始誅鄆戎厥墟腥臊公往滌之玆惟樂郊惟

東有猘惟西有虺顛覆朋鄰我餘有幾嵂崒中居斬其脊尾岱定河安惟公之韙帝念厥功還公於朝陟於地官且長百僚度彼西方孰樂可據顧瞻衡鈞將舉以付惟公積勤以病以憂及其歸時當謝之秋賀門未歸弔廬以萃未燕于堂已哭于次昔我及公實同危事且死且生誓莫捐棄歸來握手曾不三四曾不濡翰酬酢文字曾不醉飽以勸酒截奠以叙哀其何能致嗚呼哀哉尚饗

嚴有翼曰馬十二名摠字會元扶風人退之長慶三年冬自京兆尹復為兵部侍郎又遷吏部侍郎其為京兆也有舉馬摠自代狀今祭文稱吏部侍郎則摠以是年冬死也

祭鄭夫人文

維年月日愈謹於逆旅備時羞之奠再拜頓首敢昭祭於六嫂滎陽鄭氏夫人之靈嗚呼天禍我家降集百殃我生不辰三歲而孤蒙幼未知鞠我者兄在死而生實

維嫂恩未亂一年兄官王官提携負任去洛居秦念寒而衣念飢而飧病疹水火無菑及身劬勞閔閔保此愚庸年方及紀薦及凶屯兄罹讒口承命遠遷窮荒海隅夭閼百年萬里故鄉幼孤在前相顧不歸泣血號天微嫂之力化為蠻夷水浮陸走丹旐翩然至誠感神返葬中原既克返葬遭時艱難百口偕行避地江濆春秋霜露薦敬蘋蘩以享韓氏之祖考曰此韓氏之門視余猶子誨化諄諄爰來京師年在成人屢貢於王名迺有聞

念兹頓頑非訓曷因感傷懷歸隕涕熏心苟容躁進不顧其躬禄仕而還以為家榮奔走乞假東西北南孰云此來洒睹靈車有志弗及長負殷勤嗚呼哀哉昔在韶州之行受命于元凡曰爾幼養於嫂喪服必以朞今其敢忘天實臨之嗚呼哀哉日月有時歸合塋封終天永辭絶而復蘇伏惟尚饗

洪興祖曰夫人韓會之妻而公之嫂也公少孤而育於其嫂文言其拊育之恩至矣公既為之服朞而祭

之以文此貞元十一年往河陽時作貞觀中魏徵令狐德棻等議嫂叔服云或有長年之嫂遇孩提之叔劬勞鞠養情若所生分饑共寒契闊偕老其在生也愛之同於骨月及其死則推而遠之求之本原深所未諭且事嫂見稱載籍非一鄭仲虞則恩禮甚篤顔洪都則竭誠致感馬援則見之必冠孔伋則哭之為位察其所尚豈非先覺嫂叔舊無服今請服小功五月制可公幼養於嫂服朞以報可為士大夫之法矣

李漢序公文集及李習之狀亦云

祭十二郎文

年月日季父愈聞汝喪之七日乃能銜哀致誠使建中遠具時羞之奠告汝十二郎之靈嗚呼吾少孤及長不省所怙惟兄嫂是依中年兄殁南方吾與汝俱幼從嫂歸葬河陽又與汝就食江南零丁孤苦未嘗一日相離也吾上有三兄皆不幸早世承先人後者在孫惟汝在子惟吾兩世一身形單影隻嫂嘗撫汝指吾而言曰韓

氏兩世惟此而已汝時尤小當不復記憶吾時雖能記憶亦未知其言之悲也吾年十九始來京城其後四年而歸視汝又四年吾往河陽省墳墓遇汝從嫂喪來葬又二年吾佐董丞相於汴洲汝來省吾止一歲請歸取其孥明年丞相薨吾去汴州汝不果來是年吾佐戎徐州使取汝者始行吾又罷去汝又不果來吾念汝從於東東亦客也不可以久圖久遠者莫如西歸將成家而致汝嗚呼孰謂汝遽去吾而殁乎吾與汝俱少年以為

雖暫相別終當久相與處故捨汝而旅食京師以求升斛之祿誠知其如此雖萬乘之公相吾不以一日輟汝而就也去年孟東野往吾書與汝曰吾年未四十而視茫茫而髪蒼蒼而齒牙動搖念諸父與諸兄皆康彊而早世如吾之衰者其能久存乎吾不可去汝不肯來恐旦暮死而汝抱無涯之戚也孰謂少者殁而長者存彊者夭而病者全乎嗚呼其信然耶其夢耶其傳之非其真邪信也吾兄之盛德而夭其嗣乎汝之純明而不克

蒙其澤乎少者彊者而夭殁長者衰者而存全乎未可以為信也夢也傳之非其真也東野之書耿蘭之報何為而在吾側也嗚呼其信然矣吾凡之盛德而夭其嗣矣汝之純明宜業其家者不克蒙其澤矣所謂天者誠難測而神者誠難明矣所謂理者不可推而壽者不可知矣雖然吾自今年來蒼蒼者或化而為白矣動搖者或脫而落矣毛血日益衰志氣日益微幾何不從汝而死也死而有知其幾何離其無知悲不幾時而不悲

者無窮期矣汝之子始十歲吾之子始五歲少而彊者不可保如此孩提又可冀其成立耶嗚呼哀哉嗚呼哀哉汝去年書云比得軟脚病往往而劇吾曰是病也江南之人常常有之未始以為憂也嗚呼其竟以此而殞其生乎抑别有疾而至斯乎汝之書六月十七日也東野云汝殁以六月二日耿蘭之報無月日蓋東野之使者不知問家人以月日如耿蘭之報不知當言月日東野與吾書乃問使者使者妄稱以應之耳其然乎其不然

乎今吾使建中祭汝弔汝之孤與汝之乳母彼有食可守以待終喪則待終喪而取以來如不能守以終喪則遂取以來其餘奴婢並令守汝喪吾力能改葬終葬汝於先人之兆然後惟其所願嗚呼汝病吾不知時汝歿吾不知日生不能相養以共居歿不能撫汝以盡哀斂不憑其棺窆不臨其穴吾行負神明而使汝夭不孝不慈而不得與汝相養以生相守以死一在天之涯一在地之角生而影不與吾形相依死而魂不與吾夢相接

吾實為之其又何尤彼蒼者天曷其有極自今已往吾其無意於人世矣求數頃之田於伊潁之上以待餘年教吾子與汝子幸其成長吾女與汝女待其嫁如此而已嗚呼言有窮而情不可終汝其知也邪其不知也邪嗚呼哀哉尚饗

樊汝霖曰老成率府參軍韓介之子也介二子曰百川曰老成起居舍人會無子以老成為後老成生湘滂百川死公乃命滂歸後其祖介公及會介皆仲卿

子至是會介百川皆死矣故文云吾上有三凡皆不幸早世承先人後者在孫惟汝在子惟吾又云去年東野往吾書與汝益貞元十八年有送東野序即是年為十九年此文必其秋冬作十二月則公謫陽山矣斯文益公所謂喜往復善自道者在當時無對後二百七十年歐陽文忠公為其父作瀧岡阡表始足以追配公此作覽者當自知之

獨孤申叔哀辭

衆萬之生誰非天邪明昭昏蒙誰使然邪行何為而怒
居何故而憐邪胡喜厚其所可薄而恒不足於賢邪將
下民之好惡與彼蒼懸邪抑蒼茫無端而暫寓其間邪
死者無知吾為子慟而已矣如有知也子其自知之矣
當濯濯其英煋煋其光如聞其聲如見其容烏虖遠矣何
日而忘

朱子考異載申叔字子重年二十一舉進士又二年用
博學宏詞為校書郎又三年居父喪未練而歿蓋貞元

十八年也柳子原有獨孤君墓碣皇甫持正有傷獨孤

戒[illegible]與崔羣書天人好惡之說與此

[illegible]旨同蓋出太史[illegible]之伯夷論也今按與崔羣書意

[illegible]同故所重者[illegible]固有薄卿相之位以下數語見

[illegible]之好惡之所存聖賢固好善而

[illegible]惡矣[illegible]而惡惡苟善矣貧賤夭死不足

[illegible]琢則瓦礫雖百車匪我思存矣

故下文云崔君崔君無怠無怠朋友相砥礪之辭也此

則哀申叔之死而呼天以問之猶楚辭天問之類體裁

得而同也

御選唐宋文醇卷七

聖祖御評渾噩似誥銘高古如雅頌體裁宏鉅斷為唐文第一

御選唐宋文醇卷八

昌黎韓愈八

平淮西碑

天以唐克肖其德聖子神孫繼繼承承於千萬年敬戒不怠全付所覆四海九州罔有内外悉主悉臣高祖太宗既除既治高宗中睿休養生息至於玄宗受報收功極熾而豐物衆地大孽牙其間肅宗代宗德祖順考以

勤以容大慝適去稂莠不薅相臣將臣文恬武嬉習熟見聞以為當然睿聖文武皇帝既受羣臣朝乃考圖數貢曰嗚呼天既全付予有家今傳次在予予不能事事其何以見於郊廟羣臣震慴奔走率職明年平夏又明年平蜀又明年平江東又明年平澤潞遂定易定致魏博貝衛澶相無不從志皇帝曰不可究武予其少息九年蔡將死蔡人立其子元濟以請不許遂燒舞陽犯葉襄城以動東都放兵四劫皇帝歷問於朝一二臣外皆

曰蔡帥之不廷授於今五十年傳三姓四將其樹本堅兵利卒頑不與他等因撫而有順且無事大官臆決唱聲萬口和附并為一談牢不可破皇帝曰惟天惟祖宗所以付任予者庶其在此予何敢不力況一二臣同不為無助曰光顔汝為陳許帥維是河東魏博郃陽三軍之在行者汝皆將之曰重允汝故有河陽懷今益以汝維是朔方義成陝益鳳翔延慶七軍之在行者汝皆將之曰弘汝以卒萬二千屬而子公武往討之曰文通汝

守壽維是宣武淮南宣歙浙西四軍之行於壽者汝皆將之曰道古汝其觀察鄂岳曰愬汝帥唐鄧隨各以其兵進戰曰度汝長御史其徃視師曰度惟汝予同汝遂相予以賞罰用命不用命曰弘汝其以節都統諸軍曰守謙汝出入左右汝惟近臣其徃撫師曰度汝其徃衣服飲食予士無寒無飢以既厥事遂生蔡人賜汝節斧通天御帶衛卒三百凡兹廷臣汝擇自從惟其賢能無憚大吏庚申予其臨門送汝曰御史予閔士大夫戰甚

苦自今以往非郊廟祠祀其無用樂顔允武合攻其北
大戰十六得柵城縣二十三降人卒四萬道古攻其東
南八戰降萬三千再入申破其外城文通戰其東十餘
遇降萬二千愬入其西得賊將輒釋不殺用其策戰比
有功十二年八月丞相度至師都統弘責戰益急顔允
武合戰益用命元濟盡并其衆洄曲以備十月壬申愬
用所得賊將自文城因天大雪疾馳百二十里用夜半
到蔡破其門取元濟以獻盡得其屬人卒辛巳丞相度

入蔡以皇帝命赦其人淮西平大饗賚功師還之日因以其食賜蔡人凡蔡卒三萬五千其不樂為兵願歸為農者十九悉縱之斬元濟京師册功弘加侍中愬為左僕射帥山南東道顔允皆加司空公武以散騎常侍帥鄜坊丹延道古進大夫文通加散騎常侍丞相度朝京師道封晉國公進階金紫光禄大夫以舊官相而以其副總為工部尚書領蔡任既還奏羣臣請紀聖功被之金石皇帝以命臣愈臣愈再拜稽首而獻文曰唐承天

命遂臣萬邦孰居近土襲盜以狂徃在玄宗崇極而圮
河北悍驕河南附起四聖不宥屢興師征有不能尅益
戍以兵夫耕不食婦織不裳輸之以車為卒賜糧外多
失朝曠不嶽狩百隸怠官事亡其舊帝時繼位顧瞻咨
嗟惟汝文武孰恤予家既斬吴蜀旋取山東魏將首義
六州降從淮蔡不順自以為強提兵叫讙欲事故常始
命討之遂連姦鄰陰遣刺客來賊相臣方戰未利內驚
京師羣公上言莫若惠來帝為不聞與神為謀乃相同

德以訖天誅乃敕顏允愬武古通咸統於弘各奏汝功三方分攻五萬其師大軍北乘厥數倍之常兵時曲軍士蠢蠢既翦陵雲蔡卒大窘勝之邵陵郾城來降自夏入秋復屯相望兵頓不勵告功不時帝哀征夫命相往釐士飽而歌馬騰於槽試之新城賊遇敗逃盡抽其有聚以防我西師躍入道無留者頟頟蔡城其疆千里既入而有莫不順俟帝有恩言相度來宣誅止其魁釋其下人蔡之卒夫投甲呼舞蔡之婦女迎門笑語蔡人告

飢船粟往哺蔡人告寒賜以繒布始時蔡人禁不往來今相從戲里門夜開始時蔡人進戰退戮今旰而起左飧右粥為之擇人以收餘憊選吏賜牛教而不稅蔡人有言始迷不知今乃大覺羞前之為蔡人有言天子明聖不順族誅順保性命汝不吾信視此蔡方孰為不順往斧其吭凡叛有數聲勢相倚吾強不支汝弱奚恃其告而長而父而兄奔走偕來同我太平淮蔡為亂天子伐之既伐而飢天子活之始議伐蔡卿士莫隨既伐四年小

大並疑不赦不疑由天子明凡此蔡功惟斷乃成既定淮蔡四夷畢來遂開明堂坐以治之

李商隱讀韓碑詩元和天子神武姿彼何人哉軒與義誓將上雪列聖恥坐法宫中朝四夷淮西有賊五十載封狼生貙貙生羆不據山河據平地長戈利矛日可麾帝得聖相相曰度賊斫不死神扶持腰懸相印作都統陰風慘淡天王旗愬武古通作爪牙儀曹外郎載筆隨行軍司馬智且勇十四萬衆猶虎貔入

蔡縛賊獻太廟功無與比恩不訾帝曰汝度功第一汝從事愈宜為辭愈拜稽首蹈且舞金石刻畫臣能為古者世稱大手筆此事不繫於職司當仁自古有不讓言訖屢頷天子頤公退齋戒坐小閣濡染大筆何淋漓點竄堯典舜典字塗改清廟生民詩文成破體書在紙清晨再拜鋪丹墀表曰臣愈昧死上詠神聖功書之碑碑高三丈字如手負以靈鼇蟠以螭句奇語重喻者少讒之天子言其私長繩百尺拽碑倒

麤砂大石相磨治公之斯文若元氣先時已入人肝
脾湯盤孔鼎有述作今無其器存其辭嗚呼聖皇及
聖相相與烜赫流淳熙公之斯文不示後曷與三五
相攀追願書萬本頌萬過口角流沫右手胝傳之七
十有二代以為封禪玉檢明堂基
朱子曰據舊史元和十二年八月宰臣裴度為淮西
宣慰處置使兼彰義軍節度使請公為行軍司馬淮
蔡平十二月隨度還朝以功授刑部侍郎仍詔撰平

淮西碑其詞多敘裴度事時先入蔡州擒吳元濟李愬功第一愬不平之愬妻唐安公主也出入禁中因訴碑辭不實詔令磨公文命叚文昌重撰史所載如此原公之意大抵以度能固帝意故諸將不敢首鼠遂能平蔡意多歸功於指縱者也帝亦重失武臣心故詔文昌然史臣之贊裴度必取公之銘曰凡此蔡功惟斷乃成則世固自有公論也文昌文見姚鉉文粹李商隱有惜韓碑詩長篇甚美有公之斯文不示

後昌與三五相攀追之句東坡有臨江驛小詩云淮西功業冠吾唐吏部文章日月光千載斷碑人膾炙不知世有段文昌則二公之文不待較而明矣

陳無已曰龍圖孫學士覺喜論文謂退之淮西碑叙如書銘如詩又云少遊謂元和聖德詩於韓文為下與淮西碑如出兩手蓋其少作也

王志堅曰新舊唐書載淮西碑仆於李愬倚唐安公主入訴方愬入蔡具槖鞬迎晉公示人以上下之

聖祖御評
典重高華足以
潤色太平鋪張
威事後幅拓開
一步文境倍覺

分其人知禮如此不應爭功名於文字間觀羅隱記石烈士事知仆碑實出於石蓋將帥宣力之迹著廟堂主持之權微軍中健兒安知所謂惟斷乃成而是時政在姑息遂因而從之耳觀段文昌改作於懲部將姓名臚列殆盡則當時所以改作之故可知矣

南海神廟碑

海於天地間為物最鉅自三代聖王莫不祀事考於傳記而南海神次最貴在北東西三神河伯之上號為祝

融天寶中天子以為古爵莫貴於公侯故海嶽之祝犧幣之數放而依之所以致崇極於大神今王亦爵也而禮海嶽尚循公侯之事虛王儀而不用非致崇極之意也由是册尊南海神為廣利王祝號祭式與次俱昇因其故廟易而新之在今廣州治之東南海道八十里扶胥之口黄木之灣常以立夏氣至命廣州刺史行事祠下事訖驛聞而刺史常節度五嶺諸軍仍觀察其郡邑於南方事無所不統地大以遠故常選用重人既貴而

富且不習海事又當祀時海常多大風將往皆憂慼既進覲顔怖悸故常以疾為解而委事於其副其來已久故明宮齊廬上雨旁風無所蓋障牲酒瘠酸取具臨時水陸之品狼藉籩豆薦祼興俯不中儀式吏滋不供神不顧享盲風怪雨發作無節人蒙其害元和十二年始詔用前尚書右丞國子祭酒魯國孔公為廣州刺史兼御史大夫以嶺南服公正直方嚴中心樂易祇慎所職治人以明事神以誠内外單盡不為表襮至州之明年

將夏祝册自京師至吏以時告公乃齋袚視册誓羣有司曰册有皇帝名乃上所自署其文曰嗣天子某謹遣官某敬祭其恭且嚴如是敢有不承明日吾將宿廟下以供晨事明日吏以風雨白不聽於是州府文武吏士凡百數交謁吏諫皆揖而退公遂陞舟風雨少弛櫂天奏功雲陰解駮日光穿漏波伏不興省牲之夕載暘載陰將事之夜天地開除月星明概五鼓既作牽牛正中公乃盛服執笏以入即事文武賓屬俯首聽位各執其

職壯肥酒香罇爵靜潔降登有數神具醉飽海之百靈祕怪恍惚畢出蜿蜿虵虵來享飲食闔廟旋艫祥飈送颿旗纛旄旌飛揚晻藹鐃鼓嘲轟高管噭譟武夫奮櫂工師唱和穹龜長魚躍躍後先乾端坤倪軒豁呈露祀之之歲風災熄滅人厭魚蟹五穀胥熟明年祀歸又廣廟宮而大之治其庭壇改作東西兩序齋庖之房百周具修明年其時公又固往不懈益虔歲仍大和耋艾歌詠始公之至盡除他名之稅罷衣食於官之可去者四

方之使不以資交以身為師燕享有時賞與以節公藏
私畜上下與足於是免屬州負逋之緡錢廿有四萬米
三萬二千斛賦金之州耗金一歲八百困不能償皆以
丐之加西南守長之俸誅其尤無良不聽令者由是皆
自重慎法人士之落南不能歸者與流徙之胄百廿八
族用其才良而廪其無告者其女子可嫁與之錢財令
無失時刑德並流方地數千里不識盜賊山行海宿不
擇處所事神治人其可謂備至耳矣咸願刻廟石以著

厥美而繫以詩乃作詩曰

南海陰墟祝融之宅即祀於旁帝命南伯吏惰不躬正自今公明用享錫右我家邦惟明天子惟慎厥使我公在官神人致喜海嶺之陬既足既濡胡不均弘俾執事樞公行勿遲公無遽歸匪我私公神人具依

張英曰結撰閎鉅波瀾壯闊詞藻瑰麗雅足與題相配

柳州羅池廟碑

羅池廟者故刺史柳侯廟也柳侯為州不鄙夷其民動以禮法三年民各自矜奮茲土雖遠京師吾等亦天氓令天幸惠仁侯若不化服我則非人於是老少相教語莫違侯令凡有所為於其鄉閭及於其家皆曰吾侯聞之得無不可於意否莫不忖度而後從事凡令之期民勸趨之無有後先必以其時於是民業有經公無負租流逋四歸樂生興事宅有新屋步有新船池園潔修豬牛鴨雞肥大蕃息子嚴父詔婦順夫指嫁娶葬送各有

條法出相弟長入相慈孝先時民貧以男女相質久不得贖盡沒為隸我侯之至按國之故以傭除本悉奪歸之大修孔子廟城郭巷道皆治使端正樹以名木柳氏旣皆悅喜嘗與其部將魏忠謝寧歐陽翼飲酒驛亭謂曰吾棄於時而居於此與若等好也明年吾將死死而為神後三年為廟祀我及期而死三年孟秋辛卯侯降於州之後堂歐陽翼等見而拜之其夕夢翼而告曰館我於羅池其月景辰廟成大祭過客李儀醉酒慢侮堂

上得疾扶出廟門即死明年春魏忠歐陽翼使謝寧來京師請書其事於石余謂柳侯生能澤其民死能驚動福禍之以食其土可謂靈也已作迎享送神詩遺柳民俾歌以祀焉而并刻之柳侯河東人諱宗元字子厚賢而有文章甞位於朝光顯矣已而擯不用其辭曰

荔子丹兮蕉黃雜肴蔬兮進侯堂侯之船兮兩旗度中流兮風泊之待侯不來兮不知我悲侯乘駒兮入廟慰我民兮不嚬以笑鵝之山兮柳之水桂樹團團兮白石

齒齒侯朝出游兮暮來歸春與猨吟兮秋鶴與飛北方之人兮為侯是非千秋萬歲兮侯無我違福我兮壽我驅厲鬼兮山之左下無苦濕兮高無乾秔稌充羨兮蛇蛟結蟠我民報事兮無怠其始自今兮欽於世世

韓醇曰羅池神子厚也其碑石本首云尚書吏部侍郎賜紫金魚袋韓愈撰中書舍人史館修撰賜紫金魚袋沈傳師書其後云朝議郎桂管觀察使試太常寺協律郎上柱國陳曾篆額長慶元年正月十一日

桂管都防禦先鋒兵馬司朝散大夫試左衛長史孫季雄建立歐陽集古録羅池碑後題云長慶元年正月建按穆宗實録長慶二年二月傳師為中書舍人史館修撰九月愈遷吏部時愈未為吏部沈亦未為舍人當是長慶二年則二君官正與此碑同其書元年正月蓋傳模者誤按舊史公傳云南人妄以柳宗元為羅池神而愈撰碑以實之蓋以是罪公而新史書其事於子厚傳無所襃貶元祐七年六月詔賜唐

柳州刺史羅池廟神為靈文之廟以郡人言其雨暘應祈故也田表聖書其碑陰云子厚終於柳州以精多魄强為羅池之神昌黎叙其事而銘之大意謂子厚宏深之量昭明之識當為星辰為岳瀆胡為在柳州之陋為神其所以推尊甚大然則世以公此文為語怪非也士有抱負不克施遭流落以死為明神烈鬼嵬峩廟食理也李衛公竄海上死矣其精魄凛然尚能使犬鼠餘黨破膽於夢中不然退之豈矯誣柳

州以來異議乎晁氏曰此非銘羅池神之文弔宗元之文也

衢州徐偃王廟碑

徐與秦俱出柏翳為嬴姓國於夏殷周世咸有大功秦處西偏專用武勝遭世衰無明天子遂虎吞諸國為雄諸國既皆入秦為臣屬秦無所取利上下相賊害卒僨其國而沈其宗徐處得地中文德為治及偃王誕當國益除去刑爭末事凡所以君國子民待四方一出於仁

義當此之時周天子穆王無道意不在天下好道士說得八龍騎之西遊同王母宴於瑤池之上歌謳忘歸四方諸侯之爭辯者無所質正咸賓祭於徐贄玉帛死生之物於徐之庭者三十六國得朱弓赤矢之端穆王聞之恐遂稱受命命造父御長驅而歸與楚連謀伐徐徐不忍鬬其民北走彭城武原山下百姓隨而從之萬有餘家偃王死民號其山為徐山鑿石為室以祠偃王偃王雖走死失國民戴其嗣為君如初駒王章禹祖孫相

望自秦至今名公巨人繼跡史書徐氏十望其九皆本扵偃王而秦後迄今無聞家天扵柏翳之緒非偏有厚薄施仁與暴之報自然異也衢州故會稽太末也民多姓徐氏支縣龍邱有偃王遺廟或曰偃王之逃戰不之彭城之越城之隅棄玉几研扵會稽之水或曰徐子章禹既執扵吳徐之公族子弟散之徐揚二州間即其居立先王廟云開元初徐姓二人相屬為刺史帥其部之同姓改作廟屋載事於碑後九十年當元和九年而徐

氏放復爲刺史放字達夫前碑所謂今戶部侍郎其大父也春行視農至於龍邱有事於廟思惟本原曰故制觕樸下窄不足以揭虔妥靈而又梁桷赤白陊剝不治圖像之威黕昧就滅藩拔級夷庭木秃𣩍祈甿日慢祥慶弗下州之羣支不獲蔭庥余惟遺紹而尸其土不即不圖以有資聚罰其可辭乃命因故爲新衆工齊事惟月若日工告訖功大祠於廟宗鄉咸序應是歲州無怪風劇雨民不夭厲穀果完實民皆曰耿耿祉哉其不可

誣乃相與請辭京師歸而鑱之於石辭曰
秦傑以顛徐由遜繇秦鬼久飢徐有廟存婉婉偃王惟
道之耽以國易仁爲笑於頑自初擅命其實幾姓歷短
詈長有不償亡課其利害孰與王當姑蔑之墟太末之
里誰思王恩立廟以祀王之閒孫世世多有唯臨兹邦
廟土實守堅嶠之後達夫廓之王歿萬年如始祔時王
孫多孝世奉王廟達夫之來先慎詔教盡惠廟民不王
於神維是達夫知者之元太末之里姑蔑之城廟事時

修仁孝振聲宜寵其人以及後生嗟嗟維王雖古誰亢王死於仁彼以暴喪文追作誄刻示兆兆

徐秦皆出於伯益而仁暴施報之異總數千年而論之始毫髮不爽天道固如是也昌黎述此蓋以唐德既衰澤不下逮藩鎮不臣往往嘔咻兵民規竊土地死則子弟自代而請命於朝託以兵民安已之政有者天與人歸者然故昌黎舉偃王之不忍鬭其民棄國走死以全臣節以國易仁為笑於頑而其後世子孫碩大蕃衍經

越數千年而廟祀如始祔之時若夫虎吞諸侯强暴至秦極矣而斬焉無後其鬼久餒紀短訾長有不償亡若云今之自謂兵民安已者能若偃王乎擁强兵睢盱當世者能若秦主乎徐存若此而秦亡若彼為子孫計者可以思矣所以警動怵聾之者旨深哉

袁氏先廟碑

袁公滋既成廟明歲二月自荆南以旂節朝京師留六日得壬子春分率宗親子屬用少牢於三室既事退言

曰嗚呼遠哉維世傳德龔訓集余乃今有濟令祭既不
薦金石音聲使工歌詩載烈象容其奚以飭穉昧於長
久唯敬繫羊豕幸有石如具著先人名跡因為詩繫之
語下於義其可雖然余不敢必屬篤古而達於詞者遂
以命愈愈謝非其人不獲命則謹條袁氏本所以出與
其世系里居起周歷漢魏晉拓拔魏周隋入國家以來
高曾祖考所以劬躬壽後委祉於公公之所以逢將承
應者有槩有詳而綴以詩其語曰周樹舜後陳陳公子

有為大夫食國之地袁鄉者其子孫世守不失因自别為袁氏春秋世陳常壓於楚與中國相如尤疏袁氏猶班班見可譜常居陽夏陽夏至晉屬陳郡故號陳郡袁氏博士固申儒過黃唱業於前至司徒安懷德衿身袁氏遂大顯連世有人終漢連魏晉分仕南北始居華陰為拓拔魏鴻臚鴻臚諱恭生周梁州刺史新縣孝侯諱頴孝侯生隋左衛大將軍諱溫去官居華陰武德九年以大耋薨始葬華州左衛生南州刺史諱士政南州生

當陽令諱倫於公為曾工部陽生朝散大夫石州司馬
諱知元司馬生贈工部尚書咸寧令諱晷是為皇考袁
氏舊族而當陽以通經為儒位止縣令石州用春秋持
身治事為州司馬以終咸寧備學而貫以一文武隨用
謀行功從出入有立不爵於朝比三世宜達而窒歸成
後人數當於公公惟曾大父大父皇考比三世存不大
夫食殁祭在子孫唯將相能致備物世彌遠禮則益不
及在慎德行業治圖功載名以待上可無細大無敢不

敬畏無早夜無敢不思成於家進於外以立於朝自侍御史歷工部員外郎祠部郎中諫議大夫尚書左丞華州刺史金吾大將軍由卑而鉅莫不官稱遂為宰相以贊辨章仍持節將蜀滑襄荆畧苞河山秩登禄富以有廟祀具如其志又垂顯刻以教無忘可謂大孝詩曰衷自陳分初尚蹇連越秦造漢博士發論司徒任德忍不錮人收功厥後五公重尊晉氏於南來處華下鴻臚孝侯用適操捨南州勤治取最不懈當陽耽經唯義之

畏石州烈烈學專春秋懿哉咸寧不名一休趨難避戎與時泛浮是生孝子天子之宰出把將符羣州承揩數以立廟禄以備器由曾及考同堂異置栢版松楹其筵肆肆維哀之廟孝孫之為順勢即宜以諏以龜以平其巇屋牆持持孝孫來享來拜廟庭陟堂進室親登籩鉶肩臑胎骼其樽玄清降登受胙於慶爾成維曾維祖維考之施於汝孝嗣以報以祇凡我有今非本曷思刻詩牲繫維以告之

袁滋字德深蔡州朗山人少依道州刺史元結讀書建中初起處士授試校書郎韋貞伯表為侍御史遷工部員外郎韋臯招西南夷南詔異牟尋內屬德宗選郎吏可撫循者皆憚行滋不辭帝嘉之擢祠部郎中兼御史中丞賜金紫持節往踰年還稱旨求外遷為華州刺史政清簡慈惠未嘗設條教民愛向之有犯令時時法外縱舍得盜賊或哀其窮出財為償所亡名為左金吾衛大將軍以楊於陵代之滋行耆老遮道不得去於陵使

諭吾不敢易袁公政人皆羅拜乃得去憲宗監國進拜中書侍郎同中書門下平章事劉闢反詔滋為劍南東西川節度使是時賊方熾又滋兄峯在蜀為闢所刼滋畏不得全久不進貶吉州刺史未幾徙義成節度使改檢校兵部尚書拜山南東道節度使徙荆南滋先世墳墓在蔡吳少陽時為修塋禁芻牧諸袁多署右職禀給之滋至治去斥候與元濟通好賊圍新興滋甲辭講解賊因是易滋不為備時帝責戰急而滋至六月以無功

貽撫州刺史本傳所載如是滋蓋謹愿之士不能達大道忘身為國故韓碑著其孝不言其忠孝經曰始於事親中於事君終於立身然則滋於事君立身猶有間焉其無以完孝德也夫

曹成王碑

王姓李氏諱皐字子蘭謚曰成其先王明以太宗子國曹絕復封傳五王至成王成王嗣封在玄宗世蓋於時年十七八紹爵三年而河南北兵作天下震擾王奉母

太妃逃禍民伍得間走蜀從天子天子念之自都水使者拜左領軍衛將軍轉貳國子秘書王生十年而失先王哭泣哀悲弔客不忍聞喪除痛刮磨豪習委已於學稍長重知人情急世之要恥一不通侍太妃從天子於蜀既孝既忠持官持身内外斬斬由是朝廷滋欲試之於民上元元年除温州長史行刺史事江東新刳於兵郡旱饑民交走死無弔王及州不解衣下令掊鎮擴門悉棄倉實與民活數十萬人奏報升秩少府與平袁賊

仍徙祕書兼州别駕部告無事遷真於衡法成令修治出張施聲生勢長觀察使噎媢不能出氣誣以過犯御史助之貶潮州刺史楊炎起道州相德宗還王於衡以真前謾王之遭誣在理念太妃老將驚而戚出則囚服就辦入則擁笏垂魚坦坦施施即貶於潮以遷入賀及是然後跪謝告實初觀察使虐使將國良往戍界良以武岡叛戍衆萬人斂兵荆黔洪桂伐之二年尤張於是以王師湖南將五萬士以討良為事王至則屏兵投良

以書中其忌諱良羞畏乞降狐鼠進退王即假爲使者
從一騎踔五百里抵良壁鞭其門大呼我曹王來受良
降良今安在良不得已錯愕迎拜盡降其軍太妃薨王
棄部隨喪之河南葬及荆被詔責還會梁崇義反王遂
不敢辭以還升秩散騎常付明年李希烈反遷御史大
夫授節帥江西以討希烈命至王出止外舍禁無以家
事關我哀兵大選江州羣能著職王親教之搏力勾卒
嬴越之法曹誅五畀艦步二萬人以與賊遌嘬鋒蔡山

踣之劉斬之黄梅大緜長平鏺廣濟擨蘄春擻蘄水掇黄岡筴漢陽行跐汊州還大膊蘄水界中披安三縣拔其州斬偽刺史標光之北山踏隨光化措其州十抽一推救兵州東北屬鄉還開軍受降大小之戰三十有二取五州十九縣民老幼婦女不驚市賈不變田之果穀下無一跡加銀青光禄大夫工部尚書改户部再換節臨荆及襄真食三百王之在兵天子西巡於梁希烈北取汴鄭東畧宋圍陳西取汝薄東都王坐南方北向落

其角距賊死咋不能入寸尺亡將卒十萬盡輸其南州王始政於溫終政於襄恒平物估賤斂貴出民用有經一吏軌民使令家聽戶視姦宄無所宿府中不聞急步疾呼治民用兵各有條次世傳爲法任馬彝將愼將鍔將潛偕盡其力能薨贈右僕射元和初以子道古在朝更贈太子太師道古進士司門郎刺利隨唐睦徵爲少宗正兼御史中丞以節督黔中朝京師改命觀察鄂岳蘄沔安黃提其師以伐蔡且行泣曰先王討蔡實取沔

蘄安黄寄惠未亡今余亦受命有事於蔡而四州適在吾封庶其有集先王薨於今二十五年吾昆弟在而墓碑不刻無文其實有待予無用辭乃序而詩之辭曰

太支十三曹於弟季或亡或微曹始就事曹之祖王畏塞絶遷零王黎公不聞僅存子父易封三王守名延延百載以有成王成王之作一自其躬文被明章武鷹畯功蕪枯弱彊齦其姦猖以報於宗以昭於王王亦有子處王之所惟舊之視蹶蹶陛陛實取實似刻詩其碑爲

示無止

洪慶善曰曹成王碑造語法子雲也退之性不喜書然嘗云凡爲文詞宜畧識字如此碑用中𠞊䪨鑅掀撇掇筴跳等字是也

御選唐宋文醇卷八

聖祖御評：敘文簡質銘詞古奧其古奧處可及其簡質處不可及

御選唐宋文醇卷九

昌黎韓愈文九

魏博節度觀察使沂國公先廟碑銘

元和八年十一月壬子上命丞相元衡丞相吉甫丞相絳召太史尚書比部郎中韓愈至政事堂傳詔曰田弘正始有廟京師朕惟弘正先祖父厥心靡不嚮帝室訖不得施乃以教付厥子維弘正銜訓事嗣朝夕不怠以

能迎天之休顯有丕功維父子繼忠孝予維寵嘉之是以命汝愈銘欽哉惟時臣愈承命悸恐明日詣東上閤門拜疏辭謝不報退伏念昔者魯僖公能遵其祖伯禽之烈周天子寔命其史臣克作為駉駜泮閟之詩使聲於其廟以假魯靈令天子嘉田侯服父訓不違用康靖我國家蓋寵銘之所以休寧田氏之祖考而臣適執筆隷太史奉明命其可以辭謹案魏博節度使銀青光禄大夫檢校工部尚書兼魏州大都督府長史御史大夫

沂國公田弘正北平盧龍人故為魏博諸將忠孝畏慎田季安卒其子幼弱用故事代父人吏不附迎弘正於其家使領軍事弘正籍其軍之衆與六州之人還之朝廷悉除河北故事比諸州故得用為帥已而復贈其父故滄州刺史兵部尚書母夫人鄭氏梁國太夫人得立廟祭三代曾祖都水使者府君祭初室祖安東司馬贈襄州刺史府君祭二室兵部府君祭東室其銘曰

唐繼古帝海外受制狎於大寧燕盜以驚羣黨相維河

北失平號登元和大聖載營風揮日舒咸順指令業業魏土嬰兒戲兵吏戎慹毒莫保腰頸人曰田侯其德可倚叫譟奔趨乘門請起田侯攝事奉我天明束縛弓戈考校度程提壇籍戶來復邦經帝欽良臣曰維錫予嗟我六州始復故初告慶於宗以降命書旌節有韜豹尾神旗櫜鞬戟纛以長魏師田侯稽首臣愚不肖迨茲有成祖考之教帝曰俞哉惟汝忠孝予思乃父追秩夏卿媲德娠賢梁國是榮田侯作廟相方視阯見於蓍龜祖考咸喜曁

暨田侯兩有文武訖其外庸可作承輔咨汝田侯勿亟勿遲覲饗式時爾祖爾思

按弘正父廷玠大歷中為滄州刺史恒州李寶臣幽州朱滔聯兵攻擊欲兼其土宇廷玠固守卒能保全朝廷嘉之遷洛州改湘州建中初田悅領魏博節度使志圖凶逆召廷玠為副蓋悅父承嗣與廷玠為從昆弟也及悅姦謀敗露廷玠曰爾藉伯父遺業可守朝廷法度坐享富貴何苦與恒鄆同為叛臣若狂志不悛可先殺我

乃謝病不出三年憤鬱而卒弘正既籍魏博六州歸朝其後奉詔令其子布帥師三千助討吴元濟元濟平復討李師道比有功師道為其將劉悟所殺弘正常欲變山東承襲舊風悉遣子姓仕朝廷而布同時為河陽節度使穆宗時詔以弘正為成德軍節度使弘正以新與鎮人戰有父兄怨請魏卒二千自衛度支崔倰吝其廩沮郄之會弘正卒軍遂亂家屬將吏三百餘人皆遇害時魏博節度使李愬病不能軍公卿議以魏人素德弘

正而弘正子布賢可世其官遽詔布解縗拜魏博節度使乘傳以行布號泣固辭不聽與妻子訣曰吾不還矣會詔分布軍合李光顏討深州衆不肯東遂潰歸其牙將史憲誠惟中軍不動明日會諸將議事衆譁曰公能行河朔故事則生死從公不然不可以戰布度衆且亂即為書謝帝授從事李石引刀剌心曰上以謝君父下以示三軍言訖而絕於戲唐自安史之亂河南北諸軍陽服實叛王室僅為守府而弘正父子祖孫三世嚮然泥

而不滓竭其股肱之力加之以忠貞不濟則以死繼之以垂光於青史良不愧昌黎世忠孝一語也

唐故江南西道觀察使中大夫洪州刺史兼御史中丞上柱國賜紫金魚袋贈左散騎常侍太原

王公神道碑銘

王氏皆王者之後在太原為姬姓春秋時王子成父敗狄有功因賜氏厥後世居太原至東漢隱士烈博士徵不就居祁縣因號所居鄉為君子公其君子鄉人也魏晉

涉隋世有名人國朝大王父元暕歷御史屬三院止尚書郎生景肅守三郡終傳涼王生政襄鄧等州防禦使鄂州採訪使贈吏部尚書公尚書之第某子公諱仲舒字弘中少孤奉母夫人家江南讀書著文其譽藹鬱當時名公皆折官位輩行願為交貞元初射策拜左拾遺與陽城合遏裴延齡不得為相德宗初快快無奈久而嘉之其後入閤德宗顧列謂宰相曰第幾人必王某也果然月餘特改右補闕遷禮部考功吏部三員外郎在禮

部奏議詳雅省中伏其能在考功吏部提約明故吏無
以欺同列有情恩自得者衆皆媢承公嫉其為人不直
視由此貶連州司户移夔州司馬又移荆南因佐其節
度事為參謀得五品服放跡在外積四年元和初收拾
俊賢徵拜吏部員外郎未幾為職方郎中知制誥友人
得罪斥逐後其家親知過門縮頸不敢視公獨省問為
計度論議直其寃緐是出為峽州刺史轉廬州未至丁
母夫人憂服除又為婺州時疫旱甚人死亡且盡公至

多方救活天遂雨疫定比數年里閭完復制使出巡人
塡道迎顯公德事具聞就加金紫轉蘇州變其屋居以
絶火延隄松江路害絶阻滯秋夏賦調自為書與人以
期吏無及門而集政成為天下守之最天子曰王某之
文可思最宜為誥有古風豈可久以吏事役之復拜中
書舍人既至京師儕流無在者視同列皆邈然少年益
自悲而謂人曰豈可復治筆硯於其間哉上若未棄臣
宜用所長在外久周知俗之利病俾治之當不自愧宰

相以聞遂得觀察江南西道奏罷榷酤錢九十萬軍息之無已掌吏壞産猶不釋囚之公至脱械不問人遭水旱賦窘公曰我且減燕樂絶他用錢可足乎遂以代之罷軍之息錢禁浮屠誑誘壞其舍以葺公宇三年法大成錢餘於庫粟餘於廩人享於田廬謳於道途天子復思且徵以代虛吏部左丞位以待之長慶三年十一月十七日薨於洪州年六十二上哀慟輟朝贈左散騎常侍某日歸塟於某處某既以公之德刻而藏之墓矣子

初又請詩以揭之詞曰

生人之治本乎斯文有事其末而亡其源切近昧陋道由是堙有志其本而泥古陳當用而迂乖戾不伸較是二者其過也均有美王公志儒之本達士之經秩秩而涵涵而停蓄為華英不矜不盈孰播其馨孰發其明介然而居士友以傾敷文帝階擢列侍從以忠遠名有直有諷辨遏堅懇巨邪不用秀出班行乃動帝目帝省竭心恩顧日渥翔於郎署騫於禁密發帝之令簡古而蔚

不比於權以直友寃敲撼握竟遭斥奔久淹於外歷守大藩所至極思必悉利病萎枯以膏燠暍以醒坦之敞之必絶其徑浚之澄之使安其泳帝思其文復命掌誥公潛謂人此職宜少豈無凋郡庸以自效上藉其實俾統於洪遒滯攸除姦訛革風袪蔽於目釋負於躬方乎所部禁絶浮屠風雨順易秔稻盈疇人得其所乃恬乃謳化成有代思以息勞虛位而竢奄忽滔滔維德維績志於斯石日遠彌高

生民之治本乎斯文有事其末而忘其源切近昧陋道由是堙有志其本而泥古陳當用而迂乖戾不伸總是二者其過也均數語曲盡歷來人文凋敝六經榛塞之故矣八代風雲月露唐宋詩賦帖括所為切近昧陋道由是堙者也語經濟者執陳冊而不識時無以行今談性命者抗高言而無實際難與道古所為當用而迂乖戾不伸者也易不云乎觀乎人文以化成天下人文如此人君孰與決大疑襄大業而化成天下哉昌黎揭之以

激勵後學所為吏部文章日月光歟

唐故相權公墓碑

上之元和六年其相曰權公諱德輿字載之其本出自殷帝武丁武丁之子降封權權江漢間國也周衰入楚為權氏楚滅徙秦而居天水略陽苻秦之王中國其臣有安邱公翼者有大臣之言後六世至平涼公文誕為唐上庸太守荊州大都督長史倬有聲烈平涼曾孫諱倕贈尚書禮部郎中以藝學與蘇源明相善卒官羽林

軍録事參軍於公為王父郎中生贈太子太保諱皐以忠孝致大名去官累以官徵不起追謚貞孝是實生公公在相位三年其後以吏部尚書授節鎮山南年六十以薨贈尚書左僕射謚文公公生三歲知變四聲四歲能為詩七歲而貞孝公卒來弔哭者見其顔色聲容皆相謂權氏世有其人及長好學孝敬祥順貞元八年以前江西府監察御史徵拜博士朝士以得人相慶改左補闕章奏不絶譏排姦倖與陽城為助轉起居舍人遂

知制誥凡撰命詞九年以類集為五十卷天下稱其能十八年以中書舍人典貢士拜尚書禮部侍郎薦士於公者其言可信不以其人布衣不用即不可信雖大官勢人交言一不以綴意奏廣歲所舉進士明經在得人不以拘員轉戶兵吏三曹侍郎太子賓客復為兵部遷太常卿天下愈推為鉅人長德時天子以為宰相宜參用道德人因拜禮部尚書同中書門下平章事公既謝辭不許其所設張舉措必本於寬大以幾教化多所助

與維匡調娛不失其正中於和節不為聲章因善與賢不矜主已以吏部尚書留守東都東方諸帥有利病不能自請者公常與疏陳不以露布復拜太常轉刑部尚書考定新舊令式為三十編舉可長用其在山南河南勤於遷付治以和簡人以寧便以疾求還十三年某月甲子道薨於洋之白草奏至天子痛傷為之不御朝郎官致贈錫官居野處上下弔哭皆曰善人死矣某年某日塟河南北山在貞孝東五里公由陪屬升列年除

歲遷以至公宰人皆喜聞若已與有無忌嫉者于頔坐子殺人失位自囚親戚莫敢過門省顧朝莫敢言者公將留守東都為上言曰頔之罪既貰不竟宜因賜寛詔上曰然公為吾行諭之頔以不憂死前後考第進士及廷所策試士踵相躡為宰相達官與公相先後其餘布處臺閣外府凡百餘人自始學至疾未病未嘗一日去書不觀公既以能為文辭擅聲於朝多銘卿大夫功德然其為家不視簿書未嘗問有亡費不待餘公娶清河

崔氏女其父造嘗相德宗號為名臣既塟其子監察御史璩纍然服喪來有請乃作銘文曰

權在商周世無不存滅楚徙秦嬴劉之間甘泉始侯以及安邱詆訶浮屠皇極之扶貞孝之生鳳鳥不至爵位豈多半塗以稅壽考豈多四十而逝惟其不有以惠厥後是生相君為朝德首行世祖之文世師之流連六官出入屏毗無黨無讐舉世莫疵人所憚為公勇為之其所競馳公絶不窺孰克知之德將在斯刻詩墓碑以永

厥垂

德輿既忠臣子少以文章稱諸儒間貞元元和中為縉紳羽儀藩社老壽出入將相遍歴六卿當世所羨昌黎為推其父臯貞孝之貽一篇之中三致意焉其勸善之意微哉

殿中少監馬君墓誌

君諱繼祖司徒贈太師北平莊武王之孫少府監贈太子少傅諱暢之子生四嵗以門功拜太子舍人積三十

四年五轉而至殿中少監年三十七以卒有男八人女二人始余初冠應進士貢在京師窮不自存以故人稚弟拜北平王於馬前王問而憐之因得見於安邑里第王軫其寒饑賜食與衣召二子使為之主其季遇我特厚少府監贈太子少傅者也姆抱幼子立側眉眼如畫髮漆黑肌肉玉雪可念殿中君也當是時見王於北亭猶高山深林鉅谷龍虎變化不測傑魁人也退見少傅翠竹碧梧鸞鵠停峙能守其業者也幼子娟好靜秀瑤環

瑜珥蘭茁其芽稱其家兒也後四五年吾成進士去而東遊哭北平王於客舍後十五六年吾為尚書都官郎分司東都而分府少傅卒哭之又十餘年至今哭少監焉嗚呼吾未耄老自始至今未四十年而哭其祖子孫三世於人世何如也人欲久不死而觀居此世者何也

馬燧沈雄忠力名蓋一時功績既顯貴亦甲天下子暢又善殖財家最豐厚晚為豪右侵牟中官逼取遂至困窮諸子無室廬自托所為殿中君者暢子繼祖也始生

德宗命之名退而笑曰此有二義意謂以秦繫祖也暢嘗以第中大杏饋竇文場文場以進德宗德宗未嘗見頗怪之令就第封杏暢懼進宅廢為奉誠園屋木盡折入內白居易詩云不見馬家宅今作奉誠園者也新唐書云當世視暢以厚蓄為戒吳融於數水遇句者乃燧諸孫為詩曰天地盧昏九鼎危大貂曾出武侯師一心忠赤山河見百戰功名日月知舊宅已聞栽禁樹諸孫仍見句征岐而今不要教人識正藉將軍死鬬時夫馬

氏子孫不能幅制於平時自致摧敗零落固已然唐室之不復昌豈盡天命哉括民膏血以恍驕兵叛將而於忠臣子孫少恩如此夫安得而不亡史言暢晚年已困窮則繼祖死時槩可知矣昌黎為誌言人欲久不死而觀居此世者何也不樂其生而發詩人尚寐無訛之歎夫豈專為馬氏言哉

考功員外盧君墓銘

愈之宗兄故起居舍人君以道德文學伏一世其友四

人其一范陽盧君東美少未出仕皆在江淮閒天下大夫士謂之四虁其義以為道可與古之虁皋者侔故云爾或曰虁嘗為相世謂相虁四人者雖處而未仕天下許以為相故云大厯初御史大夫李栖筠由工部侍郎為浙西觀察使當是時中國新去亂仕多避處江淮閒嘗為顯官得名聲以老故自任者以千百數大夫莫之取獨晨衣朝服從騎吏入下里舍請盧君君時始任戴冠通詩書與其羣日講說周公孔子以相磨礲浸灌婆娑

嬉游未有捨所為為人意既起從大夫天下未知君者惟奇大夫之取人也不常必得人其知君者謂君之從人也非其常守必得其從其後為太常博士監察御史河南府司録考功員外郎年若干而終在官舉其職夫人李姓隴西人君在配君子無違德君殁訓子女得母道甚後君二十年年六十六而終將合塟其子暢命其孫立曰乃祖德烈靡不聞然其詳而信者宜莫若吾先人之友先人之友無在者起居丈有季曰愈能為古文

業其家是必能道吾父事業汝其往請銘焉立於是奉其父命奔走來告愈謂立曰子來宜也行不可一二舉且吾之生也後不與而祖接不得詳也其大者莫若衆所與觀所與衆寡茲可以審其德矣乃祖未出而處也天下大夫士以為與古之夔臯者侔且可以為相其德不旣大矣乎講說周公孔子樂其道不樂從事於俗得所從不擇外内奮而起其進退不旣合於義乎銘如是可以示於今與後也歟立拜手曰唯唯君祖子與濮州

濮陽令父同舒州望江令夫人之祖延宗鄆州司馬父進成鄭州洛交令男三人暢申易女三人皆嫁為士人妻墓在河南緱氏縣梁國之原其年月日元和二年二月十日云

永泰中會與盧東美張正則崔造為友好談經濟之畧嘗以王佐自許時人號為四夔舊史載於崔造傳新史亦具載之攄言則以何長師李華盧東美韓衛為四夔李肇國史補曰韓會與名輩號曰四夔會為夔頭而善

歌妙絶劉賓客嘉詁曰崔丞相造布衣時江左士人號曰白衣夔時有四人一是盧東美其二遺忘觀人人所載四夔多互異而盧東美三人既皆未柄用無勲業可紀唯造為相亦殊庸庸然則四夔者名士標榜陋習非其實也昌黎此文隐而顯矣

李元賓墓銘

李觀字元賓其先隴西人也始來自江之東年二十四舉進士三年登上第又舉博學宏辭得太子校書一年

年二十九客死於京師既斂之三日友人博陵崔弘禮葬之於國東門之外七里鄉曰慶義原曰嵩原友人韓愈書石以誌之辭曰

已乎元賓壽也者吾不知其所慕夭也者吾不知其所惡生而不淑孰謂之壽死而不朽孰謂之夭已乎元賓才高乎當世而行出乎古人已乎元賓竟何為哉竟何為哉

唐書本傳觀屬文不傍沿前人時謂與韓愈相上下

及觀少夭而愈後文益工議者以觀文未極愈老不休故卒擅名陸希聲以為觀尚辭故辭勝理愈尚質故理勝辭雖愈窮老終不能加觀之辭觀後愈死亦不能逮愈之質云

施先生墓銘

貞元十八年十月十一日太學博士施先生士匄卒其寮太原郭伉石誌其墓昌黎韓愈為之辭曰先生明毛鄭詩通春秋左氏傳善講說朝之賢士大夫從而執經

考疑者繼於門太學生習毛鄭詩春秋左氏傳者皆其弟子貴游之子弟時先生之説二經來太學帖帖坐諸生下恐不卒得聞先生死二經生喪其師仕於學者亡其朋故自賢士大夫老師宿儒新進小生聞先生之死哭泣相弔歸衣服貨財先生年六十九在太學者十九年由四門助教為太學助教由助教為博士太學秩滿當去諸生輒拜疏乞留或留或遷凡十九年不離太學祖曰旭袁州宜春尉父曰婼豪州定遠丞妻曰太原王

氏先先生卒子曰友直明州鄞縣主簿曰友諒太廟齋
郎系曰
先生之祖氏自施父其後施常事孔子以彰譽為博士
延為太尉太尉之孫始為吳人曰然曰續亦載其跡先
生之興公車是召纂序前聞於光有曜古聖人言其旨
密微箋注紛羅顛倒是非聞先生講論如客得歸卑讓
肫肫出言孔揚今其死矣誰嗣為宗縣曰萬年原曰神
禾高四尺者先生墓邪

樊汝霖曰劉公嘉話云予嘗與柳八韓十八詣施士匄聽毛詩說維鵜在梁梁人取魚梁也言鵜自合求魚不合於人梁上取其魚譬之人自無善事攘人之美者如鵜在人梁上焉則毛注失之矣又說山無草木曰岵所以言陟彼岵兮無可岵也以其無草木故以譬之又說甘棠勿翦勿拜召伯所憩拜言人心之拜小抵屈也上言勿翦終言勿拜明召伯漸遠人思不忘也毛注拜猶伐非也又說維北有斗不可挹酒

衆言不得其人也毛都不注此新史云士匄撰春秋傳未甚傳後文宗喜經術宰相李石因言士匄春秋可讀文宗曰朕見之矣穿鑿之學徒為異同但學者如浚井得美水而已何必勞苦旁求然後為得耶

唐故江西觀察使韋公墓誌銘

公諱丹字某姓韋氏六世祖孝寬仕周有功以公開號於鄖鄖公之子孫世為大官唯公之父政卒雒縣丞贈虢州刺史公旣孤以甥孫從太師魯公真卿學大師愛

之舉明經第選峽州遠安令以讓其庶兄入紫閣山事從父熊通五經登科歷校書郎咸陽尉佐邠寧軍自監察御史為殿中侍御史徵拜太子舍人益有名遷起居郎吳少誠襲許州拜河陽行軍司馬未行少誠死改駕部員外郎新羅國君死公以司封郎中兼御史中丞紫衣金魚往弔立其嗣故事使外國者常賜州縣官十員使以名上以便其私號私覿官公將行曰吾天子吏使海外國不足於資宜上請安有賣官以受錢邪即具疏

所以上以為賢命有司與其費至鄆州會新羅告所當立君死還拜容州刺史容管經畧招討使始城容州周十三里置屯田二十四所化大行詔加太中大夫順宗嗣位拜河南少尹行未至拜鄭滑行軍司馬始至襄陽詔拜諫議大夫既至日言事不阿權臣謇然有直名遂號為才臣劉闢反圍梓州詔以公為東川節度使御史大夫公行至漢中上疏言梓州在圍閉守方盡力不可易將徵還入議蜀事劉闢去梓州因以梓州讓高崇文

拜晉慈隰等州觀察防禦使自扶風縣男進封武陽郡開國公食邑二千户將行上言臣所治三州非要害地不足張職為國家費不如屬之河東便上以為忠一歲拜洪州刺史江南西道觀察使以晉慈隰屬河東公既至則計口受俸錢委其餘於官罷八州無事之食者以聚其財始教人為瓦屋取材於山召陶工教人陶聚材瓦於場度其費以為估不取贏利凡取材瓦於官業定而受其償從令者免其賦之半逃未復者官與為之貲

不能者畀之財載食與漿親往勸之為瓦屋萬三千七百為重屋四千七百民無火憂暑濕則乘其高别命置南北市營諸軍歲旱種不入土募人就功厚與之直而給其食業成人不病飢為長衢南北夾兩營東西七里人去渫汚氣益蘇復作南昌縣徙廄於高地因其廢倉大屋馬以不連死明年築堤扞江長十二里疏為斗門以走潦水公去位之明年江水平堤老幼泣而思曰無此堤吾屍其流入海矣灌陂塘五百九十八得田萬二

千頃凡為民去害興利若嗜欲居三年於江西八州無遺便其大如是其細可畧也卒有違令當死者公不果於誅杖而遣之去上書告公所為不法若干條朝廷方勇於治且以為公名才能臣治功聞天下不辨則受垢詔罷官留江西待辨使未至月餘公以疾薨使至辨凡卒所告事若干條皆無絲毫實詔笞卒百流嶺南公能益明春秋五十八薨於元和五年八月六日公好施與家無剩財自校書郎至為觀察使擁吏卒前走七州刺

史與賓客處如布衣時自持甲一不易娶清河崔氏故支江令諷之女某官某之孫有子曰寘年十五明經及第嗣其家業後夫人蘭陵蕭氏中書令華之孫殿中侍御史恒之女皆先公終有女一人凡公男若干人女若干人明年七月壬寅從葬萬年縣少陵原將葬其從事東平呂宗禮與其子寘謀曰我公宜得直而不華者銘傳於後固不朽矣寘來請銘銘曰

武陽受業始於太師以官讓兄自待不疑勤於紫閣取

益以畢可謂有源卒用無疵慊慊為人矯矯為官爰及
江西功德具完名聲之下獨處為難辯而益明仇者所
歎碑於墓前維昭美故納銘墓中以識公墓

韓醇曰韋丹新史列之循吏傳皆取墓誌及杜牧所
作遺愛碑為之

唐書本傳太和中裴誼觀察江西上言為丹立祠堂
刻石紀功不報宣宗讀元和實録見丹政事卓然它
日與宰相語元和時治民孰第一周墀對曰臣嘗守江

西韋丹有大功德被八州殁四十年老幼思之不忘

乃詔觀察使紇干泉上丹功狀命刻功於碑

御選唐宋文醇卷九

總校官編修臣朱　鈴
校對官編修臣李　鎔
謄録監生臣龍維祺

御選唐宋文醇

（二）

〔清〕清高宗弘曆　選
〔清〕允祿等　編

北方聯合出版傳媒（集團）股份有限公司
萬卷出版有限責任公司

詳校官中書臣劉源溥

欽定四庫全書

御選唐宋文醇卷十

昌黎韓愈文十

試大理評事王君墓誌銘

君諱適姓王氏好讀書懷奇負氣不肯隨人後舉選見功業有道路可指取有名節可以戾契致困於無資地不能自出乃以干諸公貴人借助聲勢諸公貴人既志得皆樂熟軟媚耳目者不喜聞生語一見輙戒門以絶

上初即位以四科募天下士君笑曰此非吾時邪即提所作書縁道歌吟趨直言試既至對語驚人不中第益困久之聞金吾李將軍年少喜事可撼乃踏門告曰天下奇男子王適願見將軍白事一見語合意往來門下盧從史既節度昭義軍張甚奴視法度士欲聞無顧忌大語有以君生平告者即遣客鉤致君曰狂子不足以共事立謝客李將軍由是待益厚奏為其衛胄曹參軍充引駕仗判官盡用其言將軍遷帥鳳翔君隨往改試

大理評事攝監察御史觀察判官櫛垢爬痒民獲蘇醒居歲餘如有所不樂一日載妻子入閿鄉南山不顧中書舍人王涯獨孤郁吏部郎中張惟素比部郎中韓愈日發書問訊顧不可强起不即薦明年九月疾病輿醫京師某月某日卒年四十四十一月某日即葬京師西南長安縣界中曾祖爽洪州武寧令祖徵右衛騎曹參軍父嵩蘇州崑山丞妻上谷侯氏處士高女高固奇士自方阿衡太師世莫能用吾言再試吏再怒去發狂投

江水初處士將嫁其女懲曰吾以齟齬窮一女憐之必嫁官人不以與凡子君曰吾求婦氏久矣唯此翁可人意且聞其女賢不可以失即謾謂媒嫗吾明經及第且選即官人候翁女幸嫁若能令翁許我請進百金為嫗謝諾許白翁翁曰誠官人邪取文書來君計窮吐實嫗曰無苦翁大人不疑人欺我得一卷書粗若告身者我袖以往翁見未必取眎幸而聽我行其謀翁望見文書銜袖果信不疑曰足矣以女與王氏生三子一男二女

男三歲夭死長女嫁亳州永城尉姚挺其季始十歲銘

曰

鼎也不可以柱車馬也不可使守閭佩玉長裾不利走趨祇繫其逢不繫巧愚不諧其須有銜不祛鑽石埋辭以列幽墟

王安石曰退之善為銘如王適張徹銘尤奇

故幽州節度判官贈給事中清河張君墓誌銘

張君名徹字某以進士累官至范陽府監察御史長慶

元年令牛宰相為御史中丞奏君名跡中御史選詔即以為御史其府惜不敢留遣之而密奏幽州將父子繼續不廷選且久今新收臣又始至孤怯須強佐乃濟發半道有詔以君還之仍選殿中侍御史加賜朱衣銀魚至數日軍亂怨其府從事盡殺之而囚其帥且相約張御史長者毋侮辱轢蹙我事無庸殺置之帥所居月餘聞有中貴人自京師至君謂其帥公無負此土人上使至可因請見自辯幸得脫免歸即推門求出守者以告

其魁魁與其徒皆駭曰必張御史張御史忠義必為其帥告此餘人不如遷之别館即與衆出君君出門罵衆曰汝何敢反前日吳元濟斬東市昨日李師道斬於軍中同惡者父母妻子皆屠死肉餧狗鼠鴟鵶汝何敢反汝何敢反行且罵衆畏惡其言不忍聞且虞生變即擊君以死君抵死口不絕罵衆皆曰義士義士或收瘞之以俟事聞天子壯之贈給事中其友侯雲長佐鄆使請於其帥馬僕射為之選於軍中得故與君相知張恭李

元實者使以幣請之范陽范陽人義而歸之以聞詔所在給船轝傳歸其家賜錢物以葬長慶四年四月某日其妻子以君之喪葬於某州某所君弟復亦進士佐汴宋得疾變易喪心驚惑不常君得間即自視衣褥薄厚節時其飲食而匕箸進養之禁其家無敢高語出聲醫餌之藥其物多空青雄黄諸奇怪物劑錢至十數萬營治勤劇皆自君手不假之人家貧妻子常有飢色祖某某官父某某官妻韓氏禮部郎中某之孫汴州開封尉

𡋯之女於余為叔父孫女君常從余學選於諸生而嫁與之孝順祗修羣女效其所為男若干人曰𡋯女子曰𡋯銘曰

嗚呼徹也世慕顧以行子揭揭也噎喑以為生子獨割也為彼不清作玉雪也仁義以為兵用不缺折也知死不失名得猛厲也自申於闇明莫之奪也我銘以貞之不肖者之呾也

樊汝霖曰張徹為范陽府監察御史其帥張弘靖也

誌不出弘靖姓名若有所諱焉耳徹死於亂具載之

史其言多出公誌

貞曜先生墓誌銘

唐元和九年歲在甲午八月己亥貞曜先生孟氏卒無

子其配鄭氏以告愈走位哭且召張籍會哭明日使以

錢如東都供葬事諸嘗與往來者咸來哭弔韓氏遂以

書告興元尹故相餘慶閏月樊宗師使來弔告葬期徵

銘愈哭曰嗚呼吾尚忍銘吾友也夫興元人以幣如孟

氏聘且來商家事樊子使來速銘曰不則無以掩諸幽乃序而銘之先生諱郊字東野父庭玢娶裴氏女而選為崑山尉生先生及二季酆郢而卒先生生六七年端序則見長而愈騫涵而揉之內外完好色夷氣清可畏而親及其為詩劌目鉥心刃迎縷解鉤章棘句掐擢胃腎神施鬼設間見層出唯其大翫於詞而與世抹摋人皆劫劫我獨有餘有以後時開先生者曰吾旣擠而與之矣其猶足存邪年幾五十始以尊夫人之命來集京師

從進士試旣得即去間四年又命來選為溧陽尉迎侍
溧上去尉二年而故相鄭公尹河南奏為水陸運從事
試恊律郎親拜其母於門内母卒五年而鄭公以節領
興元軍奏為其軍參謀試大理評事挈其妻行之興元
次於閿鄉暴疾卒年六十四買棺以斂以二人輿歸酆
郢皆在江南十月庚申樊子合凡贈賻而葬之洛陽東
其先人墓左以餘財附其家而供祀將葬張籍曰先生
揭德振華於古有光賢者故事有易名況士哉如曰貞

曜先生則姓名字行有載不載講說而明皆曰然遂用

之初先生所與俱學同姓簡於世次為叔父繇給事中

觀察浙東曰生吾不能舉死吾知恤其家銘曰

於戲貞曜維執不猗維出不訾維卒不施以昌其詩

愈薦孟郊於鄭餘慶作薦士詩貽之中云有窮者孟郊

受材實雄驁冥觀洞古今象外逐幽討橫空盤硬語妥

貼力排奡敷柔肆紆餘奮猛卷海潦榮華肖天秀捷疾

逾響報蘇軾讀孟郊詩云夜讀孟郊詩細字如牛毛寒

燈照昏花佳處時一遭孤芳擢荒纖苦語餘詩騷水清石鑿鑿湍激不受篙初如食小魚所得不償勞又如煮蟛蠘竟日嚼空螯要當鬬僧清未足當韓豪人生如朝露日夜火銷膏何若將兩耳聽此寒蟲號不如且置之飲我玉色醪讀此誌叅觀二詩孟郊詩之得失具見之矣

柳子厚墓誌銘

子厚諱宗元七世祖慶為拓跋魏侍中封濟陰公曾伯祖奭為唐宰相與褚遂良韓瑗俱得罪武后死高宗朝

皇考諱鎮以事母棄太常博士求為縣令江南其後以不能媚權貴失御史權貴人死乃復拜侍御史號為剛直所與游皆當世名人子厚少精敏無不通達逮其父時雖少年已自成人能取進士第嶄然見頭角衆謂柳氏有子矣其後以博學宏辭授集賢殿正字儁傑廉悍議論證據今古出入經史百子踔厲風發率常屈其座人名聲大振一時皆慕與之交諸公要人爭欲令出我門下交口薦譽之貞元十九年由藍田尉拜監察御史

順宗即位拜禮部員外郎遇用事者得罪例出為刺史未至又例貶永州司馬居閑益自刻苦務記覽為詞章汎濫停蓄為深博無涯涘一自肆於山水間元和中嘗例召至京師又偕出為刺史而子厚得柳州既至歎曰是豈不足為政邪因其土俗為設教禁州人順賴其俗以男女質錢約不時贖子本相侔則沒為奴婢子厚與設方計悉令贖歸其尤貧力不能者令書其傭足相當則使歸其質觀察使下其法於他州比一歲免而歸者

且千人衡湘以南為進士者皆以子厚為師其經承子厚口講指畫為文詞者悉有法度可觀其召至京師而復為刺史也中山劉夢得禹錫亦在遣中當詣播州子厚泣曰播州非人所居而夢得親在堂吾不忍夢得之窮無辭以白其大人且萬無母子俱往理請於朝將拜疏願以柳易播雖重得罪死不恨遇有以夢得事白上者夢得於是改刺連州嗚呼士窮乃見節義今夫平居里巷相慕悅酒食游戲相徵逐詡詡强笑語以相取下

握手出肺肝相示指天日涕泣誓生死不相背負真若可信一旦臨小利害僅如毛髪比反眼若不相識落陷穽不一引手救反擠之又下石焉者皆是也此宜禽獸夷狄所不忍為而其人自視以為得計聞子厚之風亦可以少媿矣子厚前時少年勇於為人不自貴重顧籍謂功業可立就故坐廢退既退又無相知有氣力得位者推挽故卒死於窮裔材不為世用道不行於時也使子厚在臺省時自持其身已能如司馬刺史時亦自不

斥斥時有人力能舉之且必復用不窮然子厚斥不久窮不極雖有出於人其文學辭章必不能自力以致必傳於後如今無疑也雖使子厚得所願為將相於一時以彼易此孰得孰失必有能辨之者子厚以元和十四年十一月八日卒年四十七以十五年七月十日歸塟萬年先人墓側子厚有子男二人長曰周六始四歲季曰周七子厚卒乃生女子二人皆幼其得歸塟也皆出出觀察使河東裴君行立行立有節槩重然諾與子厚

結交子厚亦為之盡竟賴其力葬子厚於萬年之墓者舅弟盧遵遵涿人性謹慎學問不厭自子厚之斥遵從而家焉逮其死不去既往葬子厚又將經紀其家庶幾有始終者銘曰

是惟子厚之室既固既安以利其嗣人

韓醇曰此誌作於袁州公之誌子厚詳矣其祭文推許尤厚劉夢得序子厚集曰子厚之喪昌黎韓退之誌其墓且以書來弔曰哀哉若人之淑吾嘗評其文

雄深雅健似司馬子長崔蔡不足多也安定皇甫湜於文章少推許亦以退之之言為然又按咸通四年右常侍蕭倣知舉試讓光賦澄心如水詩中第者二十五人柳告第三人韓綰第八人告即子厚之子字用益綰即退之之孫

南陽樊紹述墓誌銘

樊紹述既卒且葬愈將銘之從其家求書得書號魁紀公者三十卷曰樊子者又三十卷春秋集傳十五卷表

牋狀策書序傳記紀誌論今文讚銘凡二百九十一篇道路所遇及器物門里雜銘二百二十賦十詩七百一十九曰多矣哉古未嘗有也然而必出於己不襲蹈前人一言一句又何其難也必出入仁義其富若生蓄萬物必具海含地負放恣橫從無所統紀然而不煩於繩削而自合也嗚呼紹述於斯術其可謂至於斯極者矣生而其家貴富長而不有其藏一錢妻子告不足顧且笑曰我道蓋是也皆應曰然無不意滿嘗以金部郎中

告哀南方還言某師不治罷之以此出為綿州刺史一年徵拜左司郎中又出刺絳州綿絳之人至今皆曰於我有德以為諫議大夫命且下遂病以卒年若干紹述諱宗師父諱澤嘗帥襄陽江陵官至右僕射贈某官祖某官諱泳自祖及紹述三世皆以軍謀堪將帥策上第以進紹述無所不學於辭於聲天得也在衆若無能者嘗與觀樂問曰何如曰後當然已而果然銘曰

惟古於詞必己出降而不能乃剽賊後皆指前公相襲

從漢迄今用一律寥寥久哉莫覺屬神徂聖伏道絶塞既極乃通發紹述文從字順各識職有欲求之此其躅

唐李肇國史補云元和已後為文筆學奇詭於韓愈學若澁於樊宗師俱名為元和體然則樊韓並重一時而今樊文不少概見矣昌黎曰文無難易惟其是耳又曰惟陳言之務去夫充務去陳言之意未有不偏於難者樊紹述之文之難可為極其致矣今所傳絳守居園池記王晟劉忱各為之注解句讀要皆未必果得紹述當

日所以斷句者也句尚不能得意無問矣然則於孔子所為辭達而已矣者不已遠乎遠乎聖人之言未聞有是者也歐陽修詩曰異哉樊子怪可吁心欲獨去無古初窮荒探幽入無有一語詰曲百盤紆孰謂已出不剽襲句斷欲學盤庚書嘗謂商盤周誥詰屈聱牙蓋顧衆之言必從其質古今言異即宋時至今未千年而諸儒語錄即有不可明者可以覆驗也故仲尼曰言之無文行而不遠是書中之難解者轉係當日之質言人人易

曉者耳若文言之則如典謨及論語之文不如是詰屈聱牙矣然則句讀欲學盤庚書正乃不得其是處如王莽之為詔令載在漢書徒供後人笑具奚益哉六一又云退之作樊誌便似樊文今以絳守居園池記與此文較絕不相似然銘云文從字順各識職有欲求之此其躅退之不應反言之以悞世豈樊文別有不似絳守居園池記者而今不可見耶

鱷魚文

維年月日潮州刺史韓愈使軍事衙推秦濟以羊一豬一投惡谿之潭水以與鱷魚食而告之曰昔先王既有天下烈山澤網繩擉刃以除蟲蛇惡物為民害者驅而出之四海之外及後王德薄不能遠有則江漢之間尚皆棄之以與蠻夷楚越況潮嶺海之間去京師萬里哉鱷魚之涵淹卵育於此亦固其所今天子嗣唐位神聖慈武四海之外六合之内皆撫而有之況禹跡所掩揚州之近地刺史縣令之所治出貢賦以供天地宗廟百

神之祀之壤者哉鱷魚其不可與刺史雜處此土也刺史受天子命守此土治此民而鱷魚睅然不安谿潭據處食民畜熊豕鹿麞以肥其身以種其子孫與刺史抗拒爭為長雄刺史雖駑弱亦安肯為鱷魚低首下心伈伈睍睍為民吏羞以偷活於此邪且承天子命以來為吏固其勢不得不與鱷魚辨鱷魚有知其聽刺史言潮之州大海在其南鯨鵬之大蝦蟹之細無不容歸以生以食鱷魚朝發而夕至也今與鱷魚約盡三日其率醜

類南徙於海以避天子之命吏三日不能至五日五日不能至七日七日不能是終不肯徙也是不有刺史聽從其言也不然則是鱷魚冥頑不靈刺史雖有言不聞不知也夫傲天子之命吏不聽其言不徙以避之與冥頑不靈而為民物害者皆可殺刺史則選材技吏民操強弓毒矢以與鱷魚從事必盡殺乃止其無悔

秀水閒居錄曰鱷魚之狀龍吻虎爪蟹目鼉鱗尾長數尺末大如箕芒刺成鉤仍有膠粘多於水濵潛伏

人畜近以尾擊取蓋猶象之任鼻也

樊汝霖曰新舊傳皆載公此文初公至潮問民疾若皆曰惡谿有鱷魚食民產且盡數日公令其屬秦濟以一羊一豚投谿水而祝之其夕有暴風震雷起湫水中數日水盡涸西徙六十里自是潮州無鱷魚患潮州廟記所謂能馴鱷魚之暴者此也歐陽文忠作陳文惠公神道碑書公通判潮州惡谿鱷魚不可近公命捕得鳴鼓於市告以文而戮之其患并息潮人

嘆曰昔韓公諭鱷而聽今公戮鱷而懼所為雖異其使異物醜類革化而利人一也吾潮間三百年而得二公幸矣

送窮文

元和六年正月乙丑晦主人使奴星結柳作車縛草為船載糗輿粻牛繫軛下引帆上檣三揖窮鬼而告之曰聞子行有日矣鄙人不敢問所塗竊具船與車備載糗粻日吉時良利行四方子飯一盂子啜一觴攜朋挈儔

去故就新駕塵𢋄風與電爭先子無底滯之尤我有資送之恩子等有意於行乎屏息潛聽如聞音聲若嘯若啼砉欻嘎嘎毛髮盡竪竦肩縮頸疑有而無久乃可明若有言者曰吾與子居四十年餘子在孩提吾不子愚子學子耕求官與名惟子是從不變於初門神户靈我叱我呵包羞詭隨志不在他子遷南荒熱爍濕蒸我非其鄉百鬼欺陵太學四年朝虀暮鹽惟我保汝人皆汝嫌自幼及終未始背汝心無異謀口絶行語於何聽聞

云我當去是必夫子信讒有間於予也我鬼非人安用車船鼻齅臭香糗粻可捐單獨一身誰為朋儻子苟備知可數已不子能盡言可謂聖智情狀既露敢不迴避主人應之曰子以吾為真不知也邪子之朋非六非四在十去五滿七除二各有主張私立名字捩手覆羮轉喉觸諱凡所以使吾面目可憎語言無味者皆子之志也其名曰智窮矯矯亢亢惡圓喜方羞為姦欺不忍害傷其次名曰學窮傲數與名摘抉杳微高挹羣言執神

之機又其次曰文窮不專一能怪怪奇奇不可時施祇以自嬉又其次曰命窮影與形殊面醜心妍利居衆後責在人先又其次曰交窮磨肌戛骨吐出心肝企足以待寘我讐寃凡此五鬼為吾五患飢我寒我興訛造訕能使我迷人莫能間朝悔其行暮已復然蠅營狗苟驅去復還言未畢五鬼相與張眼吐舌跳踉偃仆抵掌頓脚失笑相顧徐謂主人曰子知我名凡我所為驅我令去小黠大癡人生一世其久幾何吾立子名百世不磨

小人君子其心不同惟乖於時乃與天通攜持琬琰易一羊皮飫於肥甘慕彼糠糜天下知子誰過於予雖遭斥逐不忍子疏謂予不信請質詩書主人於是垂頭喪氣上手稱謝燒車與船延之上座

洪興祖曰唐四時寶鑑云高陽氏子好衣弊食糜正月晦巷死世作糜棄破衣是日祀於巷曰除貧也小宋云退之送窮文進學解毛穎傳等諸篇皆古人意思未到可以名家矣然送窮文與楊子雲逐貧賦大

𤼵相類張文潛曰公送窮文蓋出于雲逐貧賦然文采過逐貧矣晁無咎取公此文於續楚詞系之曰愈以屢窮不遭時若有物焉為之故托於鬼譸彼窮我者車船飲食謝而遠之而窮不可去也則燒車輿船延之上座亦卒歸於正之義焉

毛頴傳

毛頴者中山人也其先明眎佐禹治東土土養萬物有功因封於卯地死為十二神嘗曰吾子孫神明之後不

可與物同當吐而生已而果然明眎八世孫鵵世傳當殷時居中山得神仙之術能匿光使物竊姮娥騎蟾蜍入月其後代遂隱不仕云居東郭者曰㕙狡而善走與韓盧爭能盧不及盧怒與宋鵲謀而殺之醢其家秦始皇時蒙將軍恬南伐楚次中山將大獵以懼楚召左右庶長與軍尉以連山筮之得天與人文之兆筮者賀曰今日之獲不角不牙衣褐之徒缺口而長鬚八竅而趺居獨取其髦簡牘是資天下其同書秦其遂兼諸侯乎

遂獵園毛氏之族拔其豪載頴而歸獻俘於章臺宮聚其族而加束縛焉秦皇帝使恬賜之湯沐而封諸管城號曰管城子日見親寵任事頴為人強記而便敏自結繩之代以及秦事無不纂録陰陽卜筮占相醫方族氏山經地志字書圖畫九流百家天人之書及至浮圖老子外國之説皆所詳悉又通於當代之務官府簿書市井貨錢注記惟上所使自秦皇帝及太子扶蘇胡亥丞相斯中車府令高下及國人無不愛重又善隨人意

正直邪曲巧拙一隨其人雖見廢棄終默不洩惟不喜武士然見請亦時往累拜中書令與上益狎上嘗呼為中書君上親決事以衡石自程雖宮人不得立左右獨穎與執燭者常侍上休方罷穎與絳人陳元弘農陶泓及會稽褚先生友善相推致其出處必偕上召穎三人者不待詔輒俱往上未嘗怪焉後因進見上將有任使拂拭之因免冠謝上見其髮禿又所摹畫不能稱上意上嬉笑曰中書君老而禿不任吾用吾嘗謂君中書君

今不中書邪對曰臣所謂盡心者因不復召歸封邑終於管城其子孫甚多散處中國夷狄皆冒管城惟居中山者能繼父祖業太史公曰毛氏有兩族其一姬姓文王之子封於毛所謂魯衛毛明者也戰國時有毛公毛遂獨中山之族不知其本所出子孫最為蕃昌春秋之成見絶於孔子而非其罪及蒙將軍拔中山之豪始皇封諸管城世遂有名而姬姓之毛無聞穎始以俘見卒見任使秦之滅諸侯穎與有功賞不酬勞以老見疎秦

真少恩哉

柳宗元曰自吾居夷不與中州人通書有來南者特言韓愈為毛穎傳不能舉其辭而獨大笑以為怪而吾久不克見楊子誨之來始持其書索而讀之若捕龍蛇搏虎豹急與之角而力不敢暇信韓子之怪於文也世之摹擬竄竊取青媲白肥皮厚肉柔筋脆骨而以為辭者之讀之也其大笑固宜且世人笑之也不以其俳乎而俳又非聖人之所棄者詩曰善戲謔

子不為虐子太史公書有滑稽列傳皆取乎有益於世者也故學者終日討說答問呻吟習復應對進退掬溜播灑則罷憊而廢亂故有息焉游焉之說不學操縵不能安絃有所拘者有所縱也太羹玄酒體節之薦味之至者而又設以奇異小蟲水草樝梨橘柚苦鹹酸辛雖蜇吻裂鼻縮舌澁齒而咸有篤好之者文王之昌蒲葅屈到之芰曾晳之羊棗然後盡天下之奇味以足於口獨文異乎韓子之為也亦將弛焉

而不為虖歟息焉游焉而有所縱歟盡六藝之奇味以足其口歟而不若是則韓子之辭若壅大川焉其必決而放諸陸不可以不陳也且凡古今是非六藝百家大細穿穴用而不遺者毛穎之功也韓子窮古書好斯文嘉穎之能盡其意故奮而為之傳以發其鬱積而學者得之勵其有益於世歟是其言也固與異世者語而貪常嗜瑣者猶呫呫然動其喙亦勞甚矣乎

御選唐宋文醇卷十

御選唐宋文醇卷十一

河東柳宗元文一

解祟賦

柳子既謫猶懼不勝其口筮以玄遇干之八其贊曰赤舌燒城吐水於缾其測曰君子解祟也喜而為之賦胡赫炎薰熇之烈火兮而生夫人之齒牙上殫飛而莫遁旁窮走而逾遁加九泉焦枯而四海滲涸兮紛揮霍而

要遮風雷唬唬以為槖籥兮回祿煽怒而喊呀炖堪輿為甗鐵兮爇雲漢而成霞鄧林大椿不足以充於燎兮倒扶桑落棠膠轕而相乂膏搖脣而增熾弓焰掉舌而彌葩沃無瓶兮撲無篕金流玉鑠兮曾不自比於塵沙獨淒已而煥物愈騰沸而嗀齣吾懼夫灼爛灰滅之為禍往搜乎太玄之奧訟衆正訴羣邪曰去爾中躁與外撓姑務清為室而靜為家苟能是則始也汝適今也汝遐涼汝者進烈汝者賖譬之猶谿天淵而覆原燎夫何

長喙之紛拏令汝不知清己之慮而惡人之譁不知靜之為勝而動焉是嘉徒遑遑乎狂奔而西僳盛氣而長嗟不亦遼乎於是釋然自得以冷風濯熱以清源滌瑕履仁之實去盜之夸冠太清之玄冕佩至道之瑶華鋪冲虛以為席駕恬泊以為車瀏乎以遊於萬物者始彼狙雌倏施而以祟為利者夫何為耶

宗元以清靜為禦讒之要譬以身為甌史待流丸之自止又若藏於九地之下任烈火之燎原可謂明晰物情

善自為謀者矣雖然其與無入不自得之君子猶有間蓋無入而不自得者入焉而自得非規以出乎其外而始自得之謂也是非者理也得失者命也毀譽者人也以得失聽命以毀譽聽人而唯理之至是者是從其從之也唯曰理在則然不以有我之見往參其間沾沾曰我能從理我無非而有是夫如是則雖萬感雜乘而此一理各隨其萬者以自來自可徧入於鉅萬之中各得其一而萬自畢夫如是猶問毀乎猶問譽乎雖有金玉

難飾太虛堯舜事業如浮雲也雖有汙泥難塗日月齒牙為猾其何傷已今畏夫赤舌之燒城而逃之清靜之家遊乎萬物之始將堅壁清野索之不可得豈非所為規以出乎其外者乎猶有所謂我者存是尚不得老子之清靜其於無入不自得之君子遠矣

平淮夷雅二篇

皇武命丞相度師集大功也　皇耆其武於溵於淮既巾乃車環蔡其來狡衆昏嚚甚毒於酲狂奔叫呶以干

天刑　皇咨於度惟汝一德曠誅四紀其徯汝克錫汝
斧鉞其往視師師是蔡人以宥以釐　度拜稽首廟於
元龜既禡既類於社是宜金節煌煌錫盾雕戈犀甲熊
旂威命是荷　度拜稽首出次於東天子餞之罍牽是
崇鼎臑俎胾五獻百籩凡百卿士班以周旋　既涉於
滙乃翼乃前孰圖厥猶其佐多賢窕窕周道於山於川
遠揚邇昭陟降連連　我旆我旂於道於陌訓於羣帥
拳勇來格公曰徐之無恃頟頟式和爾容惟義之宅

進次於鄜彼昏卒狂衆兇鞠頑鋒蝟斧螗赤子匍匐厥父是亢怒其萌芽以悖太陽　王旅渾渾是佚是怙旣獲敵師若飢得餔蔡兇伊窘悉起來聚左擣其虛靡愆厥慮　載闢載袚丞相是臨弛其武刑諭我德心其危旣安有長如林曾是讙譊化爲謳吟　皇曰來歸汝復相予爵之成國胙以夏墟度拜稽首天子聖神度拜稽首皇祐下人　淮夷旣平震是朔南宜廟宜郊以告德音歸牛休馬豐稼於野我武惟皇永保無疆

方城命愬守也卒入蔡得其大醜以平淮右　方城臨
臨王卒峙之匪徼匪競皇有正命皇命於愬往舒余仁
踣彼艱頑柔惠是馴　愬拜即命於皇之訓既礪既攻以
後厥刃王師嶷嶷熊羆是式衘勇韜力日思予殛　寇
昬以狂敢蹈愬疆士獲厥心大袒高驤長戟酋矛粲其
綏章右剪左屠聿禽其良　其良既宥告以父母恩柔
於肌卒貢爾有維彼攸恃乃偵乃誘維彼攸宅乃發乃
守　其恃爰獲我功我多陰謀厥圖以究爾訛雨雪

洋洋大風來加於燠其寒於邇其遐　汝陰之茫懸谿之戕是震是拔大殲厥家狡虜既縻輸於國都示之市人即社行誅　乃諭乃止蔡有厚喜完其室家仰父俯子汝水沄沄既清而瀰蔡人行歌我步逶遲　蔡人歌矣蔡風和矣孰類蔡初胡甑爾居式慕以康為愿有餘是究是咨皇德既舒　皇曰咨愬裕乃武功昔我文祖惟西平是庸内誨於家外刑於邦孰是蔡人而不率從蔡人率止惟西平有子西平有子惟我有臣疇允大

聖祖御評
堅義精嚴遣詞緊拔森然法戒之文

邦俾惠我人於廟告功以顧萬方

穆修曰平淮夷雅非只詞似古人要其理亦不詘於古如公曰徐之往舒余仁等語其於古者勝殷過劉止戈為武之義豈爽毫髮吾知聖人復起採而録之以續正雅決矣

晉文公問守原議

晉文公既受原於王難其守問寺人勃鞮以畀趙衰余謂守原政之大者也所以承天子樹霸功致命諸侯不

宜謀及媟近以忝王命而晉君擇大任不公議於朝而私議於宮不博謀於卿相而獨謀於寺人雖或衰之賢足以守國之政不為敗而賊賢失政之端由是滋矣況當其時不乏言議之臣乎狐偃為謀臣先軫將中軍晉君疏而不咨外而不求乃卒定於内豎其可以為法乎且晉君將襲齊桓之業以翼天子乃大志也然而齊桓任管仲以興進豎刁以敗則獲原啟疆適其始政所以觀視諸侯也而乃背其所以興跡其所以敗然而能霸

諸侯者以土則大以力則疆以義則天子之册也誠畏之矣烏能得其心服哉其後景監得以相衛鞅弘石得以殺望之誤之者晉文公也嗚呼得賢臣以守大邑則問非失舉也葢失問也然猶羞當時貽後代若此況於問與舉又兩失者其何以救之哉余故著晉君之罪以附春秋許世子止趙盾之義

宦寺之禍列代覆轍相尋唐自天寶以後寖昌寖熾積成甘露之變而天子僅守府矣宗元為王叔文之友叔

文敗宗元亦貶唐史懲叔文之黨於宗元無恕辭即昌黎韓愈亦譏宗元不自顧藉貴重雖然考其時宦官旣掌禁旅復監天下軍叔文輩欲一旦盡解其兵柄還之朝廷其意非不善也事敗身死當時震於宦寺之威不敢論曲直耳乃至於今尚尤之不止豈非惑哉易不云乎過涉滅頂凶无咎孔子繫之辭曰過涉之凶不可咎也若叔文輩當大過棟撓之時不度德不量力涉大川而不顧滅頂而死當爲君子之所哀雖身敗名裂可不

謂之乃心王室乎善夫明陳子龍之論曰伾文之黨欲盡奪北衙之勢張南衙之權其於國謀不可謂非正也子厚假晉文以立論謂守原一問得不償失所以申履霜堅冰之戒者深矣其言可為後世法戒雖然子厚固未經深考不達左氏紀載之意也夫趙衰者文公出亡五年所為患難與共者也作三軍謀元師趙衰曰郤縠可則從之衰豈更藉人汲引者且衰已為卿其不以守原輕重明矣而寺人勃鞮者即寺人披文公斬袪之仇

也夫豈其變倖哉左傳紀此蓋以見晉文此舉於一飯之德必償而殺身之仇歸斯受之無纖芥之憾於中即可為勳戚如趙衰者商其逸事此其心胸識有度越千古者耳宗元乃曰狐偃為謀臣先軫將中軍文公疏而不咨外而不求而卒定於内豎若文公之暱愛寺人披者然豈不濶遠於情事哉然則宗元之垂戒後世雖是也而其尚論晉文則非也

桐葉封弟辯

古之傳者有言成王以桐葉與小弱弟戲曰以封汝周公入賀王曰戲也周公曰天子不可戲乃封小弱弟於唐吾意不然王之弟當封耶周公宜以時言於王不待其戲而賀以成之也不當封耶周公乃成其不中之戲以地以人與小弱者為之主其得為聖乎且周公以王之言不可苟焉而已必從而成之耶設有不幸王以桐葉戲婦寺亦將舉而從之乎凡王者之德在行之何若設未得其當雖十易之不為病要於其當不可使易也

而況以其戲乎若戲而必行之是周公教王遂過也吾意周公輔成王宜以道從容優樂要歸之大中而已必不逢其失而為之辭又不當束縛之馳驟之使若牛馬然急則敗矣且家人父子尚不能以此自克況號為君臣者耶是直小丈夫缺缺者之事非周公所宜用故不可信或曰封唐叔史佚成之

桐葉封弟事雖載史記及劉向說苑然年遠傳訛如此不可信者衆矣宗元辯此具有確見至云王者之德在

行之何若設未得其當雖十易之不為病要於其當不可使易也語尤切至雖然要於其當豈不難哉非具大公無我之量實有正心誠意之學考之詩書博之史籍而識古人之所已經極之民風土俗之不齊物情事勢之屢變而識今時之所宜稱析之入於錙銖而不爽挈之舉乎六合而不遺知周乎萬物而懷匹夫匹婦一能勝予之心道濟乎天下而視堯舜事業若浮雲太虛之過者其孰能事事要乎其當哉不得其當而不知易自

必又有得其當而妄易之者也具曰予聖誰知烏之雌雄君子所以有終身之憂而未嘗一日以位為樂歟成王之詩曰惟予小子不聰敬止日就月將學有緝熙於光明於戲其庶幾乎

捕蛇者說

永州之野產異蛇黑質而白章觸草木盡死以齧人無禦之者然得而腊之以為餌可以已大風攣踠瘻癘去死肌殺三蟲其始大醫以王命聚之歲賦其二募有能

捕之者當其租入永之人爭奔走焉有蔣氏者專其利三世矣問之則曰吾祖死於是吾父死於是今吾嗣為之十二年幾死者數矣言之貌若甚慼者余悲之且曰若毒之乎余將告於蒞事者更若役復若賦則何如蔣氏大慼汪然出涕曰君將哀而生之乎則吾斯役之不幸未若復吾賦不幸之甚也嚮吾不為斯役則久已病矣自吾氏三世居是鄉積於今六十歲矣而鄉鄰之生日慼殫其地之出竭其廬之入號呼而轉徙飢渴而頓踣觸風雨犯寒暑呼噓毒癘往

往而死者相藉也曩與吾祖居者今其室十無一焉與吾父居者今其室十無二三焉與吾居十二年者今其室十無四五焉非死而徙爾而吾以捕蛇獨存悍吏之來吾鄉叫囂乎東西隳突乎南北譁然而駭者雖雞狗不得寧焉吾恂恂而起視其缶而吾蛇尚存則弛然而卧謹食之時而獻焉退而甘食其土之有以盡吾齒蓋一歲之犯死者二焉其餘則熙熙而樂豈若吾鄉鄰之旦旦有是哉今雖死乎此比吾鄉鄰之死則已後矣又安敢毒耶余聞而愈悲孔子

曰苛政猛於虎也吾嘗疑乎是今以蔣氏觀之猶信嗚呼孰知賦斂之毒有甚是蛇者乎故為之說以俟夫觀人風者得焉

文本檀弓苛政猛於虎意當時賦役之煩重可以想見至悍吏之來吾鄉一段摹寫尤精蓋百姓征求之苦困於守令者什之三困於胥吏者什之七朝廷雖寬租減稅視民如子而守令不才德意不下逮四境之內保無有吏虎而冠者叫囂乎東西隳突乎南北耶為大吏者急當三復斯文

說車贈楊誨之

楊誨之將行柳子起而送之門有車過焉指焉而告之曰若知是之所以任重而行於世乎材良而器攻圓其外而方其中然也材而不良則速壞工之為功也不攻則速敗中不方則不能以載外不圓則窒拒而滯方之所謂者箱也圓之所謂者輪也匪箱不居匪輪不塗吾子其務法焉者乎曰然曰是一車之說也非衆車之說也吾將告子乎衆車之說澤而桴山而俥上而輕下而軒

且曳祥而曠左革而長轂以戟巢馬而以望安以愛老輜以蔽内垂綏而以畋載十二旒而以廟以郊以陳於庭其類衆也然而其要存乎材良而罷攻圓其外而方其中也是故任而安之者箱達而行之者輪恒中者軸秱而固者蚤長而撓進不罪乎馬退不罪乎人者輮却暑與雨者葢蔽而可伏者軾服而制者馬若牛然後衆車之用具令楊氏仁義之材也其產材良誨之學古道爲古辭冲然而有光其爲工也攻果能愜其量若箱周而通

之若輪守大中以動乎外而不變乎内若軸攝之以剛健若蚤引焉而且御乎物若轅高以遠乎汚若葢下以成乎禮若軾險而安易而利動而法則庶乎車之全也詩之言曰駟牡騑騑六轡如琴孔氏語曰左為六官右為執法此其以達於大政也凡人之質不良莫能方且恒質良矣用不周莫能以圓遂孔子於鄉黨恂恂如也遇陽虎必曰諾而其在夾谷也視叱齊侯類畜狗不震乎其内後之學孔子者不志於是則吾無望焉耳矣誨

之吾戚也長而益良方其中矣吾固欲其任重而行於世懼圓其外者未至故說車以贈

君子所貴乎道者三出辭氣遠鄙倍其一也纂組六經之語左仁右義謦周咳孔無異於聖人而片言單辭不覺流露以是知誠之不可揜而文之不可以為偽也宗元說車以喻君子以成德為行者信善矣乃謂孔子在夾谷視叱齊侯類畜狗則其平日之多曠於禮大類陽處父行并植於晉國不沒其身其氣象畢見矣按史記

來谷之會孔子兩度趨進歷階而升不盡一等舉袂而言請命有司左傳則曰齊使萊人以兵刦魯侯孔子以公退曰士兵之兩君合好而夷裔之俘以兵亂之非齊君所以命諸侯也合而觀之烏睹所謂叱齊侯類畜狗者也此文洵美如玉矣而斯語者非大珪之纇哉

宋清傳

宋清長安西部藥市人也居善藥有自山澤來者必歸宋清氏清優主之長安醫工得清藥輔其方輒易讎咸

譽清疾病疕瘍者亦皆樂就清求藥冀速已清皆樂然響應雖不持錢者皆與善藥積券如山未嘗詣取直或不識遥與券清不為辭歲終度不能報輒焚券終不復言市人以其異皆笑之曰清蚩妄人也或曰清其有道者歟清聞之曰清逐利以活妻子耳非有道也然謂我蚩妄者亦謬清居藥四十年所焚券者百數十人或至大官或連數州受俸博其餽遺清者相屬於户雖不能立報而以賒死者千百不害清之為富也清之取利遠遠故大豈若小市人哉一不得直則怫然怒再則罵而仇耳彼之

為利不亦翦翦乎吾見蚩之有在也清誠以是得大利又不為妄執其道不廢卒以富求者益衆其應益廣或斥棄沉廢親與交視之落然者清不以怠遇其人必與善藥如故一旦復柄用益厚報清其遠取利皆類此吾觀今之交乎人者炎而附寒而棄鮮有能類清之為者世之言徒曰市道交嗚呼清市人也今之交有能望報如清之遠者乎幸而庶幾則天下之窮困廢辱得不死亡者衆矣市道交豈可少耶或曰清非市道人也柳先生曰清居市不為市之道然而居朝廷居官府居庠塾鄉黨以士大夫自名

者反爭為之不已悲夫然則清非獨異於市人也

韓愈所為私傳皆其人於史法不得立傳而事有關於人心世道不可無傳者也宗元則以發抒己議類莊生之寓言如梓人如郭槖駝等皆與此同非所為信以傳信者矣然其議論有可取者則亦具録於編此篇蓋慨交道之如市且謂善賈者必有遠慮有行義若今之交并市道之不若也炎而附寒而棄者之晨鐘矣雖然猶未聞君子之所謂朋友之道也顧嘗論之君臣父子夫婦兄弟之倫皆由天定朋友者人事之適然耳而

聖人列諸五倫與四者並重何哉於戲人必明於朋友之倫而後四者之道可幾而明且行也由家言之父子之有慈孝兄弟之有友恭夫婦之有義正固已而情事萬端道心微而人心危何以徹其情慾氣質之偏而趨乎慈孝友恭義正之域誰爲講明切究扶掖而閑衛之者非朋友歟由國言之君者出令者也臣者行君之令而致之民者也君令而不違者豈曰唯其言而莫予違哉亦曰唯其言而莫違乎天下之人之心也則相與心誠求夫天下之人之心以明夫令之若否者必有師臣焉必有

賔臣焉必有友臣焉非欲盡九州之才俊以供一身之使令也故曰臣哉鄰哉鄰哉臣哉貴為天子其朋友之倫未嘗絶也若臣與臣之夙夜交儆以事一人者更為朋友之分之大端矣為長為兩為貳為伍為考為殷為輔内而臺省外而牧守近而聯曹遠而隔域爵有高卑分有小大而其所謀與所事者莫非所以行天子之令以致之於民以生養安全教訓化成斯民者也然則其相親也如股肱耳目之同處一體雖父子兄弟夫婦

有不可得而踰者以其所係者大非一身一家之事所可比擬此自然而然非彊欲云然而然者也如是而朋友之道可識矣於國無益於君民於家無益於孝弟而猶曰朋友是其朋何朋而其友何友也常棣之詩曰兄弟鬩于墻外禦其侮每有良朋烝也無戎是詩也非言朋友不如兄弟之肯禦侮也朋友之義不在禦侮無戎義也不得以身許人如聶政荆軻之為也其次章曰喪亂既平既安且寧雖有兄弟不如友生是詩也非言待兄弟

不如朋友而譏其共患難不共安樂之謂也喪亂既平既安且寧斯時也何以安不忘危存不忘亡未雨綢繆而及時修德乎必將就有道而正焉則非一家兄弟之智謀才力所可任也雖有兄弟不如友生言當求友之亟也伐木之詩曰相彼鳥矣猶求友聲矧伊人矣不求友生神之聽之終和且平言出谷遷喬撤昏袪蔽而日進於高明未有不求友生而能自得之者也其次章曰既有肥羜以速諸父既有肥牡以速諸舅其三章曰籩豆有踐兄弟無遠則初未嘗一言及於友生此以見

親親之恩唯當施於諸父諸舅兄弟而所謂友生者不得狎與其間也親親之殺尊賢之等各有當矣施親親之恩於朋友正所謂朋友道衰也易曰西南得朋東北喪朋西南者坤方萬物皆致養焉人臣所當勞勤心力耳目之地也故利得朋天下大矣萬事變矣一手一足之烈其奚能為羣策羣力多多益善人若於此而有不欲得朋之心則必所為人之有技媢嫉以惡之人之彥聖而違之俾不達實不能容者也東北者寅方始萬物

終萬物者也事之始也當稟其令於君事之終也當歸其成於主義非人臣之所得私夫且不得有其身而安得有朋人若於此而有不能喪朋之心則所為臣無有作福作威玉食臣之有作福作威玉食其害于而家凶于而國人用側頗辟民用僭慝者也是故推得朋之義則曰朋盍簪曰朋來朋至曰以其彙以其鄰莫非朂其一乃心力勤勞王事之辭也推喪朋之義則曰渙其羣曰朋亡曰絶類上莫非戒其履霜堅冰尾大不掉之辭

也於戲讀易與詩朋友所繫不綦重哉交道既喪庠序之間所謂以文會友以友輔仁以成風俗之美者無聞朝廷之上所謂拔茅連茹彙征並進以成得人之慶者無聞平居嬉遊徵逐握手出肺肝相示而非相勗以忠孝也其在位則結納汲引黨同伐異專以熒惑君上博取人間富若貴則無論炎而附寒而棄即使久要不忘其為交也猶糞土耳豈曰金石哉柳宗元慨士大夫交輕相負無歲寒之雅為傳宋清市藥得利之遠以忻動

而愧勵之不知苟不違於伐木友生之義大易得朋喪朋之言則雖白頭如新傾蓋如故其於聖賢所為朋友之道猶是適秦而越其轅者也

種樹郭橐駝傳

郭橐駝不知始何名病僂隆然伏行有類橐駝者故鄉人號之駝駝聞之曰甚善名我固當因捨其名亦自謂橐駝云其鄉曰豐樂鄉在長安西駝業種樹凡長安豪富人為觀游及賣果者皆爭迎取養視駝所種樹或移

徙無不活且碩茂蚤實以蕃他植者雖窺伺傚慕莫能如也有問之對曰橐駝非能使木壽且孳也能順木之天以致其性焉爾凡植木之性其本欲舒其培欲平其土欲故其築欲密既然已勿動勿慮去不復顧其蒔也若子其置也若棄則其天者全而其性得矣故吾不害其長而已非有能碩茂之也不抑耗其實而已非有能蚤而蕃之也他植者則不然根拳而土易其培之也若不過焉則不及苟有能反是者則又愛之太殷憂之太

勤旦視而暮撫已去而復顧甚者爪其膚以驗其生枯搖其本以觀其疏密而木之性日以離矣雖曰愛之其實害之雖曰憂之其實讐之故不我若也吾又何能為哉問者曰以子之道移之官理可乎駝曰我知種樹而已理非吾業也然吾居鄉見長人者好煩其令若甚憐焉而卒以禍旦暮吏來而呼曰官命促爾耕勗爾植督爾穫蚤繅而緒蚤織而縷字而幼孩遂而雞豚鳴鼓而聚之擊木而召之吾小人輟飧饔以勞吏者且不得暇

又何以蕃吾生而安吾性耶故病且怠若是則與吾業者其亦有類乎問者嘻曰不亦善夫吾問養樹得養人術傳其事以為官戒也

康誥曰如保赤子大學申之曰心誠求之雖不中不遠矣夫父母之於子無名之可立也惟不以名求而以心誠求故神聽無響而飲食寒煖之宜必適得乎不能言之赤子之心而終未嘗厭其煩長民者民之父母也民赤子也乃有父母之責而未嘗稍存父母之心不以為

獲利之區即以為立名之地赤子奚亂焉宗元所言長人者好煩其令民輟饔飧以勞吏者且不得暇又何以蕃吾生而安吾性誠足以為官戒矣雖然其所以至是者豈以赤子視斯民而致然哉為其以民事為立名之地而致然也果甚憐其民而促耕督穫之勤且勑如是又安得使民輟饔飧以勞吏唯其為此者名也名既至而赤子與我即秦越是以若甚憐焉而卒以禍如心誠求之則或煩或簡於民各有所利也其簡也固種樹者

之置若棄也其煩也非即種樹者之蒔若子乎

梓人傳

裴封叔之第在光德里有梓人款其門願傭隙宇而處焉所職尋引規矩繩墨家不居礱斲之器問其能曰吾善度材視棟宇之制高深圓方短長之宜吾指使而羣工役焉捨我衆莫能就一宇故食於官府吾受祿三倍作於私家吾收其直大半焉他日入其室其牀闕足而不能理曰將求他工余甚笑之謂其無能而貪祿嗜貨

者其後京兆尹將飭官署余往過焉委羣材會衆工或執斧斤或執刀鋸皆環立嚮之梓人左持引右執杖而中處焉量棟宇之任視木之能舉揮其杖曰斧彼執斧者奔而右顧而指曰鋸彼執鋸者趨而左俄而斤者斵刀者削皆視其色俟其言莫敢自斷者其不勝任者怒而退之亦莫敢慍焉畫宮於堵盈尺而曲盡其制計其毫釐而構大廈無進退焉既成書於上棟曰某年某月某日某建則其姓字也凡執用之工不在列余圜視大

駭然後知其術之工大矣繼而歎曰彼將捨其手藝專其心智而能知體要者歟吾聞勞心者役人勞力者役於人彼其勞心者歟能者用而智者謀彼其智者歟是足為佐天子相天下法矣物莫近乎此也彼為天下者本於人其執役者為徒隸為鄉師里胥其上為下士又其上為中士為上士又其上為大夫為卿為公離而為六職判而為百役外薄四海有方伯連率郡有守邑有宰皆有佐政其下有胥吏又其下皆有嗇夫版尹以就

役焉猶衆工之各有執伎以食力也彼佐天子相天下者舉而加焉指而使焉條其綱紀而盈縮焉齊其法制而整頓焉猶梓人之有規矩繩墨以定制也擇天下之士使稱其職居天下之人使安其業視都知野視野知國視國知天下其遠邇細大可手據其圖而究焉猶梓人畫宮於堵而績於成也能者進而由之使無所德不能者退而休之亦莫敢慍不衒能不矜名不親小勞不侵衆官日與天下之英才討論其大經猶梓人之善運

衆工而不伐藝也夫然後相道得而萬國理矣相道既得萬國既理天下舉首而望曰吾相之工也後之人循迹而慕曰彼相之才也士或談殷周之理者曰伊傅周召其百執事之勤勞而不得紀焉猶梓人自名其功而執用者不列也大哉相乎通是道者所謂相而已矣其不知體要者反此以恪勤為公以簿書為尊衒能矜名親小勞侵衆官竊取六職百役之事听听於府庭而遺其大者遠者焉所謂不通是道者也猶梓人而不知繩

墨之曲直規矩之方圓尋引之短長姑奪衆工之斧斤刀鋸以佐其藝又不能備其工以至敗績用而無所成也不亦謬歟或曰彼主為室者儻或發其私智牽制梓人之慮奪其世守而道謀是用雖不能成功豈其罪耶亦在任之而已余曰不然夫繩墨誠陳規矩誠設高者不可抑而下也狹者不可張而廣也由我則固不由我則圮彼將樂去固而就圮也則卷其術默其智悠爾而去不屈吾道是誠良梓人耳其或嗜其貨利忍而不能

捨也喪其制量屈而不能守也棟橈屋壞則曰非我罪也可乎哉可乎哉余謂梓人之道類於相故書而藏之梓人蓋古之審曲面勢者今謂之都料匠云余所遇者楊氏潛其名

儲欣曰分明一篇大臣論借梓人以發其端由賓入主非觸而長之之謂也王弇洲乃云形容梓人處已妙只一語結束可也喋喋不已複而易厭如弇洲言是認煞公為梓人立傳而觸類相臣失厥指矣

童區寄傳

柳先生曰越人少恩生男女必貨視之自毀齒已上父兄鬻賣以覬其利不足則盜取他室束縛鉗梏之至有鬚鬣者力不勝皆屈為僮當道相賊殺以為俗幸得壯大則縛取么弱者漢官因為已利苟得僮恣所為不問以是越中户口滋耗少得自脫惟童區寄以十一歲勝斯亦奇矣桂部從事杜周士為余言之童寄者郴州蕘牧兒也行牧且蕘二豪賊刼持反接布囊其口去逾四

十里之虛所賣之寄僞兒啼恐慄為兒恒狀賊易之對飲酒醉一人去為市一人卧植刃道上童微伺其睡以縛背刃力下上得絶因取刃殺之逃未及遠市者還得僮大駭將殺童遽曰為兩郎僮孰若為一郎僮耶彼不我恩也郎誠見完與恩無所不可市者良久計曰與其殺是僮孰若賣之與其賣而分孰若吾得專焉幸而殺彼甚善即藏其尸持僮抵主人所愈束縛牢甚夜半童自轉以縛即爐火燒絶之雖瘡手勿憚復取刃殺市者

因大號一噓皆驚童曰我區氏兒也不當爲僮賊二人得我我幸皆殺之矣願以聞於官噓吏白州州白大府大府召視兒幼愿耳刺史顔証奇之留爲小吏不肯與衣裳吏護還之鄉鄉之行刼縛者側目莫敢過其門皆曰是兒少秦武陽二歲而討殺二豪豈可近耶

子厚未嘗爲史此文絕類後漢書固子厚之史也

欽定四庫全書

御選唐宋文醇卷十二

河東柳宗元文二

誡懼箴

人不知懼惡可有為知之為美莫若去之非曰童昏昧昧勿思禍至而懼是誠不知君子之懼懼乎未始幾動乎微事遷乎理將言以思將行以止中決道符乃順而起起而獲禍君子不恥非道之愆非中之詭懼而為懼

雖懼焉如君子不懼為懼之初

憂箴

憂可無乎無誰以寧子如不憂憂日以生憂不可常常則誰懌子常其憂乃小人戚敢問憂方吾將告子有聞不行有過不徙宜言不言不宜而煩宜退而勇不宜而恐中之誠懇過又不及憂之大方唯是焉急內不自得甚泰為憂省而不疚雖死優游所憂在道不在乎禍吉之先見乃可無過告子如斯守之勿墮

易曰懼以終始其要无咎語曰勇者不懼記曰君子有終身之憂易曰樂天知命故不憂語又曰内省不疚夫何憂何懼同一孔子之言而相反乃如是既一心以憂懼又一心以不憂不懼兩心奚能齊發而並存處萬事應萬幾皆此天君之出令而岐焉若此哉不知下學立心之始直上達天德之終皆以此爲樞機也丹書曰敬勝怠者吉怠勝敬者滅義勝欲者從欲勝義者凶怠也欲也則日涉于可憂可懼之途而不知憂不知懼否則

有長戚戚之憂與患得患失之懼一以為熱火一以為寒冰雖輪轉循環而要之非憂懼即不憂懼斷無齊發而並存者若敬也義也二者夾持以毋不敬之心各從乎義之所宜則耳目口體血氣心知之欲所為甘以壞者必若蹈虎尾涉于春冰無時無處而少弛其念而以之厲乎造次顛沛之域遺大投艱盤根錯節之區又必無幾微動于心曲見于顏面者若是乎憂不憂懼不懼實齊發並存于一心而絲毫不相悖孔子之言非自相

反也宗元懼憂二箴其言若有見于道者蓋其歷于憂患也深而研窮于謨訓者久矣

師友箴

今之世為人師者衆笑之舉世不師故道益離為人友者不以道而以利舉世無友故道益棄嗚呼生于是病矣歌以為箴既以儆巳又以誡人

不師如之何吾何以成不友如之何吾何以增吾欲從師可從者誰借有可從舉世笑之吾欲取友誰可取者

借有可取中道或捨仲尼不生牙也久死二人可作懼吾不似中焉可師恥焉可友謹是二物用惕爾後道苟在焉傭丐為偶道之反是公侯以走内考諸古外考諸物師乎友乎敬爾無忽

韓愈作師說宗元不肯為人師其答韋中立書即引退之以為戒論者以為韓柳不同今其言曰不師如之何吾何以成是即愈所云古之學者必有師之意也其曰今之世為人師者衆笑之舉世不師故道益離即愈所

云士大夫之族曰師曰弟子者則羣聚而笑之之意也然則宗元不為師懼世患耳非謂師道之可以不立也

答問

有問柳先生者曰先生貌類學古者然遭有道不能奮厥志獨被罪辜廢斥伏匿交遊解散羞與為戚生平嚮慕毀書滅迹他人有惡指誘增益身居下流為謗藪澤罵先生者不忌陵先生者無讁遇揖目動聞言心惕時行草野不知何適獨何劣耶觀今之賢智莫不舒翹揚英

推類援朋疊足天庭魁壘恢張羣驅連行奇謀高論左右抗聲出入翕忽擁門填扃一言出口流光垂榮豈非偉耶先生雖讀古人書自謂知理道識事機而其施為若是其悖也狼狽擯僇何以自表于今之世乎先生荅曰敬聞命然客言僕知理道識事機過矣僕懵夫屈伸去就觸罪受辱幸得聯支體完肌膚猶食人之食衣人之衣用人之貨無耕織居販然而活給羞愧恐慄之不暇今客又推當世賢智以深致誚責吾縲囚也逃山林

入江海無路其何以容吾軀乎願容少假聲氣使得詳其心次其論客曰何取先生曰僕少嘗學問不根師說心信古書以為凡事皆易不折之以當世急務徒知開口而言閉目而息挺而行躓而伏不窮喜怒不究曲直衝羅陷穽不知顛踣愚蠢狂悖若是甚矣又何以恭客之教而承厚德哉今之世工拙不欺賢不肖明白其顯進者語其德則皆茫洋深閎端貞緪亮苞并涵養與道俱往而僕乃蹇淺窄僻跳浮嚄唶抵瑕陷厄固不足以

趨超批捩而追其迹舉其理則皆謨明淵沉剖微窮深劈析是非校度古今而僕乃緘鉗塞默秏眊窒惑抉異探怪起幽作慝攸攸恤恤卒自禍賊固不足以睢盱激昂而效其則言其學則皆總攬羅絡横竪雜博天旋地縮鬼神交錯而僕乃單庸撽搴離疏空虚竊聽道途顚囂蒙愚不知所如固不足以抗顔摇舌而與之倶稱其文則皆汗漫輝煌呼噓陰陽轇轕三光陶鎔帝皇而僕乃樸鄙艱澀培塿潗湁毫聯縷緝塵出坱入固不足以

攄搞踴躍而涉其級茲四者懸判雖庸童小女皆知其不及而又褭以罪惡纆以羈縶客從而擠之不亦忍乎且夫白羲綠耳之得康莊也逐奔星先飄風而跛驢不出泥滓黃鍾元間之登清廟也鏗天地動神祇而嗚嗚咬哇不入里耳西子毛嬙之蹈後宮也皦朝日煥浮雲而無鹽逐于鄉里蛟龍之騰于天淵也彌六合澤萬物而蝦與蛭不離尺水阜詭倜儻之士之遇明世也用智能顯功烈而麽眇連蹇顛頓披靡固其所也客又何怪

哉且夫一涉險阨懲而不再者烈士之志也知其不可而速已者君子之事也吾將竊取之以沒吾世不亦可乎乃歌曰堯舜之修兮禹益之憂兮能者任而愚者休兮躚躚蓬藋樂吾囚兮文墨之彬彬足以舒吾愁兮已乎已乎曷之求乎容乃笑而去

宗元既竄自放山澤間其堙厄感鬱一寓諸文讀者悲惻又嘗遺所善翰林蕭俛京兆尹許孟容輩道其愁苦無聊衆畏其才高懲其復進無復用力者久汩不振乃

為答問以明己之無意于世殆以止娼嫉者之索垢吹瘢云

敵戒

皆知敵之仇而不知為益之尤皆知敵之害而不知為利之大秦有六國兢兢以強六國既除訑訑乃亡晉敗楚鄢范文為患厲之不圖舉國造怨孟孫惡臧孟死臧恤藥石去矣吾亡無日智能知之猶卒以危矧今之人曾不是思敵存而懼敵去而舞廢備自盈祇益為瘉敵

存滅禍敵去名過有能知此道大名播懲病克壽矜壯

死㬥縱欲不戒匪愚伊耄我作戒詩思者無咎

宗元放逐後益肆力于古而覺平生冒没輕進之非使

一往不返負累滋大且將終其身不自知矣然則宗元

學問文章光于千古者擠之者之恩歟述孟子生于憂

患死于安樂之義作敵戒明切警悚語云茍非其人求

一言之幾于道而不可得斯言可謂幾于道已夫

謗譽

凡人之獲謗譽于人者亦各有道君子在下位則多謗在上位則多譽小人在下位則多譽在上位則多謗何也君子宜于上不宜于下小人宜于下不宜于上得其宜則譽至不得其宜則謗亦至此其凡也然而君子遭亂世不得已而在于上位則道必咈于君而利必及于人由是謗行于上而不及于下故可殺可辱而人猶譽之小人遭亂世而得後居于上位則道必合于君而害必及于人由是譽行于上而不及于下故可寵可富而

人猶謗之君子之譽非所謂譽也其善顯焉爾小人之謗非所謂謗也其不善彰焉爾然則在下而多謗者豈盡愚而狡也哉在上而多譽者豈盡仁而智也哉其謗且譽者豈盡明而善褒貶也哉然而世之人聞而大惑出一庸人之口則羣而鄣之且置于遠邇莫不以為信也豈惟不能褒貶而已則又蔽于好惡奪于利害吾又何從而得之耶孔子曰不如鄉人之善者好之其不善者惡之善人者之難見也則其謗君子者為不少矣其

謗孔子者亦為不少矣傳之記者叔孫武叔時之顯貴者也其不可記者又不少矣是以在下而必困也及乎遭時得君而處乎人上功利及于天下天下之人皆歡而戴之向之謗之者今從而譽之矣是以在上而必彰也或曰然則聞謗譽于上者反而求之可乎曰是惡可無亦徵其所自而已矣其所自善人也則信之不善人也則勿信之矣苟吾不能分于善不善也則已耳如有謗譽乎人者吾必徵其所自未敢以其言之多而譽且

信之也其有及乎我者未敢以其言之多而榮且懼也苟不知我而謂我盜跖吾又安取懼焉苟不知我而謂我仲尼吾又安取榮焉知我者之善不善非吾果能明之也要必自善而已矣

繪世俗任耳騰口之情狀勵學者以返躬自求可與昌黎原毁並讀

咸宜

興王之臣多起汙賤人曰幸也亡王之臣多死寇盜人

曰禍也余咸宜之當兩漢氏之始居販徒隷出以為公

侯卿相無他焉彼固公侯卿相器也遭時之非是以詘

獨其始之不幸非遭高光而以為幸也漢晉之末公侯

卿相劫戮困餓伏墻壁間以死無他焉彼固劫戮困餓

器也遭時之非是以出獨其始之幸非遭卓曜而後為

禍也彼困于昏亂伏志氣屈身體以下奴虜平難澤物

之德不施于人一得適其傃其進晚耳而人猶幸之彼

伸于昏亂抗志氣肆身體以傲豪傑殘民興亂之伎行

於天下一得適其傃其死後且而人猶禍之悲夫余是以咸宜之

肅代順德之間奄寺執國命藩鎮攘土地皇綱陵遲四海有瓦解之漸而廟堂之上文恬武嬉一如太平無事者宗元所為悼痛而舉漢晉之末公卿將相以為戒文雖與髙光佐命兩兩平叙而意固獨有在也夫天生民而樹之后王君公承以大夫師長豈欲其偃然肆于民上以縱其淫而棄天地之性雖一邑之令固萬人之所

托命焉乃梔其貌而蠟其言食焉而不食其事有不寖消寖敗以至如漢晉末造者乎易曰其所由來漸矣由辨之不蚤辨也搢紳之士盍三復斯文

鞭賈

市之鬻鞭者人問之其賈宜五十必曰五萬復之以五十則伏而笑以五百則小怒五千則大怒必五萬而後可有富者子適市買鞭出五萬持以夸余視其首則拳蹙而不遂視其握則蹇仄而不植其行水者一去一來

不相承其節朽黑而無文材搖之滅爪而不得其所窮舉之翻然若揮虚焉余曰子何取于是而不愛五萬曰吾愛其黄而澤且賈者云余乃名僮爚湯以濯之則遫然枯蒼然白向之黄者梔也澤者蠟也富者不悦然猶持之三年後出東郊爭道長樂坂下馬相蹼因大擊鞭折而為五六馬蹼不已墜于地傷焉視其内則空空然其理若糞壤無所賴者今之梔其貌蠟其言以求賈技于朝者當其分則善一誤而過其分則喜當其分則反

怒曰余曷不至于公卿然而至焉者亦良多矣居無事雖過三年不害當其有事驅之於陳力之列以御乎物以夫空空之内糞壤之理而以責其大擊之效惡有不折其用而獲隧傷之患者乎

負且乘致寇至子曰盜之招也外梔蠟而中糞壤以馭奔馬馭者固隧傷矣然豈猶有全鞭乎宗元托喻非特戒取士者毋皮相亦戒倖進者以爭道相蹑之會折為五六良可懼以思也

序棊

房生直溫與予二弟遊皆好學予病其確也思所以休息之者得木局隆其中而規焉其下方以直置棊二十有四貴者半賤者半貴曰上賤曰下咸自第一至十二下者二乃敵一用朱墨以別焉房于是取二毫如其第書之既而抵戲者二人則視其賤者而賤之貴者而貴之其使之擊觸也必先賤者不得已而使貴者則皆慄焉惛焉亦鮮克以中其獲也得朱焉則若有餘得墨焉

則若不足余諦晚之以思其始則皆類也房子一書之而輕重若是適近其手而先焉非能擇其善而未否而墨之也然而上焉而上下焉而下貴焉而貴賤焉而賤其易彼而敬此遂以遠焉然則若世之所以貴賤人者有異房之貴賤茲綦者歟無亦近而先之耳有果能擇其善否者歟其敬而易者亦從而動心矣有敢議其善否者歟其得于貴者有不氣揚而志蕩者歟其得于賤者有不貌慢而心肆者歟其所謂貴者有敢輕而使之

者歟所謂賤者有敢避其使之擊觸者歟彼朱而墨者相去千萬不啻有敢以二敵其一者歟余墨者徒也觀其始與末有似碁者故敘

大小貴賤菀枯皆人之所名人名之而人實之於焉喜怒哀樂慮歎變慹姚佚啟態日夜相代于前而莫知其所萌如木出火以自焚誠觀其始與末必知其空且假也此宗元序碁說也雖然猶有進觀夫五行之氣實爲星辰五行之質實生萬物昭顯著明戫大廣博莫之與

京宜巳若夫甲乙丙丁等云者乃文字耳大撓之所強名耳未名之前甲乙豈其木而丙丁豈其火耶既巳名之實即隨之孤虛旺相剛日柔日之類聖人用之卜筮用之兵陣定天下之吉凶成天下之亹亹者亦復昭顯著明盛大廣博如是然則天下何名之不實哉知無實之不名可與入于機知無名之不實可與出于機入于機者堯舜事業如浮雲之過太虛也出于機者一出言而不可咈乎人心一舉足而不可違乎天則也

伊尹五就桀贊 有序

伊尹五就桀或疑曰湯之仁聞且見矣桀之不仁聞且見矣夫胡去就之亟也柳子曰惡是吾所以見伊尹之大者也彼伊尹聖人也聖人出于天下不夏商其心心乎生民而已曰孰能由吾言由吾言者為堯舜而吾生人堯舜人矣退而思曰湯誠仁其功遲桀誠不仁朝吾從而暮及于天下可也于是就桀桀果不可得反而從湯既而又思曰尚可十一乎使斯人

蚤被其澤也又往就桀桀不可而又從湯以至于百一千一萬一卒不可乃相湯伐桀俾湯為堯舜而人為堯舜之人是吾所以見伊尹之大者也仁至于湯矣四去之不仁至于桀矣五就之大人之欲速其功如此不然湯桀之辨一恒人盡之矣又奚以憧憧聖人之足觀乎吾觀聖人之急生人莫若伊尹伊尹之大莫若于五就桀作伊尹五就桀贊

聖有伊尹思德于民往歸湯之仁曰仁則仁矣非久不

親退思其速之道宜夏是因就馬不可復反毫髮猶不忍其遲亟往以觀庶狂作聖一日勝殘至千萬與一卒無其端五往不疲其心乃安遂升自陑黜桀尊湯遺民以完大人無形與道為偶道之為大為人父母大矣伊尹惟聖之首既得其仁猶病其久恒人所疑我之所大嗚呼遠哉志以為誨

宗元與劉禹錫輩佐王叔文欲以收天下奄寺之兵柄而還之朝廷勇于立事不自顧藉貴重不知非所據而

據馬身必危廹叔文輩敢天下以黨人目之而要其本志為帝室非為身家此昌黎輩所以始終與為友也此贊伊尹五就桀其意蓋謂苟可以膏澤下于民則桀尚可就況其未至于桀者于人何擇焉所以自解也雖然其亦不明于聖賢去就之正矣伊尹之就桀也湯之薦之于天子也四棄而四薦之湯之所為無慙德也尹之所為無枉尺也桀者天下之共主尹之就之又何疑焉豈若叔文輩當順宗之寢疾無所禀承鼠竊國命自相

部署即使其能一旦盡復唐故所没地舉藩鎮而空之猶為不得其正君子無取焉况乃搴淹留而無成哉

梁丘據贊

齊景有嬖曰梁邱子同君不争古號媚士君悲亦悲君喜亦喜曷賢不贊卒贊于此媚予所仇激贊有以梁邱之媚順心狎耳終不撓厥政不嫉反己晏子躬相梁丘不毁悉其為政政實允理時睹晏子食寡肉缺味愛其不飽告使君賜中心樂焉國用不墜後之嬖君罕或師

是導君以諛闇正則忌讒賢叶惡民蠹國圮嗚呼豈惟賢不逮古嬖亦莫類梁邱可思又况晏氏激贊梁邱心焉孔痒

此亦激昂風世之論然如晏子相景公而景公煩于刑至于國之諸市屨賤踊貴則晏子之不得行其志而梁邱據輩之長君逢君多所閼塞而牽掣之者可知也嬖倖之與賢良豈真能並立於朝哉

武岡銘

元和七年四月黔巫東鄙蠻獠雜擾盜弄庫兵賊脅守
帥南鈎牂牁外誘西原置魁立帥殺牲盟誓洞窟林麓
嘯呼成羣皇帝下銅獸符發庸蜀荆漢南越東甌之師
四面討問畏罪憑阻逃遁不即誅時惟潭部戎帥御史
中丞柳公綽練立將校提卒五百屯于武岡不震不騫
如山如林告天子威命明白信順亂人大恐視公之師
如百萬視公之令如風雷怨號呻吟喜有攸訴投刃頓
伏願完父子卒為忠信奉職輸賦進比華人無敢不龔

母弟生壻繼來于潭咸致天庭皇帝休嘉式新厥命完渠同惡革面向化如醉之醒如狂之寧公為藥石俾復其性詒書顯易進臨江漢益兵三倍為時碩臣殿于大邦文儒申申有此武功于是夷人始復聞公之去相與高蹈涕呼若寒去裘昔公不夸首級為己能力專務敎誨俾邦斯平我老洎幼由公之仁小不為虺蜮大不為鯨鯢恩重事特不邇而遠莫可追已願銘武岡首以慰我思以昭我類以示我子孫彌億萬年俾我奉國如令

之誠鄰之我懷如公之勤其辭曰
黔山之嶒巫山之礌魚駭而離獸犯而殘户巴谷竄披
攘仍亂王師來誅期死以緩公明不疑公信不欺援師
定命俾邦克正皇仁天施我反其性我塗四闔公示之
門我愚抵死公示之恩既骨而完既亡而存奉公之訓
貽我子孫我始蠻賊由公而仁我始寇讐由公而親山
畋澤獻輸賦于都陶穴刊木室我姻族烹牲是祀公受
介福揲蓍以占公宜百禄皇懋公功陟于大邦遠哉去

聖祖御評

不作縈紆之勢而自然矯拔錄此以式輕靡之習

我誰嗣其良有穴之丹有犀之巔匪曰余固公不可賂

祝鄰之德恒遵公則勗余之世永謹邦制南夷作詩刻

示來裔

不夸首級為已能力專務教誨俾邦斯平數語能簡括

治蠻夷大要

劍門銘

惟蜀都重險多貨混同戎蠻人尨俗剽嗜為寇亂皇帝

元年八月帥喪衆暴羣疑不制妖孽煽行怙恃富強淊

天阻兵攻陷他部北包劍門憑負丘陵以張鷙猛堅利鋒鏑以拒大順謂雷霆之誅莫已加也惟梁守臣禮部尚書嚴公以國害為私讐以天討為已任推仁仗信不待司死而人致其命立義抗憤不待喋血而士一其心悉師出次祇候明詔凡諸侯之師必出于是儲峙饗賁取其豐穰乃遣前軍嚴秦奉揚王誅延告南土十一月右師逾利州蹈寇地乘山斬虜以遏奔衝左師出于劍門大攘頑嚚諭引劫脅蟻潰鼠駭險無以固救奪利地

以須王師封剳脅腸振抉根柢俾無以肆毒用集我勲

力贙鼓一振元戎起行取其渠魁以為大戮由公忠勇

憤悱授任堅明謀猷弘長用能啟闢險阨夷為大塗衰

沮害氣對乎天意帝用休嘉議居功首增秩師長進為

大藩宅是南服將校羣吏願刋山石昭著公之功垂號

無窮銘曰

井絡坤垠時惟外區界山為門環于蜀都叢險積貨混

幷羌髳狂猾窺隙狺狺嘯呼憑據勢勝厚其宄徒皇帝

之仁宥而不誅暴非德馴害及巴渝乃出王旅乃司列岳牧臣司梁當其要東器備攸積糗糧是蓄人無增賦師以饒足喋血誓士元機在握分命貔貅陳為掎角右逾岷山左直劍門攻出九地上披重雲攀天蹈空夷視阻艱破裂層壘殄殲羣頑內獲固圍外臨平原天兵徐驅卒乘嘽嘽大憝囚戮戎夏咸歡帝圖厥功惟梁是先開國進位南服于藩邦之清夷人以完安銘功鑒亂永代是觀

張英曰詞既炳煥銘亦遒古

壽州安豐縣孝門銘

壽州刺史臣承思言九月丁亥安豐縣令臣某上所部編户畦李興父被惡疾歲月就亟興自刃股肉假託饋獻其父老病已不能噉啜宿而死興號呼撫臆口鼻垂血捧土就墳沾漬涕洟墳左作小廬蒙以苫茨伏匿其中扶服頓踊晝夜哭訴孝誠幽達神為見異廬上產紫芝白芝二本各長一寸廬中醴泉湧出奇形異狀應驗

圖記此皆陛下孝理神化陰中其心而克致斯事謹按
興叱庬賤陋循習淺下性非文字所導生與耨耒為業
而能鍾彼醇孝超出古列天意神道猶錫瑞物以表殊
異伏惟陛下有唐堯如天如神之德宜加旌褒合于上
下請表其里閭刻石明白宣延風美觀示後祀永永無
極臣昧死上請制曰可其銘云
懿厥孝思茲惟淑靈禀承粹和篤守天經泣侍羸疾默
禱隱冥引刃自嚮殘肌敗形羞膳奉進憂勞孝誠惟時

高高曾不是聽扨巨痛仍號于穹旻捧土濡涕頓首成墳隘膺腐背寒暑在廬草木悴死鳥獸踟躕殊類異族亦相其哀肇有二位孝道爰興克修厥猷載籍是登在帝有虞以孝烝烝仲尼述經以敎于曾維昔魯侯見命夷宮亦有考叔寤莊稱純顯顯李氏實與之倫哀嗟道路涕慕里鄰邦伯章奏稽首殷勤上帝動心旁達神明神錫祕祉三秀靈泉帝命薦加亦表其門統合上下交贊天人建此碑號億齡揚芬

君子於喪毀不滅性故刲股刲肝國家不以旌雖然至性所發動于不自知人子當此尚有可以救其親者何所復恤實不暇更作較量雖于道未盡合不猶愈于好貨財私妻子者乎陋儒于室女之未嫁守節及人子之刲股救親者斷斷如也豈善善從長之意哉

陳善曰柳子厚壽州安豐縣孝門銘自壽州刺史臣承思而下蓋序也以表為序亦文之一體也而徐鉉所編文粹乃録銘于前而于題下註云并壽州刺史

表於銘後以附見焉此銘之陋也高唐神女賦自玉
曰唯唯以前皆賦也而蕭統謂之序東坡嘗笑其陋
若銘者又何足笑之

御選唐宋文醇卷十二

欽定四庫全書

御選唐宋文醇卷十三

河東柳宗元文三

與劉禹錫論周易九六說書

見與董生論周易九六義取老而變以為畢中和承一行僧得此說異孔穎達疏而以為新奇彼畢子董子何膚末于學而遽云云也都不知一行僧承韓氏孔氏說而果以為新奇不亦可笑矣哉韓氏注乾之策二百一

十有六曰乾一爻三十有六策則是取其過揲四分而九也坤之策一百四十有四曰坤一爻二十四策則是取其過揲四分而六也孔穎達等作正義論云九六有二義其一者曰陽得兼陰陰不得兼陽其二者曰老陽數九老陰數六二者皆變周易以變者占鄭玄注易亦稱以變者占故云九六也所以老陽九老陰六者九過揲得老陽六過揲得老陰此具在正義乾篇中周簡子之說亦若此而又詳備何畢子董子之不睎其書而妄

以口承之也君子之學將有以異也必先究窮其書究窮而不得焉乃可以立而正也今二子尚未能讀韓氏注孔氏正義是見其道聽塗說者又何能知所謂易者哉足下取二家言觀之則見畢子董子膚末于學而遽云云也足下所為書非元凱無三易者則諸若曰孰與穎達者則此說乃穎達說也非一行僧畢子董子能有異者也無乃即其謬而承之者歟觀足下出入筮數考校左氏今之世罕有如足下求易之悉者也然務先窮

昔人書有不可者而後輩之則大善謹之勿遽宗元白

或問孔穎達等所述九六二義何説為是曰當以第二説為正第一説曰乾體有三畫坤體有六畫陽得兼陰故其數九陰不得兼陽故其數六若然者是以陽三畫兼陰六畫而為九也是説也所以着陽大陰小崇陽抑陰之義猶曰臣者君之臣婦者夫之婦義得兼之故畫三而六在其中云爾然返以觀夫陰爻則其義有未盡善者陰不得兼陽故其數六則是止以本體之六畫為

六也夫陰必從乎陽從乎陽則陰亦陽矣如謂此六者在陽之外則是與陽爲敵矣從乎陽者陰之吉德也敵乎陽者陰之凶德也聖人作易不應偏舉凶德以垂訓且使果然則凡爻之逢六者並應凶咎安得復多吉爻也夫坤一畫乃是夾畫一乾畫不得謂中虛之處無義也其虛處正所以明乎陽之行乎其中今夫地皆天之所貫徹而旁敷無一毫釐許之非天者也使有一毫釐許爲天所不到之處則蕩爲微塵鄰虛入于莽蒼杳冥

而亡其地之體矣地之體亡則轉成太虛而亦天矣然則安得有一毫釐許無天之地哉人之身地也陰也人之心天也陽也人惟不能卑法地以治身而耳目口鼻四肢百骸各逞其欲以奪天君之性故其心之神明不能崇效夫天夫心固宰乎耳目口鼻四肢百骸者也然耳目口鼻四肢百骸又何一之非心哉謂耳目口鼻四肢百骸不得兼心固不可也推而論之臣之體國皆君之國婦之承家皆夫之家陽固以兼陰而成其陽之大

陰則正以無適而非陽且不得名為兼陰而益見其陰之小唯其小之入于無故足以配大之靡不有此陰陽之大義也然則坤六畫其虛處即乾三畫乾則有處為三無處為六坤則有處為六無處為三夫數自一至九乾坤固皆備之不得如孔氏第一說以當九六之義也第二說曰老陽數九老陰數六老陽老陰皆變周易以變者為占又曰所以老陽數九老陰數六者以揲蓍之數九過揲則得老陽六過揲則得老陰其少陽稱七少

陰稱八義亦準此鄭康成亦同此說後世不復見康成之注而孔穎達所作正義未為詳備故歐陽修申之曰乾爻七九坤爻八六九六變而七八無為易道占其變故以其所占者名爻不謂六爻皆九六也及其至也七八常多而九六常少有无九六者焉此不可不釋也朱子曰用九須從歐公說然則朱子亦未曉然於歐陽之即鄭孔也顧未知宗元所云周簡子之說亦若此而又詳備者果若何惜不可考也但歐陽只云乾爻七九坤

爻八六而未申明其故則仍似用九用六止為乾坤二卦發者于是惟以羣龍无首為乾卦之坤利永貞為坤卦之乾而朱子所稱通例者亦不著焉夫飛潛動植有知無知萬有不齊之倫其虛處皆天其實處皆地語其性情其虛而為天者皆乾其實而為地者皆坤舉其至大而足以綱領乎萬有不齊之倫者則為雷風水火山澤六子六子非他也乾坤也震坎艮則一乾而二坤巽離兌則二乾而一坤云爾故曰乾坤其易之門耶乾陽

物也坤陰物也是故三百八十四爻非乾爻即坤爻而不得謂之震爻巽爻坎離艮兌爻者也曰乾爻則非七爻即九爻曰坤爻則非八爻即六爻七八不變變則占故曰用九用六而獨著其義于乾坤之卦也何以不變則不占也曰天地之心在動處以人身喻之動于色則心在目動于身則心在耳當其在目也則全體皆色焉當其在耳也則全體皆聲焉其不動之處皆受動者之所改移故以變者占若六爻皆不變則本卦全體皆現

也其用奈何曰乾之德以不為首為義坤之德以大終為義乾不為首即陽而之乎陰也坤以大終即是陰而之乎陽也陽不能之乎陰則亢陰不能之乎陽則凝亢也凝也則不能易不能易則不能生生不能生生則非天地之心矣故凡陽也而九則之乎陰矣其德若何曰見羣龍无首陰也而六則之乎陽矣其德若何曰利永貞凡六十四卦之陽爻陰爻皆然而特附之乾坤二卦以見三百八十四爻之皆乾爻坤爻也此九六之義也

答元饒州論春秋書

辱復書教以報張生書及答衢州書言春秋此誠世所希聞兄之學為不負孔氏矣往年曾記裴封叔宅聞兄與裴太常言晉人及姜戎敗秦師于殽一義嘗諷習之又聞韓宣英及亡友呂和叔輩言他義知春秋之道久隱而近乃出焉京中于韓安平處始得微指和叔處始見集註恒願掃于陸先生之門及先生為給事中與宗元入尚書同日居又與先生同巷始得執弟子禮未畢

講討會先生病時聞要論嘗以易教誨見寵不幸先生疾彌甚宗元又出邵州乃大乖謬不克卒業復于亡友淩生處盡得宗指辨疑集註等一通伏而讀之於紀侯大去其國見聖人之道與堯舜合不唯文公周公之志獨取其法耳於夫人姜氏會齊侯于禚見聖人立孝經之大端所以明其分也于楚人殺陳夏徵書丁亥楚子入陳納公孫寧儀行父于陳見聖人褒貶與奪唯當之所在所謂瑕瑜不掩也反覆甚喜若吾生前距此數十

年則不得是學矣今適後之不為不遇也兄書中所陳皆孔氏大趣無得踰焉其言書荀息貶立卓之意也頃嘗恠荀息奉君之邪心以立嬖子不務正義弃重耳于外而專其寵孔子同于仇牧孔父為之辭今兄言貶息大善息固當貶也然則春秋與仇孔辭不與仇孔亦有貶歟宗元嘗著非國語六十餘篇其一篇為息發也今録以往可如愚之所謂者乎微指中明鄭人來渝平量力而退告而後絶固先同後異者也今檢此前無與鄭

同之文復無與鄭異之據獨疑此一義理甚精而事有不合兄亦當指而教焉往年又聞和叔言兄論楚商臣一義雖啖趙陸氏皆所未及請具録當疏微指下以傳末學蕭張前書亦請見及至之日勒為一卷以垂將來

宗元始至是州作陸先生墓表今以奉獻與宣英讀之春秋之道如日月不可贊也若贊焉必同於孔䟦優劣之説故直舉其一二不宣宗元再拜

宗元與楊憑書曰自貶官來無事讀百家上下馳騁乃

少得知文章利病葢實錄也今觀此文其勤學好問惓惓之意溢于毫楮可尚也夫

答元饒州論政理書

奉書辱示以政理之說及劉夢得書往復甚善類非今之長人者之志不惟充賦稅養禄秩足已而已獨以庶富且教為大任甚盛甚盛孔子曰吾與回言終日不違如愚然則蒙者固難曉必勞申諭乃得悅服用是尚有一疑焉兄所言免貧病者而不益富者稅此誠當也乘

理政之後固非若此不可不幸乘弊政之後其可爾耶夫弊政之大莫若賄賂行而征賦亂苟然則貧者無貲以求于吏所謂有貧之實而不得貧之名富者操其贏以市于吏則無富之名而有富之實貧者愈困餓死亡而莫之省富者愈恣橫侈泰而無所忌兄若所遇如是則將信其故乎是不可懼撓人而終不問也固必問其實問其實則貧者固免而富者固增賦矣安得持一定之論哉若曰止免貧者而富者不問則僥倖者衆皆挾

重利以邀貧者猶若不免焉若曰檢富者懼不得實而不可增焉則貧者亦不得實不可免矣若皆得實而故縱以為不均何哉孔子曰不患寡而患不均不患貧而患不安今富者稅益少貧者不免于据拾以輸縣官其為不均大矣非唯此而已必將服役而奴使之多與之田而取其半或乃出其一而收其二三主上思人之勞苦或減除其稅則富者以户獨免而貧者以受役卒輸其二三與半焉是澤不下流而人無所告訴其為不安

亦大矣夫如是不一定經界覈名實而姑重改作其可理矣乎富室貧之母也誠不可破壞然使其大倖而後于下則又不可兄云懼富人流為工商浮窳蓋甚急而不均則有此耳若富者雖益賦而其實輸當其十一猶足安其堵雖驅之不肯易也檢之愈精則下愈巧誠如兄之言管子亦不欲以民產為征故有殺畜伐木之説今若非市井之征則捨其產而唯丁田之問推以誠質示以恩惠嚴責吏以法如所陳一社一村之制遞以信

相考安有不得其實不得其實則一村一社之制亦不可行矣是故乗弊政必須一定制而後凡之說乃得行焉蒙之所見及此而已永州以僻隅少知人事凡之所代者誰耶理𡚁弊𡚁理則其說行矣若其弊也蒙之說其在可用之數乎因南人來重曉之其他皆善愚不足以議願同夢得之云者凡通春秋取聖人大中之法以為理饒之理小也不足費其慮無所論刺故獨舉均賦之事以求往復而除其惑焉不習吏職而強言之宜為

長者所笑弄然不如是則無以來至當之言益明而教之君子所以開後學也又聞兄之莅政三日舉韓宣英以代已宣英達識多聞而習于事宜當賢者類舉今負罪屏棄凡人不敢稱道其善又況聞于大君以二千石薦之哉是乃希世拔俗果于直道斯古人之所難而兄行之宗元與宣英同罪皆世所背馳者也兄一舉而德皆及焉祁大夫不見叔向今而預知斯舉下走之大過矣書雖多言不足導意故止于此不宣宗元再拜

舊唐書謂南人妄以柳宗元為羅池神而韓愈撰碑以實之宋元祐七年六月詔賜唐柳州刺史羅池神廟為靈文之廟以郡人言其雨暘應時故也田表聖書其碑陰極言宗元宜為神而舊唐書辨之之非今觀此文所論其于人情物理洞達周圓一絲不隔然則宗元實能臣其有德于柳民實厚心既豈弟而才又足以達之死而為靈以食其土不虛也

與友人論文書

古今號文章為難足下知其所以難乎非謂比興之不足恢拓之不遠鑽礪之不工頗纇之不除也得之為難知之愈難耳茍或得其高朗探其深賾雖有蕪敗則為日月之蝕也大圭之瑕也曷足傷其明黜其寶哉且自孔氏以來茲道大闡家修人勵刓精竭慮者幾千年矣其間耗費簡札役用心神者其可數乎登文章之籙波及後代越不過數十人耳其餘誰不欲爭裂綺繡互攀日月高視于萬物之中雄峙于百代之下乎率皆縱臾

而不克躑躅而不進力蹙勢窮吞志而没故曰得之為難嗟乎道之顯晦幸不幸繫焉談之辯訥升降繫焉鑒之頗正好惡繫焉交之廣狹屈伸繫焉則彼卓然自得以奮其間者合乎否乎是未可知也而又勞古虐今者比肩疊跡大抵生則不遇死而垂聲者衆焉揚雄没而法言大興馬遷生而史記未振彼之二才且猶若是況乎未甚聞著者哉固有文不傳于後嗣聲遂絶于天下者矣故曰知之愈難而為文之士亦多漁獵前作戕賊

文史抉其意抽其華置齒牙間遇事蠭起金聲玉耀誑聾瞽之人徼一時之聲雖終淪棄而其奪朱亂雅為害已甚是其所以難也間闊足下欲觀僕文章退發囊笥編其蕪穢心悸氣動交于胸中未知孰勝故久滞而不往也今往僕所著賦頌碑碣文記議論書序之文凡四十八篇合為一通想令治書蒼頭吟諷之也擊轅拊缶必有所擇顧鑒視何如耳還以一字示褒貶焉

孔子曰不知言無以知人也臯陶曰知人則哲惟帝其

難之夫以人之難知如此而有時止可求諸語言文字之間則知人為益難也知人必藉于知言而當去聖既遠羣言淆亂無所折衷則知言為尤難也加以羣言相承講貫論說文成數萬任人漁獵不難金聲玉燿則知言益尤難也雖然學操縵而安弦則宮商有舛不能逃其聽誠學以聚之問以辨之寛以居之仁以行之有所自得于中則夫言之至吾前者其誠偽與衺正必將自告焉而言又必可以知也能知言庶幾知人矣顧其所

為自得者則不可以襲取而僞為也

與呂恭書

宗元白元生至得弟書甚善諸所稱道具之元生又持部中廬父墓者所得石書模其文示余云若將聞于上余故恐而疑焉僕早好觀古書家所蓄晉魏時尺牘甚具又二十年來徧觀長安貴人好事者所蓄殆無遺焉以是善知書雖未甞見名氏亦望而識其時也又文章之形狀古今特異弟之精敏通達夫豈不究于此今視

石文署其年曰永嘉其書則今田野人所作也雖支離其字尤不能近古為其永字等頗效王氏變法皆永嘉所未有辭尤鄙近若今所謂律詩者晉時蓋未嘗為此聲大謬妄矣又言植松烏擢之怪而掘其土得石尤不經難信或者得無姦為之乎且古之言葬者藏也壞樹之而君子以為譏況廬而居者其足尚之哉聖人有制度有法令過則為辟故立大中者不尚異敎人者欲其誠是故惡夫飾且偽也過制而不除喪宜廬于庭而矯

於墓者大中之罪人也況又出怪物詭神道以奸大法而因以為利乎夫偽孝以奸利誠仁者不忍摘過恐傷於教也然使偽可為而利可冒則教益壞若然者勿舉知焉可也伏而不出之可也以大夫之政良而吾子贊焉固無闕遺矣作東郛改市鄽去比竹茨草之室而垍土大木陶甄梓匠之工備孽火不得作化惰窳之俗絕偷浮之源而條桑浴種深耕易耨之力用寬徭嗇貨均賦之政起其道美矣於斯也慮善善之過而莫之省誠

懿之道少損故敢私言之夫以淮濟之清有玷焉若秋豪固不為病然而萬一離妻子眇然魄之不若無者之快也想黙已其事毋出所置書幸甚

廟以妥神墓以安魄古人祀先於廟而不于墓檀弓曰孔子既得合葬于防封之崇四尺孔子先反門人後然則孔子固未嘗廬墓矣唯子貢廬于孔子墓側三年而漢世遂以廬墓為孝夫孔子之聖孝之至也孔子不廬墓而後之人之孝乃過于孔子夫過于孔子之孝必非

孝也蓋天者理也地者質也理處于虛而至實質滯于實而本虛人當魂升魄降之日雖已分天分地然猶謂其未久而或恐魂氣之猶戀其體魄也故自踰月以至七月以為葬期之等殺焉迨其既葬則體魄全歸于地而神魂全歸于天矣于是奉祀之於廟而終其身以追于子孫如在其上如在其左右是則所謂死而不亡者也若夫膚體之葬于土與裳衣之藏于廟寢雖有親疏之不同然而類也主神魂而不主體魄猶之一家之中

主父而不主母主夫而不主妻也是人道之大綱豈細故哉若其舍廟而之墓則将奉主以往乎抑将別立一主乎奉主以往則使死者不得從其祖先於廟而下徇子孫非禮之請不得居宮室之安而徘徊于草露之間也別立一主則于彼于此必有一之不屬一之不屬則其所為一實者虛而誠者妄非孝敬之至也然則子貢之廬墓奈何曰子貢孔子弟子也其不得祀孔子于孔子之廟明矣其亦不得祀孔子于端木氏之廟明矣使

當日之宗孔子如今日天下之宗孔子則子貢必廬於學而必不廬于墓亦可斷也子貢不能忘孔子之教傳而有築室于場獨居三年之事無於禮者之禮也唯子貢於孔子則可因千百世所不得舉以為例者也其時固不聞子思亦來居于孔子之墓也且所謂三年然後歸者亦舉其成數耳此三年中子貢之歸祀端木氏之先於廟不待言也而後世遂因之有廬墓之禮則漢儒之不達也宗元謂宜廬于庭而矯于墓者大中之罪人

聖祖御評
命意深厚不為
苛激之音

識亦卓矣

答韋中立論師道書

二十一日宗元白辱書云欲相師僕道不篤業甚淺近環顧其中未見可師者雖嘗好言論為文章甚不自是也不意吾子自京師來蠻夷間乃幸見取僕自卜固無取假令有取亦不敢為人師為衆人師且不敢況敢為吾子師乎孟子稱人之患在好為人師由魏晉氏以下人益不事師今之世不聞有師有輒譁笑之以為狂人

獨韓愈奮不顧流俗犯笑侮收召後學作師說因抗顔而為師世果羣怪聚罵指目牽引而增與為言詞愈以是得狂名居長安炊不暇熟又挈挈而東如是者數矣屈子賦曰邑犬羣吠吠所怪也僕往聞庸蜀之南恒雨少日日出則犬吠余以為過言前六七年僕來南二年冬幸大雪踰嶺被南越中數州數州之犬皆蒼黄吠噬狂走者累日至無雪乃已然後始信前所聞者今韓愈既自以為蜀之日而吾子又欲使吾為越之雪不以病

乎非獨見病亦以病吾子然雪與日豈有過哉顧吠者犬耳度今天下不吠者幾人而誰敢衒怪于羣目以名鬧取怒乎僕自謫過以來益少志慮居南中九年增脚氣病漸不喜鬧豈可使呶呶者早暮咈吾耳騷吾心則固僵仆煩憒愈不可過矣平居望外遭齒舌不少獨欠為人師耳抑又聞之古者重冠禮將以責成人之道是聖人所尤用心者也數百年來人不復行近有孫昌允者獨發憤行之既成禮明日造朝至外庭薦笏言於卿

士曰某子冠畢應之者咸憮然京兆尹鄭叔則怫然曳笏却立曰何預我耶廷中皆大笑天下不以非鄭尹而怪孫子何哉獨為所不為也今之命師者大類此吾子行厚而辭深凡所作皆恢恢然有古人形貌雖僕敢為師亦何所增加也假而以僕年先吾子聞道著書之日不後誠欲往來言所聞則僕固願悉陳中所得者吾子苟自擇之取某事去某事則可矣若定是非以教吾子僕材不足而又畏前所陳者其為不敢也決矣吾子前

所欲見吾文既悉以陳之非以耀明于子聊欲以覲子氣色誠好惡何如也今書來言者皆大過吾子誠非佞譽誣諛之徒直見愛甚故然耳始吾幼且少為文章以辭為工及長乃知文者以明道是固不茍為炳炳烺烺務采色夸聲音而以為能也凡吾所陳皆自謂近道而不知道之果近乎遠乎吾子好道而可吾文或者其于道不遠矣故吾每為文章未嘗敢以輕心掉之懼其剽而不留也未嘗敢以怠心易之懼其弛而不嚴也未嘗

敢以昏氣出之懼其昧沒而雜也未嘗敢以矜氣作之懼其偃蹇而驕也抑之欲其奥揚之欲其明疏之欲其通廉之欲其節激而發之欲其清固而存之欲其重此吾所以羽翼夫道也本之書以求其質本之詩以求其恒本之禮以求其宜本之春秋以求其斷本之易以求其動此吾所以取道之原也參之穀梁氏以厲其氣參之孟荀以暢其支參之莊老以肆其端參之國語以博其趣參之離騷以致其幽參之太史以著其潔此吾所

以旁推交通而以爲之文也凡若此者果是耶非耶有取乎抑其無取乎吾子幸觀焉擇焉有餘以告焉苟亟來以廣是道子不有得焉則我得矣又何以師云爾哉取其實而去其名無招越蜀吠怪而爲外庭所笑則幸矣宗元復白

茅坤曰子厚書中所論文章之法猶未敢必其盡能如所云要之亦本于鑱心研神者而後之爲文者特路剽富者之金而以誇于天下曰吾且猗頓矣何其

不自量之甚也

答嚴厚輿論師道書

二十五日某白馮翊嚴生足下得生書言為師之說怪僕所作師友箴與答韋中立書欲變僕不為師之志而屈己為弟子凡僕所為二文其卒果不異僕之所避者名也所憂者其實也實不可一日忘僕聊歌以為箴行且求中以益己慄慄不敢暇又不敢自謂有可師乎人者耳若乃名者方為薄世笑罵僕脆怯尤不足當也内

不足為外不足當衆口雖懇懇見廹其若吾子何實之要二文中皆是也吾子其詳讀之僕見解不出此吾子所云仲尼之說豈易耶仲尼可學不可為也學之至斯則仲尼矣未至而欲行仲尼之事若宋襄公好霸而敗國卒中矢而死仲尼豈易言耶馬融鄭玄者二子獨章句師耳今世固不少章句師僕幸非其人吾子欲之其有樂而望吾子者矣言道講古窮文辭以為師則固吾屬事僕才能勇敢不如韓退之故又不為人師人之所

見有同異吾子無以韓責我若曰僕拒千百人又非也僕之所拒拒為師弟子名而不敢當其禮者也若言道講古窮文辭有來問我者吾豈當瞋目閉口耶敬叔吾所信愛今不得見其人又不敢廢其言吾子文甚暢遠恢恢乎其闢大路將疾馳也攻其車肥其馬長其策調其六轡中道之行大都捨是又奚師歟亟謀于知道者而考諸古師不乏矣幸而亟來終日與吾子言不敢倦不敢愛不敢肆苟去其名全其實以其餘易其不足亦

可交以爲師矣如此無世俗累而有益乎巳古今未有好道而避是者宗元白

答章中立書人所膾炙遂謂宗元與韓愈意見不侔且有謂學者歸退之不歸子厚而子厚云爾者讀此文可以解其惑矣

報袁君陳秀才避師名書

秀才足下僕避師名久矣往在京師後學之士到僕門日或數十人僕不敢虛其來意有長必出之有不至必

惎之其教也雖若是當時無師弟子之說其所不樂為者非以師為非弟子為罪也有兩事故不能自視以為不足為一也世久無師弟子決為之且見非且見罪懼而不為二也其大說具答韋中立書今以往可觀之秀才貌甚堅辭甚強僕自始覿固奇秀才及見兩文愈益奇雖在京都日數十人到門者誰出秀才右耶前已必秀才可為成人僕之心固虛矣又何鯤鵬互鄉于尺牘哉秋風益高暑氣益衰可偶居卒談秀才時見咨僕有諸

内者不敢愛惜大都文以行為本在先誠其中其外者當先讀六經次論語孟軻書皆經言左氏國語莊周屈原之辭稍采取之穀梁子太史公甚峻潔可以出入餘書俟文成異日討也其歸在不出孔子此其古人賢士所懔懔者求孔子之道不於異書秀才志于道慎勿怪勿雜勿務速顯道苟成則勃然爾久則蔚然爾源而流者歲旱不涸蓄穀者不病凶年蓄珠玉者不虞殍死矣然則成而久者其術可見雖孔子在為秀才計未必過

此不具宗元白

[illegible]中立書最為人所膾炙謂可

韓愈答李[illegible][illegible]此篇所言文以行為本在

[illegible]自云道之及及乎物而已耳

又道之[illegible]自得之言而為論文之極

也皆韓[illegible]中[illegible]旨以求其質本之詩以求其

[illegible]也寧盡詩書之緼耶

御選唐宋文醇卷十三

欽定四庫全書

御選唐宋文醇卷十四

河東柳宗元文四

答韋珩示韓愈相推以文墨事書

足下所封示退之書云欲推避僕以文墨事且以勵足下若退之之才過僕數人尚不宜推避於僕非其實可知固相假借為之詞耳退之所敬者司馬遷揚雄遷於退之固相上下若雄者如太元法言及四愁賦退之獨

未作耳決作之加恢奇至他文過揚雄遠甚雄文遺言措意頗短局滯澁不若退之倡狂恣睢肆意有所作若然者使雄來尚不宜推避而況僕耶彼好獎人善以為不屈已善不可獎故慊慊云爾也足下幸勿信之且足下志氣高好讀南北史書通國朝事穿穴古今後來無能和而僕稚騃卒無所為但趦趄文墨筆硯淺事今退之不以吾子勵僕而反以僕勵吾子愈非所宜然卒篇欲足下自挫抑合當世事固當雖僕亦知無出此吾子

年甚少知己者如麻不患不顯患道不立耳此僕以自勵亦以佐退之勵足下不宣宗元頓首再拜

吏部文章之宗然其造詣深淺須以柳州所論為定故錄之且可以見柳之不敢望韓具所自道中蓋實錄非謙辭也

報崔黯秀才書

崔生足下辱書及文章辭意良高所嚮慕不凡近誠有意乎聖人之言然聖人之言期以明道學者務求諸道

而遺其辭辭之傳于世者必由于書道假辭而明辭假書而傳要之之道而已耳道之及及乎物而已耳斯取道之内者也今世因貴辭而矜書粉澤以為工遒密以為能不亦外乎吾子之所言道匪辭而書其所望于僕亦匪辭而書是不亦去及物之道愈以遠乎僕嘗學聖人之道身雖窮志求之不已庶幾可以語于古恨與吾子不同州部閉口無所發明觀吾子文章自秀士可通聖人之說今吾子求于道也外而望于予也愈外是其

可惜歟吾且不言是負吾子數千里不棄朽廢者之意故復云爾也凡人好辭工書者皆病癖也吾不幸蚤得二病學道以求日思砭鍼攻熨卒不能去纏結心腑牢甚顧須臾忘之而不克竊嘗自毒今吾子乃始欽欽思易吾病不亦惑乎斯固有潛塊積瘕中子之内藏恬而不悟可憐哉其卒與我何異均之二病書字益下而子之意又益下則子之病又益篤甚矣子癖于伎也吾嘗見病心腹人有思啗土炭嗜酸鹹者不得則大慼其親

愛之者不忍其戚因探而與之觀吾子之意亦已戚矣吾雖未得親愛吾子然亦重來意之勤有不忍矣誠欲分吾土炭酸鹹吾不敢愛但遠言其證不可也俟面乃悉陳吾狀未相見且試求良醫為方已之苟能已大善則及物之道專而易通若積結既定醫無所能已幸期相見時吾決分子其嗑嗜者不具宗元白

禮樂射御書數皆藝也德成而上藝成而下其下焉者君子之所游游之云者所執愈卑所達彌上莫非所以

養其德也若溺焉而進乎技則是以其養德者害德矣唐世重文章尤重書法其試士以身言書判拔萃乃得為近職故黜以文章書法為問而宗元欲悉屏之使及物之道專而易通又以及物為取道之内卓然名儒語也宗元可謂既沒其言立矣宗元善書今龍城柳石刻猶存

與韓愈論史官書

正月二十一日某頓首十八丈退之侍者前獲書言史

事云具與劉秀才書及今乃見書藁私心甚不喜與退之往年言史事甚大謬若書中言退之不宜一日在館下安有探宰相意以為苟以史榮一韓退之耶若果爾退之豈宜虚受宰相榮已而冒居館下近密地食奉養役使掌故利紙筆為私書取以供子弟費古之志于道者不若是且退之以為紀録者有刑禍避不肯就尤非也史以名為褒貶猶且恐懼不敢為設使退之為御史中丞大夫其褒貶成敗人愈益顯其宜恐懼尤大也則

又將將揚揚入臺府美食安坐行呼唱于朝廷而已耶在御史猶爾設使退之為宰相生殺出入升黜天下士其敵益衆則又將揚揚入政事堂美食安坐行呼唱于内庭外衢而已耶何以異不為史而榮其號利其禄者也又言不有人禍則有天刑若以罪夫前古之為史者然亦甚惑凡居其位思直其道道苟直雖死不可回也如回之莫若亟去其位孔子之困于魯衛陳宋蔡齊楚者其時暗諸侯不能以也其不遇而死不以作春秋故

也當其時雖不作春秋孔子猶不遇而死也若周公史佚雖紀言書事猶遇且顯也又不得以春秋為孔子累范曄悖亂雖不為史其族亦赤司馬遷觸天子喜怒班固不檢下崔浩沽其直以鬭暴虜皆非中道左丘明以疾盲出于不幸子夏不為史亦盲不可以是為戒其餘皆不出此是退之宜守中道不忘其直無以他事自恐退之之恐唯在不直不得中道刑禍非所恐也凡言二百年文武事多有誠如此者今退之曰我一人也何能

明則同職者又所云若是後來繼今者又所云若是人人皆曰我一人則卒誰能紀傳之耶如退之但以所聞知孜孜不敢怠同職者後來繼今者亦各以所聞知孜孜不敢怠則庶幾不墜使卒有明也不然徒信人口語每每異辭日以滋久則所云磊磊軒天地者決必不沉没且亂雜無可考非有志者所忍恣也果有志豈當待人督責迫蹙然後為官守耶又凡鬼神事眇茫荒惑無可準明者所不道退之之智而猶懼于此今學如退之

辭如退之好言論如退之慷慨自為正直行行焉如退之猶所云若是則唐之史述其卒無可託乎明天子賢宰相得史才如此而又不果甚可痛哉退之宜更思可為速為果卒以為恐懼不敢則一日可引去又何以云行且謀也今當為而不為又誘館中他人及後生者此大惑已不勉已而欲勉人難矣哉

葉適曰令狐德棻在武德初便已建明修史故貞觀中晉及南北諸書皆獲完具而李延壽又自為集史

雖皆文字不足以望古人而成敗有考統紀不失其補益于世多矣自北齊至隋詞學彙興太宗又置文學館收拾時彥名章俊筆相繼而起後世乃謂東漢以來道喪文敝房杜姚宋不能救而古文由韓愈始復振此論固不可易本朝繼之以歐王曾蘇然雖文詞為盛往往不過記叙銘論浮說閑語而著實處反不如唐人遠甚

與史官韓愈致段秀實太尉逸事書

退之館下前者書進退之力史事奉答誠中吾病若疑不得實未即籍者諸皆是也退之平生不以不信見遇竊自冠好遊邊上問故老卒吏得段太尉事最詳今所趨走州刺史崔公時賜言事又具得太尉實跡參校備具太尉大節古固無有然人以為偶一奮遂名無窮今大不然太尉自有難在軍中其處心未嘗虧側其涖事無一不可紀會在下名未達以故不聞非直以一時取笏為諒也史遷死退之復以史道在職宜不苟過日時

昔與退之期為史志甚壯今孤囚廢錮連遭瘴癘羸頓朝夕就死無能為也第不能竟其業若太尉者宜使勿墜太史遷言荊軻徵夏無且言大將軍徵蘇建言留侯徵畫容貌今孤囚賤辱雖不及無且建等然比畫工傳容貌尚差勝春秋傳所謂傳信傳著雖孔子亦猶是也竊自以為信且著其逸事有狀

著段太尉宿昔心行非一時激烈勠擊朱泚而成名者其義甚美與上史館狀並讀可見宗元揚善表微懃懇

無已之懷其書當在與韓愈論史官而韓愈復書之後惜韓書不存然疑不得實未即籍七字亦可概見其復書之意矣而後世猶真以韓愈為不肯作史何耶

與太學諸生喜詣闕留陽城司業書

二十六日集賢殿正字柳宗元敬致尺牘太學諸生足下始朝廷用諫議大夫陽公為司業諸生陶煦醇懿熙然大洽於茲四祀而已詔書出為道州僕時通籍光範門就職書府閫之悒然不喜非特為諸生戚戚也乃僕

亦失其師表而莫有所矜式焉既而署吏有傳致詔草者僕得覩之蓋主上知陽公甚熟嘉美顯寵勤至備厚乃知欲煩陽公宣風裔土覃布美化于黎庶也遂寬然少喜如獲慰薦於天子休命然而退自感悼幸生聖明不諱之代不能布露所蓄論列大體聞于下執事冀少見採取而還陽公之南也翌日退自書府就車于司馬門外聞之於抱關掌管者道諸生愛慕陽公之德教不忍其去頓首西闕下懇悃至願乞留如故者百數十人

輒用撫手喜甚震抃不寧不意古道復形于今僕嘗讀李元禮嵇叔夜傳覩其言太學生徒仰闕赴訴者僕謂訖千百年不可覩聞乃今日聞而覩之誠諸生見賜甚盛於戲始僕少時嘗有意遊太學受師說以植志持身焉當時說者咸曰太學生聚為朋曹侮老慢賢有墮窳敗業而利口食者有崇飾惡言而肆鬭訟者有凌傲長上而誶罵有司者其退然自克特殊于衆人者無幾耳僕聞之恟駭怛悸良痛其遊聖人之門而衆為是嗜嗜

也遂退託鄉閭家塾考厲志業過太學之門而不敢蹈顧尚何能仰視其學徒者哉今乃奮志厲義出乎千百年之表何聞見之乖剌歟豈說者過也將亦時異人異無嚮時之䊷害者耶其無乃陽公之漸漬導訓明效所致乎夫如是服聖人遺教居天子太學可無愧矣於戲陽公有博厚恢弘之德能容善偽來者不拒曩聞有狂惑小生依託門下或乃飛文陳愚醜行無賴而論者以為言謂陽公過于納汙無人師之道是大不然仲尼吾

黨狂狷南郭獻譏曾參徒七十二人致禍負芻孟軻館齊從者竊屨彼一聖兩賢人繼為大儒然猶不免如之何其拒人也俞扁之門不拒病夫繩墨之側不拒枉材師儒之席不拒曲士理固然也且陽公之在于朝四方聞風仰而尊之貪冒苟進邪薄之夫庶得少沮其志不遂其惡遂徵師尹之位而人實具瞻焉與其宣風一方覃化一州其功之遠近又可量哉諸生之言非獨為己也於國體實甚宜願諸生勿得私之想復再上故少佐

筆端耳㪯此良志俾為史者有以紀述也努力多賀柳

宗元白

聞人善樂道之如已出誘掖獎勸以成其美忠孝之性

鬱乎中而發作于外

答周君巢書

奉二月九日書所以撫教甚具無以加焉丈人用文雅

從知巳日以惇大府之政甚適東西來者皆曰海上多

君子周為倡焉敢再拜稱賀宗元以罪大擯廢居小州

與因徒為朋行則若帶纆索處則若關桎梏彳亍而無所趨拳拘而不能肆槁焉若枿隤焉若璞其形固若是則其中者可得矣然未嘗肯道鬼神等事今丈人乃盛譽山澤之臞者以為壽且神其道若與堯舜孔子似不相類焉何哉又曰餌藥可以久壽將分以見與固小人之所不欲得也嘗以君子之道處焉則外愚而内益智外訥而内益辯外柔而内益剛出焉則外内若一而時動以取其宜當而生人之性得以安聖人之道得以光

獲是而中雖不至耇老其道壽矣今夫山澤之臞於我無有焉視世之亂若理視人之害若利視道之悖若義我壽而生彼夭而死固無能動其肺肝焉昧昧而趨乇乇而居浩然若有餘掘草烹石以私其筋骨而日以益愚他人莫利已獨以愉若是者愈千百年滋所謂夭也又何以為高明之圖哉宗元始者講道不篤以蒙世顯利動獲大僇用是奔竄禁錮為世之所詬病凡所設施皆以為戾從而吠者成羣已不能明而況人乎然苟受

先聖之道由大中以出雖萬受擯棄不更乎其内大都類往時京城西與丈人言者愚不能改亦欲丈人固往時所執推而大之不為方士所惑仕雖未達無忘生人之患則聖人之道幸甚其必有陳矣不宣宗元再拜

神仙之説誠杳茫矣而嵇叔夜作養生論謂一溉之益不可誣以蘇軾之明達猶不能無惑焉朱子闢異端息邪説而仿陳子昂感遇詩亦曰刀圭一入口白日生羽翰何耶谷永所稱人言世有仙人服食不終之藥遥興

輕舉登遐倒景覽觀縣圃周遊蓬萊耕耘五德朝種暮穫與山石無異黄治變化堅冰淖溺化色五倉之術者皆奸人惑衆挾左道懷詐僞以欺罔世主云云者猶非其實耶夫天地曰兩大其壽萬古然天地未嘗無生死也深谷為陵則一谷之天死矣高岸為谷則一岸之地死矣而謂人有不死之理乎哉如曰茫茫堪輿俯仰無垠者終古不滅而謂天地不死則人之為人亦本不死而又何足言林林者總總者振古如兹也人之有身正

如谷中之天以谷為身高岸之地以岸為身耳乃欲執此一身之百骸九竅期其長存不壞是何異深谷必不使為陵而高岸必不使為谷也夫一藝之微必有師承今為長生之說者非以莊老為師耶莊子之言曰天下莫壽于殤子而彭祖為夭又曰毅養其內而虎食其外豹養其外而病攻其內則夫善闢長生之說者莫過於其師矣而入猶不能無惑者何即夫人目則欲色耳則欲聲鼻則欲香口則欲味四肢則欲安佚而尤欲夫長久

得遂其欲永永不絶其欲於是慨然而欲長生然為長生之説者曰必先斷絶種種諸欲而後能則即使果得長生亦為買櫝而還其珠非其本欲矣况乎其必不能耶若其所為元精元氣元神之論歸于天地同根萬物同體者則先無所為生曷論長短且其身也是為大生與此茫茫堪輿同一無垠而終古不滅又何所安排措置於其間哉至于服食之説益為謬妄人之生也陰陽均平則百體無疾偏則生灾今其論曰一毫陰氣未盡

猶未得仙而烹鍊天地間純陽之物以為服食則非求長生直求速死耳溫帶之下無血氣之倫以其逼近太陽如洪爐邊無生命也則豈有陰絕而猶生者哉其亦未明于陰陽之理矣又有守中服氣還精補腦等術謂不死之藥不離自身者不知人之一身何者為自涕唾皆水也膚革皆地也暖熱皆火也動搖皆風也神明皆天也凡夫地水火風之屬入于我之耳目口鼻者皆所以養我之生要皆與我身內所有者無異也然而皆非

不死之藥也何獨舉自身所有地水火風爲足以致長生耶讀宗元此文謂道壽則壽道夭則夭識見甚偉因推類以盡其餘以解世惑焉

與楊京兆憑書

月日宗元再拜獻書丈人役人胡要返命奉教誨壯厲感發鋪陳廣大上言推延賢雋之道難于今之世次及文章末以愚蒙剝喪頓悴無以守宗族復田畝爲念憂憫備極不惟其親密故舊是與復有公言顯賞許其素尚

而激其忠誠者用是踴躍敬懼類嚮時所被簡牘萬萬有加焉故敢悉其愚以獻左右大凡薦舉之道古人之所謂難者其難非苟一而已矣知之難言之難聽信之難夫人有有之而耻言之者有有之而樂言之者有無之而工言之者有無之而不言似有之者有之而耻言之者上也雖舜猶難知之孔子亦曰失之子羽下斯而言知而不失者妄矣有之而言之者次也德如漢光武馮衍不用才如王景略以尹緯為令史是皆終日號鳴

大吒而卒莫之省無之而工言者賊也趙括得以代廉頗馬謖得以惑孔明今之若此類者不乏于世將相大臣聞其言而必能辨之者亦妄矣無之而不言者土木類也周仁以重臣為二千石許靖以人譽而致位三公近世尤好此類以為長者最得薦寵夫言朴愚無害者其于田野鄉閭為匹夫雖稱為長者可也自抱關擊柝以往則必敬其事愈上則及物者愈大何事無用之朴哉今之言曰其子長者可以為大官類非古之所謂長

者也則必土木而已矣夫捧土揭木而致之巖廊之上蒙以紱冕翼以徒隸趨走其左右豈有補于萬民之勞苦哉聖人之道不益于世用凡以此也故曰知之難孔子曰仁者其言也訒孟子病未同而言然則彼未吾信而吾告之以士必有三間是將曰彼誠知士歟知文歟疑之而未重一間也又曰彼無乃私好歟交以利歟二間也又曰彼不足我而惎我哉兹咈吾事三間也畏是而不言故曰言之難言而有是患故曰聽信之難唯明

者為能得其所以薦得其所以聽一不至則不可冀矣然而君子不以言聽之難而不務取士士理之本也苟有司之不吾信吾知之不捨其必有信吾者矣苟知之雖無有司而士可以顯則吾一旦操用人之柄其必有施矣故公卿之大任莫若索士士不預備而熟講之卒然君有問焉宰相有咨焉有司有求焉其無所以應之則大臣之道或闕故不可憚煩今之世言士者先文章文章士之末也然立言存乎其中即末而操其本可十

七八未易忽也自古文士之多莫如今今之後生為文希屈馬者可得數人希王襃劉向之徒者又可得十人至陸機潘岳之比累累相望若皆為之不已則文章之大盛古未有也後代乃可知之今之俗耳庸目無所取信傑然特異者乃見此耳丈人以文律通流當世叔仲鼎列天下號為文章家今又生敬之敬之希屈馬者之一也天下方理平今之文士咸能先理理不一斷於古書老生直趨堯舜大道孔氏之志明而出之又古之所

難有也然則文章未必為士之末獨采取何如耳宗元自小學為文章中間幸聯得甲乙科第至尚書郎專百官章奏然未能究知為文之道自貶官來無事讀百家書上下馳騁乃少得知文章利病去年吳武陵來美其齒少才氣壯健可以興西漢之文章日與之言因為之出數十篇書庶幾鏗鏘陶冶時時得見古人情狀然彼古人亦人耳夫何遠哉凡人可以言古不可以言今桓譚亦云親見揚子雲容貌不能動人安肯傳其書誠使

博如莊周哀如屈原奥如孟軻壯如李斯峻如馬遷富如相如明如賈誼專如揚雄猶為今之人則世之高者至少矣由此觀之古之人未必不薄于當世而榮于後世也若吳子之文非丈人無以知之獨恐世人之才高者不肯久學無以盡訓詁風雅之道以為一世甚盛若宗元者才力缺敗不能遠騁高厲與諸生摩九霄撫四海夸耀于後之人矣何也凡為文以神志為主自遭責逐繼以大故荒亂耗竭又常積憂恐神志少矣所讀書

隨又遺忘一二年來痞氣尤甚加以衆疾動作不常眊

眊然騷擾内生霾霧填擁慘沮雖有意窮文章而病奪

其志矣每聞人大言則蹶氣震怖撫心按膽不能自止

又永州多火灾五年之間四爲大火所迫徒跣走出壞

牆穴牖僅免燔灼書籍散亂毁裂不知所往一遇火恐

累日茫洋不能出言又安能盡意于筆硯矻矻自苦以

傷危敗之魂哉中心之悃愊鬱結具載所獻許京兆丈

人書不能重煩于陳列凡人之黜棄皆望望思得效用而

宗元獨以無有是念自以罪大不可解才質無所入苟焉以叙憂慄為幸敢有他志伏以先君稟孝德秉直道高于天下仕再登朝至六品官宗元無似亦嘗再登朝至六品矣何以堪此且柳氏號為大族五六從以來無為朝士者豈愚蒙獨出數百人右哉以是自忖官已過矣寵已厚矣夫知足與知止異宗元知足矣若便止不受禄位亦所未能今復得好官猶不辭讓何也以人望人尚足自進如其不至則故無憾進取之志息矣身世

子然無可以為家雖甚崇寵之孰與為榮獨恨不幸獲託姻好而早凋落寡居十餘年嘗有壹男子然無一日之命至今無以託嗣續恨痛嘗在心目孟子稱不孝有三無後為大令之汲汲于世者惟懼此而已矣天若不棄先君之德使有世嗣或者猶望延壽命以及大宥得歸鄉閭立家室則子道畢矣過是而猶競於寵利者天厭之天厭之丈人旦夕歸朝廷復為大僚伏惟以此為念流涕頓顙布之座右不勝感激之至宗元再拜

此文後半首亦是哀怨之音與蕭俛書之類耳前半首所述知之難言之難聽言之難則曲盡末世人物情理允為至言確論

賀趙江陵宗儒辟符載啟

某啟伏聞以武都符載為記室天下立志之士雜然相顧繼以歎息知為善者得其歸嚮流言者有所間執直道之所行義風之所揚堂堂焉實在荊山之南矣幸甚幸甚夫以符君之藝術志氣為時聞人才位未會盤桓

固久中間因緣陷在危邦與時偃仰不廢其道而為見忌嫉者橫致唇吻房給事以高節特立明之於朝王吏部以清議自任辨之於外然猶小人浮議困在交戟凡諸侯之欲得符君者城聯壤接而惑于騰沸環視相讓莫敢先舉及受署之日則皆開口垂臂悵望悼悔譬之求珠於海而徑寸先得則衆皆快然罷去知奇寶之有所歸也嗚呼巧言難明下流多訕自非大君子出世之氣則何望焉瞻望清風若在天外無任感激欣躍之至

輕瀆陳賀不勝戰越不宣

符載非必重係天下望可以其出處卜士進退然傷胎殺卵則鳳凰不儀毋謂一夫可寃也況才俊之士哉嗚犢戮晉仲尼迴郭隗重燕樂毅至無知在漢曲逆進咸博結緩蕭男顯杜季蒙難袁閎狂同聲相應同氣相求一堂兩琴宮商必應草木臭味奚敢差池夫以人事君人臣之大義也宗元之賀趙宗儒誠心不忘君也哉

欽定四庫全書

御選唐宋文醇卷十五

河東柳宗元文五

愚溪詩序

灌水之陽有溪焉東流入於瀟水或曰冉氏嘗居也故姓是溪曰冉溪或曰可以染也名之以其能故謂之染溪余以愚觸罪謫瀟水上愛是溪入二三里得其尤絕者家焉古有愚公谷今余家是溪而名莫能定土之居

者猶齗齗然不可以不更也故更之為愚溪愚溪之上
買小丘為愚丘自愚丘東北行六十步得泉焉又買居
之為愚泉愚泉凡六穴皆出山下平地葢上出也合流
屈曲而南為愚溝遂負土累石塞其隘為愚池愚池之
東為愚堂其南為愚亭池之中為愚島嘉木異石錯置
皆山水之奇者以余故咸以愚辱焉夫水知者樂也今
是溪獨見辱於愚何哉葢其流甚下不可以灌溉又峻
急多坻石大舟不可入也幽邃淺狹蛟龍不屑不能興

雲雨無以利世而適類於余然則雖辱而愚之可也甯武子邦無道則愚智而為愚者也顏子終日不違如愚睿而為愚者也皆不得為真愚今余遭有道而違於理悖於事故凡為愚者莫我若也夫然則天下莫能爭是溪余得專而名焉溪雖莫利於世而善鑒萬類清瑩秀徹鏘鳴金石能使愚者喜笑眷慕樂而不能去也余雖不合於俗亦頗以文墨自慰漱滌萬物牢籠百態而無所避之以愚辭歌愚溪則茫然而不違昏然而同歸超

鴻蒙混希夷寂寥而莫我知也於是作八愚詩紀於溪石上

水黑曰盧不流曰奴水之不能澤物者古人被之以愚名宗元以溪水不可溉田負舟而名之曰愚亦有本焉其亦以慨已濟世之願不遂也無知之謂愚無知者萬有之知所從出超鴻濛混希夷抑又太自譽矣若夫漱滌萬物牢籠百態實乃善自狀其文可為實錄雖然得無與布帛菽粟者猶有間乎

同吳武陵贈李睦州詩序

潤之盜錡竊貨財聚徒黨為反謀十年今天子即位三年大立制度於是盜恐且奮將遂其不善視部中良守不為已用誣陷去之睦州由是得罪天子馬使御史按問館於睦自門及堂皆其私卒為衛天子之衛不得揺手辭卒致具有間盜遂作而廷臣猶用其文斥睦州南海上既上道盜以徒百人遮於楚越之郊戰且走乃得完為左官吏無幾盜就擒斬之於社垣之外論者謂宜

還睦州以明其誣既更大赦始移永州去長安尚四千里睦州未嘗自言吳武陵剛健士也懷不能忍於是踴躍其誠鏗鏘其聲出而為之詩然後憮於內余固知睦州之道也熟衘匿而未發且久聞吳之先焉者激於心若鐘鼓之考不知聲之發也遂繫之而重以序

李錡蓄反謀十年唐之君臣不能獨見幾先轉代盜驅除其不附己者睦州刺史李清臣錡既發兵反猶用反者所具獄辭罪李清臣由今觀之堪作笑具轉疑紀述

之非眞矣不知漸浸所成當其時有忽不及覺者錡於德宗時專事刻剝以為進奉憲宗平蜀錡不自安遂反其平日所以蠱惑欺罔朝廷者豈止李清臣一事按問清臣之御史身在錡境不得搖手出氣且從錡則朝廷以為然直清臣則禍在轉瞬泄泄沓沓不知不覺已為反賊所用賊既反憲宗詎肯自考平日詔書所行是否耶公卿大臣詎肯感激徒婞罣非與身家有益之事詎肯平反已具之獄辭有司奉行故事乂不知不覺使朝

廷猶為反者李錡貶不附賊之李清臣矣當其時問上上不知問下下不知而四方萬姓則無不知之而悼歎之盜賊奸究則無不知之而欣幸之可不畏哉嗟乎人君一身耳而四海九州之欲得利與名者無不蠱惑欺罔之此古先哲王所以心之憂危若蹈虎尾涉於春氷也

送南涪州量移澧州序

越有納官之令以勝大敵漢有羽林之制以威四夷

家寵先中丞邁古人之烈故君自未成童品常第四人猶曰於古爲薄漢北地都尉卬以不勝任啗匈奴而子單侯于鉼濟北相韓千秋以匹夫之諒奮觸南越而子延年侯于成安君之土田之錫猶挫於有司之手始由施州爲涪州扞蜀道劾寇晝不釋刃夜不釋甲曰我忠烈胥也期死待敵敵亦曰彼忠烈胥也盡力致命是不可犯然而筆削之吏以簿書校計贏縮受譴玆郡凡二歲朝廷建大本貞萬邦慶澤之濡洗濯生植又況涪州

家聲之大裕蠱之志尤宜被顯寵者也自漢而南州之美者十七八莫若澧澧之佐理莫踰於長史以是進秩人猶曰且有後命永州多謫吏而君倓惠和温良故其歡愉異於他部優詔既至而君適讎於文其往也獨故凡羨慕之辭無不加等噫以君承荷之重恭肅之美四方之求忠壯義烈者將於君是觀凡君子之志欲其優柔而益固憤悱而不忘以增太史世家之籍用是為貺則拱璧大鼎烏可以言重乎

南涪州南霽雲之子也霽雲忠烈貫日月矣子又繼之蒙矢石蹈白刃而不悔而肉食之鄙夫刀筆之猾吏持其短長求瘢索垢朝廷即據之以行罰更大赦乃得量移與衆人同被新恩此宗元所為痛心也雖為文以賀之實則嗚咽不成聲末則暢之之死靡他以忠於君者孝於親豈非直諒多聞之益友哉

送徐從事北遊序

讀詩禮春秋莫能言説其容貌亢亢然而聲名不聞傳

於世豈天下廣大多儒而使然歟將晦其說諱其讀不使世得傳聞其名歟抑處於遠仕於遠不與通郡大邑豪傑角其伎而至於是歟不然無顯者為之倡以振動其聲歟今之世不能多儒可以蓋生者觀生亦非晦諱其說讀者然則餘二者為之決矣生北遊必至通都大邑通都大邑必有顯者由是其果傳聞於世歟苟聞傳必得位得位而以詩禮春秋之道施於事及於物思不負孔子之筆舌能如是然後可以謂儒儒可以說讀為哉

仲尼沒而微言絕七十子喪而大義乖老莊楊墨管商申韓田慎諸子百家之説縱横淆亂而六經之道日以晦邪説横流人心日趨於禽獸之途於是李斯悉舉而焚之以愚黔首漢興六經始復萌芽諸儒張皇補綴存什一於千百章明諸帝乃求遺書立學官博士天下始知崇聖經末季陵夷晋魏瞀昧唐乃復修漢典輯裒註作正義確守漢儒之訓詁不敢決其藩籬韓愈柳宗元知宗於義未盡而涉大水無津涘也故韓有師説柳有師

箴莫不致嘆於不得聖人為依歸耳宋濂洛關閩諸子出始解漢唐之敝而窺周公之奧文成數萬其旨數千聞明旨趣昭示後學於今賴之矣雖然理則萬古而不變若天時地宜人官物曲考之簡冊則殘缺失次考之訓詁則傳聞異辭者今人不得見古人而問之不可以臆決而師心也蕪穢榛塞之不除末由之乎九達之道亦可慨矣夫帝王之治天下不以六經取士則何以而士之從事於功名之會者未有不買櫝而還其珠者且

如弁髦而因以敝之沿而久之將使朝廷之上無一明經之有司有司既不明而欲明經之士之得進也難矣明而被黜則下必以明為諱又沿而久之將使庠序之間無一明經之士而有司徒以句法字法文氣文勢各從所好以為進退士子之衡以此策名禮部升於朝廷俾天子與之共理天下事定太平萬世丕丕基噫亦難矣六經之道果若是其易易乎宗元曰儒可以說讀為哉為之三嘆況乎併未嘗讀經而號曰儒者也

送婁圖南秀才遊淮南將入道序

僕未冠求進士聞婁君名甚熟其所為歌詩傳詠都中通數經及羣書當時為文章若崔比部于衛尉相與稱其文衆皆曰納言曾孫也而又有是咸推讓為先登後十餘年僕自尚書郎謫來零陵覯婁君猶為白衣居無室宇出無僮僕深異而訊之乃曰今夫取科者交貴勢倚親戚合則插羽翮生風濤沛焉而有餘吾無有也不則饜飲食馳堅良以歡於朋徒相貿為資相易為名

有不諾者以氣排之吾無有也不則多筋力善造請朝夕屈折於恒人之前走高門邀大車矯笑而偽言卑陬而姁媮偷一旦之容以售其技吾無有也自度卒不能堪其勞故舍之而遊逾湖江出豫章至南海復由桂而下也少好道士言餌藥為壽未盡其術故行且求之僕聞而愈疑往時觀得進士者不必若婁君之言又不能類婁君之文學又無納言之大德以為之祖無比部衞尉以為之知而升名者百數十人今婁君非不足也顧

不樂而遁耳因為余留三年他日又曰吾所以求於心者未克今其行也余既異其遁於名而又德其久留於我也故為之言夫君子之出以行道也其處以獨善其身也今天下理平主上亟下求士之詔婁君智可以任職用事文可以宣風歌德行於世必有合其道而進薦之者遽而為處士吾以為非時將曰老而就休耶則甚少且銳羸而自養耶則甚頑且武問其所以處咸無名焉若苟焉以圖壽為道又非吾之所謂道也夫形軀之

寓於土非吾能私之幸而好求堯舜孔子之志惟恐不得幸而遇行堯舜孔子之道惟恐不懾若是而壽可也求之而得行之而懾雖夭其誰悲今將以呼嘘為食咀嚼為神無事為閑不死為生則深山之木石大澤之龜蛇皆老而久其於道何如也僕嘗學於儒持之不得以陷於是以出則窮以處則乖其不宜言道也審矣以吾子見私於僕而又重其去故竊言而書之而密授焉

繪科舉秀才不肖之態狀如夏禹鑄鼎開欲求長生者

之愚昧如扁鵲發矇

送崔子符罷舉詩序

世有病進士科者思易以孝弟經術兵農曰庶幾厚於俗而國得以為理乎柳子曰否以今世尚進士故凡天下家推其良公卿大夫之名子弟國之秀民舉歸之且而更其科以為得異人乎無也惟其所尚又舉移而從之尚之以孝悌孝悌猶是人也尚之以經術經術猶是人也雖兵與農皆然曰然則宜如之何曰即其辭觀其

行考其智以為可化人及物者隆之文勝質行無觀智無考者下之俗其以厚國其以理科不俟易也今有愽陵崔策子符者少讀經書為文辭本於孝弟理道多容以善別時剛以知柔進於有司六選而不獲家有寬連伏闕下者累月不解仕將晚矣而戚其幼孤往復不憚萬里再歲不就選世皆曰仁悌人也如是且不見隆雖百易科其可厚而理乎今夫天下已理民風已厚欲斷之於無窮其在慎是而已朝廷未命有司既命而果得

有道者則是術也宜用崔子之仕又何晚乎僕習不足而獨為文故始見進而卒以廢居草野八年麗澤之益鐵礪之事空於耳而荒於心崔子幸來而親余讀其書聽其言發余始志若寤而言夢醒而問醉未及悉而告余以行余懼其悼時之往而不得於内也獻之酒賦之詩而歌之坐者從而和之既和而敘之

科不待易蘊試貢舉議極陳之千秋確論宜取並讀

送從弟謀歸江陵序

吾與謀由高祖王父而異謀少吾二歲往時在長安居相邇也與謀皆甚少獨見謀在衆少言好經書心異之其後吾為京兆從事謀來舉進士復相得益知謀甚為文辭通外家書一再不勝懼祿養之緩棄去為廣州從事復佐邕州連得薦舉至御史後以智免歸家江陵有宅一區環之以桑有僮指三百有田五百畝樹之穀藝之麻養有牲出有車無求於人日率諸弟具滑甘豐柔視寒燠之宜其隙則讀書講古人所謂求其道之至者

以相勵也過永州為吾留信次具道其所為者凡士人居家孝悌恭儉為吏祇肅出則信入則厚足其家不以非道進其身不以苟得時退則退尊老無井臼之勞安和而益壽兄弟術術以相友不謀食而食給不謀道而道顯則謀之去進士為從事於遠始也吾疑焉今也吾是焉別九歲而會於此視其貌益偉問其業益習叩其志益堅於虖吾宗不振久矣識者曰今之世稍有人焉若謀之出處庸非所謂人歟或問管仲孔子曰人也謀

雖不試於管仲其為道無悖亦可以有是名也抑又聞聖人之道學焉而必致謀之業良矣而又增焉志專矣而又若不足焉孔子之門不道管晏則謀之為人也其可度哉吾不智觸罪擯越楚閒六年築室茨草為圃乎湘之西穿池可以漁種黍可以酒甘終為永州民又恨徒費祿食而無所答下媿農夫上慙王官追計往時咎過日夜反覆無一食而安於口平於心若是者豈不以少好名譽嗜味得毒而至於是耶用是愈賢謀之去進

士為從事以足其家終始孝悌今雖夌之豈復可得謀在南方有令名其所為日聞於人吾恐謀不幸又為吾之在悔者將已之而不能得可若何然謀以信厚少言蓄其志以周於事雖履吾迹將不至乎吾之禍則謀何悔之有苟能是雖至於大富貴又何慄耶振吾宗者其惟望乎爾

君子之道或出或處或默或語唯審乎其義之可否耳既已出而仕矣則東西南北惟君所使奚擇焉宗元之

所是從弟謀而悔已者皆無當也獨愛其所云恨徒

費禄食而無所答下愧農夫上慚王官追計往時

咎過日夜反覆無一食而安於口平於心數語

有古君子之風夫宗元擯斥遐陬十四年能不鄙

夷其民保惠敎誨澤甚厚而其歉然如是是難

能也其文則推廣馬援述弟少遊語意為

之氣味亦殊相似

送澥序

人咸言吾宗宜碩大有積德焉在高宗時並居尚書省二十二人遭諸武以故衰耗武氏敗猶不能興為尚書吏者閒十數歲乃一人永貞年吾與族兄登並為禮部屬吾黜而季父公綽更為刑部郎則加稠焉又觀宗中為文雅者炳炳然以十數仁義固其素也意者復興乎自吾為僇人居南鄉後之頡然出者吾不見之也其在道路幸而過余者獨得澥澥質厚不諂敦朴有裕若器焉必隆然大而後可以有受擇所以入之者而已矣其

文蓄積甚富好慕甚正若墻焉必基之廣而後可以有
蔽擇其所以出之者而已矣勤聖人之道輔以孝悌復
饗時之美吾於澥焉是望汝往哉見諸宗人為我謝而
勉焉無若大山之麓止而不得升也其惟川之不已乎
吾去子終老於夷矣

若器必隆然大尚德哉若牆必基之廣修辭立其誠矣毋若
山而若川逝者無所容心舍其舊而新是圖以善夫方來者
則優入聖域不難矣山之止而不得升者自高也自高者氿

聖祖御評
博辨縱横字字沈鷙中間錯舉秦漢唐之制引據甚精斷制甚確

子謂之如有周公之才之美使驕且吝其餘不足觀也已

封建論

天地果無初乎吾不得而知之也生人果有初乎吾不得而知之也然則孰為近曰有初為近孰明之由封建而明之也彼封建者更古聖王堯舜禹湯文武而莫能去之蓋非不欲去之也勢不可也勢之來其生人之初乎不初無以有封建封建非聖人意也彼其初與萬物皆生草木榛榛鹿豕狉狉人不能搏噬而且無毛羽莫

克自奉自衛荀卿有言必將假物以為用者也夫假物者必爭爭而不已必就其能斷曲直者而聽命焉其智而明者所伏必衆告之以直而不改必痛之而後畏由是君長刑政生焉故近者聚而為羣羣之分其爭必大大而後有兵有德又有大者衆羣之長又就而聽命焉以安其屬於是有諸侯之列則其爭又有大者焉德又大者諸侯之列又就而聽命焉以安其封於是有方伯連師之類則其爭又有大者焉德又大者方伯連帥之

類又就而聽命以安其人然後天下會於一是故有里胥而後有縣大夫有縣大夫而後有諸侯有諸侯而後有方伯連帥有方伯連帥而後有天子自天子至於里胥其德在人者死必求其嗣而奉之故封建非聖人意也勢也夫堯舜禹湯之事遠矣及有周而甚詳周有天下裂土田而瓜分之設五等邦羣后布履星羅四周於天下輪運而輻集合為朝覲會同離為守臣扞城然而降於夷王害禮傷尊下堂而迎覲者歷於宣王挾中興

復古之德雄南征北伐之威卒不能定魯侯之嗣陵夷迄於幽厲王室東徙而自列為諸侯厥後問鼎之輕重者有之射王中肩者有之伐凡伯誅萇弘者有之天下乖盭無君君之心余以為周之喪久矣徒建空名於公侯之上耳得非諸侯之盛強末大不掉之咎歟遂判為十二合為七國威分於陪臣之邦國殄於後封之秦則周之敗端其在乎此矣秦有天下裂都會而為之郡邑廢侯衛而為之守宰據天下之雄圖都六合之上游攝

制四海運於掌握之內此其所以為得也不數載而天下大壞其有由矣亟役萬人暴其威刑竭其貨賄負鋤梃謫戍之徒圜視而合從大呼而成羣時則有叛人而無叛吏人怨於下而吏畏於上天下相合殺守劫令而並起咎在人怨非郡邑之制失也漢有天下矯秦之枉徇周之制剖海內而立宗子封功臣數年之間奔命扶傷而不暇困平城病流矢陵遲不救者三代後乃謀臣獻畫而離削自守矣然而封建之始郡國居平時則有

叛國而無叛郡秦制之得亦以明矣繼漢而帝者雖百代可知也唐興制州邑立守宰此其所以為宜也然猶桀猾時起虐害方域者失不在於州而在於兵時則有叛將而無叛州州縣之設固不可革也或者曰封建者必私其土子其人適其俗修其理施化易也守宰者苟其心思遷其秩而已何能理乎余又非之周之事跡斷可見矣列侯驕盈黷貨事戎大凡亂國多理國寡侯伯不得變其政天子不能變其君私土子人者百不有一

失在於制不在於政周事然也秦之事跡亦斷可見矣有理人之制而不委郡邑是矣有理人之臣而不使守宰是矣郡邑不得正其制守宰不得行其理酷刑苦役而萬人側目失在於政不在於制秦事然也漢興天子之政行於郡不行於國制其守宰不制其侯王侯王雖亂不可變也國人雖病不可除也及夫大逆不道然後掩捕而遷之勒兵而夷之耳大逆未彰姦利浚財怙勢作威大刻於民者無如之何及夫郡邑可謂理且安矣

何以言之且漢知孟舒於田叔得魏尚於馮唐聞黃霸之明審覩汲黯之簡靖拜之可也復其位可也卧而委之以輯一方可也有罪得以黜有能得以賞朝拜而不道夕斥之矣夕受而不法朝斥之矣設使漢室盡城邑而侯王之縱令其亂人戚之而已孟舒魏尚之術莫得而施黃霸汲黯之化莫得而行明譴而道之拜受而退已違矣下令而削之締交合從之謀周於同列則相顧裂眦勃然而起幸而不起則削其半削其半民猶瘁矣

曷若舉而移之以全其仁乎漢事然也今國家盡制郡邑連置守宰其不可變也固矣善制兵謹擇守則理平矣或者又曰夏商周漢封建而延秦郡邑而促尤非所謂知理者也魏之承漢也封爵猶建晉之承魏也因循不革而二姓陵替不聞延祚今矯而變之垂二百祀大業彌固何繫於諸侯哉或者又以為殷周聖王也而不革其制固不當復議也是大不然夫殷周之不革者是不得已也蓋以諸侯歸殷者三千焉資以黜夏湯不得

而廢歸周者八百焉資以勝殷武王不得而易徇之以為安仍之以為俗湯武之所不得已也夫不得已非公之大者也私其力於己也私其衛於子孫也秦之所以革之者其為制公之大者也其情私也私其一己之威也私其盡臣畜於我也然而公天下之端自秦始夫天下之道理安斯得人者也使賢者居上不肖者居下而後可以理安今夫封建者繼世而理繼世而理者上果賢乎下果不肖乎則生人之理亂未可知也將欲利其

社稷以一其人之視聽則又有世大夫世食禄邑以盡其封畧聖賢生於其時亦無以立於天下封建者為之也豈聖人之制使至於至乎吾故曰非聖人之意也勢也

蘇軾曰秦初并天下丞相綰等言燕齊荆地逺不置王無以鎮之請立諸子始皇下其議羣臣皆以為便廷尉斯曰周文武所封子弟同姓甚衆然後屬疏逺相攻擊如仇讐諸侯更相誅伐天子弗能禁止今海

内賴陛下神靈一統皆為郡縣諸子功臣供賦税重賞賜之甚足易制天下無異意則安寧之術也置諸侯不便始皇曰天下共苦戰鬬不休以有侯王賴宗廟天下初定又復立國是樹兵也而求其寧息豈不難哉廷尉議是分天下為三十六郡郡置守尉監蘇子曰聖人不能為時亦不失時時非聖人之所能為也能不失時而已三代之興諸侯無罪不可奪削因而君之雖欲罷侯置守可得乎此所謂不能為時者

也周衰諸侯相并齊晉秦楚皆千餘里其勢足以建侯樹屏至於七國皆稱王行天子之事然終不封諸侯不立彊家世卿者以魯三桓晉六卿齊田氏為戒也久矣世之畏諸侯之禍也非獨李斯始皇知之始皇既并天下分郡邑置守宰理固當然如冬裘夏葛時之所宜非人之私智獨見也所謂不失時者而學士大夫多非之漢高又欲立六國後張子房以為不可世未有非之者李斯之論與子房何異世特以成

敗為是非耳高帝聞子房之言吐哺罵酈生知諸侯之不可復明不然卒王韓彭英盧豈獨高帝子房亦與焉故柳宗元曰封建非聖人意也勢也昔之論封建者曹元首陸機劉頌及唐太宗時魏徵李百藥顔師古其後則劉秩杜祐柳宗元宗元之論出而諸子之論廢矣雖聖人復起不能易也故吾取其説而附益之曰凡有血氣必爭爭必以利利莫大於封建封建者爭之端而亂之始也自書契以來臣弑其君子

弑其父父子兄弟相賊殺有不出於襲封而爭位者乎自三代聖人以禮樂教化天下至刑措不用然終不能已篡弑之禍至漢以來君臣父子相賊虐者皆諸侯王子孫其餘卿大夫不世襲者蓋未嘗有也近世無復封建則此禍幾絶仁人君子忍復開之歟故吾以李斯始皇之言柳宗元之論當為萬世法也

欽定四庫全書

御選唐宋文醇卷十六

河東柳宗元文六

守道論

或問曰守道不如守官何如對曰是非聖人之言傳之者誤也官也者道之器也離之非也未有守官而失道守道而失官之事者是故非聖人言乃傳之者誤也夫皮冠者是虞人之物也物者道之準也守其物由其準

而後其道存焉苟舍之是失道也凡聖人之所以為經紀為名物無非道者命之曰官官是以行吾道云爾是故立之君臣官府衣裳輿馬章綬之數會朝表著周旋行列之等是道之所存也則又示之典命書制符璽奏復之文參伍殷輔陪臺之役是道之所由也則又勸之以爵祿慶賞之美懲之以黜遠鞭朴梏拲斬殺之慘是道之所行也故自天子至於庶民咸守其經分而無有失道者和之至也失其物去其準道從而喪矣易其小

者而大者亦從而喪矣古者居其位思死其官可易而
失之哉禮記曰道合則服從不可則去孟子曰有官守
者不得其職則去然則失其道而居其官者古之人不
與也是故在上不爲抗在下不爲損矢人者不爲不仁
函人者不爲仁率其職司其局交相致以全其工也易
位而處各安其分而道達於天下也且夫官所以行道
也而曰守道不如守官蓋亦喪其本矣未有守官而失
道守道而失官之事者也是非聖人之言傳之者誤也

果矣

韓愈曰道與德為虛位夫事有萬矣而一事各載一理得乎理之至善即協乎事之時宜成為行之中正符於性之自然而名之曰道故曰率性之謂道舍是而别有所謂道則道其所道也歧官與道而二之將官非其官而道非其道即有一得亦必有見於官即無見於道有見於道即無見於官者也宗元之論當矣

四維論

管子以禮義廉恥爲四維吾疑非管子之言也彼所謂廉者曰不蔽惡也世人之命廉者曰不苟得也所謂恥者曰不從枉也世人之命恥者曰羞爲非也然則二者果義歟非歟吾見其有二維未見其所以爲四也夫不蔽惡者豈不以蔽惡爲不義而去之乎夫不苟得者豈不以苟得爲不義而不爲乎雖不從枉與羞爲非皆然然則廉與恥義之小節也不得與義抗而爲維聖人之所以立天下曰仁義仁主恩義主斷恩者親之斷者宜

之而理道畢矣蹈之斯為道得之斯為德履之斯為禮誠之斯為信皆由其所之而異名令管氏所以為維者殆非聖人之所立乎又曰一維絶則傾二維絶則危三維絶則覆四維絶則滅若義之絶則廉與恥其果存乎廉與恥存則義果絶乎人既蔽惡矣苟得矣從枉矣為非而無羞矣則義果存乎使管子庸人也則為此言管子而少知理道則四維者非管子之言也

左史記言右史記事事為春秋言為尚書尚書國語類也春秋左傳類也列國皆有之獨魯史以孔子得傳至今耳孔子以前無家自為書者名卿大夫之嘉言皆載之右史左傳所稱古志有之古語有之又曰著之話言楚語所稱教之語使明其德而知先王之務用明德於民皆是也即論語亦非孔子所自作乃曾子有子之門人記其所聞於師者而纂之其曰語者猶用古史之體例也春秋降為戰國處士始操各國之柄而人自為說以

行於天下莊周荀卿之所評論具在可考皆無及於管子者也孟子曰聖王不作諸侯放恣處士横議楊朱墨翟之言盈天下此周室陵遲至孟子時而始然者也管仲生於孔子之前管仲無書明甚如其有之未有七十子之徒無一言評隲之者也管仲之書其為戰國時言富國强兵之流自以為所學出於管仲而假托之無疑也其不槩於理者不勝舉若宗元四維論亦一斑也

辯侵伐論

春秋之說曰凡師有鐘鼓曰伐無曰侵周禮大司馬九伐之法曰賊賢害人則伐之負固不服則侵之然則所謂伐之者聲其惡於天下也聲其惡於天下必有以厭於天下之心夫然後得行焉古之守臣有朘人之財危人之生而又害賢人者內必棄於其人外必棄於諸侯從而後加伐焉動必克矣然猶校德而後舉量力而後會備三有餘而以用其人一曰義有餘二曰人力有餘三曰貨食有餘是三者大備則又立其禮正其名修其

辭其害物也小則誥誓徵令不過其鄰雖大不出所暴
非有逆天地橫四海者不以動天下之師故師不踰時
而功成焉斯為人之舉也故公之公之而鐘鼓作焉夫
所謂侵之者獨以其負固不服而壅王命也內以保其
人外不犯於諸侯其過惡不足暴於天下致文告修文
德而又不變然後以師問焉是為制命之舉非為人之
舉也故私之私之故鐘鼓不作斯聖人之所志也周道
既壞兵車之軌交於天下而罕知侵伐之端焉是故以

無道而正無道者有之以無道而正有道者有之不增德而以逐威者又有之故世日亂一變而至於戰國而生人耗矣是以有其力無其財君子不以動衆有其力有其財無其義君子不以師師合是三者而明其公私之說而後可焉嗚呼後之用師者可能觀其侵伐之論則善矣

用兵固不得泥於古然聖人之意不可悖也師之彖傳曰以此毒天下而民從之吉又何咎苟非以生道殺人

雖死無怨殺者其何可以言兵未能以生道殺人而言兵皆違天而戕人也違天而戕人敗固禍而勝亦禍古可鑒矣宗元此文可作左傳義疏

永州新堂記

將為穹谷嵁巖淵池於郊邑之中則必輦山石溝澗壑凌絶嶮阻疲極人力乃可以有為也然而求天作地生之狀咸無得焉逸其人因其地全其天昔之所難今於是乎在永州實惟九疑之麓其始度土者環山為城有

石馬翳於輿草有泉焉伏於土塗虵虺之所蟠狸鼠之所游茂樹惡木嘉葩毒卉亂雜而爭植號為穢墟韋公之來既逾月理甚無事望其地且異之始命芟其蕪行其塗積之邱如蠲之瀏如既焚既釃奇勢迭出清濁辨質美惡異位視其植則清秀敷舒視其蓄則溶漾紆餘怪石森然周於四隅或列或跪或立或仆竅穴逶邃堆阜突怒乃作棟宇以為觀游凡其物類無不合形輔勢效伎於堂廡之下外之連山高原林麓之崖間廁隱顯

邇延野緑遠混天碧咸會於譙門之内已乃延客入觀繼以宴娛或贊且賀曰見公之作知公之志公之因土而得勝豈不欲因俗以成化公之擇惡而取美豈不欲除殘而佑仁公之蠲濁而流清豈不欲廢貪而立㢘公之居高以望遠豈不欲家撫而户曉夫然則是堂也豈獨草木土石水泉之適歟山原林麓之觀歟將使繼公之理者視其細知其大也宗元請志諸石措諸壁編以為二千石楷法

人或良才美質自天畀之而不學不問好惡無節於内知誘於外以至滅天理而窮人欲於是有悖逆詐偽之心有淫泆惡亂之事以至終身而不變人曰天之生是使然也奚知其質美才良克念即可作聖耶其與佳景瑰觀清泉美石之汩於荒匾蠻域惡木毒莽之中與為終古者奚異宗元為上官作記故以治人之道言之善讀之知修身焉

嶺南節度使饗軍堂記

雄深者其思理也整麗者其體製也復有一種俊邁之氣骨旋轉於其間豈非傑構

唐制嶺南為五府府部州以十數其大小之戎號令之用則聽於節度使焉其外大海多蠻夷由流求訶陵西抵大夏康居環水而國以百數則統於押蕃舶使焉内之幅員萬里以執秩拱稽時聽教命外之羈屬數萬里以譯言贄寳歲帥貢職合二使之重以治於廣州故賓軍之事宜無與校大且賔有牲牢饔餼嘉樂好禮以同遠合疏軍有犒饋宴饗勞旅勤歸以群力一心於是治也閈閎階序不可與他邦類必厚棟大梁夷庭高門然

後可以上充於揖讓下周於步武令御史大夫扶風公廉廣州且專二使增德以來遠人申威以修戎政大饗宴合樂從其豐盛先是為堂於治城西北陬其位公北向賓衆南向奏部伎於其西視泉池於其東隅奥庳側庭廡下陋日未及晡則赫炎當目汗眩更起而禮莫克終古凡大宴饗大賓旅則寓於外壘儀形不稱公於是始斥其制為堂南面橫八楹縱十楹嚮之宴位化為東序西又如之其外更衣之次膳食之宇列觀以游目偶

亭以展聲彌望極顧莫究其往泉池之舊增濬益植以暇以息如在林壑問工焉取則師輿是供問役焉取則蠻隷是徵問材焉取則隙宇是遷或益其闕伐山浮海農賈拱手張目視具乃十月甲子克成公命饗於新堂幢牙茸纛金節析羽旂旗旟旞咸飾於下鼓以鼖晉金以錞鐃公輿監軍使肅上賓延羣僚將校士吏咸次於位卉裳罽衣胡夷蛋蠻睢盱就列者千人以上鉶咼體節燔炰胾炙羽鱗貍互之物沉泛醍盎之齊均飫於卒

士興王之舞服夷之伎揳擊吹鼓之音飛騰幻怪之容寰觀於遠邇禮成樂遍以叙而賀且曰是邦臨護之大五人合之非是堂之制不可以備物非公之德不可以容衆曠於往初肇自今茲大和有人以觀遠方古之戎政其曷用加此華元名大夫也殺羊而御者不及霍去病良將軍也餘肉而士有饑色猶克稱能以垂到今矧茲具美其道不廢願訪於金石以永示後祀遂相與來告且乞辭某讓不獲乃刻於茲石

陳子龍曰文如畫棟雕甍高牙大纛翼翼巖巖觀者竦視

諸使兼御史中丞壁記

古者交政於四方謂之使今之制受命臨戎職無所統屬者亦謂之使凡使之號益專焉而行其道者也開元以來其制愈重故取御史之名而加焉至於今若干年其兼中丞者若干人其使絶域統兵戎按州部專貨食而柔遠人固王畧齊風俗和關石大者勘復於內拓定

於外皆得以壯其威張其聲其用遠矣假是名以涖厥職而尊嚴若是況乎總憲度於朝端樹風聲於天下其所以翼於君正於人者尤可以知也武公以厚德在位甚宜其官視其署有記諸使中丞者而多闕漏於是求其故於詔制而又質於史氏增益備具遂命其屬書之且曰由其號而觀其實後之居於斯者有以敬於事

食焉而不事其事則雖三槐九棘綰四十九使印而自覺愜然有餘咎思夫受於天命於君者為何等事則雖

卑官薄禄簿尉曹佐之儔當必前望往古後望來今覩一身之衾影對萬民之耳目恧然自覺其事之難為分之難稱矣宗元曰由其號以觀其實後之居於斯者焉以敬其事斯言可三復也故錄之

四門助教廳壁記

周人置虞庠於四郊以養國老教胄子祭統曰天子設四學蓋其制也易傳太初篇曰天子旦入東學晝入南學夕入西學暮入北學蔡邕引之以定明堂之位焉大

戴禮保傅篇曰帝入東學以貴仁入南學以貴德入西學以貴義入北學以尊爵貴生述之以明太子之教焉故曰為大教之宫而四學具焉𠫵明堂之政原大教之極其建置之道弘也後魏太和中立學於四門置助教二十人隋氏始隷於國子而降置五人皇朝始合於太學又省至三人員位彌簡其官尤難非儒之通者不列也四門學之制掌國之上士中士下士凡三等侯伯子男凡四等其子孫之為胄子者及庶士庶人之子為俊

士者使執其業而居其次就師儒之官而考正焉助教之職佐博士以掌鼔篋榎楚之政令分其人而教育之其有通經力學者必於歲之杪升於禮部聽簡試焉課生徒之進退必酌於中道非博雅莊敬之流固不得臨於是故有去而升於朝者賀秘書由是為博士歸散騎由是為左拾遺舊制以拾遺為八品清官故必以名實者居於其位貞元中王化既成經籍少間有司命太學之官頗以為易專名譽好文章者咸恥為學官至是河

東梆立始以前進士求署兹職天水武儒衡閬中歐陽詹又繼之是歲為四門助教凡三人皆文士京師以為異余與立同祖與武公同升於禮部與歐陽生同志於文四門助教署未嘗紀前人名氏余故為之記而由夫三子者始

宋人非四學之說謂學有四豈道亦有四耶然道固一而行則百易地而施之異宜俾得並舉而觀所尚以章志興化亦非無謂相傳古有四學非妄也唐之四學徒

循其文耳然猶有告朔之餼羊焉夫士而徒以文稱愧學校矣乃四學助教相繼得三文士則夸美以爲異其下此者又可知矣學校之衰也人文之不正也道德風俗淪胥以鋪千載古今彌望慨然

永州萬石亭記

御史中丞清河男崔公來涖永州閒日登城北墉臨於荒野藂翳之隙見怪石特出度其下必有殊勝步自西門以求其墟伐竹披奥欹反以入綿谷跨谿皆大石林

立漁若奔雲錯若置碁怒者虎鬬企者烏厲抉其穴則
鼻口相呀搜其根則蹄股交峙環行卒愕疑若搏噬於
是刳闢朽壤翦焚榛穢決澮溝導伏流散為疎林洄為
清池寥廓泓渟若造物者始判清濁效奇於兹地非人
力也乃立游亭以宅厥中直亭之西石若掖分可以眺
望其上青壁斗絶沉於淵源莫究其極自下而望則合
乎攢巒與山無窮明日州邑耋老雜然而至曰吾儕生
是州蓺是野眉尨齒鯢未嘗知此豈天墜地出設兹神

物以彰我公之德歟既賀而請名公曰是石之數不可知也以其多而命之曰萬石亭耋老又言曰懿夫公之名亭也豈專狀物而已哉公嘗六為二千石既盈其數然而有道之士咸恨公之嘉績未洽於人敢頌休聲祝公於明神漢之三公秩號萬石我公之德宜受兹錫漢有禮臣惟萬石君我公之化始於閨門道合於古祐之自天野夫獻辭公壽萬年宗元嘗以牋奏隷尚書敢專筆削以附零陵故事時元和十年正月五日記

體物之妙宇宙在乎手萬化生於心矣

始得西山宴游記

自余為僇人居是州恒惴慄其隙也則施施而行漫漫而遊日與其徒上高山入深林窮迴溪幽泉怪石無遠不到到則披草而坐傾壺而醉醉則更相枕以臥意有所極夢亦同趣覺而起起而歸以為凡是州之山有異態者皆我有也而未始知西山之怪特今年九月二十八日因坐法華西亭望西山始指異之遂命僕過湘江

緣染溪斫榛莽焚茅茷窮山之高而止攀援而登箕踞而遨則凡數州之土壤皆在衽席之下其高下之勢岈然窪然若垤若穴尺寸千里攢蹙累積莫得遯隱縈青繚白外與天際四望如一然後知是山之特出不與培塿為類悠悠乎與灝氣俱而莫得其涯洋洋乎與造物者游而不知其所窮引觴滿酌頹然就醉不知日之入蒼然暮色自遠而至至無所見而猶不欲歸心凝形釋與萬化冥合然後知吾嚮之未始游游於是乎始故為之文

以志是歲元和四年也

鈷鉧潭記

鈷鉧潭在西山西其始蓋冉水自南奔注抵山石屈折東流其顛委勢峻盪擊益暴齧其涯故旁廣而中深畢至石乃止流沫成輪然後徐行其清而平者且十畝有樹環焉有泉懸焉其上有居者以予之亟游也一旦款門來告曰不勝官租私券之委積既芟山而更居願以潭上田貿財以緩禍予樂而如其言則崇其臺延其檻

行其泉於高者墜之潭有聲潨然而與中秋觀月為宜於以見天之高氣之迥孰使予樂居夷而忘故土者非兹潭也歟

鈷鉧潭西小丘記

得西山後八日尋山口西北道二百步又得鈷鉧潭西二十五步當湍而浚者為魚梁梁之上有丘焉生竹樹其石之突怒偃蹇負土而出爭為奇狀者殆不可數其嶔然相累而下者若牛馬之飲於溪其衝然角列而上

者若熊羆之登於山邱之小不能一畆可以籠而有之問其主曰唐氏之棄地貨而不售問其價曰止四百余憐而售之李深源元克已時同遊皆大喜出自意外即更取器用剷刈穢草伐去惡木烈火而焚之嘉木立美竹露奇石顯由其中以望則山之高雲之浮溪之流鳥獸魚之遨遊舉熙熙然迴巧獻技以効茲邱之下枕席而臥則清冷之狀與目謀瀯瀯之聲與耳謀悠然而虛者與神謀淵然而靜者與心謀不匝旬而得異地者二

雖古好事之士或未能至焉噫以茲邱之勝致之澧鎬鄠杜則貴遊之士爭買者日增千金而愈不可得今棄是州也農夫漁父過而陋之價四百連歲不能售而我與深源克己獨喜得之是其果有遭乎書於石所以賀茲邱之遭也

至小邱西小石潭記

從小邱西行百二十步隔篁竹聞水聲如鳴佩環心樂之伐竹取道下見小潭水尤清冽泉石以為底近岸卷

石底以出為坻為嶼為嵁為巖青樹翠蔓蒙絡搖綴參差披拂潭中魚可百許頭皆若空遊無所依日光下澈影布石上怡然不動俶爾遠逝往來翕忽似與遊者相樂潭西南而望斗折蛇行明滅可見其岸勢犬牙差互不可知其源坐潭上四面竹樹環合寂寥無人淒神寒骨悄愴幽邃以其境過清不可久居乃記之而去同遊者吳武陵龔古余弟宗縣隸而從者崔氏二小生曰恕已曰奉壹

袁家渴記

由冉溪西南水行十里山水之可取者五莫若鈷鉧潭由溪口而西陸行可取者八九莫若西山由朝陽巖東南水行至蕪江可取者三莫若袁家渴皆永中幽麗奇處也楚越之閒方言謂水之反流者為渴音若衣褐之褐渴上與南館高嶂合下與百家瀨合其中重洲小溪澄潭淺渚閒廁曲折平者深黑峻者沸白舟行若窮忽又無際有小山出水中山皆美石上生青叢冬夏常蔚

然其旁多巖洞其下多白礫其樹多楓柟石楠楩櫧樟柚草則蘭芷又有異卉類合歡而蔓生轇轕水石每風自四山而下振動大木掩苒衆草紛紅駭緑蓊葧香氣衝濤旋瀨退貯谿谷搖颺葳蕤與時推移其大都如此余無以窮其狀永之人未嘗遊焉余得之不敢專也出而傳於世其地世主袁氏故以名焉

石渠記

自渴西南行不能百步得石渠民橋其上有泉幽幽然

其鳴乍大乍細渠之廣或咫尺或倍尺其長可十許步其流抵大石伏出其下踰石而往有石泓昌蒲被之青鮮環周又折西行旁陷巖石下北墮小潭潭幁幅減百尺清深多儵魚又北曲行紆餘睨若無窮然卒入於渴其側皆詭石怪木奇卉美箭可列坐而庥焉風搖其顛韵動崖谷視之既靜其聽始遠予從州牧得之攬去翳朽決踈土石既崇而焚既釃而盈惜其未始有傳焉者故累記其所屬遺之其人書之其陽俾後好事者求之

得以易元和七年正月八日蠲渠至大石十月十九日踰石得石泓小潭渠之美於是始窮也

石澗記

石渠之事既窮上由橋西北下土山之陰民又橋焉其水之大倍石渠三之亘古為底達於兩涯若床若堂若陳筵席若限閫奥水平布其上流若織文響若操琴揭跣而往折竹掃陳葉排腐木可羅胡床十八九居之交絡之流觸激之音皆在床下翠羽之木龍鱗之石均蔭

其上古之人其有樂乎此耶後之來者有能追予之踐履耶得意之日與石渠同由渴而來者先石渠後石澗由百家瀨上而來者先石澗後石渠澗之可窮者皆出石城村東南其間可樂者數焉其上深山幽林逾峭險道狹不可窮也

小石城山記

自西山道口徑北踰黃茅嶺而下有二道其一西出尋之無所得其一少北而東不過四十丈土斷而川分有

積石橫當其垠其上為睥睨梁欐之形其旁出堡塢有若門焉窺之正黑投以小石洞然有水聲其響之激越良久乃已環之可上望甚遠無土壤而生嘉樹美箭益奇而堅其疏數偃仰類智者所施設也噫吾疑造物者之有無久矣及是愈以為誠有又怪其不為之於中州而列是夷狄更千百年不得一售其伎是固勞而無用神者儻不宜如是則其果無乎或曰以慰夫賢而辱於此者或曰其氣之靈不為偉人而獨為是物故楚之南

少人而多石是二者余未信之

酈道元水經注史家地理志之流也宗元永州八記雖非一時所成而若斷若續令讀者如陸務觀詩所云山重水複疑無路柳暗花明又一村也絕似水經注文字讀者宜合而觀之

虞集曰公之好奇若貪夫之籠百貨而文亦變幻百出

御選唐宋文醇卷十七

河東柳宗元文七

游黄溪記

北之晉西適豳東極吳南至楚越之交其間名山水而州者以百數永最善環永之治百里北至於浯溪西至於湘之源南至於瀧泉東至於黄溪東屯其間名山水而村者以百數黄溪最善黄溪距州治七十里由東屯

南行六百步至黃神祠祠之上兩山牆立如丹碧之華葉駢植與山升降其缺者為崖峭巖窟水之中皆小石平布黃神之上揭水八十步至初潭最奇麗殆不可狀其略若剖大甕側立千尺溪水即焉黛蓄膏渟来若白虹沉沉無聲有魚數百尾方来會石下南去又行百步至第二潭石皆巍然臨峻流若頦頷齗齶其下大石離列可坐飲食有鳥赤首烏翼大如鵠方東嚮立自是又南數里地皆一狀樹益壯石益瘦水鳴皆鏘然又南一

里至大冥之川山舒水緩有土田始黄神為人時居其地傳者曰黄神王姓莽之世也莽既死神更號黄氏逃來擇其深峭者潛焉始莽嘗曰余黄虞之後也故號其女曰黄皇室主黄與王聲相邇而又有本其所以傳焉者益驗神既居是民咸安焉以為有道死乃俎豆之為立祠後稍徙近乎民今祠在山陰溪水上元和八年五月十六日既歸為記以啟後之好游者

儲欣曰所志不過數里幽麗奇絶政如萬壑千巖應

接不暇

興州江運記

御史大夫嚴公牧於梁五年嗣天子用周漢進律增秩之典以親諸侯謂公有功德理行就加禮部尚書是年四月使中謁者來錫公命賔僚吏屬將校卒士黨老童孺填溢公門舞躍歡呼願建碑紀德垂億萬祀公固不許而相與怨咨遑遑如不飲食於是西鄙之人密以刋山導江之事願刻巖石曰維梁之西其蔽曰某山其守

曰興州興州之西為戎居歲備亭障實以精卒以道之險隘兵困於食守用不固公患之曰吾嘗為興州凡其土人之故吾能知之自長舉北至於青泥山又西控於成州過栗亭川踰寶井堡崖谷峻隘十里百折負重而上若蹈利刃盛秋水潦窮冬雨雪深泥積水相輔為害顛踣騰藉血流棧道糗糧芻藁填谷委山牛馬羣畜相藉物故餫夫畢力守卒延頸嗷嗷之聲其可哀也若是者綿三百里而餘自長舉而西可以導江而下二百里

而至昔之人莫得知也吾受命於君而育斯人其可已乎乃出軍府之幣以備器用即山僦功由是轉巨石仆大木焚以炎火沃以食醯摧其堅剛化為灰燼畚鍤之下易甚朽壞乃闢乃墾乃宣乃理隨山之曲直以休人力順地之高下以殺湍悍厥功既成咸如其素於是決去壅土疏導江濤萬夫呼抃莫不如志雷騰雲奔百里一瞬既會既遠淡為安流烝徒謳歌枕臥而至戍人無虞專力待寇唯我公之功疇可侔也而無以酬德致其

大願又不可得命矧公之始來屬當惡歲府庾甚虛器備甚殫饑饉昏札死徒充路賴公節用愛人克安而生老窮有養幼乳以遂不問不使咸得其志公命鼓鑄庫有利兵公命屯田師有餘糧選徒練旅有衆孔武平刑議獄有衆不黷增石為防膏我稻粱歲無凶災家有積倉傳館是飾旅忘其歸杠梁已成人不履危若是者皆以我隙師士而為之不出四民之力而百役已就且我西鄙之職官故不能具舉惟公和恒直方廉毅信讓敦

尚儒學揖損貴位率忠與仁以厚其誠有可以安利於人者行之堅勇不倦終日其興功濟物宜如此其大也昔之為國者惟水事為重故有障大澤勤其官而受封國者矣西門遺利史起興歎白圭壑鄰孟子不與公能夷險休勞以惠萬民其功烈尤章章焉不可葢也是用假辭謁工勒而存之用永憲於後祀

徐孚遠曰能知地理遠近讀其文可考其績不徒以頌德為工

零陵三亭記

邑之有觀游或者以為非政是大不然夫氣煩則慮亂視壅則志滯君子必有游息之物高明之具使之清寧平夷恒若有餘然後理達而事成零陵縣東有山麓泉出石中沮洳汚塗羣畜食焉牆藩以蔽之為縣者積數十人莫知發視河東薛存義以吏能聞荊楚閒潭部舉之假湘源令會零陵政尨賦擾民訟於牧推能濟弊來莅茲邑遁逃復還愁痛笑歌逋租匿役朞月辦理宿蠹

藏奸披露首服民既卒税相與歡歸道塗迎賀里閭門不施胥吏之席耳不聞鼙鼓之名雞豚糗醑得及宗族州牧尚焉旁邑傚焉然而未嘗以劇自撓山水鳥魚之樂澹然自若也乃發牆藩驅羣畜决疏沮洳搜剔山麓萬石如林積坳為池爰有嘉木美卉垂水藂峰瓏玲蕭條清風自生翠煙自留不植而遂魚樂廣閑鳥慕靜深别孕巢穴沉浮嘯萃不畜而富伐木墜江流於邑門陶土以埴亦在署側人無勞力士得以利乃作三亭陟降

晦明高者冠山顛下者俯清池更衣膳饗列置備具賓以燕好旅以館舍高明游息之道具於是邑由薛為首在昔裨諶謀野而獲宓子彈琴而理亂慮滯志無所容入則夫觀游者果為政之具歟薛之志其果出於是歟及其弊也則以玩替政以荒去理使繼是者咸有薛之志則邑民之福其可既乎余愛其始而欲久其道乃撰其事以書於石薛拜手曰吾志也遂刻之

自天子至於庶人自朝至於日中昃而夕而夜莫不有

職分之當為屢省乃成明而動晦而休無日以息然而學記有之藏焉修焉息焉游焉孔子亦曰游於藝何哉蓋心之神明匪瑩弗靈匪虛弗瑩此靈臺所以歌於詩也古之人既不廢臺囿禽魚之觀以養其目復有琴瑟鐘鼓之考以養其耳凡皆以宣其堙鬱道其和平以淨徹其神明俾通達於致事耳豈從夫嗜欲而弛厥敬執哉古樂淪亡姦聲以慢古之所以養耳者皆所以敗耳故三代而下玩好之具惟聲伎最不可近子產所為頻

手滛聲慆湮心耳乃忘平和君子弗用者也宗元立論謂高明游息之道有裨於政而卒乃戒其玩荒甚得古人之旨矣雖然非所語於至人也至人因物付物任其本分而無毫銖之加則雖日應萬幾泯然不覺事之在已方且無時無處而不得瑩且靈而又奚藉於觀游焉

零陵郡復乳穴記

石鍾乳餌之最良者也楚越之山多産焉於連於韶者獨名於世連之人告盡焉者五載矣以貢則買諸他部

令刺史崔公至逾月穴人來以乳復告邦人悅是祥也雜然謠曰甿之熙熙崔公之來公化所徹土石蒙烈以爲不信起視乳穴穴人笑之曰是惡知所謂祥耶嚮吾以刺史之貪戾嗜利徒吾役而不吾貸也吾是以病而紿焉今吾刺史令明而志潔先賴而後力欺誣屏息信順休洽吾以是誠告焉且夫乳穴必在深山窮林氷雪之所儲豺虎之所廬由而入者觸昏霧扞龍蛇束火以知其物縻繩以志其返其勤若是出又不得吾直吾用

是安得不以盡告令而乃誠吾告故也何祥之為士閭之曰謠者之祥也乃其所謂怪者也笑者之非祥也乃其所謂真祥者也君子之祥也以政不以怪誠乎物而信乎道人樂用命熙熙然以效其有斯其為政也而獨非祥也歟

珠還合浦虎渡九江大率類此耳郡國言祥瑞莫多於漢宣史載張敞論奏黄霸語亦可為隱而顯矣即曰有之君子必以此非祥為祥而不以彼祥為祥也如五星

夌犯可以坐筭而得日當食不食司天者失其筭也熒惑自退豈係一言然而君子於災則不曰非災者何哉人曰災也則皇自敬德皇自敬德奚慮其太過者易曰未順命君子處豐以之曰志不舍命君子處嗇以之命之豐也不以為命在則然而侈然大故曰未順命命之嗇也不以為命在則然而棄其志故曰不舍命是以豐則益小心以昭事嗇則以震動而光明夫如是安得不遇災而懼遇祥而不言也哉

邕州馬退山茅亭記

冬十月作新亭於馬退山之陽因高邱之阻以面勢無榑櫨節梲之華不斵椽不翦茨不列墻以白雲為藩籬碧山為屏風昭其儉也是山崒然起於莽蒼之中馳奔雲矗亘數十百里尾蟠荒陬首注大溪諸山來朝勢若星拱蒼翠詭狀綺綰繡錯蓋天鍾秀於是不限於遐裔也然以壤接荒服俗參夷徼周王之馬跡不至謝公之屐齒不及巖徑蕭條登探者以為嘆歲在辛卯我仲兄

以方牧之命試於是邦夫其德及故信孚信孚故人和人和故政多暇由是嘗徘徊北山以寄勝概廼墍廼塗作我攸宇於是不崇朝而木工告成每風止雨收煙霞澄鮮輙角巾鹿裘率昆弟友生冠者五六人步山極而登焉於是手揮絲桐目送還雲西山爽氣在我襟袖以極萬類攬不盈掌夫美不自美因人而彰蘭亭也不遭右軍則清湍修竹蕪沒於空山矣是亭也僻介閩嶺佳境罕到不書所作使盛跡鬱堙是貽林澗之媿故志之

宗元零陵三亭記謂氣煩則慮亂視壅則志滯君子有游息之物高明之具使之清寧平夷恒若有餘然後理達而事成夫山水之奇觀非可周行天下將皆必有車轍馬跡而得之者也則古人之能述以文者不越几研之間而人自得於湖山千里之外夫亦藏修息游之最善地矣宗元善記故録之多以其可為養心之助云爾夫文之無與於理道而工且妍者猶夫山水花本也若其以玩替政以荒去理則毋曰文也而為君子之所許

焉凡集中所錄此類文具仿此

柳州山水近治可遊者記

古之州治在潯水南山石間今徙在水北直平四十里南北東西皆水滙北有雙山夾道嶄然曰背石山有支川東流入於潯水潯水因北而東盡大壁下其壁曰龍壁其下多秀石可硯南絶水有山無麓廣百尋高五丈下上若一曰甑山山之南皆大山多奇又南且西曰駕鶴山壯聳環立古州治負焉有泉在坎下常盈而不

流南有山正方而崇類屏者曰屏山其西曰四姥山皆獨立不倚北流潯水瀨下又西曰仙奕之山山之西可上其上有穴穴有屏有室有宇其宇下有流石成形如肺肝如茄房或積於下如人如禽如器物甚衆東西九十尺南北少半東登入小穴常有四尺則廓然甚大無竅正黑燭之高僅見其宇皆流石怪狀由屏南室中入小穴倍常而上始黑已而大明為上室由上室而上有穴北出之乃臨大野飛鳥皆視其背其始登者得石秤

於上黑肌而赤脈十有九道可奕故以云其山多樫多櫧多篔簹之竹多櫜吾其鳥多秭歸石魚之山全石無大草木山小而高其形如立魚在多秭歸西有穴類仙奕入其穴東出其西北靈泉在東趾下有麓環之泉大類轂雷鳴西奔二十尺有洄在石澗因伏無所見多緑青之魚及石鯽多儵雷山兩崖皆東西雷水出焉蓄崖中曰雷塘能出雲氣作雷雨變見有光禱用俎魚豆彘脩形糈稌酒陰虔則應在立魚南其間多美山無名而深峩山在野中無麓峩水出焉東流入於潯水

儲欣曰頗似史記天官書然彼猶有架法此只平直序去零零星星有條有理後人杖屨而游不復問塗樵牧斯益奇矣

永州龍興寺東丘記

游之適大率有二曠如也奧如也如斯而已其地之凌阻峭出幽鬱寥廓悠長則於曠宜抵丘垤伏灌莽迫遽迴合則於奥宜因其曠雖增以崇臺延閣迴環日星臨瞰風雨不可病其敞也因其奥雖增以茂樹藂石穹若洞谷蓊若林麓不可病其邃也今所謂東丘者奥之宜者也其始龕之外棄地余得而合焉以屬於堂之北垂

凡坳窪坻岸之狀無廢其故屏以密竹聯以曲梁桂檜松杉楩柟之植幾三百本嘉卉美石又經緯之俛入綠縟幽蔭薈蔚步武錯迕不知所出溫風不爍清氣自至水亭陿室曲有奧趣然而至焉者往往以邃為病噫龍興永之佳寺也登高殿可以望南極闢大門可以瞰湘流若是其曠也而於是小丘又將披而攘之則吾所謂游有二者無乃闕焉而喪其地之宜乎丘之幽幽可以處休丘之窅窅可以觀妙溽暑遁去茲丘之下太和不

遷茲邱之巔與乎茲邱孰從我游余無名公之德懼翦伐之及也故書以祈後君子

儲欣曰曠如奥如至今猶奉爲品題名勝之祖

駮復讐議

臣伏見天后時有同州下邽人徐元慶者父爽爲縣尉趙師韞所殺卒能手刃父讐束身歸罪當時諫臣陳子昂建議誅之而旌其閭且請編之於令永爲國典臣竊獨過之臣聞禮之大本以防亂也若曰無爲賊虐凡爲

子者殺無赦刑之大本亦以防亂也若曰無為賊虐凡為治者殺無赦其本則合其用則異旌與誅莫得而並焉誅其可旌茲謂濫黷刑甚矣旌其可誅茲謂僭壞禮甚矣果以是示於天下傳於後代趨義者不知所向違害者不知所立以是為典可乎蓋聖人之制窮理以定賞罰本情以正褒貶統於一而已矣嚮使刺讞其誠偽考正其曲直原始而求其端則刑禮之用判然離矣何者若元慶之父不陷於公罪師韞之誅獨以其私怨奮

其吏氣虐於非辜州牧不知罪刑官不知閑上下蒙冒籲號不聞而元慶能以戴天為大恥枕戈為得禮處心積慮以衝讐人之胷介然自克即死無憾是守禮而行義也執事者宜有慚色將謝之不暇而又何誅焉其或元慶之父不免於罪師韞之誅不愆於法是非死於吏也是死於法也法其可讐乎讐天子之法而戕奉法之吏是悖驁而凌上也執而誅之所以正邦典而又何旌焉且其議曰人必有子子必有親親親相讐其亂誰救

是惑於禮也甚矣禮之所謂讎者蓋其寃抑沉痛而號無告也非謂抵罪觸法陷於大戮而曰彼殺之我乃殺之不議曲直暴寡脅弱而已其非經背聖不亦甚哉周禮調人掌司萬人之讎凡殺人而義者令勿讎讎之則死有反殺者邦國交讎之又安得親親相讎也春秋公羊傳曰父不受誅子復讎可也父受誅子復讎此推刃之道復讎不除害今若取此以斷兩下相殺則合於禮矣且夫不忘讎孝也不愛死義也元慶能不越於禮服

孝死義是必違禮而闇道者也夫違禮闇道之人豈其以王法為敵讎者哉議者反以為戮黷刑壞禮其不可以為典明矣請下臣議附於令有斷斯獄者不宜以前議從事謹議

韓愈復讐議曰凡有復父讐者事發具其事申尚書省尚書省集議奏聞酌其宜而處之蓋謂不為定律而使朝士引經以斷也宗元之議則謂當讐不當讐自有一定更為明白自明代至今凡父祖被人殺子孫救護登

時殺其人者勿論非登時並予杖其報讐殺官吏如此篇所云者律無明文非無明文也其不當讐歟自以殺本管官律論不待言也其當讐歟則即用此律科斷亦不待言也然則宗元之議今實用之矣

箕子碑

凡大人之道有三一曰正蒙難二曰法授聖三曰化及民殷有仁人曰箕子實具兹道以立於世故孔子述六經之旨尤殷勤焉當紂之時大道悖亂天威之動不能

戒聖人之言無所用進死以併命誠仁矣無益吾祀故不爲委身以存祀誠仁矣與亡吾國故不忍具是二道有行之者矣是用保其明哲與之俯仰晦是謨範辱於囚奴昏而無邪隤而不息故在易曰箕子之明夷正蒙難也及天命既改生人以正乃出大法用爲聖師周人得以序彝倫而立大典故在書曰以箕子歸作洪範法授聖也及封朝鮮推道訓俗惟德無陋惟人無遠用廣殷祀俾夷爲華化及民也率是大道藂於厥躬天地變

化我得其正其大人歟於虖當其周時未至殷祀未殄比干已死微子已去向使紂惡未稔而自斃武庚念亂以圖存國無其人誰與共理是固人事之或然者也然則先生隱忍而為此其有志於斯乎唐某年作廟汲郡歲時致祀嘉先生獨列於易象作是頌云

蒙難以正授聖以謨宗祀用繁夷民其蘇憲憲大人顯晦不渝聖人之仁道合隆汙明拍在躬不陋為奴冲讓居禮不盈稱孤高而無危卑不可踰非死非去有懷故

都時詘而伸卒為世模易象是列文王為徒大明宣昭崇祀式孚古闕頌辭繼在後儒

儲欣謂末段乃書生事後揣測之談當日不顧行遯何暇計及今按易明夷六五曰箕子之明夷利貞孔子曰箕子之貞明不可息也當紂之時孟子謂故家遺俗流風善政猶有存者猶有微子微仲王子比干箕子膠鬲皆賢人也相與輔相之故久而後失之也然則比干死微子微仲膠鬲歸周若無箕子明不即息矣乎宗元末

叚之意實本諸孔子也碩果不食松栢後凋守先王之道以待後之學者識聖賢與天地同心之處覩夫東漢之末賢士大夫淪胥以亡於是郭泰有殄瘁之傷卓擽無顧忌之意宗元之論夫又曷可議哉

柳州文宣王新修廟碑

仲尼之道與王化遠邇惟柳州古為南夷椎髻卉裳攻劫鬬暴雖唐虞之仁不能柔秦漢之勇不能威至於有國始循法度置吏奉貢咸若采衛冠帶憲令進用文事

學者道堯舜孔子如取諸左右執經書引仁義旋辟唯諾中州之士時或病焉然後知唐之德大以遐孔子之道尊而明元和十年八月州之廟屋壞幾毀神位刺史柳宗元始至大懼不任以墜教基丁未奠薦法齊時事禮不克施乃合初亞終獻三官衣布洎於贏財取土木金石徵工僦功完舊益新十月乙丑王宮正室成乃安神棲乃正法庭祇會羣吏卜日之吉虔告於王靈曰昔者夫子嘗欲居九夷其時門人猶有惑聖言今夫子代

千有餘歲具教始行至於是邦人去其陋而本於儒孝父忠君言及禮義又况巍然炳然臨而炙之乎惟夫子以神道設教我今罔敢知欽若兹教以寧其神追思告誨如在於前笱神之在曷敢不虔居而無陋罔貳昔言申陳嚴祀永永是尊麗牲有碑刻在廟門

後孔子之以[illegible]處立議體裁最善韓愈處州[illegible]乾坤之容而摹日月之光安得崑崙為筆大海為墨

御選唐宋文醇卷十七

欽定四庫全書

御選唐宋文醇卷十八

河東柳宗元文八

弔萇叔文

有周之羸兮邦國異圖臣乘君則兮王易為侯威强逆制兮爵命轉幽瘁蠧膠密兮肝膽為尤奸權蒙貨兮忠勇以劉伊時云幸兮大夫之羞嗚呼危哉河渭潰溢兮横軀以抑嵩高圻陊兮舉手排直壓溺之不慮兮堅剛

以為式知死不可撓兮明章人極夫何大夫之炳烈兮王不寤夫讒賊卒施快於剽狡兮但就制乎强國松柏之斬刈兮蓊茸欣植盜驪折足兮罷駑抗臆鷙鳥之髙翔兮蘡狐惴而不食竊畏忌以羣朋兮夫孰病百而伸一挺寡以校衆兮古聖人之所難刜援羸以威懐兮玆固蹈危而違安殺身之匪予戚兮閔宗周之不完豈成城以夸功兮哀清廟之將殘嫉彪子之肆誕兮彌皇覽以為謾姑舍道以從世兮焉用夫考古而登賢指白日

以致憤兮卒顇幽而不列版上帝以飛精兮黮寥廓而殄絶揭憑雲以羾愬兮終冥冥以欝結欲登山以號辭兮愈洋洋以超忽心沍涸其不化兮形凝冰而自慄圖始而慮末兮非大夫之操陷瑕委厄兮固衰世之道知不可而愈進兮誓不偷以自好陳誠以定命兮侔貞臣以與為友比干之以仁義類兮緬遼絶以不羣伯夷殉潔以莫怨兮孰克軌其遺塵苟端誠之内虧兮雖耆老其誰珍古固有一死兮賢者樂得其所大夫死忠兮君

予所與嗚呼哀哉敬弔忠甫

三綱湮九法斁則乾坤或幾於息矣其所由來者微在論利害而不論是非耳夫敬王周天子也遭王子朝之亂出居成周諸侯戍之月役煩勞萇叔乃請城之此如子弟之衞父兄手足之捍頭目且無所為是而又安得有非乃衞彪傒適周見單穆公謂萇叔必不得其死天之所支不可壞也其壞亦不可支也周既為天所壞而萇叔猶欲支之當必為戮適晉范吉射中行寅叛責周

為之援周乃殺萇叔千載而下惑於彪傒之誕論羣謂萇叔支天之所壞而受天罰焉豈非所謂論利害而不論是非者乎孔子萬世師也其言必可信也千古是非宜所折衷也公山弗擾以費叛召子欲往而曰如有用我者我其為東周乎可知孔子未嘗一日忘周雖叛其大夫之陪臣至賤至鄙而如欲用之即思因之以興周室矣孔子既然可無疑於萇叔之事矣萇叔身為周之大夫合諸侯城成周以衛蒙塵之天子此豈天之所惡

耶蒼蒼者豈猶有我見存焉而惡人支其所欲壞也乃當時議之後世疑之亦可為三綱淪而九法斁已宗元之謫因欲收宦官兵柄以崇唐室而為一時之所詬訾故興慨於萇叔之死而為文弔之殆自弔也

弔屈原文

後先生蓋千祀兮余再逐而浮湘求先生之汨羅兮擥蘅若以薦芳願荒忽之顧懷兮冀陳辭而有光先生之不從世兮惟道是就支離搶攘兮遭世孔疚華蟲薦壤

兮進御羔褏牝雞咿嚘兮孤雄束咮哇咬環觀兮蒙耳大呂堇喙以為羞兮焚棄稷黍犴獄之不知避兮宮庭之不處陷塗藉穢兮榮若繡黼榱折火烈兮娛娛笑舞讒巧之曉曉兮惑以為咸池便媚鞠恧兮美愈西施謂謨言之怪誕兮反寘瑱而遠違匿重痼以諱避兮進俞緩之不可為何先生之凜凜兮厲鍼石而從之但仲尼之去魯兮曰吾行之遲遲柳下惠之直道兮又焉往而不可施今夫世之議夫子兮曰胡隱忍而懷斯惟達人之

卓軌兮固僻陋之所疑委故都以從利兮吾知先生之不忍立而視其覆墜兮又非先生之所志窮與達固不渝兮夫惟服道以守義矧先生之悃愊兮洎大故而不貳沉璜瘞佩兮孰幽而不光荃蕙蔽匿兮胡久而不芳先生之貌不可得兮猶髣髴其文章託遺編而歎喟兮渙余涕之盈眶呵星辰而驅詭怪兮夫孰救於崩亡何揮霍夫雷電兮苟為是之荒茫耀姱辭之曭朗兮世果以是之為狂哀余衷之坎坎兮獨蘊憤而增傷諒先生

之不言兮後之人又何望忠誠之既内激兮抑銜忍而不長羋為屈之幾何兮胡獨焚其中腸吾京今之為仕兮庸有慮時之否臧食君之禄畏不厚兮悼得位之不昌退自服以默默兮曰吾言之不行既媮風之不可去兮懷先生之可忘

賈誼曰般紛紛其離此郵兮亦夫子之故也歷九州而相其君兮何必懷此都也鳳凰翔於千仞兮覽德輝而下之見細德之險徵兮遥增擊而去之彼尋常之汚瀆

兮豈容吞舟之魚橫江湖之鱣鯨固將制乎螻蟻蓋深歎屈原之不去楚卒以自戕如云龔生竟夭天年非吾徒之謂也至柳宗元乃曰委故都以從利兮知先生之不忍立而視其覆墜兮又非先生之所志然後貴戚之卿國存與存國亡與亡之義乃著及朱子益闡其幽光而謂九歌等皆托神以為君言為人間隔不可企及如已不得親近於君之意未嘗怨懟而屈子之微言大義熛炳天壤死而不亡其道大光矣

祭井文

致祭於水土之神惟神蓄是元德演為人用不竆之養功齊乳潼惟古有制八家所共是邦闕焉官守斯恐蘊利茲久閟靈則深爰告有神惟惻我心卜茲利兆於彼城隂神斯有仁是鑿是臨惟昔善崩今則堅好惟昔遄石今則順道終古所無聿從心禱非神是與人力焉保發自玄窦成於富媪克長厥靈不愛其寶敬修報禮式薦蘋藻

按宋子云柳子厚文有所做者極精如自解諸書並是倣子長報任安書今觀此文亦絶似兩漢人語也

又祭崔簡文神柩歸上都文

嘻乎崔公之柩嘻乎崔公楚之南其土不可以室或坋而頽或确而崒陰流洩漏瀸没滲溢碩鼠大蟻傍穿側出虧疎脆薄久乃自窒不如君之鄉式堅且宻嘻乎崔公楚之南其鬼不可與友躁戾佻險睒神欻苟脞戚踖曶輕罵妄走不思已類好是羣醜不如君之鄉式和且

偶日月甚良子姓甚勤具是舟轝寧君之神去爾夷方返爾故鄉奕奕其歸宜樂且欣君死而還我生而留遠矣殊世曷從之遊醉觴於座與涕俱流

此亦倣楚辭招魂末云死還生留樂死而哀生宛如巴東三峽巫峽長猿啼三聲淚沾裳也

唐故給事中皇太子侍讀陸文通先生墓表

孔子作春秋千五百年以名為傳者五家今用其三焉秉觚牘焦思慮以為論注疏說者百千人矣攻訐狠怒

以辭氣相擊排冒沒者其為書處則充棟宇出則汗牛馬或合而隱或乖而顯後之學者窮老盡氣左視右顧莫得其本則專其所學以訾其所異黨枯竹護朽骨以至於父子傷夷君臣詆悖者前世多有之甚矣聖人之難知也有吳郡人陸先生質與其師友天水啖助洎趙匡能知聖人之旨故春秋之言及是而光明使庸人小童皆可積學以入聖人之道傳聖人之教是其德豈不侈大矣哉先生字某既讀書得制作之本而獲其師友

於是合古今散同異聯之以言累之以文蓋講道者二十年書而志之者又十餘年其事大備為春秋集注十篇辯疑七篇微指二篇明章大中發露公器其道以生人為主以堯舜為的苞羅旁魄膠轕下上而不出於正其法以文武為首以周公為翼揖讓升降好惡喜怒而不過乎物既以成授世之聰明之士使陳而明之故其書出焉而先生為巨儒用是為天子爭臣尚書郎國子博士給事中皇太子侍讀皆得其道刺二州守人知仁

永貞年侍東宮言其所學為古君臣圖以獻而道達乎
上是歲嗣天子踐祚而理尊優師儒先生以疾聞臨問
加禮某月日終於京師某月日葬於某郡某里嗚呼先生道之存也以書不及施於政道之行也以言不及覩其理門人世儒是以增慟將葬以先生為能文聖人之書通於後世遂相與謚曰文通先生後若干祀有學其書者過其墓哀其道之所由乃作石以表碣

漢唐經師之所蔽情狀備於此文質之著作名在經籍

志而今能述之者尠矣司馬遷不云乎後之人欲砥行立名者非附青雲之士曷能施於後世蓋謂青雲所在其下有賢聖也今質為韋執誼王叔文所臂使亦異乎附青雲者矣其説曷能久而不廢哉

唐書本傳陸質字伯冲世居吴明春秋師事趙匡匡師啖助質盡傳二家學歴信台二州刺史素善韋執誼方執誼附叔文竊威柄用其力召為給事中憲宗為太子詔侍讀時執誼懼太子怒已專故以質侍東

宫陰伺意解釋左右之質伺閒有所言太子輒怒曰

陛下命先生為寡人講學何可及他質惶懼出

故秘書郎姜君墓誌

秘書郎姜嶲字某開元皇帝外孫也始楚國公皎與上游㽔貴幸子慶初得尚某公主生嶲嶲生三日上曰他物無以餉吾孫即勅有司以第六品告與緋衣銀魚得通籍出入凡名是官七十某年終不徙然其閒在蜀漢荆楚以大諸侯命守州邑輒以勞稱時缺則復命好游

嗜音以生貴富畜妓能傳宮中聲賢豪大夫多與連歡後加老風病手足奇右可用不能就官士有載酒來則出妓摶髀笑戲觀者尚識承平王孫故態元和十四年月日終桂州都督御史中丞裴公曰噫帝戚也葬不可以廉為具物祭以豚酒月日葬州東南一里子杲年若干母曰雷姬銘曰

始賤終貴於世為遂幼榮老窮在物為凶均之得喪誰缺誰豐若君者銀朱於始生鐘鼎以及壯不矍矍於進

取不施施於驕伉左絃右壺樂以自放雖老而容死未嘗戚乎已與夫拳拳恐悖蒙謟負義得之拘拘榮不益愧以終其身而不能止者不猶優乎

銘勒金石質之乾坤夫安可以不直若如白居易所云銘功皆太公頌德悉仲尼則繆戾曷極例其浮詞將益揜其實善非所以為其人榮也沿而習之千百人皆浮詞則一二人實善亦復並揜則文之為用或幾於息也韓愈以碑板擅當時而劉乂尚攫其金曰此諛墓所得

不如與劉生為壽他可知矣如宗元此文庶幾古之遺直

故襄陽丞趙君墓誌

貞元十八年月日天水趙公矜年四十二客死於柳州官為斂葬於城北之野元和十三年孤來章始壯自襄州徒行求其葬不得徵書而名其人皆死無能知者來章日哭於野凡十九日唯人事之窮則庶於卜筮五月甲辰卜秦誗兆之曰金墨其墨而火以貴其墓值丑在

道之右南有貴神冢土是守乙巳於野宜遇西人深目而鬍其得寶因七日發之乃覿其神明日求諸野有叟荷杖而東者問之曰是故趙丞兒耶吾為曹信是邇吾墓噫今刖夷矣直社之北二百舉武吾為子葩焉辛亥啟土有木焉發之緋衣緅衾凡自家之物皆在州之人皆為出涕誠來章之孝神付是叟以與龜偶不然其協焉如此哉六月某日就道月日葬於汝州龍城縣期城之原夫人河南源氏先沒而祔之矜之父曰漸南鄭尉

祖曰倩之鄆州司馬曾祖曰弘安金紫光禄大夫國子祭酒始矜由明經為舞陽主簿蔡帥反犯難來歸擢授襄城主簿賜緋魚袋後為襄陽丞其墓自曾祖以下皆族以位時宗元刺柳用相其事哀而旌之以銘銘曰

詡也挈之信也蘉之有來其紱神具列之懇懇來章神實恫汝錫之老叟告以兆語靈其鼓舞從而父祖孝斯有終宜福是與百越蓁蓁羈鬼相望有子而孝獨歸故鄉涕盈其銘旌爾勿忘

宇宙古今忠孝大節乃天地之正氣人心之正理貫乎太虛參萬歲而成一純若夫行事之顛末則俯仰之間迹已陳矣漸陳漸湮漸湮漸滅良可悲夫其能使萬里千歲几席之内濯濯如生永永不渝謦欬宛然丹赤如告人人見之而天性感動至情奮發欣快起舞悲憤流涕忽不自知其嗜欲之漸湛而慨然以聖賢為立可學而至者非天下之至文其孰能與於此文不綦重矣哉此左史之敘事所以獨重於千古也柳州斯文規撫邱

明甚似而幾矣

覃季子墓銘

覃季子其人生愛書貧甚尤介特不苟受施讀經傳言其說數家推太史公班固書下到今橫竪鉤貫又且數十家通為書號覃子史纂又取鬻老管莊子思晏孟下到今其術自儒墨名法至於狗彘草木凡有益於世者為子纂又百有若干家篤於聞不以仕為事黙陟使取其書以名氏聞除太子校書某年月日死永州祁陽縣

某鄉將死歎曰寧有聞而窮乎將無聞而豐乎寧介而躓乎將溷而遂乎葬其鄉後若干年柳先生來永州感其文不大於世求其墓以石銘銘曰

困其獨豐其辱

貌狷介多聞之士神氣如生

段太尉逸事狀

太尉始為涇州刺史時汾陽王以副元帥居蒲王子晞為尚書領行營節度使寓軍邠州縱士卒無賴邠人偷

嗜暴惡者卒以貲竄名軍伍中則肆志吏不得問日羣行丐取於市不嗛輒奮擊折人手足椎釜鬲甕盎盈道上把臂徐去至撞殺孕婦人邠寧節度使白孝德以王故戚不敢言太尉自州以狀白府願計事至則曰天子以生人分公理公見人被暴害因恬然且大亂若何孝德曰願奉教太尉曰某為涇州甚適少事今不忍人無寇暴死以亂天子邊事公誠以都虞候命某者能為公已亂使公之人不得害孝德曰幸甚如太尉請既署一

月晞軍士十七人入市取酒又以刃刺酒翁壞釀器酒留溝中太尉列卒取十七人皆斷頭注槊上植市門外晞一營大譟盡甲孝德震恐召太尉曰將奈何太尉曰無傷也請辭於軍孝德使數十人從太尉太尉盡辭去解佩刀選老躄者一人持馬至晞門下甲者出太尉笑且入曰殺一老卒何甲也吾戴吾頭來矣甲者愕因諭曰尚書固負若屬耶副元帥固負若屬耶奈何欲以亂敗郭氏為白尚書出聽我言晞出見太尉太尉曰副元

帥勲塞天地當務始終今尚書恣卒為暴暴且亂亂天子邊欲誰歸罪罪且及副元帥今邠人惡子弟以貨竄名軍籍中殺害人如是不止幾日不大亂大亂由尚書出人皆曰尚書倚副元帥不戢士然則郭氏功名其與存者幾何言未畢晞再拜曰公幸教晞以道恩甚大願奉軍以從顧叱左右曰皆解甲散還火伍中敢譁者死太尉曰吾未晡食請假設草具既食曰吾疾作願留宿門下命持馬者去旦日來還卧軍中晞不解衣戒候卒

擊析衛太尉旦俱至孝德所謝不能請改過由是邠州
無禍先是太尉在涇州為營田官涇大將焦令諶取人
田自占數十頃給與農曰且熟歸我半是歲大旱野無
草農以告諶諶曰我知入數而已不知旱也督責益急
且饑死無以償即告太尉太尉判狀辭甚巽使人求諭
諶諶盛怒召農者曰我畏段某耶何敢言我取判鋪背
上以大杖擊二十垂死輿來庭中太尉大泣曰乃我困
汝即自取水洗去血裂裳衣瘡手注善藥旦夕自哺農

者然後食取騎馬賣市穀代價使勿知淮西寓軍帥尹少榮剛直士也入見諶大罵曰汝誠人耶涇州野如赭人且饑死而必得穀又用大杖擊無罪者段公仁信大人也而汝不知敬今段公唯一馬賤賣市穀入汝汝又取不恥凡為人傲天災犯大人擊無罪者又取仁者穀使主人出無馬汝將何以視天地尚不愧奴隸耶諶雖暴抗然聞言則大愧流汗不能食曰吾終不可以見段公一夕自恨死及太尉自涇州以司農徵戒其族過岐

朱泚幸致貨幣慎勿納及過泚固致大綾三百疋太尉壻韋晤堅拒不得命至都太尉怒曰果不用吾言晤謝曰處賤無以拒也太尉曰然終不以在吾第以如司農治事堂棲之梁木上泚反太尉終吏以告泚泚取視其故封識具存

元和九年月日永州司馬員外置同正員柳宗元謹上史館今之稱太尉大節者出入以為武人一時奮不慮死以取名天下不知太尉之所立如是宗元嘗出入岐

周邠斄間過真定北上馬嶺歷亭鄣堡戍竊好問老校退卒能言其事太尉為人姁姁常低首拱手行步言氣卑弱未嘗以色待物人視之儒者也遇不可必達其志決非偶然者會州刺史崔公來言信行直備得太尉遺事覆校無疑或恐尚逸墜未集太史氏敢以狀私於執事謹狀

張英曰叙太尉三事皆剛正慈仁詩所謂不畏彊禦不侮鰥寡者歟筆勢復陡健雄邁曲盡情事

國子司業陽城遺愛碣

四年五月皇帝以銀印赤綬即隱所起陽公為諫議大夫後七年廷諍懇至累日不解帝尤嘉異還為國子司業旌直優賢道光師儒又四年九月己巳出拜道州刺史太學生魯郡李儻廬江何蕃等百六十人投業奔走稽首闕下叫閽籲天願乞復舊朝廷重更其事如己巳詣翌日會徒北嚮如初行至延喜門公使追奪其章遮道願罷遂不果獻生徒嗷嗷顧盼徘徊昔公之來仁風

扇揚暴慠革面柔輭有立聽聞嘉言樂甚鐘鼓瞻仰德宇高踰嵩岱及公當職施政示人準程良士勇善偽夫去飾惰者益勤誕者益恭沉酗腆酒斥逐郊遂違親三歲罷退鄉黨今未及下乞歸就養者二十餘人禮順克彰孝悌以興則又講貫經籍俾達奧義簡習孝秀俾極儒業冠屨裳衣由公而嚴進退揖讓由公而儀公征甚遐吾黨誰師遂相與洛度署吏布告諸儒願立貞珉侔高狀明乃訪於學古之士紀公名字垂憲於後公名城

字元宗家於北平隱於條山惟公端粹沖和高嶷懿醇道德仁明孝愛友悌薰襲里閈布聞天下守節貞固患難不能遷其心怡性坦厚榮位不足動其神為司諫議震於周行為司業愛加於生徒宜乎立石俾後是憲其辭曰

惟茲陽公履道葆醇爰初隱聲覆簣基仁德充而形乃作諫臣抗志勵義直道是陳帝求師儒貳我成均開朗蒙滯宣明德教太和潛布元機密照羣生聞禮後學知孝進退作則動言是傚匪公之執人用奚蹈寵厲

貪淩待公順之欺偽譎詐待公信之少年申申咸適其宜榎楚廢弛尊嚴而威公褒其良俾升於堂癯者既肥榮如衮衣公棄不用懲咎内訟既訟於内猶公之誨匪仁孰親匪德孰尊今公于征孰表儒門生徒上言稽首帝閽謂天蓋高曽莫我聞青衿涕濡填街盈衢遠送於南望慕踟躕立石書德用揚懿則嗚呼斯文遺愛罔極

陽城獨行君子絶似東漢人宗元作遺愛碣亦力倣東漢金石文字

唐故御史周君碣

有唐貞臣汝南周氏諱某字某以諫死葬於某貞元十二年柳宗元立碣於其墓左在天寶年有以諂諛至相位賢臣放退公為御史抗言以白其事得死於墀下史臣書之公之死而佞者始畏公議於虖古之不得其死者衆矣若公之死志匡王國氣震姦佞動獲其所斯益得其死者歟公之德之才洽於傳聞卒以不試而獨申其節猶能奮百代之上以為世軌第令生於定哀之間

則孔子不曰未見剛者出於秦楚之後則漢祖不曰安得猛士而存不及興王之用沒不遭聖人之歎誠立志者之所悼也故為之銘銘曰

忠為美道是履諫而死佞者止史之志石以紀為臣軌兮

玄宗罷裴耀卿張九齡而相李林甫牛仙客安危之機定於此矣子諒志存忠愛奮不顧身慷慨陳詞受杖而死可謂能得死所者也論者或謂徒死無益不若從容以觀其變不知子諒之為此亦何忍逆料其君之必不

聽而姑為是一死以成名哉蓋明皇初政非甚昏暗苟倖邀宗社之福因諍臣一言大悔於厥心則轉敗為功固忠臣義士所禱祀而求者矣不謂奸邪之錮蔽已深彼蒼之降禍已亟事之不成命也然子諒之死實不為無益大凡權奸之亂政其初未嘗不畏公議故必於臺諫之地廣布私人而後可以得志即觀林甫立仗馬之言固欲以威力脅服廷臣而其中亦有不自安之意焉然則子諒此舉雖無救於敗亦足以伸志士之氣而褫

佞臣之魄矣勒石青史題曰貞臣百世而下猶可想其風節洵豪杰之士哉

乞巧文

柳子夜歸自外庭有設祠者餐餌馨香蔬果交羅插竹垂綏剖瓜犬牙且拜且祈怪而問焉女隸進曰今茲秋孟七夕天女之孫將嬪於河鼓邀而祠者幸而與之巧驅去蹇拙手目開利組紝縫製將無滯於心焉為是禱也柳子曰苟然歟吾亦有所大拙倘可因是以求去之

乃纓弁束袵促武縮氣旁趨曲折傴僂將事再拜稽首稱臣而進曰下土之臣竊聞天孫專巧於天轇輵璇璣經緯星辰能成文章黼黻帝躬以臨下民欽聖靈仰光耀之日久矣今聞天孫不樂其獨得貞卜於元龜將蹈石梁欵天津儷於神夫於漢之濆兩旗開張中星耀芒靈氣翕欻茲辰之良幸而弭節薄游民間臨臣之庭曲聽臣言臣有大拙智所不化醫所不攻威不能遷寬不能容乾坤之量包含海岳臣身甚微無所投足蟻適於

蜓蝸休於蔱龜鼉螺蜂皆有所伏臣物之靈進退惟辱
仿佯為狂局束為諂吁吁為詐坦坦為忝他人有身動
必得宜周旋獲笑顛倒逢嘻己所尊昵人或怒之變情
徇勢射利抵巇中心甚憎為彼所奇忽仇佯喜悅譽還
隨胡執臣心常使不移反人是已曾不懼疑貶名絶命
不負所知抃嘲似傲貴者啟齒臣旁震驚彼且不恥叩
稽匍匐言語譎詭令臣縮恧彼則大喜臣若效之瞋怒
叢已彼誠大巧臣拙無比王侯之門狂吠狴犴臣到百

步喉喘顛汗雎盱逆走魄遁神叛欣欣巧夫徐入縱誕
毛羣掉尾百怒一散世途昏險擬步如漆左低右昂鬬
冒衝突鬼神恐悖聖智危慄泯焉直透所至如一是獨
何工縱横不恤非天所假彼智焉出獨嚮於臣恒使玷
黜沓沓騫騫恣口所言迎知喜惡默測憎憐揺脣一發
徑中心原膠加鉗夾誓死無遷探心扼膽踊躍拘牽彼
雖佯退胡可得旃獨結臣舌喑抑銜冤擘眥流血一辭
莫宣胡為賦授有此奇偏眩耀為文瑣碎排偶抽黄對

白啽哢飛走駢四儷六錦心繡口宮沉羽振笙簧觸手
觀者舞悅誇談雷吼獨溺臣心使甘老醜囂昏莽鹵樸
鈍枯朽不期一時以俟悠久旁羅萬金不鬻敝帚跪呈
豪傑投棄不有眉矉頞蹙喙唾胷毆大赧而歸填恨低
首天孫司巧而窮臣若是卒不余畀獨何酷歟敢願聖
靈悔禍矜臣獨艱付與姿媚易臣頑顏鑿臣方心規以
大圓拔去吶舌納以工言文詞婉軟步武輕便齒牙饒
美眉睫增妍突梯卷臠為世所賢公侯卿士五步十連

彼獨何人長享終天言訖又再拜稽首俯伏以俟至夜半不得命疲極而睡見有青褏朱裳手持絳節而來告曰天孫告汝汝詞良苦凡汝之言吾所極知汝擇而行嫉彼不為汝之所欲汝自可期胡不為之而誑我為汝唯知恥諂貌淫辭寧辱不貴自適其宜中心已定胡妄而祈堅汝之心密汝所持得之為大失不汙卑凡吾所有不敢汝施致命而昇汝慎勿疑嗚呼天之所命不可中草泣拜欣受初悲後懌抱拙終身以死誰惕

人病宗元以巧進被謫而作乞巧文自謂抱拙終身考
諸史傳其為人蓋喜立事急功名以至於敗非為機變
之巧者也如為陽城作遺愛碣及與太學諸生書此豈
巧人所肯為耶乞巧送窮同是子雲解嘲之流文亦光
怪陸離如七襄錦矣

御選唐宋文醇卷十八

欽定四庫全書

御選唐宋文醇卷十九

隴西李翺文一

幽懷賦

朋友有相歎者賦幽懷以答之其辭曰

衆囂囂而雜處兮咸嗟老而羞卑視予心之不然兮慮行道之猶非儻中懷之自得兮終老死其何悲昔孔門之多賢兮惟回也為庶幾超羣情以獨去兮指聖域而

高追固簞食與瓢飲兮寧服輕而駕肥望若人其何如
兮慭吾德之纖微躬不田而飽食兮妻不織而豐衣援
聖賢而比度兮何僥倖之能希念所懷之未展兮非悼
已而陳私自祿山之始兵兮歲周甲而未夷何神堯之
郡縣兮乃家傳而自持稅生人而育卒兮列高城以相
維何兹世之可久兮宜永念而遐思有三苗之逆命兮
舞干羽以來之惟刑德之既修兮無遠邇而咸歸當高
祖之初起兮提一旅之羸師能順天而用衆兮竟掃寇

而戢隋況天子之神明兮有烈祖之前規剗獘政而還本兮如反掌之易為苟廟堂之治得兮何下邑之能違哀予生之賤遠兮包深懷而告誰嗟此誠之不達兮惜此道而無遺獨中夜以潛歎兮匪吾憂之所宜

歐陽修曰予始讀翺復性書三篇曰此中庸之義疏爾智者識其性當復中庸愚者雖讀此不曉也不作可焉又讀與韓侍郎薦賢書以謂翺特窮時憤世無薦已者故丁寧如此使其得志亦未必然以翺為秦

漢閒好俠行義之一豪儁亦善論人者也最後讀幽懷賦然後置書而歎歎已復讀不自休恨翺不生於今而得與之交又恨予不得生翺時與翺上下其論也況迺翺一時人有道而能文者莫若韓愈愈嘗有賦矣不過羨二鳥之光榮歎一飽之無時爾推是心使光榮而飽則不復云矣若翺獨不然其賦曰衆囂囂而雜處兮咸歎老而嗟卑視予心之不然兮慮行道之猶非又怪神堯以一旅取天下後世子孫不能

以天下取河北以為憂嗚呼使當時君子皆易其歎老嗟卑之心為翺所憂之心則唐之天下豈有亂與亡哉然翺幸不生今時見今之事則其憂又甚矣奈何今之人不憂也余行天下見人多矣脫有一人能如翺憂者又皆疏遠與翺無異其餘光榮而飽者一聞憂世之言不以為狂人則以為病癡子不怒則笑之矣嗚呼在位而不肯自憂又禁他人使皆不得憂可歎也夫

復性書上

人之所以為聖人者性也人之所以惑其性者情也喜怒哀懼愛惡欲七者皆情之所為也情既昏性斯匿矣非性之過也七者循環而交來故性不能充也水之渾也其流不清火之煙也其光不明非水火清明之過沙不渾流斯清矣煙不鬱光斯明矣情不作性斯充矣性與情不相先也雖然無性則情無所生矣是情由性而生情不自情因性而情性不自性由情以明性者天之

命也聖人得之而不惑者也情者性之動也百姓溺之而不能知其本者也聖人者豈其無情邪聖人者寂然不動不往而到不言而神不耀而光制作參乎天地變化合乎陰陽雖有情也未嘗有情也然則百姓者豈其無性者邪百姓之性與聖人之性弗差也雖然情之所昏交相攻伐未始有窮故雖終身而不自覩其性焉火之潛於山石林木之中非不火也江河淮濟之未流而潛於山非不泉也石不敲木不磨則不能燒其山林而

燥萬物泉之源弗疏則不能為江為河為淮為濟東滙大壑浩浩蕩蕩為弗測之深情之動弗息則不能復其性而燭天地為不極之明故聖人者人之先覺者也覺則明否則惑惑則昏明與昏謂之不同明與昏性本無有則同與不同二者離矣夫明者所以對昏昏既滅則明亦不立矣是故誠者聖人性之也寂然不動廣大清明照乎天地感而遂通天下之故行止語默無不處於極也復其性者賢人循之而不已者也不已則能歸其

源矣易曰夫聖人者與天地合其德日月合其明四時合其序鬼神合其吉凶先天而天不違後天而奉天時天且弗違而況於人乎況於鬼神乎此非自外得者也能盡其性而已矣子思曰唯天下至誠為能盡其性能盡其性則能盡人之性能盡人之性則能盡物之性能盡物之性則可以贊天地之化育可以贊天地之化育則可以與天地參矣其次致曲曲能有誠誠則形形則著著則明明則動動則變變則化唯天下至誠為能化

聖人知人之性皆善可以循之不息而至於聖也故制禮以節之作樂以和之安於和樂樂之本也動而中禮禮之本也故在車則聞鸞和之聲行步則聞珮玉之音無故不廢琴瑟視聽言行循禮而動所以教人忘嗜欲而歸性命之道也道者至誠也誠而不息則虛虛而不息則明明而不息則照天地而無遺非他也此盡性命之道也哀哉人皆可以及乎此莫之止而不為也不亦惑邪昔者聖人以之傳於顏子顏子得之拳拳不失不

遠而復其心三月不違仁子曰回也其庶乎屢空其所以未到於聖人者一息耳非力不能也短命而死故也其餘升堂者葢皆傳也一氣之所養一雨之所膏而得之者各有淺深不必均也子路之死也石乞盂黶以戈擊之斷纓子路曰君子死冠不免結纓而死由也非好勇而無懼也其心寂然不動故也曾子之死也曰吾何求焉吾得正而斃焉斯已矣此正性命之言也子思仲尼之孫得其祖之道述中庸四十七篇以傳於孟軻軻

曰我四十不動心軻之門人達者公孫丑萬章之徒葢傳之矣遭秦滅書中庸之不焚者一篇存焉於是此道廢缺其教授者唯節文章句威儀擊劔之術相師焉性命之源則吾弗能知其所傳矣道之極於剝也必復吾豈復之時耶吾自六歲讀書但為詞句之學志於道者四年矣與人言之未嘗有是我者也南觀濤江入於越而吳郡陸傪存焉與之言之陸傪曰子之言尼父之心也東方如有聖人焉不出乎此也南方如有聖人焉亦

不出乎此也惟子行之不息而已矣嗚呼性命之書雖存學者莫能明是故皆入於莊列老釋不知者謂夫子之徒不足以窮性命之道信之者皆是也有問於我我以吾之所知而傳焉遂書於書以開誠明之源而决絶廢棄不揚之道幾可以傳於時命曰復性書以理其心以傳乎其人烏戲夫子復生不廢吾言矣

復性書中

或問曰人之昏也久矣將復其性者必有漸也敢問其

方曰弗慮弗思情則不生情既不生乃為正思正思者無慮無思也易曰天下何思何慮又曰閑邪存其誠詩曰思無邪曰已矣乎曰未也此齋戒其心者也猶未離於静焉有静必有動有動必有静動静不息是乃情也易曰吉凶悔吝生於動者也焉能復其性邪曰如之何曰方静之時知心無思者是齋戒也知本無有思動静皆離寂然不動者是至誠也中庸曰誠則明矣易曰天下之動貞夫一者也問曰不慮不思之時物格於外情

應於内如之何而可止也以情止情其可乎曰情者性之邪也知其為邪邪本無有心寂不動邪思自息惟性明照邪何所生如以情止情是乃大情也情互相止其有已乎易曰顔氏之子有不善未嘗不知知之未嘗復行也易曰不遠復無祇悔元吉問曰本無有思動靜皆離然則聲之來也其不聞乎物之形也其不見乎曰不覩不聞是非人也視聽昭昭而不起於見聞者斯可矣無不知也無弗為也其心寂然光照天地是誠之明也

大學曰致知在格物易曰易無思也無為也寂然不動感而遂通天下之故非天下之至神其孰能與於此曰敢問致知在格物何謂也曰物者萬物也格者來也至也物至之時其心昭昭然明辨焉而不應於物者是致也是知之至也知至故意誠意誠故心正心正故身修身修而家齊家齊而國理國理而天下平此所以能參天地者也易曰與天地相似故不違知周乎萬物而道濟天下故不過旁行而不流樂天知命故不憂安土

敦乎仁故能愛範圍天地之化而不過曲成萬物而不遺通乎晝夜之道而知故神無方而易無體一陰一陽之謂道此之謂也曰生為我說中庸曰不出乎前矣曰我未明也敢問何謂天命之謂性曰人生而靜天之性也性者天之命也率性之謂道何謂也曰率循也循其源而反其性者道也道也者至誠也至誠者天之道也誠者定也不動也修道之謂教何謂也曰誠之者人之道也誠之者擇善而固執之者也修是道而歸其本者

明也教也者則可以教天下矣顔子其人也道也者不可須臾離也可離非道也説者曰其心不可須臾動焉故也動則逺矣非道也變化無方未始離於不動故也是故君子戒慎乎其所不覩恐懼乎其所不聞莫見乎隱莫顯乎微故君子慎其獨也説者曰不覩之覩見莫大焉不聞之聞聞莫甚焉其心一動是不覩之覩不聞之聞也其復之也逺矣故君子慎其獨慎其獨者守其中也問曰昔之註解中庸者與生之言皆不同何也曰

彼以事解者也我以心通者也曰彼亦通於心乎曰吾不知也曰如生之言修之一日則可以至於聖人乎曰十年擾之一日止之而求至焉是孟子所謂以杯水而救一車薪之火也甚哉止而不息必誠誠而不息必明明與誠終歲不違則能終身矣造次必於是顛沛必於是則可以希於至矣故中庸曰至誠無息不息則久久則徵徵則悠遠悠遠則博厚博厚則高明博厚所以載物也高明所以覆物也悠久所以成物也博厚配地高

明配天悠久無疆如此者不見而章不動而變無為而成天地之道可一言而盡也問曰凡人之性猶聖人之性故曰桀紂之性猶堯舜之性也其所以不覩其性者嗜欲好惡之所昏也非性之罪也曰為不善者非性耶曰非也乃情所為也情有善有不善而性無不善焉孟子曰人無有不善水無有不下夫水搏而躍之可使過顙激而行之可使在山是豈水之性哉其所以導引之者然也人之性皆善其不善亦猶是也問曰堯舜豈不

有情邪曰聖人至誠而已矣堯舜之舉十六相非喜也流共工放驩兜殛鯀竄三苗非怒也中於節而已矣其所以皆中節者設教於天下故也易曰知變化之道者其知神之所為乎中庸曰喜怒哀樂之未發謂之中發而皆中節謂之和中也者天下之大本也和也者天下之達道也致中和天地位焉萬物育焉易曰唯深也故能通天下之志唯幾也故能成天下之務唯神也故不疾而速不行而至聖人之謂也問曰人之性猶聖人之

性嗜欲愛憎之心何因而生也曰情者妄也邪也邪與妄則無所因矣妄情滅息本性清明周流六虚所以謂之能復其性也易曰乾道變化各正性命論語曰朝聞道夕死可矣能正性命故也問曰情之所昏性即滅矣何以謂之猶聖人之性也曰水之性情澈其渾之者沙泥也方其渾也性豈遂無有邪久而不動沙泥自沈清明之性鑒於天地非自外來也故其渾也性本弗失及其復也性亦不生人之性亦猶水也問曰人之性本皆

善而邪情昏焉敢問聖人之性將復為嗜欲所渾乎曰不復渾矣情本邪也妄也邪妄無因人不能復聖人既復其性矣知情之為邪邪既為明所覺矣覺則無邪邪何由生也伊尹曰天之道以先知覺後知先覺覺後覺者也予將以此道覺此民也非予覺之而誰也如將復為嗜欲所渾是尚不自覺者也而況能覺後人乎曰敢問死何所之邪曰聖人之所明書於策者也易曰原始反終故知死生之說精氣為物游魂為變是故知鬼神

聖祖御評
惕厲其詞用以警學

之情狀斯盡之矣子曰未知生焉知死然則原其始而反其終則可以盡其生之道生之道旣盡則死之說不覺而自通矣此非所急也子修之不息其自知之吾不可以章章然言且書矣

復性書下

晝而作夕而休者凡人也作乎非作者也與物皆作休乎非休者也與物皆休吾則不類於凡人晝無所作夕無所休作非吾作也作有物休非吾休也休有物作耶

休耶二者離而不存予之所存者終不亡且離也人之不力於道者昏不思也天地之間萬物生焉人之於萬物一物也其所以異於禽獸蟲魚者豈非道德之性全乎哉受一氣而成其形一為物而一為人得之甚難也生乎世又非深長之年也以非深長之年行甚難得之身而不專專於大道肆其心之所為則其所以自異於禽獸蟲魚者亡幾矣昏而不思其昏也終不明矣吾之生二十有九年矣思十九年時如朝日也思九年時亦

如朝日也人之受命其長者不過七十八十九十年百年者則稀矣當百年之時而視乎九年時也與吾此日之思於前也遠近其能大相懸耶其又能遠於朝日之時耶然則人之生也雖享百年若雷電之驚相激也若風之飄而旋也可知耳矣況千百人而無一及百年者哉故吾之終日志於道德猶懼未及也彼肆其心之所為者獨何人耶

世病李翶復性書雜於佛氏之言朱子門人所記平生

議論黃義剛則曰李翺有本領如復性書有許多思量部浩則曰李翺只是從佛中來滕璘則曰李翺滅情之論乃釋老之言今去朱子千年所傳聞異辭者不可得而折衷也雖然堯舜與人同耳人在則性在性在則李翺所言之是非如取左手以例右手不必復問之人而後知之已李翺之言謂之語焉而不詳可矣謂之擇焉而不精焉乎可人病其言情邪也妄也謂與孟子戾然而與孟子不戾也孟子因人之疑性善惡而舉情之善

者以言李翺則因人之曰失其性而趨於惡故專舉其不善者以言耳性陽也無不善也情陰也率性則善離性則不善四方東南西獸皆一唯北方則龜蛇二故曰北方有兩陰有兩此非人所為也天也情之有善有不善亦天也孟子曰乃若其情則可以為善矣乃所謂善也未嘗曰情無不善也且情之有不善奚待質疑問難而後知之哉李翺舉情不善為言之頃未暇舉及於情之善耳雖然李翺亦未嘗終不之舉也上篇曰無性則

情無所生矣是情由性生情不自情因性而情性不自性由情以明此與程子所云性其情情其性者非一家言哉程子言之則人尊之李翺言之則人忽之然則亦未甞知程子之言也知程子則知李翺矣唯中篇所論格物則循舊解而失其義夫理憑於無事履其有其有者非博學審問愼思明辨而唯以無思無慮之心物來而應之縱在此未甞有私欲之累而舉而措諸天下國家一絲毫之差將致千里之謬況所差者未必果祇一

絲毫也以此為不思而得其烏乎可夫格物之説不明則性終不可得而盡盡性云者豈曰我有性而我盡之哉茍非盡人性盡物性以至盡天地之性則己之性終未盡也是故孔子無我今執此無思無慮之心以為極則而不知下學以盡萬物之變則此無思無慮者即成一無思無慮之我耳我尚未除又何以盡人物之性以及於天地是所謂語焉而不詳者也不寧惟是又復自相矛盾其上篇言情專舉情之不善為言乃偏言之耳

偏言之者辭各有當無非也其中篇已明言情有善不善而性無不善矣乃又曰情者邪也妄也者此則自相矛盾而無怪乎後世之疑惑者也雖然自孟子之後至於唐唯韓愈其言立而云性有三品則已擇焉不精矣豈若翺之所言上承孟子下開程朱哉學者往往飲水而識源何耶

陸歙州述

吳郡陸傪公佐生於世五十有七年明於仁義之道可

以化人倫厚風俗者餘三十年連事觀察使觀察使不能知退居於田者六七年由侍御史入為祠部員外郎二年出刺歙州卒於道貞元十八年四月二十八日也凡人之所不能窮者必推之於天天之注膏雨也人之心以為生旱苗然也雨與苗運相違或雨於海或雨於山旱苗不得仰其澤唯人也亦然天之生俊賢也人之心以為拯顛頽之人然也賢者與顛頽之人時不合或死於野或得其位而道不能行顛頽之人不得被其恵

膏雨之降也適然賢者之生於時也亦然運相合旱苗仰其澤顚頽之人賴其力傅説甘盤尹吉甫管夷吾之類也時弗合膏雨降雖終日賢哲生雖比肩旱苗之不救百姓之弗賴顔子子思孟軻董仲舒之類也故賢哲之生自有時百姓之賴其力天也不賴其力亦天也嗚呼公佐之官雖升於朝雖刺於州其出入始二年道之不行與居於田時弗差也公佐之賢雖曰聞巳其德行未必昭昭然聞於天子公佐是以不得其職出刺一州

又短命道病死天下之未蒙其德固宜矣然則天之生君也授之以救人之道不授之以救人之位如膏雨之或雨於海或雨於山旱苗之不沐其澤者均也故君子不得其位以行其道者命也其亦有不足於心者邪得其道者窮居於野非所謂屈冠冕而相天下非所謂伸其何有不足於心者耶

雨者苗之膏賢者國之實二者相須為用相得益彰也

易云雲行雨施品物流行詩云芃芃黍苗陰雨膏之書

云若歲大旱用汝作霖雨君子在位道濟天下仁施惠洽猶植物之蒙澤而羣慶有秋也若俊民用微雖有盤庚周宣之主而不得賢才以為佐則在屯九五之屯其膏矣若吳人陸歙州者舉而不能蚤用而不能顯懷才莫試寧非人主與宰相之過歟乃李翺一舉而歸諸天實為之之適然立言有體哉且理固如是其高出於柳州天說者萬萬也翺可為知天矣雖然用舍者時也顯晦者遇也士誠抱道自立得志與民由之不得志獨行

其道所謂富貴不能滛貧賤不能移威武不能屈者是也況乎道之所在匹夫為善一鄉化之一國化之孟子云聞伯夷之風者頑夫亷懦夫有立志聞柳下惠之風者薄夫敦鄙夫寛二人者豈必居高位而顯當世哉道在故也故道得則山林有卿相之稱道失則維鵜有在梁之誚

高愍女碑

愍女姓高妹妹名也生七歲當建中二年父彦昭以濮

陽歸天子前此逆賊質妹妹與其母兄而使彦昭守濮陽歸彦昭以城歸妹妹與其母兄皆死其母李氏也將死憐妹妹之幼無辜請獨免其死而以為婢於官皆許之妹妹不欲曰生而受辱不如死母兄且皆不免何獨生為其母與兄將被刑咸拜於四方妹妹獨曰我家為忠宗黨誅夷四方神祇尚何知問其父所在之方西嚮哭再拜遂就死明年太常謚之曰愍當此之時天下之為父母者聞之莫不欲愍女之為其子也天下之為夫

者聞之莫不欲愍女之為其室家也天下之為女與妻者聞之莫不欲愍女之行在其身也昔者曹娥思盱自沈於江獄吏噂囚章女悲號思唁其兄作詩載馳緹縈上書迺除肉刑彼四女者或孝或智或義或仁噫此愍女厥生七年天生其知四女不倫向遂推而布之於天下其誰不從而化焉雖有逆子必改行雖有悍妻必易心賞一女而天下勸亦王化之大端也異哉愍女之行而不家聞户知也貞元十三年翱在汴州彦昭時為潁

聖祖御評摹寫情事有聲有色末作斷語亦自詳慎

州刺史昌黎韓愈始為予言之余既悲而嘉之於是作高愍女碑

楊烈婦傳

建中四年李希烈陷汴州既又將盜陳州分其兵數千人抵項城縣蓋將掠其玉帛俘纍其男女以會於陳州縣令李侃不知所為其妻楊氏曰君縣令寇至當守力不足死焉職也君如逃則誰守侃曰兵與財皆無將若何楊氏曰如不守縣為賊所得矣倉廩皆其積也府庫

皆其財也百姓皆其戰士也國家何有奪賊之財而食其食重賞以令死士其必濟於是召胥吏百姓於庭楊氏言曰縣令誠主也雖然歲滿則罷去非若吏人百姓然吏人百姓邑人也墳墓存焉宜相與致死以守其邑忍失其身而為賊之人邪衆皆泣許之乃徇曰以瓦石中賊者與之千錢以刀矢兵刃之物中賊者與之萬錢得數百人侃率之以乘城楊氏親為之爨以食之無長少必周而均使侃與賊言曰項城父老義不為賊矣皆

悉力守死得吾城不足以威不如亟去徒失利無益也賊皆笑有蜚箭集於侃之手侃傷而歸楊氏責之曰君不在則人誰肯固矣與其死於城上不猶愈於家乎侃遂忍之復登陴項城小邑也無長戟勁弩高城深溝之固賊氣吞馬率其徒將超城而下有以弱弓射賊者中其帥墜馬死其帥希烈之壻也賊失勢遂相與散走項城之人無傷焉刺史上侃之功詔遷絳州太平縣令楊氏至兹猶存婦人女子之德奉父母舅姑盡恭順和於

姊姒於卑幼有慈愛而能不失其貞者則賢矣辨行列明攻守勇烈之道此公卿大臣之所難厥自兵興朝廷寵旌守禦之臣憑堅城深池之險儲蓄山積貨財自若冠胄服甲負弓矢而馳者不知幾人其勇不能戰其智不能守其忠不能死棄其城而走者有矣彼何人哉楊氏者婦人也孔子曰仁者必有勇楊氏當之矣

贊曰凡人之情皆謂後來者不及於古之人賢者古亦稀獨後代耶及其有之與古人不殊也若高愍女楊烈

婦者雖古列女其何加焉子懼其行事湮滅而不傳故皆叙之將告於史官

皇甫湜書云[illegible]竊不自度無位於朝幸有餘暇[illegible]紀一代功臣賢士灼然可傳於[illegible]不敢為讓故欲筆削國史成不刊[illegible]天下公是公非為本羣黨之[illegible]羣黨之所為非者僕未必以為非使僕書而傳則富貴而功德不著者未必聲名於

後貧賤而道德全者未必不烜赫於無窮韓退之所謂[illegible]幽光是翱心也僕文采雖不[illegible]足下視僕叙高愍女楊烈婦[illegible]下耶翱之自言如此今讀之[illegible]覺令人不知涕之無從者翱[illegible]天下為父母者聞之莫不欲[illegible]欲愍女之為其室家也為君者讀翱斯文寧不欲如翱者之為其史臣哉

御選唐宋文醇卷十九

總校官編修臣朱　鈴

校對官編修臣李　鎔

謄錄監生臣左德濬

御選唐宋文醇

（三）

〔清〕清高宗弘曆　選

〔清〕允祿　等　編

北方聯合出版傳媒（集團）股份有限公司
萬卷出版有限責任公司

詳校官中書臣劉源溥

御選唐宋文醇卷二十

隴西李翺文二

答獨孤舍人書

足下書中有無見怨懟以至疎索之說葢是戲言然亦似未相悉也薦賢進能自是足下公事如不為之亦自是足下所闕在僕何苦乃至怨懟僕常怪董生大賢而著仕不遇賦惜其自待不厚凡人之蓄道德才智於身

以待時用蓋將以代天理物非為衣服飲食之鮮肥而為也董生道德備具武帝不用為相故漢德不如三代而生人受其顦顇於董生何若而為仕而遇之詞乎僕意緒閒自待甚厚此身窮達豈關僕之貴賤耶雖終身如此固無恨也況年猶未甚老哉去年足下有相引薦意當時恐有所累猶奉止不為何遽不相悉所以不數附書者一二年來往還多得官在京師既不能周徧又且無事性頗慵懶使一切盡斷祗作報書又以為苟相

知固不在書之疎數如不相知尚何求而數書或惟往還中有貧賤更不如僕者即數數附書耳近頻得人書皆責疎簡故具之於此見相怪當為辭焉

此文固勝韓愈上宰相等書遠矣今學塾中無不讀韓書而此則莫或及也後生小子不以求進為恥未必非昌黎階之厲矣古之詩人騷客於君臣之會出處之間每以夫婦托喻語云擬人必於其倫夫豈非其倫而言之葢臣也妻也皆坤道也其無成有終利用永貞之義

無一之不相合者令女有爽德則閭里羞稱之士而自媟則莫之或耻者道德風俗之繫非小焉者也

聖祖御評
行己之道為學之方是書約畧盡之而其叙文章源流正變處尤為詳確

答王載言書

某頓首足下不以某卑賤無所可乃陳詞屈慮先我以書且曰余之藝及心不能棄於時將求知者問誰可則皆曰其李君乎告足下者過也足下因而信之又過也果若來陳雖道備德具且猶不足辱厚命況如某者多病少學其能以此堪足下所望博大而深宏者耶雖然

盛意不可以不答故敢畧陳其所聞蓋行己莫如恭自責莫如厚接衆莫如宏用心莫如直進道莫如勇受益莫如擇友好學莫如改過此聞之於師者也相人之術有三迫之以利而審其邪正設之以事而察其厚薄問之以謀而觀其智與不才賢不肖分矣此聞之於友者也列天地立君臣親父子別夫婦明長幼浃朋友六經之旨也浩乎若江海高乎若邱山赫乎若日火包乎若天地掇章稱詠津潤怪麗六經之詞也創意造言皆不

相師故其讀春秋也如未嘗有詩也其讀詩也如未嘗有易其讀易也如未嘗有書也其讀屈原莊周也如未嘗有六經也故義深則意遠意遠則理辯理辯則氣直氣直則辭盛辭盛則文工如山有恒華嵩衡焉其同者高也其草木之榮不必均也如瀆有淮濟河江焉其同者出源到海也其曲直淺深色黄白不必均也如百品之雜焉其同者飽於腸也其味鹹酸辛苦不必均也此因學而知者也此創意之大歸天下之語文章有六說

焉其尚異者則曰文章辭句奇險而已其好理者則曰文章叙意茍通而已其溺於時者則曰文章必當對其病於時者則曰文章不當對其愛難者則曰文章宜深不當易其愛易者則曰文章宜通不當難此皆情有所偏滯而不流未識文章之所主也義不深不至於理言不信不在於教勸而詞句怪麗者有之矣劇秦美新王褒僮約是也其理往往有是者而詞章不能工者有之矣劉氏人物表王氏中說俗傳太公家教是也古之人

能極於工而已不知其詞之對與否易與難也詩曰憂心悄悄慍於羣小此非對也又曰遘閔既多受侮不少此非不對也書曰朕堲讒說殄行震驚朕師詩曰莞彼桑柔其下侯旬捋采其劉瘼此下人此非易也書曰允恭克讓光被四表格於上下詩曰十畝之間兮桑者閑閑兮行與子旋兮此非難也學者不知其方而稱說云云如前所陳者非吾之敢聞也六經之後百家之言興老聃列禦寇莊周鶡冠田穰苴孫武屈原宋玉孟軻吳

起商鞅墨翟鬼谷子荀況韓非李斯賈誼枚乘司馬遷相如劉向揚雄皆足以成一家之文學者之所師歸也故義雖深理雖當詞不工者不成文宜不能傳也文理義三者兼并乃能獨立於一時而不泯滅於後代能必傳也仲尼曰言之無文行之不遠子貢曰文猶質也質猶文也虎豹之鞟猶犬羊之鞟此之謂也陸機曰怵他人之我先韓退之曰唯陳言之務去假令述笑哂之狀曰莞爾則論語言之矣曰啞啞則易言之矣曰粲然則

穀梁子言之矣曰攸爾則班固言之矣曰㬎然則左思言之矣吾復言之與前文何以異也此造言之大歸吾所以不協於時而學古文者悅古人之行也悅古人之行者愛古人之道也故學其言不可不行其行行其行不可以不重其道重其道不可以不循其禮古之人相接有等輕重有儀列於經傳皆可詳引如師之於門人則名之於朋友則字而不名稱之於師則雖朋友亦名之子曰吾與回言又曰參乎吾道一以貫之又曰若由

也不得其死然是師之名門人驗也夫子於鄭兄事子產於齊兄事晏嬰平仲傳曰子謂子產有君子之道四焉又曰晏平仲善與人交子夏曰言游過矣子張曰子夏云何曾子曰堂堂乎張也是朋友字而不名驗也子貢曰賜也何敢望回又曰師與商也孰賢子游曰有澹臺滅明者行不由徑是稱於師雖朋友亦名驗也孟子曰天下之達尊三曰德爵年惡得有其一以慢其二哉足下之書曰韋君詞楊君潛足下之德與二君未知先

後也而足下齒幼而位卑而皆名之傳曰吾見其與先生並行非求益者欲速成竊懼足下不思乃陷於此章踐之與翺書亟敘足下之善故敢盡辭以復足下之厚意計必不以為犯李翺頓首

張英曰言文章以六經為淵源以諸子為支派設辯立論不拘一轍可謂博而該矣

薦所知於徐州張僕射書

翺再拜齊桓公不疑於其臣管夷吾信而霸天下攘夷

狄匡周室亡國存荆楚服諸侯無不至焉豎刁易牙信而國亂身死不葬五公子爭立兄弟相及者數世桓公之信於其臣一道也所信者賢則德格於天地功及於後代不得其人則不免其身知人不易也豈惟霸者為然雖聖人亦不能免焉帝堯之時賢不肖皆立於朝堯能知舜於是乎驩兜放共工流殛鯀竄三苗舉禹稷咎繇二十有二人加諸上位故堯崩三載四海遏密八音後代之人皆謂之帝堯焉向使堯不能知舜而遂尊驩

兜共工之黨於朝禹稷咎繇之下二十有二人不能用則堯將不得為齊桓公矣豈復得曰大哉堯之為君也惟天為大惟堯則之蕩蕩乎民無能名焉者哉春秋曰夏滅項孰滅之蓋齊滅之曷為不言齊滅之為桓公諱也春秋為賢者諱此滅人之國何賢爾君子之惡惡也嫉始善善也樂終桓公嘗有斷絶存亾之功故君子為之諱也繼絶存亡賢者之事也管夷吾用所以能繼絶世存亡國焉耳豎刁易牙則不能也向使桓公始不用

管夷吾未有豎刁易牙爭權不葬而亂齊國則幽厲之諸侯也始用賢而終身諱其惡君子之樂用賢也如此始不用賢以及其終而幸後世之掩其過也則微矣然則居上位流德澤於百姓者何所勞乎勞乎擇賢得其人措諸上使天下皆化之焉而已矣茲天子之大臣有土千里者孰有如執事之好賢不倦者焉蓋得其人亦多矣其所可求而不取者則有人焉隴西李觀奇士也伏聞執事知其賢將用之未及而觀病死昌黎韓愈得

古文遺風明於理亂根本之所由伏聞執事又知其賢將用之未及而愈爲宣武軍節度使之所用觀愈皆豪傑之士也如此人不時出觀自古天下亦有數百年無如其人者焉執事皆得而知之皆不得而用之翺實爲執事惜焉豈惟翺一人而已後之讀前載者亦必多爲執事惜之矣兹有平昌孟郊貞士也伏聞執事舊知之郊爲五言詩自前漢李都尉蘇屬國及建安諸子南朝二謝郊能兼其體而有之李觀薦郊於梁肅補闕書曰

郊之五言其有高處在古無上其有平處下顧二謝韓愈送郊詩曰作詩三百首杳默咸池音彼二子皆知言者豈欺天下之人哉郊窮餓不得安養其親周天下無所遇作詩曰食虀腸亦苦强歌聲無歡出門即有閡誰謂天地寬其窮也甚矣又有張籍李景儉者皆奇才也未聞閣下知之凡賢人奇士皆自有所負不苟合於世是以雖見之難得而知也見而不能知其賢如勿見而已矣知其賢而不能用如勿知其賢而已矣用而不能

盡其才如勿用而已矣能盡其才而容讒人之所間者如勿盡其才而已矣故見賢而能知知而能用用而能盡其才而不容讒人之所間者天下一人而已矣兹有二人皆來其一賢士也其一常常人也待之禮貌不加隆焉則賢者行而常常人日來矣況其待常常人加厚則善人何求而來哉孔子曰吾未見好德如好色者聖人不好色而好德者也雖好色而不如好德者次也德與色鈞好之又其次也雖好德而不如好色者下也最

甚不好德而好色者窮矣有人告曰某所有女國色也天下之人必將極其力而求之而無所愛矣有人告曰某所有人國士也天下之人則不能一往而見焉是豈非不好德而好色者乎賢者則宜有以别於天下之人矣孔子述易定禮樂删詩序書作春秋聖人也奮乎百世之上其所化之者非其道則夷狄之人也而孔子之廟存焉雖賢者亦不能日往拜之以其益於人者寡矣故無益於人雖孔子之廟尚不能朝夕而事焉况天下

之人乎有待於人而不能得善人良士則不如無待也嗚呼人之降年不可與期郊將爲他人之所得而大有立於世與其短命而死皆不可知也二者卒然有一於郊之身他日爲執事惜之不可既矣執事終不得而用之矣雖恨之亦無可奈何矣翶窮賤人也直辭無讓非所宜至於此者也爲道之存焉耳不直則不足以伸道也非好多言者也翶再拜

孟郊工詩一爲溧陽尉史稱但坐水石間長吟尉事並

廢上官遣人代攝其事然則郊固無濟世用翺薦郊於張建封固亦無所裨於世也獨其所論居上位宜勞於擇賢賢賢易色而用賢不可不亟亟有古人好賢如緇衣之風可為後世法

百官行狀表

右臣等無能謬得秉筆史館以記注為職夫勸善懲惡正言直筆紀聖朝功德述忠臣賢士事業載奸臣佞人醜行以傳無窮者史官之任也伏以陛下即位十五年

矣乃元年平夏州二年平蜀斬闢三年平江東斬錡張茂昭遂得易定五年擒史憲誠得澤潞邢口七年田弘正以魏博六州来受常貢十二年平淮西斬元濟十三年王承宗獻德棣入租税滄景除吏部十四年平淄青斬師道得十二州神斷武功自古中興之君莫有及者而自元和以来未著實録盛德大功史氏未紀忠臣賢士名德甚有可為法者逆臣賊人醜行亦有可為誡者史氏皆闕而未書臣實懼焉故不自量輙欲勉強而修

之凡人之事迹非大善大惡則衆人無由知之故舊例皆訪問於人又取行狀謚議以為一據今之作行狀者非其門生即其故吏莫不虛加仁義禮智妄言忠肅惠和或言盛德大業遠而愈光或云直道正言殁而不朽曾不直叙其事故善惡混然不可明至如許敬宗李義府李林甫國朝之姦臣也其使門生故吏作行狀既不指其事實虛稱道忠信以加之則可以移之於房玄齡魏徵裴炎徐有功矣此不惟其處心不實苟欲虛美於

所受恩之地而已葢亦為文者又非游夏遷雄之列務於華而忘其實溺於辭而棄其理故為文則失六經之古風記事則非史遷之實録不如此則辭句鄙陋不能自成其文矣由是事失其本文害於理而行狀不足以取信若使指事書實不飾虛言則必有人知其真偽不然者縱使門生故吏為之亦不可以謬作德善之事而加之矣臣今請作行狀者不要虛說仁義禮智忠肅惠和盛德大業正言直道蕪穢簡冊不可取信但指事說

實直載其詞則善惡功跡皆據事足以自見矣假令傳魏徵但記其諫爭之詞足以為正直矣如傳段秀實但記其倒用司農寺印以追逆兵又以象笏擊朱泚自足以為忠烈矣今之為行狀者都不指其事率以虛詞稱之故無魏徵之諫爭而加之以正直無秀實之義勇而加之以忠烈者皆是也其何足以為據若考功視行狀之不依此者不得受依此者乃下太常并牒史館太常定謚牒送史館則行狀之言縱未可一一皆信其與虛

加妄言都無事實者猶山澤髙下之不同也史氏記録須得本末苟憑徃例皆是空言則使史館何所為據伏乞下臣此奏使考功守行善惡之詞雖故吏門生亦不能虚作而加之矣臣等要知事實輙敢陳論輕黷天威無任戰越謹奏

孔子作春秋以書法為二百四十年之刑賞人倫以定善以勸而惡以懲後之史氏雖文質不同而其義則春秋之義也史職固不重哉史之患固患無孔子之心然

孔子之心不難有也人之性固與孔子同也性旣同心何不同孔子之心天地之心也人於人非其親暱及其怨仇憑虛而論之則其公私同惡無一不與天地之心同者然則所論者非無孔子天地之心而孔子日月之明少耳易通有言邪暗塞也孔子而後雖代有博學之士正學之儒然以之上下百餘年間人物事理則猶爝火然所照不及尺寸是以不能得其可褒可貶之實而遂無以伸其或褒或貶之公以扶綱常而植名教此韓

愈所以不敢為史而托為人禍天刑之說以自觧免者也李翺所論取行狀必直叙實事不得虛加浮詞實史館之良法然即如翺所奏而行狀備具於史館矣顧其所謂必有人知其真偽不然者則其人固不世出也噫難言矣哉

故正議大夫行尚書吏部侍郎上柱國賜紫金魚袋贈禮部尚書韓公行狀

曾祖泰皇任曹州司馬祖濬素皇任桂州長史父仲卿

皇任祕書郎贈尚書左僕射公諱愈字退之昌黎人生三歲父歿養於兄會舍及長讀書能記他生之所習年二十五上進士第汴州亂詔以舊相東都留守董晉為平章事宣武軍節度使以平汴州晉辟公以行遂入汴州得試祕書省校書郎為觀察推官晉卒公從晉喪以出四日而汴州亂凡從事之居者皆殺死武寧軍節度使張建封奏為節度推官得試太常寺協律郎選授四門博士遷監察御史為幸臣所惡出守連州陽山令政

有惠於下及公去百姓多以公之姓以命其子改江陵府法曹參軍入為權知國子博士宰相有愛公文者將以文學職處公有爭先者搆公語以非之公恐及難遂求分司東都權知三年改真博士入省為分司都官員外郎改河南縣令日以職分辨於留守及尹故軍士莫敢犯禁入為職方員外郎華州刺史奏華陰縣令柳澗有罪遂將貶之公上疏請發御史辨曲直方可處以罪則下不受屈旣柳澗有犯公由是復為國子博士改比

部郎中史館修撰轉考功郎中修撰如故數月以考功知制誥上將平蔡州先命御史中丞裴公度使諸軍以視兵及還奏兵可用賊勢可以滅頗與宰相意忤既數月盜殺宰相又害中丞不克中丞微傷馬逸以免遂為宰相以主東兵自安祿山起范陽陷兩京河南北七鎮節度使身死則立其子作軍士表以請朝廷因而與之及貞元季年雖順地節將死多即軍中取行軍副使將校以授之節習以成故矣朝廷之賢恬於所安以苟不

用兵為責議多與裴丞相異唯公以為盜殺宰相而遂息兵其為懦甚大兵不可以息以天下力取三州尚何不可與裴丞相議合故兵遂用而宰相有不便之者月滿遷中書舍人賜緋魚袋後竟以他事改太子右庶子元和十二年秋以兵老久屯賊未滅上命裴丞相為淮西節度使以招討之丞相請公以行於是以公兼御史中丞賜三品衣魚為行軍司馬從丞相居於郾城公知蔡州精卒悉聚界上以拒官軍守城者率老弱且不過

千人亟白丞相請以兵三千人間道以入必擒吳元濟丞相未及行而李愬自唐州文城壘提其卒以夜入蔡州果得元濟蔡州既平布衣柏耆以計謁公公與語奇之遂白丞相曰淮西滅王承宗膽破可不勞用衆宜使辯士奉相公書明禍福以招之彼必服丞相然之公令柏耆口占為丞相書明禍福使柏耆袖之以至鎮州承宗果大恐上表請割德棣二州以獻丞相歸京師公還刑部侍郎歲餘佛骨自鳳翔至傳京師諸寺時百姓有

燒指與頂以祈福者公奏疏言自伏羲至周文武時皆未有佛而年多至百歲有過之者自佛法入中國帝王事之壽不能長梁武帝事之最謹而國大亂請燒棄佛骨疏入貶潮州刺史移袁州刺史百姓以男女為人隸者公皆計傭以償其直而出歸之入遷國子祭酒有直講能說禮而陋容學官多豪族子擯之不得共食公命吏曰召直講來與祭酒共食學官由此不敢賤直講奏儒生為學官日使會講生徒多奔走聽聞皆喜曰韓公

來為祭酒國子監不寂寞矣改兵部侍郎鎮州亂殺其帥田弘正征之不克遂以王廷湊為節度使詔公往宣撫既行衆皆危之元稹奏曰韓愈可惜穆宗亦悔有詔令至境觀事勢無必於入公曰安有受君命而滯留自顧遂疾驅入廷湊嚴兵拔刃弦弓矢以逆及館甲士羅於庭公與廷湊監軍使三人就位既坐廷湊言曰所以紛紛者乃此士卒所為本非廷湊心公大聲曰天子以為尚書有將帥才故賜之以節實不知公共健兒語未

嘗及大錯甲士前奮言曰先太史為國打朱滔滔遂敗走血衣皆在此軍何負朝廷乃以為賊乎公告曰兒郎等且勿語聽愈言愈將為兒郎已不記先太史之功與忠矣若猶記得乃大好且為逆與順利害不能遠引古事但以天寶來禍福為兒郎等明之安禄山史思明李希烈梁崇義朱滔朱泚吳元濟李師道復有若子若孫在乎亦有居官者乎衆皆曰無又曰令公以魏博六州歸朝廷為節度使後至中書令父子皆授旌節子與孫

雖在幼童者亦為好官窮富極貴寵榮耀天下劉悟李佑皆居大鎮王承元年始十七亦仗節此皆三軍耳所聞也衆乃曰田弘正刻此軍故軍不安公曰然汝三軍亦害田令公身又殘其家矣復何道衆乃讙曰侍郎語是廷湊恐衆心動遽麾衆散出因泣謂公曰侍郎來欲令廷湊何所為公曰神策六軍之將如牛元翼比者不少但朝廷顧大體不可以棄之耳而尚書久圍之何也廷湊曰即出之公曰若真耳則無事矣因與之宴而歸

而牛元翼果出乃還於上前盡奏與廷湊言及三軍語上大悅曰卿直向伊如此道由是有意欲大用之王武俊贈太師呼太師者燕趙人語也轉吏部侍郎凡令史皆不鎖聽出入或問公公曰人所以畏鬼者以其不能見也鬼如可見則人不畏矣選人不得見令史故令史勢重聽其出入則勢輕改京兆尹兼御史大夫特詔不就御史臺謁後不得引為例六軍將士皆不敢犯私相告曰是尚欲燒佛骨者安可忤故盜賊止遇旱米價不

敢上李紳為御史中丞械囚送府使以尹杖杖之公曰安有此使歸其囚是時紳方幸宰相欲去之故以臺與府不協為請出紳為江西觀察使以公為兵部侍郎紳既復留公入謝上曰卿與李紳爭何事公因自辨數日復為吏部侍郎長慶四年得病滿百日假既罷以十二月二日卒於靖安里第公氣厚性通論議多大體與人交始終不易凡嫁內外及交友之女無主者十人幼養於嫂鄭氏及嫂歿為之期服以報之深於文章每以為

自揚雄之後作者不出其所為文未嘗效前人之言而
固與之並自貞元末以至於兹後進之士其有志於古
文者莫不視公以為法有集四十卷小集十卷及病遂
請告以罷每與交友言既終以處妻子之語且曰某伯
兄德行高曉方藥食必視本草年止於四十二某疎愚
食不擇禁忌位為侍郎年出伯兄十五歲矣如又不足
於何而足且獲終於牖下幸不至失大節以下見先人
可謂榮矣享年五十七贈禮部尚書謹具任官事迹如

前請牒考功下太常定謚并牒史館謹狀

呂大防云衛中立字退之餌奇藥求不死而卒致死故白樂天詩謂退之服琉黃一病訖不痊乃中立也孔毅夫陳無已之徒皆指以爲公晚年惑金石藥獨近世李季可謂公長慶三年作李千墓誌力詆六七公皆以藥敗明年則公卒豈咫尺之間身試其禍哉或前人文字之同或傳寫之誤使賢者蒙污然實無可考證也按公屬纊之言謂愈踈愚食不擇禁忌位爲侍郎年出伯兄

十五歲且獲終牖下如又不足於何而足是公豈服藥以求長年者適以中立字之偶同遂歸過於公千載之誣庶自茲一洗今按衛宴三子長曰之元字造微次曰中立字退之末曰中行字大受中行中立皆見於昌黎文集而中立墓誌謂南方多水銀丹砂雜他奇藥燒為黃金可餌以不死藥終不能成而竟死銘所謂嗟惟君篤所信要無有奬精神者也呂汲公所考有據附記以正世訛

朱子曰退之却喜皇甫湜不甚喜李翺後來湜為退之作墓誌却說得無緊要不如李翺行狀較著實蓋李翺為人樸實

御選唐宋文醇卷二十

欽定四庫全書

御選唐宋文醇卷二十一

闗東孫樵文

大明宮賦

孫樵崗貢士名旅見大明宮前庭仰眙俛駭陰意靈怪暮歸魄動中宵而夢夢彼大明宮神前有云且曰太宗皇帝繚瀛啟居廓穹起廬圜然而劃隆然而赫孰窬孰隟永求帝宅帝詔吾司其宮與日月終翼聖護艱十有

六君蕩妖斬氛孰知吾勤吾當廬陵錫武廟祏撤主吾則協二毗輔左右提護義甲憤徒起帝仆周吾則械二黠雛俾即其誅胡猘飽腷踣肌斷骨驚血濺闕仰吠白日二聖各轍大麓北挐吾則激騶孽悖節俾濟逆殺翼兩傑憤烈俾克斷滅薊梟妖狂突集五堂縱喙怨吞大駕驚奔吾則勵陰刀剪其翼俾不得逃明殛三革蝕黑孰匪吾力吾見若正聲在懸詩舌在軒輟難廷諫劌襟沃善賞必正名怒必正刑當獄撤腥當稼吞螟吾則入

瀆革濁入圊肉角旬澤暮溥斟㲄視土吾見若姧聲在堂諛舌在旁窒聰怫諷正斥邪寵嘉賞失節怒罰失殺奪農而徭厚征而雕吾則反耀而彗反澤而沴蕩坤而圻裂乾而石然吾留帝宮中二百年昔亦日月今亦日月往孰為設今孰為缺籍民其凋有野而蒿籍甲其虛有壘而墟西垣何縮匹馬不牧北垣何蹙孤壘城粒言未及闋棋迎斬其舌且曰余聞宰獲其哲得是赫日烈老魋跡結爾胄何伐宰獲其愿得是昏蝕魅怪横惑爾

曾何力今者日白風清忠簡盈廷闔南倭霈闔北倭霽刹帝城闐闐何賴窮邊帑廪如封何賴瘦農禁甲飽獰尚何用天下兵神曾何知孰愧往時神不能對退而笑曰孫棋誰歟乎歟古乎歟今乎吁

禹戒舜曰無若丹朱傲惟慢遊是好傲虐是作罔晝夜額額罔水行舟朋淫於家用殄厥世周公戒成王曰無若殷王受之迷亂酗於酒德哉夫舜至在位之年六十餘矣其為子為臣之日功德侔天地禹豈未之聞即稍

惓勤又何至於傲虐淫朋哉咸雖與舜有間其必不為紂亦明也乃禹與周公納諫之語如是甚哉惟聖人乃能如是也其德愈上其心愈卑惟其自戒懼者如是是以戒君亦如是無有絲毫隔閡其間者此其所以為忠愛之極而成千古君臣之郅隆明崇禎時奏牘擬以漢文便拂然不悦推是心也此安得不榮華彼安得不汚辱哉上行則下效君愎則君奸飛鴻在野而廟堂曰比戶可封瓦解土崩而使者曰羣盜易滅平日一言一語

羣相習為主聖臣忠民安物阜之語有不然者羣以為病癡甚以為狂悖迨至天紐絶地維裂而妖夢猶未醒也歷覽興亡疇不然哉孫樵託為神言而自作當時廷臣泄泄沓沓之語以荅之大禹鑄鼎象物以使民知神姦也有功後世不小矣

讀開元雜報

樵曩於襄漢間得數十幅書繫日條事不立首末其畧曰某日皇帝親耕耤田行九推禮某日百僚行大射禮

於安福樓南其日安北諸蕃君長請扈從封禪其日皇
帝自東封還賞賜有差其日宣政門宰相與百僚廷爭
十刻罷如此凡數十百條樵當時未知何等書徒以為
朝廷近所行事有自長安來者出其書示之則曰吾居
長安中新天子嗣國及窮虜自潰則見行南郊禮安有
耤田事乎況九推非天子事耶又嘗入太學見叢甓負
土而起若堂皇者就視得石刻乃射堂舊址則射禮廢
已久矣國家安能行大射禮耶自關以東水不敗田則

旱敗苗百姓入常賦不足至有賣子爲豪家役者吾嘗背華走洛遇西戎還兵千人縣給一食力屈不支國家安能東封從官禁兵安所仰給耶北虜驚齧邊甿勢不可控宰相馳出責戰尚未報功況西關復警於西戎安有扈從事耶武皇帝以御史竊議宰相事望嶺南走者四人至今卿士齰舌相戒況宰相陳奏於仗乎安有廷奏諍事耶語未及終有知書者自外來曰此皆開元政事蓋當時條布於外者樵復得開元録驗之條條可復

云然尚以為前朝所行不當盡為墜典及來長安日見條報朝廷事者徒曰今日除某官明日授某官今日幸於某明日畋於某誠不類數十幅書樵恨生不為太平男子及覩開元中事如奮臂出其間因取其書帛而漫志其末凡補缺文者十三正訛文者十一是歲大中五年也

君子在廊廟之上而憂其民在江湖之間則憂其君讀樵此文忠愛之意溢於毫楮可尚也其繪開元大中政

聖祖御評
文順聱牙而是
非不謬

治盛衰之殊致千載而下令人慨然

孫氏西齋録

孫樵謂陸長源唐春秋乃編年雜録因掇其體切峭獨可以示懲勸者擲其叢冗尨屑不足以警訓者自為十八通書號孫氏西齋録起高祖之初洎武皇之終首廟號以表元首日月以表事尚功力正刑名登崇善良湯獮凶回有所鯁避則微文示譏無所顧慄則直書志愿所謂高祖殺太子建成者何黜功循愛譏失教也李勣

立皇后武氏者何忘諫替愆懲廢命也起王后巳廢之魂上配天皇者何登嫌黜冢不可謂順子懼後世疑於禘祼也係天后擅政之年下繫中宗者何紫色閏位不可謂正子懼後世聾以稱臨也崔察賊殺中書令裴炎者何詭諫掾亂聾殺機也張守珪以安祿山叛者何貸刑佛教稔禍階也稱天下殺者何罪暴天下示衆與殺也稱天子殺者何死非其罪示衆不與殺也臣或不書卒者何不以直終去卒以示貶也君或不書葬者何不

以正終去葬以示譏也懼怠去瑞示戒志沴尚德必書賤尸位則黜責皆所以敺邪合正俾歸大義操實覈例以示懲勸嗚呼宰相升沉人於十數年間史官出没人於千百歲後是史官與宰相分挈死生權也為史官者不能忭直骨於枯墳竊諂魄於下泉磨毫贊札叢閤飽帙豈國家任史官意耶樵既序其略授其友高錫望傳之矣

張英曰論斷唐事詞義嚴峻文亦峭潔有風霜凌厲

聖祖御評
唐書易于傳全採此文蓋不惟工於叙事而褒貶亦至公可信也

之色

書何易于

何易于嘗為益昌令縣距刺史治所四十里城嘉陵河南刺史崔樸嘗乘春自上游多從賓客歌酒泛舟東下直出益昌旁至則索民挽舟易于即腰笏引舟上下刺史驚問狀易于曰方春百姓不耕即蠶隙不可奪易于為屬令當其無事可以充役刺史與賓客跳出舟偕騎還去益昌民多即山樹茶利私自入㑹鹽鐵官奏重榷

筦詔下所在不得為百姓匿易于視詔曰益昌不征茶
百姓尚不可活矧厚其賦以毒民乎命吏剗去吏爭曰
天子詔所在不得為百姓匿今剗去罪愈重吏止死明
府公免竄海裔耶易于曰吾寧愛一身以毒一邑民乎
亦不使罪蔓爾曹即自縱火焚之觀察使聞其狀以易
于挺身為民卒不加劾邑民死喪子弱業破不能具葬
者易于輒出俸錢使吏為辦百姓入常賦有垂白傴杖
者易于必召坐食問政得失庭有競民易于皆親自與

語為指白枉直罪小者勸大者杖悉立遣之不以付吏治益昌三年獄無繫民民不知役䆁綿州羅江令其治視益昌是時故相國裴公刺史綿州獨能嘉易于治嘗從觀其政道從不過三人其合易于廉如是會昌五年樵道出益昌民有能言何易于治狀者且曰天子設上下考以勉吏而易于考止中上何哉樵曰易于督賦如何曰止請常期不欲緊繩百姓使賤出粟帛督役如何曰度支費不足遂出俸錢冀優貧民饋給往來權勢如

何曰傳符外一無所與擒盜如何曰無盜樵曰予居長安歲閲給事中校考則曰某人為某縣得上下考由考得某官問其政則曰某人能督賦先期而畢某人能督役省度支費某人當道能得往来達官為好言某人能擒若干盜反若干盜縣令得上下考者如此邑民不對笑去樵以為當世上位者皆知求才為切至如緩急補吏則曰吾患無以共治膺命舉賢則曰吾患無以塞詔及其有之知者何人哉繼而言之使何易于不有得於

生必有得於死者有史官在

後半首設為問答語曲盡不學無術之大吏所以考課屬員之情狀膺封疆民社寄者當家置一通於座右

王應麟曰東坡謂學韓退之不至為皇甫湜學湜不至為孫樵朱新仲曰樵乃過湜如書何易于褒城驛壁田將軍邊事復佛寺奏皆謹嚴得史法有裨治道

書田將軍邊事

背臨卭南馳越二百里得嚴道郡實與沈黎越嶲俱為邊城迫於羣蠻田在賓將軍剌嚴道三年能條悉南蠻事為樵言曰巴蜀西迫於戎南迫於蠻宜有以制之者當廣德建中之閒西戎兩飲馬於岷江其衆如蟻前鋒魁健皆擐五屬之甲持倍尋之戟徐呼按步且戰且進蜀兵遇鬭如植橫堵羅戈如林發矢如蝱皆折刃吞鏃不能斃一戎而況蹈其陣乎然其戎兵踐吾地日深而疫死者日衆即自度不能留亦輒引去故蜀人為之語

曰西戎尚可南蠻殘戎自南康公鑿青溪道以和羣蠻俾由蜀而貢又擇羣蠻子弟叢於錦城使習書算業就輙去復以他繼如此垂五十年不絕其来則其學於蜀者不啻千百故其國人皆能習知巴蜀土風山川要害文皇帝三年南蠻果大入成都門其三門四日而旋其所剽掠自成都以南越嶲以北八百里之間民畜為空加以敗卒貧民持兵羣聚因緣劫殺官不能禁由是西蜀十六州至今為病自是以来羣蠻常有屠蜀之心居

則息畜聚粟動則練兵講戰而又俾其習於蜀者伺連帥之間隙察兵賦之虛實或間蜀之細民苦於重征且將啟之以幸非常吾不知羣蠻此舉大劍以南為國家所有乎且每歲發卒以戍南者皆成郊循民飽稻飫豕十九如猘雖知鉦鼓之數不習山川之險吾嘗伺其来朔風正嚴緩步坦途日次一舍固已呀然汗矣而况歷重阻即嚴程束甲而趨扶戟而鬬耶加以為將者刻薄以自入餽運者縱吏而鼠竊縣官當給帛則以苦而易

良當賑粟則以砂而參粒如此則邊卒將怨望之不暇又安能殊死而力戰乎此巴蜀所以為憂也樵曰誠如將軍言苟為國家計者孰若詔嚴道沈黎越嶲三城太守俾度其要害按其壁壘得自募卒以守之且兵籍於郡則易為役卒出於邊則習其險而又各於其部繕相美地分卒為屯春夏則耕蠶以資衣食秋冬則嚴壁以俟寇虜連帥即能督之歲遣廉白吏視其卒之有無劾其守之不法者以聞如此則縣官無餽運之費奸吏無

因緣之盜兵足食給卒無胥怨於將軍何如田將軍曰如此何患言卒遂書

古無遠戍之事周平王以畿内之民戍申其民怨思故其詩曰揚之水不流束薪彼其之子不與我戍申蓋自是始戍夫洛邑至申國遠未千里而戍者即興怨思孔子不以為無良不順命而删其詩特著諸經以詔萬世此以知甲兵之守必食此土之毛乃可使守此土也在易地中有水師說者謂伏至險於大順之中夫地中無

水則為槁壤地固倚水以立也然必彼由地中行地能容水而水性乃得使决他方之水以灌之則不但賊夫地并賊夫水矣勞師以戍遠何以異是秦壞先生法制使蒙恬戍北尉佗戍南漢武循其覆轍北擊匈奴南事百越丁男被甲丁女轉輸天下騷動府藏空虛惟正之供不足用乃任言利之臣剝民以附益之迄今嚴助嚴安賈捐之諸傳具在所述百姓流離困苦之狀令人酸鼻駭目刺心而不忍卒讀夫大君者天下之父母也父

母之於子固欲其有土之可居而養土地者固所以養我赤子且安其居者也然以土地之故使無辜赤子芟夷斬伐如草木焉則如人以田宅之故而取赤子於慈母之懷而殺之至愚之所不為而秦皇漢武為之豈非孟子所為以其所不愛及其所愛哉於戲公則生明私則生愚一絲毫之私即生絲毫之愚且延而極之横流及於天地可不畏哉韓愈曰遠徼軍士行者有羈旅離别之思居者有怨曠騷動之憂本軍有饋餉煩費之難

地主多姑息形迹之患急之則怨緩之則不用命浮寄孤懸形勢銷弱且與敵不相諳委臨敵恐駭難以有功若名募土人必得豪勇與賊相熟知其氣力所及無望風之驚愛護鄉里勇於自戰徵兵滿萬不若名募數千千古以愈言為體焉由斯以譚出師征討猶尚以遠調為失計況乎戍守必年時久長又安可以異地之人為哉況乃山川悠遠繩渡猨飲毒蒸蠱飛之區五穀鮮少轉運之苦萬狀疫癘之作無時而使他鄉之民荷戈

聖祖御評

前幅似主而實賓後幅似賓而實主此文家變化錯綜之法

戎之可不戰而自戢是直其以卒與敵驅赤子而入之水火也其安可為哉孫樵之論識萬世不刋矣

書褒城驛壁

褒城驛號天下第一及得寓目視其沼則淺混而茅視其舟則離敗而膠庭除甚蕪堂廡甚殘烏覩其所謂宏麗者訊於驛吏則曰忠穆公嘗牧梁州以褒城控三節度治所龍節虎旗馳驛奔軺以去以來轂交蹄劘由是崇侈其驛以示雄大蓋當時視他驛為壯且一歲賓至

者不下數百輩苟夕得其庇飢得其飽皆莫至朝去寧有顧惜心耶至如棹舟則必折篙破舵碎鷁而後止魚釣則必枯泉汩泥盡魚而後止至有飼馬於軒宿隼於堂凡所以汙敗室廬麋毁器用官小者其下雖氣猛可制官大者其下益暴横難禁由是日益破碎不與曩類某曹八九輩雖以供餽之隙一二力治之其能補數十百人殘暴乎語未既有老甿笑於旁且曰舉今州縣皆驛也吾聞開元中天下富蕃號為理平踵千里者不裹

糧長子孫者不知兵今者天下無金革之聲而戶口日益破疆埸無侵削之虞而墾田日益寡生民日益困財力日益竭其故何哉凡與天子共治天下者刺史縣令而已以其耳目接於民而政令速於行也今朝廷命官既已輕任刺史縣令而又促數於更易且刺史縣令遠者三歲一更近者一二歲再更故州縣之政苟有不利於民可以出意革去其甚者在刺史曰明日我即去何用如此在縣令亦曰明日我即去何用如此當愁醉醲

當飢飽鮮囊帛積金笑與秩終嗚呼州縣真驛耶矧吏代之隟黠吏因緣恣為奸欺以責州縣者乎如此而欲望生民不困財力不竭户口不破墾田不寡難哉予既揖退老吒條其言書於襃城驛屋壁

與高錫望書

文章如面史才最難到司馬子長之地千載獨聞得揚子雲唐朝以文索士二百年間作者數十輩獨高韓吏部吏部脩順宗實録尚不能當班堅其能與子長子雲

相上下乎足下乃小史尚宜世嗣史法矧足下才力雄
獨意語横濶嘗序義復罔及樂武事其說要害在棋宜
一二百言者足下能數十字輒盡情狀及意窮事際反
若有千百言在筆下足下齒髮未及壯其所得如此則
不知子長子雲當足下年齒時文章果何如也然足下
所傳史法與棋所聞者異耶古史有直事俚言者有文
師者乃特紀前人一時語以立實録非為俚言奇健能
為史筆精魄故其立言序事及出没得失皆字字典要

何嘗以俚言汩其間哉今世俚言文章謂得史法因韓吏部曰如此如此樵不知韓吏部以此欺後學耶韓吏部亦未知史法耶又史家紀職官山川地理禮樂衣服亦宜直書一時制度使後人知其時如此其時如彼不當以禿屑淺俗則取前代名品以就簡絕夫史家條序人物宜存警訓不當徒以官大寵濃講文張字故大惡大善雖賤必紀尸生浪職雖貴得黜至如司馬遷序周繆班孟堅傳蔡義尚可用耶為史官者明不顧刑辟

幽不見神怪若梗避於其閭其書可燒也古者國君不得視史今朝廷以宰相監撰大丈夫當一時寵遇皆欲齊政房杜躋俗太平孰能受惡於不隱乎古者七十子不與筆削今朝廷以史館叢文士儒家擅一時胸臆皆欲各任憎愛手出白黑孰能專門立言乎樵未知唐史誠何如也樵雖承史法於師又嘗熟司馬遷楊子雲書然才韻枯梗文過乎質嘗序廬江何易于首末千言貴文則喪質近質則太禿刮垢磨痕卒不到史獨謂足下

才力天出最與史近故以樵所授於師者致足下

儲欣曰史法畧具於此當與劉子元史通諸議論參看

與王霖秀才書

太原君足下雷賦逾千六言推之大易參之玄象其旨甚微其辭甚奇如觀駭濤於重溟徒知褫魄眙目莫得畔岸誠謂足下怪於文方舉降旗將大誇朋從間且疑子雲復生無何足下繼以翼旨及雜題十七篇則與雷

賦相濶數百里足下未到其壼則非樵所敢與知既入其城設不如意亦宜上下銖兩不當如此懸隔不知足下以此見嘗耶抑以背時戾衆且欲餔糟啜醨以其尚合耶何自待則淺而狗人反深鸞鳳之音必傾聽雷霆之聲必駭心龍章虎皮是何等物日月五星是何等象儲思必深摛辭必高道人之所不道到人之所不到趨怪走奇中病歸正以之明道則顯而微以之揚名則久而傳前輩作者正如是譬玉川子月蝕詩楊司城華山

賦韓吏部進學解馮常侍清河壁記莫不拔地倚天句句欲活讀之如赤手捕長蛇不施控騎生馬急不得暇莫可捉搦又似遠人入太興城茫然自失詎比十家縣足未及東郭目已極西郭耶樵嘗得為文真訣於來無擇來無擇得之於皇甫持正皇甫持正得之於韓吏部退之然樵未始與人言及文章且懼得罪於時今足下有意於此而自疑尚多其可無言乎樵再拜

述其所私淑於韓愈者如是學者於此可得為文之法

然篇中所言皆狀其文之已成者耳其所以致是者未嘗言也必也讀書多行已正理事雙明心手一貫立數千百言詔天下萬世能不異與家人語然後上下錄兩以期至於昌黎所云無難易惟其是者庶幾合於樵之所云非然者徒事艱深其詞恠偉其貌正文章之大梗也

祭梓潼神君文

大中十八年七月九日鄉貢進士孫樵再拜獻辭張君

靈座之前樵實頑民不知鬼神凡過祠廟不笑即唾今於張君信有靈云會昌五年夜躋此山涷雨如泣滑不可陟潏眼漆黑索途不得跛馬愠僕前仆後踣樵因有言非燭莫前須臾有光來馬足間北望空山火起廟壖熖熖逾丈飛芒射天暝色斜透峻途如晝樵謂廟奴若寒爇薪取溫曉及山巔鏁澀廟門餘燼莫覩孰知其然大中四年冒暑還秦午及山足猛雨如雹樵復有言神誠能神反雨為晴爇火乃靈斯言纔闋迴風大發始自

馬前怒號滿山霹雲飄雨使四山去茲山巍巍輕塵如飛訖四十里雨不霑衣顧𩔰當時嘉神不欺與神心期神其自知今過祠宇其敢默去觴酒豆脯捧拜庭下神其歆此

子產曰用物宏多則魂魄強是以有精爽至於神明鬼神之爲德誠之不可揜也文能曲肖其靈怪恍惚筆力與漢郊祀樂章相埒矣

乞巧對

孟秋莫天當庭布筵有瓜於盤有果於盆拜而言若祈於神者從而問之對曰七夕祈巧祀也若有求乎樵應之曰吾守吾拙以全吾節巧如可求適為吾羞彼巧在言便便翻翻出口簧然媚於人間革白成黑蠹直殘德譽跖為聖譛回為賊離間君親賣亂家國彼巧在文摘奇搴新轄字束句稽程合度磨韻調聲決濁流清雕枝鏤英花鬬窠明至有破經碎史稽古倒置大類於俳觀者啟齒下醨沈謝上殘騷雅取媚於時古風不歸彼巧

在官竊譽假善齚舌鉗口媚竈賂權忍恥受侮愧畏如
鼠望塵掃門指期九遷君納於逵贊唱菲菲翫世偷安
敗俗忝官彼巧在工壞詭不窮唾古笑朴雕鏤錯落憑
雲亘天䕶霍延綿窮侈殫麗越禮踰制繡紋錦幅雲綃
霧縠若出鬼力大蠹婦織遂使俗尚浮華各溺於奢凋
家磨國未騁胸臆蠱於化源戕此民力由此觀之乃何
足云吾寶吾拙雖與事濶優游經史卧雲嘯月九衢喧
喧夾路朱門曉鼓一發車馳馬奔予方高枕偃然就寢

腹搖鼻息夢到鄉國槐花撲庭鳴蜩躁晴懷軸囊剌門

門買聲予方屏居詠歌吾廬對松欹石莫知其餘上天

付性吾豈無命何求於巧以撓吾靜吾方欲上叫帝閽

以窒巧門使天下人各歸其根無慮無思其樂怡怡耕

食織衣如上古時巧乎巧乎將何所施為

巧而用拙豈惡智而用愚耶蓋

也久矣巧莫過於造化造化之

巧皆無心而自成而人乃以機心為機事是乃大拙而

天下莫不謂巧焉何哉幾何不陷溺其心而入於禽獸
[illegible]於禽獸之路是其於事乃為
[illegible]巧者又將以大債為大成可
[illegible]可救藥此聖賢所以蒿目乎
[illegible]善矣而曰與事濶事何事哉
[illegible]猶有[illegible]

欽定四庫全書

御選唐宋文醇卷二十二

廬陵歐陽修文一

紅鸚鵡賦並序

聖俞作紅鸚鵡賦以謂禽鳥之性宜適於山林今茲鸚徒事言語文章以招累見囚樊中曾烏鳶雞雛之不若也謝公學士復多鸚之才故能去昆夷之賤有

金閨玉堂之安飲泉啄實自足為樂作賦以反之夫

適物理窮天真則聖俞之説勝負才賢以取貴於世而能自將所適皆安不知籠檻之於山林則謝公之説勝其始得二賦讀之釋然知世之賢愚出處各有理也然猶疑夫兹禽之腹中或有未盡者因拾二賦之餘棄也以代鸚畢其説

后皇之載兮殊方異類肖翹蠢息兮厥生咸遂鎔埏賦予兮有物司之洎然後化兮默運其機陶形播氣兮小大取足紛不可狀兮千名萬族異物珍怪兮託產遐陬

采海裔兮貴中州邈丹山於荒極越鳳凰之所宅禀南方之正氣孕赤精於火德蓋以氣而召類兮故感生而同域播為我形持殊其質不緑以文而丹其色物既賤多而貴少兮世亦安常而駭異豈負美以有求兮適遭時之我貴客方黜我以文采弔我於籠樊謂夫飛鳴而飲啄不若雞鶩與烏鳶噫不知物有貴賤殊兮所得工初造我甚難而畜千毛億羽曾無其一忽然成形可異而珍慧言美質併貴於人籠軒賓玩翔集安馴彼衆禽

之擾擾兮蓋迹殊而趣乖既心昏而質陋兮乃自織而安卑樂以鐘鼓宜其眩悲蓋貴我之異稟何概我於羣飛若夫生以才戾養以性違客之所悼我亦悼之我視乎世猶有甚兮郊犧牢豕龜文象齒蚌蛤之胎犛牛之尾既殘厥形又奪其生是猶天為非以自營人又不然謂為最靈淳和質靜本湛而寧不守爾初自為巧智鑿竅泄和漓淳雜偽衣羔染夏強華其體鞭朴走趨自相械繫天不汝文而自文之天不汝勞而自勞之役聰與

明反為物使用精既多速老招累侵生盭性豈毛之罪又聞古初人禽雜處機萌乃心物則遁去深兮則網高兮則弋為之職誰而反予是責

修之意謂物必見用於人斯為盡其物之性騂角不舍正是貴於凡牛處莊子犧牛之喻未盡物理但物之為物非有求於人之用也轉有似乎君子之實至而名自歸焉者若夫漓醇雜偽自炫自媒以希世用則曾物之不如其何以為萬物之靈乎

藏珠於淵賦

稽治古之敦化仰聖人之作君務藏珠而弗寶俾在淵而可分效乎至珍雖希世而弗產棄於無用嬈還浦以攸聞得外篇之寓言述臨民之致理將革紛華於婾俗復芚愚於赤子謂非欲以自化則爭心之不起蓋賤貨者為貴德之義敦本者由抑末而始示不復用雖至寶而奚為捨之則藏祕諸淵而有以誠由窒民情者在杜其漸防世欲者必藏其機使嗜欲不得以外誘則敦朴

於焉而可歸將抵壁以同議諒彈雀而誠非照乘無庸盡遺碕岸之側連城奚取皆沉媚水之輝用能崇儉德以外昭復淳風而有謂民心樸以歸本物產全而靡費珍雖無脛俾臨淵而盡除事異暗投永沉川而不貴然而道既散則民薄風一澆而樸殘玩好既紛乎外役賞素無由而內安故我斥乃珍奇之用絕乎侈靡之端將令物遂乎生老蚌蕧剖胎之患民知非尚驪龍無探頷之難是則恢至治之風揚淳古之式不寶於遠則知用

物之足不見其欲則無亂心之惑上苟賤於所好下豈求於難得是雖寶也將去泰而去奢從而屏之使不知而不識彼捐金者由是類矣擿玉者可同言之諒率歸於至理實大化於無為致爾漢皐之濱各全其本雖有淮蠙之產無得而窺自然道著不貪時無異物民用遵乎至儉地寶蓄而不屈所以虞舜垂衣亦由斯而弗咈

此修殿試作也其云上苟賤於所好下豈求於難得已有謇諤氣象

明用

乾之六爻曰初九潛龍勿用九二見龍在田九三君子終日乾乾夕惕若厲无咎九四或躍在淵九五飛龍在天上九亢龍有悔又曰用九見羣龍无首吉者何謂也謂以九而名爻也乾爻七九九變而七無為易道占其變故以其所占者名爻不謂六爻皆常九也曰用九者釋所以不用七也及其筮也七常多而九常少有無九者焉亦不可以不釋也曰羣龍无首吉者首先也主也

陽極則變而之他故曰无首也凡物極而不變則弊變則通故曰吉也物無不變變無不通此天理之自然也故曰天德不可為首又曰乃見天則也坤之六爻曰初六履霜堅冰至六二直方大不習無不利六三含章可貞或從王事无成有終六四括囊无咎无譽六五黃裳元吉上六龍戰於野其血元黃又曰用六利永貞者何謂也謂以六而名爻也坤爻八六六變而八無為亦以其占者名爻不謂六爻皆常六也曰用六者釋所以不

用八也及其筮也八常多而六常少有無六者焉此不可以不釋也陰柔之動或失於邪故曰利永貞也陰陽反復天地之常理也聖人於陽盡變通之道於陰則有所戒焉六十四卦陽爻皆七九陰爻皆六八於乾坤而見之則其餘可知也

朱子謂用九用六歐公之說得之此文云不謂六爻皆常九則本陸績九已在二初即非九之義文體絕似明初制義蓋制義本是宋人經義之變說經之文理當如

是追其濫觴則摘華挹藻而於理多無所發明告朔之餼羊亡矣録之使讀者知制義之源

書梅聖俞槀後

凡樂達天地之和而與人之氣相接故其疾徐奮動可以感於心歡欣惻愴可以察於聲五聲單出於金石不能自和也而工者和之然抱其器知其聲節其廉肉而調其律吕如此者工之善也今指其器以問於工曰彼簨者簴者堵而編執而列者何也彼必曰鼗鼓鐘磬絲

管干戚也又語其聲以問之曰彼清者濁者剛而奮柔而曼衍者或在郊或在廟堂之下而羅者何也彼必曰八音五聲六代之曲上者歌而下者舞也其聲器名物皆可以數而對也然至於動盪血脉流通精神使人可以喜可以悲或歌或泣不知手足鼓舞之所然問其何以感之者則雖有善工猶不知其所以然焉蓋不可得而言也樂之道深矣故工之善者必得於心應於手而不可述之言也聽之善亦必得於心而會以意不可得

而言也堯舜之時夔得之以和人神舞百獸三代春秋之際師襄師曠州鳩之徒得之為樂官理國家知興亡周衰官失樂器淪亡散之河海逾千百歲間未聞有得之者其天地人之和氣相接者既不得泄於金石疑其遂獨鍾於人故其人之得者雖不可和於樂尚能歌之為詩古者登歌清廟太師掌之而諸侯之國亦各有詩以道其風土性情至於投壺饗射必使工歌以達其意而為賓樂蓋詩者樂之苗裔與漢之蘇李魏之曹劉得

其正始宋齊而下得其浮淫流泆唐之時子昂李杜沈宋王維之徒或得其淳古淡泊之聲或得其舒和高暢之節而孟郊賈島之徒又得其悲愁鬱湮之氣由是而下得者時有而不純焉今聖俞亦得之然其體長於本人情狀風物英華雅正變態百出哆兮其似春淒兮其其似秋使人讀之可以喜可以悲陶暢酣適不知手足之將鼓舞也斯固得深者耶其感人之至所謂與樂同其苗裔者耶俞嘗問詩於聖俞其聲律之高下文語之

疵病可以指而告余也至其心之得者不可以言而告也余亦將以心得意會而未能至之者也聖俞久在洛中其詩亦往往人皆有之今將告歸余因求其稾而寫之然夫前所謂心之所得者如伯牙鼓琴子期聽之不相語而意相知也余今得聖余之稿猶伯牙之琴絃乎

書云詩言志歌永言聲依永律和聲則知從律不奸成文不亂詩與樂之感通也微矣作詩鏤心劌目而不得自然之趣則所謂動盪四氣之和者了然無存安能反

正始之音乎徒月煅季鍊於詞章特秋蟲之鳴朝菌之媚爾此修所以推聖俞詩為獨有心得也東坡題梅詩後云驛使前村走馬回北人初識越人梅清香莫把酴醾比祇欠溪頭月下杯又云吾後雖輩猶及與之周旋覽其親書詩如見其抵掌談笑也今觀歐蘇二人書跋如遇聖俞於高山流水之間矣

桑懌傳

桑懌開封雍邱人其兄慥舉進士有名懌亦舉進士再

不中去遊汝頼閒得龍城廢田數頃退而力耕歲凶汝旁之縣多盜懌白令願為耆長往來里中察姦民因名里中少年戒曰盜不可為也吾在此不汝容也少年皆諾里老父子死未斂盜夜脫其衣里老父怯無他子不敢告縣羸其屍不能葬懌聞而悲之然疑少年王生者夜入其家探其篋不使之知覺明日遇之問曰爾諾我不為盜矣今又盜里父子屍者非爾耶少年色動即推仆地縛之詰共盜者王生指其少年懌呼壯丁守王生

又自馳取少年者送縣皆伏法又嘗之郟城遇尉方出捕盜招懌飲酒遂與俱行至賊所藏尉怯陽為不知以過懌曰賊在此何之乎下馬獨格殺數人因盡縛之又聞襄城有盜十許人獨提一劍以往殺數人縛其餘汝旁縣為之無盜京西轉運使奏其事授郟城尉天聖中河南諸縣多盜轉運奏移澠池尉崤古險地多深山而青灰山尤阻險為盜所恃惡盜王伯者藏此山時出為近縣害當此時王伯名聞朝廷為巡檢者皆授名以捕

之既懌至巡檢者偽為宣頭以示懌將謀招出之懌信之不疑其偽也因諜知伯所在挺身入賊中招之與伯同卧起十餘日信之乃出巡檢者反以兵邀於山口懌幾不自免懌曰巡檢授名懼無功爾即以伯與巡檢使自為功不復自言巡檢傳獻京師朝廷知其實罪黜巡檢懌為尉歲餘改授右班殿直永安縣巡檢明道景祐之交天下旱蝗盜賊稍稍起其間有惡賊二十三人不能捕樞密院以傳召懌至京授二十三人名使往捕懌

謀曰盜畏吾名必已潰潰則難得矣宜先示之以怯至則閉柵戒軍吏無一人得輒出居數日軍吏不知所為數請出自効輒不許既而夜與數卒變為盜服以出迹盜所常行處入民家民皆走獨有一媪留為作飲食餽之如盜乃歸復閉柵三日又往則攜其具就媪饌而以其餘遺媪媪待以為真盜矣乃稍就媪與語及羣盜輩媪曰彼聞桑懌来始畏之皆遁矣又聞懌閉營不出知其不足畏今皆還也某在某處某在某所矣懌盡鉤得

之復三日又往厚遺之遂以實告曰我桑懌也煩媪為察其實而慎勿泄後三日我復來矣後又三日往媪察其實審矣明旦部分軍士用甲若干人於其所取其盜卒若干人於其處取其盜其尤彊者在其所則自馳馬以往士卒不及從惟四騎追之遂與賊遇手殺三人凡二十三人者一日皆獲二十八日復命京師樞密吏謂曰與我銀為君致閤職懌曰用賂得官非我欲況貧無銀有固不可也吏怒匿其閥以免短使送三班三班用

例與兵馬監押未行會交趾獠叛殺海上巡檢昭化諸州皆警往者數輩不能定因命懌往盡手殺之還乃授閤門祇候懌曰是行也非獨吾功位有居吾上者吾乃其佐也今彼留而吾還我賞厚而彼輕得不疑我蓋其功而自伐乎受之徒慚吾心將讓其賞歸己上者以奏稿示予予謂曰讓之必不聽徒以好名與詐取譏也懌歎曰亦思之然士顧其心何如爾當自信其心以行譏何累也若欲避名則善皆不可為也已余慚其言卒讓

之不聽懌雖舉進士而不甚知書然其所為皆合道理多此類始居雍邱遭大水有粟二廪將以舟載之見民走避溺者遂棄其粟以舟載之見民荒歲聚其里人飼之粟盡乃止懌善用劍及鐵簡力過數人而有謀畧遇人常畏若不自足其為人不甚長大亦自修為威儀言語如不出其口卒然遇之不知其健且勇也

修為五代史又為唐書紀書表修之史列在學官矣顧皆大卷積帙讀者須累月經年録此稗傳以見其史筆

之大畧所謂嘗鼎一臠

歐陽修自記勇力人所有而能知用其勇者少矣若懌可為義勇之士其學問不深而能者蓋天性也余固喜傳人事尤愛司馬遷善傳而其所書皆偉烈奇節士喜讀之欲學其作而怪今人如遷所書者何少也乃疑遷特雄文善壯其說而古人未必然也及得桑懌事乃知古之人有然而遷書不誣也知今人固有而但不盡知也懌所為壯矣而不知余文能如遷

書使人讀而喜否姑次第之

上范司諫書

聖祖御評　情義醇篤文思安雅大家中有數文字

前月中得進奏吏報云自陳州召至闕拜司諫即欲為一書以賀多事卒卒未能也司諫七品官爾於執事得之不為喜而獨區區欲一賀者誠以諫官者天下之得失一時之公議繫焉今世之官自九卿百執事外至一郡縣吏非無責官大職可以行其道也然縣越其封郡逾其境雖賢守長不得行以其有守也吏部之官不得

理兵部鴻臚之卿不得理光禄以其有司也若天下之得失生民之利害社稷之大計惟所見聞而不繫職司者獨宰相可行之諫官可言之爾故士學古懷道者仕於時不得為宰相必為諫官諫官雖卑與宰相等天子曰不可宰相曰可天子曰然宰相曰不然坐乎廟堂之上與天子相可否者宰相也天子曰是諫官曰非天子曰必行諫官曰必不可行立於殿陛之前與天子爭是非者諫官也宰相尊行其道諫官卑行其言言行道亦

行也九卿百司郡縣之吏守一職者任一職之責宰相諫官繫天下之事亦任天下之責然宰相九卿而下失職者受責於有司諫官之失職也取譏於君子有司之法行乎一時君子之譏著之簡冊而昭明垂之百世而不泯甚可懼也夫七品之官任天下之責懼百世之譏豈不重耶非材且賢者不能為也近執事始被名於陳州洛之士大夫相與語曰我識范君知其材也其來不為御史必為諫官及命下果然則又相與語曰我識范

君知其賢也他日聞有立天子陛下直辭正色面爭廷論者非他人必范君也拜命以來翹首企足竚乎有聞而卒未也竊惑之豈洛之士大夫能料於前而不能料於後也將執事有待而為也昔韓退之作爭臣論以譏陽城不能極諫卒以諫顯人皆謂城之不諫蓋有待而然退之不識其意而妄譏修獨以為不然當退之作論時陽城為諫議大夫已五年後又二年始廷論陸贄及沮裴延齡作相欲裂其麻纔兩事耳當德宗時可謂多

事矣授受失宜叛將强臣羅列天下又多猜忌進任小人於此之時豈無一事可言而須七年耶當時之事豈無急於沮延齡論陸贄兩事也謂宜朝拜官而夕奏疏也幸而城為諫官七年適遇延齡陸贄事一諫而罷以塞其責向使止五年六年而遂遷司業是終無一言而去也何所取哉今之居官者率三歲而一遷或一二歲甚者半歲而遷也此又非一可以待乎七年也今天子躬親庶政化理清明雖為無事然自千里詔執事而拜

是官者豈不欲聞正議而樂讜言乎然今未聞有所言說使天下知朝廷有正士而彰吾君有納諫之明也夫布衣韋帶之士窮居草茅坐誦書史常恨不見用及用也又曰彼非我職不敢言或曰我位猶卑不得言得言矣又曰我有待是終無一人言也可不惜哉伏惟執事思天子所以見用之意懼君子百世之譏一陳昌言以塞重責且解洛士大夫之惑則幸甚幸甚

中論陽城處未為允已於爭臣論書後明之要之修意

欲勸范仲淹直言耳非正論陽城也

朱子曰歐陽公上司諫書其中却是美麗有好處亦有不可及處却不是闒冗無意思蘇老泉上歐陽公書云執事之文紆徐委備往復百折而條達暢茂無所間斷氣盡語完急言竭論而容與閒易無艱難勞苦之態此三者皆卓然自爲一家之文也

邱濬曰今世諫官雖無定職然國家設立六科以言責付之凡内而百司外而藩郡應有封章無有不經

由者矧列署內廷侍班殿陛日近清光咫尺天顏上無所於屬下有所分理歐陽修所爲爭是非於殿陛之間者也必也不愛富貴次則重惜名節次則曉知治體如是則上而君德必有所助下而朝政必無所缺矣

王志堅曰明道二年范文正公自陳州名還拜右司諫文正先以言事忤太后出判河中徙陳州爲司諫即論罷楊太后冊命又言不宜深治太后時事然歐

公猶汲汲勸其有言何不能少待也是年冬即以諫
廢后出知睦州豈感公之書耶此書作具官某拜書
司諫學士執事明年文正移蘇州公與書作某再拜
知郡學士希文足下蓋自此書而相知漸深也古人
交誼親疏之等於此亦可考

上杜中丞書

修前伏見舉南京留守推官石介為主簿近者聞介以
上書論赦被罷而臺中因舉他吏代介者主簿於臺職

最畀介一賤士也用不用當否未足害政然可惜者中丞之舉動也介為人剛果有氣節力學喜辯是非真好義之士也始執事舉其材議者咸曰知人之明今聞其罷皆謂赦乃天子已行之令非疏賤當有說以此罪介曰當罷修獨以為不然然不知介果指何事而言也傳者皆云介之所論謂朱梁劉漢不當求其後裔爾若止此一事則介不為過也然又不知執事以介為是為非也若隨以為非是大不可也且主簿於臺中非言事之

官然大抵居臺中者必以正直剛明不畏避為稱職今介足未履臺門之閾而已因言事見罷真可謂正直剛明不畏避矣度介之才不止為主簿直可任御史也是執事有知人之明而介不負職事之知矣修嘗聞長老說趙中令相太祖皇帝也嘗為某事擇官中令列二臣姓名以進太祖不肯用他日又問復以進又不用他日又問復以進太祖大怒裂其奏擲殿階上中令色不動插笏帶間徐拾碎紙袖歸中書他日又問則補綴之復

以進太祖大悟終用二臣彼之敢爾者蓋先審知其人之可用然後果而不可易也今執事之舉介也亦先審知其可舉耶是偶舉之耶若知而舉則不可遽止若偶舉之猶宜一請介之所言辯其是非而後已若介雖迕上而言是也當助以辯若其言非也猶宜曰所舉者為主簿爾非言事也待為主簿不任職則可罷請以此辭焉可也且中丞為天子司直之臣上雖好之其人不肖則當彈而去之上雖惡之其人賢則當舉而申之非謂

隨時好惡而高下者也今備位之臣百千邪者正者其紀舉一信於臺臣而執事始舉介曰能朝廷信而將用之及以爲不能則亦曰不能是執事自信猶不果若遂言他事何敢望天子之取信於執事哉故曰主簿雖卑介雖賤士其可惜者中丞之舉動也況今斥介而他舉亦必擇賢而舉也夫賢者固好辯若舉而入臺又有言則又斥而他舉乎如此則必得愚闇懦默者而後止也伏惟執事如欲舉愚者則豈敢復云若將舉賢也願無

易介而他取也今世之官兼御史者例不與臺事故敢布狂言竊獻門下伏惟幸察焉

主簿非臺諫也越職言事孟子所謂位卑而言高罪也然猶須視其言之當否耳若朱梁劉漢當時欲求其後裔而介慷慨陳奏謂不當求則修所云識見直可任御史無愧允矣又何論其為主簿非臺諫也仁宗非咈諫之主而中丞不能昌言匡救為國家儲有用之才為士人振敢言之氣則以淆於禍福之念而奪其好惡之正

也此修所以惓惓乎杜衍歟

答吴充秀才書

修頓首白先輩吴君足下前辱示書及文三篇發而讀之浩乎若千萬言之多及少定而視焉纔數百言爾非夫辭豐意雄霈然有不可禦之勢何以至此然猶自患倀倀莫有開之使前者此好學之謙言也修材不足用於時仕不足榮於世其毀譽不足輕重氣力不足動人世之欲假譽以為重借力而後進者奚取於修焉先輩

學精文雄其施於時又非待假譽而為重借力而後進者也然而惠然見臨若有所責得非急於謀道不擇其人而問焉者歟夫學者未始不為道而至者鮮焉非道之於人遠也學者有所溺焉爾蓋文之為言難工而可喜易悅而自足世之學者往往溺之一有工焉則曰吾學足矣甚者至棄百事不關於心曰吾文士也職於文而已此其所以至之鮮也昔孔子老而歸魯六經之作數年之頃爾然讀易者如無春秋讀書者如無詩何其

用工少而至於至也聖人之文雖不可及然大抵道勝者文不難而自至也故孟子皇皇不暇著書荀卿蓋亦晚而有作若子雲仲淹方勉焉以模言語此道未足而彊言者也後之惑者徒見前世之文傳以為學者文而已故愈勤而愈不至此足下所謂終日不出於軒序不能縱橫高下皆如意者道未足也若道之充焉雖行乎天地入於淵泉無不之也足下之文浩乎霈然可謂善矣而又志於為道猶自以為未廣若不止焉孟荀可至

而不難也修學道而不至者然幸不甘於所悅而溺於
所止因吾子之能不自止又以勵修之少進焉幸甚

韓柳而後人推歐陽在李孫之上今三人論文之語具
在若出一口韓退之言曰根之茂者其實遂膏之沃者
其光華仁義之人其言藹如柳之言曰大都文以行為
本在先誠其中與此文所云大抵道勝者文不難而自
至真如一堂兩琴鼓此而彼應者矣學文者不以三人
者為歸則奚歸如以此三人為準的則所以用其心者

當不在文辭之末矣　吳充字仲卿浦城人未冠舉進士與兄育京方皆高第修之長子婦充女也充神宗時為宰相修性直不避衆怨為參知政事與二三大臣主國論妻弟薛宗孺坐舉官被劾內冀因修倖免修乃言不可以臣故僥倖以故宗孺免官怨修切齒因搆為帷薄無根之談辭連充女吳氏苟欲以汙辱修小人秉間抗章劾之值神宗初即位幾致大戮久乃解修初以孤甥女張氏事被棄及是又被讒蠛遂力請致仕以終於

汝陰噫小人之仇君子雖忠正如修者猶忍以鳥獸行誣之使才識之士噤不敢為國家任一事而後得志其可畏如此

御選唐宋文醇卷二十二

御選唐宋文醇卷二十三

廬陵歐陽修文二

與高司諫書

修頓首再拜白司諫足下某年十七時家隨州見天聖二年進士及第牓始識足下姓名是時余年少未與人接又居遠方但聞今宋舍人兄弟與葉道卿鄭天休數人者以文學大有名號稱得人而足下厠其間獨無卓

卓可道說者余固疑足下不知何如人也其後更十一年予再至京師足下已為御史裏行然猶未暇一識足下之面但時時於余友尹師魯問足下之賢否而師魯說足下正直有學問君子人也余猶疑之夫正直者不可屈曲有學問者必能辨是非以不可屈之節有能辨是非之明又為言事之官而俯仰默默無異衆人是果賢者耶此不得使余之不疑也自足下為諫官來始得相識侃然正色論前世事歷歷可聽褒貶是非無一

謬說意持此辯以示人孰不愛之雖予亦疑足下真君子也是予自聞足下之名及相識凡十有四年而三疑之今者推其實迹而較之然後決知足下非君子也前日范希文貶官後與足下相見於安道家足下詆誚希文為人予始聞之疑是戲言及見師魯亦說足下深非希文所為然後其疑遂決希文平生剛正好學通古今其立朝有本末天下所共知今又以言事觸宰相得罪足下既不能為辨其非辜又畏有識者之責已遂隨而

詆之以為當黜是可怪也夫人之性剛果懦軟稟之於天不可勉强雖聖人亦不以不能責人之必能今足下家有老母身惜官位懼飢寒而顧利祿不敢一忤宰相以近刑禍此庸人之常情不過作一不才諫官爾雖朝廷君子亦將閔足下之不能而不責以必能也今乃不然反昂然自得了無愧畏便毀其賢以為當黜庶乎飾己不言之過夫力所不敢為乃愚者之不逮以智文其過此君子之賊也且希文果不賢邪自三四年來從大

理寺丞至前行員外郎作待制日日備顧問今班行中無與比者是天子驟用不賢之人夫使天子待不賢以為賢是聰明有所未盡足下身為司諫乃耳目之官當其驟用時何不一為天子辨其不賢反默默無一語待其自敗然後隨而非之若果賢邪則今日天子與宰相以忤意逐賢人足下不得不言是則足下以希文為賢亦不免責以為不賢亦不免責則大抵罪在默默爾昔漢殺蕭望之與王章計其當時之議必不肯明言殺賢者

也必以石顯王鳳為忠臣望之與章為不賢而被罪也今足下視石顯王鳳果忠邪望之與章果不賢邪當時亦有諫臣必不肯自言畏禍而不諫亦必曰當誅而不足誅也今足下視之果當誅邪是直可欺當時之人而不可欺後世也今足下又欲欺今人而不懼後世之不可欺邪況今之人未可欺也伏以今皇帝即位以來進用諫臣容納言論如曹修古劉越雖歿猶被襃稱今希文與孔道輔皆自諫諍擢用足下幸生此時遇納諫之

聖主如此猶不敢一言何也前日又聞御史臺牓朝堂戒百官不得越職言事是可言者惟諫臣爾若足下又遂不言是天下無得言者也足下在其位而不言便當去之無妨他人之堪其任者也昨日安道貶官師魯待罪足下猶能以面目見士大夫出入朝中稱諫官是足下不復知人間有羞恥事爾所可惜者聖朝有事諫官不言而使他人言之書在史冊他日為朝廷羞者足下也春秋之法責賢者備今某區區猶望足下之能一言

者不忍便絶足下而不以賢者責也若猶以謂希文不賢而當逐則予今所言如此乃是朋邪之人爾願足下直攜此書于朝使正予罪而誅之使天下皆釋然知希文之當逐亦諫臣之一効也前日足下在安道家召予往論希文之事時坐有他客不能盡所懷故輒布區區伏惟幸察不宣

是歲修甫三十歲年少激昂慷慨其事之中節與否雖未知孔顏處此當何如然而凜凜正氣可薄日月也時

修箧仕纔五年為京職纔一年餘未熟中朝大官老於事之情態語言大抵如此千古一轍於是少所見多所怪而有是書至今傳高若訥不復知人間羞恥事也人固有幸不幸歟

與尹師魯第一書

某頓首師魯十二兄書記前在京師相别時約使人如河上既受命便遣白頭奴出城而還言不見舟矣其夕又得師魯手簡乃知留船以待怪不如約方悟此奴嬾

去而見紿臨行臺吏催苛百端不比催師魯人長者有禮使人惶迫不知所為是以又不留下書在京師但深託君貺因書道脩意以西始謀陸赴夷陵以大暑又無馬乃作此行沿汴絶淮泛大江凡五千里用一百一十程纔至荆南在路無附書處不知君貺曾作書道脩意否及來此問荆人云去郢止兩程方喜得作書以奉問又見家兄言有人見師魯過襄州計今在郢久矣師魯歡戚不問可知所渴欲問者别後安否及家人處之如何

莫若相尤否六郎舊疾平否修行雖久然江湖皆昔所遊往往有親舊留連又不遇惡風水老母用術者言果以此行為幸又聞夷陵有米麪魚如京洛又有梨栗橘柚大筍茶荈皆可飲食益相喜賀昨日因參轉運作庭趨始覺身是縣令矣其餘皆如昔時師魯簡中言疑修有自疑之意者非他蓋懼責人太深以取直爾今而思之自決不復疑也然師魯又云闇於朋友此似未知修心當與高書時蓋以知其非君子發於極憤而切責之

非以朋友待之也其所為何足驚駭路中來頗有人以罪不測見弔者此皆不知修心也師魯又云非忘親此又非也得罪雖死不為忘親此事須相見可盡其說也五六十年來天生此輩沈默畏慎布在世間相師成風忽見吾輩作此事下至竈門老婢亦相驚怪交口議之不知此事古人日日有也但問所言當否而已又有深相賞歎者此亦是不慣見事人也可嗟世人不見如往時事久矣往時砧斧鼎鑊皆是烹斬人之物然士有死不

失義則趨而就之與几席枕藉之無異有君子在傍見有就死知其當然亦不甚歎賞也史冊所以書之者蓋特欲警後世愚懦者使知事有當然而不得避爾非以為奇事而詫人也幸今世用刑至仁慈無此物使有而一人就之不知作何等怪駭也然吾輩亦自當絶口不可及前事也居閒僻處日知進道而已此事不須言然師魯以修有自疑之言要知修處之如何故畧道也安道與予在楚州談禍福事甚詳安道亦以為然俟到夷陵

寫去然後得知修所以處之之心也又常與安道言每見前世有名人當論事時感激不避誅死真若知義者及到貶所則慼慼怨嗟有不堪之窮愁形於文字其心懽戚無異庸人雖韓文公不免此累用此戒安道慎勿作慼慼之文師魯察修此語則處之之心又可知矣近世人因言事亦有被貶者然或傲逸狂醉自言我為大不為小故師魯相别自言益慎職無飲酒此事修今亦遵此語咽喉自出京愈矣至今不曾飲酒到縣後勤官

以懲洛中時嬾慢矣夷陵有一路祇數日可至郢白頭奴足以往來秋寒矣千萬保重

此修遺書責諫官高若訥若訥以書聞遂落館職責授夷陵令尹洙同時貶遂有書問修而修答之也較韓愈潮州謝表柳宗元與蕭俛等書可為不覺前賢畏後生矣

王闢修曰余讀當時諸公事嘗竊怪之仁宗非昏主申公非奸相以嫉妬廢后非失德事謫而旋復范公不可謂不用既用而汲汲言申公之短不可謂不修怨

不可謂不躁進范公再出有論救者有請與同貶者有遺書高若訥責其不救者不可謂不立黨其不至受禍者仁宗之明也特幸爾及讀此書想見歐公心事又云自當絶口不及前事益愼職無歛酒不覺心服若無此則其去假氣節幾何

答陜西安撫使范龍圖辭辟命書

修頓首再拜啓急步至得七月十九日華州所發書伏審即日尊體動止萬福戎狄侵邊自古常事邊吏無狀

至煩大賢伏惟執事忠義之節信於天下天下之士得一識面者退誇於人以為榮耀至於游談布衣之賤往往竊託門下之名矧令以大謀小以順取逆濟以明哲之才有必成功之勢則士之好功名者於此為時孰不願出所長少助萬一得託附以成其名哉況聞狂虜猖獗屢有斥指之詞加之輕侮購募之辱至於執戮將吏殺害邊民凡此數事在於修輩尤為憤恥每一思之中夜三起不幸修無所能徒以少喜文字過為世俗見許

此豈足以當大君子之舉哉若夫叅決軍謀經畫財利料敵制勝在於幕府苟不乏人則軍書奏記一末事耳有不待修而堪者矣由此始敢以親為辭況今世人所謂四六者非修所好少為進士時不免作之自及第遂棄不復作在西京佐三相幕府於職當作亦不為作此師魯所見今廢已久懼無好辭以辱嘉命此一端也伏見自至闕西辟士甚衆古人所與成事者必有國士共之非惟在上者以知人為難士雖貧賤以身許人固亦

未易欲其盡死必深相知知之不盡士不為用令奇怪豪儁之士往往蒙見收擇顧用之如何爾然尚慮山林草莽有挺特知義慷慨自重之士未得出於門下也宜少思焉若修者恨無他才以當長者之用非敢效庸人苟且樂安佚也幸察

按史修為館閣校勘范仲淹以言事貶在廷多論救司諫高若訥獨以為當黜修貽書責之若訥上其書坐貶夷陵令稍移乾德令武成節度判官范仲淹使陝西辟掌

書記修笑而辭曰昔者之舉豈以為利哉同其退不同其進可也此即其辭辟命書修之自潔其身不苟進取如此

與石推官第一書

修頓首再拜白公操足下前歳於洛陽得在鄆州時所寄書卒然不能即報遂以及今然其勤心未必若書之怠而獨不知公操察不察也修來京師已一歳也宋州臨汴水公操之譽日與南方之舟至京師修少與時人

相接尤寡而譽者無日不聞若幸使盡識舟上人則公操之美可勝道哉凡人之相親者居則握手共席道歡欣既別則問疾病起居以相為憂者常人之情爾若聞如足下之譽者何必問其他乎聞之欣然亦不減握手之樂也夫不以相見為歡樂不以疾病為憂問是豈無情者乎得非相期者在於道爾其或有過而不至於道者乃可為憂也近於京師頻得足下所為文讀之甚善其好古閔世之意皆公操自得於古人不待修之贊也然

有自許太高詆時太過其論若未深究其源者此事有本末不可卒然語須相見乃能盡然有一事今詳而說此計公操可朝聞而暮改者試先陳之君貺家有足下手作書一通及有二像記石本始見之駭然不可識徐而視定辨其點畫乃可漸通吁何怪之甚也既而持以問人曰是不能乎書者邪曰非不能也書之法當爾邪曰非也古有之乎曰無今有之乎亦曰無也然則何謂而若是曰特欲與世異而已修聞君子之於學是而已

不聞為異也好學莫如揚雄亦曰如此然古之人或有稱獨行而高世者考其行亦不過乎君子但與世之庸人不合爾行非異世蓋人不及而反棄之舉世斥以為異者歟及其過聖人猶欲就之於中庸況今書前不師乎古後不足以為來者法雖天下皆好之猶不可為況天下皆非之乃獨為之何也是果好異以取高歟然嚮謂公操能使人譽者豈其履中道秉常德而然歟抑亦昂然自異以驚世人而得之歟古之教童子者立必正

聽不傾常視之毋謹勤謹乎其始惟恐其見異而惑也今足下端然居乎學舍以教人為師而反率然以自異顧學者何所法哉不幸學者皆從而效之足下又果為獨異乎今不急止則懼他日有責後生之好怪者推其事罪以奉歸此修所以為憂而敢告也惟幸察之不宣

按公操即石守道為國子直講為文指切當時無所諱忌杜衍韓琦薦擢太子中允直集賢院會呂夷簡罷相夏竦奪樞密使章得象晏殊賈昌朝范仲淹富弼及琦

同時執政歐陽修余靖王素蔡襄並為諫官介喜曰此
盛事也歌頌吾職其可已乎作慶歷聖德詩有曰衆賢
之進如茅斯拔大姦之去如距斯脫其言大姦葢指竦
也竦銜介甚并欲陷富弼令婢學介書偽作介為弼撰
廢立詔草會介死竦言介詐死北走契丹請發棺以驗
賴杜衍得免斲棺介葢狂士修借八法一端極盡忠告
之誼以消其好異自喜之心可謂良友矣竦令婢子學
得介書豈非以介書絕怪異轉易以彷彿其迹邪可謂

好異之戒矣

與石推官第二書

前同年徐君行因得寓書論足下書之怪時僕有妹居襄城喪其夫匍匐將往視之故不能盡其所以云者而畧陳焉足下雖不以僕為狂愚而絕之復之以書然果未能喻僕之意非足下之不喻由僕聽之不審而論之之畧之過也僕見足下書久矣不即有云而今乃云者何邪始見之疑乎不能書又疑乎忽而不學夫書一藝爾

人或不能與忽不學時不必論是以默默然及來京師見二像石本及聞說者云足下不欲同俗而力為之如前所陳者是誠可諍矣然後一進其說及得足下書自謂不能與前所聞者異然後知所聽之不審也然足下於僕之言亦似未審者足下謂世之善書者能鍾王虞柳不過一藝已之所學乃堯舜周孔之道不必善書又云因僕之言欲勉學之此皆非也夫所謂鍾王虞柳之書者非獨足下薄之僕固亦薄之矣世之有好學其書而

悅之者與嗜飲茗閱畫圖無異但其性之一僻耳豈君子之所務乎然至於書則不可無法古之始有文字也務乎記事而因物取類為其象故周禮六藝有六書之學其點畫曲直皆有其說揚子曰斷木為棋梡革為鞠亦皆有法焉而況書乎今雖隸字已變於古而變古為隸者非聖人不足師法然其點畫曲直猶有準則如毋母彳亻之相近易之則亂而不可讀矣今足下以其直者為斜以其方者為圓而曰我第行堯舜周孔之道此

甚不可也譬如設饌於案加帽於首正襟而坐然後食者此世人常爾若其納足於帽反衣而衣坐乎案上以飯實酒巵而食曰我行堯舜周孔之道者以此之於世可乎不可也則書雖末事而當從常法不可以爲怪亦猶是矣然足下了不省僕之意凡僕之所陳者非論書之善否但患乎近怪自異以惑後生也若果不能又何必學僕豈區區勸足下以學書者乎足下又云我實有獨異於世者以疾釋老斥文章之雕刻者此又大不可

也夫釋老惑者之所為雕刻文章薄者之所為足下安知世無明誠質厚君子之不為乎足下自以為異是待天下無君子之與己同也仲尼曰後生可畏安知來者之不如今也是則仲尼一言不敢遺天下之後生足下一言待天下以無君子此故所謂大不可也夫士之不為釋老與不雕刻文章者譬如為吏而不受貨財葢道當爾不足恃以為賢也屬久苦小疾無意思不宣

朱弁曰令石守道徂徠集中猶見其答書大畧譏詞自解文忠答書誠中其病守道字畫世不復見既嘗被之金石必非率爾而為者即其答書觀之其強項不服義設為髙論以文過拒人之態猶可想見稱推官者葢在南京時計其齒甚少不知後來少悛否然公誌其墓與讀徂徠集二詩盛道其所長亦足以見公與人不求備也

答宋咸書

修頓首白州人至蒙惠書及補注周易甚善世無孔子久矣六經之旨失其傳其有不可得而正者自非孔子復出無以得其真也傳者之為學博矣而又苦心勞神於殘編朽簡之中以求千歲失傳之謬茫乎前望已遠之聖人而不可見杳乎後顧無窮之來者欲為未悟決難解之惑是真所謂勞而少功者哉然而經非一世之書也其傳之謬非一日之失也其所以刋正補緝亦非一人之能也使學者各極其所見而明者擇焉十取其

一百取其十雖未能復六經於無失而卓如日月之明然聚衆人之善以補緝之庶幾不至於大謬可以俟聖人之復生也然則學者之於經其可已乎足下於經勤矣凡其所失無所不欲正之其刋正補緝者衆則其所得亦已多矣修學不敏明而又無彊力以自濟恐終不能少出所見以補六經之萬一得足下所為故尤區區而不能忘也

六經如日日或午蔽於雲夜入於地而不得謂天壤間

有一刻無日也經雖遭焚被禁解謬語訛而不得謂人心中有一時無經也以意逆志是為得之堯舜與人同耳雖聖遠言湮而果有得於同天地合萬物之人心自然有合於數千載以上不傳之遺旨是故學士大夫果能身體力行講明而切究之有所述説皆足以俟百世以下之聖人而折衷也若夫黨同妬異僻守一家之言自用師心樂著井蛙之見則雖使六經具在而聖人之微言奥義日誦於口而不能入於其心矣況出區區漢

儒之補苴罅漏宋儒之張皇幽渺絶非周公孔子之全文而又奚校焉

與刁景純學士書

修頓首啟近自罷乾德遂居南陽始見謝舍人知丈丈內翰出許聞問驚怛不能已已丈丈位望並隆然平生亦嘗坎軻數年以來方履亨塗任要劇其去大用尺寸間爾豈富與貴不可力為而天之賦予多少有限邪凡天之賦予人者又量何事而為之節也前既不可詰但

痛惜感悼而已某自束髮為學初未有一人知者及首登門便被憐奬開端誘道勤勤不已至其粗若有成而後止雖其後游於諸公而獲藹多士雖有知音莫之先也然亦自念不欲效世俗子一遭人之顧已不以至公相期反趨走門下脅肩謟笑甚者獻讒訣而備使令以畀昵自親名曰報德非惟自私直亦待所知以不厚是故懼此惟欲少勵名節庶不泯然無聞用以不負所知爾某之愚誠所守如此然雖昏公亦未必諒某此心也

自前歲得罪夷陵奔走萬里身日益窮迹日益疎不及再聞語言之音而遂為幽明之隔嗟夫世俗之態既不欲為愚誠所守又未克果惟有望門長號臨柩一奠亦又不及此之為恨何可道也徒能惜不永年與未大用遂與道路之人同歎耳知歸葬廣陵遂謀京居議者多云不便而聞理命若斯必有以也若須春水下汴某歲盡春初當過京師尚可一拜見以盡區區身賤力微於此之時當有可致而無毫髮之助慚愧慚愧不宣

修年二十二謁學士胥偃於漢陽偃大奇之留置門下許以女妻之攜以如京師閱二年而登甲科其明年乃親迎逾二年而胥氏卒景祐三年修年三十落職為峽州夷陵縣令明年移乾德縣令逾一年為寶元二年復舊官權成德軍節度判官廳公事乃自乾德奉母待次於南陽而聞胥偃之卒作此書與所知刁景純也

與樂秀才第一書

某白秀才樂君足下昨者舟行往來皆辱見過又蒙以

所業一冊先之啓事究然如後進之見先達之儀某年始三十矣其不從鄉進士之後者於今纔七年而官僅得一縣令又為有罪之人其德爵齒三者皆不足以稱足下之所待此其所以為慙自冬涉春陰浊不止夷陵水土之氣比頻作疾又苦多事是以闕然聞古人之於學也講之深而信之篤其充於中者足而後發乎外者大以光譬夫金玉之有英華非由磨飾染濯之所為而由其質性堅實而光輝之發自然也易之大畜曰剛健

篤實輝光日新謂夫畜於其内者實而後發為光輝者日益新而不竭也故其文曰君子多識前言往行以畜其德此之謂也古人之學者非一家其為道雖同言語文章未嘗相似孔子之繫易周公之作書奚斯之作頌其辭皆不同而各自以為經子游子夏子張與顔回同一師其為人皆不同各由其性而就於道耳今之學者或不然不務深講而篤信之徒巧其詞以為華張其言以為大夫強為則用力艱用力艱則有限有限則易竭

又其為辭不規模於前人則必屈曲變態以隨時俗之所好鮮克自立此其充於中者不足而莫自知其所守也竊讀足下之所為高健志甚壯而力有餘譬夫良駿之馬有其質矣使駕大輅而王良馭之節以和鑾而行大道不難也夫欲充其中由講之深至其深然後知自守能如是矣言出其口而皆文修見惡於時棄身此邑不敢自齒於人人所共棄而足下過禮之以賢明方正見待雖不敢當是以盡所懷為報以塞其慭某頓首

天在山中大畜孔穎達正義謂實無此象假設此義然孔子曰象也者像也空言無實之名何象之有夫仰而觀天蒼蒼焉而已矣御飛龍而至蒼蒼之所其上之蒼蒼仍若是也則蒼蒼者不可以語天之實也惟風雨雲雷之屬為天所降者從以究其所降之方則曰天在焉可也而山之為物能出雲為風雨則天之在山中必矣豈曰實無此象哉莫大於天而山能畜之上下千萬年縱横數萬里而心能識之昔人有問芥子納須彌之義

或答以心如椰子大能讀萬卷書者是即天在山中之象也文王曰不家食吉蓋君子之於仕也行其義也欲行義必先集義萬事萬物莫不有義識備集之而後能行義能行義則可與治天下國家矣故不家食吉使於此未大畜焉而食君之祿是詩人所刺碩鼠之食苗也行固如是言胡不然行以治一時言以教萬世一也孔子曰君子以多識前言往行以畜其德畜其德則或出或處或默或語無所不可於此未大畜焉而彊為文辭是曲禮

所為鸚鵡能言不離飛鳥也

與張秀才第二書

前日去後復取前所貺古今雜文十數篇反復讀之若大節賦樂古太古曲等篇言尤高而志極大尋足下之意豈非閔世病俗究古明道欲援今以復之古而翦剔齊整凡今之分殽駁冗者歟然後益知足下之好學甚有志者也然而述三皇太古之道捨近取遠務高言而鮮事實此少過也君子之於學也務為道為道必求知

古知古明道而後履之以身施之於事而又見於文章而發之以信後世其道周公孔子孟軻之徒常履而行之者是也其文章則六經所載至今而取信者是也其道易知而可法其言易明而可行及誕者言之乃以混蒙虛無為道洪荒廣畧為古其道難法其言難行孔子之言道曰道不遠人言中庸者曰率性之謂道又曰可離非道也春秋之為書也以成隱讓而不正之傳者曰春秋信道不信邪謂隱未能蹈道齊侯遷衛書城楚丘

與其仁不與其專封傳者曰仁不勝道凡此所謂道者乃聖人之道也此履之於身施之於事而可得者也豈如誕者之言者邪堯舜禹之書皆曰若稽古傳說曰事不師古匪說攸聞仲尼曰吾好古敏以求之者凡此所謂古者其事乃君臣上下禮樂刑法之事又豈如誕者之言者邪此君子之所學也夫所謂捨近而取遠云者孔子昔生周之世去堯舜遠孰與今去堯舜遠也孔子删書斷自堯典而弗道其前其所謂學則曰祖述堯舜

如孔子之聖且勤而弗道其前者豈不能邪蓋以其漸
遠而難彰不可以信後世也今生於孔子之絶後而反
欲求堯舜之已前世所謂務高言而鮮事實者也唐虞
之道為百王首仲尼之歎曰蕩蕩乎謂高深閎大而不
可名也及夫二典述之炳然使後世尊崇仰望不可及
其嚴若天然則書之言豈不高邪然其事不過於親九
族平百姓憂水患問臣下誰可任以女妻舜及祀山川
見諸侯齊律度謹權衡使臣下誅放四罪而已孔子之

後惟孟軻最知道然其言不過於教人樹桑麻畜雞豚以謂養生送死為王道之本夫二典之文豈不為文孟軻之言道豈不為道而其事乃世人之甚易知而近者葢切於事實而已今學者不深本之乃樂誕者之言思混沌於古初以無形為至道者無有高下遠近使賢者能之愚者可勉而至無過不及而一本乎大中故能亘萬世可行而不變也今以謂不足為而務高遠之為勝以廣誕者無用之說是非學者之所盡心也宜少下其

高而近其遠以及乎中則庶乎至矣凡僕之所論者皆陳言淺語如足下之多聞博學不宜為足下道之也然某之所以云者本欲損足下高遠而俯就之則安敢務為奇言以自高邪幸足下少思焉

唐虞三代間事不見於六經四子之論說者具不可信信之則其心如鏡之有滓焉以之照萬事當滓之處必不能以明孟子所為生於其心害於其政發於其政害於其事修此書不特為文字者所宜熟讀深思也與帝

王世次圖序參觀益明

御選唐宋文醇卷二十三

御選唐宋文醇卷二十四

廬陵歐陽修文三

帝王世次圖序

堯舜禹湯文武此六君子者可謂顯人矣而後世猶失其傳者豈非以其遠也哉是故君子之學不窮遠以為能而闕其不知慎所傳以惑世也方孔子時周衰學廢先王之道不明而異端之說並起孔子患之乃修正詩

書史記以止紛亂之説而欲其傳之信也故畧其逺而詳其近於書斷自唐虞以來著其大事可以為世法者而已至於三皇五帝君臣世次皆未嘗道者以其世逺而慎所不知也孔子既没異端之説復興周室亦益衰亂接乎戰國秦遂焚書先王之道中絶漢興久之詩書稍出而不完當王道中絶之際奇書異説方充斥而盛行其言往往反自托於孔子之徒以取信於時學者既不備見詩書之詳而習傳盛行之異説世無聖人以為

質而不自知其取捨真偽至有博學好奇之士務多聞以為勝者於是盡集諸說而論次初無所擇而惟恐遺之也如司馬遷之史記是矣以孔子之學上述前世止於堯舜著其大畧而不道其前遷遠出孔子之後而乃上述黃帝以來又詳悉其世次其不量力而務勝宜其失之多也遷所作本紀出於大戴禮世本諸書今依其說圖而考之堯舜夏商周皆同出於黃帝堯之崩也下傳其四世孫舜舜之崩也復上傳其四世祖禹而舜禹

皆壽百歲稷契於高辛為子乃同父異母之兄弟今以其世次而下之湯與王季同世湯下傳十六世而為紂王季下傳一世而為文王二世而為武王是文王以十五世祖臣事十五世孫紂而武王以十四世祖伐十四世孫而代之王何其繆哉嗚呼堯舜禹湯文武之道百王之取法也其盛德大業見於行事而後世所欲知者孔子皆已論著之矣其久遠難明之事後世不必知不知不害為君子者孔子皆不道也夫孔子所以為聖人

者其智知所取捨皆如此

王志堅曰困學紀聞攷古編謂歐陽公論二帝三王世次差舛發端於杜佑通典按釋例世族譜已有此疑則發端乃杜預也

後序

予既畧論帝王世次而見本紀之失猶謂文武與紂相去十五六世其繆較然不疑而堯舜禹之世相去不遠尚兾其理有可通乃復以尚書孟子孔安國皇甫謐諸

書參考其壽數長短而尤乖戾不能合也據書及諸說云堯壽一百一十六歲舜壽一百一十二歲禹壽百歲堯年十六即位在位七十年年八十六始得舜而試之二年乃使攝政時舜年三十居試攝通三十年而堯崩舜服堯喪三年畢乃即位在位五十年而崩方舜在位三十三年命禹攝政凡十七年而舜崩禹服舜喪三年畢乃即位在位十年而崩由是言之當堯得舜之時堯年八十六舜年三十以此推而上之是堯年五十七已見

四世之元孫生一歲矣舜居試攝及在位通八十二年而禹壽百歲以禹百年之間推而上之禹即位及居舜喪通十三年又在舜朝八十二年通九十五年則當舜攝試之初年禹纔六歲是舜為元孫年三十時見四世之高祖方生六歲矣至於舜娶堯二女據圖為曾祖姑雖古遠世異與今容有不同然人倫之理乃萬世之常道必不錯亂顛倒之如此然則諸家世次壽數長短之說聖經之所不著者皆不足信也決矣

修平生於古人書不輕訾議至其灼見剌謬則反覆申明以詒後世又不憚覼縷開嘗論之馬遷上下千百年以成史記而班固譏其是非頗謬於聖人迄今考其書其所襃貶葢多微辭所以譏切當世語南意北使讀者自得之未嘗是其所是而非其所非又何以據其文而譏其謬也特所編次多據戰國秦漢間處士游談不經之說雜入孔子論定之六經使金鍮莫辨涇渭不分則其所蔽耳公羊傳曰所聞異辭所傳聞又異辭事隔數

世不能以無訛謬雖左氏傳猶或未免況其他乎如史記所載衛公子伋壽爭死乃據左傳詩傳之文謂衛宣公納伋之妻生壽及朔朔與宣姜愬伋於公公令伋之齊使賊先待於隘而殺之壽竊其節以先伋至爭死賊并殺之先儒信之無疑者乃考其年代則宣公十八年納伋之妻而十九年宣公死然則所為壽者朔者雖孿生亦俱未周晬安得有愬伋爭死之事乎不特左氏傳可疑即二子乘舟之詩亦不知何為作也如是者不可

枚舉聊附記其一端使後世知孟子云盡信書不如無書之為至論也

外制集序

慶歷三年春丞相呂夷簡病不能朝上既更用大臣銳意天下事始用諫官御史疏追還夏竦制書既而召韓琦范仲淹於陝西又除富弼樞密副使弼仲淹琦皆惶恐頓首辭讓至五六不已手詔趣琦等就道甚急而弼方且入求對以辭不得見遣中貴人趣送閤門使即受

命嗚呼觀琦等之所以讓上之所以用琦等者可謂聖賢相遭萬世一遇而君臣之際何其盛也於是時天下之士孰不願為材邪顧予何人亦與其選夏四月召自滑臺入諫院冬十二月拜右正言知制誥是時夏人雖數請命而西師尚未解嚴京東累歲盜賊最後王倫暴起沂州轉刼江淮之間而張海郭貌山等亦起商鄧以驚京西州縣之吏多不稱職而民弊矣天子方慨然勸農桑興學校破去前例以不次用人哀民之困而欲除

其蠹吏知磨勘法久之弊而思别材不肖以進賢能患百職之不修而申行賞罰之信葢欲修法度矣予時雖掌誥命猶在諫職常得奏事殿中從容盡聞天子所以更張庶事憂閔元元而勞心求治之意退得載於制書以諷曉訓勑在位者然予方與修祖宗故事又修起居注又修編勑日與同舍議論治文書所省不一而除目所下率不一二時已迫丞相出故不得專一思慮工文字以盡導天子難諭之意而復誥命於三代之文嗟夫

學者文章見用於世鮮矣況得施於朝廷而又遭人主致治之盛若修之鄙使竭其材猶恐不稱而況不能專一其職此予所以常遺恨於斯文也明年秋予出為河北轉運使又明年春權知成德軍事事少閒發鄉所作制草而閱之雖不能盡載明天子之意於其所述而得一二足以彰示後世益王者之訓在焉豈以予文之鄙而廢也於是錄之為三卷予自直閣下儤直八十始滿不數日奉使河東還即以來河北故其所作纔一百五

十餘篇云

徐度曰按歐陽文忠公慶歷制草序曰除目所下率不一二時已迫丞相出故不得專一思慮工文字以盡道天子難喻之意而還誥命於三代之文又劉原甫侍讀墓誌稱其文章尤敏贍嘗直紫微閣一日追封皇子公主九人方將下直為之立馬却坐一揮九制凡數千言文辭典雅各得其體由是言之則是除目既下必用是日草詞且不得從容下直而為之也

追元祐初命詞之限已不得如前者之迫程公巽資政居政和間詞命獨為一時之冠然文思遲澀尤惡人趣之有趣之者輒默誌其旁故一趣則故遲一日有遷延至旬餘者

詩譜補亡後序

歐陽子曰昔者聖人已沒六經之道幾熄於戰國而焚棄於秦自漢已來收拾亡逸發明遺義而正其訛繆得以麤備傳於今者豈一人之力哉後之學者因迹前世

之所傳而較其得失或有之矣若使徒抱焚餘殘脫之經倀倀於去聖千百年後不見先儒中間之說而欲特立一家之學者果有能哉吾未之信也然則先儒之論苟非詳其終始而牴牾質於聖人而悖理害經之甚有不得已而後改易者何必徒為異論以相訾也毛鄭於詩其學亦已博矣予嘗依其箋傳考之於經而證以序譜惜其不合者頗多蓋詩述商周自生民元鳥上陳稷契下迄陳靈公千五六百歲之間旁及列國君臣世次國

地山川封域圖牒鳥獸草木魚蟲之名與其風俗善惡方言訓詁盛衰治亂美刺之由無所不載然則孰能無失於其間哉予疑毛鄭之失既多然不敢輕為改易者意其為説不止於箋傳而已恨不得盡見二家之書未能徧通其㫖夫不盡見其書而欲折其是非猶不盡人之辭而欲斷其訟之曲直其能果於自決乎其能使之必服乎世言鄭氏詩譜最詳求之久矣不可得雖崇文總目秘書所藏亦無之慶曆四年奉使河東至於絳州

偶得焉其文有注而不見名氏然首尾殘缺自周公致太平已上皆亡之其國譜旁行尤易為訛舛悉皆顛倒錯亂不可復考凡詩雅頌兼列商魯其正變之風十有四國而其次皆莫詳其義惟封國變風之先後不可以不知周召王豳同出於周邶鄘出於衛檜魏無世家其可考者陳齊衛晉曹鄭秦此封國之先後也豳齊衛檜陳唐秦鄭魏曹此變風之先後也周南召南邶鄘衛王鄭齊豳秦魏唐陳曹此孔子未刪詩之前周太師樂歌

之次第也周召邶鄘衛王檜鄭齊魏唐秦陳曹豳此鄭氏詩譜次第也黜檜後陳此今詩次第也初余未見鄭譜嘗畧考春秋史記本紀世家年表而合以毛鄭之説為詩圖十四篇今因取以補鄭譜之亡者足以見二家所説世次先後甚備因據而求其得失較然矣而仍存其圖庶幾以見予於鄭氏之學盡心焉耳夫盡其説而有所不通然後得以論正予豈好為異論者哉凡補其譜十有五補其文字二百七增損塗乙改正者三百八

十三而鄭氏之譜復完矣

修與宋咸書謂經非一世之書其傳之謬非一日之失其刊正補緝亦非一人之所能使學者各極其所見而明者擇焉十取其一百取其十雖未能復六經於無失然聚衆善以補緝之庶幾不至於大謬可以俟聖人之復生又與徐無黨書謂凡今治經者莫不患聖人之意不明而為諸儒以自出之說汩之也今於經外又自為說則是患沙渾水而投土益之也不若沙土盡去則水

清而明矣合之此序三者雖若語相牴牾而實如五味之相和可見修於六經潛心自得之趣而亦為後世學人治經之法也

集古録目序

物常聚於所好而常得於有力之彊有力而不好好之而無力雖近且易有不能致之象犀虎豹蠻夷山海殺人之獸然其齒角皮革可聚而有也玉出崑崙流沙萬里之外經十餘譯乃至乎中國珠出南海常生深淵採

者腰絙而入水形色非人往往不出則下飽蛟魚金礦于山鑿深而穴遠篝火餱糧而後進其崖崩窟塞則遂葬於其中者率常數十百人其遠且難而又多死禍常如此然如金玉珠璣世常兼聚而有也凡物好之而有力則無不至也湯盤孔鼎岐陽之鼓岱山鄒嶧會稽之刻石與夫漢魏已來聖君賢士桓碑彝器銘詩序記下至古文籀篆分隸諸家之字書皆三代以來至寶怪奇偉麗工妙可喜之物其去人不遠其取之無禍然而風

霜兵火湮沒磨滅散棄於山崖墟莽之間未嘗收拾者由世之好者少也幸而有好之者又其力或不足故僅得其一二而不能使其聚也夫力莫如好好莫如一予性顓而嗜古凡世人之所貪者皆無欲於其間故得一其所好於斯好之已篤則力雖未足猶能致之故上自周穆王以來下更秦漢隋唐五代外至四海九州名山大澤窮崖絶谷荒林破塚神仙鬼物詭怪所傳莫不皆有以為集古錄以謂轉寫失真故因其石本軸而藏之

有卷帙次第而無時世之先後蓋其取多而未已故隨其所得而錄之又以謂聚多而終必散乃撮其大要别為錄目因并載夫可與史傳正其闕謬者以傳後學庶益於多聞或譏予曰物多則其勢難聚聚久而無不散何必區區於是哉予對曰足吾所好玩而老焉可也象犀金玉之聚其能果不散乎予固未能以此而易彼也

歐陽修自記昔在洛陽與余遊者皆一時豪儁之士也而陳郡謝希深善評文章河南尹師魯辨論精博

余每有所作二人者必伸紙疾讀便得余深意以示他人亦或時有所稱皆非余所自得者也宛陵梅聖俞善人君子也與余共處窮約每見余小有可喜事懽然若在諸己自三君之亡余亦老且病矣此敘之作既無謝尹之知音而集録成書恨聖俞之不見也悲夫

韻總序

倕工於為弓而不能射羿與逄蒙天下之善射者也奚

仲工於為車而不能御王良造父天下之善御者也此荀卿子所謂藝之至者不兩能信哉儒者學乎聖人聖人之道直以簡然至其曲而暢之以通天下之理以究陰陽天地人鬼事物之變化君臣父子吉凶生死凡人之大倫則六經不能盡其說而七十子與孟軻荀揚之徒各極其辯而莫能殫焉夫以孔子之好學而其所道者自堯舜而後則詳之其前葢畧而弗道其亦有所不暇者歟儒之學者信哉遠且大而用功多則其有所不

暇者宜也文字之為學儒者之所用也其為精也有聲形曲直毫釐之別音響清濁相生之類五方言語風俗之殊故儒者莫暇精之其有精者則往往不能乎其他是以學者莫肯捨其所事而盡心乎此所謂不兩能者也必待乎用心專者而或能之然後儒者有以取焉洛僧鑒聿為韻總五篇推子母輕重之法以定四聲考求前儒之失辯正五方之訛顧其用心之精可謂入於忽微若櫛之於髮績之於絲雖細且多而條理不亂儒之

學者莫能難也鑒聿通於易能知大衍之數又學乎陰陽地理黄帝岐伯之書其尤盡心者韻總也世本儒家子少為浮圖入武當山往來江漢之旁十餘年不妄與人交有不可其意雖王公大人亦莫肯顧聞士有一藝雖千里必求之介然有古獨行之節所謂用心專者也宜其學必至焉耳浮圖之書行乎世者數百萬言其文字雜以夷夏讀者罕得其真往往就而正焉鑒聿之書非獨有取於吾儒亦欲傳於其徒也

字學所係甚小然韓愈云凡為文宜畧識字固亦不得
而略也既有聲形曲直豪釐之别則必有音響清濁相
生之類五方言語風俗各殊莫可究詰然必有統宗會
元之處焉先儒謂聲較色味臭止得其半蓋三者俱兼
陰陽獨聲止陽數記曰凡聲陽也故至於陰則不能行
理固然矣然其不能行處即是無聲而無聲之所從來
必有有聲者以為對其對為何聲則反而求之於此雖
無聲而不異有聲也梵書有華嚴字母能統萬類之

聲而一一區別之僧鑒聿其精於是者歟

蘇氏文集序

予友蘇子美之亡後四年始得其平生文章遺稿於太子太傅杜公之家而集録之以爲十卷子美杜氏壻也遂以其集歸之而告於公曰斯文金玉也棄擲埋没糞土不能銷蝕其見遺於一時必有收而寶之於後世者雖其埋没而未出其精氣光怪已能常自發見而物亦不能揜也故方其擯斥摧挫流離窮厄之時文章已自

行於天下雖其怨家仇人及嘗能出力而擠之死者至其文章則不能少毀而揜蔽之也凡人之情忽近而貴遠子美屈於今世猶若此其伸於後世宜如何也公其可無恨予嘗考前世文章政理之盛衰而怪唐太宗致治幾乎三王之盛而文章不能革五代之餘習後百有餘年韓李之徒出然後元和之文始復於古唐衰兵亂又百餘年而聖宋興天下一定晏然無事又幾百年而古文始盛於今自古治時少而亂時多幸時治矣文章

或不能純粹或遲久而不相及何其難之若是歟豈非難得其人歟苟一有其人又幸而及出於治世世其可不為之貴重而愛惜之歟嗟吾子美以一酒食之過至廢為民而流落以死此其可以歎息流涕而為當世仁人君子之職位宜與國家樂育賢材者惜也子美之齒少於予而予學古文反在其後天聖之間予舉進士於有司見時學者務以言語聲偶擿裂號為時文以相誇尚而子美獨與其兄才翁及穆參軍伯長作為古詩雜

文時人頗共非笑之而子美不顧也其後天子患時文之弊下詔書諷勉學者以近古由是其風漸息而學者稍趨於古焉獨子美為於舉世不為之時其始終自守不牽世俗趨舍可謂特立之士也子美官至大理評事集賢校理而廢後為湖州長史以卒享年四十有一其狀貌奇偉望之昂然而即之溫溫久而愈可愛慕其材雖高而人亦不甚嫉忌其擊而去之者意不在子美也賴天子聰明仁聖凡當時所指名而排斥二三大臣而

下欲以子美為根而累之者皆蒙保全令並列於榮寵雖與子美同時飲酒得罪之人多一時之豪俊亦被收采進顯於朝廷而子美獨不幸死矣豈非其命也悲夫

朱子曰范文正招引一時才俊之士聚在館閣如蘇子美梅聖俞之徒此輩雖有才望然輕儇戲謔又多分流品一時許公為相張安道為御史中丞王拱辰之徒皆深惡之求去之未有策而蘇子美又杜祁公壻杜是時為相蘇為館職兼進奏院每歲院中賽神

例賣故紙錢爲飲燕之費蘇舜欽賣故紙因出已錢
添助爲會請館閣中諸名勝而分別流品非其侶者
皆不得與會李定願與而蘇不肯於是盡招兩軍女
妓作樂爛飲作爲傲歌王勝之直柔句云欹倒太極
遣帝扶周公孔子驅爲奴拱辰輩專探伺伊敗闕
才聞此句即以白上仁宗大怒即令中官捕捉諸
公皆已散走逃匿而上怒甚捕捉甚峻城中喧然於是
韓魏公言於上曰陛下即位以來未嘗爲此等事一

旦遽如此驚駭天下觀聽仁宗恕少解而館閣之士罷逐一空故時有一網打盡之語杜公亦罷相子美除名為民永不敘復子美居湖州有詩曰不及雞竿下坐人言不得比罪人引赦免放也雖是拱辰安道輩攻之甚急然亦只伊輩輕薄做得不是縱有時名所為如此終亦何補於天下國家邪仁宗於是懲才士輕薄之弊這幾箇承意旨盡援引純朴持重之人以愚仁宗凡解經不過如釋訓詁而已如楊安國彭乘

之徒是也

梅聖俞詩集序

予聞世謂詩人少達而多窮夫豈然哉葢世所傳詩者多出於古窮人之辭也凡士之藴其所有而不得施於世者多喜自放於山巔水涯之外見蟲魚草木風雲鳥獸之狀類往往探其奇怪内有憂思感憤之鬱積其興於怨刺以道羈臣寡婦之所歎而寫人情之難言葢愈窮則愈工然則非詩之能窮人殆窮者而後工也予友梅

聖俞少以蔭補為吏累舉進士輒抑於有司困於州縣凡十餘年年今五十猶從辟書為人之佐鬱其所蓄不得奮見於事業其家宛陵幼習於詩自為童子出語已驚其長老既長學乎六經仁義之說其為文章簡古純粹不求苟說於世世之人徒知其詩而已然時無賢愚語詩者必求之聖俞聖俞亦自以其不得志者樂於詩而發之故其平生所作於詩尤多世既知之矣而未有薦於上者昔王文康公嘗見而歎曰二百年無此作矣雖

知之深亦不果薦也若使其幸得用於朝廷作為雅頌以歌詠大宋之功德薦之清廟而追商周魯頌之作者豈不偉歟奈何使其老不得志而為窮者之詩乃徒發於蟲魚物類羈愁感歎之言世徒喜其工不知其窮之久而將老也可不惜哉聖俞詩既多不自收拾其妻之兄子謝景初懼其多而易失也取其自洛陽至於吳興已來所作次為十卷余嘗嗜聖俞詩而患不能盡得之遽喜謝氏之能類次也輒序而藏之其後十五年聖俞

以疾卒於京師余既哭而銘之因索於其家得其遺槀千餘篇并書所藏掇其尤者六百七十七篇為一十五卷嗚呼吾於聖俞論之詳矣故不復云

王志堅曰歐陽公與梅聖俞由河南幕府締交最久至嘉祐元年始薦為直講距聖俞之死僅五年耳故王荆公挽詩云貴人憐公青兩眸吹噓可使高岑樓坐令隱納不見收空能乞錢助饋餾此為歐公發也然公為作誌又為作序於故人之誼不薄其不早汲引

豈無意乎世傳聖俞不得志作一書名碧雲騢以詆
諸公葉夢得嘗辨為魏泰作然於石林燕語載范公
初貶饒州聖俞作靈烏賦以寄及公秉政意其援己
而漠然無意所薦乃孫明復李泰伯聖俞乃作後靈
烏賦云我昔閔汝之忠作賦弔汝今主誤豐爾食安
爾巢而爾不復啄叛臣之目伺賊壘之去反憎鴻鵠
之不親愛燕雀之來附清波雜志引聖俞聞范公訃
詩云一出屢更郡人皆望酒壺俗情那可學奏記向

聖祖御評
自待甚重故立論皆高人一層

來無貧賤常甘分崇高不解肰雖然門館隅泣與衆人殊疑碧雲騢一書真出聖俞合而觀之聖俞之為人可知歐公待之最為得體

送徐無黨南歸序

草木鳥獸之為物衆人之為人其為生雖異而為死則同一歸於腐壞澌盡泯滅而已而衆人之中有聖賢者固亦生且死於其間而獨異於草木鳥獸衆人者雖死而不朽逾遠而彌存也其所以為聖賢者修之於身施

之於事見之於言是三者所以能不朽而存也修於身者無所不獲施於事者有得有不得焉其見於言者則又有能有不能也施於事矣不見於言可也自詩書史記所傳其人豈必皆能言之士哉修於身矣而不施於事不見於言亦可也孔子弟子有能政事者矣有能言語者矣若顏回者在陋巷曲肱飢臥而已其羣居則默然終日如愚人然自當時羣弟子皆推尊之以為不敢望而及而後世更百千歲亦未有能及之者其不朽而

存者固不待施於事況於言乎予讀班固藝文志唐四庫書目見其所列自三代秦漢以來著書之士多者至百餘篇少者猶三四十篇其人不可勝數而散亡磨滅百不一二存焉予竊悲其人文章麗矣言語工矣無異草木榮華之飄風鳥獸好音之過耳也方其用心與力之勞亦何異衆人之汲汲營營而忽焉以死者雖有遲有速而卒與三者同歸於泯滅夫言之不可恃也葢如此今之學者莫不慕古聖人之不朽而勤一世以盡心於

文字間者皆可悲也東陽徐生少從予學為文章稍稍見稱於人既去而與羣士試於禮部得高第由是知名其文辭日進如水涌而山出予欲摧其盛氣而勉其思也故於其歸告以是言然予固亦喜為文辭者亦因以自警焉

王志堅曰張芸叟與石司理書云頃遊京師每聽歐陽文忠公王荊公司馬温公之論於行義文史為多惟歐公多談吏事久之不免有請云學者之見先生

莫不以道德文章為欲聞者今先生多教人以吏事所未喻也公曰不然吾子異日臨事當自知之大抵文章止於潤身政事可以及物吾昔貶官夷陵欲求史漢一觀公私無有因取陳年公牘反覆觀之見其枉直乖錯不可勝數且以夷陵荒遠褊小尚如此天下固可知也當時仰天誓心曰自爾遇事不敢忽也迨今二十餘年出入中外忝歷三事今日以人望我必謂翰墨致身以我自觀竟是當時一言之報也此

序諄諄以徒言為誡即此一段公於文學曾不自足
而必求政事以及人非聖賢心事何以有此

御選唐宋文醇卷二十四

欽定四庫全書

御選唐宋文醇卷二十五

廬陵歐陽修文四

送王聖紀赴扶風主簿序

前年五月大霖雨殺麥河溢東畿浸下田已而不雨至於八月菽粟死高田三司有言前時溢博州民冒河為言得免租者葢萬計令歲秋當租懼民幸水旱因縁得妄免以虧兵食慎敕有司謹之朝廷因舉田令約束州

縣吏吏無遠近皆望風惡民言水旱一以農田敕限甚者笞而絶之饑之民訴其縣不聽則訴於開封又不聽則相與聚立宣德門外訴於宰相於是遣吏四出視諸縣視者還而或言災或言否然言否者十七八最後視者還言民實災而吏徒畏約束以茍自免爾天子聞之惻然盡蠲饑民之租余嘗竊歎曰民生幸而為饑民有緩急近而易知也雨降於天河溢於地與赤日之出是三者物之易見也前二三歲旱蝗相連朝廷歲歲隨其

災之厚薄蠲其賦之多少至兵食不足則歳糴或入粟以爵而充之是在上者之愛人而仁人之心易惻也以易知之近言易見之事告易惻之仁然吏一壅之幾不得達況四海之大幾萬里而遠事之難知不若霖潦赤日之易見者何數使上有惻之之心不得達於下下有愳告之苦不得通於上者吏居其間而壅之爾可勝歎哉扶風為縣限關之西距京師在千里外民之不幸而事有隱畏者何限其能生死曲直之者今與主簿尉三

人而民之志得不壅而聞於州州不壅而聞於上縣不壅而民志通者令與主簿尉達之而已王君聖紀主簿於其縣聖紀好學有文佐是縣也始試其為政焉故以夫素所歎者告之景祐三年二月二十四日廬陵歐陽修序

秦二世時山東郡縣少年苦秦吏皆殺其守尉令丞反以應陳涉相立為侯王合從西鄉名為伐秦不可勝數也謁者使東方來以反者聞二世二世怒下吏後使者

至上問對曰羣盜郡守尉方逐捕今盡得不足憂上悅
及閻樂至望夷宫射及幄幃二世怒名左右左右惶擾
不鬬旁有一宦者侍不敢去二世謂曰公何不蚤告我
乃至於此宦者曰臣不敢言故得全使臣蚤言皆已誅
安得至今嗟夫古先哲王使公卿至於列士獻詩瞽獻
典史獻書師箴瞍賦矇誦工諫庶人傳語近臣盡規親
戚補察夫人情莫不好譽而惡毁古先哲王亦人爾必
欲盡小人怨汝詈汝之聲交至於耳且皇自敬德厥愆

曰朕之愆不啻不敢含怨豈非布衣之所不能堪者哉凡以位愈高則蔽愈衆且遠或望風而戰栗或望風而希旨以其一喜則萬利集一怨則萬苦聚人安得不唯喜之冀而唯怒之懼於是有可以得喜者無不為也有可以得怒者無不避也是故下愈巧而上愈闇下愈黨而上愈孤上孤且闇則百姓無可告訴而小人在位愈益得志社稷危於纍卵若秦二世矣易曰豐其屋蔀其家闚其戶閴其無人三歲不覿凶此之謂也夫秦二世

者與桀紂比蹤者也後世人主言及二世事則曰是安得復見於今也今觀修所言乃宋仁宗時事仁宗之與二世相去天淵不可以道里計而一有懼民幸水旱因緣得免租之見則畿内之近民有災而不得聞遣吏四出而歸言無災者十七八矣仁宗雖終不為二世而秦時謁者何難復生於景祐間哉人主奈何不懼懼之若何曰謹好惡而已矣

送田畫秀才寧親萬州序

五代之初天下分為十三四及建隆之際或滅或微其在者猶七國而蜀與江南地最大以周世宗之雄三至淮上不能舉李氏而蜀亦恃險為阻秦隴山南皆被侵奪而荆人縮手歸峽不敢西窺以爭故地及太祖受天命用兵不過萬人舉兩國如一郡縣吏何其偉歟當此時文初之祖從諸將西平成都及南攻金陵功最多於時語名將者稱田氏田氏功書史官禄世於家至今而不絕及天下已定將率無所用其武士君子爭以文儒

進故文初將家子反衣白衣從鄉進士舉於有司彼此一時亦各遭其勢而然也文初辭業通敏為人敦潔可喜歲之仲春自荊南西拜其親於萬州維舟夷陵予與之登高以遠望遂遊東山窺緑蘿溪坐盤石文初愛之留數日乃去夷陵者其地志云北有夷山以為名或曰巴峽之險至此地始平夷葢今文初所見尚未為山川之勝者由此而上泝江湍入三峽險怪奇絶乃可愛也當王師伐蜀時兵出兩道一自鳳州以入一自歸州以

取忠萬以西今之所經皆王師嚮所用武處覽其山川可以慨然而賦矣

此篇與豐樂亭記同義俯仰百年間想創業之艱難識治平之有由撫安樂之逵時懼危亡之不戒期全孝於抒忠畏失義而離道種種具流露於意言之表

送楊寘序

余嘗有幽憂之疾退而閒居不能治也既而學琴於友人孫道滋受宫聲數引久而樂之不知疾之在其體也

夫琴之為技小矣及其至也大者為宫細者為羽操絃驟作忽然變之急者悽然以促緩者舒然以和如崩崖裂石高山出泉而風雨夜至也如怨夫寡婦之歎息雌雄雍雍之相鳴也其憂深思遠則舜與文王孔子之遺音也悲愁感憤則伯奇孤子屈原忠臣之所歎也喜怒哀樂動人必深而純古淡泊與夫堯舜三代之言語孔子之文章易之憂患詩之怨刺無以異其能聽之以耳應之以手取其和者道其湮鬱寫其幽思則感人之際

亦有至者焉予友楊君好學有文累以進士舉不得志及從廕調為尉於劍浦區區在東南數千里外是其心固有不平者且少又多疾而南方少醫藥風俗飲食異宜以多疾之體有不平之心居異宜之俗其能鬱鬱以久乎然欲平其心以養其疾於琴亦將有得焉故余作琴說以贈其行且邀道滋酌酒進琴以為别

古之善言琴者惟韓退之聽穎師彈琴詩然未免三分琵琶七分箏之誚若此文與枚乘七發中龍門之桐髙

百尺而無枝一篇便真有琴聲出於紙上

送王陶序

六經皆載聖人之道而易著聖人之用吉凶得失動靜進退易之事也其所以為之用者剛與柔也乾健坤順剛柔之大用也至於八卦之變六爻之錯剛與柔迭居其位而吉亨利无咎凶厲悔吝之象生焉蓋剛為陽為德為君子柔為陰為險為小人自乾之初九為姤而上至於剝其卦五皆陰剝陽之卦也小人之道長君子靜

以退之時也自坤之初六為復而上至於夬其卦五皆剛決柔之卦也小人之道消君子動以進而用事之時也夫剛之為德君子之常用也庇民利物功莫大焉其為卦過泰之三而四為大壯五為夬壯者壯也夬者決也四陽雖盛而猶有二陰然陽衆而陰寡則可用壯以攻之故其卦為壯五陽而一陰陰不足為直可決之而已故其卦為夬然則君子之用其剛也審其力視其時知陰險小人之必可去然後以壯而決之夫勇者可犯

也彊者可詘也聖人於壯決之用必有戒焉故大壯之彖辭曰大壯利貞其象辭曰君子非禮勿履夬之彖辭曰健而説決而和其象辭曰居德則忌以明夫剛之不可獨任也故復始而亨臨浸而長泰交而大壯以衆攻其寡夬乘其衰而決之夫君子之用其剛也有漸而不失其時又不獨任必以正以禮以説以和而濟之則功可成此君子動以進而用事之方也太原王陶字樂道好剛之士也常嫉世陰險而小人多居京師不妄與人

遊力學好古以自信自守今其初仕於易得君子動以進之象故予為剛說以贈之大壯之初九曰壯於趾征凶夬之初九亦曰壯於趾往不勝為咎以此見聖人之戒用剛也不獨於其象象而又常深戒於其初嗚呼世之君子少而小人多君之力學好剛以蓄其志未始施之於事也今其往尤宜慎乎其初

王陶為御史力攻富弼其人正子貢所惡以不孫為勇以訐為直者歟修於其筮仕時為述大易剛德之善以

戒之蓋發有以識其心也其言君子之用剛也有漸而不失其時又不獨任必以正以禮以說以和而濟之誠有得夫天德不為首之旨先聖之微言大義具於此矣

雖然若王陶者何足以語此黨小人害君子正是陰柔非剛也所為惡積而不可掩者也若夫壯趾壯頄猶君子也公私善惡之不同由其發心之始已如秦越焉若王陶者擬之於易其為羸豕孚蹢躅乎

問進士策一

問六經者先王之治具而後世之取法也書載上古春秋紀事詩以微言感刺易道隱而深矣其切於世者禮與樂也自秦之焚書六經盡矣至漢而出者皆其殘脱顛倒或傳之師老昏耄之說或取之冢墓屋壁之間是以學者不明異說紛起況乎周禮其出最後然其為書備矣其天地萬物之統制禮作樂建國君民養生事死禁非道善所以為治之法皆有條理三代之政美矣而周之治迹所以比二代而尤詳見於後世者周禮著之

故也然漢武以為瀆亂不驗之書何休亦云六國陰謀之説何也然今考之實有可疑者夫内設公卿大夫士下至府史胥徒以相副貳外分九服建五等差尊卑以相統理此周禮之大畧也而六官之屬畧見於經者五萬餘人而里閭縣鄙之長軍師卒伍之徒不與焉王畿千里之地為田幾井容民幾家王官王族之國邑幾數民之貢賦幾何而又容五萬人者於其閒其人耕而賦乎如其不耕而賦則何以給之夫為治者故若是之煩乎

此其一可疑者也秦既誹古盡去古制自漢以後帝王稱號官府制度皆襲秦故以至於今雖有因有革然大抵皆秦制也未嘗有意於周禮者豈其體大而難行乎其果不可行乎夫立法垂制將以遺後也使難行而萬世莫能行與不可行等爾然則反秦制之不若也脫有行者亦莫能興或因以取亂王莽後周是也則其不可用決矣此又可疑也然其祭祀衣服車旗似有可采者豈所謂郁郁之文乎三代之治其要如何周禮之經其

失安在宜於今者其理安從其悉陳無隱

修言用周禮以致亂者王莽後周而王安石之亂宋即在同時修為策問已見其端而為是說邪抑偶合邪修知貢舉時安石之禍未熾也周禮一書宋儒終不敢直以為非周公所作或言王莽時劉歆偽撰篇章纂入之以媚新室俾其虐政若出周公之舊典者而禮家斷斷以為不可令觀修文核計六官之屬五萬餘人而無員額者尚不在內乃欲以千里之地供其祿贍則實勢所

必無矣顧修所疑猶為舉其小而遺其大也夫聖王之治天下養人為大書曰厚生易曰損上益下詩剌萇楚春秋譏稅畆孔子曰富之孟子曰薄稅斂大學曰財聚則民散凡六經四子之書所以教萬世之帝王公卿大夫至於師長百執事者莫此為先焉葢天生貴者所以養賤者也天生富者所以養貧者也此天地之性也聖賢之所以為聖賢由欲利民也經書之所以為經書由欲垂利民之典則於萬世也今觀周禮司市貿人廛人

肆長泉府司門司關山虞林衡川衡澤虞迹人廾人角人羽人掌葛掌染掌荼掌蜃之屬舉市廛門關山林川澤所有鳥獸魚鼈草木玉石一切貨賄之屬莫不設之厲禁而盡征之入市有稅入門有稅入關有稅避而不入即沒入之地所從產又官守而以時入之甚至民有稱貸又官取其息不如禁者執而誅罰之如是則天之所生地之所長人之所養俱入朝廷不留一絲毫之遺利以與民矣雖王莽之虐恐其力亦不能悉如書中

之所載以盡行其屬民之事也而謂周公為之乎若夫有天地而後有萬物有萬物而後有男女有男女而後有夫婦中庸曰造端乎夫婦夫婦誠人道之始也今周禮媒氏曰中春之月會男女於是時也奔者不禁若無故而不用令者罰之又曰司男女之無夫家者而會之如是則是設之官立之禁驅天下女子之未有夫者必奔而夫死者必嫁也誠何心哉其他瑣細不具論即此二大端在上者雖有關雎麟趾之意又如之何其可行

邪由此觀之即使周公果有是書亦已不傳於後世孟子不云乎諸侯惡其害己也而皆去其籍豈孟子時已無其籍而今日猶有全書邪縱使尚有斷簡殘編之沒於莽穢榛雜中者非聖人復起其孰能辨之然則或謂劉歆媚莽所作者似亦十得六七也

問進士策

問古之取士者上下交相待以成其美今之取士者上下交相害欲濟於事可乎古之士教養有素而進取有

漸上之禮其下者厚故下之自守者重上非厚禮不能以得士士非自重不能以見禮於上故有國者設爵禄車服禮樂於朝以待其下為士者修仁義忠信孝悌於家以待其上設於朝者知下之能副其待則愈厚居下者知上之不薄於己故愈重此豈不交相成其美歟後世之士則反是上之待其下也以謂干利而進爾雖有爵禄之設而日為之防以革進之濫者下之視其上也以謂雖自重上孰我知不自進則不能以達由是上之

待其下也益薄下之自守者益不重而輕嗚呼居上者欲得其人在下者欲行其道其可得邪原夫三代取士之制如何漢魏迨今其變制又如何宜歷道其詳也制失其本致其反古當自何始今之士皆學古通經稍知自重矣而上之所以禮之者未加厚也噫由上之厚然後致下之自重歟必下之自重然後上禮之厚歟二者兩不為之先其勢亦奚由而合也宜具陳其本末與其可施於今者以對

學校之教不遠於古而取士無長策矣其上下交相失之故具見於篇葢千古賢君志士之所同慨也

泰誓論

書稱商始咎周以乘黎乘黎者西伯也西伯以征伐諸侯為職事其伐黎而勝也商人已疑其難制而惡之使西伯赫然見其不臣之狀與商並立而稱王如此十年商人反晏然不以為恠其父師老臣如祖伊微子之徒亦默然相與熟視而無一言此豈近於人情邪由是言之

謂西伯受命稱王十年者妄說也以紂之雄猜暴虐嘗醢九侯而脯鄂侯矣西伯聞之竊嘆遂執而囚之幾不免死至其叛已不臣而自王乃反優容而不問者十年此豈近於人情邪由是言之謂西伯受命稱王十年者妄說也孔子曰三分天下有其二以服事商使西伯不稱臣而稱王安能服事於商乎且謂西伯稱王者起於何說而孔子之言萬世之信也由是言之謂西伯受命稱王十年者妄說也伯夷叔齊古之知義之士也方其

讓國而去顧天下皆莫可歸聞西伯之賢共往歸之當是時紂雖無道天子也天子在上諸侯不稱臣而稱王是僭叛之國也然二子不以為非依之久而不去至武王伐紂始以為非而棄去彼二子者始顧天下莫可歸辛依僭叛之國而不去不非其父而非其子此豈近於人情邪由是言之謂西伯受命稱王十年者妄說也書之泰誓稱十有一年說者因以謂自文王受命九年及武王居喪二年并數之爾是以西伯聽虞芮之訟謂之

受命以為元年此又妄説也古者人君即位必稱元年常事爾不以為重也後世曲學之士説春秋始以改元為重事然則果常事歟固不足道也果重事歟西伯即位已改元矣中間不宜改元而又改元至武王即位宜改元而反不改元乃上冒先君之元年并其居喪稱十一年及其滅商而得天下其事大於聽訟遠矣又不改元由是言之謂西伯以受命之年為元年者妄説也後之學者知西伯生不稱王而中間不再改元則詩書所載

文武之事粲然明白而不誣矣或曰然則武王畢喪伐紂而泰誓曷為稱十有一年對曰畢喪伐紂出於諸家之小說而泰誓六經之明文也昔者孔子當衰周之際患衆說紛紜以惑亂當世於是退而修六經以為後世法及孔子既殁去聖稍遠而衆說復興與六經相亂自漢以來莫能辯正令有卓然之士一取信乎六經則泰誓者武王之事也十有一年者武王即位之十有一年爾復可疑哉司馬遷作周本紀雖曰武王即位九年祭

於文王之墓然後治兵於孟津至作伯夷列傳則又載父死不葬之說皆不可為信是以吾無取焉取信於書可矣

作讀斯論一則曰妄說再則曰妄說更三四稱而不止若言之無文者繹思之而後知其用意也無逸曰文王受命惟中身葢由武王已得天下之後而推本言之耳周公若曰當文王之中年已可朝諸侯有天下而不改臣節文王所以為至德也文王非不能得天下而必待

武王也孔子亦曰三分天下有其二以服事殷周之德其可謂至德也已矣後世不察轉因受命惟中身一語而謂文王有滅商之心且顯有叛商之迹推其年歲當在戡黎之時遂謂其時西伯稱王改元武王本文王之志以伐商即位不改元而於泰誓之十有三年謬解紛紜曹操司馬懿遂有吾其為周文王之語經之不明人倫之大患修既確見其妄辭而闢之應不遺餘力故不惜言重辭複為斬斬斷斷之辭凡以明人倫云爾

本論

天下之事有本末其為治者有先後堯舜之書畧矣後世之治天下未嘗不取法於三代者以其推本末而知所先後也三王之為治也以理數均天下以爵地等邦國以井田域民以職事任官天下有定數邦國有定制民有定業官有定職使下之共上勤而不困上之治下簡而不勞財足於用而可以備天災也兵足以禦患而不至於為患也凡此具矣然後飾禮樂興仁義以教道

之是以其政易行其民易使風俗淳厚而王道成矣雖有荒子孱孫繼之猶七八百歲而後已夫三王之為治豈有異於人哉財必取於民官必養於禄禁暴必以兵防民必以刑與後世之治者大抵同也然後世常多亂敗而三王獨能安全者何也三王善推本末知所先後而為之有條理後之有天下者孰不欲安且治乎用心益勞而政益不就諰諰然常恐亂敗及之而輒以至焉者何也以其不推本末不知先後而已今之務衆矣所

當先者五也其二者有司之所知其三者則未之思也足天下之用莫先乎財繫天下之安危莫先乎兵此有司之所知也然財豐矣取之無限而用之無度則下益屈而上益勞兵强矣而不知所以用之則兵驕而生禍所以節財用兵者莫先乎立制制已具備兵已可使財已足用所以共守之者莫先乎任人是故均財而節兵立法以制財任賢以守法尊名以厲賢此五者相為用有天下者之常務當今之世所先而執事者之所忽也

令四海之内非有亂也上之政令非有暴也天時水旱非有大故也君臣上下非不和也以晏然至廣之天下無一間隙之端而南夷敢殺天子之命吏西夷敢有崛強之王北夷敢有抗禮之帝者何也生齒之數日益衆土地之産日益廣公家之用益急四夷不復中國不尊天下不實者何也以五者之不備故也請試言其一二方今農之趣耕可謂勞矣工商取利乎山澤可謂勤矣上之徵賦榷易商利之臣可謂纖悉而無遺矣然一遇

水旱如明道景祐之間則天下公私乏絕是無事之世民無一歲之備而國無數歲之儲也以此知財之不足也古之善用兵者可使之赴水火今廂禁之軍有司不敢役必不得已而暫用之則謂之借倩彼兵相謂曰官倩我而官之文符亦曰倩夫賞者所以酬勞也今以大禮之故不勞之賞三年而一徧所費八九百萬有司不敢緩月日之期兵之得賞不以無功知愧乃稱多量少比好嫌惡小不如意則羣聚而呼持梃欲擊天子之大

吏無事之時其猶若此以此知兵驕也夫財用悉出而猶不足者以無定數也兵之敢驕者以用之未得其術以此知制之不立也夫財匱兵驕法制未一而莫有奮然忘身許國者以此知不任人也不任人者非無人也彼或挾材蘊知特以時方惡人之好名各藏畜收斂不敢奮露惟恐近於名以犯時人所惡是以人人變賢為愚愚者無所責賢者被譏疾遂使天下之事將弛廢而莫敢出力以為之此不尚名之弊者天下之最大患也

故曰五者之皆廢也前日五代之亂可謂極矣五十三年之間易五姓十三君而亡國被弒者八長者不過十餘歲甚者三四歲而亡夫五代之主豈皆愚者邪其心豈樂禍亂而不欲為久安之計乎顧其力有不能為者時也當是時也東有汾晉西有岐蜀北有强胡南有江淮閩廣吳越荆潭天下分為十三四四面環之以至狹之中國又有叛將强臣割而據之其君天下者類皆為國日淺威德未洽强君武主力而為之僅以自守不幸

孱子懦孫不過一再傳而復亂敗是以養兵如免子之咬虎狼猶恐不為用尚何敢制以殘弊之民人贍無貲之征賦頭會箕斂猶恐不足尚何曰節財以富民天下之勢方若救廬補其奥則隅壞整其楄則棟傾枝撐扶持茍存而已尚何暇法象規圜矩方而為制度乎是以兵無制用無節國家無法度一切茍且而已今宋之為宋八十年矣外平僭亂無抗敵之國内削方鎮無强叛之臣天下為一四海晏然為國不為不久天下不為不廣

也語曰長袖善舞多錢善賈言有資者其為易也方

今承三聖之基業据萬乘之尊名以有四海一家之天

下盡大禹貢賦之地莫不內輸惟上之所取不可謂乏

財六尺之卒荷戈勝甲力彀五石之弩彎二石之弓者

數百萬惟上制而令之不可謂乏兵中外之官居職者

數千員官三班吏部常積者又數百三歲一詔布衣而

應詔者萬餘人試禮部者七八千惟上之擇不可謂乏

賢民不見兵革於今幾四十年矣外振兵武攘夷狄內

修法度興德化惟上之所為不可謂無暇以天子之慈
聖仁儉得一二明智之臣相與而謀之天下積聚可如
文景之富制禮作樂可如成周之盛奮發威烈以耀名
譽可如漢武帝唐太宗之顯赫論道德可與堯舜之治
然而財不足用於上而下已弊兵不足威於外而敢驕
於內制度不可為萬世法而日益叢雜一切苟且不異
五代之時此甚可歎也是所謂居得致之位當可致之
時又有能致之資然誰憚而久不為乎

此文切中宋仁宗時政事之失漢之不復於三代人每為

[illegible]人亦每為仁英惜蓋國無人

[illegible]頌美人君必以賢才衆多為

[illegible]識莫大乎此也

御選唐宋文醇卷二十五

聖祖御評
文氣峻快是極有斷制之作

御選唐宋文醇卷二十六

廬陵歐陽修文五

爲君難論上

語曰為君難者孰難哉蓋莫難於用人夫用人之術任之必專信之必篤然後能盡其材而可共成事及其失也任之欲專則不復謀於人而拒絶羣議是欲盡一人之用而先失衆人之心也信之欲篤則一切不疑而果

於必行是不審事之可否不計功之成敗也夫違衆舉事又不審計而輕發其百舉百失而及於禍敗此理之宜然也然亦有幸而成功者人情成是而敗非則又從而贊之以其違衆為獨見之明以其拒諫為不惑羣論以其偏信而輕發為決而能斷使後世人君慕此三者以自期至於信用一失而及於禍敗則雖悔而不可及此甚可嘆也前世為人君者力拒羣議專信一人而不能早悟以及於禍敗者多矣不可以徧舉請試舉其一

二昔秦苻堅地大兵强有衆九十六萬號稱百萬蔑視東晉指為一隅謂可直以氣吞之耳然而舉國之人皆言晉不可伐更進互說者不可勝數其所陳天時人事堅隨以强辯折之忠言讜論皆沮屈而去如王猛苻融老成之言也不聽太子宏少子詵至親之言也不聽沙門道安堅平生所信重者也數為之言不聽惟聽信一將軍慕容垂者垂之言曰陛下内斷神謀足矣不煩廣訪朝臣以亂聖慮堅大喜曰與吾共定天下者惟卿爾

於是決意不疑遂大舉南伐兵至壽春晉以數千人擊之大敗而歸北至洛陽九十六萬兵亡其八十六萬堅自此兵威沮喪不復能振遂至於亂亡近五代時後唐清泰帝患晉祖之鎮太原也地近契丹恃兵跋扈議欲徙之於鄆州舉朝之士皆諫以為未可帝意必欲徙之夜召常所與謀樞密直學士薛文遇問之以決可否文遇對曰臣聞作舍道邊三年不成此事斷在陛下何必更問羣臣帝大喜曰術者言我今年當得一賢佐助我

中興卿其是乎即時命學士草制徙晉祖於鄆州明旦
宣麻在廷之臣皆失色後六日而晉祖反書至清泰帝
憂懼不知所為謂李崧曰我適見薛文遇為之肉顫欲
自抽刀刺之崧對曰事已至此悔無及矣但君臣相顧
涕泣而已由是言之能力拒羣議專信一人莫如二君
之果也由之以致禍亂敗亡亦莫如二君之酷也方苻
堅欲與慕容垂共定天下清泰帝以薛文遇為賢佐助
我中興可謂臨亂之君各賢其臣者也或有詰予曰然

則用人者不可專信乎應之曰齊桓公之用管仲蜀先主之用諸葛亮可謂專而信矣不聞舉齊蜀之臣民非之也蓋其令出而舉國之臣民從事行而舉國之臣民便故桓公先主得以專任而不貳也使令出而兩國之人不從事行而兩國之人不便則彼二君者其肯專任而信之以失衆心而斂國怨乎

為君難論下

嗚呼用人之難難矣未若聽言之難也夫人之言非一

端也巧辯縱横而可喜忠言質樸而多訥此非聽言之難在聽者之明暗也諛言順意而易悅直言逆耳而觸怒此非聽言之難在聽者之賢愚也是皆未足為難也若聽其言則可用然用之有輒敗人之事者聽其言若不可用然非如其言不能以成功者此然後為聽言之難也請試舉其一二戰國時趙將有趙括者善言兵自謂天下莫能當其父奢趙之名將老於用兵者也每與括言亦不能屈然奢終不以括為能也歎曰趙若以括

為將必敗趙事其後奢死趙遂以括為將其母自見趙王亦言括不可用趙王不聽使括將而攻秦括為秦軍射死趙兵大敗降秦者四十萬人坑於長平蓋當時未有如括善言兵亦未有如括大敗者也此聽其言可用用之輒敗人事者趙括是也秦始皇欲伐荆問其將李信用兵幾何信方年少而勇對曰不過二十萬足矣始皇大喜又以問老將王翦翦曰非六十萬人不可始皇不悅曰將軍老矣何其怯也因以信為可用即與兵二十

萬使伐荆王翦遂謝病退老於頻陽已而信大為荆人所敗亡七都尉而還始皇大慚自駕如頻陽謝翦因強起之翦曰必欲用臣非六十萬不可於是卒與六十萬而往遂以滅荆夫初聽其言若不可用然非如其言不能以成功者王翦是也且聽計於人者宜如何聽其言若可用用之宜矣輒敗事聽其言若不可用捨之宜矣然必如其說則成功此所以為難也予又以為秦趙二主非徒失於聽言亦由樂用新進忽棄老成此其所以

敗也大抵新進之士喜勇鋭老成之人多持重此所以人主之好立功名者聽勇鋭之語則易合聞持重之言則難入也若趙括者則又有説焉予畧考史記所書是時趙方遣廉頗攻秦頗趙名將也秦人畏頗而知括虚言易與也因行反間於趙曰秦人所畏者趙括也若趙以為將則秦懼矣趙王不悟反間也遂用括為將以代頗藺相如力諫以為不可趙王不聽遂至於敗由是言之括虚談無實而不可用其父知之其母亦知之趙之

諸臣藺相如等亦知之外至敵國亦知之獨其主不悟爾夫用人之失天下之人皆知其不可而獨其主不知者莫大之患也前世之禍亂敗亡由此者不可勝數也

為君難論分著用人聽言之難故作上下二篇實一首也

吉州學記

慶歷三年秋天子開天章閣召政事之臣八人問治天下其要有幾施於今者宜何先使坐而書以對八人者

皆震恐失位俯伏頓首言此非愚臣所能及惟陛下所欲為則天下幸甚於是詔書屢下勸農桑責吏課舉賢才其明年三月遂詔天下皆立學置學官之員然後海隅徼塞四方萬里之外莫不皆有學嗚呼盛矣學校王政之本也古者致治之盛衰視其學之興廢記曰國有學遂有序黨有庠家有塾此三代極盛之時大備之制也宋興蓋八十有四年而天下之學始克大立豈非盛美之事須其久而後至於大備與是以詔下之日臣民

喜幸而奔走就事者以後為羞其年十月吉州之學成

州舊有夫子廟在城之西北今知州事李侯寛之至也

謀與州人遷而大之以為學舍事方上請而詔已下學

遂以成李侯治吉敏而有方其作學也吉之士率其私

錢一百五十萬以助用人之力積二萬二千工而人不

以為勞其良材堅甓之用凡二十二萬三千五百而人

不以為多學有堂筵齋講有藏書之閣有賓客之位有

游息之亭嚴嚴翼翼壯偉閎燿而人不以為侈既成而

来學者常三百人予世家於吉而濫官於朝乃進不能贊揚天子之盛美退不得與諸生揖讓乎其中然予聞教學之法本於人性磨揉遷革使趨於善其勉於人者勤其入於人者漸善教者以不倦之意須遲久之功至於禮讓興行而風俗純美然後為學之成今州縣之吏不得久其職而躬親於教化也故李侯之績及於學之立而不及待其成惟後之人毋廢慢天子之詔而怠以中止幸予他日因得歸榮故鄉而謁於學門將見吉之

士皆道德明秀而可為公卿問於其俗而婚喪飲食皆中禮節入於其里而長幼相孝慈於其家行於其郊而少者扶其羸老壯者代其負荷於道路然後樂學之道成而得時從先生耆老席於衆賔之後聽鄉樂之歌飲獻酬之酒以詩頌天子太平之功而周覽學舍思詠李侯之遺愛不亦美哉故於其始成也刻辭於石而立諸其廡以俟

蔡世遠曰歐曾學記雖於道之大原未能洞徹學者

下手工夫未能親切指示然從經史中幾經研究議論正大文筆茂美卓然儒者之文

峴山亭記

峴山臨漢上望之隱然蓋諸山之小者而其名特著於荆州者豈非以其人哉其人為誰羊祜叔子杜預元凱是已方晉與吳以兵爭常倚荆州以為重而二子相繼於此遂以平吳而成晉業其功烈已蓋於當世矣至於流風餘韻藹然被於江漢之間者至今人猶思之而於

思叔子也尤深蓋元凱以其功而叔子以其仁二子所為雖不同然皆足以垂於不朽而頗疑其反自汲汲於後世之名者何哉傳言叔子嘗登茲山慨然語其屬以謂此山常在而前世之士皆以湮滅於無聞因自顧而悲傷然獨不知茲山待已而名著也元凱銘功於二石一置茲山之上一投漢水之淵是知陵谷有變而不知石有時而磨滅也豈皆自喜其名之盛而過為無窮之慮歟將自待者厚而所思者遠歟山故有亭世傳以為

叔子之所游止也故其屢廢而復興者由後世慕其名而思其人者多也熙寜元年余友人史君中煇以光禄卿来守襄陽明年因亭之舊廣而新之既周以回廊之壯又大其後軒使與亭相稱君知名當世所至有聲襄人安其政而樂從其游也因以君之官名其後軒為光禄堂又欲紀其事於石以與叔子元凱之名並傳於久遠君皆不能止也乃来以記屬於予予謂君知慕叔子之風而襲其遺跡則其為人與其志之所存者可知矣

襄人愛君而安樂之如此則君之為政於襄者又可知矣此襄人之所欲書也若其左右山川之勝勢與夫草木雲烟之杳靄出沒於空曠有無之間而可以備詩人之登高寫離騷之極目者宜其覽者自得之至於亭屢廢興或自有記或不必究其詳者皆不復道也

修言羊叔子杜武庫自待者厚而所思者遠蓋謂二人之意非沾沾詡詡自喜直自以為功烈猶畢不足以傳後而恐其磨滅云爾此修厚待古人處而所以㬪史中煇

者已在言外雖然亦未可謂羊杜之意不如修所云也凡人急功近名期勝於人而取於人豈必不勝於人而取於人哉而實之美惡其發也不掩往往及身而敗又安能死而益明久而愈光唯實有立於天地而被於萬民則其存也常自歉然不足萬目焉而莫副所願及其亡也其所立與所被乃耿耿不磨出於其人平時意料之外古語云鼠忘壁辟不忘鼠謂其實有穴在也善固如此惡胡不然子曰君子疾沒世而名不稱焉疾沒世

聖祖御評
歸美國家太平以為豐樂之由立言有體而俯仰處更多閒情逸韻

而名不稱則必期未沒時之盡其實也明矣名者實之賓也豈曰吾將為賓乎豈曰期勝於人而取於人圖目前之烜赫如彼槿榮晝炕而宵聶乎

豐樂亭記

修既治滁之明年夏始飲滁水而甘問諸滁人得於州南百步之近其上豐山聳然而特立下則幽谷窈然而深藏中有清泉滃然而仰出俯仰左右顧而樂之於是疏泉鑿石闢地以為亭而與滁人往遊其間滁於五代

干戈之際用武之地也昔太祖皇帝嘗以周師破李景兵十五萬於清流山下生擒其將皇甫暉姚鳳於滁東門之外遂以平滁修嘗考其山川按其圖記升高以望清流之關欲求暉鳳就擒之所而故老皆無在者蓋天下之平久矣自唐失其政海內分裂豪傑並起而爭所在為敵國者何可勝數及宋受天命聖人出而四海一向之憑恃險阻剗削消磨百年之間漠然徒見山高而水清欲問其事而遺老盡矣今滁介於江淮之間舟車

商賈四方賓客之所不至民生不見外事而安於畎畝衣食以樂生送死而孰知上之功德休養生息涵煦百年之深也修之來此樂其地僻而事簡又愛其俗之安閒既得斯泉於山谷之間乃日與滁人仰而望山俯而聽泉掇幽芳而蔭喬木風霜冰雪刻露清秀四時之景無不可愛又幸其民樂其歲物之豐成而喜與予游也因爲本其山川道其風俗之美使民知所以安此豐年之樂者幸生無事之時也夫宣上恩德以與民共樂刺

史之事也遂書以名其亭焉

按林希元曰此篇專歸功於上之功德第一節先叙滁之景以為亭第二節論滁為干戈用武之地第三節論聖宋平定之事第四節論民生豐樂皆上之功德第五節論滁人立亭共享豐年之樂第六節論宣上意以與民同樂所以名亭希元於此文脉絡善為分疏矣若修言外之意顧未之及也嘗考唐末五代干戈紛争生民荼苦備矣宋興削平天下斬其蓬蒿藜藋而養以雨風

至於仁宗猶天下之毋焉一以柔道滋培和氣一時四海宴清人民歡樂然而名實亦少混焉武備亦少弛焉文恬武嬉積日閱考以取卿相者多席祖宗太平餘業幾及百年百姓長子養孫不見兵革於斯時也在易之豐所謂日中者也君子見微而知彰修所以一則曰幸其民樂歲之豐成再則曰幸生無事之時豈非深危夫斯世斯民之不能長久其幸者哉至於神宗日中則昃於是言利之臣進而天下十室九空邊疆之釁開而西

北肝腦塗地迨至金人長驅直入王業偏安而滁乃復為用武之地矣然則斯文也有蟋蟀風詩之意焉所以詔天下萬世以居安思危者旨深哉　又按宋史杜衍韓琦范仲淹富弼相繼以黨議罷去修疏救指斥羣邪於是其黨益恨因其孤甥張氏獄文致其罪左遷知制誥知滁州此文修治滁日所作也其言温厚和平足徵城府中了無他物君子哉首言修既治滁之明年夏始飲滁水而甘蓋其時難始平也

醉翁亭記

環滁皆山也其西南諸峯林壑尤美望之蔚然而深秀者瑯琊也山行六七里漸聞水聲潺潺而瀉出於兩峯之間者釀泉也峯回路轉有亭翼然臨於泉上者醉翁亭也作亭者誰山之僧智仙也名之者誰太守自謂也太守與客來飲於此飲少輒醉而年又最高故自號曰醉翁也醉翁之意不在酒在乎山水之間也山水之樂得之心而寓之酒也若夫日出而林霏開雲歸而岩穴

暝晦明變化者山間之朝暮也野芳發而幽香佳木秀而繁陰風霜高潔水落而石出者山間之四時也朝而往暮而歸四時之景不同而樂亦無窮也至於負者歌於塗行者休於樹前者呼後者應傴僂提攜往來而不絶者滁人游也臨溪而漁溪深而魚肥釀泉為酒泉香而酒洌山肴野蔌雜然而前陳者太守宴也宴酣之樂非絲非竹射者中奕者勝觥籌交錯起坐而諠譁者衆賓懽也蒼顔白髮頹然乎其間者太守醉也已而夕陽

在山人影散亂太守歸而賓客從也樹林陰翳鳥聲上下游人去而禽鳥樂也然而禽鳥知山林之樂而不知人之樂人知從太守游而樂而不知太守之樂其樂也醉能同其樂醒能述以文者太守也太守為誰廬陵歐陽修也

蘓軾作醉翁操其序曰瑯琊幽谷山水奇麗泉鳴空澗若中音會醉翁喜之把酒臨聽輙欣然忘歸既去十餘年而好奇之士沈遵聞之往遊以琴寫其聲曰醉翁操

節奏踈宕而音指華暢知琴者以為絶倫然有其聲而無其辭翁雖為作歌而與琴不合又依楚詞作醉翁引好事者亦倚其詞以製曲雖粗合均度而琴聲為詞所繩約非天成也後三十餘年翁既捐館舍而遵亦沒久矣有盧山玉澗道人崔閑特妙於琴恨此曲之無詞乃譜其聲而請於東坡居士以補之云其詞曰琅然清圜誰彈響空山無言惟翁醉中知其天月明風露娟娟人未眠荷蕢過山前曰有心也哉此賢醉翁嘯咏聲和流

泉醉翁去後空有朝吟夜怨山有時而童巔水有時而回困思翁無歲年翁今為飛仙此意在人間試聽徽外兩三絃相傳崔閑按琴而鼓東坡援筆而書曲止詞盡而宮商諧暢長短恰宜為一時勝事前人每嘆此記為歐陽絶作間嘗熟玩其詞要亦無關理道而通篇以也字斷句更何作奇乃前人推重如此者蓋天機暢則律吕自調文中亦具有琴焉故非他作之所可並也況修之在滁乃蒙被垢污而遭謫貶常人之所不能堪而

君子亦不能無動心者乃其於文蕭然自遠如此是其深造自得之功發於心聲而不可强者也

偃虹堤記

有自岳陽至者以滕侯之書洞庭之圖来告曰願有所記予發書按圖自岳陽門西距金鷄之右其外隱然隆高以長者曰偃虹隄問其作而名者曰吾滕侯之所為也問其所以作之利害曰洞庭天下之至險而岳陽荆潭黔蜀四會之衝也昔舟之往来湖中者至無所寓則

皆泊南津其有事於州者遠且勞而又常有風波之恐覆溺之虞今舟之至者皆泊堤下有事於州者近而且無患問其大小之制用人之力曰長一千尺高三十尺厚加二尺而殺其上得厚三分之二用民力萬有五千五百工而不踰時以成問其始作之謀曰州以事上轉運使轉運使擇其吏之能者行視可否凡三復而又上聞於朝廷決之三司然後曰可而皆不能易吾侯之議也曰此君子之作也可以書矣盖慮於民也深則其謀

始也精故能用力少而為功多夫以百步之隄禦天下至險不測之虞惠其民而及於荆潭黔蜀凡往来湖中無遠邇之人皆蒙其利焉且岳陽四會之衝舟之来而止者日凡有幾使隄土石幸久不朽則滕侯之惠利於人物可以數計哉夫事不患於不成而患於易壊盖作者未始不欲其久存而繼者嘗至於怠廢自古賢智之士為其民捍患興利其遺迹往往而在使其繼者皆知始作之心則民到於今受其賜天下豈有遺利乎此滕

侯之所以慮而欲有紀於後也滕侯志大才高名聞當世方朝廷用兵急人之時嘗顯用之而功未及就退守一州無所用心畧施其餘以利及物夫慮熟謀審力不勞而功倍作事可以為後法一宜書不苟一時之譽思為利於無窮而告來者以不廢二宜書岳之民人與湖中之往来者皆欲為滕侯紀三宜書以三宜書不可以不書乃為之書慶歷六年某月某日記

朝廷欲為大作以利民生往往因之有二蠹一者利蠹

不顧民之利病而惟上意之視藉以固寵加秩而不問
其他又或賴其金錢出納以為家肥上所作無已則其
利亦無已一者名蠹不考古今之宜而棄天地之性釣
奇立異自以為名每謂能為振古未有之事而不知古
人之所不為者之必不可以為有此二蠹則朝廷有利
民之心每轉為病民之事及其事之已成則外黄徐子
所為啜汁者衆緣藤附蔓實繁有徒有一以為不然則
羣起挫之指為撓國是民不見利而惟被其累雖愁苦

呻吟而終莫徹於上聽久之而病民者深遂以病國甚矣夫三代以下人才不振非特害民之事不可為而利民之事亦難為也孰能謀之審慮之熟不苟一時之譽思為利於無窮如滕子春之為者乎范仲淹岳陽樓記曰子春為巴陵郡其明年政通人和百廢具興然則此所為偃虹隄者殆亦其一事與士大夫為百姓立命為國家立業本非為巳身家而然使有一絲毫名利之念淆其間則源之不清流千里而猶濁汲者飲者並受其

禍易曰井渫不食為我心惻可用汲王明並受其福食之不渫安足福哉夫所謂渫者豈止不貪材賄之謂夫耗帑肥家似為最下矣然計短迹汚人之所惡易於發露其害淺希上旨以釣爵位稍深矣而無赫赫名事不成則主易悟猶淺也若夫假經術以文其奸取令名以熇其勢若似予所欲利者國與民而非有他雖撥本害枝而千載而下論其人猶將信疑參半者是最大蠧也王安石是已安石未相歐陽修亦嘗薦其可以為相矣

臯陶曰在知人而禹曰惟帝其難之聖人之言所以為萬世法鑑哉

王彥章畫像記

太師王公諱彥章字子明鄆州壽張人也事梁為宣義軍節度使以身死國葬於鄭州之管城晉天福二年始贈太師公在梁以智勇聞梁晉之爭數百戰其為勇將多矣而晉人獨畏彥章自乾化後常與晉戰屢困莊宗於河上及梁末年小人趙巖等用事梁之大臣老將多

以讒不見信皆怒而有怠心而梁亦盡失河北事勢已去諸將多懷顧望獨公奮然自必不少屈懈志雖不就卒死以忠公既死而梁亦亡矣悲夫五代終始僅五十年而更十有二君五易國而八姓士之不幸而出乎其時能不污其身得全其節者鮮矣公本武人不知書其語質平生嘗謂人曰豹死留皮人死留名蓋其義勇忠信出於天性而然予有五代書竊有善善惡惡之志至於公傳未嘗不感憤歎息惜乎舊史殘略不能備公之

事康定元年予以節度判官来此求於滑人得公之孫睿所録家傳頗多於舊史其記德勝之戰尤詳又言敬翔怒末帝不肯用公欲自經於帝前公因用笏畫山川為御史彈而見廢又言公五子其二同公死節此皆舊史無之又云公在滑以讒自歸於京師而史云名之是時梁兵盡屬段凝京師羸兵不滿數千公得保鑾五百人之鄆州以力寡敗於中都而史云將五千以往者亦皆非也公之攻德勝也初受命於帝前期以三日破敵

梁之將相聞者皆竊笑及破南城果三日是時莊宗在魏聞公復用料公必速攻自魏馳馬来救已不及矣莊宗之善料公之善出奇何其神哉今國家罷兵四十年一旦元昊反敗軍殺將連四五年而攻守之計至今未决予嘗獨持用奇取勝之議而嘆邊將屢失其機時人聞予説者或笑以為狂或忽若不聞雖予亦惑不能自信及讀公家傳至於德勝之捷乃知古之名將必出於奇然後能勝然非審於為計者不能出奇奇在速速在

果此天下偉男子之所為非拘牽常筭之士可到也每讀其傳未嘗不想見其人後二年予復来通判州事歲之正月過俗所謂鐵槍寺者又得公畫像而拜焉歲久磨滅隱隱可見亟命工完理之而不敢有加焉懼失其真也公尤善用槍當時號王鐵槍公死已百年至今俗猶以名其寺童兒牧豎皆知王鐵槍之為良將也一槍之勇同時豈無而公獨不朽者豈其忠義之節使然歟畫已百餘年矣完之復可百年然公之不泯者不繫乎

畫之存不存也而予尤區區如此者蓋其希慕之至焉耳讀其書尚想乎其人況得拜其像識其面目不忍見其壞也畫既完因書予所得者於後而歸其人使藏之

易曰碩果不食說者謂剥窮上反下如木雖本槁枝凋而末有碩果則落地復生本枝復肖其舊也五代之世君臣之義可謂剥之盡矣而彥章為梁純臣其碩果與或曰朱温者唐之賊也彥章事梁復何義之明曰此正所謂本槁枝凋之碩果也木無生理而果則有生心且

舜禹既曰孝矣彥章豈非忠乎元載之妻奚害其為烈婦與歐陽修既為五代史傳又於畫像記反復低徊不置誠慕乎其忠也若其慨元昊契丹之事而嘆今無其人所以激勸西帥者切矣

唐順之曰此文凡五段一段是總叙其畧二段是言其能全節三段是辨其事四段是言其善出奇策五段是寺中畫像之事而通篇以忠節善戰分兩項然不見痕迹

仁宗御飛白記

治平四年夏五月余將赴亳假道於汝陰因得閱書於子履之室而雲章爛然輝映日月為之正冠肅容再拜而後敢仰視蓋仁宗皇帝之御飛白也曰此寶文閣之所藏也胡乎於子之室乎子履曰曩者天子宴從臣於羣玉而賜以飛白余幸得與賜焉余窮於世久矣少不悅於時人流離竄斥十有餘年而得不老死江湖之上者蓋以遺時清明天子嚮學樂育天下之材而不遺一

介之賤使得與羣賢並遊於儒學之館而天下無事歲時豐登民物安樂天子優游清閒不邇聲色方與羣臣從容於翰墨之娛而余於斯時竊獲此賜非惟一介之臣之榮遇亦朝廷一時之盛事也子其為我志之余曰仁宗之德澤涵濡於萬物者四十餘年雖田夫野老之無知猶能悲歌思慕於隴畝之閒而况儒臣學士得望清光蒙恩寵登金門而上玉堂者乎於是相與泣然流涕而書之夫玉韞石而珠藏淵其光氣常見於外也故

山輝而白虹水變而五色者至寶之所在也今賜書之藏於子室也吾知將有望氣者言榮光起而燭天者必賜書之所在也

宋史仁宗贊仁宗恭儉仁恕出於天性一遇水旱或密禱禁庭或跪立殿下有司請以玉清舊地為御苑帝曰吾奉先帝苑囿猶以為廣何以是為燕私常服澣濯帷帟衾裯多用繒絁宫中夜飢思膳燒羊戒勿宣索恐膳夫自此戕賊物命以備不時之需大辟疑

者皆令上讞歲常活千餘吏部選人一坐失人死罪皆終身不遷每諭輔臣曰朕未嘗詈人以死况敢濫用辟乎至於夏人犯邊禦之出境契丹渝盟增以歲幣在位四十二年之間吏治若媮惰而任事無殘刻之人刑法似縱弛而决獄多平允之士國未嘗無弊倖而不足以累治世之體朝未嘗無小人而不足以勝善類之氣君臣上下惻怛一心忠厚之政有以培壅宋三百餘年之基子孫一矯其所為馴致於亂傳

曰為人君止於仁帝誠無愧焉

伐樹記

署之東園久蕪不治修至始闢之糞瘠溉枯為蔬圃十數畦又植花果桐竹凡百本春陽既浮萌者將動園之守啟曰園有樗焉其根壯而葉大根壯則梗地脈耗陽氣而新植者不得滋葉大則陰翳蒙礙而新植者不得暢以茂又其材拳曲臃腫疎輕而不堅不足養是宜伐因盡薪之明日圃之守又曰圃之南有杏焉凡其根庇

之廣可六七尺其下之地最壤腴以杏故特不得蔬是亦宜薪修曰噫今杏方春且華將待其實若獨不能損數畦之廣為杏地耶因勿伐既而悟且嘆曰吁莊周之說曰樗櫟以不材終其天年桂漆以有用而見傷夭今樗誠不材矣然一旦悉翦棄杏之體最堅密美澤可用反見存豈才不才各遭其時之可否耶他日客有過修者僕夫曳薪過堂下因指而語客以所疑客曰是何怪耶夫以無用處無用莊周之貴也以無用而賊有用烏

能免哉彼杏之有華實也以有生之具而庇其根幸矣若桂漆之不能逃乎斤斧者蓋有利之者在死勢不得以生也與乎杏實異矣今樗之臃腫不材而以壯大害物其見伐誠宜爾與夫才者死不才者生之説又異矣凡物之幸與不幸視其處之而已客既去修然其言而記之

漆以膏自割鴈以不能鳴而見烹其將焉處莊子曰吾將處夫材與不材之間夫材不材之間其果可處耶割

漆者曰是尚材也烹鴈者曰是棄不材也其猶有側足
之所乎君子所欲全者性之云爾豈曰身之云哉性全
則身亦全忠烈之士隕身溝壑然而全受全歸也身全
而滅其性者入於禽獸之路矣身又奚論耶又聞之中
庸曰惟天下至誠為能盡其性能盡其性則能盡人之
性能盡人之性則能盡物之性人之性敬敷五典俾彝
倫攸敘斯盡矣物之性若之何其盡曰人則不材者必
皆使之材而後其性盡物則以材付材以不材付不材

而後胥盡也物之生也所以為民用耳杏之實可食樗之枝可薪食其實而薪其枝不至於棄擲而朽蠹則樗與杏之性各盡也若夫杏之實儲之以供宗廟賓客之禮樗之薪析之而為吉蠲饎饎之需質之賤而用之貴不以供縱欲而暴殄則樗與杏之性葢盡也若夫鬱結輪囷於山巔澗滋之間猿狖之所號猩狌之所居以此為不夭斧斤抑知此正所以為夭哉

御選唐宋文醇卷二十六

欽定四庫全書

御選唐宋文醇卷二十七

廬陵歐陽修文六

議學狀

右臣等伏見近日言事之臣為陛下言建學取士之法者衆矣或欲立三舍以養生徒或欲復五經而置博士或欲但舉舊制而修廢墜或欲特創新學而立科條其言雖殊其意則一陛下慎重其事下其議於羣臣而議

者遂欲創新學立三舍因以辨士之能否而命之以官其始也則教以經藝文辭其終也則取以材識德行聽其言則甚備考於事則難行夫建學校以養賢論材德而取士此皆有國之本務而帝王之極致也而臣等謂之難行者何哉蓋以古今之體不同而施設之方皆異也古之建學取士之制非如今之法也蓋古之所謂為政與設教者遲速異宜也夫立時日以趨事考其功過而督以賞罰者為政之法也故政可速成若夫設教則

以勸善興化尚賢勵俗為事其被於人者漸則入於人也深收其效者遲則推其功也遠故常緩而不迫古者家有塾黨有庠遂有序國有學自天子諸侯之子下至國之俊選莫不入學自成童而學至年四十而仕其習乎禮樂之容講乎仁義之訓敦乎孝弟之行以養父兄事長上信朋友而臨財廉處衆讓其修於身行於家達於鄰里聞於鄉黨然後詢於衆庶又定於長老之可信者而屬之始謂之秀士久之又取其甚秀者為選士久

之又取其甚秀者為俊士久之又取其甚秀者為進士然後辨其論隨其材而官之夫生七八十歲而死者人之常壽也古乃以四十而仕蓋用其半生為學考行又廣察以鄰里鄉黨而後其人可知然則積德累善如此勤而久求賢審官如此慎而有次第然後矯偽干利之士不容於其間而風俗不陷於媮薄也古之建學取士其施設之方如此也方今之制以貢舉取人往者四歲一詔貢舉而議者患於太遲更趣之為間歲而應舉之

士来學於京師者類皆去其鄉里遠其父母妻子而為旦暮干祿之計非如古人自成童至於四十就學於其庠序而鄉里鄉黨得以衆察徐考其行實也蓋古之養士本於舒遲而今之取人患於急迫此施設不同之大概也臣請詳言方今之弊既以文學取士又欲以德行官人且速取之歟則真偽之情未辨是朝廷本欲以學勸人修德行反以利誘人為矯偽此其不可一也若遲取之歟待其衆察徐考而漸進則文辭之士先已中於

甲科而德行之人尚未登於内舍此其不可二也且今入學之人皆四方之游士齋其一身而来烏合羣處非如古人在家在學自少至長親戚朋友鄰里鄉黨衆察徐考其行實也不過取於同舍一時之毀譽而試於學官數人之品藻爾然則同學之人蹈利争進愛憎之論必分朋黨昔東漢之俗尚名節而黨人之禍及天下其始起於處士之横議而相訾也此其不可三也夫人之材行若不因臨事而見則守常循理無異衆人茍欲異

衆則必為迂僻可怪以取德行之名而高談虛論以求材識之譽前日慶歷之學其弊是也此其不可四也今若外方專以文學貢士而京師獨以德行取人則實行素履著於鄉曲而守道丘園之士皆反見遺此其不可五也近者朝廷患四方之士寓京師者多而不知其士行遂嚴其法使各歸於鄉里今又反使来聚於京師云欲考其德行若不用四方之士止取京師之士則又示人以不廣此其不可六也夫儒者所謂能通古今者在

知其意達其理而酌時之宜爾大抵古者教學之意緩而不迫所以勸善興化養賢勵俗在於遲久而不求近效急功也臣謂宜於今而可行者立為三舍可也復五經博士可也特創新學雖不若即舊而修廢然未有甚害創之亦可也教學之意在乎敦本而修其實事給以餱糧多陳經籍選士之良者以通經有道之士為之師而舉察其有過無行者黜去之則在學之人皆善士也然後取以貢舉之法待其居官為吏已接於人事可以

考其賢善優劣而時取其尤出類者旌異之則士知修身立行非為一時之利而可伸於終身則矯偽之行不作而媮薄之風歸厚矣此所謂實事之可行於今者也

臣等伏見論學者四人其說各異而朝廷又下臣等俾之詳定是以盡衆人之見而採其長者爾故臣等敢陳其所有以助衆議之一非敢好為異論也伏望聖慈特

賜裁擇

讀此文并修所作取士策問而知後世用人之難也國

家事事須人而事事難得其人雖欲躋斯世於唐虞其誰與為理三代學校之盛根於積德累仁不特非一王所能致并非一代所能致是以極於成周而美隆於千古自東周以來陵夷衰微敗壞湮滅古今事體絶不相同而欲舉成周之法以求後世天下之人材猶之資章甫以適於越也易曰不耕穫不菑畬則利有攸往楊萬里别為義曰初九動之始六二動之繼初耕之二穫之初菑之二畬之天下無不耕而穫不菑而畬者其曰不

耕不菑則耕且菑皆前人之所已為也是説也于易雖未為正義而於此可以取喻焉若成周者所謂前人已耕已菑者也其在詩所為棫樸之菁槱旱麓之榛楛當文武已上其所以譽髦斯士者至矣至於周公益明選士造士之制習射擇士之文而卷阿之詩謂藹藹王多吉士如鳳皇之鳴於高岡也斯時也穫耳畬耳非耕且菑以待食者也若夫踧踧周道鞠為茂草而謂利乃錢鎛便可取盈於倉箱所穫安得而非莠稗耶雖然學校

之制盛莫過於成周而亦未必無僉壬褏莫甚於元世而亦未嘗無碩士經綸天下者百司庶務無一時而可以乏人而能待汙萊之田忽嘉穀之穉生乎其必別有所以處之者矣此篇末幅所論具足為世法也

聖祖御評
從四人事跡顯然處一一引証更不自立議論遂爾警切

論杜衍范中淹等罷政事狀

臣聞士不忘身不為忠言不逆耳不為諫故臣不避羣邪切齒之禍敢干一人難犯之顏惟賴聖明幸加省察臣伏見杜衍韓琦范仲淹富弼等皆是陛下素所委任

之臣一旦相繼罷黜天下之士皆素知其可用之賢而不聞其可罷之罪臣雖供職在外事不盡知然臣竊見自古小人讒害忠賢其說不遠欲廣陷良善則不過指為朋黨欲動揺大臣則必須誣以專權其故何也夫去一善人而衆善人尚在則未為小人之利欲盡去之則善人少過難為一二求瑕惟有指為朋黨則可一時盡逐至如大臣已被知遇而蒙信任則難以他事動揺惟有專權是上之所惡故須此說方可傾之臣料衍等四

人各無大過而一時盡逐弼與仲淹委任尤深而忽遭離間必有以朋黨專權之説上惑聖聰者臣請試辨之昔年仲淹初以忠言讜論聞於中外天下賢士爭相稱慕當時姦臣誣作朋黨猶難辨明自近日陛下擢此數人並在兩府察其臨事可見其不為朋黨也蓋衍為人清慎而謹守規矩仲淹則恢廓自信而不疑琦則純信而質直弼則明敏而果鋭四人為性既各不同雖皆歸於盡忠而其所見各異故於議事多不相從至如杜衍

欲深罪滕宗諒仲淹則力爭而寛之仲淹謂契丹必攻河東請急修邊備富弼料以九事言契丹必不復来至如尹洙亦號仲淹之黨及爭水洛城事韓琦則是尹洙而非劉滬仲淹則是劉滬而非尹洙此數事尤彰著陛下素已知者此四人者可謂天下至公之賢也平日閒居則相稱美之不暇為國議事則公言廷諍而不私以此而言臣見衎等真得漢史所謂忠臣有不和之節而小人讒為朋黨可謂誣矣臣聞有國之權誠非臣下之

得專也然臣竊思仲淹等自入兩府以来不見其專權之迹而但見其善避權也權者得名位則可行故好權之臣必貪位自陛下名琦與仲淹於陜西琦等讓至五六陛下亦五六名之富弼三命學士兩命樞密副使每一命皆再三懇讓讓者愈切陛下用之愈堅臣但見其避讓太繁不見其好權貪位也及陛下堅不許辭方敢受命然猶未敢别有所為陛下見其皆未行事乃特開天章召而賜坐授以紙筆使其條事然衆人避讓不敢

下筆弼等亦不敢獨有所述因此又煩聖慈特出手詔指定姓名專責弼等條列大事而行之弼等遲回又近一月方敢畧條數事仲淹深練世事必知凡百難猛更張故其所陳志在遠大而多若迂緩但欲漸而行之以久冀皆有效弼性雖鋭然亦不敢自出意見但多舉祖宗故事請陛下擇而行之自古君臣相得一言道合遇事便行臣方怪弼等蒙陛下如此堅意委任督責丁寧而猶遲緩自疑作事不果然小人巧譖已曰專權者豈

不誣哉至如兩路宣撫聖朝常遣大臣況自中國之威近年不振故元昊叛逆一方而勞困及於天下北虜乘釁違盟而動其書辭悔慢至有貴國祖宗之言陛下憤恥雖深但以邊防無備未可與爭屈意買和莫大之辱弼等見中國累年侵凌之患感陛下不次進用之恩故各自請行力思雪恥沿山傍海不憚勤勞欲使武備再修國威復振臣見弼等用心本欲尊陛下威權以禦四夷未見其侵權而作過也伏惟陛下睿哲聰明有知人

之聖臣下能否洞見不遺故於千官百辟之中特選得此數人驟加擢用夫正士在朝羣邪所忌謀臣不用敵國之福也今此數人一旦罷去而使羣邪相賀於内四夷相賀於外此臣所為陛下惜之也伏惟陛下聖德仁慈保全忠善退去之際恩禮各優今仲淹四路之任亦不輕矣惟願陛下拒絶羣謗委任不疑使盡其所為猶有裨補方今西北二虜交爭未已正是天與陛下經營之時如弼與琦豈可置之閒處伏望陛下早辨讒巧特

加圖任則不勝幸甚臣自前歲名入諫院十月之内七受聖恩而致身兩制方思君寵至深未知報効之所今羣邪爭進讒巧正士繼去朝廷乃臣忘身報國之秋豈可緘言而避罪敢竭愚瞽惟陛下擇之方岳貢曰力破朋黨專權四字舉其實事而明之更為洞快

論史館日歷狀

右臣伏以史者國家之典法也自君臣善惡功過與其

百事之廢置可以垂勸戒示後世者皆得直書而不隱故自前世有國者莫不以史職為重伏見國朝之史以宰相監修學士修撰又以兩府之臣撰時政記選三館之士當升擢者乃命修起居注如此不為不重矣然近年以来員具而職廢其所撰述簡畧遺漏百不存一至於事關大體者皆沒而不書此實史官之罪而臣之責也然其弊在於修撰之官惟據諸司供報而不敢書所見聞故也今時政記雖是兩府臣寮修纂然聖君言動

有所宣諭臣下奏議事關得失者皆不記録惟書除目辭見之類至於起居注亦然與諸司供報公文無異修撰官只據此銓次繫以月日謂之日歷而已是以朝廷之事史官即欲書而不得書也自古人君皆不自閲史今撰述既成必録本進呈則事有諱避史官雖欲書而又不可得也加以日歷時政記起居注例皆承前積滯相因故纂録者常務追修累年前事而歲月既遠遺失莫存至於事在目今可以詳於見聞者又以追修積滯

不暇及之若不革其弊則前後相因史官永無舉職之時使聖朝典法遂成廢墜矣臣竊聞趙元昊自初僭叛至復稱臣始終一宗事節皆不曾書亦聞修撰官甚欲紀述以修纂後時追求莫得故也今於他事又可知焉臣今欲乞特詔修時政記起居注之臣並以德音宣諭臣下奏對之語書之其修撰官不得依前只據諸司供報編次除目辭見並須考驗事實其除某官者以某功如狄青等破儂智高文彥博等破王則之類其貶某職

者坐某罪如昨来麟州守將及并州䨤籍縁白草平事近日孫沔所坐之類事有文據及迹狀明白者皆備書之所以使聖朝賞罰之典可以勸善懲惡昭示後世若大臣用情朝廷賞罰不當者亦得以書為警戒此國家置史之本意也至於其他大事並許史院據所聞見書之如聞見未詳者直牒諸處會問及臣寮公議異同朝廷裁置處分並書之已上事節並令修撰官逐時旋據所得錄為草卷標題月分於史院躬親入櫃封鎖候諸

司供報齊足修為日歷仍乞每至歲終命監修宰相親至史院點檢修撰官紀録事迹内有不勤其事隳官失職者奏行責罰其時政記起居注日歷等除今日以前積滯者不住追修外截自今後並令次月供報如稍遲滯許修撰官自至中書樞密院催請其諸司供報拖延及史院有所會問諸處不畫時報應至妨修纂者其當行手分並許史院牒開封府勾追嚴斷其日歷時政記起居注並乞更不進本所貴少修史職上存聖朝典法

此乃臣之職事不敢不言謹具狀奏聞伏候敕旨

儲欣曰宋史有三曰時政記曰起居注曰日歷其兩府大臣撰時政記其三館應升之士修起居注日歷即據前二書學士修撰而命宰相監修之是則時政記起居注最先而日歷其成書也記注不詳學士何所依據以為修撰乎如公此疏所請廢復有信史耳

論茶法奏狀

右臣伏見朝廷近改茶法本欲救其弊失而為國誤計

者不能深思遠慮究其本末惟知圖利而不圖其害方一二大臣鋭於改作之時樂其合意倉卒輕信遂決而行之令下之日猶恐天下有以為非者遂直詆好言之士指為立異之人峻設刑名禁其議論事既施行而人知其不便者十蓋八九然君子知時方厭言而意殆不肯言小人畏法懼罪而不敢言今行之踰年公私不便為害既多而一二大臣以前者行之太果令之太峻勢既難回不能遽改而士大夫能知其事者但騰口於道

路而未敢顯言於朝廷幽遠之民日被其患者徒嗟怨於閭里而無由得聞於天聽陛下聰明仁聖開廣言路從前容納補益尤多今一旦下令改事先為峻法禁絶人言中外聞之莫不嗟駭語曰防民之口甚於防川川壅而潰傷人必多今壅民之口已踰年矣民之被害者亦已衆矣古不虚語於今見焉臣亦聞方改法之時商議已定猶選差官數人分出諸路訪求利害然則一二大臣不惟初無害民之意實亦未有自信之心但所遣

之人既見朝廷必欲更改不敢沮議又志在希合以求功賞傳聞所至州縣不容吏民有所陳述直云朝廷意在必行但來要一審狀耳果如所傳則誤事者在此數人而已蓋初以輕信於人施行太果今若明見其害救失何遲患莫大於遂非過莫深乎不改臣於茶法本不詳知但外論既喧聞聽漸熟古之為國者庶人得謗於道商旅得議於市而士得傳言於朝正為此也臣竊聞議者謂茶之新法既行而民無私販之罪歲省刑人甚

多此一利也然而爲害者五焉江南荆湖兩浙數路之民舊納茶税今變租錢使民破産亡家怨嗟愁苦不可堪忍或舉族而逃或自經而死此其爲害一也自新法既用小商所販至少大商絶不通行前世爲法以抑豪商不使過侵國利與爲僭侈而已至於通流貨財雖三代至治猶分四民以相利養今乃斷絶商旅此其爲害二也自新法之行税茶路分猶有舊茶之税而新茶之税絶少年歳之間舊茶税盡新税不登則頓虧國用此

其為害三也往時官茶容民入雜故茶多而賤徧行天下今民自買賣須要真茶真茶不多其價遂貴小商不能多販又不暇遠行故近茶之處頓食貴茶遠茶之方向去更無茶食此其為害四也近年河北軍糧用見錢之法民入米於州縣以鈔算茶於京師三司為於諸場務中擇近上場分特留八處專應副河北入米之人翻鈔算請今場務盡廢然猶有舊茶可算所以河北和糴目下未妨竊聞明年以後舊茶當盡無可算請則知河

北和糴實要見錢不惟客旅得錢變轉不動兼亦自京師歳歳輦錢於河北和糴理必不能此其為害五也一利不足以補五害今雖欲減放租錢以救其弊此特寛民之一端爾然未盡公私之利害也伏望聖慈特詔主議之臣不護前失深思今害斥其遂非之心無襲弭謗之迹除去前令許人獻說亟加詳定精求其當庶幾不失祖宗之舊制臣冒禁有言伏待罪責謹具狀奏聞伏候勅旨

狀大臣不達民情妄建謬議始終回護而庶僚希風順意不顧百姓疾苦情事如繪

論選皇子疏

臣聞言天下之難言者不敢冀必然之聽知未必聽而不可不言者所以盡為忠之心況臣遭遇聖明容納諫諍言之未必不聽其可默而不言臣伏見自去歲以來羣臣多言皇嗣之事臣亦嘗因災異竊有奏陳雖聖度包容不加誅戮而愚誠懇至天聽未回臣實不勝愛君

之心日夜區區未嘗忘此思欲再陳狂瞽而未知所以為言今者復見兖國公主近已出降臣因竊思人之常道莫親於父子之親人之常情亦莫樂於父子之樂雖在聖哲異於凡倫其為天性於理則一陛下向雖未有皇嗣而尚有公主之愛上慰聖顔今既出降漸踈左右則陛下萬幾之暇處深宫之中誰可與語言誰可承顔色臣愚以為宜因此時出自聖意於宗室之中選材賢可喜者録以為皇子使其出入左右問安侍膳亦足以

慰悅聖情臣嘗考於書史竊見自古帝王雖曰至尊未嘗獨處也其出而居外也不止百司公見奏事而已必有儒臣學士講論於閒晏又有左右侍從顧問語言其入而居内也不止宦官宮妾在於左右而已其平居燕寢也則有太子問安侍膳於朝夕其優游晏樂也則多與宗室子弟懽然相接如家人其一日之中未嘗一時獨處也今陛下日御前後殿百司奏事者往往仰瞻天顔而退其甚幸者得承一二言之德音君臣之情不通

上下之意不接其餘在廷之臣儒學侍從之列未聞一人從容親近於左右入而居內則至於問安侍膳亦闕於朝夕是則陛下富有四海之廣躬享萬乘之尊居外則無一人可親居內則無一人得親此臣所以區區而欲言也伏惟陛下荷祖宗之業承宗廟社稷之重皇子未降儲位久虛羣臣屢言大議未決臣前所奏請以為未必立為儲貳而且養為子既可以徐察其賢否亦可以待皇子之降生於今為之亦其時也臣言狂計愚伏

侯斧鉞

[illegible]託得人則三才蒙庥萬類咸若[illegible]壽否則反是宋仁宗之不輕擇[illegible]當日宰執臺諫侍從之臣交章[illegible]復情致纏綿忠愛悱惻抑何社[illegible]止五十耳修疏上正仁宗富於[illegible]思仁宗聽之無恨君臣之間美千古矣豈非兩人皆止知有宗廟社稷蒼生而不知有

已者乎世以仁宗為漢文帝唐太宗後一人而無子以[illegible]憾擇嗣得英宗無愧宗廟社[illegible]王父天母地而子萬民有宋[illegible]子哉

御選唐宋文醇卷二十八

廬陵歐陽修文七

通進司上皇帝書

月日宣德郎守太子中允充館閣校勘臣歐陽修謹昧死載拜上書於皇帝闕下臣伏見國家自元昊叛逆關西用兵以来為國言事者衆矣臣初竊為三策以料賊情然臣迂儒不識兵之大計始猶遅疑不敢自信今兵

興既久賊形已露如臣素料頗不甚遠故竊自謂有可以助萬一而塵聽覽者謹條以聞惟陛下仁聖寛其狂妄之誅幸甚夫關西弛備而民不見兵者二三十年矣使賊萌亂之初藏形隱計卒然而来當是時吾之邊屯寡弱城堡未完民習久安而易驚將非素選而敗怯使其羊驅豕突可以奮然而深入然國威未挫民力未疲彼得城而居不能久守虜掠而去可邀擊其歸此下策也故賊知而不為之外國侵邊自古為患其攻城掠野

敗則走而勝則来葢其常事此中策也故賊兼而用之若夫假借名號以威其衆先擊吾之易取者一二以悦其心然後訓養精鋭為長久之謀故其来也雖勝而不前不敗而自退所以誘吾兵而勞之也或擊吾東或擊吾西乍出乍入所以使吾兵分備多而不得減息也吾欲速攻賊方新鋭坐而待戰彼則不来如此相持不三四歲吾兵已老民力已疲不幸又遇水旱之災調斂不勝而盜賊羣起彼力奮其全鋭擊吾困敝可也使吾不

堪其困忿而出攻決於一戰彼以逸而待吾勞亦可也幸吾苦兵計未知出遂求通聘以邀歲時之賂度吾困急不得不從亦可也是吾力一困則賊謀無施而不可此兵法所謂不戰而疲人兵者上策也而賊今方用之今三十萬之兵食於西者二歲矣又有十四五萬之鄉兵不耕而自食其民自古未有四五十萬之兵連年仰食而國力不困者也臣聞元昊之為賊威能畏其下恩能死其人自初僭叛嫚書已上逾年而不出一出則鋒

不可當執劫蓄官獲吾將帥多禮而不殺此其兗謀所蓄皆非倉卒者也奈何彼能以上策而疲吾吾不自知其已困彼為久計以撓我我無長策而制之哉夫訓兵養士伺隙乘便用間出奇此將帥之職也所謂閫外之事而君不御者可也至於外料賊謀之心內察國家之勢知彼知此因謀制敵此朝廷之大計也所謂廟筭而勝者也不可以不思今賊謀可知以久而疲我耳吾勢可察西人已困也誠能豐財積粟以紓西人而完國壯

兵則賊謀沮而廟算得矣夫兵攻守而已然皆以財用為強弱也守非財用而不久此不待言請試言攻昔秦席六世之強資以事人卒困天下而不得志漢因文景之富力三舉而纔得河南隋唐突厥吐蕃常與中國相勝敗擊而勝之有矣未有舉而滅者秦漢尤強者其所攻今元昊之地是也況自劉平陷没賊鋒熾鋭未嘗挫衂攻守之計非臣所知天威所加雖終期於掃盡然臨邊之將尚未聞得賊釁隙挫其兇鋒是攻守皆未有休

息之期而財用不為長久之計臣未見其可也四五十萬之人坐而仰食然關西之地物不加多關東所有莫能運致掊克細碎既以無益而罷之矣至於鬻官入粟下無應者改法權貨而商旅不行是四五十萬之人惟取足於西人而已西人何為而不困困而不起為盜者須水旱耳外為賊謀之所疲内遭水旱而多故天下之患可勝道哉夫關西之物不能加多則必通其漕運而致之漕運已通而關東之物不充則無得而西矣故臣

以為通漕運盡地利權商賈三術並施則財用足而西人舒國力完而兵可久以守以攻惟上所使夫小瑣目前之利既不足為長久之謀非旦夕而可效故為長久而計者初若迂愚而可笑在必而行之則其利博矣故臣區區不敢避迂愚之責請上便宜三事惟陛下裁擇其一曰通漕運臣聞今為西計者皆患漕運之不通臣以為但未求之耳今京師在汴漕運不西而人之習見者遂以為不能西不知秦漢隋唐其都在雍則天下之

物皆可致之西也山川地形非有變易於古其路皆在昔人可行令人胡為而不可漢初歲漕山東粟數十萬石是時運路未修其漕尚少其後武帝益修渭水至漕百餘萬石隋文帝時沿水為倉轉相運置而關東汾晉之粟皆至渭南運物最多其遺倉之迹往往皆在然尚有三門之險自唐裴耀卿又尋隋迹於三門東西置倉開山十八里為陸運以避其險卒泝河而入渭當斯歲運不減二三百萬石其後劉晏守耀卿之路悉漕江

淮之米以實關西後世言能經財利而善漕運者耀卿
與晏為首今江淮之米歲入於汴者六百萬石誠能分
給關西得一二百萬石足矣今兵之食汴漕者出戍甚
衆有司不惜百萬之粟分而及之其患者三門阻其中
爾今宜浚治汴渠使歲運不阻然後按求耀卿之迹不
憚十許里陸運之勞則河漕通而物可致且紓關西之
困使古無法今有可為尚當為之況昔人行之而未遠
今人行之而豈難哉耀卿與晏初理漕時其得尚少至

其末年所入十倍是可久行之法明矣北水運之利也

臣聞漢高祖之入秦不由東關而道南陽過酈析而入武關曹操等起兵誅董卓亦欲自南陽道丹析而入長安是時張濟又自長安出武關奔南陽則自古用兵往来之徑也臣嘗至南陽問其遺老云自鄧西北至永興六七百里今小商賈往往行之初漢高入關其兵十萬夫能容十萬兵之路宜不甚狹而險也但自雒陽為都行者皆趨東關其路久而遂廢今能按求而通之則武

昌漢陽郢復襄陽梁洋金商均房光化沿漢之地十一二州之物皆可漕而頓之南陽自南陽為輕車人輦而遞之募置遞兵為十五六鋪則十餘州之物日日入關而不絶沿漢之地山多美木近漢之民仰足而有餘以造舟車甚不難也前日陛下深卹有司之勤内賜禁錢數十萬以供西用而道路艱遠輦運踰年不能畢至至於軍裝輸送多苦秋霖邊州已寒冬服尚滯於路其艱如此夫使州縣綱吏遠輸京師轉冒艱滞然後得西豈

若較南陽之旁郡度其道里入於武關與至京師遠近等者與其尤近者皆使直輸於關西京師之用有不足則以禁帑出賜有司者代而充用其迂曲簡直利害較然矣此陸運之利也其二曰盡地利臣聞昔之畫財利者易為功今之言財利者難為術昔者之民賦稅而已故其不足則鑄山煑海榷酒與茶征關市而筭舟車尚有可為之法以茍一時之用自漢魏迄今其法日增其取益細今取民之法盡矣昔者賦外之征以備有事之

用今盡取民之法用於無事之時悉以冗費而縻之矣至卒然有事則無法可增然獨猶有可為者民作而賦官者已勞而遊手之人方逸地之產物者耕不得代而不墾之土尚多是民有遺力地有遺利此可為也况歷視前世用兵者未嘗不先營田漢武帝時兵興用乏趙過為畝田人犁之法以足用趙充國攻西羌議者爭欲出擊而充國深思全勝之策能忍而待其獘至違詔罷兵而治屯田田於極邊以遊兵而防鈔寇則其理田不

為易也猶勉為之後漢之時曹操屯兵許下强敵四面以今視之疑其旦夕戰爭而不暇然用棗祗韓浩之計建置田官募民而田近許之地歲得穀百萬石其後郡國皆田積穀無數隋唐田制尤廣不可勝舉其勢艱而難田莫若充國迫急而不暇田莫如曹操然皆勉焉不以迂緩而不田者知地利之博而可以紓民勞也今夫下之土不耕者多矣臣未能悉言謹舉其近者自京以西土之不闢者不知其數非土之瘠而棄也蓋人不勤

農與夫役重而逃爾久廢之地其利數倍於營田今若
督之使勤與免其役則願耕者衆矣臣聞鄉兵之不便
於民議者方論之矣充兵之人遂棄農業託云教習聚
而飲博取資其家不顧無有官吏不加禁父兄不敢詰
家家自以為患也河東河北關西之鄉兵此猶有用若
京東西者平居不足以備盜而水旱適足以為盜其尤
可患者京西素貧之地非有山澤之饒民惟力農是仰
而今二夫之家一人五夫之家二人為游手凡十八九

州以少言之尚可四五萬人不耕而食是自相糜耗而重困也今誠能盡驅之使耕於棄地官貸其種歲田之入與中分之如民之法募吏之習田者為田官優其課最而誘之則民願田者衆矣太宗皇帝時嘗貸陳蔡民錢使市牛而耕真宗皇帝時亦用耿望之言買牛湖南而治屯田今湖南之牛歲賈於北者皆出京西若官為買之不難得也又宜重為法以困所謂私牛之客者使不容於民而樂為官耕凡民之已有牛者使自耕則牛

不足而官市者不多且鄉兵本農也籍而為兵遂棄其業今幸其去農未久尚可復驅還之田畝使不得羣游而飲博以為父兄之患此民所願也一夫之力以逸而言任耕緩田一頃使四五萬人皆耕而久廢之田利又數倍則歲穀不可勝數矣京西之分北有大河南至漢而西接關若又通其水陸之運所在積穀惟陛下詔有司而移用之耳其三曰權商賈臣聞秦廢王法啟兼并其上侵公利下刻細民為國之患久矣自漢以來嘗欲

為法而抑奪之然不能也蓋為國者興利日繁兼并者

趨利日巧至其甚也商賈坐而權國利其故非他由興

利廣也夫興利廣則上難專必與下而共之然後通流

而不滞然為今議者方欲奪商之利一歸於公上而專

之故奪商之謀益深則為國之利益損前日有司屢變

其法法每一變則一歳之間所損數百萬議者不知利

不可專欲專而反損但云變法之未當變而不已其損

愈多夫欲十分之利皆歸於公至其虧少十不得三不

若與商共之當得其五也今為國之利多者茶與鹽耳茶自變法已来商賈不復一歲之失數年莫補所在積朽棄而焚之前日議者屢言三稅之法為便有司既以詳之也今誠能復之使商賈有利而通行則上下濟矣解池之鹽積若山阜今宜暫下其價誘羣商而散之先為令曰三年將復舊價則貪利之商爭先而輳矣夫茶者生於山而無窮鹽者出於水而不竭賤而散之三年十未減其一二夫二物之所以貴者以能為國資錢幣

爾今不散而積之是惜朽壞也夫何用哉夫大商之能蓄其貨者豈其錙銖躬自鬻於市哉必有販夫小賈就而分之販夫小賈無利則不為故大商不妬販夫之分其利者恃其貨博雖取利少貨行流速則積少而為多也今為大國者有無窮不竭之貨反妬大商之分其利寧使無用而積為朽壤何哉故大商之善為術者不惜其利而誘販夫大國之善為術者不惜其利而誘大商此與商賈共利取少而致多之術也又今商賈之難以

術制者以其積貨多而不急故也利厚則来利薄則止不可以號令名也故每有司變法下利既薄小商以無利而不能行則大商方幸小商之不行適得獨賣其貨尚安肯勉趨薄利而来哉故變法而刻利者適足使小商不来而為大商賈積貨也今必以術制商宜盡括其居積之物官為賣而還之使其貨盡而後變法夫大商以利為生一歲不營利則有惶惶之憂彼必不能守積錢而閒居得利雖薄猶將勉而来此變法制商之術也

夫欲誘商而通貨莫若與之共利此術之上也欲制商使其不得不從則莫若痛裁之使無積貨此術之下也然此可制茶商耳若鹽者禁益密則冒法愈多而刑繁若乃縣官自為鬻市之事此大商之不為臣謂行之難久者也誠能不較錙銖而思遠大則積朽之物散而錢幣通可不勞而用足矣臣愚不足以知時事若夫堅守以捍賊利則出而擾之凡小便宜願且委之邊將至於積穀與錢通其漕運不二三歲而國力漸豐邊將漸習

賊鋒漸挫而有隙可乘然後一舉而滅之此萬全之策也顧陛下以其小者責將帥謀其大計而行之則天下幸甚臣修昧死再拜

洪範一曰食而八曰師食尚未預儲何言師也通漕屯田自是當時要務通篇不下萬言總欲豐財積粟以紓西人耳至論課程之法謂必與商賈共利方能取少而致多其辭亦若言利而與言利之臣霄壤者蓋導利而布之上下本君人者之責也為國家司課程者不可不

知若其所云不惜其利以誘大商則立言不可為訓又
欲盡括大商居積之物官為賣而還之則更迂濶紛擾
而不可行也

準詔言事上書

月日臣修謹昧死再拜上書於皇帝陛下臣近準詔書
許臣上書言事臣學識愚淺不能廣引深遠以明治亂
之原謹採當今急務條為三弊五事以應詔書所求伏
惟陛下裁擇臣聞自古王者之治天下雖有憂勤之心

而不知致治之道則心愈勞而事愈雜雖有納諫之名而無力行之果斷則言愈多而聽愈惑故為人君者以細務而責人專大事而獨斷此致治之要術也納一言而可用雖衆說不得以沮之以力行之果斷也知此二者天下無難治矣伏見國家自大兵一動中外騷然陛下思社稷之安危見民生之凋敝四五年来聖心憂勞可謂至矣然而兵日益老賊日益强併九州之力討一西戎小者尚無一人敢前今又北戎大者違盟而動其

將何以禦之從來所患者外敵今外敵叛矣所惡者盜賊今盜賊起矣所憂者水旱今水旱作矣所賴者民力今民力困矣所須者財用今財用乏矣陛下之心日憂於一日天下之勢歲急於一歲此臣所謂用心雖勞不知求致治之要者也近年朝廷開發言路獻計之士不下數千然而事緒轉多枝梧不暇從前所採衆議紛紜至於臨事誰策可用此臣所謂聽言雖多不如力行之果斷者也伏思聖心所甚憂而當今所尚闕者不過曰

無兵也無將也無財用也無禦戎之策也無可任之臣也此五者陛下憂其未有而臣謂今皆有之然陛下未得而用者未思其術也國家創業之初四方割據中國地狹兵民不多然尚能南取荆楚收偽唐定閩嶺西平兩蜀東下并潞北窺幽燕當時所用兵財將吏其數幾何惟善用之故不見其少況乎今日承百年祖宗之業盡有天下之富强人衆物盛十倍國初故臣敢言有兵有將有財用有禦戎之策有可任之臣然陛下皆不得

而用者其故何哉由朝廷有三大弊故也何謂三弊一曰不慎號令二曰不明賞罰三曰不責功實此三弊因循於上則萬事弛慢廢壞於下臣聞號令者天子之威也賞罰者天子之權也若號令不信賞罰不當則天下不服故又須責臣下以功實然後號令不虛出而賞罰不濫行是以慎號令明賞罰責功實此三者帝王之奇術也自古人君英雄如漢武帝聰明如唐太宗皆知用此三術而自執威權之柄故所求無不得所欲皆如意

漢武好用兵則窮黷四方立功萬里以快其心欲求將則有衛霍之材以供其指使欲得賢士則有公孫董汲之徒以稱其意唐太宗好用兵則誅突厥服遼東威振外國以逞其志欲求將則有李靖李勣之徒入其駕馭欲得賢士則有房杜之徒在其左右此二帝者可謂所求無不得所欲皆如意無他術也惟能自執威權之柄耳伏惟陛下以聖明之姿超出二帝又盡有漢唐之天下然而欲禦邊則常患無兵欲破賊則常患無將欲贍

軍則常患無財用欲威伏四方則常患無策欲任使賢
材則常患無人是所求皆不得所欲皆不如意其故無
他由不用威權之術也自古帝皇或為强臣所制或為
小人所惑則威權不得出於己今朝無强臣之患旁無
小人偏任之溺内外臣庶尊陛下如天愛陛下如父傾
耳延首願陛下之所為然何所憚而不為乎若一日赫
然執威權以臨之則萬事皆辦何患五者之無奈何為
三弊之因循一事之不集臣請言三弊夫言多變則不

信令頻改則難從令出令之初不加詳審行之未久尋又更張以不信之言行難從之令故每有處置之事州縣知朝廷未是一定之命則官吏或相謂曰且未要行不久必須更改或曰備禮行下略與應破指揮旦夕之間果然又變至於將吏更易道路疲於迎送符牒縱橫上下莫能遵守中外臣庶或聞而歎息或聞而竊笑歎息者有憂天下之心竊笑者有輕朝廷之意號令如此欲威天下其可得乎此不慎號令之弊也用人之術不

不賞罰然賞及無功則恩不足勸罰失有罪則威無所

懼雖有人不可用矣太祖時王全斌破蜀而歸功不細

矣犯法一貶十年不問是時方討江南故黜全斌與諸

將立法太祖神武英斷所以能平定天下者其賞罰之

法皆如此也昨關西用兵四五年矣大將以無功罷者

依舊居官軍中見無功者不妨得好官則諸將誰肯立

功矣裨將畏懦逗留者皆當斬罪或暫貶而尋遷或不

貶而依舊軍中見有罪者不誅則諸將誰肯用命矣所

謂賞不足勸威無所懼賞罰如此而欲用人其可得乎此不明賞罰之弊也自兵動以来處置之事不少然多有名而無實請為畧言其一二則其他可知數年以来點兵不絶諸路之民半為兵矣其中老弱病患短小怯懦者不可勝數是有點兵之虚名而無得兵之實數也新集之民所在教習追呼上下民不安居主教者非将領之材所教者無旗鼓之節往来州縣愁歎嗷嗷既多是老病小怯之人又無訓齊精練之法此有教兵之虚

名而無訓兵之實藝也諸路州軍分造器械工作之際已勞民力輦運般送又苦道塗然而鐵刃不剛筋膠不固長短大小多不中度造作之所但務充數而速了不計所用之不堪經歷官司又無檢責此有器械之虛名而無器械之實用也以草草之法教老怯之兵執鈍折不堪之器械百戰百敗理在不疑臨事而悟何可及乎故事無大小悉皆鹵莽則不責功實之弊也臣故曰三弊因循於上則萬事弛慢廢壊於下萬事不可盡言臣

請言大者五事其一曰兵臣聞攻人以謀不以力用兵鬬智不鬬多前代用兵之人多者常敗少者常勝漢王尋等以百萬之兵遇光武九千人而敗是多者敗而少者勝也苻堅以百萬之兵遇東晉二三萬人而敗是多者敗而少者勝也曹操以三十萬青州兵大敗於呂布退而歸許復以二萬人破袁紹十四五萬是用兵多則敗少則勝之明驗也況於外國尤難以力爭只可以計取李靖破突厥於定襄只用三千人其後破頡利於陰

山亦不過一萬蓋兵不在多能以計取爾故善用兵者以少為多不善用者雖多而愈少也為今計者添兵則耗國減兵則破賊今沿邊之兵不下七八十萬可謂多矣然訓練不精又有老弱虚數則十人不當一人是七八十萬之兵不當七八萬人之用加之軍無統制分散支離分多為寡兵法所忌此所謂不善用兵者雖多而愈少而常戰而常敗也臣願陛下赫然奮威敕勵諸將精加訓練去其老弱七八十萬中可得五十萬數古人

用兵以一當百今既未能但得以一當十則五十萬精兵可當五百萬兵之用此所謂善用兵者以少為多彼古人所以少而常勝者以此也今不思實效但務添多耗國耗民積以年歲賊雖不至天下已困矣此一事也其二曰將臣又聞古語曰將相無種故或出於奴僕或出於軍卒或出於盜賊惟能不次而用之乃為名將耳國家求將之意雖勞選將之路太狹今詔近臣舉將而限以資品則英豪之士在下位者不可得矣試將材者

限以弓馬一夫之勇則智略萬人之敵皆遺之矣山林奇傑之士名而至者以其貧賤而薄之不過與一主簿借使其怏怏而去則古之屠釣飯牛之傑亦皆激怒而失之矣至於無人可用則寧用龍鍾跛躄庸懦暗劣之徒皆授之兵柄天下三尺童子皆為朝廷危之前日澶淵之卒幾為國家生事此可見也議者不知取將之無術但云當今之無將臣願陛下革去舊弊奮然精求有賢豪之士不須限以下位有智畧之臣不必試以弓馬

有山林之傑不可薄其貧賤惟陛下能以非常之禮待人人臣亦將以非常之效報國此二事也其三曰財用臣又聞善治病者必治其受病之處善救弊者必尋其起弊之源今天下財用困乏其弊安在起於用兵而費大故也漢武好窮兵用盡累世之財當時勤兵單于臺不過十八萬尚能困其國力况其若今日七八十萬連四五年而不罷所以罄天地之生成竭黎民之膏血而用不足也今雖有智者物不能增而計無所出矣惟有

減冗卒之虛費練精兵而速戰功成兵罷自然足矣今兵有可減之理無人敢當其事賊有速擊之便無將敢奮其勇後時敗事徒耗國而耗民此三事也其四曰禦戎之策臣又聞兵法曰上兵伐謀其次伐交北人與朝廷通好僅四十年不敢妄動今一旦發其狂謀者其意何在蓋見中國頻為元昊所敗故敢啟其貪心伺隙而動爾今使敕勵諸將選兵秣馬疾入西界但能痛敗昊賊一陣則吾軍威大振而敵計沮矣此所謂上兵伐謀

者也今議事者皆知北敵與西賊通謀欲併二國之力窺我河北陜西今我若能先擊敗其一國則敵勢減半不能獨舉此兵法所謂伐交者也元昊地狹賊兵不多向来攻我傳聞北敵常有救兵今若敵中自有點集之謀而元昊卒然被擊必求助於北敵北敵分兵助昊則可牽其南寇之力若不助昊則兩國有隙自相疑貳此亦伐交之策也假令二國尅期分路来寇我能先期大舉則元昊倉皇自救不暇豈能與北敵相為表裏是破

其素定之約乗其尅日之期此兵法所謂親而離之者亦伐交之策也元昊叛逆以来幸而屢勝常有輕視諸將之心今又見朝廷北憂外敵方經營於河朔必謂我師不能西出今乘其驕怠正是疾驅急擊之時此兵法所謂出其不意者此取勝之上策也前年西將有請出攻者當時賊氣力方盛我兵未練朝廷尚許其出師況今元昊有可攻之勢此不可失之時彼方幸吾憂河北則必不虞我能西征出其不意此可攻之勢也自四路分

帥令已半年訓練恩信兵已可用故近日屢奏小捷是我師漸振賊氣漸衂此可攻之勢也茍失此時而使二敵先来則吾無策矣臣願陛下詔執事之臣熟議而行之此四事也其五曰可任之臣臣又聞仲尼曰十室之邑必有忠信況今文武列職徧於天下其中豈無材智之臣而陛下總治萬幾之大既不暇盡識其人故不能躬自進賢退不肖執政大臣動拘舊例又不敢進賢而退不肖至審官吏部三班之職但掌文簿差除而已又

不敢越次進賢而退不肖是上自天子下至有司無一人得進賢而退不肖者所以賢愚混雜僥倖相容三載一遷更無旌別平居無事惟患太多而差遣不行一旦臨事要人常患乏人使用自古任官之法無如今日之繆也今議者或謂舉主轉官為進賢犯罪黜責為退不肖此不知其弊之深也大凡善惡之人各以類聚故守廉慎者各舉清幹之人有贓污者各舉貪濁之人好徇私者各舉請求之人性庸暗者各舉不材之人朝廷不

問是非但見舉主數足便與改官則清幹者進矣貪濁者亦進矣請求者亦進矣不材者亦進矣混淆如此便可為進賢之法乎方今黜責官吏豈有澄清糾舉之術哉惟犯贓之人因民論訴者乃能黜之耳夫能舞弄文法而求財賂者亦强黠之吏政事必由己出故雖誅剥豪民尚或不及貧弱至於不材之人不能主事衆胥羣吏共為姦欺則民無貧富一時受弊以此而言則贓吏與不材之人為害等耳今贓吏因自敗者乃加黜責十

不去其一二至於不材之人上下共知而不問寬緩容姦其弊如此便可為退不肖之法乎賢不肖既無別則宜乎設官雖多而無人可用也臣願陛下明賞罰責功實則材皆列於陛下之前矣臣故曰五者皆有然陛下不得而用者為有弊也三弊五事臣既已詳言之矣惟陛下擇之天下之務不過此也方今天文變於上地理逆於下人心怨於内遠蕃攻於外事勢如此矣非是陛下遲疑寬緩之時惟願為社稷生民留意臣修昧死再

拜

唐順之曰仁宗之為治天下事一付之公論而已若無所與者自是千古一聖哉而其迹有似於不振者故歐公以自執威權之説進蓋應病之藥也夫有權不操而付之天下之公且不可况未必公乎

論包拯除三司使上書

臣聞治天下者在知用人之先後而已用人之法各有所宜軍旅之士先材能朝廷之士先名節軍旅主成功

惟恐其不趨賞而爭利其先材能而後名節者亦勢使之然也朝廷主教化風俗之厚薄治道之汚隆在乎用人而教化之於下也不能家至而諄諄諭之故常務尊名節之士以風動天下而聳勵其偷薄夫所謂名節之士者知廉恥修禮讓不利於苟得不牽於苟隨而惟義之所處白刃之威有所不避折枝之易有所不為而惟義之所守其立於朝廷進退舉止皆可以為天下法也其人至難得也至可重也故其為士者常貴名節以自

重其身而君人者亦常全名節以養成善士伏見陛下近除前御史中丞包拯為三司使命下之日中外喧然以為朝廷貪拯之材而不為拯惜名節然猶冀拯能執節守義堅讓以避嫌疑而為朝廷惜事體數日之間遽聞拯已受命是可惜也亦可嗟也拯性好剛天姿峭直然素少學問朝廷事體或有不思至如逐其人而代其位雖初無是心然見得不能思義此皆不足怪若乃嫌疑之迹常人皆知可避而拯豈獨不思哉昨聞拯在臺

日常自至中書詬責宰相指陳前三司使張方平過失怒宰相不早罷之既而臺中僚屬相繼論列方平由此罷去而以宋祁代之又聞拯亦曾彈奏宋祁過失自其命出臺中僚屬又交章力言而祁亦因此而罷而拯遂代其任此所謂蹊田奪牛豈得無過而整冠納履當避可疑者也如拯材能資望雖别加進用人豈為嫌其不可為者惟三司使爾非惟自涉嫌疑其於朝廷所損不細臣請原其本末而言之國家自數十年来士君子務

以恭謹靜慎為賢及其弊也循默茍且頽惰寛弛習成風俗不以為非至於百職不修紀綱廢壊時方無事固未覺其害也一旦外敵攻擾兵出無功而財用空虚公私困乏盜賊並起天下騷然陛下奮然感悟思革其弊進用二三大臣鋭意於更張矣於此之時始增置諫官之員以寵用言事之臣使之舉職由是修紀綱而繩廢壊遂欲分别賢不肖進退材不材而久弊之俗驟見而駭因共指言事者而非之或以為好訐陰私或以為公

相傾陷或謂沽激名譽或謂自圖進取羣言百端幾惑

上聽尚賴陛下至聖至明察見諸臣本以忘身徇國非

為已利讒間不入遂荷保全而中外之人久而亦漸為

信自是以来二十年間臺諫之選屢得讜言之士中間

斥去姦奸屏絶權倖拾遺救失不可勝數是則納諫之

善從古所難自陛下臨御以来實為盛德於朝廷補助

之效不為無功今中外習安上下已信纎邪之人凡所

舉動每畏言事之臣時政無巨細亦惟言事官是聽原

其自始開發言路至於今日之成效豈易致哉可不惜
哉夫言人之過似於徼訐逐人之位似於傾陷而言事
之臣得以自明者惟無所利於其間耳而天下之人所
以為信者亦以其無所利焉今拯屛逐二臣自居其位
使將來姦佞者得以為説而惑亂主聽今後言事者不
為人信而無以自明是則聖明用諌之功一旦由拯而
壞夫有所不取之為廉有所不為之謂恥近臣舉動人
所則法使拯於此時有所不取而不為可以風天下以

廉恥之節而掇取其所不宜取為其所不宜為豈惟自薄其身亦所以開誘他時言事之臣傾人以覬得相習而成風此之為患豈謂小哉然掇所恃者惟以本無心耳夫心者藏於中而人所不見迹者示於外而天下所瞻今掇欲自信其不可見之心而外掩天下之迹猶手探其物口云不欲雖欲自信人誰信之此臣所謂嫌疑之不可不避也況如掇者少有孝行聞於鄉里晚有直節著在朝廷但其學問不深思慮不熟而處之乖當其

人亦可惜也伏望陛下别選材臣為三司使而處拯他職置之京師使拯得避嫌疑之迹而解天下之惑而全拯之名節不勝幸甚臣叨塵侍從職號論思昔嘗親見朝廷致諫之初甚難今又復見陛下用諫之效已著實不欲因拯而壞之者為朝廷惜也臣言狂計愚伏俟誅戮

世有論修之賢而上章論拯蓋與拯不相能者夏蟲不可語冷也夫修此疏固為朝廷杜徽許傾陷之風又使

嗣後言事者得白其無他而易以拾遺救失乃其意中所最保護愛惜者拯耳曾子寢疾革一聞童子之言謂華而睆大夫之簀與則瞿然命易其簀曾元不肯易人子之常情也而曾子斥之為細人至謂其愛父不如此童子曾子之賢幾於聖矣豈其將死猶好奇釣名至此哉舉扶而易之反席未安而歿假使不易安知不少緩須臾無死然而曾子不顧者蓋雖一簀之非正猶舍生取義如此也今三司使之位非一簀之細矣逐人而居

之非士用大夫器物之小過矣修知愛人以德而已遑問後世以修與拯為相能不相能哉善夫蔡襄之疏也曰朝廷增用諫臣歐陽修余靖王素一日拜命三人忠誠剛正必能盡言臣恐邪人不利必造為禦之之說其說不過有三臣請辨之一曰好名夫忠臣引君當道論事惟恐不至若避好名之嫌無所陳列則土木之人皆可為矣二曰好進前世諫者之難激於忠憤遭世昏亂死猶不辭何好進之有近世獎拔太速但久而弗遷雖

死是官猶無悔也三曰彰君過諫爭之臣蓋以司過舉[illegible]人主聽而行之[illegible]致從諫之譽何過之能彰至於[illegible]默然事雖言則[illegible]擇其無忤者時一發焉猶或不[illegible]書論其事矣此之謂好名默默容容無[illegible]頭仕此之謂好進君有過失不[illegible]後世其事乃不可掩此之謂彰[illegible]修輩始作諫官之時諷上久而勿遷使之死於是官豈亦與修輩不相能哉君子之所

欲忠者國耳主耳其他又何所惜襄之知修必不以不

不以不得三司使為恨也正

之所為與

總校官編修臣朱　鈴
校對官編修臣孫希旦
謄録監生臣劉　清

〔清〕清高宗弘曆 選
〔清〕允祿 等 編

御選唐宋文醇

（四）

北方聯合出版傳媒（集團）股份有限公司
萬卷出版有限責任公司

詳校官中書臣劉源溥

欽定四庫全書

御選唐宋文醇卷二十九

廬陵歐陽修文八

論乞令百官議事劄子

臣伏見祖宗時猶用漢唐之法凡有軍國大事及大刑獄皆集百官參議蓋聖人慎于臨事不敢專任獨見欲採天下公論擇其所長以助不逮之意也方今朝廷議事之體與祖宗之意相背每有大事祕不使人知之惟

小事可以自決者却送兩制定議兩制知非急務故忽畧拖延動經年歳其中時有一兩事體大者亦與小事一例忽之至于大事秘而不宣此尤不便當處事之始雖侍從之列皆不與聞已行之後事須彰布縱有乖誤却欲論列則追之不及况外廷百官疎遠者雖欲有言陛下豈得而聞哉所以興兵數年西北二方累有事宜處置多繆者皆由大臣自無謀慮而杜塞衆見也臣今欲乞凡有軍國大事度外廷須知而不可秘密者如北

敵去年有請合從與不合從西戎今歲求和當許與不當許凡如此事之類皆下百官廷議隨其所見同異各令署狀而陛下擇其長者而行之不惟慎重大事廣採衆見兼又于庶官寒賤疎遠人中時因議論可見其高材敏識者國家得以用之若百官都無所長則自用廟堂之議至于小事並乞只令兩府自定其錢穀合要見本末則名三司官吏至兩府討尋供析而使大臣自擇至于禮法亦可名禮官法官詢問如此則事之大小各

得其體如允臣所請且乞將西戎請和一事先集百官
廷議取進止

汝則有大疑謀及乃心謀及卿士謀及庶人謀及卜筮

顧又曰君不密則失臣臣不密則失身幾事不密則害成何哉曰軍國大事人人共知而不可秘密者古先哲王固不特謀及卿士而且謀及庶人矣若夫事之未成而定命于幾先則不特無謀及庶人之理即在廷卿士自不得人人與聞以害其成也嗟乎偏聽生奸獨任成

弊如修所云大臣自無謀慮而杜塞衆見者固以不能集思廣益而處置多差然如修所云下百官廷議隨其所見同異各令署狀者亦歸于有治人無治法耳詩不云乎謀夫孔多事用不集發言盈廷誰敢執其咎為人君者博採其論則人各欲售其私說以圖其意中所欲得而不顧其它棄之不採則人各緘默取容以聽大官之臆決而萬口附和是非卿尹旅牧各得其人則修之此議亦徒然耳甚哉期事之集必期謀之臧而期謀之

藏必期才之衆國無賢才則國空虚濟濟多士文王以寧蒿目斯世不能不讀修此議而三歎也

論美人張氏恩寵宜加裁損劄子

臣近風聞禁中因皇女降生于左藏庫取綾羅八千疋染院工匠當此大雪苦寒之際敲冰取水染練供應頗甚艱辛臣伏見陛下恭儉勤勞愛民憂國似此勞人枉費之事必不肯為然外議相傳皆云見今染練未絶臣又見近日内降美人張氏親戚恩澤太頻臣忝為諫官

每聞小有虧損聖德之事須合力言難避天譴臣竊見自古帝王所寵嬪御若能謙儉柔善不求恩澤則可長保君恩或恣意驕奢多求恩澤則皆速致禍敗臣不敢遠引古事只以今宫禁近事言之陛下近年所寵尚氏楊氏余氏苗氏之類當其被寵之時驕奢自恣不早裁損及至滿盈今皆何在况聞張氏本良家子昨自修媛退為美人中外皆聞以謂與楊尚等不同故能保寵最久今一旦宫中取索頓多恩澤日廣漸為奢侈之事以招

外人之言臣不知陛下欲愛惜保全張氏或欲縱恣而敗之若欲保全則須常令謙儉不至驕盈臣料八千疋綾羅必非張氏一人獨用不過支散與衆人而已乃是枉費財物盡為衆人至于中外譏議則陛下自受以此而言廣散何益昨正月二日曹氏封縣君至初五日又封郡君四五日間兩度封拜又聞别有内降應是疎遠親戚盡求恩澤父母因子而貴可矣然名分亦不可太過其他疎遠皆可減罷臣謂張氏未入宫之前疎遠親

戚各皆何在今日富貴何必廣為閒人自招謗議以累
聖德若陛下只為張氏計亦宜如此況此事不獨為張
氏大凡後宮恩澤太多宮中用度奢侈皆是虧損聖德
之事繫于國體臣合力言伏望聖慈防微杜漸早為裁
損取進止

張氏仁宗美人卒謚温成皇后初仁宗寵張氏欲以為
后太后難之乃立郭崇之孫為后繼而見廢世儒謂仁
宗夫婦間未免大圭之玷也然郭后廢而曹后立史載

曹后事迹亦不減女中堯舜然則其所為張美人當亦必有取焉而非僅以色陛歟歐陽修此疏讀者必曰仁宗亦蠱于女色否則必曰歐陽修彰君之過而使此文傳至于今也為此解者不特不識歐陽修亦不識仁宗夫狀第之愛而當時文學侍從之臣得直言無忌如此非聖賢而能致然乎

論澧州瑞木乞不宣示外廷劄子

臣近聞澧州進柿木成文有太平之道四字其知州馮

載本是武人不識事體便為祥瑞以媚朝廷臣謂前世號稱太平者須是四海晏然萬物得所方今西羌叛逆未平之患在前北敵强勁藏伏之禍在後一患未滅一患已萌加以西則瀘戎南則湖嶺凡與四夷連接無一處無事而又內則百姓困弊盜賊縱横昨京西陝西出兵八九千人捕數百之盜不能一時翦滅只是僅能潰散然却于别處結集今張海雖死而達州軍賊已近百人又殺使臣其勢不小興州又奏八九十人州縣皇皇

何以存濟以臣觀之乃是四海騷然萬物失所實未見太平之象臣聞天道貴信示人不欺臣不敢遠引他事只以今年内事驗之昨夏秋之間太白經天累月不滅金木相掩近在端門考于星占皆是天下大兵將起之象豈有纔出大兵之象又出太平之道字一歲之内前後頓殊豈非星象麗天異不虛出凡于戒懼常合修省而草木萬類變化無常不可信憑便生懈怠臣又思若使木文不偽實是天生則亦有深意葢其文止曰太平

之道者其意可推也夫自古帝王致太平皆自有道得其道則太平失其道則危亂臣視方今但見其失未見其得也願陛下憂勤萬務舉賢納善常如近日不生逸豫則三二歲間漸期修理若以前賊張海等小衰便謂後賊不足憂以近京得雪便謂天下大豐熟見北敵未來便謂必無事見西賊通使便謂可罷兵指望太平漸生安逸則此瑞木乃誤事之妖木耳臣見今年曾進芝草者今又進瑞木竊慮四方相效爭造妖妄其所進瑞

木伏乞更不宣示臣寮仍乞速詔天下州軍告以興兵累年四海困獘方當責己憂勞之際凡有奇禽異獸草木之類並不得進獻所以彰示聖德感勵臣民取進止

元史臣謂真宗英悟之主而天書一事吁可駭怪及修遼史乃知遼俗尚禨而明鬼故神道設教假以動敵人之聽消覬覦而偃兵革耳然而計亦末矣仁宗以天書殉葬賢哉歐陽修作蜀王建世家論謂自古王者殊祥異瑞並見于五代而又皆萃于蜀感者可以思焉蓋深

以為非也及是澧州獻瑞木成文遂慷慨論列不顧忌諱修于真宗之非自欺而仁宗之必不裕蠱雖若不相知者顧其論正而言忠則可為後世法也

請駕不幸温成廟劄子

臣伏見今月八日聖旨疎決禁囚特行減降及軍士各有特支陛下聖慈本以興國寺奉安真宗皇帝御容有此恩旨而中外之議紛然不一皆言正月八日是温成皇后周年故有此特支疎決又見聖駕朝謁萬壽宫又

云温成畫像在彼所以聖駕親臨盖為自去年追冊温
成皇后之後朝廷每于典禮過極優崇遂致議者動皆
疑惑今又聞來日聖駕幸奉先寺酌獻宣祖皇帝外議
喧然又云温成皇后祠廟在彼伏以陛下聖德仁孝本
為祖宗神御以時酌獻不可使中外議者言陛下意在
追念後宫寵愛託名以謁祖宗虧損聖德其事不細臣
欲乞明日幸奉先寺酌獻畢更不臨幸温成祠廟以解
中外之疑以止議者之說臣職忝侍從無所禆補闔外

人議論不敢不言不惟臣有愛君之心合具陳述陛下舉動為萬世法亦不可不慎取進止

唐太宗文德皇后既葬帝即苑中作層觀以望昭陵引魏徵同升徵熟視曰臣眊昏不能見帝指示之徵曰此昭陵邪帝曰然徵曰臣以為陛下望獻陵若昭陵臣固見之矣帝泣為毀觀歐陽修請駕不幸溫成廟與徵後先輝映矣夫咸恒為後天卦首古先哲王亦與人同其情況存亡之際乎然惟情之無過不及處乃為禮禮失

則情乖情乖則民志惑厚于所當薄即已薄于所當厚本亂而末不可得而治故雖一舉足一出言而子孫黎民之能保不能保係焉以禮制心然後能垂裕于後昆此忠臣志士之所以惓惓于其君也然則太宗之不若魏徵仁宗之不若歐陽修固若是乎曰奚其然也君者表也臣者影也觀影之直則知表之正影與表可曰二哉況善言者出于口而無窮善行者備厥萬而猶闕言易行難何往不然獨是臣能言之于君則匪為言也乃

其行也然君能聽而改之則言者臣之虛言聽者君之實行矣千虛不如一實曷可貶實而崇虛哉成湯之聖也曰改過不吝聖不聖于無過而聖于改過然過之作也已覺之而已改之猶未足以云聖人之大心也惟人覺之而已改之則天下之人之心莫非其心而博厚配地高明配天矣是非太宗仁宗之所可當也必也舜乎舜好問而好察邇言必也孔子乎孔子曰丘也幸苟有過人必知之舜與孔子固全之若此二事者乃太宗仁

聖祖御評
於氣度舒徐中
見其爽直論事
極中窾會

宗之能得乎舜與孔子百之一而榮莫大焉者也俗士以徵有言即謂太宗不如徵修有言即謂仁宗不如修是人我之見不忘而元首股肱之義因以日喪也

論臺諫官唐介等宜早牽復劄子

臣材識庸暗碌碌於衆人中蒙陛下不次拔擢置在樞府其于報効自宜如何而自居職以來已逾半歲凡事關大體必須衆議之協同其餘日逐進呈皆是有司之常務至于謀猷啓沃蔑爾無聞上辜聖恩下愧清議人

雖未責臣豈自安所以日夜思惟願竭愚慮苟有可採
冀裨萬一臣近見諫官唐介臺官范師道等因言陳旭
事得罪或與小郡或竄遠方陛下自臨御已來擢用諍
臣開廣言路雖言者時有中否而聖慈每賜優容一旦
臺諫聯翩被逐四出命下之日中外懼疑臣雖不知臺
諫所言是非但見唐介范師道皆久在言職其人立朝
各有本末前後補益甚多豈于此時頓然改節故為欺
罔上昧聖聰在于人情不宜有此臣竊以謂自古人臣

之進諫于其君者有難有易各因其時而已若剛暴猜忌之君不欲自聞其過而樂聞臣下之過人主好察多疑于上大臣側足畏罪于下于此之時諫人主者難而言大臣者易若寛仁恭儉之主動遵禮法自聞其失則從諫如流聞臣下之過則務為優容以保全之而為大臣者外秉國權内有左右之助言事者未及見聽而怨仇已結于其身故于此時諫人主者易言大臣者難此不可不察也自古人主之聽言也亦有難有易在知其

術而已夫忠邪並進于前而公論與私言交入于耳此所以聽之難也若知其人之忠邪辯其言之公私則聽之易也凡言拙而直逆耳違意初聞若可惡者此忠臣之言也言婉而順希合旨意初聞若可喜者邪臣之言也至于言事之官各舉其職或當朝正色顯言于廷或連章列署共論其事言一出則萬口爭傳衆目共視雖欲為私其勢不可故凡明言于外不畏人知者皆公言也若非其言職又不敢顯言或密奏乞留中或面言乞

出自聖斷不欲人知言有主名者葢其言涉傾邪懼遭彈劾故凡陰有奏陳而畏人知者皆挾私之説也自古人主能以此術知臣下之情則聽言易也伏惟陛下仁聖寛慈躬履勤儉樂聞諫諍容納直言其于大臣尤所優禮常欲保全終始思與臣下愛惜名節尤慎重于進退故臣謂方今言事者規切人主則易欲言大臣則難臣自立朝耳目所記景祐中范仲淹言宰相吕夷簡貶知饒州皇祐中唐介言宰相文彥博貶春州别駕至和初

吳中復呂景初馬遵言宰相梁適並罷職出外其後趙抃范師道言宰相劉沆亦罷職出外前年韓絳言富弼貶知蔡州今又唐介等五人言陳旭得罪自范仲淹貶饒州後至今凡二十年間居臺諫者多矣未聞有規諫人主而得罪者臣故謂方今諫人主則易言大臣則難陛下若推此以察介等所言則可知其用心矣昨所罷黜臺諫五人惟呂誨入臺未久其他四人出處本末迹狀甚明可以歷數也唐介前因言文彥博遠竄廣西煙

瘴之地賴陛下仁恕哀憐移置湖南得存性命范師道趙抃並因言忤劉沆罷臺職守外郡連延數年然後復今三人者又以言樞臣罷黜然則介不以前蹈必死之地為懼師道與抃不以中滯進用數年為戒遇事必言得罪不悔蓋所謂進退一節終始不變之士也至如王陶者本出孤寒只因韓絳薦舉始得臺官及絳為中丞陶不敢内顧私恩與之諍議絳終得罪夫牽顧私恩人之常情爾斷恩以義非知義之士不能也以此言之陶

可謂徇公滅私之臣矣此四人者出處本末之迹如此可以知其為人也就使言雖不中亦其情必無他議者或謂言事之臣好相朋黨動搖大臣以作威勢臣竊以為不然介與師道不與縡為黨乃與諸臺諫共論縡為非然則非相朋黨非欲動搖大臣可明矣固謂未可以此疑言事之臣也況介等比者雖在謫官幸蒙陛下寬恩各得為郡未至失所其可惜者斥逐諫臣非朝廷美事阻塞言路不為國家之利而介等盡忠守節未蒙憐

察也欲望聖慈特賜名還介等置之朝廷以勸守節敢言之士則天下幸甚今取進止

陳子龍曰當時公在樞府而拳拳以諫官為言大臣為國之心可謂深矣

論逐路取人劄子

臣伏見近有臣僚上言乞將南省考試舉人各以路分糊名于逐路每十人解一人等事雖已奉聖旨送兩制詳定臣亦有愚見合具敷陳竊以國家取士之制比于

前世最號至公蓋累聖留心講求曲盡以謂王者無外天下一家故不問東西南北之人盡聚諸路貢士混合為一而惟材是擇又糊名謄録而考之使主司莫知為何方之人誰氏之子不得有所憎愛薄厚于其間故議者謂國家科場之制雖未復古法而便于今世其無情如造化至公如權衡祖宗以來不可易之制也傳曰無作聰明亂舊章又曰利不百者不變法今言事之臣偶見一端即議更改此臣所區區欲為陛下守祖宗之法

也臣所謂偶見一端者蓋言事之人但見每次科場東南進士得多而西北進士得少故欲改法使多取西北進士爾殊不知天下至廣四方風俗異宜而人性各有利鈍東南之俗好文故進士多而經學少西北之人尚質故進士少而經學多所以科場取士東南多取進士西北多取經學者各因其材性所長而各隨其多少取之今以進士經學合而較之則其數均若必論進士則多少不等此臣所謂偏見之一端其不可者一也國家

方以官濫為患取士數必難增若欲多取西北之人則却須多減東南之數今東南州軍進士取解者二三千人處只解二三十人是百人取一人蓋已痛裁抑之矣西北州軍取解至多處不過百人而所解至十餘人是十人取一人比之東南十倍假借之矣至若南省又減東南而增西北是已裁抑者又裁抑之已假借者又假借之此其不可者二也東南之士于千人中解十人其初選已精矣故至南省所試合格者多西北之士學業

不及東南當發解時又十倍優假之蓋其初選已濫矣故至南省所試不合格者多今若一例以十人取一人則東南之人合格而落者多矣西北之人不合格而得者多矣至于他路理不可齊偶有一路合格人多亦限以十一落之偶有一路合格人少亦須充足十一之數使合落者得合得者落取舍顛倒能否混淆其不可者三也且朝廷專以較藝取人而使有藝者屈落無藝者濫得不問繆濫只要諸路數停此其不可者四也且言

事者本欲多取諸路士著之人若此法一行則寄應者爭趨而往今開封府寄應之弊可驗矣此所謂法出而姦生其不可者五也今廣南東西路進士例各絕無舉業諸州但據數解發其人亦自知無藝只來一就省試而歸冀作攝官爾朝廷以嶺外煙瘴北人不便須藉攝官亦許其如此今若一例與諸路十人取一人此為繆濫又非西北之比此其不可者六也凡此六者乃大概爾若舊法一壞新議必行弊濫隨生何可勝數故臣以

謂且遵舊制但務擇人推朝廷至公待四方如一惟能
是選人自無言此乃當今可行之法爾若謂士習浮華
當先考行就如新議亦須只考程試安能必取行實之
人議者又謂西北近邊士要牢籠此甚不然之論也使
不逞之人不能為患則已苟可為患則何方無之前世
賊亂之臣起于東南者甚衆其大者如項羽蕭銑之徒
是已至如黄巢王仙芝之輩又皆起亂中州者爾不逞
之人豈專西北矧貢舉所設本待材賢牢籠不逞當别

有術不在科場也惟事久不能無弊有當留意者然不須更改法制止在振舉綱條爾近年以來舉人盛行懷挾排門大譟免冠突入虧損士風傷敗善類此由舉人既多而君子小人雜聚所司力不能制雖朝廷素有禁約條制甚嚴而上下因循不復申舉惟此一事為科場大患而言事者獨不及之願下有司議革其弊此當今科場之患也臣忝貳宰司預聞國論苟不能為陛下守
祖宗之法而言又不足取信于人主則厚顏尸祿豈敢

偷安而久處乎故猶此彊言乞賜裁擇

觀修此疏知東南文字之盛自宋仁宗時已然而解額之不能均亦復與今一轍顧嘗論之虞廷之取士也曰敷奏以言明試以功周室之取士也曰或以德進或以事舉或以言揚然則取人以言固屬一端即使文風日正經學日明而所為科目出身者亦止是三代以上言揚之一未可謂此外必無賢才況所較者僅在聲調格律時尚之細以此而欲重東南而輕西北誠非帝王馭

世之大公矣特是時移勢易古今不同故虞廷之所為明試以功周室之所為德進事舉者後世用之益以滋亂不若科目之法猶可驅天下使誦法孔子澤躬于六經忽不自知其入于義理之域且其法易以防閑統百年而計之公者猶得什九是以不得不專用其法豈曰經世之士盡出于能文者也故就文章而論則選額之不可以地均誠如修之所云以用人而論其不得不以地均之者亦天下之大勢有不能因噎以廢食者修有

試進士策問取士之法而極論其難較之此疏更為千古確論

論刪去九經正義中讖緯劄子

臣伏見國家近年以來更定貢舉之科以為取士之法建立學校而勤養士之方然士子文章未純節行未篤不稱朝廷勵賢興善之意所以化民成俗之風臣愚以謂士之所本在乎六經而自暴秦焚書聖道中絕漢興收拾亡逸所存無幾或殘編斷簡出于屋壁而餘齡昏

既得其口傳去聖既遠莫可考證偏學異説因自名家然而授受相傳尚有師法曁晉宋而下師道漸亡章句之篇家藏私畜其後各為箋傳附著經文其説存亡以時好惡學者茫昧莫知所歸至唐太宗時始詔名儒撰定九經之疏號為正義凡數百篇自爾以來著為定論凡不本正義者謂之異端則學者之宗師百世之取信也然其所載既博所擇不精多引讖緯之書以相雜亂怪奇詭僻所謂非聖之書異乎正義之名也臣欲乞特

詔名儒學官悉取九經之疏刪去讖緯之文使學者不為怪異之言惑亂然後經義純一無所駮雜其用功至少其為益則多臣愚以謂欲使士子學古勵行而不本六經欲學六經而不去其詭異駁雜欲望功化之成不可得也伏望聖慈下臣之言付外詳議今取進止

暴秦焚書六經亡軼漢儒掇拾遺言各立門户其幸而傳至今日者固其守先待後之功而詐偽繁興亦莫甚于彼時而于其中敢于誣天蔑聖者則以讖緯為甚讖

緯之書莫知所自起王莽篤好之其下遂相與詐造欺蒙以售其私而莽又明知其欺而樂用之以愚黔首而借以篡漢天下盜亂臣賊子之言也而託諸孔子然既託諸孔子則雖以光武之賢猶不能無惑焉唐作九經正義猶引用其說歐陽修疏請削除見亦偉矣惜猶未曾抉其底裏痛掃溉之以解後世惑也夫讖緯之託諸聖言者為其前知也為其知天也中庸曰至誠之道可以前知又曰思知人不可以不知天疑若似矣顧差若

毫釐即謬以千里夫天者理也敘則為典秩則為禮立
之為三綱行之為五常三綱立五常行則人無道天物
極則長而所為生生之謂易者行乎其間乾坤于以不
毀三綱頽五常廢則人物凋喪漸消漸燬以至于無而
乾坤息故孔子曰殷因于夏禮所損益可知也周因于
殷禮所損益可知也其或繼周者雖百世可知也孔子
之所為知天而可以前知者如是而已若夫繼周而為
漢漢帝姓劉孔子安得知之而又何用知之哉孔子奚

母既封矣雨甚而墓崩孔子不能前知也而謂孔子知沙邱崩為漢元王皇后之祥乎國語有之曰吾非瞽史安知天道蓋盲者業專其藝必精故能以數測氣推現至隱如裨竈梓慎京房焦贛之流猶古瞽史之遺見于史氏代不乏人然其為術所為文史星歷近于卜祝之間者又奚得與六經語孟治天下之大經大法錯處雜陳而謂聖之所以為聖在此也哉況夫王莽時劉歆輩所造奸言直是執左道以亂政又安可令其託于孔子

惑世誣民而莫之正耶漢承七國之後聖遠道微言厖事雜
故如所傳斬蛇交龍篝火狐鳴一轍蕭曹輩皆
未嘗學問不知正其前失轉豔稱于後世後世惑之王莽遂
乘之以移其社稷當塗典午更用之以滅其子孫而輾轉
相滅由是訛以傳訛暴以易暴八代十六國之交視弒君篡
國為天之所命聖之所記史臣津津稱道之嗚呼人心若此幾
何其不入于禽獸也又如晉王嘉拾遺記等書所稱黃
帝金支玉葉武王白魚流烏之類謂自古帝王受命之符

周不如是夫删書斷自唐虞既有其事周孔必述之周孔不述其誣可知王嘉輩何能從千載以後而得千載以前之事其博洽過于周孔如是也其爲拾漢魏之遺蘖誣帝王以神怪不待明者而決矣書曰天視自我民視天聽自我民聽民心之所歸是乃天之符命耳人者萬物之靈也天地之心也五行之秀氣也不觀之人而觀之雲物鳥獸何其榮末而虐本歟亦異乎聖人之言矣陋儒不察遂使讖緯之文述之學校被之閭閻雖婦

人小子亦同然一辭其所以為人心之害者豈細故哉

論議濮安懿王典禮劄子

臣伏見朝廷議濮安懿王典禮兩制禮官請稱皇伯中書之議以謂事體至大理宜慎重必合典故方可施行而皇伯之稱考于經史皆無所據方欲下三省百官博訪羣議以求其當陛下屈意手詔中罷而衆論紛然至今不已臣以謂衆論雖多其說不過有三其一曰宜稱皇伯者是無稽之臆說也其二曰簡宗廟致水災者是

厚誣天人之言也其三曰不當用漢宣哀為法以干亂統紀者是不原本末之論也臣請為陛下條列而辨之

謹按儀禮喪服記曰為人後者為其父母報報者齊衰期也謂之降服以明服可降父母之名不可改也又按開元開寳禮國朝五服年月喪服令皆云為人後者為其所生父齊衰不杖期葢以恩莫重于所生故父母之名不可改義莫重于所繼故寧抑而降其服此聖人所制之禮著之六經以為萬世法者是中書之議所據依

也若所謂稱皇伯者考于六經無之方今國朝見行典禮及律令皆無之自三代之後秦漢以來諸帝由藩邸入繼大統者亦皆無之可謂無稽之臆說矣夫儀禮者聖人六經之文開元禮者有唐三百年所用之禮開寶通禮者聖宋百年所用之禮五服年月及喪服令亦皆祖宗累朝所定方今天下共行之制今議者皆棄而不用直欲自用無稽之臆說此所以不可施行也其二曰簡宗廟致水災者臣伏以上天降災皆主人事故自古

聖主逢災恐懼多求闕政而修之或自知過失而改悔之庶幾以塞天譴然皆須人事已著于下則天譴為形于上今者濮王之議本因兩制禮官違經棄禮用其無稽之臆說欲定皇伯之稱中書疑其未可施行乃考古今典禮雖有明據亦未敢自信而自專方更求下外廷博議而陛下遽詔中罷欲使有司徐求典禮是則臣下慎重如此人君謙畏如此君臣不敢輕議妄舉而天遽譴怒殺人害物此臣所謂厚誣天也議猶未決仍罷不

議而便謂兩統二父以致天災者厚誣人也其三引漢宣哀之事者臣謹按漢書宣帝父曰悼皇考初稱親謚曰悼置奉邑寢園而已其後改親稱皇考而立廟京師皇考者親之異名爾皆子稱其父之名也漢儒初不以為非也自元帝以後貢禹韋元成等始建毀廟之議數十年間毀立不一至哀帝時大司徒平晏等百四十七人奏議云親謚曰悼裁置奉邑皆應經義是不非宣帝稱史皇孫為親也所謂應經義者即儀禮云為人後者

為其父母報是也惟其立廟京師亂漢祖宗昭穆故晏
等以謂兩統二父非禮宜毀也定陶恭王初但號共皇
立廟本國師丹亦無所議至其後立廟京師欲去定陶
不繫以國有進干漢統之過丹遂大非之故丹議云定
陶恭皇謚號已前定議不得復改而但論立廟京師為
不可爾然則稱親置園皆漢儒所許以為應經義者惟
去其國號立廟京師則不可爾今言事者不究朝廷本議
何事不尋漢臣所非者何事此臣故謂不原本末也中

書之議本謂稱皇伯無稽而禮經有不改父名之義方
議名號猶未定故尊崇之禮皆未及議而言事者便引
漢去定陶國號立廟京師之事厚誣朝廷以為干亂大
統何其過論也夫去國號而立廟京師以亂祖宗昭穆
此誠可非之事若果為此議宜爭指臣等為姦邪之臣
而人主有過舉之失矣其如陛下之意未嘗及此而中
書亦初無此議而言事者不原本末過引漢世可非之
事以為說而外廷之臣又不審知朝廷本議如何但見

言事者云云遂以為欲加非禮干亂統紀信為然矣是以衆口一辭紛然不止而言事者欲必遂其皇伯無稽之說牽引天災恐迫人主而中書守經執禮之議反指以為姦邪之言朝廷以言事之臣禮當優容不欲與之爭辯而外廷羣論又不可家至而戶曉是非之理不辨上下之情不通此所以呶呶而不止也夫為人後者既以所後為父矣而聖人又存其所生父名者非曲為之意也蓋自有天地以來未有無父而生之子也既有父

而生則不可諱其所生矣夫無子者得以宗子為後是禮之所許也然安得無父而生之子以為後乎此聖人所以不諱無子者立人之子以為後亦不諱為人後者有父而生葢不欺天不誣人也故為人後者承其宗之重任其子之事而不得復歸于本宗其所生父母亦不得往與其事至于喪服降而抑之一切可以義斷惟其父母之名不易者理不可易也易之則欺天而誣人矣子為父母服謂之正服出為人後者為本生父母齊衰

期謂之降服又為所後父斬衰三年謂之義服今若以本生父為皇伯則濮安懿王為從祖父反為小功而濮王夫人是本生嫡母也反為義服自宗懿以下本生兄弟于禮雖降猶為大功是禮之齊衰期今反為小功禮之正服今反為義服上于濮王父也反服小功于宗懿等兄弟也反服大功此自古所以不稱所生父為伯父叔父者稱之則禮制乖違人倫錯亂如此也伏惟陛下聰明睿聖理無不燭今衆人之議如彼中書之議如此

必將從衆乎則衆議不見其可欲違衆乎則自古為國未有違衆而能舉事者願陛下霈然下詔明告中外以皇伯無稽決不可稱而今所欲定者正名號爾至于立廟京師干亂統紀之事皆非朝廷本議庶幾羣疑可釋若知如此而猶以謂必稱皇伯則雖孔孟復生不能復為之辨矣

按史仁宗以同祖兄濮王元讓子宗實為皇子是為英宗治平元年宰相韓琦等奏請下有司議合行典禮詔

須大祥後議之二年乃詔禮官與待制以上議翰林學士王珪等謂宜準先朝封贈期親尊屬故事尊以高官大國于是中書奏王珪等所議未見詳定濮王當何稱名與不名珪等議宜稱皇伯而不名中書又奏禮與令出繼之子于所繼所生皆稱父母又漢宣光武皆稱皇考今珪等議稱皇伯于典禮未有明據請下尚書省集三省御史臺議奏方議而皇太后手詔詰責執政于是詔權罷議令有司博求典故以聞禮官范鎮等又奏請

如王珪等議御史吕誨彈歐陽修首建邪議韓琦曾公亮趙槩附會不正之罪固請如王珪等議既而内出皇太后手詔可令皇帝稱親濮王稱皇夫人並稱后英宗即日手詔曰稱親之禮謹遵慈訓追崇之典豈易克當其以塋為園即園立廟俾王子孫奉祠翌日誨等繳勑家居待罪英宗命閤門以告還之誨等力辭臺職誨等既出而濮議亦寢修此疏當在皇太后詰責執政而英宗手詔罷議之時也觀宋諸臣所見雖不同要非若明

臣張璁桂萼等諂上希旨為進用階梯也顧核諸先王緣人情以制禮本天性以立則之旨歐陽之議自是至當而當日英宗處置盡善亦可為無遺憾矣乃後世猶齗齗焉謂稱皇伯之是者蓋以當日司馬温公諸賢並與王珪同議也夫君子亦不能無過有過不害為君子然君子之過亦不可從一以理為斷而已世傳朱子亦以歐陽為非謂其疑于兩父其說曰辟若仁宗與濮王俱在世則為英宗者皆可稱為父乎顧未知朱子實有

是說邪抑門弟子附會之詞也不可考矣夫所謂伯仲叔季者行第之稱古人伯則曰伯父叔則曰叔父無去父而止稱伯叔者曲禮云王官之長天子同姓謂之伯父九州之牧天子同姓謂之叔父者是也又如魯頌曰王曰叔父小雅曰既有肥牡以速諸父經籍所載不可備舉何得謂為二父乎伯父叔父諸父本生父同義也獨于所繼止謂之父則亦足以昭重宗之義合降期之意矣乃必諱其父之稱而稱皇伯何其無稽也人之生父

生之此天也非人也其名可以意為改者哉或曰若然則不得為人後矣為人後者人為之豈天為之邪曰固天為之也自身而上有父天也自父而上有祖亦天也由父視之則有已子與兄弟之子之分由祖視之則均之為孫矣均之為孫則天也非人矣宋時諸臣固亦于此有未能脫然者又哀仁宗大賢而無子必欲濮王之跡以消其餘憾而朝堂之上紛呶不已英宗不欲明其是非而兩置之遂成千秋疑案有宋君臣是者固無

非矣其非者猶是君子之過也然而延及明嘉靖帝諸臣遂執宋臣之議以死爭哭于闕下帝剛愎少恩盡收付廷尉而賢材為之一空于是佞人亂其間熒惑譸張盡變明代祖宗成憲與賢士大夫風尚而明亦寖衰而寖亡矣於戲士君子持論揆諸天理民彛之衷少有偏倚則其毒流于後世如此可不慎哉

御選唐宋文醇卷二十九

欽定四庫全書

御選唐宋文醇卷三十

廬陵歐陽修文九

祭尹師魯文

嗟乎師魯辯足以窮萬物而不能當一獄吏志可以狹四海而無所措其一身窮山之崖野水之濵猿猱之窟麋鹿之羣猶不容於其間兮遂即萬鬼而為鄰嗟乎師魯世之惡子之多未必若愛子者之衆而其窮而至此

兮得非命在乎天而不在乎人方其奔顛斥逐困死艱屯舉世皆寃而語言未嘗以自及以窮至死而妻子不見其悲忻用舍進退屈伸語默夫何能然乃學之力至其握手為訣隱几待終顏色不變笑言從容死生之間既已能通於性命憂患之至宜其不累于心胸自子云逝善人宜哀子能自達予又何悲惟其師友之益平生之舊情之難忘言不可究嗟乎師魯自古有死皆歸無物惟聖與賢雖埋不没尤于文章焯若星日子之所為後

世師法雖嗣子尚幼未足以付予而世人藏之庶可以無墜失予於衆人最愛予文寓辭千里侑此一樽冀以慰子聞予不聞尚享

尹師魯名洙少以儒學知名舉進士宋世古文洙與穆修實始振起其衰自元昊不庭洙未嘗不在兵間練習邊事深曉兵法以右司諫知渭州兼領涇原路經略公事會鄭戩為陝西四路都總管遣劉滬董士廉城水洛以通秦渭援兵洙以為城砦多則兵勢分是以前此屢

困于賊今何可又益城奏罷之時戩已解四路而滄等督役如故洙名之不至代之不受乃使狄青械滄士廉下吏戩論奏不已卒城水洛士廉詣闕上書訟洙詔遣御史劉湜就鞫不得他罪湜文致之貶洙監均州酒稅感疾而卒修祭文所謂辯足以窮萬物而不能當一獄吏者也甞謂明刑所以弼教而察獄所以平冤漢承秦獘古義蕩然雖相如蕭何將如周勃亦輒付繫廷至末代獄吏成風惟希意指之所向不揆其情辭而麗以法

轉以法就其情辭意見既立雖孔孟不得為完人而蘇張無所措其舌矜名節者恚極而不得辨達生死者休焉而不與辨闇且弱者吶吶然辨而不能辨强且明者喋喋然辨而不聽其辨所以古人畫地為牢誓不入刻木為吏議不對也以此承君上之意指則一獄成而萬事必有受其害者矣以此承權臣之意指則萬事墮而宗社亦且受其害矣賢如宋仁宗尚使尹洙被文致于獄吏以稱于後世也可不懼哉

祭蘇子美文

哀哀子美命止斯邪小人之幸君子之嗟子之心胸蟠屈龍蛇風雲變化雨雹交加忽然揮斧霹靂轟車人有遭之心驚膽落震仆如麻須臾霽止而四顧百里山川草木開發萌芽子于文章雄豪放肆有如此者吁可怪邪嗟乎世人知此而已貪悦其外不窺其内欲知子心窮達之際金石雖堅尚可破壞子于窮達始終仁義惟人不知乃窮至此蘊而不見遂以没地獨留文章照耀

後世嗟世之愚掩抑毀傷譬如磨鑑不滅愈光一世之短萬世之長其間得失不待較量哀哀子美來舉予觴

尚享

仁宗逐蘇舜欽輩不使朝士以夸誕標榜相尚所以維風端習未為失也特宜正王直柔侮慢聖賢之罪而蘇舜欽輩醉飽之過則教而不怒斯才士不至沈淪而憸壬一網打盡之策亦自不墮其術中矣

祭石曼卿文

嗚呼曼卿生而為英死而為靈其同乎萬物生死而復歸于無物者暫聚之形不與萬物共盡而卓然其不朽者後世之名此自古聖賢莫不皆然而著在簡冊者昭如日星嗚呼曼卿吾不見子久矣猶能髣髴子之平生其軒昂磊落突兀崢嶸而埋藏于地下者意其不化為朽壤而為金玉之精不然生長松之千尺產靈芝而九莖奈何荒烟野蔓荆棘縱橫風淒露下走燐飛螢但見牧童樵叟歌吟而上下與夫驚禽駭獸悲鳴躑躅而咿

嚶兮固如此更千秋而萬歲兮安知其不穴藏狐狢與鼯鼪此自古聖賢亦皆然兮獨不見夫纍纍乎曠野與荒城嗚呼曼卿盛衰之理吾固知其如此而感念疇昔悲涼悽愴不覺臨風而隕涕者有愧乎太上之忘情尚

享

陳善曰弔石曼卿文似韓祭田橫墓文其步驟馳騁亦無不似非但效其句語而已

資政殿學士戸部侍郎文正范公神道碑銘

皇祐四年五月甲子資政殿學士尚書戸部侍郎汝南文正公薨于徐州以其年十有二月壬申葬于河南尹樊里之萬安山下公諱仲淹字希文五代之際世家蘇州事吳越太宗皇帝時吳越獻其地公之皇考從錢俶朝京師後為武寧軍掌書記以卒公生二歳而孤母夫人貧無依再適長山朱氏既長知其世家感泣去之南都入學舍掃一室晝夜講誦其起居飲食人所不堪而公自刻益苦居五年大通六經之旨為文章論説必本

於仁義祥符八年舉進士禮部選第一遂中乙科為廣德軍司理叅軍始歸迎其母以養及公既貴天子贈公曾祖蘇州糧料判官諱夢齡為太保祖秘書監諱贊時為太傅考諱墉為太師妣謝氏為吳國夫人公少有大節于富貴貧賤毀譽歡戚不一動其心而慨然有志于天下常自誦曰士當先天下之憂而憂後天下之樂而樂也其事上遇人一以自信不擇利害為趨舍其所有為必盡其方曰為之自我者當如是其成與否有不在

我者雖聖賢不能必吾豈苟哉天聖中晏丞相薦公文
學以大理寺丞為祕閣校理以言事忤章獻太后旨通
判河中府久之上記其名召拜右司諫當太后臨朝聽
政時以至日大會前殿上將率百官為壽有司已具上
疏言天子無北面且開後世弱人主以強母后之漸其
事遂已又上書請還政天子不報及太后崩言事者希
旨多求太后時事欲深治之公獨以謂太后受託先帝
保佑聖躬始終十年未見過失宜掩其小故以全大德

初太后有遺命立楊太妃代為太后公諫曰太后母號也自古無代立者由是罷其冊命是歲大旱蝗奉使安撫東南使還會郭皇后廢率諫官御史伏閤爭不能得貶知睦州又徙蘇州歲餘即拜禮部員外郎天章閣待制名還益論時政闕失而大臣權倖多忌惡之居數月以公知開封府開封素號難治公治有聲事日益簡暇則益取古今治亂安危為上開說又為百官圖以獻曰任人各以其材而百職修堯舜之治不過此也因指其

遷進遲速次序曰如此而可以為公可以為私亦不可以不察由是呂丞相怒至交論上前公求對辨語切坐落職知饒州明年呂公亦罷公徙潤州又徙越州而趙元昊反河西上復名相呂公乃以公為陝西經畧安撫副使遷龍圖閣直學士是時新失大將延州危公請自守鄜延捍賊乃知延州元昊遣人遺書以求和公以謂無事請和難信且書有僭號不可以聞乃自為書告以順逆成敗之說甚辨坐擅復書奪一官知耀州未逾月

徙知慶州既而四路置帥以公為環慶路經畧安撫招討使兵馬都部署累遷諫議大夫樞密直學士公為將務持重不急近功小利於延州築青澗城墾營田復承平永平廢寨熟羌歸業者數萬户於慶州城大順以據要害奪賊地而耕之又城細腰胡蘆于是明珠滅臧等大族皆去賊為中國用自邊制久隳至兵將常不相識公始分延州兵為六將訓練齊整諸路皆用以為法公之所在賊不敢犯人或疑公見敵應變為如何至其

城大順也一旦引兵出諸將不知所向軍至柔遠始號令告其地處使往築城至于版築之用大小畢具而軍中初不知賊以騎二萬來爭公戒諸將戰而賊走追勿過河已而賊果走追者不渡而河外果有伏賊失計乃引去于是諸將皆服公為不可及公待將吏必使畏法而愛已所得賜賚皆以上意分賜諸將使自為謝諸蕃質子縱其出入無一人逃者蕃酋來見召之卧内屏人撤衛與語不疑公居三歲士勇邊實恩信大洽乃決策

謀取橫山復靈武而元昊數遣使稱臣請和上亦召公歸矣初西人籍其鄉兵者十數萬既而黥以為軍惟公所部但刺其手公去兵罷獨得復為民其于兩路既得熟羌為用使以守邊因徙屯兵就食内地而紓西人饋輓之勞其所設施去而人德之與守其法不敢變者至今尤多自公坐呂公貶羣士大夫各持二公曲直呂公患之凡直公者皆指為黨或坐竄逐及呂公復相公亦再起被用于是二公驩然相約戮力平賊天下之士皆

以此多二公然朋黨之論遂起而不能止上既賢公可大用故卒置羣議而用之慶歷三年春召為樞密副使五讓不許乃就道既至數月以為叅知政事每進見必以太平責之公歎曰上之用我者至矣然事有先後而革弊于久安非朝夕可也既而上再賜手詔趣使條天下事又開天章閣召見賜坐授以紙筆使疏于前公惶恐避席始退而條列時所宜先者十數事上之其詔天下興學取士先德行不專文辭革磨勘例遷以別能否

減任子之數而除濫官用農桑考課守宰等事方施行
而磨勘任子之法僥倖之人皆不便因相與騰口而嫉
公者亦幸外有言喜為之佐佑會邊奏有警公即請行
乃以公為河東陝西宣撫使至則上書願復守邊即拜
資政殿學士知邠州兼陝西四路安撫使其知政事纔
一歲而罷有司悉奏罷公前所施行而復其故言者遂
以危事中之賴上察其忠不聽是時夏人已稱臣公因
以疾請鄧州守鄧三歲求知杭州又徙青州公益病又

求知潁州肩舁至徐遂不起享年六十有四方公之病
上賜藥存問既薨輟朝一日以其遺表無所請使就問
其家所欲贈以兵部尚書所以哀卹之甚厚公為人外
和內剛樂善汎愛喪其母時尚貧終身非賓客食不重
肉臨財好施意豁如也及退而視其私妻子僅給衣食
其為政所至民多立祠畫像其行已臨事自山林處士
里閭田野之人外至邉境莫不知其名字而樂道其事
者甚衆及其世次官爵誌于墓譜于家藏于有司者皆

不論著著其繫天下國家之大者亦公之志也歟銘曰
范于吳越世實陪臣俶納山川及其士民范始來北中
間幾息公奮自躬與時偕逢事有罪功言有違從豈公
必能天子用公其艱其勞一其初終夏童跳邊乘吏怠
安帝命公往問彼驕頑有不聽順鋤其穴根公居三年
怯勇隳完兒憐獸擾卒俾來臣夏人在廷其事方議帝
趣公來以就予治公拜稽首茲惟艱哉初非其難在其
終之羣言營營卒壞于成匪惡其成惟公是傾不傾不

危天子之明存有顯榮沒有贈謚藏其子孫寵及後世惟百有位可勸無怠

司馬光曰景祐中吕許公執政范公知開封屢攻吕短坐落職知饒州康定元年復舊職知永興會許公復相言于神宗曰仲淹賢者朝廷將用之豈可但除舊職即除龍圖閣直學士陝西經畧安撫副使上以許公為長者

蘇轍曰范文正自饒州還朝出領西事恐申公不為

之地無以成功乃為書自咎解仇而去故歐公作文正碑有二公晚年歡然相得之語後生不知皆咎歐陽公予見張公安道言之乃信

部伯温曰當時文正子堯夫不以為然從歐公辨不可得則自削去驩然戮力等語公不樂謂蘇明允曰范公碑為其子弟擅于石本改動文字令人恨之故羅氏本于知饒州下無明年呂公亦罷六字趙元昊反河西下無上復名相呂公六字又無自坐呂公貶

已下至置羣議而用之一段以此觀之諸本乃當時定本羅本堯夫改本也

朱子曰吕當用事時舉措不合衆心者多又惡忠賢之異已必力排之范歐二公以諷議諫諍為職則論之豈為過哉逮其晚節知公議不可終拂衆賢將起而復用是以寧損故怨以為收之桑榆之計葢其慮患之意雖未必出于至公而補過之善天下實被其賜至范公之心其正大光明固無宿怨而惓惓之議

實在國家故承其善意起而樂為之用其自訟之書所謂相公有汾陽之心之德仲淹無臨淮之才之力者可謂傾倒無餘矣此最為范公之盛德歐公識其意而特書之二者各記其實而美惡初不相掩又可見歐公之心亦非淺之乎為丈夫矣

太尉文正王公神道碑銘

至和二年七月乙未樞密直學士右諫議大夫王素奏事殿中已而泣且言曰臣之先臣旦相真宗皇帝十有

八年今臣素又得待罪侍從之臣惟是先臣之訓其遺
業餘烈臣實無似不能顯大而墓碑至今無辭以刻惟
陛下哀憐不忘先帝之臣以假寵于王氏而勗其子孫
天子曰嗚呼惟汝父旦事我文考真宗叶德一心克終
厥位有始有卒其可謂全德元老矣汝素以是刻于碑
素拜稽首泣而出明日有詔史館修撰歐陽修曰王旦
墓碑未立汝可以銘臣修謹按故推誠保順同德守正
翊戴功臣開府儀同三司守太尉充玉清昭應宮使上

柱國太原郡開國公贈太師尚書令兼中書令追封魏國公謚曰文正王公諱旦字子明大名莘人也皇曾祖諱言滑州黎陽令追封許國公皇祖諱徹左拾遺追封魯國公皇考諱祐尚書兵部侍郎追封晉國公皆累贈太師尚書令兼中書令曾祖妣姚氏魯國夫人祖妣田氏秦國夫人妣任氏徐國夫人邊氏秦國夫人公之皇考以文章自顯漢周之際逮事太祖太宗為名臣嘗諭杜重威使無反漢拒盧多遜害趙普之謀以百口明符

彥卿無罪故世多稱王氏有隂德公之皇考亦自植三槐于庭曰吾之後世必有為三公者此其所以志也公少好學有文太平興國五年進士及第為大理評事知平江縣監潭州銀場再遷著作佐郎與編文苑英華遷殿中丞通判鄭濠二州王禹偁薦其材任轉運使驛名至京師辭不受獻其所為文章得試直史館遷右正言知制誥知淳化三年禮部貢舉遷虞部員外郎同判吏部流内銓知考課院右諫議大夫趙昌言參知政事公

以壻避嫌求解職太宗嘉之改禮部郎中集賢殿修撰

昌言罷復知制誥仍兼修撰判院事名賜金紫久之遷

兵部郎中居職真宗即位拜中書舍人數日召為翰林

學士知審官院通進銀臺封駮事公為人嚴重能任大

事避遠權勢不可干以私由是真宗益知其賢錢若水

名能知人常稱公曰真宰相器也若水為樞密副使罷

召對苑中問誰可大用者若水言公可真宗曰吾固已

知之矣咸平三年又知禮部貢舉居數日拜給事中知

樞密院事明年以工部侍郎叅知政事再遷刑部侍郎景德元年契丹攻邊真宗幸澶州雍王元份留守東京得暴疾命公馳自行在代元份留守二年遷尚書左丞三年拜工部尚書同中書門下平章事集賢殿大學士監修國史是時契丹初請盟趙德明亦納誓約願守河西故地二邊兵罷不用真宗遂欲以無事治天下公以謂宋興三世祖宗之法具在故其為相務行故事慎所改作進退能否賞罰必當真宗久而益信之所言無不

聽雖他宰相大臣有所請必曰王某以謂如何事無大小非公所言不決公在相位十餘年外無邊敵之虞兵革不用海內富實羣工百司各得其職故天下至今稱為賢宰相公于用人不以名譽必求其實苟賢且材矣必久其官衆以為宜某職然後遷其所薦引人未嘗知寇準為樞密使當罷使人私公求為使相公大驚曰將相之任豈可求邪且吾不受私請準深恨之已而制出除準武勝軍節度使同中書門下平章事準入見涕泣

曰非陛下知臣何以至此真宗具道公所以薦準者準始愧歎以為不可及故叅知政事李穆子行簡有賢行以將作監丞居於家真宗召見慰勞之遷太子中允初遣使者召不知其所止真宗命至中書問王某然後人知行簡公所薦也公自知制誥至為相薦士尤多其後公薨史官修真宗實録得内出奏章乃知朝廷之士多公所薦者公與人寡言笑其語雖簡而能以理屈人默然終日莫能窺其際及奏事上前羣臣異同公徐一言

以定令工為皇太子太子諭德見公稱太子學書有法公曰諭德之職止于是邪趙德明言民饑求糧百萬斛大臣皆曰德明新納誓而敢違請以詔書責之真宗以問公公請敕有司具粟百萬于京師詔德明來取真宗大喜德明得詔書慙且拜曰朝廷有人大中祥符中天下大蝗真宗使人于野得死蝗以示大臣明日他宰相有袖死蝗以進者曰蝗實死矣請示于朝率百官賀公獨以為不可後數日方奏事飛蝗蔽天真宗顧公曰使

百官方賀而蝗如此豈不為天下笑耶宦官劉承規以忠謹得幸病且死求為節度使真宗以語公曰承規待此以瞑目公執以為不可曰他日將有求為樞密使者奈何至今内臣官不過留後公任事久人有謗公于上者公輒引咎未嘗自辯至人有過失雖人主盛怒可辯者辯之必得而後已祭王宫火延前殿有言非天災請置獄劾火事當坐死者百餘人公獨請見曰始失火時陛下以罪已詔天下而臣等皆上章待罪今反歸咎于

人何以示信且火雖有迹寧知非天譴邪由是當坐者皆免日者上書言宮禁事坐誅籍其家得朝士所與往還占問吉凶之說真宗怒欲付御史問狀公曰此人之常情且語不及朝廷不足罪真宗怒不解公因自取常所占問之書進曰臣少賤時不免為此必以為罪願并臣付獄真宗曰此事已發何可免公曰臣為宰相執國法豈可自為之幸于不發而以罪人真宗意解公至中書悉焚所得書既而真宗悔復馳取之公曰臣已焚之

矣由是獲免者衆公累官至太保以病求罷入見滋福
殿真宗曰朕方以大事託卿而卿病如此因命皇太子
拜公公言皇太子盛德必任陛下事因薦可為大臣者
十餘人其後不至宰相者李及淩策二人而已然亦皆
為名臣公屢以疾請真宗不得已拜公太尉兼侍中五
日一朝視事遇軍國大事不以時入參決公益惶恐因
卧不起以疾懇辭冊拜太尉玉清昭應宫使自公病使
者存問日常三四真宗手自和藥賜之疾亟遽幸其第

賜以白金五千兩辭不受以天禧元年九月癸酉薨于家享年六十有一真宗臨哭輟視朝三日發哀于苑中其子弟門人故吏皆被恩澤即以其年十一月庚申葬公于開封府開封縣新里鄉大邊村公娶趙氏封榮國夫人後公五年卒子男三人長曰司封郎中雍次曰贊善大夫沖次曰素女四人長適太子太傅韓億次適兵部員外郎直集賢院蘇耆次適右正言范令孫次適龍圖閣直學士兵部郎中呂公弼諸孫十四人公事寡嫂

謹與其弟旭友悌尤篤任以家事一無所問而務以儉約率勵子弟使在富貴不知為驕侈兄子睦欲舉進士公曰吾常以大盛為懼其可與寒士爭進至其薨也子素猶未官遺表不求恩澤有文集二十卷乾興元年詔配享真宗廟庭臣修曰景德祥符之際盛矣觀公之所以相而先帝之所以用公者可謂至哉是以君明臣賢德顯名尊生而俱享其榮歿而長配于廟可謂有始有卒如明詔所襃昔者烝民江漢推大臣下之事所以見

任賢使能之功雖曰山甫穆公之詩實歌宣王之德也

臣謹考國史實録至于縉紳故老之傳得公終始之節

而録其可紀者輒為銘詩以彰先帝之明以稱聖恩褒

顯王氏流澤子孫與宋無極之意銘曰

烈烈魏公相我真宗真廟翼翼魏公配食公相真宗不

言以躬時有大事事有大疑匪卜匪筮公為蓍龜公在

相位終日如默問其戎旅包裹兵革問其卿士百工以

職問其庶民耕織衣食相有賞罰功當罪明相有黜升

惟否惟能執其權衡萬物之平孰不事君胡能必信孰不為相其誰有終公薨于位大尉之崇天子孝思來薦清廟侑我聖考惟時元老天子念公報公之隆春秋從享萬祀無窮作為歌詩以諗廟工

王闢修曰本傳只載作相時事餘官原無事此碑于相事又止書大者魏公細事原不勝書也趙昌言傳云昌言喜推獎後進掌漕湖外時李沆通判潭州謂有台輔之量表聞于朝王旦宰岳州平江昌言識其

遠大以女妻之後俱為名相魏公本傳亦作平江碑
作臨江疑誤也代雍王權留守請宣寇準奏云十日
之間未有捷報當何如上默然良久曰立皇太子此
事關係甚大碑不書非當時臣子所宜正言也李穆
傳子惟簡不樂仕進家居二十餘年真宗聞之召為
太子中允魏公傳作行簡宋史别有李行簡傳亦以
魏公薦為御史作行簡者誤也本傳又云公疾甚上
問誰可付天下事者歴問張詠馬亮公不對而薦寇

準此文不書按張詠卒于大中祥符八年魏公卒于天禧元年相去三年史本用涑水紀聞此書或云非溫公筆當以碑為正

御選唐宋文醇卷三十一

廬陵歐陽修文十

鎮安軍節度使同中書門下平章事贈太師中書令程公神道碑銘

惟文簡公既葬之二年其子嗣隆泣而言于朝曰先臣幸得備位將相官階品皆第一爵勳皆第二請得立碑如令於是天子曰噫惟爾父琳有勞於我國家余其可

忘乃大書曰旌勞之碑遣中貴人即賜其家曰以此名爾碑又詔史臣修曰汝為之銘臣修與文簡公故往來知其人又嘗誌其墓又嘗述其世德于冀公太師之碑得其世次官封功行最詳乃不敢辭惟公字天球姓程氏曾祖諱新贈太師曾祖妣吳國夫人齊氏祖諱贊明贈太師中書令祖妣秦國夫人吳氏考諱元白袁州宜春令贈太師中書令兼尚書令冀國公妣晉國夫人楚氏公舉大中祥符四年服勤詞學高第試秘書省校書郎

秦寧軍節度推官改著作佐郎知并州壽陽縣秘書丞監左藏庫天禧中詔選文學履行名試直集賢院今天子即位遷太常博士三司户部判官會修真宗實録而起居注闕命公追修大中祥符八年巳後書成遂修起居注遷祠部員外郎提舉諸司庫務以本官知制誥同判吏部流内銓契丹嘗遣使賀上即位命公迓之使者妄有所言公折以理遂屈服其後又遣使賀天聖五年乾元節天子思公前嘗折其使乃以公為館伴使使者

果言契丹見中國使者坐殿上位次高而中國見契丹使者位下當遷議者以為小故可許雖天子亦將許之公爭以謂契丹所以與中國好者守先帝約也一切宜用故事若許其小將啓其大天子是之乃止歲中遷右諫議大夫權御史中丞丞相張文節公少所稱許而最知公方除中丞文節當執筆喜曰不辱吾筆矣明年拜樞密直學士知益州公性方重寡言笑凡所處畫常先慮謹備所以條目巨細甚悉至臨事簡嚴僚友莫能窺

其際嘗夜張燈會五門大集州民而城中火起吏如公教不以白而隨即救止終宴民去始稍知火監軍得告者言軍謀變懼而入白公笑曰豈有是哉監軍惶惑不敢去公曰軍中動靜吾自知之苟有謀者不能隱也已而卒無事其他多類此蜀妖人自名李冰神子署官屬吏卒以恐蜀人公捕斬之而謗者言公妄殺人蜀且亂天子遣人馳視之使者還言蜀人便公政方安樂而誅妖人所以止亂由是天子亦知公賢名為給事中知開

封府前為府者苦其治劇或不滿歲罷不然被謗譏或以事去獨公居數歲久而治益精明盜訟希少獄屢空詔書數下襃美遷工部侍郎龍圖閣學士守御史中丞久之天子思其治名為翰林學士復知開封府明年為三司使不悅苟利不貪近功時議者患民稅多目吏得為姦欲除其名而合為一公以謂合而沒其名一時之便後有興利之臣必復增之是重困民也議者莫能奪其于出入尤謹禁中時有所取未嘗肯予宦官怒言陛

下雖有欲物在程某何可得公曰臣所以為陛下惜爾
天子以為然累遷吏部侍郎景祐四年以本官叅知政事公益自信不疑宰相有所欲私輒衆折之其語至今士大夫能道也初范仲淹以言事忤大臣貶饒州已而
上悔悟欲復用之稍徙知潤州而惡仲淹者遂誣以事語入上怒亟命置之嶺南自仲淹貶而朋黨之論起朝士牽連出語及仲淹者皆指為黨人公獨為上開說上意解而後已是時元昊叛河西朝廷多故公在政事補

益尤多而小人僥倖皆不便遂以事中之坐貶為光禄
卿知潁州已而徙知青州又徙大名府居一歲中遷户
部吏部二侍郎尚書左丞資政殿學士北京建遂以為
留守官者皇甫繼明方用事主治行宫務廣制度以市
恩公為裁抑之與繼明章交上天子遣一御史往視之
還直公天子為罷繼明獨委公以建都事公自知政事
以論議不私見嫉被貶斥已稍復見用遂與繼明爭曲
直由是益不妄合于世雖不復大用而契丹方遣使數

有所求兵誅元昊未克西北宿重兵公于是時天子常委以河北陝西之重留守北京凡四年遷工部尚書資政殿大學士河北安撫使慶歷六年拜武昌軍節度使陝西安撫使知永興軍府事明年加宣徽北院使鄜延路經畧使馬步軍都部署判延州仍兼陝西安撫使皇祐元年加同中書門下平章事留守北京其于二方威惠信著尤知邉鄙情僞山川險易行師制敵之要其在延州夏人數百驅畜産至界上請降言契丹兵至衙頭

矣國且亂願自歸公曰契丹兵至元昊帳下當舉國取之豈容有來降者吾聞夏人方捕叛族此其是乎不然誘我也拒而不受已而夏人果以兵數萬臨界上公戒諸堡塞無得輒出兵夏人以為有備引去自此不復窺邊公于河北最久民愛之為立生祠明年改武勝軍節度使猶在北京又改鎮安軍節度使在鎮四年猶上書鎮安一郡爾不足以自效願復守邊書未報得疾以至和三年閏三月七日己丑薨于陳州之正寢享年六十

有九天子輟視朝二日贈中書令諡曰文簡明年祫享
太廟推恩加贈公太師尚書令公累階至開府儀同三
司勲上柱國爵廣平郡公封户七千四百而實封二千
一百賜號推誠保德守正翊戴功臣娶陳氏封衛國夫
人子男四人曰嗣隆太常博士嗣弼殿中丞嗣恭太常
博士嗣先大理寺丞女五人皆適良族謹按程氏之先
出自重黎至休父為周司馬國于程其後子孫遂以為
氏自秦漢以來世有其人程氏必顯而各以其所居著

姓後世因之至唐尤盛號稱中山程氏者皆祖魏安鄉侯昱公中山博野人也世世有積德至公始大顯聞臣修以謂古者功德之臣進受國寵退而銘于器物非獨私其後世所以不忘君命示國有人而詩人又播其事聲于咏歌以揚無窮今去古遠為制不同而猶有幽堂之石隧道之碑得以紀德昭烈而又幸蒙天子書而名之其所以照臨程氏恩厚寵榮出古遠甚而臣又得刻銘其下銘臣職也懼不能稱銘曰

程以國氏世遠支分因居著姓各以其人公世中山在昔有聞克大自公厥聲以振乃秉國鈞乃授將鉞出入其勤險夷一節帝曰噫歟余有勞臣何以旌之有爛其文惟此勞臣實余同德憂國在心匪勞以力二方有事諸將無功俾我舊老不遑居中閒息近藩庶休厥躬有請未報奄云其終沒而後已玆可謂忠惟帝之褒其言甚簡銘以述之萬世丕顯

王聞修曰宋史琳傳敘館伴事云契丹使者謂琳曰

先皇帝嘗通使承天太后獨無使何也琳曰南北兄弟也先皇帝視承天猶從母故無嫌今皇太后乃嫂也禮不通問歐公誌中亦云使者言太后當遣使通書公以禮折之至碑文全不露蓋與外夷叙兄弟非佳事略見于誌中乃可碑為大書深刻之文不當載也知開封府外戚王齊雄殺人章獻救之琳卒正法又外戚吴氏背夫挈其女納宫中琳請于上曰臣恐天下議陛下占人妻女上急出之此二事史載甚詳

而碑誌皆無歐公蓋不欲彰之也此皆古人有體處

觀文殿大學士行兵部尚書西京留守贈司空

兼侍中晏公神道碑銘

至和元年六月觀文殿大學士行兵部尚書西京留守臨淄公以疾歸于京師八月疾少間入見天子曰噫予舊學之臣也乃留侍講邇英閣詔五日一朝前殿明年正月疾作不能朝勑太醫朝夕往視有司除道將幸其家公歎曰吾無狀乃以疾病憂吾君即馳奏曰臣疾少

間行愈矣乃止其月丁亥以公薨聞天子震悼亟臨其喪以不即見公為恨贈公司空兼侍中謚曰元獻有司請輟視朝一日詔特輟二日以其年三月癸酉葬公于許州陽翟縣麥秀鄉之北原既葬賜其墓隧之碑首曰舊學之碑既又勑史臣修考次公事具書于碑下臣修伏讀國史見真宗皇帝時天下無事天子方推讓功德祠祀天地山川講禮樂以文頌聲而儒學文章儁賢偉異之人出公世家江西之臨川年始十四一日起田里進

見天子時方親閱天下貢士會廷中者千餘人與夫宮臣衛官擁列圜視公不動聲氣操筆為文辭立成以獻天子嘉賞賜同進士出身遂登館閣掌書命以文章為天下所宗逮陛下養德東宮先帝選用臣屬即以公遺陛下由王官宮臣卒登宰相凡所以輔道聖德憂勤國家有舊有勞自始至卒五十餘年公既薨而先帝之名臣與陛下東宮之舊人皆無在者宜其褒寵優異比公甘盤臣修幸得執筆史官奉明詔謹昧死上臨淄公事

曰公諱殊字同叔姓晏氏其世次晦顯徙遷不常自其
高祖諱墉唐咸通中舉進士卒官江西始著籍于高安
其後三世不顯曾祖諱延昌又徙其籍于臨川祖諱部
追封英國公考諱固追封秦國公自曾祖已下皆用公
貴累贈開府儀同三司太師中書令兼尚書令曾祖妣
張氏陳國太夫人祖妣傅氏許國太夫人妣吳氏唐國
太夫人公生七歲知學問為文章鄉里號為神童故丞
相張文節公安撫江西得公以聞真宗召見既賜出身

後二日又召試詩賦論公徐啓曰臣嘗私習此賦不敢隱真宗益嗟異之因試以他題以爲秘書省正字置之秘閣使得悉讀秘書命故僕射陳文僖公視其學明年獻其所爲文召試中書遷太常寺奉禮郎封祀太山推恩遷光禄寺丞數月充集賢校理明年遷著作佐郎丁父憂去官已而真宗思之即其家起復命淮南發運使具舟送至京師從祀太清宫賜緋衣銀魚同判太常禮院又丁母憂求去官服喪不許令天子始封昇王公以

選為府記室祭軍再遷左正言直史館今天子為皇太子以戸部員外郎充太子舍人賜金紫知制誥判集賢院遷翰林學士充景靈宫判官太子左庶子兼判太常寺知禮儀院公既以道徳文章佐佑東宫真宗有所諮訪多以方寸小紙細書問之由是祭與機密有所對必以其稾進示不洩其後悉閲真宗閣中遺書得公所進稾類為八十卷藏之禁中人莫之見也初真宗遺詔章獻明肅太后權聽軍國事宰相丁謂樞密使曹利用各

欲獨見奏事無敢決其議者公建言羣臣奏事太后者垂簾聽之皆毋得見議遂定乾興元年拜右諫議大夫兼侍讀學士還給事中景靈宫副使判吏部流内銓以易侍講崇政殿遷禮部侍郎知審官院為樞密副使遷刑部侍郎上疏論張耆不可為樞密使由是忤太后旨坐以笏擊其僕誤折其齒罷留守南京大興學校以教諸生自五代以來天下學廢興自公始名拜御史中丞改兵部侍郎兼秘書監資政殿學士翰林侍讀學士知

天聖八年禮部貢舉明年為三司使復為樞密副使未拜改參知政事遷尚書左丞太后謁太廟有請服衮冕者太后以問公公以周官后服對太后崩大臣執政者皆罷以公為禮部尚書知亳州徙知陳州遷刑部尚書復召為御史中丞又為三司使知樞密院事拜樞密使再加檢校太尉同中書門下平章事慶歷三年三月遂以刑部尚書居相位充集賢殿大學士兼樞密使自公復召用而趙元昊反師出陝西天下弊于兵公數建利

害請罷監軍兼以陣圖授諸將使得應敵為攻守及制財用出入之要皆有法　天子悉為施行自宮禁先以率天下而財賦之職悉歸有司卒能以謀臣元昊使聽約束乃還其王號公為人剛簡遇人必以誠雖處富貴如寒士罇酒相對歡如也得一善稱之如己出當世知名之士如范仲淹孔道輔等皆出其門及為相益務進賢材當公居相府時范仲淹韓琦富弼皆進用至于臺閣多一時之賢天子既厭西兵憫天下困獘奮然有意遂

欲因羣材以更治數詔大臣條天下事方施行而小人權倖皆不便明年秋會公以事罷而仲淹等相次亦皆去事遂已公既罷以工部尚書知潁州徙知陳州又徙許州三遷戶部尚書拜觀文殿大學士知永興軍充一路都部署安撫使徙知河南府兼西京留守累進階至開府儀同三司勲上柱國爵臨淄公食邑萬二千戶實封三千七百戶公享年六十有五自少篤學至其病亟猶手不釋卷有文集二百四十卷嘗奉勅修上訓及真

宗實錄又集類古今文章為集選二百卷公為政敏而
務以簡便其民其于家嚴子弟之見有時事寡姊孝謹
未嘗為子弟求恩澤其在陳州上問宰相曰晏某居外
未嘗有所請其亦有所欲邪宰相以告公公自為表問
起居而已故其薨也天子尤悼之賜予加等以其子
承裕為崇文院檢討孫及甥之未官者九人皆命以官
公初娶李氏工部侍郎虛已之女次孟氏屯田員外郎
虛舟之女封鉅鹿郡夫人次王氏太師尚書令超之女

封榮國夫人子八人長曰居厚大理評事早卒次承裕尚書屯田員外郎宣禮贊善大夫崇讓著作佐郎明遠祇德皆大理評事幾道傳正皆太常寺太祝女六人長適戶部侍郎同中書門下平章事富弼次適禮部侍郎三司使楊察其四尚幼孫十有三人公既樂善而稱為知人士之顯于朝者多公所薦達至擇其女之所從又得二人者如此可謂賢也已銘曰

有姜之裔齊為晏氏齊在春秋晏顯諸侯傳載桓子嬰

稱于丘其後無聞不亡僅存有煒自公厥聲以振公之顯聲實相天工天子曰噫予考真宗唯多名臣以臻盛隆汝初事我王官東宫以暨相予始卒一躬輔我以德有勞于邦公疾在外來歸自洛天子曰留汝予舊學凡今在庭莫如汝舊孰以畀予惟予聖考今既亡矣孰為予老何以贈之司空侍中禮則有加予思何窮有篆其文在其碑首天子之褒史臣有詺銘以述之永昭厥後

茅坤曰節財自宫禁先非晏元獻不能畫非宋仁廟

不能從元獻公為相久而子孫十人不以一乞恩澤身後之日朝廷一時並命皆盛世事

王闢修曰宋史本傳悉用歐公此文獨于出知潁州處補云孫甫蔡襄上言宸妃生聖躬殊嘗被詔誌墓沒而不言又奏論殊役官兵治僦舍以規利然殊以章獻方臨朝故誌不敢斥言而所役兵乃輔臣例宜借者時以為非殊罪按孫蔡所論甚不當歐公此文削之非為晏公諱乃為孫蔡諱也孫蔡墓誌亦出歐

公孫誌云言宰相以某事當去者上亟為罷之蔡誌竟不載蓋歐公亦不直之矣安撫江西薦公為神童李防傳亦有之時與張知白同使耳　孫蔡既論晏公已而與公同去晏一日遊渦水見蛙登木捕蟬口不能容相與墜地遂作蜩蛙賦略云匿蕞質以潛進跳輕軀而猛噬雖多口而連獲終扼吭而弗制

石曼卿墓表

曼卿諱延年姓石氏其上世為幽州人幽州入于契丹

其祖自成始以其族間走南歸天子嘉其來將禄之不可乃家于宋州之宋城父諱補之官至太常博士幽燕俗勁武而曼卿少亦以氣自豪讀書不治章句獨慕古人奇節偉行非常之功視世俗屑屑無足動其意者自顧不合于時乃一混于酒然好劇飲大醉頹然自放由是益與時不合而人之從其游者皆知愛曼卿落落可奇而不知其才之有以用也年四十八康定二年二月四日以太子中允秘閣校理卒于京師曼卿少舉進士

不第真宗推恩三舉進士皆補奉職曼卿初不肯就張文節公素奇之謂曰母老乃擇祿邪曼卿矍然起就之遷殿直久之改太常寺太祝知濟州金鄉縣歎曰此亦可以為政也縣有治聲通判乾寧軍丁母永安縣君李氏憂服除通判永靜軍皆有能名充館閣校勘累遷大理寺丞通判海州還為校理莊獻明肅太后臨朝曼卿上書請還政天子其後太后崩范諷以言見幸引嘗言太后事者遽得顯官欲引曼卿曼卿固止之乃已自契

丹通中國德明盡有河南而臣屬遂務休兵養息天下晏然内外弛武三十餘年曼卿上書言十事不報已而元昊反西方用兵始思其言名見稍用其説籍河北河東陜西之民得鄉兵數十萬曼卿奉使籍兵河東還稱旨賜緋衣銀魚天子方思盡其才而且病矣既而聞邊將有欲以鄉兵捍賊者笑曰此得吾麤也夫不教之兵勇怯相雜若怯者見敵而動則勇者亦牽而潰矣今或不暇教不若募其敢行者則人人皆勝兵也其視世事

蔑若不足為及聽其設施之方雖精思深慮不能過也狀貌偉然喜酒自豪若不可繩以法度退而質其平生趣舍大節無一悖于理者遇人無賢愚皆盡忻懽及閒而可否天下是非善惡當其意者無幾人其為文章勁健稱其意氣有子濟滋天子聞其喪官其一子使禄其家既卒之三十七日葬于太清之先塋其友歐陽修表于其墓曰

嗚呼曼卿寧自混以為高不少屈以合世可謂自重之

士矣士之所負者愈大則其自顧也愈重自顧愈重則其合愈難然欲其共大事立奇功非有難合自重之士不可爲也古之魁雄之人未始不負高世之志故寧或毀身汚迹卒困于無聞或老且死而幸一遇猶克少施于世若曼卿者非徒與世難合而不克所施亦其不幸不得至乎中壽其命也夫其可哀也夫

周必大曰歐陽文忠公好賢樂善蓋其天性得交友間寸藁尺書必軸而藏之曼卿子美俊才直節公深

知之雄詞健筆公素推之而位皆不過館職年皆不登知命公所尤悲于其遺墨尤獨致意熙寧壬子公夢奠之歲也猶親跋于卷尾惟公道德文章師表百世而千旄緇衣之好至死靡倦彼爭名者相傾屬文者相軋聞公之風其少愧哉

連處士墓表

連處士應山人也以一布衣終于家而應山之人至今思之其長老教其子弟所以孝友恭謹禮讓而溫仁必

以處士為法曰為人如連公足矣其矜寡孤獨凶荒饑饉之人皆曰自連公亡使吾無所告依而生以為恨嗚呼處士居應山非有政令恩威以親其人而能使人如此其所謂行之以躬不言而信者歟處士諱舜賓字輔之其先閩人自其祖光裕嘗為應山令後為磁郢二州推官卒而反葬應山遂家焉處士少舉毛詩一不中而其父正以疾廢于家處士供養左右十餘年因不復仕進父卒家故多貲悉散以賙鄉里而教其二子以學曰

此吾貲也歲饑出穀萬斛以糶而市穀之價卒不能增及旁近縣之民皆賴之盜有竊其牛者官為捕之甚急盜窮以牛自歸處士為之愧謝曰煩爾送牛厚遺以遣之嘗以事之信陽遇盜于西關左右告以處士盜曰此長者不可犯也捨之而去處士有弟居雲夢往省之得疾而卒以其柩歸應山應山之人去縣數十里迎哭爭負其柩以還過縣市市人皆哭為之罷市三日曰當為連公行喪處士生四子曰庶庠庸膺其二子教以學者

後皆舉進士及第令庶為壽春令庠為宜城令處士以
天聖八年十二月某日卒慶歷二年某月日葬于安陸
蔽山之陽自卒至今二十年應山之長老識處士者與
其縣人嘗頼以為生者往往尚皆在其子弟後生聞處
士之風者尚未遠使更三四世至于孫曽其所傳聞有
時而失則懼應山之人不復能知處士之詳也乃表其
墓以告于後人八年閏正月一日廬陵歐陽修述

周必大曰應山連處士一布衣耳既殁而鄭人法其

孝友禮遜凡矜寡饑饉之人皆追思之歐陽文忠公表其墓謂行之以躬不言而信蓋實録也有子四人而寶文公則第三子之孫以文章贊書命才略典方面克孝而忠大其家聲令機宜君蒙上拔擢進用未已施于有政不第如處士居鄉矣

王闢修曰連庶字君錫連庠字元禮皆受學于二宋庶居官清人號為連底清庠加以肅人號為連底凍庶為令以母老乞監陳州稅嘗送客出北門見日西

聖祖御評
安定教士之法規條最詳篇中專舉此事殆所謂論人必於其大者也

風麈而冠葢憧憧不已慨然有感即日求分司歸久之以歐公薦知崑山縣辭不行累遷職方員外郎庠終都官郎按二子之賢如此而此表無一語及葢文體自應如此

胡先生墓表

先生諱瑗字翼之姓胡氏其上世為陵州人後為泰州如臯人先生為人師言行而身化之使誠明者達昏愚者勵而頑傲者革故其為法嚴而信為道久而遵師道

廢久矣自景祐明道以來學者有師惟先生曁泰山孫明復石守道三人而先生之徒最盛其在湖州之學弟子去來常數百人各以其經轉相傳授其教學之法最備行之數年東南之士莫不以仁義禮樂為學慶歷四年天子開天章閣與大臣講天下事始慨然詔州縣皆立學于是建太學于京師而有司請下湖州取先生之法以為太學法至今為著令後十餘年先生始來居太學學者自遠而至太學不能容取旁官署以為學舍禮

部貢舉歲所得士先生弟子十常居四五其高第者知
名當時或取甲科居顯仕其餘散在四方隨其人賢愚
皆循循雅飭其言談舉止不問可知為先生弟子其學
者相語稱先生不問可知為胡公也先生初以白衣見
天子論樂拜秘書省校書郎辟丹州軍事推官改密州
觀察推官丁父憂去職除服為保寧軍節度推官遂居
湖學名為諸王宮教授以疾免已而以太子中舍致仕
遷殿内丞于家皇祐中驛名至京師議樂復以為大理

評事兼太常寺主簿又以疾辭歲餘為光祿寺丞國子監直講遷居太學遷大理寺丞賜緋衣銀魚嘉祐元年遷太子中允充天章閣侍講仍居太學已而病不能朝天子數遣使者存問又以太常博士致仕東歸之日太學之諸生與朝廷賢士大夫送之東門執弟子禮路人嗟歎以為榮以四年六月六日卒于杭州享年六十有七以明年十月五日葬於烏程何山之原其世次官邑與其行事莆陽蔡君謨具誌于幽堂嗚呼先生之德在

乎人不待表而見于後世然非此無以慰學者之思乃揭于其墓之原六年八月三日廬陵歐陽修述

吕元明曰仁宗時國子先生必求天下賢士就中又擇其尤賢者專委掌教導規矩之事胡翼之為直講有旨專掌學政胡亦甄别人物擇其過人遠甚人畏服者獎之激之又各因其所好類聚而别居之故好尚經術者好談兵者好文藝者好尚節義者皆以所類羣居相與講習胡亦時名之使論其所學為定其

聖祖御評
敘述先德情文深婉令聲欬千載如生可謂仁孝之言

理或自出一義故人皆樂從而有成令朝廷近臣往往胡之徒也

瀧岡阡表

嗚呼惟我皇考崇公卜吉于瀧岡之六十年其子修始克表于其阡非敢緩也蓋有待也修不幸生四歲而孤太夫人守節自誓居貧自力于衣食以長以教俾至于成人太夫人告之曰汝父為吏廉而好施與喜賓客其俸禄雖薄常不使有餘曰毋以是為我累故其亡也無

一瓦之覆一壠之植以庇而為生吾何恃而能自守邪吾于汝父知其一二以有待于汝也自吾為汝家婦不及事吾姑然知汝父之能養也汝孤而幼吾不能知汝之必有立然知汝父之必將有後也吾之始歸也汝父免于母喪方逾年歲時祭祀則必涕泣曰祭而豐不如養之薄也間御酒食則又涕泣曰昔常不足而今有餘其何及也吾始一二見之以為新免于喪適然耳既而其後常然至其終身未嘗不然吾雖不及事姑而以此

知汝父之能養也汝父為吏嘗夜燭治官書屢廢而歎吾問之則曰此死獄也我求其生不得爾吾曰生可求乎曰求其生而不得則死者與我皆無恨也矧求而有得邪以其有得則知不求而死者有恨也夫常求其生猶失之死而世常求其死也回顧乳者抱汝而立于旁因指而嘆曰術者謂我歲行在戌將死使其言然吾不及見兒之立也後當以我語告之其平居教他子弟常用此語吾耳熟焉故能詳也其施于外事吾不能知其

居于家無所矜飾而所為如此是真發于中者邪嗚呼其心厚于仁者邪此吾知汝父之必將有後也汝其勉之夫養不必豐要于孝利雖不得溥于物要其心之厚于仁吾不能教汝此汝父之志也修泣而志之不敢忘先公少孤力學咸平三年進士及第為道州判官泗綿二州推官又為泰州判官享年五十有九葬沙溪之瀧岡太夫人姓鄭氏考諱德儀世為江南名族太夫人恭儉仁愛而有禮初封福昌縣太君進封樂安安康彭城

三郡太君自其家少微時治其家以儉約其後常不使過之曰吾兒不能苟合于世儉薄所以居患難也其後修貶夷陵太夫人言笑自若曰汝家故貧賤也吾處之有素矣汝能安之吾亦安矣自先公之亡二十年修始得禄而養又十有二年列官于朝始得贈封其親又十年修為龍圖閣直學士尚書吏部郎中留守南京太夫人以疾終于官舍享年七十有二又八年修以非才入副樞密遂叅政事又七年而罷自登二府天子推恩襃

其三世葢自嘉祐以來逢國大慶必加寵錫皇曾祖府君累贈金紫光祿大夫太師中書令曾祖妣累封楚國太夫人皇祖府君累贈金紫光祿大夫太師中書令兼尚書令祖妣累封吳國太夫人皇考崇公累贈金紫光祿大夫太師中書令兼尚書令皇妣累封越國太夫人今上初郊皇考賜爵為崇國公太夫人進號魏國于是小子修泣而言曰嗚呼為善無不報而遲速有時此理之常也惟我祖考積善成德宜享其隆雖不克有于其

躬而賜爵受封顯榮襃大實有三朝之錫命是足以表見于後世而庇賴其子孫矣乃列其世譜具刻于碑既又載我皇考崇公之遺訓太夫人之所以教而有待于修者並揭于阡俾知夫小子修之德薄能鮮遭時竊位而幸全大節不辱其先者其來有自熙寧三年歲次庚戌四月辛酉朔十有五日乙亥男推誠保德崇仁翊戴功臣觀文殿學士特進行兵部尚書知青州軍州事兼管內勸農使充京東東路安撫使上柱國樂安郡開國

公食邑四千三百户食實封一千二百户修表

朱子謂韓愈祭十二郎文後數百年而本朝復有歐陽文忠公瀧岡阡表其為朱子所心折如此然以兩文較之其情致悱惻能達所不能達之隱所謂喜往復善自道者則果相伯仲若夫垂諸萬世使酷吏讀之亦不覺泫然流涕者歐作固專其美而韓遜不如矣子曰苟有車必見其式苟有衣必見其敝葢言有其實斯有其文也愈固不得無之而空言之歐之勝者實也如此文者

所當自朝廷至于里巷莫不謳吟諷誦者歟夫是之謂羽翼六經羽翼六經云者固不在句訓字詁之徒也

儲欣曰千百年墓表中有數文字豈惟居士集之冠

予師觀我先生令永豐貽予瀧岡阡表石刻本旁有龍爪迹二焉指數歷然土人云公始磨刻此碑于家舟載以行無何大風雨舟覆稍定使人泅水求碑不可得越一日碑已在瀧岡阡矣完善無毫髮損增二爪迹而已父老相傳龍王欲讀公文遺其屬攫致之

其說頗誕然文章能事至于如此于以動神明而感怪物亦理之或然者歟

御選唐宋文醇卷三十一

欽定四庫全書

御選唐宋文醇卷三十二

廬陵歐陽修文十一

尚書兵部員外郎知制誥謝公墓誌銘

朝散大夫行尚書兵部員外郎知制誥知鄧州軍州事兼管内勸農使上輕車都尉陽夏縣開國男食邑三百户賜紫金魚袋謝公諱絳字希深其先出於黄帝之後任姓之别為十族謝其一也其國在南陽宛三代之際

以微不見至詩崧高始言周宣王使召公營謝邑以賜申伯蓋謝先以失國其子孫散亡以國為姓歷秦漢魏益不顯至晉宋間謝氏出陳郡者始為盛族公之皇考曰太子賓客諱濤其爵陳留伯至公開國又為陽夏男皆在陳郡故用其封復因為陳郡人然其官邑卒葬隨世而遷其譜自八世而下可見曰八代祖汾為河南緱氏人至五代祖希圖始遷而南或葬嘉興或葬麗水自
皇考已上三代皆葬杭州之富陽公以寶元二年四月

丁卯來治鄧其年十一月己酉以疾卒於官以逺不克歸於南即以明年八月得州之西南某山之陽遂以葬公享年四十有五初娶夏侯氏先卒今舉以祔後娶髙氏文安縣君三男六女男某皆將作監主簿女一早亡五尚㓜公之卒其客歐陽修弔而哭於位退則歎曰初賔客之甍修獲銘其德納諸富陽之原今又哭公之喪哭者在位莫如修舊盖嘗銘其世矣乃論次其終始曰公年十五起家試秘書省校書郎復舉進士中甲科以

奉禮郎知潁州汝陰縣遷光禄寺丞上書論四民失業揚文公薦其才名試充秘閣校理再遷太常丞通判常州丁母晉陵郡君許氏憂服除遷太常博士用鄭氏經唐故事議昭武皇帝非受命祖不宜配享上帝天聖中天下水旱而蝗河決壞滑州又上書用洪範五行京房傳推災異所以為天譴告之意極陳時所闕失無所諱與修真宗國史遷祠部員外郎直集賢院通判河南府移書丞相言歲凶嵩山宮宜罷勿治又上書論妖

人方術士不宜出入禁中請追所賜先生處士號歲滿
權開封府判官再遷兵部員外郎爲三司度支判官上
書論法禁密花透背詔書云自內始今內人賜衣復下
有司取之是爲法而自戾無以信天下又言後苑作官
市龜筒亦禁物民間非所有有之爲犯法因請罷內作
諸器皆以其職言又言有司多求上旨從中出而數更
且謂號令數變則虧國體利害偏聽則惑聰明請者務
欲各行而守者患於不一請凡詔令皆由中書樞密然

後行郭皇后廢上書用詩白華引申后褒姒以為戒景祐元年丁父憂服除名試知制誥判流内銓諫者言李照新定樂不可用下其議議者久不決公為兩議曰宋樂用三世矣照之法不合古吾從舊乃署其一議曰從新樂者異署議者皆從公署公為人肅然自修平居温温不妄喜怒及其臨事敢言何其壯也雖或聽或否或論高而不能行或後果如其言皆傅經據古切中時病三代已來文章盛者稱西漢公於制誥尤得其體世所

謂常楊元白不足多也公既以文知名至於為政無所不達自汝陰已有能名佐常州至今常人思之錢思公守河南悉以事屬之是時莊獻明肅太后莊懿太后起二陵於永安至於鐵石畚鍤不取一物於民而足修國子學教諸生自遠所至者百餘人舉而中第者十八九河南人聞公喪皆出涕諸生畫像於學而祀之初吏部擬官以圭田有無為均公取州縣田豐具實者準其方之物價差為多少揭之省中他有名而無實者皆不用

人以為便天下之吏有定職而無定員故選者常患其多而久積吏緣以姦至公為之選而集者有不逾旬而去天下皆稱其平其遇事尤劇尤若簡而有餘及求知鄧州其治益以寬靜為本州遂無事先是有妖僧者以偽言誘民男女數百人往往晝夜為會凡六七年不廢公則取其首惡二人寘之法餘一不問民始知公法可畏而安於不苛南陽堰引湍水溉公田水之來遠而少能及民而堰撤壞破公議復名信臣故渠以罷鄧人歲

役而以水與民大興學舍皆未就而卒始公來鄧食其廩者四十餘人或疑其多及其喪爲之制服其治衣櫛纔二婢至三從孤弟妹皆聚而食之卒之日廩無餘粟家無餘貲入哭其堂榹無新衣然平生喜賓客談宴怡怡如也自少而仕凡三十年間自守不回而外亦不爲甚異此其終始大節也銘曰

壽吾不知命繫其偶不俾其隆安歸其咎惟德之明惟仁之茂惟力之爲而公之有

首叙世次本末次叙立身終始於中首叙立言次叙立政次叙立德鬱乎其相章焕乎其相輝也

資政殿學士尚書户部侍郎簡肅薛公墓誌銘

明道二年尚書禮部侍郎參知政事河東公以疾告歸其政天子曰吾不可以數煩公乃詔優公不朝而使視事如故居歲中數以告乃得還第又數以告然後拜公為資政殿學士户部侍郎判尚書都省罷其政事景祐元年八月庚申公薨於家年六十有八贈兵部尚書公

諱奎字宿藝姓薛氏薛氏之先出於黄帝之後任姓任姓之别為十族薛者奚仲之始封也其後奚仲去遷邳而仲虺留居薛春秋之際以國見經而其子孫後以為氏此其譜也隋唐之間薛姓居河東者為最盛公絳州正平人也曾王父贈太保諱某大王父贈太傅諱某王父殿中丞贈太師諱某三世皆不顯而以公貴初太宗皇帝伐并州太師以策干行在不見用罷公生十餘歲已能屬文辭太師顧曰是必大吾門吾復何為乃不復

事生業務施貸以賙鄉閭曰吾有子矣後何患後五十年公始佐今天子參政事為世名臣如其言公為人敦篤忠烈果敢明達初舉進士為州第一讓其里人王嚴而居其次於是鄉里皆稱之淳化三年再舉乃中授秘書省校書郎隰州軍事推官始至取州獄已成書活寃者四人徙儀州推官士爭薦其能丁太夫人憂服除用薦者拜太理寺丞知興化軍莆田縣悉除故時王氏無名租莆田人至今以為德遷殿中丞知河南長水縣徙

知興州州舊鑄鐵錢用功多人以為苦公乃募民有力

者弛其山使自為利而收其鐵租以鑄悉罷役者八用

不勞遷太常博士御史中丞向敏中薦公材中御史就

拜監察御史名為殿中侍御史判三司都磨勘司賜緋

衣銀魚出為陜西轉運副使坐舉人免官居數月通判

陜府歲餘名還臺安撫河北稱旨改尚書户部員外郎

淮南轉運使江淮制置發運使開揚州河廢其三堰以

便漕船歲以八百萬石食京師其後罕及其多轉吏部

員外郎丁太師憂去職不許居二歲入為三司戶部副使與三司使李士衡爭事省中士衡扳時權貴人為助公拜戶部郎中直昭文館出知定州還吏部郎中入為龍圖閣待制知開封府遷右諫議大夫御史中丞契丹使蕭從順來朝是時莊獻明肅太后垂簾聽政從順舉止多不遜以謂南使至契丹者皆見太后遂請見之朝議患之未有以決公獨以理折之從順乃止而嫉公者讒其漏禁中語由是拜集賢院學士出知并州改知秦

州秦州宿重兵兵嘗歉食公為勸儉積蓄教民水種歲中還樞密直學士知益州而秦之餘粟積者三百萬征筭之衍者三十萬覈民舊隱田數百頃所得芻粟又十餘萬秦州之民與其蕃落數千人詣轉運使請留不果公在開封以嚴為治肅清京師京師之民至私以俚語目公且相戒曰是不可犯也囹圄為之數空而至今之人猶或目之及居蜀尤有善政民有得偽蜀時中書印者夜以錦囊掛之西門閤者以白蜀人隨之者萬計皆

恂恂出異語且觀公所為公顧主吏藏之畧不取視民乃止老媪告其子不孝者子訴貧不能養公取俸錢與之日用此為生以養母子遂相慈孝里富人三女皆孤民或妄爭其產公析其貲為三為嫁其女於是人皆以公為仁恩蜀人喜亂而易摇公既鎮以無事又能順其風俗從容宴樂及其臨事破奸發伏逆見隨決如逢蒙之射而方朔之占無一不中蜀人愛且畏之以比張尚書詠而不苛開封天子之畿益州蜀一都會皆世號尤

難理者而公尤有名其猛寬之政前後異施可謂知其
方矣入拜龍圖閣直學士權三司使遂拜參知政事公
入謝上曰先帝嘗言卿可用吾今用卿矣公益感激自
勵而素剛毅守節不苟合既與政尤挺立無所牽隨然
遂欲繩天下無小大一入於規矩往往不可其意則歸
卧於家歎息憂愧輒不食家人笑其何必若此公曰吾
慙不及古人而懼後世譏我也公嘗使契丹與其君臣
語而以論議服其坐中其後契丹使來必問公所在及

聞已用乃皆喜曰是得人矣邊吏得諜者言契丹欲棄約舉兵上亟召大臣議或欲選將增兵公曰契丹畏誓而貪利且無隙以開其端兵必不動不宜失持重之勢而使其可窺已而卒無事他日上顧公曰果如公言於是益重之明道二年莊獻明肅太后欲以天子袞冕見太廟臣下依違不決公獨爭之曰太后必若王服見祖宗若何而拜乎太后不能奪為改他服太后崩上見羣臣泣曰太后疾不能言而猶數引其衣若有所屬何也

公遽曰其在衮冕也然服之豈可見先帝乎上大悟卒以后服葬於是益以公為果可用也公先娶潘氏早卒後娶趙氏今封金城郡夫人子男一人亶孺大理寺丞女五人長適故職方員外郎張奇其次適故開封府士曹參軍喬易從早亡次適太原王拱辰早亡次適廬陵歐陽修次又適王氏公既貴贈其曾祖而下三宰曰太保太傅太師追封曾祖妣某氏某夫人祖妣某氏某夫人妣某氏某夫人公性孝慈雖在大位家人勤儉不知為

驕奢諸子幼孤撫養不異平生所為文章四十卷且而有氣如其為人五年某月某甲子其孤且孺奉其柩自京師葬於絳州以某年某月某甲子即事先期狀公之功行上之太常太常議曰謚法一德不懈曰簡執心決斷曰肅今其狀應法乃謚曰簡肅銘曰

薛夏之封以國為姓其後河東隋唐最盛公世載德實河東人必大其門太師之云公之從事以難為易參於大政不撓不牵屢決大議有言炳然公不為相告病還

家賵賻之榮尚書是加公有敏德焯其行事公有令名有司之謚事告之史謚傳子孫又刻銘章納於墓門

王開修曰宋史本傳與誌不同傳云在陝西趙德明言延州蕃落侵其地黑林平下詔按驗奎閱郡籍德明嘗假道黑林平移文録示之德明遂服知延州趙元昊每遣吏至京師請俸賜吏因市禁物隱關算為奸利奎㢘得狀請留蜀道縑帛於關中轉致給之奎能知人范仲淹龐籍明鎬自為選人皆以公輔許之

契丹使請見太后奎折之曰皇太后垂簾聽政本朝羣臣亦未嘗見也歐公叙事以簡為貴如此　叙子女處直曰次適廬陵歐陽修餘不著一句何等嚴重祭薛尚書文又甚詳明誌言天下之公祭盡一身之私也後人作尊者狀多插入自已事是何足與言文乎

翰林侍讀學士右諫議大夫楊公墓誌銘

慶歷八年春翰林侍讀學士右諫議大夫楊公年六十

有九告老即以工部侍郎致仕歸於常州其行也天子名見宴勞賜以不拜公卿大夫咸出餞於東門瞻望咨嗟相與言曰楊公歸哉於公計為可榮於國家計為可惜其明年九月十三日公疾革出其兵論一篇示其子忱慥而授以言曰臣聞臣子雖死不敢忘其君父者天下之至恩大義也今臣偕不幸猶以垂閉之口言天下莫大之憂為陛下無窮之慮者其事有五以畢臣志死無所恨惟陛下用臣言不必哀臣死也言訖而卒不及

其私忱𢙢以其語并其兵論以聞天子震悼顧有司問可以寵公者有司舉故事以對天子曰此何足以慰吾思乃詔特贈公兵部侍郎公少師事种放學問為文章長於議論好讀兵書知古兵法以謂士不兼文武不足任大事當四方無事時數上書言邊事後二十餘年元昊叛河西契丹舉衆違約三邊皆警天下弊於兵公於此時耗精疲神日夜思慮創作兵車陣圖刀楯之屬皆有法天子以步卒五百如公之法試於庭以為可用而

世多非其刀楯修嘗奉使河東得邊將王吉言元昊出兔毛川為吉所敗者用楊公楯也蓋世未嘗用其術爾然公素剛少合而議者不一故不得盡用其言夏竦經畧陝西請益置土兵公言竦據內地無破賊之謀而坐請益兵蓋虞敗事則欲以兵少為解竦復論公不忠沮計公不能忍以語詆之其後三路農民壯者咸墨為兵公又言兵在精不在衆衆而不練則不整而易敗困國而難供時自將相大臣議者皆務多兵獨公之論能如

此劉平兵敗元昊圍延州甚急而救兵不至公在河中乃偽為書馳告延州救兵十萬至矣因命旁郡縣具芻糧什器如其數以俟已而元昊亦解去後公守并州即詔公為并代麟府路經畧安撫招討等使兼兵馬都部署公執勅告其羣吏曰天子用我矣然任其事必圖其效欲責其效必盡其方乃列六事以請曰能用臣言則受命不然則已朝廷難之公論不已坐是徙知邢州公志之不就皆此類也公嘗為御史章獻太后兒子劉崇德為團練

使以辛其門人親戚廝養用崇德拜官爵者數十人馬

季良以劉氏壻為龍圖閣直學士公上書言漢呂太后

王禄産欲彊其族而反以覆宗唐武三思楊國忠之禍

不獨其身幾亡其國太后大怒貶監舒州酒稅居二歲

復名為御史言事愈切公祥符元年進士及第以上書

言事真宗奇之名試不赴拜著作佐郎累官至工部侍

郎為天章閣待制龍圖閣樞密直學士遂侍講於翰林

嘗為審刑院詳議官知淮陽江陰軍三司度支判官知

御史雜事判吏部流内銓三司度支副使河北河東都轉運使知河中府陜并邢滄杭五州所至皆有能績為人廉潔剛直少屈而難犯其仁心愛物至其有所能容人多所不及也公字次公曾祖諱偉祖諱某父諱守慶初娶張氏又娶李氏又娶王氏太原郡君六孫景畧景亮景謨景道景直景彥公卒之明年秋其子忱以其喪歸於河南又明年二月十七日葬於洛陽縣宣武管平洛鄉之先塋公有文集十卷兵書十五卷讀其書可以

見公之志考其始終之節可以知公之心嗚呼可謂忠矣修為諫官時嘗與公爭議於朝者而且未嘗識公也及其葬也其子不以銘屬於他人而以屬修者豈以修言為可信也歟然則銘之其可不信銘曰

遠矣楊氏有來其始赤泉侯功與漢俱起震官太尉四世以公於陵正直僕射于唐師復理卿振左拾遺文蔚獲嘉其後益衰避亂中州曾祖始南祖歷偽邦令于烏江又適南粵皇考是生晦顯有時發于皇明在考司馬

始仕坊州遂家中部道德之優司馬四子唯公克大非徒大之將又長之世有官族孰無繫譜或絕於微或亡其存不絕不亡由屢有人誰如楊世愈久而蕃次第弗迷昭穆綿聯公其歸此安千萬年

王闢修曰偕本傳為三司度支判官有諫廢后諫富民陳氏女將為后二事知并州時有繩監軍中人及議麟州五利三害事為安撫使時上六事其一罷中人預軍事又張士遜傳有納女口宮中為御史楊偕

所劾事此誌皆不書六事亦存其名而已歐公敘事簡要如此傳云元昊乞和而不稱臣偕以連年出師國力日歉宜許之王素歐陽修蔡襄劾偕罪當誅即誌所謂爭議於朝者也又云知杭州時襄謁告過杭輕遊里市或謂偕當言於朝偕曰襄嘗以公事抵我我豈可以私報邪誌所謂有所能容人多不及或指此

太子太師致仕杜祁公墓誌銘

故太子太師致仕祁國公贈司徒兼侍中杜公諱衍字世昌越州山陰人也其先本出於堯之後歷三代常為諸侯後徙其封於杜而子孫散適他國者以杜為氏自杜赫為秦將軍後三世御史大夫周及其子建平侯延年仍顯於漢又九世當陽侯預顯於晉又十有四世岐國公佑顯於唐又九世而至於祁公其為家有法其吉凶祭祀齋戒日時幣祝從事一用其家書自唐滅士喪其舊禮而一切苟簡獨杜氏守其家法不遷於世俗蓋

自春秋諸侯之子孫歷秦漢千有餘歲得不絕其世譜而唐之盛時公卿家法存於今者惟杜氏公自曾高以來以恭儉孝謹稱鄉里至公為人尤潔廉自刻其為大臣事其上以不欺為忠推於人以行己取信故其動靜纖悉謹而有法至考其大節偉如也公享年八十官至尚書左丞方其六十有九歲且盡即上書告老明年以太子少師致仕累遷太子太保太傅太師封祁國公於其家天子祀明堂遣使者召公陪祠將有所問以疾不

至而歲時存問勞賜不絶公少舉進士高第為揚州觀察推官知平遥縣通判晉州知乾州遷河東京西路提點刑獄知揚州河東陝西路轉運使入為三司户部副使拜天章閣待制知荆南府未行以為河北路都轉運使遂知天雄軍召為御史中丞判流内銓知審官院拜樞密直學士知永興軍徙知并州遷龍圖閣學士兼知永興軍權知開封府康定元年以刑部侍郎同知樞密院事即拜副使慶歴三年遷吏部侍郎樞密使明年以

本官同中書門下平章事公治吏事如其為人其聽獄訟雖明敏而審覈愈精故屢決疑獄人以為神其簿書出納推析毫髮終日無倦色至於條目必使吏不得為姦而已及其施於民者則簡而易行始居平涼嘗以吏事適他州而縣民爭訟者皆不肯決以待公歸知乾州未滿歲安撫使察其治行以公權知鳳翔府二邦之民爭於界上一曰此我公也汝奪之一曰今我公也汝何有焉夏人初叛命天下苦於兵而自陝以西尤甚吏緣

侵漁調發督迫至民破產不能足往往自經投水以死於是時公在永興語其人曰吾不能免汝然可使汝不勞爾乃為之區處計較量物有無貴賤道里遠近寬其期會使以次輸送由是物不踴貴車牛芻秣宿食來往如平時而吏束手無所施民比他州費省十六七至於繕治城郭器械民皆不知開封治京師常撓於權要有干其法而能不為之屈者世皆以為難至公能使權要不敢有所干凡其為治以聽斷盜訟為能否爾獨公始

有餘力者其民事如治他州而畿赤諸縣之民皆被其惠開封比比出能吏而熏於民政者惟公一人吏部審官主天下吏負而居職者類以不久還去故吏得為姦公始視銓事一日選者三人爭某闕公以問吏吏受丙賕對曰當與甲乙不能爭遂授他闕居數日吏教丙訟甲負某事不當得公悟召乙問之乙謝曰業已得他闕不願爭公不得已與丙而笑曰此非吏罪乃吾未知銓法爾因命諸曹各具格式科條以白問曰盡乎曰盡矣

明日敕諸吏無得升堂使坐曹聽行文書而已由是吏不得與銓事與奪一出於公居月餘翕然聲動京師其在審官有以賄求官者吏謝不受曰我公有賢名不久見用去矣姑少待之慶曆之初上厭西兵之久出而民獘亟用今丞相富公樞密韓公及范文正公而三人者遂欲盡革衆事以修紀綱而小人權倖皆不悦獨公為相佐佑而公尤抑絶僥倖凡内降與恩澤者一切不與每積至十數則連封而面還之或詰責其人至慚恨涕

泣而去上嘗謂諫官歐陽修曰外人知杜某封還内降邪吾居禁中有求恩澤者每以杜某不可告之而止者多於所封還也其助我多矣此外人及杜某皆不知也然公與三人者卒皆以此罷去公多知本朝故實善決大事初邊將議欲大舉以擊夏人雖韓公亦以為可舉公爭以為不可大臣至有欲以沮軍罪公者然兵後果不得出契丹與夏人爭銀甕族大戰黄河外而鴈門麟府皆警范文正公安撫河東欲以兵從公以為契丹必

不來兵不可妄出范公怒至以語侵公公不為恨後契丹卒不來二公皆世俗指公與為朋黨者其議論之際蓋如此及三人者將罷去公獨以為不可遂亦罷以尚書左丞知兖州歲餘乃致仕公自布衣至為相衣服飲食無所加雖妻子亦有常節家故饒財諸父分産公以所得悉與昆弟之貧者俸禄所入分給宗族賙人急難至其歸老無屋以居寓於南京驛舍者久之自少好學工書畫喜為詩讀書雖老不倦推奨後進今世知名士

多出其門居家見賓客必問時事聞有善喜若己出至有所不可憂見於色或夜不能寐如任其責者凡公所以行之終身者有能履其一君子以為人之所難而公自謂不足以名後世遺戒子孫無得紀述嗚呼豈所謂任重道遠而為善惟日不足者歟曾祖太子少保諱某贈太師祖鴻臚卿諱叔詹追封吳國公父尚書度支員外郎諱遂良追封韓國公皆贈太師中書令兼尚書令娶相里氏晉國夫人子男曰誂大理評事許太常博士

訥將作監主簿詒秘書省正字三子早卒女長適集賢校理蘇舜欽次適秘閣校理李綖次適單州團練推官張遵道公以嘉祐二年二月五日卒於家其子許以其年十月十八日葬公於應天府宋城縣之仁孝原銘曰

翼翼祁公率履自躬一其初終惟德之恭公在于位士知貪廉退老于家四方之瞻豈惟士夫天子曰咨爾曲爾直繩之墨之正爾方圓有矩有規人莫之踰公無爾欺予左予右惟公是毗公雖告休受寵不已宫臣國公

即命于第奕奕明堂萬邦從祀豈無臣工為予執法何以名之惟公舊德公不能來予其往錫君子愷悌民之父母公雖百齡人以為少不俾黄耇喪予元老寵禄之隆則有上朔惟其不已既去而思銘昭于遠萬世之詒

修與杜衍子訢書自謂文字簡畧止記大節期於久遠恐難滿孝子意又言范公家神刻為其子擅自增損不免更作文字發明欲後世以家集為信又言尹氏子卒請韓太尉别作墓表以此見朋友門生故吏與孝子用

心嘗異修豈負知己者范尹二家亦可為鑒别一書云所記事皆録實有稽據皆大節與人之所難者其他常人所能者在他人更無巨美不可不書於公為可略者皆不暇書觀修言作志亦大難矣凡墓志神道皆國史所據以示後世者也丈如韓歐其人者不世出而史則不可以或闕不可或闕而又無可信之碑誌以為據依則信史不更大難乎觀修為杜衍作志其斤斤自明如此蓋以時俗不能曉信今傳後之義徒欲齊其父祖與

聖哲比肩必銘功悉太公頌德皆仲尼而後快不知空言無實之名非所榮也徒使平昔一言一行之善猶可勵俗而與行者轉因繁言浮詞致晦昧湮亡而莫可問迨史氏稽集於數十百年之後濟濟皆太公仲尼而考其實茫然無所得既總無可信則必以意為軒輕黨其所親而毀其所怒甚至苞苴請謁行焉而古今是非之公不獨泯於當時而且泯於萬世矣脩之慎重不苟然者豈為一己之私哉

玉聞修曰宋史本傳云契丹壻劉三嘏避罪來歸輔臣議厚館之以詰契丹陰事歐陽修亦請留三嘏衍曰中國主忠信若自違誓約納叛亡則直不在我且三嘏為契丹近親而逋逃來歸其謀身如此尚足與謀國乎此事歐公獨不入誌

葉夢得曰杜祁公居官清介每請俸必過初五家人前期誤請公怒付有司劾治尹師魯公所知也余嘗見師魯得罪後謝公書親引此事云以某自視雖若

無愧以公觀之則安得無罪師魯蓋坐擅貸官錢為部吏償債當時惡者論以為贓云

故霸州文安縣主簿蘇君墓誌銘

有蜀君子曰蘇君諱洵字明允眉州眉山人也君之行義修於家信於鄉里聞於蜀之人久矣當至和嘉祐之間與其二子軾轍偕至京師翰林學士歐陽修得其所著書二十二篇獻諸朝書既出而公卿士大夫爭傳之其二子舉進士皆在高等亦以文學稱於時眉山在西

南數千里外一日父子隱然名動京師而蘇氏文章遂擅天下君之文博辯宏偉讀者悚然想見其人既見而温温似不能言及即之與居愈久而愈可愛間而出其所有愈叩而愈無窮嗚呼可謂純明篤實之君子也曾祖諱祐祖諱杲父諱序贈尚書職方員外郎三世皆不顯職方君三子曰澹曰渙皆以文學舉進士而君少獨不喜學年已壯猶不知書職方君縱而不問鄉閭親族皆怪之或問其故職方君笑而不答君亦自如也年二

十七始大發憤謝其素所往來少年閉户讀書為文辭歲餘舉進士再不中又舉茂材異等不中退而歎曰此不足為吾學也悉取所為文數百篇焚之益閉户讀書絶筆不為文辭者五六年乃大究六經百家之説以考質古今治亂成敗聖賢窮達出處之際得其粹精涵畜充溢抑而不發久之慨然曰可矣由是下筆頃刻數千言其縱横上下出入馳驟必造於深微而後止蓋其稟也厚故發之遲志也慤故得之精自來京師一時後生

學者皆尊其賢學其文以為師法以其父子俱知名故號老蘇以别之初修為上其書召試紫微閣辭不至遂除試秘書省校書郎會太常修纂建隆以來禮書乃以為霸州文安縣主簿使食其禄與陳州項城縣令姚闢同修禮書為太常因革禮一百卷書成方奏未報而君以疾卒實治平三年四月戊申也享年五十有八天子聞而哀之特贈光禄寺丞敕有司具舟載其喪歸於蜀君娶程氏大理寺丞文應之女生三子曰景先早卒軾

今為殿中丞直史館轍權大名府推官三女皆早卒孫曰邁曰遲有文集二十卷謚法三卷君善與人交急人患難死則卹養其孤鄉人多德之蓋晚而好易曰易之道深矣汩而不明者諸儒以附會之說亂之也去之則聖人之旨見矣作易傳未成而卒治平四年十月壬申葬於彭山之安鎮鄉可龍里君生於遠方而學文晚成常歎曰知我者惟吾父與歐陽公也然則非余誰宜銘

銘曰

蘇顯唐世實欒城人以官留眉蕃蕃子孫自其高曾鄉里稱仁偉歟明允大發於文亦既有文而又有子其存不朽其嗣彌昌嗚呼明允可謂不亡

儲欣曰讀老泉上歐陽内翰書知歐公之文非先生不能品讀此誌又歎先生之學非歐公不能發

御選唐宋文醇卷三十三

廬陵歐陽修文十二

端明殿學士蔡公墓誌銘

公諱襄字君謨興化軍仙遊人也天聖八年舉進士甲科為漳州軍事判官西京留守推官改著作佐郎館閣校勘慶歴三年以祕書丞集賢校理知諫院兼修起居注是時天下無事士大夫弛於久安一日元昊叛師久

無功天子慨然厭兵思正百度以修太平既已排羣議進退二三大臣又詔增置諫官四員使拾遺補闕所以遇之甚寵公以材名在選中遇事感激無所迴避權倖畏斂不敢撓法干政而上得益與大臣圖議明年屢下詔書勸農桑興學校革弊修廢而天下悚然知上之求治矣於此之時言事之臣無日不進見而公之補益為尤多四年以右正言直史館出知福州以便親遂為福建路轉運使復古五塘以溉田民以為利為公立生祠

于塘側又奏減闔人五代時丁口稅之半丁父憂服除判三司鹽鐵勾院復修起居注令參知政事唐公介時為御史以直言忤旨貶春州别駕廷臣無敢言者公獨論其忠人皆危之而上悟意解唐公得改英州遂復名用皇祐四年遷起居舍人知制誥兼判流内銓御史呂景初吳中復馬遵坐論梁丞相適罷臺職除他官公封還辭頭不草制其後屢有除授非當者必皆封還之而上遇公益厚曰有子如此其母之賢可知命特賜冠帔

以龍之至和元年遷龍圖閣直學士知開封府三年以
樞密直學士知泉州徙知福州未幾復知泉州公為政
精明而於閩尤知其風俗至則禮其士之賢者以勸學
興善而變民之故除其甚害往時閩人多好學而專用
賦以應科舉公得先生周希孟以經術傳授學者常至
數百人公為親至學舍執經講問為諸生率延見處士
陳烈尊以師禮而陳襄鄭穆方以德行著稱鄉里公皆
折節下之閩俗重凶事其奉浮屠會賓客以盡力豐侈

為孝否則深自愧恨為鄉里羞而奸民游手無賴子幸而貪飲食利錢財來者無限極往往至數百千人至有親亡秘不舉哭必破產辦具而後敢發喪者有力者乘其急時賤買其田宅而貧者立券舉債終身困不能償公曰弊有大於此邪即下令禁止至於巫覡主病蠱毒殺人之類皆痛斷絶之然後擇民之聰明者教以醫藥使治疾病其子弟有不率教令者條其事作五戒以教諭之久之閩人大便公既去閩人相率詣州請為公立

德政碑吏以法不許謝即退而以公善政私刻于石曰
俾我民不忘公之德嘉祐五年召拜翰林學士權三司使
三司開封世稱省府為難治而易以毀譽居者不由以
遷則由以敗而敗者十常四五公居之皆有能名其治
京師談笑無留事尤善破姦發隱吏不能欺至商財利
則較天下盈虛出入量力以制用必使下完而上給下
暨百司因習蠹弊切磨剗剔久之簿書纖悉紀綱條目
皆可法七年季秋大享明堂後數月仁宗崩英宗即位

歎大賞賚及作永昭陵皆猝辦於縣官經費外公應煩愈閑暇若有餘而人不知勞遂拜三司使居二歲以母老求知杭州即拜端明殿學士以往三年徙南京留守未行丁母夫人憂明年八月某日以疾卒于家享年五十有六蔡氏之譜自晉從事中郎克以來世有顯聞其後中衰隱德不仕公年十八以農家子舉進士為開封第一名動京師後官于閩典方州領使一路二親尚皆無恙閩人瞻望咨嗟不榮公之貴而榮其父母母夫人

尤有壽年九十餘飲食起居康强如少者歲時爲壽母子鬢髮皆皤然而命服金紫煌煌如也至今閭人之爲子者必以夫人祝其親爲父母者必以公教其子也公於朋友重信義聞其喪則不御酒肉爲位以哭盡哀乃止甞會飲會靈東園坐客有射矢誤傷人者客遽指爲公矢京師喧然事旣聞上以問公公即再拜媿謝終不自辯退亦未甞以語人公爲文章清遒粹美有文集若干卷工於書畫頗自惜不妄爲人書故其殘章斷稿人

悉珍藏而仁宗尤愛稱之御製元舅隴西王碑文詔公書之其後命學士撰温成皇后碑文又敕公書則辭不肯書曰此待詔職也公累官至禮部侍郎既卒翰林學士王珪等十餘人列言公賢其亡可惜天子新即位未及識公而聞其名久也為之惻然特贈吏部侍郎官其子旻為秘書省正字孫傳及弟之子均皆守將作監主簿而優以賻卹以旻尚幼命守吏助給其喪事曾祖諱顒皇不仕祖諱恭贈工部員外郎父諱琇贈刑部侍郎

母夫人盧氏長安郡太君夫人葛氏永嘉郡君子男三人曰匀將作監主簿曰旬大理評事皆先公卒幼子旻也女三人一適著作佐郎謝仲規二尚幼以某年某月某日葬公于莆田縣某鄉將軍山銘曰

誰謂閩遠而多奇產產非奇寶惟士之賢嶷嶷蔡公其人傑然奮躬當朝讜言正色出入左右彌縫補益間歸于閩有政在人食不畏蠱喪不憂貧疾者有醫學者有師問誰使然孰不公思有髙其墳有拱其木凡閩之人

過者必肅

洪邁曰歐陽公作蔡君謨墓誌公工於書畫云云國史傳所載蓋用其語比見蔡與歐陽一帖云鄙者得侍陛下清光時有天旨令寫御撰碑文宮寺題牓至有勲戚之家干請朝廷出敕令書襄謂近世書寫碑誌則有資利若朝廷之命則有司存焉待詔其職也今與待詔爭利其可乎然後知蔡公之旨意如此不止一温成碑而已其清介有守後世或未知之

孫明復先生墓誌銘

先生諱復字明復姓孫氏晉州平陽人也少舉進士不中退居泰山之陽學春秋著尊王發微魯多學者其尤賢而有道者石介自介而下皆以弟子事之先生年逾四十家貧不娶李丞相迪將以其弟之女妻之先生疑焉介與羣弟子進曰公卿不下士久矣今丞相不以先生貧賤而欲託以子是高先生之行義也先生宜因以成丞相之賢名於是乃許孔給事道輔為人剛直嚴重

不妄與人聞先生之風就見之介執杖屨侍左右先生坐則立升降拜則扶之及其往謝也亦然魯人既素高此兩人由是始識師弟子之禮莫不歎嗟之而李丞相孔給事亦以此見稱於士大夫其後介為學官語於朝曰先生非隱者也欲仕而未得其方也慶歷二年樞密副使范仲淹資政殿學士富弼言其道德經術宜在朝廷召拜校書郎國子監直講嘗召見邇英閣說詩將以為侍講而嫉之者言其講說多異先儒遂止七年徐州

人孔直溫以狂謀捕治索其家得詩有先生姓名坐貶監處州商稅徙泗州又徙知河南府長水縣僉署應天府判官公事通判陵州翰林學士趙槩等十餘人上言孫某行為世法經為人師不宜棄之遠方乃復為國子監直講居三歲以嘉祐二年七月二十四日以疾卒於家享年六十有六官至殿中丞先生在太學時為大理評事天子臨幸賜以緋衣銀魚及聞其喪惻然予其家錢十萬而公卿大夫朋友太學之諸生相與弔哭賻治

其喪於是以其年十月二十七日葬先生於鄆州須城縣盧泉鄉之北扈原先生治春秋不惑傳註不為曲說以亂經其言簡易明於諸侯大夫功罪以考時之盛衰而推見王道之治亂得於經之本義為多方其病時樞密使韓琦言之天子選書吏給紙筆命其門人祖無擇就其家得其書十有五篇錄之藏於秘閣先生一子大年尚幼銘曰

聖既殁經更戰焚逃藏脫亂僅傳存衆說乘之汩其原

怪迂百出雜偽真後生牽畢習前聞有欲患之寡攻羣往往上燎以膏薪有勇夫子闢浮雲刮磨蔽蝕相吐吞日月卒復光破昏博哉功利無窮垠有考其不在斯文

王明清曰范文正在睢陽有孫秀才者索遊上謁言有老母文正識之補為學職授之春秋孫篤學行復修謹文正甚愛之既去後十年聞泰山下有孫先生以春秋授徒朝廷高之名至太學乃昔日孫秀才也文正歎曰貧之為累大矣倘因循至老以彼其才安

所自見哉夫文正識孫生奇矣乃孫生必就索於文正豈所謂饑從謝仁祖求食邪

王定國曰張堯封少從孫明復學其子去華與貴妃常執事左右及妃貴數遣使致問明復閉門拒之終身貴妃即温成皇后也

黄夢升墓誌銘

予友黄君夢升其先婺州金華人後徙洪州之分寧其曾祖諱元吉祖諱某父諱中雅皆不仕黄氏世為江南

大族自其祖父以來樂以家貲賑鄉里多聚書以招延四方之士夢升兄弟皆好學尤以文章意氣自豪予少家隨州夢升從其兄茂宗官於隨予為童子立諸兄側見夢升年十七八眉目明秀善飲酒談笑予雖幼心已獨奇夢升後七年予與夢升皆舉進士於京師夢升得丙科初仕興國軍永興主簿怏怏不得志以疾去久之復調江陵府公安主簿時予謫夷陵令遇之於江陵夢升顏色憔悴初不可識久而握手噓嚱相飲以酒夜醉

起舞歌呼大𧆑予益悲夢升志雖衰而少時意氣尚在也後二年予徙乾德令夢升復調南陽主簿又遇之於鄧間嘗問其平生所為大章幾何夢升慨然歎曰吾已諱之矣窮達有命非世之人不知我我羞道於世人也求之不肯出遂飲之酒復大醉起舞歌呼因笑曰予知我者乃肯出其文讀之博辯雄偉意氣奔放若不可禦予又益悲夢升志雖困而文章未衰也是時謝希深出守鄧州尤喜稱道天下士予因手書夢升文一通欲以

示希深未及而希深卒予亦去鄧後之守鄧者皆俗吏
不復知夢升夢升素剛不苟合負其所有常怏怏無所
施卒以不得志死於南陽夢升諱注以寶元二年四月
二十五日卒享年四十有二其平生所為文曰破碎集
公安集南陽集凡三十卷娶潘氏生四男二女將以慶
歷四年某月某日葬於董坊之先塋其弟渭泣而來告
曰吾兄患世之莫吾知孰可為其銘予素悲夢升者因
為之銘曰

予嘗讀夢升之文至於哭其兄子庠之詞曰子之文章電激雷震雨雹忽止闃然滅泯未嘗不諷誦歎息而不已嗟夫夢升曾不及庠不震不驚鬱塞埋藏孰予其有不使其施吾不知所歸咎徒為夢升而悲

黃庭堅書後云叔祖夢升學問文章五兵縱横制作之意似徐陵庾信使同時遇合未知孰先孰後也然不幸得人間四十年爾使之白髮角逐於英俊之場又未知與歐陽公孰先孰後也夢升既乖捂不逢嘗

以文哭世父長善云高明之家尚為鬼瞰子之文章豈無物憾蓋自道也安世十三弟秀而不實使人氣塞於今孫曾特多英妙之質力學不休安知來者之不如今也

陳善曰文章雖不要蹈襲古人一言一句然古人自有奪胎換骨等法所謂靈丹一粒點鐵成金也歐陽公祭蘇子美文云子之心胸蟠屈龍蛇風雷變化雨雹交加忽然揮斧霹靂轟車人有遭之心驚膽破震

仆如麻須臾霽止而回顧百里山川草木開發萌芽子於文章雄豪放肆有如此者吁可怪邪但知誦公此文而不知實有本處公作黃夢升墓銘稱夢升哭其兄子庠之詞曰子之文章電激雷震雨雹忽止闃然滅泯公嘗喜誦之祭文蓋用此耳夢升所作雖不多見觀其詞句多奇可喜正得所謂千兵萬馬之意及公增以數語而變態如此此固非蹈襲者其後東坡跋姜君弼課冊亦云雲興天際歘若車蓋凝矑未

瞬瀰漫霆霹驚雷出火震木糜碎殷地熱空萬夫皆廢雷緤四墜日中見沫移晷而收野無完塊此三者語各不同然只是一意前輩作者皆用此法吾謂此實不傳之妙學者即此便可及三隅矣

尹師魯墓誌銘

師魯河南人姓尹氏諱洙然天下之士識與不識皆稱之曰師魯蓋其名重當世而世之知師魯者或推其文學或高其議論或多其材能至其忠義之節處窮達臨

禍福無愧於古君子則天下之稱師魯者未必盡知之師魯為文章簡而有法博學強記通知古今長於春秋其與人言是是非非務窮盡道理乃已不為苟止而妄隨而人亦罕能過也遇事無難易而勇於敢為其所以見稱於世者亦所以取嫉於人故其卒窮以死師魯少舉進士及第為絳州正平縣主簿河南府戶曹叅軍邵武軍判官舉書判拔萃遷山南東道掌書記知伊陽縣王文康公薦其才召試充館閣校勘遷太子中允天章

閣待制范公貶饒州諫官御史不肯言師魯上書言仲淹臣之師友願得俱貶貶監郢州酒稅又徙唐州遭父喪服除復得太子中允知河南縣趙元昊反陝西用兵大將葛懷敏奏起為經畧判官師魯雖用懷敏辟而尤為經畧使韓公所深知其後諸將敗於好水韓公降知秦州師魯亦徙通判濠州久之韓公奏得通判秦州遷知涇州又知渭州兼涇原路經畧部署坐城水洛與邊將異議徙知晉州又知潞州為政有惠愛潞州人至今

思之累遷官至起居舍人直龍圖閣師魯當天下無事時獨喜論兵為叙燕息戍二篇行於世自西兵起凡五六歲未嘗不在其間故其論議益精密而於西事尤習其詳其為兵制之說述戰守勝敗之要盡當今之利害又欲訓土兵代戍卒以減邊用為禦戎長久之策皆未及施為而元昊臣西兵解嚴師魯亦去而得罪矣然則天下之稱師魯者於其材能亦未必盡知之也初師魯在渭州將吏有違其節度者欲按軍法斬之而不果其

後吏至京師上書訟師魯以公使錢貸部將貶崇信軍節度副使徙監均州酒稅得疾無醫藥舁至南陽求醫疾革憑几而坐顧稚子在前無甚憐之色與賓客言終不及其私事年四十有六以卒師魯娶張氏某縣君有兄源字子漸亦以文學知名前一歲卒師魯凡十年間三貶官喪其父又喪其兄有子四人連喪其二女一適人亦卒而其身終以貶死一子三歲四女未嫁家無餘貲客其喪於南陽不能歸平生故人無遠邇皆往賻之

然後妻子得以其柩歸河南以某年某月某日葬于先塋之次余與師魯兄弟交嘗銘其父之墓矣故不復次其世家焉銘曰

藏之深固之密石可朽銘不滅

歐陽修自記誌言天下之人識與不識皆知師魯文學議論材能則文學之長議論之高材能之美不言可知又恐太畧故條析其事再述於後述其文則曰簡而有法此一句在孔子六經惟春秋可當之其他

經非孔子自作文章故雖有法而不簡也修於師魯之文不薄矣而世之無識者不考文之輕重但責言之多少云師魯文章不合祇著一句道了既述其文則又述其學曰通知古今此語若必求其可當者惟孔孟也既述其學則又述其論議云是是非非務盡其道理不苟止而妄隨亦非孟子不可當此語既述其論議則又述其材能備言師魯歷貶自兵興便在陝西尤深知西事未及施為而元昊臣師魯得罪使

天下之人盡知師魯材能此三者皆君子之極美然在師魯猶為末事其大節乃篤於仁義窮達禍福不愧古人其事不可徧舉故舉其要者一兩事以取信如上書論范公而自請同貶臨死而語不及私則平生忠義可知也其臨窮達禍福不愧古人又可知也旣已具言其文其學其議論其材能其忠義遂又言其為讐人挾情論告以貶死又言其死後妻子困窮之狀欲使後世知有如此人以如此事廢死至於妻

子如此困窮所以深痛死者而切責當世君子致斯人之及此也春秋之義痛之益至則其辭益深子般卒是也詩人之意責之愈切則其言愈緩君子偕老是也不必號天吽屈然後為師魯稱寃也故於其銘文但云藏之深固之密石可朽銘不滅意謂舉世無可告語但深藏牢埋此銘使其不朽則後世必有知師魯者其語愈緩其意愈切詩人之義也而世之無識者乃云銘文不合不講德不辯師魯以非罪蓋為

前言其窮達禍福無愧古人則必不犯法況是讐人所告故不必區區曲辨也今止直言所坐自然知非罪矣添之無害故勉徇議者添之若作古文自師魯始則前有穆修鄭條輩及有大宋先達甚多不敢斷自師魯始也偶儷之文苟合於理未必為非故不是此而非彼也若謂近年古文自師魯始則范公祭文已言之矣可以互見不必重出也皇甫湜韓文公墓誌李翱行狀不必同亦互見之也誌云師魯喜論兵

論兵儒者末事言喜無害喜非嬉戲之戲喜者好也君子固有所好矣孔子言回也好學豈是薄顔回乎後生小子未經師友苟恣所見豈足聽哉修見韓退之與孟郊聯句便似孟郊詩與樊宗師作誌便似樊文慕其如此故師魯之誌用意特深而語簡蓋謂師魯文簡而意深又思平生作文惟師魯一見展卷疾讀五行俱下便曉人深處因謂死者有知必受此文所以慰吾亡友爾豈恤小子輩哉

徂徠石先生墓誌銘

徂徠先生姓石氏名介字守道兗州奉符人也徂徠魯東山而先生非隱者也其仕嘗位於朝矣魯之人不稱其官而稱其德以為徂徠魯之望先生魯人之所尊故因其所居山以配其有德之稱曰徂徠先生者魯人之志也先生貌厚而氣完學篤而志大雖在畎畝不忘天下之憂以為時無不可為為之無不至不在其位則行其言吾言用功利施於天下不必出乎己吾言不用雖

獲禍咎至死而不悔其過事發憤作為文章極陳古今治亂成敗以指切當世賢愚善惡是是非非無所諱忌世俗頗駭其言由是謗議喧然而小人尤嫉惡之相與出力必擠之死先生安然不惑不變曰吾道固如是吾勇過孟軻矣不幸遇疾以卒既卒而姦人有欲以奇禍中傷大臣者猶指先生以起事謂其詐死而北走契丹矣請發棺以驗賴天子仁聖察其誣得不發棺而保全其妻子先生世為農家父諱丙始以仕進官至太常博

士先生年二十六舉進士甲科為鄆州觀察推官南京留守推官御史臺辟主簿未至以上書論赦罷不名秩滿遷某軍節度掌書記代其父官於蜀為嘉州軍事判官丁内外艱去官垢面跣足躬耕徂徠之下葬其五世未葬者七十喪服除名入國子監直講是時兵討元昊久無功海内重困天子奮然思欲振起威德而進退二三大臣增置諫官御史所以求治之意甚鋭先生躍然喜曰此盛事也雅頌吾職其可已乎乃作慶歷聖德詩

以褒貶大臣分别邪正累數百言詩出太山孫明復曰予禍始於此矣明復先生之師友也其後所謂姦人作奇禍者乃詩之所斥也先生自閒居徂徠後官於南京嘗以經術教授及在太學益以師道自居門人弟子從之者甚衆太學之興自先生始其所為文章曰某集者若干卷曰某集者若干卷其斥佛老時文則有怪說中國論曰去此三者然後可以有為其戒姦臣宦女則有唐鑑曰吾非為一世監也其餘喜怒哀樂必見於文其

辭博辯雄偉而憂思深遠其為言曰學者學為仁義也惟忠能忘其身惟篤於自信者乃可以力行也以是行於己亦以是教於人所謂堯舜禹湯文武周公孔子孟軻揚雄韓愈氏者未嘗一日不誦於口思與天下之士皆為周孔之徒以致其君為堯舜之君民為堯舜之民亦未嘗一日少忘於心至其違世驚衆人或笑之則曰吾非狂癡者也是以君子察其行而信其言推其用心而哀其志先生直講歲餘杜祁公薦之天子拜太子中

允今丞相韓公又薦之乃直集賢院又歲餘始去太學通判濮州方待次於徂徠以慶歷五年七月某日卒於家享年四十有一友人廬陵歐陽修哭之以詩以謂待彼謗焰熄然後先生之道明矣先生既沒妻子凍餒不自勝今丞相韓公與河陽富公分俸買田以活之後二十一年其家始克葬先生於某所將葬其子師訥與其門人姜潛杜默徐遁等來告曰謗焰熄矣可以發先生之光矣敢請銘某曰吾詩不云乎子道自能久也何必吾

銘適等曰雖然魯人之欲也乃為之銘曰

徂徠之巖巖與子之德兮魯人之所瞻汶水之湯湯與子之道兮逾遠而彌長道之難行兮孔孟亦云遑遑一世之屯兮萬世之光曰吾不有命兮安在夫桓魋與臧倉自古聖賢皆然兮噫子雖毀其何傷

石介慶歷聖德詩

於惟慶歷三年三月皇帝龍興徐出閨闈晨坐太極晝開閶闔躬覽英賢手鋤姦枿大聲渢渢震摇六合如乾之動如雷之發昆蟲蹢躅怪

妖藏滅同明道初天地嘉吉初聞皇帝戲然言曰予祖予父付予大業予恐失墜實賴輔弼汝得彖殊重慎徵密君相予久予嘉君伐君仍相予笙鏞斯協昌朝儒者學問該洽與予論政傅以經術汝貳二相庶績咸秩惟汝仲淹汝誠予察太后乘勢湯沸火熱汝時小臣危言業業為予司諫正予門闌為予京兆堲予讒說賊叛予夏往予式過六月酷日大冬積雪汝寒汝暑同予士卒予聞辛酸汝不告乏予晚得弼予

心弼悅弼每見予無有私謁以道輔予弼言深切予
不堯舜弼自咎罰諫官一年疏奏滿篋侍從周歲忠
力屢竭契丹忘義檮杌饕餮敢侮大國其辭慢悖弼
將予命不畏不怯卒復舊好民得食褐沙磧萬里死
生一節視弼之膚霜剝風裂觀弼之心煉金煆鐵寵
名大官以酬勞渴弼辭不受其志莫奪惟仲淹弼一
夔一契天賚予予其敢忽並來弼予民無瘥札曰
衍汝來汝予黃髮事予二紀毛禿齒豁心如一兮率

履弗越遂長樞府兵政無蹶予早識琦琦有奇骨其器磊落豈視居楔其人渾僕不施剞劂可屬大事敦厚如勃琦汝副衍知人予哲惟修惟靖立朝轍轍言論磥砢忠誠特達禄微身賤其志不怯嘗詆大官亟遭貶黜萬里歸來剛氣不折屢進直言以補予闕素相之後含忠履潔昔為御史幾叩予榻襄雖小官名聞予徹亦嘗獻言箴予之失剛守粹慤與修儔匹並為諫官正色在列予過汝言毋鉗汝舌皇帝聖明忠

邪辨別舉擢畯良掃除妖魃衆賢之進如茅斯拔大姦之去如距斯脫上倚輔弼司予調燮下賴諫諍維予紀法左右正人無有邪孽予望太平日不遑浹皇帝嗣位二十二年神武不殺其默如淵聖人不測其動如天賞罰在予不失其權恭己南面退姦進賢知賢不易非明弗得去邪維艱惟斷乃克明則不貳斷則不惑既明且斷惟皇帝之德羣臣蹙踖重足屏息交相教語曰惟正直毋作側僻皇帝汝亟諸侯危慄

璽玉失舄交相告語皇帝神明四時朝覲謹修臣職
四夷走馬墜鐙遺策交相告語皇帝英武解兵修貢
永為屬國皇帝一舉羣臣懾焉諸侯畏焉四夷服焉
臣願皇帝壽萬千年

歐陽修讀徂徠集詩徂徠魯東山石子居山阿魯人
之所瞻子與山嵯峩今子其死矣東山復誰過精魄
已埋沒文章豈能磨壽命雖不長所得固已多舊稿
偶自録滄溟之一蠡其餘誰付與散失存幾何存之

警後世古鑑照妖魔子生誠多難憂患靡不罹宦學三十年六經老研摩問胡所專心仁義丘與軻揚雄韓愈氏此外豈知他尤勇攻佛老奮筆如揮戈不量敵衆寡膽大身么麽往年遭母喪泣血走岷峨垢面跣雙足鋤犁事田坡至今鄉里化孝弟勤蠶禾昨者來太學青衫踏朝靴陳詩頌聖德厥聲續猗那羔鴈聘黃狶狶驚走鄰家施為可怪駭世俗安委蛇謗口由此起中之若飛梭上賴天子聖不挂網者羅憶在

太學年大雪如翻波生徒日盈門饑坐列鴈鵝弦誦
聒鄰里唐虞賡詠謌常續最高第騫游各名科豈止
學者師謂宜國之皤夭壽反仁鄙誰尸比偏頗不知
呶呶者又忍加詆訶聖賢要久遠毀譽暫讙譁生為
舉世疾死也魯人嗟作詩遺魯狂祠子以為歌　我
欲哭石子夜開徂徠編開編未及讀涕泗已漣漣勉盡三
四章收淚輒忻懽切切善惡戒丁寧仁義言如聞子
談論疑子立我前乃知長在世誰謂已沉泉昔也人

事乖相從常苦艱今而每思子開卷子在顔我欲貴子文刻以金石聯金可爍而銷玉可碎非堅不若書以紙六經皆紙傳但當書百本傳百以為千或落於四夷或藏在深山待彼謗焰熄放此光芒懸人生一世中長短無百年無窮在其後萬世在其先得長多幾何得短未足憐惟彼不可朽名聲文行然讒誣不須辯亦止百年間百年後來者憎愛不相緣公議然後出自然見媸妍孔孟困一生毀逐遭百端後世苟

不公至今無聖賢所以忠義士恃此死不難當子病
方革謗辭正騰喧衆人皆欲殺聖主獨保全已埋猶
不信僅免斵其棺此事古來有每思輒長歎我欲犯
衆怒為子訟此寃下紓冥冥忿仰吁昭昭天書於蒼
翠石立彼崔巍巔詢求子家世恨子兒女頑經歲不
見報有辭未能詮忽聞子遺文使我心已寬子道自
能久吾言豈須鐫

劉夢得曰石守道與歐文忠同年進士名相連皆第

一甲國初諸儒但守傳註自孫明復為春秋發微稍
出己意守道師之及為慶歷聖德詩遂臧否卿相孫
明復聞之曰為天下不當如是禍必自此始

御選唐宋文醇卷三十三

御選唐宋文醇卷三十四

眉山蘇洵文一

權書心術篇

為將之道當先治心泰山崩於前而色不變麋鹿興於左而目不瞬然後可以制利害可以待敵凡兵上義不義雖利勿動非一動之為害而他日將有所不可措手足也夫惟義可以怒士士以義怒可以百戰凡戰之道

未戰養其財將戰養其力既戰養其氣既勝養其心謹烽燧嚴斥堠使耕者無所顧忌所以養其財豐犒而優游之所以養其力小勝益急小挫益厲所以養其氣用人不盡其所欲為所以養其心故士常蓄其怒懷其欲而不盡怒不盡則有餘勇欲不盡則有餘貪故雖并天下而士不厭兵此黄帝之所以七十戰而兵不殆也不養其心一戰而勝不可用矣凡將欲智而嚴凡士欲愚智則不可測嚴則不可犯故士皆委己而聽命夫安得不

愚夫惟士愚而後可與之皆死凡兵之動知敵之主知敵之將而後可以動於險鄧艾縋兵於穴中非劉禪之庸則百萬之師可以坐縛彼固有所侮而動也故古之賢將能以兵嘗敵而又以敵自嘗故去就可以決凡主將之道知理而後可以舉兵知勢而後可以加兵知節而後可以用兵知理則不屈知勢則不沮知節則不窮見小利不動見小患不避小利小患不足以辱吾技也夫然後可以支大利大患夫惟養技而自愛者無敵於

天下故一忍可以支百勇一靜可以制百動兵有長短敵我一也敢問吾之所長吾出而用之彼將不與吾校吾之所短吾蔽而置之彼將强與吾角奈何曰吾之所短吾抗而暴之使之疑而却吾之所長吾陰而養之使之狎而墮其中此用長短之術也善用兵者使之無所顧有所恃無所顧則知死之不足惜有所恃則知不至於必敗尺箠當猛虎奮呼而操擊徒手遇蜥蜴變色而却步人之情也知此者可以將矣袒裼而按劍則烏獲

不敢逼冠胄衣甲據兵而寢則童子彎弓殺之矣故善用兵者以形固夫能以形固則力有餘矣

易師上六曰大君有命開國承家小人勿用朱子作本義謂小人雖有功亦不可使之得有爵土但優以金帛可也巽曰又曰小人既一例有功爵土何能不及只是勿更用與謀議經畫耳林希元謂小人立功不得不一例賞以爵邑若一例賞以爵邑又恐播惡於衆不若於行師之初不用之為愈也我

聖祖仁皇帝謂林氏之説深合卦意焉嘗謂君子雖簞食豆羮之細猶必勵舍生取義之節況乎軍旅之事國之大事也而顧唯利所在不以義為衡尚詭道詐力曰兵事然也若然則行師者當專用小人矣周公何以曰小人勿用孔子何以曰必亂邦哉今觀蘇洵云凡兵上義不義雖利勿動非一動之為害而他日將有所不可措手足固於師卦之旨有合也夫義者利之和也易曰利有攸往利涉大川惟其義之至乃真

利之大失義即失利此非特虛言其理也迨至於不可措手足之日而後知其果然失利而悔已晩也為此者必自小人矣未有師中之丈人而肯為國家動不義之兵者也且兵者刑也國語所謂大刑用甲兵是也必也矢石所加其人皆罪應死而後可以用兵是故王者之師有赦弗誅之人無濫誅之人弗誅者脅從罔治也其誅者皆不可並生者也兵交鋒接曷由區分之使銖兩不差乎要其為我所殺者無無罪之人則可斷也我之

士卒豈能無一傷且死然傷且死即已納之於忠義之域而死已榮於生傷已榮於全矣非殺之也夫然兵乃可以動且夫王者之於死獄也猶將求其生而不得然後死者與我皆無憾夫獄之死者一二人耳而乃如是若夫行師則所殺者必非止一二人也轉使千百無罪之人履腸塗腦而不顧豈聖人好生之徳亦有時而息而民之無辜聖人亦有時而殺哉惟其天戈所指必不至殺一不辜故謂之曰王者之師若見利忘義雖以此

得天下正伯夷伊尹與孔子之所必不為也況其茍一時之勝自以為利而未見他日之害者哉蘇洵曰凡兵上義未已也凡兵上仁

權書法制篇

將戰必審知其將之賢愚與賢將戰則持之與愚將戰則乘之持之則容有所伺而為之謀乘之則一舉而奪其氣雖然非愚將勿乘乘之不動其禍在我分兵而迭進所以持之也并力而一戰所以乘之也古之善軍者

以刑使人以賞使人以怒使人而其中必有以義附者焉不以戰不以掠而以備急難故越有君子六千人韓之戰秦之鬭士倍於晉而出穆公於淖者救食馬者也兵或寡而易危或衆而易敗莫難於用衆莫危於用寡治衆者法欲繁繁則士難以動治寡者法欲簡簡則士易以察不然則士不任戰矣惟衆而繁雖勞不害為强以衆入險阻必分軍而疎行夫險阻必有伏伏必有約軍分則伏不知所擊而具約擕矣險阻懼戲疎行以紓

士氣兵莫危於攻莫難於守客主之勢然也故地有二不可守兵少不足以實城城小不足以容兵夫惟賢將能以寡為衆以小為大當敵之衝人莫不守我以疑兵彼愕不進雖告之曰此無人彼不信也度彼所襲潛兵以備彼不我測謂我有餘夫何患兵少偃旗仆鼓寂若無氣嚴戢兵士敢譁者斬時令老弱登埤示怯乘懈突擊其衆可走夫何患城小背城而戰陳欲方欲踞欲密欲緩夫方而踞密而緩則士心固固則不懾背城而戰

欲其不懾面城而戰陣欲直欲鋭欲踈欲速夫直而鋭踈而速則士心危危則致死面城而戰欲其致死夫能静而自觀者可以用人矣吾何為則怒吾何為則喜吾何為則勇吾何為則怯夫人豈異於我天下之人孰不能自觀其一身是以知此理者塗之人皆可以將平居與人言一語不循故猶且愕而思敵以形形我怙而不怪亦已固矣是故智者視敵有無故之形必謹察之勿動疑形二可疑於心則疑而為之謀心固得其實也可

疑於目勿疑彼敵疑我也是故心疑以謀應目疑以靜
應彼識欲有所為耶不使吾得之目矣
觀九五曰觀我生君子无咎象曰觀我生觀民也說者
謂觀我生而皆君子也則无咎觀我生觀民也者言觀
我生即所以觀民也洵謂能靜而自觀者可以用人知
此理者塗之人可以將其有見於是乎夫無事時所以
治吏民者即有事時所以治軍旅靜而自觀吾何喜何
怒何勇何怯而知人之無異於我於是所欲與聚所惡

勿施則所以厚生者在是矣所欲所惡惟其理不惟其欲而以行其與聚勿施之政則所以正德者亦在是矣此無事時所以治吏民者也及其有事而以治軍旅觀吾之何以喜知人之不異吾所喜而不喜者不以加諸人則必與士卒同甘苦矣觀吾之何以怒知人之不異吾所怒而有以善用其怒則一乃心而百其勇矣觀吾之何以勇知人之不異吾所勇而以道義配血氣則人皆樂其死而恥獨生矣觀吾之何以怯知人之不異吾

所法而先為其不可敗則戰必勝而攻必取矣孔子曰俎豆之事則嘗聞之矣軍旅之事未嘗學也聖人豈以軍旅為不當學哉未有學養子而后嫁者也殺人之事於何可學孔子不又曰我戰則克祭則受福乎軍旅之學誠不出乎俎豆之間也如曰吾善為陳吾善為戰無論殺人盈野正王者之大罪人且必如戰國如五代然後人人習於軍旅而有善為陳善為戰之人必若人而後可為將則承平數百年不見兵革必無良將也而豈

其然哉

權書孫武篇

求之而不窮者天下奇才也天下之士與之言兵而曰我不能者幾人求之於言而不窮者幾人言不窮矣求之於用而不窮者幾人嗚呼至於用而不窮者吾未之見也孫武十三篇兵家舉以為師然以吾評之其言兵之雄乎今其書論奇權密機出入神鬼自古以兵著書者罕所及以是而揣其為人必謂有應敵無窮之才不

知武用兵乃不能必克與書所言遠甚吳王闔廬之入郢也武為將軍及秦楚交敗其兵越王入踐其國外禍内患一旦迭發吳王奔走自救不暇武殊無一謀以弭斯亂若按武之書以責武之失凡有三焉九地曰威加於敵則交不得合而武使秦得聽包胥之言出兵救楚無忌吳之心斯不威之甚其失一也作戰曰久暴師則鈍兵挫鋭屈力殫貨則諸侯乘其獘而起且武以九年冬伐楚至十年秋始還可謂久暴矣越人能無乘間入

國乎其失二也又曰殺敵者怒也今武縱子胥伯嚭鞭平王屍復一夫之私忿以激怒敵此司馬戌子西子朝所以必死讐吳也勾踐不顧舊塚而吳服田單譎燕掘墓而齊奮知謀與武遠矣武不達此其失三也然始吳能以入郢乃因胥嚭唐蔡之怒及乘楚瓦之不仁武之功蓋亦鮮耳夫以武自為書尚不能自用以取敗北況區區祖其故智餘論者而能將乎且吳起與武一體之人也皆著書言兵世稱之曰孫吳然而吳起之言兵也

輕法制草畧無所統紀不若武之書詞約而意盡天下之兵說皆歸其中然吳起始用於魯破齊及入魏又能制秦兵入楚楚復霸而武之所為反如是書之不足信也固矣今夫外御一隷內治一妾是賤丈夫亦能夫豈必有一人而教之及夫御三軍之衆闔營而自固或且有亂然則是三軍之衆惑之也故善將者視三軍之衆與視一隷一妾無加焉故其心常若有餘夫以一人之心當三軍之衆而其中恢恢然猶有餘地此韓信之所

以多多而益辨也故夫用兵豈有異術哉能多視其衆而已矣

言兵者祖太公六韜使太公果有書未有不見稱於仲尼之徒者然則六韜固後人所託而太公本無書也陰符握奇不知誰氏所作或亦曰太公蓋亦出孫吳之流歟古稱曹操用兵彷彿孫吳孫吳自古所重唐宋以來試武舉必以孫吳世俗遂謂用兵之道在聖人六經之外又疑孫吳之書人所共見必若子房所受於圯上老

人者乃發天地之秘作僞之徒又造為黃石素書以行於世皆大謬妄可笑左傳曰天生五材民並用之廢一不可誰能去兵論語曰足食足兵兵大事也聖人寧有不著之於經者六經之言兵者多已莫備於易易於同人於夬於萃於既未濟之屬皆言兵而專言之者師也至其微言之者莫若謙與豫謙之六五曰利用侵伐无不利上六曰利用行師征邑國豫曰利建侯行師蓋必其在己也如上之處於地中無絲毫侈大之念然後可

以為天地裒多益寡舉兵以征不服其在天下也如雷之奮出於地雖震驚百里而百果草木仰受時雨之甘螟螣蟊賊倐焉掃迹而後其行師也不特殺人之中有禮焉且殺人之中有樂焉是以文王於豫曰利行師孔子於豫曰先王以作樂也若夫坤之六二坤之師也周公繫其爻曰直方大不習无不利夫直方而大則為將之道備矣師直為壯曲為老不使一毫之曲在己而後可以用三軍之命內志既直矣外體又必方不使一毫

之邪僻在身而後有以服三軍之心夫然三軍之心為一心三軍之身為一身所至如時雨又若水之行地然入江併江入河併河可使天下無二水夫是之謂大誠其修之身者如此則雖倉卒之間有敵國外患俾之將百萬兵而曰闔以外將軍制之固不至於改其常度而喪其匕鬯也而又何習焉故曰不習无不利也洵謂善將者視三軍之衆與視一隷一妾無加故其心常若有餘洵誠善狀古良將之心者耶雖然不能直方大固不

得强視百萬兵為一隸一妾也程子曰韓信多多益辦只為分數明夫所謂分數明亦不出乎直方大之義蓋理必該數圓者理也方者數也奇而圓將帥所握以應無窮耦而方士卒所倚以明部位體必八而後方而其用則以六方之所由成由直而矩之者也是故古者陳必以八而唐太宗改為六非八非六則分數不能以明分數既明則衆不殊乎寡而小可極其大矣或曰管子之論兵也曰兵幸於權老子之論兵也曰以正治國以

奇用兵孫子之論兵也曰兵者詭道司馬遷作齊世家謂周西伯與呂尚陰謀修德以傾商政其事多兵權與奇計故後世之言兵及周之陰權皆宗太公為本謀令之所論無乃與古剌謬歟曰羣言淆亂衷諸聖諸說之不可與文王周公孔子較明矣況夫權者由經出者也奇者由正出者也無經何權無正何奇且凡所為權與奇者唯其萬變而不可推測卒至而不可預知故能權能奇者貴焉若可筆之於書歷千百年而無改則非所

謂權且奇者也將無趙括之父書乎此正蘇洵所以斥孫武之書為不可用者也若夫詭道陰權則戰國時非聖無法之語讀書多更事深則自知其無謂不足累筆費墨而與為辨矣

權書六國篇

六國破滅非兵不利戰不善弊在賂秦賂秦而力虧破滅之道也或曰六國互喪率賂秦耶曰不賂者以賂者喪蓋失強援不能獨完故曰弊在賂秦也秦以攻取之

外小則獲邑大則得城較秦之所得與戰勝而得者其實百倍諸侯之所亡與戰敗而亡者其實亦百倍則秦之所大欲諸侯之所大患固不在戰矣思厥先祖父暴霜露斬荊棘以有尺寸之地子孫視之不甚惜舉以予人如棄草芥今日割五城明日割十城然後得一夕安寢起視四境而秦兵又至矣然則諸侯之地有限暴秦之欲無厭奉之彌繁侵之愈急故不戰而强弱勝負已判矣至於顛覆理固宜然古人云以地事秦猶抱薪救

火薪不盡火不滅此言得之齊人未嘗賂秦終繼五國遷滅何哉與嬴而不助五國也五國既喪齊亦不免矣燕趙之君始有遠略能守其土義不賂秦是故燕雖小國而後亡斯用兵之效也至丹以荆卿為計始速禍焉趙嘗五戰於秦二敗而三勝後秦擊趙者再李牧連却之洎牧以讒誅邯鄲為郡惜其用武而不終也且燕趙處秦革滅殆盡之際可謂智力孤危戰敗而亡誠不得已向使三國各愛其地齊人勿附於秦刺客不行良將

猶在則勝負之數存亡之理當與秦相較或未易量嗚呼以賂秦之地封天下之謀臣以事秦之心禮天下之奇才并力西嚮則吾恐秦人食之不得下咽也悲夫有如此之勢而為秦人積威之所刦日削月割以趨於亡為國者無使為積威之所刦哉夫六國與秦皆諸侯其勢弱於秦而猶有可以不賂而勝之之勢苟以天下之大下而從六國破亡之故事是又在六國下矣

宋仁宗增歲幣於契丹當時皆謂契丹無厭之求奚其

可從竭中國膏血不足以為賂矣於是志士扼腕恥之洵作幾策審敵篇極言當絕其使勿與歲幣而權書內又作六國論以先發其端焉夫仁宗之所以為仁而非小賢之所能測者正在和契丹一事伯宗曰川澤納汙山藪藏疾瑾瑜匿瑕國君含垢天之道也仁宗之不忍鬬其民有太王之遺風矣彼安知南渡偏安百數十年中原之民無一日之忘宋者乃仁宗深仁厚澤之所留遺哉審敵篇不足録此論六國事則確切不移故存之

衡論重遠篇

武王不泄邇不忘遠仁矣乎非仁也勢也天下之勢猶一身一身之中手足病於外則腹心為之深思靜慮於內而求其所以療之之術腹心病於內則手足為之奔捍於外而求其所以療之之物腹心手足之相救非待仁而後然吾故曰武王之不泄邇不忘遠非仁也勢也勢如此其急而古之君獨武王然者何也人皆知一身之勢而武王知天下之勢也夫不知一身之勢者一身

危而不知天下之勢者天下不危乎哉秦之保關中自以為子孫萬世帝王之業而陳勝吳廣乃楚人也由此觀之天下之勢遠近如一然以吾言之近之可憂未若遠之可憂之深也近之官吏賢邪民謳之歌之不賢邪譏之謗之謳歌譏謗者衆則必傳傳則必達於朝廷是官吏之賢否易知也一夫不獲其所訴之刺史刺史不問裹糧走京師緩不過旬月撾鼓呼號而有司不得不省矣是民有寃易訴也吏之賢否易知而民之寃易訴

亂何從始邪遠方之民雖使盜跖為之郡守檮杌饕餮為之縣令郡縣之民羣嘲而聚罵者雖千百為輩朝廷不知也白日執人於市誣以殺人雖其兄弟妻子聞之亦不過訴之刺史不幸而刺史又抑之則死且無告矣彼見郡守縣令據案執筆吏卒旁列箠械滿前駭然而喪膽矣則其謂京師天子所居者當復如何而又行數千里費且百萬富者尚或難之而貧者又何能乎故其民常多怨而易動吾故曰近之可憂未若遠之可憂之

深也國家分十七路河朔陝右南廣川峽實為要區河朔陝右二敵之防而中國之所恃以安南廣川峽貨財之源而河朔陝右之所恃以全其勢之輕重如何哉曩者北敵强勁西寇誖叛河朔陝右尤所加卹一郡守一縣令未嘗不擇至於南廣川峽則例以為遠官審官差除取具臨時竄謫量移往往而至凡朝廷稍所優異者不復官之南廣川峽而其人亦以南廣川峽之官為失職庸人無所歸故常聚於此嗚呼知河朔陝右之可重

而不知河朔陜右之所恃以全之地之不可輕是欲富其倉而蕪其田倉不可得而富也矧其地控制南夷氐蠻最為要害土之所產又極富夥明珠大貝紈錦布帛皆極精好陸負水載出境而其利百倍然而關譏門征僦雇之費非百姓私力所能辦故貪官專其利而齊民受其病不招權不黷獄者世俗遂指以為廉吏矣而招權黷獄者又豈盡無嗚呼吏不能皆廉而廉者又止如此是斯民不得一日安也方今賦取日重科斂日煩罷

弊之民不任官吏復有所規求於其間矣淳化中李順竊發於蜀州郡數十望風奔潰近者智高亂廣南乘勝取九城如反掌國家設城池養士卒蓄器械儲米粟以為戰守備而凶竪一起若涉無人之地者吏不肖也今夫以一身任一方責者莫若漕刑南廣川峽既為天下要區而其中之郡縣又有為南廣川峽之要區者其牧宰之賢否實一方所以安危幸而賢則已其戕民黷貨的然有罪可誅者漕刑固亦得以舉劾若夫庸陋選耎

不才而無過者漕刑雖賢明其勢不得易置此猶弊車躄馬而求僕夫之善御也郡縣有敗事不以責漕刑則不可責之則彼必曰敗事者某所治某所者某人也吾將何所歸罪故莫若使漕刑自舉其人而任之他日有敗事則謂之曰爾謂此人堪此職也今不堪此職是爾欺我也責有所任罪無所逃然而擇之不得其人者蓋寡矣其餘郡縣雖非一方之所以安危者亦當詔審官俾勿輕授贓吏冗流勿措其間則民雖在千里外無異

於處幾甸中矣

宋承唐弊以邊徼為遷謫之所朝士有罪者乃之官焉溥天之下莫非王土率土之濱莫非王臣而以其遠而莫之省憂遠方之百姓何辜同是赤子而獨無父母之愛也洵所論識切中其弊矣然謂近之可憂不若遠之可憂之深則固不然歷代有興有亡秦則未嘗與也其亡即兆於其兼并天下之日而非不祀忽諸者也是故秦事不可以例後世楚雖三户亡秦必楚天道也豈楚

人剽悍之故哉況此之所謂楚者乃江淮間非蠻粵之遠也自三代以來亡國者亂必自近始吳嘗自山陬海澨蠶叢鬼區始哉未有政明於上民戴於下而蠻夷能入而圖中原者也洵之語無乃欲明重遠之義而不顧其論之偏轉開後世務遠忽近之弊歟至謂武王視天下之勢如一身真善言聖人者然曰此勢也非仁也則固未識仁矣視天下之勢如一身正乃所以為仁而曰是非仁 其將以煦煦為仁耶

衡論廣士篇

古之取士取於盜賊取於軍卒古之人非以盜賊軍卒之事可為也以賢之所在而已矣夫賢之所在貴而貴取焉賤而賤取焉是以盜賊下人軍卒異類雖奴隸之所恥而往往登之朝廷坐之郡國而不以為怍而繩趨尺步華言華服者往往反擯棄不用何則天下之能繩趨而尺步華言而華服者衆也朝廷之政郡國之事非特如此而可治也彼雖不能繩趨而尺步華言而華服

然而其才果可用於此則居此位可也古者天下之國大而多士大夫者不過曰齊與秦也而管夷吾相齊賢也而舉二盜焉穆公霸秦賢也而舉由余焉是其能果於是非而不牽於衆人之議也未聞有以用盜賊軍卒而鄙之者也今有人非盜賊非軍卒而猶不獲用吾不知其何故也夫古之用人無擇於勢布衣寒士而賢則用之公卿之子弟而賢則用之武夫健卒而賢則用之巫醫方技而賢則用之胥史賤吏而賢則用之今也布衣寒士持方尺之紙書

聱病剽竊之文而至享萬鍾之禄卿大夫之子弟飽食於家一出而驅高車駕大馬以為民上武夫健卒有灑掃之力奔走之舊久乃領藩郡執兵柄巫醫方技一言之中大臣且舉以為吏若此者皆非賢也皆非功也是今之所以進之之塗多於古也而胥史賤吏忽之而不録使老死於敲榜趨走而賢與功者不獲一施吾甚惑也不知胥吏之賢優而養之則儒生武士或所不若昔者漢有天下平津侯樂安侯輩皆號為儒宗而卒不能為漢立不世大功而其卓

絶儁偉震耀四海者乃其賢人之出於吏胥中者耳夫趙廣漢河間之郡吏也尹翁歸河東之獄吏也張敞太守之卒史也王尊涿郡之書佐也是皆雄儁明博出之可以為將而内之可以為相者也而皆出於吏胥中者有以也夫吏胥之人少而習法律長而習獄訟老奸大豪畏憚慴伏吏之情狀變化出入無不諳究因而官之則豪民猾吏之弊表裏毫末畢見於外無所逃遁而又上之人擇之以才遇之以禮而其志復自知得自奮於

公卿故終不肯自棄於惡以賈罪戾而敗其終身之利故當此時士君子皆優為之而其間自縱於大惡者大約亦不過幾人而其尤賢者乃至成功如是今之吏胥則不然始而入之不擇也終而遇之以犬彘也長吏一怒不問罪否袒而笞之喜而接之乃反與交手為市其人常曰長吏待我以犬彘我何望而不為犬彘哉是以平民不能自棄為犬彘之行不肯為吏矣況士君子而肯俛首為之乎然欲使之謹飭可用如兩漢亦不過擇

之以才待之以禮恕其小過而棄絕其大惡之不可貫忍者而後察其賢有功而爵之祿之貴之勿棄之於冗流之間則彼有冀於功名自尊其身不敢匄奪而奇才絕智出矣夫人固有才智奇絕而不能為章句名數聲律之學者又有不幸而不為者苟一之以進士制策是使奇才絕智有時而窮也使吏胥之人得出為長吏是使一介之才無所逃也進士制策網之於上此又網之於下而曰天下有遺才者吾不信也

漢去周未遠其士之秀良州牧辟命以為掾史他時三公六卿九牧胥於是乎選吏既習於民事故循績易奏吏與士同途故人不恥為吏唐宋以來以制舉取士求士於文采聲華而士乃不習民事吏習民事而不得美仕吏日下士日尊判然兩途而士之子恒為士降而為吏即為隳其家聲於是吏益以無賴雖無賴然而在一邑則一邑之政由其手在一郡則一郡之政由其手在一部則一部之政由其手以無賴之人而政出其手則

無所往而不為弊矣朝廷欲興一利吏即隨所興者以滋百弊欲革此弊吏即隨所革者以滋他弊自知罪大則縱火以去其籍使茫然莫知其顛末且也官有除降而吏則長子養孫官避本籍而吏則土著世守即年滿有制重役有禁而子弟親戚迭出不窮更名而不更人更人而不更其所守夫以他州外郡之人為來往無常之官官一而吏百人皆文采聲華不習民事之官以之駕馭百十為羣熟悉風土諳練事故作奸犯科無賴之

吏於此而能奏循績焉固較漢世難什伯也沿習既久如久病之人轉以病為命一旦悉去此輩則百司茫然一步不可行勢不能以終日嗟乎欲天下之治不改弦更張使吏有士君子之行而欲民生蒙福教化淳美者猶欲其入而閉之門也洵為廣士論欲使吏與士同升於朝固是切要之言雖然未易易也必先去其大惡之不可貰忍者而為之功名之途使得與士齒優柔漸漬潛移默奪之漸使士之秀良者不恥為吏而士之習於

吏者得自奮於公卿然後可與道古蓋非百年不能矣若舉洵之言一旦驟施之令無賴吏得居士夫間正所為吏道雜而多端害政之尤甚者也

洵為權書十篇衡論十篇幾策二篇歐陽修上之仁宗皇帝乃名試洵洵不就權書言兵也衡論者言有權必有衡所以用此權者也幾策則欲上之審幾而更化幾審而後可用此權與衡也其意大概如此權書十篇類兵家常言或逆料古人横斷其是非而非其實衡論十

篇大要欲人主用機智明刑法其言流於申商兵制田制尤紛擾幾策二篇一曰審勢勸人主以用威一曰審敵欲絶契丹而修戰備今擇其大醇者餘並不録嘗考宋仁宗之為君恭儉慈惠出於天性其仁民容物之心實漢唐宋諸帝中之首出者既與遼為與國唯欲睦鄰以息兵嘗服通天犀帶左右謕之謂此帶無雙即解不服左右請其故曰留以遺北主蓋其心茍可以弭兵者無不為未嘗頃刻不在念也當時百姓受其休養生息

太上皇帝之寶

之恩如天廣大而不識不知一時才俊之士不達其深[illegible]之綜核名實漢武之耀兵黷[illegible]張國威而不知君天下之道[illegible]不止蘇洵而仁宗並勿聽亦[illegible]王安石君臣一心薄仁宗之[illegible]邊釁於是百姓流離干戈不[illegible]此未有不追思仁宗者矣事勢既已潰敗國步因之日促而元祐諸賢首被其禍延

至崇宣之間淪胥以鋪無一免矣嗟夫策國是良非易

大小也

御選唐宋文醇卷三十四

欽定四庫全書

御選唐宋文醇卷三十五

眉山蘇洵文二

名二子說

輪輻蓋軫皆有職乎車而軾獨若無所為者雖然去軾則吾未見其為完車也軾乎吾懼汝之不外飾也天下之車莫不由轍而言車之功者轍不與焉雖然車仆馬斃而患亦不及轍是轍者善處乎禍福之間也轍乎吾

知免矣

唐順之曰此老泉所以逆探兩公之終身也卒也長公再以斥廢僅而能免而少公終得以遺老自觧脫優悠卒歳是亦奇矣

送石昌言使北引

昌言舉進士時吾始數歳未學也憶與羣兒戲先府君側昌言從旁取棗栗啖我家居相近又以親戚故甚狎昌言舉進士日有名吾後漸長亦稍知讀書學句讀屬

對聲律未成而廢昌言聞吾廢學雖不言察其意甚恨後十餘年昌言及第第四人守官四方不相聞吾以壯大乃能感悔摧折復學又數年游京師見昌言長安相與勞苦如平生歡出文十數首昌言甚喜稱善吾晚學無師雖日為文中甚自慚及聞昌言說乃頗自喜今十餘年又來京師而昌言官兩制乃為天子出使萬里外彊悍不屈之虜廷建大旆從騎數百送車千乘出都門意氣慨然自思為兒時見昌言先府君旁安知其至此

富貴不足怪吾於昌言獨有感也丈夫生不為將得為使折衝口舌之間足矣往年彭任從富公使還為我言既出境宿驛亭聞介馬數萬騎馳過劍槊相摩終夜有聲從者怛然失色及明視道上馬迹尚心掉不自禁凡所以夸耀中國者多此類中國之人不測也故或至於震懼而失辭以為外國笑嗚呼何其不思之甚也昔者奉春君使冒頓壯士健馬皆匿不見是以有平城之役今之匈奴吾知其無能為也孟子曰說大人則藐之況

於外國請以為贈

觀洵上皇帝書第八段言使契丹者當日情事可見末幅數語所以恳昌言者至矣

蘇軾跋云右嘉祐元年九月十九日先君送石昌言北使文一首其字則軾年二十一時所書與昌言本也今藩於陳履常氏昌言名揚休善為詩有名當時終於知制誥彭任字有道亦蜀人從富彦國使敵還得靈河縣主簿以死石守道嘗稱之曰有道長七尺而

聖祖御評：左縈右拂極文章之勝入正意處隱躍不露更覺深婉

膽過其身一日坐酒肆與其徒飲且酣聞彥國當使不測之敵憤憤推酒床拳皮裂遂自請行蓋欲以死扞彥國者也其為人大畧如此然亦任俠好殺云

上富丞相書

相公閣下往年天子震怒出逐宰相選用舊臣堪付屬以天下者使在相府與天下更始而閣下之位實在第三方是之時天下咸喜相慶以為閣下惟不為宰相也故默默在此方今困而後起起而復為宰相而又值乎

此時也不為而何為且吾君之意待之如此其厚也不為而何以副吾望故咸曰後有下令而異於他日者必吾富公也朝夕而待之跂首而望之望望然而不獲見也戚戚然而疑嗚呼其弗獲聞也必其遠也進而及於京師亦無聞焉不敢以疑猶曰天下之人如此其衆也數十年之間如此其變也皆曰賢人焉或曰彼其中則有說也而天下之人則未始見也然而不能無憂蓋古之君子愛其人也則憂其無成且嘗聞之古之君子相

是君也與是人也皆立於朝則使吾皆知其為人皆善者也而後無憂且一人之身而欲擅天下之事雖見信於當世而同列之人一言而疑之則事不可以成令夫政出於他人而不懼事不出於已而不忌是二者惟善人為能然猶欲得其心焉若夫衆人政出於他人而懼其害已事不出於已而忌其成功是以有不平之心生夫或居於吾前或立於吾後而皆有不平之心焉則身危故君子之出處於其間也不使之不平於我也周公

立於明堂以聽天下而名公惑何者天下固惑乎大者也名公猶未能信乎吾之此心也周公定天下誅管蔡告召公以其志以安其身以及於成王故凡安其身者以安乎周也名公之於周公管蔡之於周公是二者亦皆有不平之心焉以為周之天下公將遂取之也周公誅其不平而不可告語者告其可以告語者而和其不平之心然則非其必不可以告語者則君子未始不欲和其心天下之人從士而至於卿大夫宰相集處其上

欲有所為何慮而不成不能忍其區區之小忿以成其不平之釁則害其大事是以君子忍其小忿以容其小過而杜其不平之心然後當大事而聽命焉且吾之小忿不足以易吾之大事也故寧小容焉使無芥蔕於其間古之君子與賢者並居而同樂故其責之也詳不幸而與不肖者偶不圖其大而治其細則闊遠於事情而無益於當世故天下無事而後可與爭此不然則否昔者諸吕用事陳平憂懼計無所出陸賈入見説之使交歡

周勃陳平用其策卒得絳侯北軍之助以滅諸呂夫絳侯木強之人也非陳平致之而誰也故賢人者致其不賢者非夫不賢者之能致賢者也曩者陛下即位之初寇萊公為相惟其側有小人不能誅又不能與之無忿故終以斥去及范文正公在相府又欲以歲月盡治天下事失於急與不忍小忿故羣小人亦急逐之一去遂不復用以歿其身伏惟閤下以不世出之才立於天子之下百官之上此其深謀遠慮必有所處而天下之人

猶未獲見洵西蜀之人也竊有志於今世願一見於堂

上伏惟閣下深思之無忽

韓范富諸賢在朝宵小羣目為黨實則各持所見而不相下觀歐陽修論杜衍范仲淹等罷政事狀可見也君子諜國雖當渙其羣以絶類上之私亦當得朋以收羣策之力元祐諸賢率多不肯下人他日洛蜀各樹旗幟以壞羮之雅而有參商之形不待憸壬搆扇早已自相攻訐也蓋當日風尚如此自韓范富諸公已兆其端矣

洵之言往往如蓍蔡不止辨姦一論也

上歐陽内翰第一書

内翰執事洵布衣窮居嘗切有歎以為天下之人不能皆賢不能皆不肖故賢人君子之處於世合必離離必合往者天子方有意於治而范公在相府富公為樞密副使執事與余公蔡公為諫官尹公馳騁上下用力於兵革之地方是之時天下之人毛髮絲粟之才紛紛然而起合而為一而洵也自度其愚魯無用之身不足以

自奮於其間退而養其心幸其道之將成而可以復見於當世之賢人君子不幸道未成而范公西富公北執事與余公蔡公分散四出而尹公亦失勢奔走於小官洵時在京師親見其事忽忽仰天歎息以為斯人之去而道雖成不復足以為榮也既復自思念往者衆君子之進於朝其始也必有善人焉推之今也亦必有小人焉間之今之世無復有善人也則已矣如其不然也吾何憂焉姑養其心使其道大有成而待之何傷退而處

十年雖未敢自謂其道有成矣然浩浩乎其胷中若與曩者異而余公適亦有成功於南方執事與蔡公復相繼登於朝富公復自外入為宰相其勢將復合為一喜且自賀以為道旣已粗成而果將有以發之也既又反而思其嚮之所慕望愛悅之而不得見之者蓋有六人今將往見之矣而六人者已有范公尹公二人亡焉則又為之潸然出涕以悲嗚呼二人者不可復見矣而所恃以慰此心者猶有四人也則又以自解思其止於四

人也則又汲汲欲一識其面以發其心之所欲言而富公又為天子之宰相遠方寒士未可遽以言通於其前余公蔡公遠者又在萬里外獨執事在朝廷間而其位差不甚貴可以叫呼扳援而聞之以言而飢寒衰老之病又痼而留之使不克自至於執事之庭夫以慕望愛悅其人之心十年而不得見而其人已死如范公尹公二人者則四人之中非其勢不可遽以言通者何可以不能自往而遽已也執事之文章天下之人莫不知之

然竊自以為洵之知之特深愈於天下之人何者孟子之文語約而意盡不為巉刻斬絶之言而其鋒不可犯韓子之文如長江大河渾浩流轉魚黿蛟龍萬怪惶惑而抑遏蔽掩不使自露而人自見其淵然之光蒼然之色亦自畏避不敢迫視執事之文紆餘委備往復百折而條達疎暢無所間斷氣盡語極急言竭論而容與閒易無艱難勞苦之態此三者皆斷然自為一家之文也惟李翶之文其味黯然而長其光油然而幽俯仰揖讓

有執事之態陸贄之文遣言措意切近的當有執事之實而執事之才又自有過人者蓋執事之文非孟子韓子之文而歐陽子之文也夫樂道人之善而不為諂者以其人誠足以當之也彼不知者則以為譽人以求其悅已也夫譽人以求其悅已洵亦不為也而其所以道執事光明盛大之德而不自知止者亦欲執事之知其知我也雖然執事之名滿於天下雖不見其文而固已知有歐陽子矣而洵也不幸墮在草野泥塗之中而其

知道之心又近而粗成而欲徒手奉咫尺之書自託於執事將使執事何從而知之何從而信之哉洵少年不學生二十五歲始知讀書從士君子遊年既已晚而又不遂刻意厲行以古人自期而視與己同列者皆不勝己則遂以為可矣其後困益甚然後取古人之文而讀之始覺其出言用意與己大别時復内顧自思其才則又似夫不遂止於是而已者由是盡燒曩時所為文數百篇取論語孟子韓子及其他聖人賢人之文而兀然

端坐終日以讀之者七八年方其始也入其中而惶然博觀於其外而駭然以驚及其久也讀之益精而其胸中豁然以明若人之言固當然者然猶未敢自出其言也時既久胸中之言日益多不能自制試出而書之已而再三讀之渾渾乎覺其來之易矣然猶未敢以為是也近所為洪範論史論凡七篇執事觀其如何嘻區區而自言不知者又將以為自譽以求人之知已也惟執事思其十年之心如是之不偶然也而察之

其論韓歐李陸文字不爽銖兩交必如洵之與修乃可面譽而不為諂自述所得而不為誇

茅坤曰此書凡三段一段歷叙諸君子之離合見已慕望之切二段稱歐陽公之文見已知公之深三段自叙平生經歷欲歐陽公之知之也而情事婉曲周折何等意氣何等風神

上歐陽内翰第四書

洵啓夏熱伏惟提舉内翰尊候萬福嚮為京兆尹天下

謂公當由此得政其後聞有此授或以為拂世戾俗過在於不肯鹵莽然此豈足為公損益哉洵久不奉書非敢有懈以為用公之奏而得名恐有私謝之嫌令者洵既不行而朝廷又欲必致之恐聽者不察以為匹夫而要君命茍以為高而求名亦且得罪於門下是故畧陳其一二以曉左右聞之孟軻曰仕不為貧而有時乎為貧洵之所為欲仕者為貧乎實未至於飢寒而不擇以為行道乎道固不在我且朝廷將何以待之令人之所

謂富貴高顯而近於君可以行道者莫若兩制然猶以為不得為宰相有所牽制於其上而不得行其志為宰相者又以為時不可為而我將有所待若洵又可以行道責之邪始公進其文自丙申之秋至戊戌之冬凡七百餘日而得召朝廷之事其節目期限如此之繁且久也使洵今日治行數月而至京師旅食於都市以待命而數月間得試於所謂舍人院者然後使諸公專考其文亦一二年幸而以為不謬可以及等而奏之從中下

相府相與擬議又須年載間而后可以庶幾有望於一官如此洵固以老而不能為矣人皆曰求仕將以行道若此者果足以行道乎既不足以行道而又不至於為貧是二者皆無名焉是故其來遲遲而未甚樂也王命且再下洵若固辭必將以為沽名而有所希望今歲之秋軾轍已服闋亦不可不與之俱東恐内翰怪其久而不來是以略陳其意拜見尚遠惟千萬為國自重

宋政迂緩靡弛觀此可見君相之責惟在用人今名試

一布衣而可五六年猶不得決亦異乎為天下得人之義矣

上韓舍人書

舍人執事方今天下雖號無事而政化未清獄訟未衰息賦斂日重府庫空竭而大者又有二敵之不臣天子震怒大臣憂恐自兩制以上宜皆苦心焦思日夜思念求所以解吾君之憂者洵自惟閒人於國家無絲毫之責得以優游終歲詠歌先王之道以自樂時或作為文

章亦不求人知以為天下方事事而王公大人豈暇見
我哉是以踰年在京師而其平生所願見如君侯者未
嘗一至其門有來告洵以所欲見之之意洵不敢不見
然不知君侯見之而何也天子求治如此之急君侯為
兩制大臣豈欲見一閒布衣與之論閒事耶此洵所以
不敢遽見也自閒居十年人事荒廢漸不喜承迎將逢
拜伏拳跽王公大人苟能無以此求之使得從容坐隅
時出其所學或亦有足觀者令君侯辱先求之此其必

有所異乎世俗者矣孟子曰段干木踰垣而避之泄柳閉門而不納是皆已甚迫斯可以見矣嗚呼吾豈斯人之徒歟欲見我而見之不欲見而徐去之何傷況如君侯平生所願見者又何辭焉不宣洵再拜

洵雖有戰國說士習氣然較之韓愈應科目時與人書代張籍與李浙東書等篇顧有別矣此文固亦士習畢靡之藥石也

蘇氏族譜

蘇氏之譜譜蘇氏之族也蘇氏出自高陽而蔓延於天下唐神龍初長史味道刺眉州卒於官一子留於眉眉之有蘇氏自是始而譜不及焉者親盡也親盡則曷為為不及譜為親作也凡子得書而孫不得書何也以著代也自吾之父以及吾之高祖仕不仕娶某氏享年幾某日卒皆書而他不書何也詳吾之所自出也自吾之父以至吾之高祖皆曰諱某而他則遂名之何也尊吾之所自出也譜為蘇氏作而獨吾之所自出得詳與尊

何也譜吾作也嗚呼觀吾之譜者孝悌之心可以油然而生矣情見乎親親見於服服始於衰而至於緦麻而至於無服無服則親盡親盡則情盡情盡則喜不慶憂不弔喜不慶憂不弔則塗人也吾之所以相視如塗人者其初兄弟也兄弟其初一人之身也悲夫一人之身分而至於塗人此吾譜之所以作也其意曰分而至於塗人者勢也勢吾無如之何也已幸其未至於塗人也使之無至於忽忘焉可也嗚呼觀吾之譜者孝弟之心

可以油然而生矣系之以詩曰

吾父之子今為吾兄吾疾在身兄呻不寧數世之後不知何人彼死而生不為戚欣兄弟之親如足如手其能幾何彼不相能彼獨何心

萬物本乎天人本乎祖直上是天地旁推之則民也物也直上是祖妣旁推之則宗也族也直上是父母旁推之則兄也弟也由父母等而上之以至天地由天地順而下之以至父母皆一氣之分而一理之合也竪窮三際不

得謂此身非父母非祖宗非天地之身雖少明於理之人與之言無不諾者及其横亘十方謂此身即兄弟即宗族即民物之身則不特私意爲之障并理見亦將爲之障矣由此一障則始於兄弟之不相能而終之及於民物又始於民物之不相關而極之至於兄弟故兄弟相猶而父母之心傷矣宗族相背而祖宗之心傷矣民物並害而天地之心傷矣父母祖宗天地之心俱於我不相似則我之身雖塊然血氣乎生理絶矣由有血氣

而有此身此血氣者父母祖宗天地之心之所滙而成者也而既有血氣即有血氣之我出焉據是血氣而私之是故有弟而兄啼與愛親敬長之良知良能同發於孩提而不可觧以賊夫性命茍不廓徹無餘合民物為一大身而謂能孝於親者未之有也茍不能孝於親而謂能仁民能愛物者亦未之有也讀洵族譜文而有得焉可與讀張子西銘讀張子西銘而有得焉可與言性與天道

聖祖御評

持論最得要領用筆更沈著精鷙具此識力始可以論斷古今

春秋論

賞罰者天下之公也是非者一人之私也位之所在則聖人以其權為天下之公而天下以懲以勸道之所在則聖人以其權為一人之私而天下以榮以辱周之衰也位不在夫子而道在焉夫子以其權是非天下可也而春秋賞人之功赦人之罪去人之族絶人之國貶人之爵諸侯而或書其名大夫而或書其字不惟其法惟其意不徒曰此是此非而賞罰加焉則夫子固曰我可

以賞罰人矣賞罰人者天子諸侯事也夫子病天下之諸侯大夫僭天子諸侯之事而作春秋而已則為之其何以責天下位公也道私也私不勝公則道不勝位位之權得以賞罰而道之權不過於是非道在我矣而不得為有位者之事則天下皆曰位之不可僭也如此不然天下其誰不曰道在我則是道者位之賊也曰夫子豈誠賞罰之邪徒曰賞罰之耳庸何傷曰我非君也非吏也執塗之人而告之曰某為善某為惡可也繼之曰

其為善吾賞之其為惡吾罰之則人有不笑我者乎夫子之賞罰何以異此然則何足以為夫子何足以為春秋曰夫子之作春秋也非曰孔氏之書也又非曰我作之也賞罰之權不以自與也曰此魯之書也魯作之也有善而賞之曰魯賞之也有惡而罰之曰魯罰之也何以知之曰夫子繫易謂之繫辭言孝謂之孝經皆自名之則夫子私之也而春秋者魯之所以名史而夫子託焉則夫子公之也公之以魯史之名則賞罰之權固在

魯矣春秋之賞罰自魯而及於天下天子之權也魯之賞罰不出境而以天子之權與之何也曰天子之權在周夫子不得已而以與魯也武王之崩也天子之位當在成王而成王幼周公以為天下不可以無賞罰故不得已而攝天子之位以賞罰天下以存周室周之東遷也天子之權當在平王而平王昏故夫子亦曰天下不可以無賞罰而魯周公之國也居魯之地者宜如周公不得已而假天子之權以賞罰天下以尊周室故以天

子之權與之也然則假天子之權宜如何曰如齊桓晉文可也夫子欲魯如齊桓晉文而不遂以天子之權與齊晉者何也齊桓晉文陽為尊周而實欲富强其國故夫子與其事而不與其心周公心存王室雖其子孫不能繼而夫子思周公而許其假天子之權以賞罰天下其意曰有周公之心而後可以行桓文之事此其所以不與齊晉而與魯也夫子亦知魯君之才不足以行周公之事矣顧其心以為令之天下無周公故至此是故

以天子之權與其子孫所以見思周公之意也吾觀春秋之法皆周公之法而又詳内而略外此其意欲魯法周公之所為且先自治而後治人也明矣夫子歎禮樂征伐自諸侯出而田常弑其君則沐浴而請討然則天子之權夫子固明以與魯也子貢之徒不達夫子之意續經而書孔丘卒夫子既告老矣大夫告老而卒不書而夫子獨書夫子作春秋以公天下而豈私一孔丘哉嗚呼夫子以為魯國之書而子貢之徒以為孔氏之書

也歟遷固之史有是非而無賞罰彼亦史臣之體宜爾也後之效夫子作春秋者吾惑焉春秋有天子之權天下有君則春秋不當作天下無君則天下之權吾不知其誰與天下之人烏有如周公之後之可與者與之而不得其人則亂不與人而自與則僭不與人不自與而無所與則散嗚呼後之春秋亂耶僭耶散耶

洵為六經論謂聖人制禮所以强人棄逸而即勞以尊其君父兄皆聖人之微權也恐告語之有所不及乃為

樂以陰驅而潛率之又恐其久而易廢也乃為易以尊其道使天下探之茫茫索之冥冥視聖人如鬼神之幽而不可測又恐人之嗜欲好之有甚於生而憤憾怨怒有不顧其死者而禮之權窮乃為詩以通人情謂好色而不淫怨其君父而不怒則亦聖人之所許所以全天下之中人也其於詩易禮樂所見如此噫亦淺矣彼其視聖人之經無往不用其權者然則非六經乃六權也邪其論書也謂聖人因風俗之變而用其權聖人之

權用於當世而風俗之變益甚武王周公遂變而不復
反益為謬論惟此論春秋篇特不詭於道故録之

呂祖謙曰此篇須看首尾相應枝葉相生如引繩貫
珠大抵一節未盡又生一節別人意多則雜惟此篇
意多而不雜

謝枋得曰此文有法度有氣力有精神有光燄謹嚴
而華藻者也精熟孟子方有此文章

御選唐宋文醇卷三十五

御選唐宋文醇卷三十六

眉山蘇洵文三

洪範論

洪範論叙

洪範其不可行歟何說者之多而行者之寡也曰諸儒使然也譬諸律令其始作者非不欲人之難犯而易避矣及吏胥舞之則千機百穽吁可畏也夫洪範亦猶是

耳吾病其然因作三論大抵斥末而歸本褒經而擊傳剗磨瑕垢以見聖秘復列二圖一以指其謬一以形吾意噫人吾知乎不吾知其謂吾求異夫先儒而以為新奇也

洪範上

洪範之原出於天而畀之禹禹傳之箕子箕子死後世有孔安國為之注劉向父子為之傳孔穎達為之疏是一聖五賢之心未始不欲人君審其法從其道矣禹與

箕子之言經也幽微宏深不可以俄而曉者經之常也然而所審當得其統所從當得其端是故宜責孔劉輩令求之於其所謂注與傳與疏者而不獲故明其統舉其端而欲人君審從之易也夫致至治總乎大法樹大法本乎五行理五行資乎五事正五事賴乎皇極五行含羅九疇者也五事檢御五行者也皇極裁節五事者也儻綜於身驗於氣則終始常道之次靡有不順焉然則含羅者其統也裁節者其端也執其端而御其統古

之聖人正如是耳今夫皇極之建也貌必恭恭作肅言必從從作乂視必明明作哲聽必聰聰作謀思必睿睿作聖如此則五行得其性雨暘燠寒風皆時而五福應矣若夫皇極之不建也貌不恭厥咎狂言不從厥咎僭視不明厥咎豫聽不聰厥咎急思不睿厥咎蒙如此則五行失其性雨暘燠寒風皆常而六極應矣噫曰得曰時曰福人君孰不欲趨之曰失曰常曰極人君孰不欲逃之然而罕能者諸儒之過也夫禹之疇分之則幾五

十矣諸儒不求所謂統與端者顧為之傳則嚮之五十又將百焉人之心一固不能兼百難之而不行也欲行之莫若歸之易百歸之五十五十歸之九九歸之三三五行也五事也皇極也而又以皇極裁節五事五事得而五行從是三卒歸之一也然則所守不亦約而易乎所守約而易則人君孰欲棄得取失棄時取常棄福取極哉以一治三以三治九以九治五十以五十治百天意也禹意也箕子意也

洪範中

或曰古人言洪範莫深於歆向之傳吾嘗學而得之矣今觀子之論子其未之學耶何遽反之也子之論曰皇極裁節五事其建不建為五事之得失傳則擬五事而言之其咎其罰其極與五事比非所以裁節五事也子又曰皇極建則五福應皇極不建則六極應傳則條福極而配之貌與言與視與聽與思與皇極又非皇極無獲福極也然則劉之傳子之論孰得乎曰爾以箕子之

知洪範與歆向之知孰愈必曰箕子之知愈也則吾從之彼歆向拂箕子意矣吾復何取哉雖然彼豈不知求從箕子乎求之過深而惑之愈甚矣歆向之惑始於福極分應五事遂强爲之説故其失寖廣而有五焉今其傳以極之惡福之攸好德歸諸貌極之憂福之康寧歸諸言極之疾福之壽歸諸視極之貧福之富歸諸聽極之凶短折福之考終命歸諸思所謂福止此而已所謂極則未盡其弱焉遂曲引皇極以足之皇極非五事匹其

不建之咎止一極之弱哉其失一也且逆而極順而福傳之例也至皇之不極則其極既弱矣吾不識皇之極則天將以何福應之哉若曰五福皆應則皇之不極惡憂疾貧凶短折曷不偕應哉此乃自廢其例其失二也箕子謂咎曰狂僭豫急蒙而已罰曰雨暘燠寒風而已今傳又增咎以眊增罰以陰此其擾聖人之言以就固謬況眊與蒙無異而雨可兼陰而别名之得乎其失三也經之首五行而次五事者徒以五行天而五事人人

不可以先天耳然五行之逆順必視五事之得失使吾

為傳必以五事先五行借如傳貌之不恭是謂不肅厥

咎狂則木不曲直厥罰常雨其餘亦如之察劉之心非

不欲爾蓋五行盡於思無以周皇極苟如庶驗增之則

雖惷亦恠駭矣故離五行五事而為解以蔽其釁其失

四也傳之於木其説以為貌矣及火土金水則思言視

聽殊不及焉自相駁亂其失五也夫九疇之於五行可

以條而入者惟二箕子陳之蓋有深旨矣五事一也庶

驗二也驗之肅乂哲謀聖一出於五事事之貌言視聽思一出於五行此理之自然可不條而入之乎其他八政五紀三德稽疑福極其大歸雖無越於五行五事非可條而入之者也條而入之非理之自然故其傳必鉤牽扳援文致而强附之然後可以僅知此福此極之所以應此事者立言如此其亦勞矣且傳於福極既爾則於八政五紀三德稽疑亦當爾而今又不爾何也經曰五皇極皇建其有極斂時五福用敷錫厥庶民此言皇

極建而五福備使經云皇極之不建則必以六極易五福矣焉在其條而入之乎且皇極九疇之尤貴者故聖人位之於中以貫上下譬若庶驗然曰雨曰暘曰燠曰寒曰風曰時時於雨暘燠寒風各冠其上耳又可列之以為一驗乎若是則劉之傳惑且强明矣噫傳之法二劉唱之班固志之後之史志五行者孰不師而效之世之讀者又孰不從而然之是以膠為一論莫有考正吾得無言哉

一圖指傳之謬

田獵不宿飲食不享出入不節奪民農時及有姦謀木不曲直　貌之不恭是謂不肅　厥咎狂　厥罰常雨　厥極惡說曰順之其福攸好德

棄法律逐功臣殺太子以妾為妻火不炎上　言之不從是謂不乂　厥咎僭　厥罰常暘　厥極憂說曰順之其福康寧

治宮室飾臺榭內淫亂犯親戚侮父兄稼穡不成　視之不明是謂不哲　厥咎豫　厥罰常燠　厥極疾說曰順之其福壽

好戰功輕百姓飾城郭侵邊境金不從革　聽之不聰是謂不謀　厥咎急　厥罰常寒　厥極貧說曰順之其福富

簡宗廟不禱祠廢祭祀逆天時水不潤下　思之不睿是謂不聖　厥咎霿　厥罰常風　厥極凶短折說曰順之其福考終命

皇之不極　厥咎眊　厥罰常陰　厥極弱

一圖形今之意

貌恭肅　木曲直　時雨

皇極　言從乂　金從革　時暘

視明哲　火炎上　時燠　五福

之建　聽聰謀　水潤下　時寒

思睿聖　土稼穡　時風

貌不恭狂　木不曲直　常雨

皇極　言不從僭　金不從革　常暘

視不明豫　火不炎上　常燠　六極

不建　聽不聰急　水不潤下　常寒

思不睿蒙　土不稼穡　常風

洪範下

吾既剔去傳疵以粹經猶有秘處而先儒不白其意或解失其旨者非一令辨正以申之經曰鯀陻洪水汩陳其五行帝乃震怒不畀洪範九疇夫五行一疇耳一汩而九不畀蓋五行綱九疇綱壞而目廢也然則五行之汩非五事之失乎五事之失非皇極之不建乎蓋箕子

徵見其統與端矣經之次第五行也以生數至於五事也求之五行則相尅何也從五常斯與相尅合矣先民之論五行也水性智而事聽火性禮而事視木性仁而事貌金性義而事言土性信而事思及其論五常也以為德莫大於仁仁或失於弱故以義斷之義或失於剛故以禮節之禮或失於拘故以智通之智或失於詐故以信正之此五常次第所以然也五事從之所以亦然也三八政曰食曰貨曰祀曰賓曰師五者不以官名之

鄭康成以食為稷以貨為司貨賄以賓為大行人是三
百六十官箕子於九疇中區區焉錯舉其八耳孔穎達
則曰司貨賄大行人皆事主非復民政夫事雖非民亦
未害為政孔之失滋甚焉吾以為不然箕子言國家之
政無越是八者周公制禮酌而用之故建六官以主八
政食與貨則天官祀與賓則春官師則夏官司空則冬
官司徒則地官司寇則秋官此得其正矣七稽疑擇建
立卜筮人孔安國謂知卜筮人而立之夫知卜筮人天

下不為鮮矣孜孜然以擇此為事則委瑣不亦甚乎吾意卜筮至神人所諒而從者導之善人必諒而從之蜀莊是矣導之惡人亦諒而從之郤子明是也聖人懼後人輕其職使有如郤子明輩故曰擇建立卜筮人謂擇賢也不然司空司徒司寇其擇之又當甚於此云者彼天子之卿不若卜筮之官為後世所輕雖婦人孺子知其不可不擇故也嗚呼聖人之言枝分派別不得其源紛莫可曉譬之日月五星十二次二十八宿使昧者觀

之固憒憒如也不知晷度躔次的不可紊差之渺忽寒
暑乖逆吾故於洪範明其統舉其端削劉之惑繩孔之
失使經意炳然如從璣衡中窺天文矣

洪範後叙

吾論洪範以五福六極系皇極之建與不建而且不與
二劉之增眊與陰或者猶以劉向夏侯勝之説為惑劉
向之言皇極之建總為五福皇極之不建不能主五事
下與五事齒而均獲一極猶平王之詩降而為國風夏侯

勝之言曰天久陰不雨臣下將有謀上者已而果然以劉向之說則皇極之不建不可系以六極以夏侯勝之說則眊與陰不可廢是皆不然夫福極之於五事非若庶驗也陰陽而推之律歷而求之人事而揆之庶驗之通於五事可指而言也且聖人之所可知也今指人而謂之曰爾為某事明日必有某福爾為某事明日必有某極是巫覡卜相之事也而聖人何由知之故吾以為皇極之建五事皆得而五福皆應不曰應某事者必某

福也皇極不建五事皆失而六極皆應不曰應其事者必其極也五事之間得與失參焉則亦不曰必其福必其極應也亦曰福與極參焉耳今劉以為皇極建而為五事主故加之五福及其不建也不加之以六極而以平王之詩為說其意以為不建則不能為五事主故不加之六極以為貶也今有人有九命之爵及有罪而曰削其爵使至一命以貶之曰貶可也此猶平王之詩降而為國風曰降可也若夫有罪人當具五刑而曰是人

也罪大不當加之以五刑姑以墨辟論以重其責是得為重其責耶今欲重不建之罪不曰六極皆應而曰獨弱之極應乃引平王之詩以為説平王之詩固不然也且彼聖人者豈以天下之福與極止於五與六而已哉葢亦舉其大槩耳夫天地之間非人力所為而可以為驗者多矣聖人取其尤大而可以有所兼者五而使其餘者可以遂見焉今也力分其一端以為二而必曰陰為陰雨為雨且經之庶驗有曰暘矣而豈獨遺陰哉葢

陰之極盛於雨而聖人舉其極者言也吾觀二劉之傳金不從革與傳常雨也乃言雷電雨雪皆在而獨於此别雨與陰何也然則夏侯勝之言何以必應曰事固有幸而中者公孫臣以漢為土德而黄龍當現黄龍則見矣而漢乃火德也可以一黄龍而必謂漢為土德耶必不可也其所謂眊者蒙矣胡復多言哉

洵於洪範破漢儒牽強傅會之失開千古之㝠濛信有功矣然按漢書五行志曰董仲舒治公羊春秋始推陰

陽為儒者宗宣元之後劉向治穀梁春秋數其禍福傳以洪範與仲舒錯至向子歆治左氏傳其春秋意亦已乖矣言五行傳又頗不同是以擥仲舒別向歆傳載眭孟夏侯勝京房谷永李尋之徒所陳行事訖於王莽舉十二世以傳春秋然則向歆之學雖多謬舛非其所創也微言絶大義乖漢儒收亡拾燼補苴罅漏其失雖多要其存什一於千百使後學有所措其心思者未可數罪而忘勳也且其意所以明天人之際影應響答如此

其可畏以儆戒萬世之君臣又何過哉特其鉤牽扳援文致强傳後生怪其迂輙心輕之甚至疑經此其所短耳洵雖辯而闢之又為圖以明之然猶未暢厥旨真德秀因之有悟而為之訓而後條理分明旨趣昭著千古讀洪範者宜所取宗也本朝李光地述其說義加粹焉蓋嘗考之九疇自一至九者數之定序也而分九而三之則上中下各得三焉上焉者天之象也中焉者身之象也下焉者民之象也一四七上也二五八中也三六

九下也一五行天之體也故其文不曰用四五紀所以推天之度以敬授人時者也七稽疑所以求天之心以奉若天道者也疇之云者類也一四七所以為類也二五事修身之要也五皇極身之五事修之止於至善也八庶徵天以雨暘燠寒風為身而人身之貌言視聽思與相應焉極之建不建於是乎徵故念之也此二五八所以為類也三八政食為民天六官皆以明農所以厚民生也六三德既富必教因其風土而損益之以協於

大中所以正民德也九五福覲民之被福歟被極歟所以考其治道之成否也此三六九之所以為類也漢儒紊其序而以福極為災祥強六極以配五行故其說支離蔓衍而難信洵闢之當矣又嘗考之天數五地數五天地之數皆五也則人數必五矣三五十五洛書之數自上而下分而為三皆十五也自左而右分而為三亦皆十五也若自其類而言之天事簡而民事煩一四七則十五不足於三三六九則十五有餘者三若二五八

則適如十五之數此又以徵二五八之言人身也若夫

皇極居中而數正五豈非天與民之事皆本於皇躬歟

其天地民物之心歟孔子不云乎民以君為心君以民

為體又曰人者天地之心也為人君者讀洪範能不慄

慄危懼哉

嚳妃論

史記載帝嚳元妃曰姜嫄次妃曰簡狄簡狄行浴見燕

墮其卵取吞之因生契為商始祖姜原出野見巨人跡

忻然踐之因生稷爲周始祖其祖商周信矣其妃之所以生者神奇妖濫不亦甚乎商周有天下七八百年是其享天之禄以能久有社稷而其祖宗何如此之不祥也使聖人而有異於衆庶也吾以爲天地必將構陰陽之和積元氣之英以生之又焉用此二不祥之物哉燕墮卵於前取而吞之簡狄其喪心乎巨人之跡隱然在地走而避之且不暇忻然踐之何姜原之不自愛也又謂行浴出野而遇之是以簡狄姜原爲淫佚無法度之

甚者帝嚳之妃稷契之母不如是也雖然史遷之意必以詩有天命亂鳥降而生商厥初生民時維姜原生民如何克禋克祀以弗無子履帝武敏歆攸介攸止載震載夙載生載育時維后稷而言之吁此又遷求詩之過也毛公之傳詩也以亂鳥降為祀郊禖之候履帝武為從高辛之行及鄭之箋而後有吞踐之事當毛之時未始有遷史也遷之說出於疑詩而鄭之說又出於信遷矣故天下皆曰聖人非人人不可及也甚矣遷之以不

祥誣聖人也夏之衰二龍戲於庭藏其漦至周而發之化為黿以生襃姒以滅周使簡狄而吞卵姜原而踐跡則其生子當如襃姒以妖惑天下奈何其有稷契也或曰然則稷何以棄曰稷之生也無菑無害或者姜原疑而棄之乎鄭莊公寤生驚姜氏姜氏惡之事固有然者也吾非惡夫異也惡夫遷之以不祥誣聖人也棄之而牛羊避遷之而飛鳥覆吾豈惡之哉楚子文之生也虎乳之吾固不惡夫異也

日中有烏故烏最難射羿十可中九後世遂訛為十日並出而羿射其九伊尹負鼎以干湯言伊尹在商則夏鼎已遷於商也後世遂訛為伊尹以割烹要湯俗人不經之談往往如是而以其傳於古也遂篤信之亦惑矣吞卵履迹亦同此類洵此論實為有功詩傳

聖祖御評
辭義精核處自鑿鑿不磨

明論

天下有大知有小知人之智慮有所及有所不及聖人以其大知而兼其小知之功賢人以其所及而濟其所

不及愚者不知大知而以其所不及喪其所及故聖人之治天下也以常而賢人之治天下也以時既不能常又不能時悲夫殆哉夫惟大知而後可以常以其所及濟其所不及而後可以時常也者無治而不治者也時也者無亂而不治者也日月經乎中天大可以被四海而小或不能入一室之下彼固無用此區區小明也故天下視日月之光儼然其若君父之威故自有天地而有日月以至於今而未嘗可以一日無焉天下嘗有言

曰叛父母褻神明則雷霆下擊之雷霆固不能為天下盡擊此等輩也而天下之所以兢兢然不敢犯者有時而不測也使雷霆日轟轟焉遶天下以求夫叛父母褻神明之人而擊之則其人未必能盡而雷霆之威無乃褻乎故夫知日月雷霆之分者可以用其明矣聖人之明吾不得而知也吾獨愛夫賢者之用其心約而成功博也吾獨怪夫愚者之用其心勞而功不成也是無他也專於其所及而及之則其及必精兼於其所不及而

及之則其及必粗及之而精人將曰是惟無及及則精矣不然吾恐姦雄之竊笑也齊威王即位大亂三載威王一奮而諸侯震懼二十年是何脩何營邪夫齊國之賢者非獨一即墨大夫明矣亂齊國者非獨一阿大夫與左右譽阿而毀即墨者幾人亦明矣一即墨大夫易知也一阿大夫易知也左右譽阿而毀即墨者幾人易知也從其易知而精之故用心甚約而成功博也天下之事譬如有物十焉吾舉其一而人不知吾之不知其九也歷數之至於九而不

知其一不如舉一之不可測也而況乎不至於九也

茅坤曰此是老泉本色學問宋迂齋謂其意脈自戰國策來良是

辨姦

事有必至理有固然惟天下之靜者乃能見微而知著月暈而風礎潤而雨人人知之人事之推移理勢之相因其疎闊而難知變化而不可測者孰與天地陰陽之事而賢者有不知其故何也好惡亂其中而利害奪其

外也昔者山巨源見王衍曰誤天下蒼生者必此人也郭汾陽見盧杞曰此人得志吾子孫無遺類矣自今而言之其理固有可見者以吾觀之王衍之為人容貌言語固有以欺世而盜名者然不忮不求與物浮沉使晉無惠帝僅得中主雖衍百千何從而亂天下乎盧杞之姦固足以敗國然而不學無文容貌不足以動人言語不足以眩世非德宗之鄙暗亦何從而用之由是言之二公之料二子亦容有未必然也今有人口誦孔老之

言身履夷齊之行收召好名之士不得志之人相與造作言語私立名字以為顏淵孟軻復出而陰賊險狠與人異趣是王衍盧杞合而為一人也其禍豈可勝言哉夫面垢不忘洗衣垢不忘澣此人之至情也今也不然衣巨盧之衣食犬彘之食囚首喪面而談詩書此豈其情也哉凡事之不近人情者鮮不為大姦慝豎刁易牙開方是也以蓋世之名而濟其未形之患雖有願治之主好賢之相猶將舉而用之則其為天下患必然而無疑者

非特二子之比也孫子曰善用兵者無赫赫之功使斯人而不用也則吾言為過而斯人有不遇之歎孰知禍之至於此哉不然天下將被其禍而吾獲知言之名悲夫

邵伯温曰眉山蘇明允先生嘉祐初遊京師時王荆公名始盛黨與傾一時歐陽文忠公亦善之先生文忠客也文忠勸先生見荆公荆公亦願交於先生先生曰吾知其人矣是不近人情者鮮不為天下患作辨姦一篇為荆公發也斯文出論者多以為不然雖其二子亦有嘻其甚

矣之嘆后十餘年荆公始得位為姦無一不如先生言者

吕獻可中丞於熈寧初荆公拜叅知政事日力言其姦每

指荆公曰亂天下者必此人也又曰天下本無事但庸人擾

之耳司馬温公初亦以為不然至荆公虐民亂政温公乃

深言於上不從不拜樞密副使以去又貽荆公三書甚苦

兾荆公之或從也荆公不從乃絶之温公悵然曰吕

獻可之先見余不及也若明允先生其知荆公又在

獻可之前十餘年矣豈温公不見辨姦也耶獨張文

定公表先生墓具載之

蘇氏族譜亭記

匹夫而化鄉人者吾聞其語矣國有君邑有大夫而爭訟者訴於其門鄉有庠里有學而學道者赴於其家鄉人有為不善於室者父兄輒相與恐曰吾夫子無乃聞之嗚呼彼獨何脩而得此哉意者其積之有本末而施之有次第邪今吾族人猶有服者不過百人而歲時蜡社不能相與盡其歡欣愛洽稍遠者至不相往來是無以示吾鄉黨鄰

里也乃作蘇氏族譜立亭於高祖墓塋之西南而刻石焉既而告之曰凡在此者死必赴冠娶妻必告少而孤則老者字之貧而無歸則富者收之而不然者族人之所共誚讓也歲正月相與拜奠於墓下既奠列坐於亭其老者顧少者而歎曰是不及見吾鄉鄰風俗之美矣自吾少時見有為不義者則衆相與疾之如見怪物焉慄焉而不寧其後少衰也猶相與笑之今也則相與安之耳是起於其人也夫其人者是鄉之望人也而大亂吾俗焉是故其誘人

也速其為害也深自斯人之逐其兄之遺孤子而不恤也而骨肉之恩薄自斯人之多取其先人之貲田而欺其諸孤子也而孝弟之行缺自斯人之為其諸孤子之所訟也而禮義之節廢自斯人之以妾加其妻也而嫡庶之别混自斯人之篤於聲色而父子雜處謹譁不嚴也而閨門之政亂自斯人之瀆財無厭惟富者之為賢也而廉恥之路塞此六行者吾往時所謂大憝而不容者也令無知之人皆曰其人何人也猶且為之其與馬赫奕婢妾靚麗足以

蕩惑里巷之小人其官爵貨力足以搖動府縣其矯詐脩飾言語足以欺罔君子是州里之大盜也吾不敢以告鄉人而私以戒族人焉髣髴於斯人之一節者願無過吾門也予聞之懼而請書焉老人曰書其事而闕其姓名使他人觀之則不知其為誰而夫人之觀之則面熱內慙汗出而食不下也且無彰之庶其有悔乎予曰然乃記之

記曰飲食男女人之大欲存焉有飲食男女而人之類不絕亦有飲食男女而人之性日湮以滅故樹之后王君公

承以大夫師長上下相承遠近相維凡以章志貞教使民不入於禽獸之路也貴於一鄉則一鄉化焉貴於一國則一國化焉貴於天下則天下化焉導之以聖賢而斯民日趨於聖賢矣導之以禽獸而斯民日趨於禽獸矣柰之何膺天位食天祿而不以聖賢導斯民而以禽獸導斯民也士大夫讀此文當蹙然其不寧也柰之何天位天祿出於其口而不使能以聖賢導斯民者居之而使能以禽獸導斯民者居之也為君上者讀斯文當蹙然其不寧也

聖祖御評不屑屑述益州治狀措詞高渾而精采光芒溢於毫楮

張益州畫像記

至和元年秋蜀人傳言有寇至邊軍夜呼野無居人妖言流聞京師震驚方命擇師天子曰毋養亂毋助變衆言朋興朕志自定外亂不作變且中起不可以文令又不可以武競惟朕一二大吏孰為能處茲文武之間其命往撫朕師乃惟曰張公方平其人天子曰然公以親辭不可遂行冬十一月至蜀至之日歸屯軍撤守備使謂郡縣寇來在吾無爾勞苦明年正月朔旦蜀人相慶

如他日遂以無事又明年正月相告留公像於淨衆寺公不能禁眉陽蘇洵言於衆曰未亂易治也既亂易治也有亂之萌無亂之形是謂將亂將亂難治不可以有亂急亦不可以無亂弛是惟元年之秋如器之攲未墜於地惟爾張公安坐於其旁顏色不變徐起而正之既正油然而退無矜容為天子牧小民不倦惟爾張公爾繄以生惟爾父母且公嘗為我言民無常性惟上所待人皆曰蜀人多變於是待之以待盜賊之意而繩之以

繩盗賊之法重足屏息之民而以碪斧令於是民始忍以其父母妻子之所仰賴之身而棄之於盗賊故每每大亂夫約之以禮驅之以法惟蜀人為易至於急之而生變雖齊魯亦然吾以齊魯待蜀人而蜀人亦自以齊魯之人待其身若夫肆意於法律之外以威刼其民吾不忍為也嗚呼愛蜀人之深待蜀人之厚自公而前吾未始見也皆再拜稽首曰然蘇洵又曰公之恩在爾心爾死在爾子孫其功業在史官無以像為也且公意不

欲如何皆曰公則何事於斯雖然於我心有不釋焉今夫平居聞一善必問其人之姓名與鄉里之所在以至於其長短大小美惡之狀甚者或詰其平生所嗜好以想見其為人而史官亦書之於其傳意使天下之人思之於心則存之於目存之於目故其思之於心也固由此觀之像亦不為無助蘇洵無以詰遂為之記公南京人慷慨有節以度量容天下天下有大事公可屬糸之以詩曰

天子在祚歲在甲午西人傳言有寇在垣庭有武臣謀
夫如雲天子曰嘻命我張公公來自東旗纛舒舒西人
聚觀于巷于塗謂公暨暨公來于于公謂西人安爾室
家無敢或訛訛言不祥往即爾常春爾條桑秋爾滌場
西人稽首公我父兄公在西囿草木駢駢公宴其僚伐
鼓淵淵西人來觀祝公萬年有女娟娟閨闥閑閑有童
哇哇亦既能言昔公未來期汝棄捐禾麻芃芃倉庾崇
崇嗟我婦子樂此歲豐公在朝廷天子股肱天子曰歸

公敢不承作堂嚴嚴有廡有庭公像在中朝服冠纓西人相告無敢逸荒公歸京師公像在堂

横目之民其性一也任邊遠封疆大吏者當書此文於座右

木假山記

木之生或蘖而殤或拱而夭幸而至於任為棟梁則伐不幸而為風之所拔水之所漂或破折或腐幸而得不破折不腐則為人之所材而有斧斤之患其最幸者漂

沉汩沒於湍沙之間不知其幾百年而其激射齧食之餘或髣髴於山者則為好事者取去強之以為山然後可以脫泥沙而遠斧斤而荒江之濆如此者幾何不為好事者所見而為樵夫野人所薪者何可勝數則其最幸者之中又有不幸者焉予家有三峰予每思之則疑其有數存乎其間且其蘖而不殤拱而不夭任為棟梁而不伐風拔水漂而不破折不腐不破折不腐而不為人所材以及於斧斤出於湍沙之間而不為樵夫野人

之所薪而後得至乎此則其理似不偶然也然予之愛之則非徒愛其似山而又有所感焉非徒愛之而又有所敬焉予見中峯魁岸踞肆意氣端重若有以服其旁之二峯二峯者莊栗刻峭凜乎不可犯雖其勢服於中峯而岌然無阿附意吁其可敬也夫其可以有所感也夫凡物[illegible]偶[illegible]不偶然或貴或賤或壽或夭或遇或不遇偶然也然而既貴既賤既壽既夭既遇既不遇是亦大不偶然也君子曰是偶然者也所性不存

焉故處嗇而不以一毫挫於人處豐而不以一毫加於

[illegible]也盡性之道在是焉故窮則

[illegible]不已也達則兼善天下一夫

御選唐宋文醇卷三十六

聖祖御評
思深慮遠故能
爲此嚴正之論

御選唐宋文醇卷三十七

眉山蘇洵文四

議修禮書狀

右洵先奉敕編禮書後聞臣寮上言以為祖宗所行不能無過差不經之事欲盡芟去無使存録洵竊見議者之說與敕書大異何者前所授敕其意曰纂集故事而使後世無忘之耳非曰制為典禮而使後世遵而行之

也然則洵等所編者是史書之類也遇事而記之不擇善惡詳其曲折而使後世得知而善惡自著者是史之體也若夫存其善者而去其不善則是制作之事而非職之所及也而議者以責洵等不已過乎且又有所不可者令朝廷之禮雖為詳備然大抵往往亦有不安之處非特一二事而已而欲有所去焉不識其所去者果何事也既欲去之則其勢不得不盡去盡去則禮缺而不備苟獨去其一而不去其二則適足以為牴牾齟齬

而不可齊一且議者之意不過欲以掩惡諱過以全臣子之義如是而已矣昔孔子作春秋惟其惻怛而不忍言者而後有隱諱蓋桓公薨子般卒沒而不書其實以為是不可書也至於成宋亂及齊狩隮僖公作邱甲用田賦丹桓宮楹刻桓宮桷若此之類皆書而不諱其意以為雖不善而尚可書也今先世之所行雖小有不善者猶與春秋之所書者甚遠而悉使洵等隱諱而不書如此將使後世不知其淺深徒見當時之臣子至於隱

諱而不言以為有所大不可言者則無乃欲蓋而反損歟公羊之説滅紀滅項皆所以為賢者諱然其所謂諱者非不書也書而迂曲其文耳然則其實猶不沒也其實猶不沒者非以彰其過也以見其過之止於此也令無故乃取先世之事而沒之後世將不知而大疑之此大不便者也班固作漢志凡漢之事悉載而無所擇令欲如之則先世之小有過差者不足以害其大明而可以使後世無疑之之意且使洵等為得其所職而不至

聖祖御評

於侵官者謹具狀申提舉參政侍郎欲乞備録聞奏

古諺曰宰相須用讀書人豈但宰相哉雖一命亦然子產不云乎僑聞學而後入政未聞以政學者也否則必有所敗以其婦人女子之忠愛欲益國家而反損者何限又況不學之人其所為當諱者安知非轉屬國家之盛美而當形之歌頌者耶又況誣上行私而并非出於忠愛者也

上皇帝書

反覆數千言於天下事瞭然心目自爾快切明透

嘉祐三年十二月一日眉州布衣臣蘇洵謹頓首再拜冒萬死上書皇帝闕下臣前月五日蒙本州録到中書劄子連牒臣以兩制議上翰林學士歐陽修奏臣所著權書衡論幾策二十篇乞賜甄録陛下過聽召臣試策論舍人院仍令本州發遣臣赴闕臣本田野匹夫名姓不登於州閭今一旦卒然被召實不知其所以自通於朝廷承命悸恐不知所為以陛下躬至聖之資又有羣公卿之賢與天下士大夫之衆如臣等輩固宜不少有

臣無臣不加損益臣不幸有負薪之疾不能奔走道路以副陛下搜揚之心憂惶負罪無所容處臣本凡才無路自進當少年時亦嘗欲僥倖於陛下之科舉有司以為不肖輙以擯落蓋退而處者十有餘年矣今雖欲勉強扶病戮力亦自知其疎拙終不能合有司之意恐重得罪以辱明詔且陛下所為千里而召臣者其意以臣為能有所發明以庶幾有補於聖政之萬一而臣之所以自結髮讀書至於今茲犬馬之齒幾已五十而猶未

敢廢者其意亦欲效尺寸於當時以快平生之志耳今雖未能奔伏闕下以累有司而猶不忍默默卒無一言而已也天下之事其深遠切至者臣自惟踈賤未敢遽言而其近而易行淺而易見者謹條為十通以塞明詔其一曰臣聞利之所在天下趨之是故千金之子欲有所為則百家之市無寧居者古之聖人執其大利之權以奔走天下意有所嚮則天下爭先為之今陛下有奔走天下之權而不能用何則古者賞一人而天下勸今

陛下增秩拜官動以千計其人皆以為已所自致而不知戮力以報上之恩至於臨事誰當効用此由陛下輕用其爵祿使天下之士積日持久而得之譬如傭力之人計工而受直雖與之千萬豈知德其主哉是以雖有能者亦無所施以為謹守繩墨足以自致高位官吏繁多溢於局外使陛下皇皇汲汲求以處之而不暇擇其賢不肖以病陛下之民而耗竭大司農之錢穀此議者所欲去而未得也臣竊思之蓋今制天下之吏自州縣

今録幕職而改京官者皆未得其術是以若此紛紛也今雖多其舉官而遠其考重其舉官之罪此適足以隔賢者而容不肖且天下無事雖庸人皆足以無過一旦改官無所不為彼其舉者曰此廉吏此能吏朝廷不知其所以為廉與能也幸而未有敗事則長為廉與能矣雖重其罪未見有益上下相蒙請託公行涖官六七考求舉主五六人此誰不能者臣愚以為舉人者當使明著其迹曰某人廉吏也嘗有某事以知其廉某人能吏

也嘗有某事以知其能雖不必有非常之功而皆有可紀之狀其特曰廉能而已者不聽如此則夫庸人雖無罪而不足稱者不得入其間老於州縣不足甚惜而天下之吏必皆務為可稱之功與民興利除害惟恐不出諸己此古之聖人所以驅天下之人而使爭為善也有功而賞有罪而罰其實一也今降官罷任者必奏曰某人有某罪其罪當然然後朝廷舉而行之今若不著其所犯之由而特曰此不才貪吏也則朝廷安肯以空言

而加之罪令又何獨至於改官而聽其空言哉是不思之甚也或以為如此則天下之吏務為可稱用意過當生事以為已功漸不可長臣以為不然蓋聖人必觀天下之勢而為之法方天下初定民厭勞役則聖人務為因循之政與之休息及其久安而無變則必有不振之禍是以聖人破其苟且之心而作其怠惰之氣漢之元成惟不知此以至於亂今天下少惰矣宜有以激發其心使踴躍於功名以變其俗況乎冗官紛紜如此不知

所以御之而又何疑於此乎且陛下與天下之士相期於功名而毋苟得此待之至深也若其宏才大畧不樂於小官而無聞焉者使兩制得以非常舉之此天下亦不過幾人而已吏之有過而不得還者亦使得以功贖如此亦以示陛下之有所推恩而不惟艱之也其二曰

臣聞古者之制爵禄必皆孝弟忠信修絜博習聞於鄉黨而達於朝廷以得之及其後世不然曲藝小數皆可以進然其得之也猶有以取之其獘不若今之甚也今

之用人最無謂者其所謂任子乎因其父兄之資以得大官而又任其子弟子將復任其孫孫又任其子是不學而得者常無窮也夫得之也易則其失之也不甚惜以不學之人而居不甚惜之官其視民如草芥也固宜朝廷自近年始有意於裁節然皆知損之而未得其所損此所謂制其末而不窮其源見其粗而未識其精僥倖之風少衰而猶在也夫聖人之舉事不惟曰利而已必將有以大服天下之心令欲有所去也必使天下知

其所以去之之説故雖盡去而無疑何者恃其説明也夫所謂任子者亦猶曰信其父兄而用其子弟云爾彼其父兄固學而得之也學者任人不學者任於人此易曉也今之制苟幸而其官至於可任者舉使任之不問其始之何從而得之也且彼任於人不暇又安能任人此猶借資之人而欲從之匄貸不已難乎臣愚以為父兄之所任而得官者雖至正郎宜皆不聽任子弟惟其能自修飾而越録躐次以至於清顯者乃聽如此則天

下之冗官必大衰少而公卿之後皆奮志為學不待父兄之資其任而得官者知後不得復任其子弟亦當勉強不肯終老自棄於庸人此其為益豈特一二而已其三曰臣聞自設官以來皆有考績之法周室既亡其法廢絶自京房建考課之議其後終不能行夫有官必有課有課必有賞罰有官而無課是無官也有課而無賞罰是無課也無官無課而欲求天下之大治臣不識也然更歷千載而終莫之行行之則益以紛亂而終不可

考其故何也天下之吏不可以勝考今欲人人而課之必使入於九等之中此宜其顛倒錯謬而不若無之為便也臣觀自昔行考課考皆不得其術蓋天下之官皆有所屬之長有功有罪其長皆得以舉刺如必人人而課之於朝廷則其長為將安用惟其大吏無所屬而莫為之長也則課之所宜加何者其位尊故課一人而其下皆可以整齊其數少故可以盡其能否而不謬今天下所以不大治者守令丞尉賢不肖混淆而莫之辨也

夫守令丞尉賢不肖之不辨其咎在職司之不明職司之不明其咎在無所屬而莫為之長陛下以無所屬之官而寄之以一路其賢不肖當使誰察之古之考績者皆從司會而至於天子古之司會即今之尚書尚書既廢惟御史可以總察中外之官臣愚以為可使朝臣議定職司考課之法而於御史臺别立考課之司中丞舉其大綱而屬官之中選强明者一人以專治其事以舉刺多者為上以舉刺少者為中以無所舉刺者為下因

其罷歸而奏其治要使朝廷有以爲之賞罰其非常之功不可掩之罪又當特有以償之使職司知有所懲勸則其下守令丞尉不容復有所依違而其所課者又不過數十人足以求得其實此所謂用力少而成功多法無便於此者矣今天下號爲太平其實遠方之民窮困已甚其咎皆在職司臣不敢盡言陛下試加採訪乃知臣言之不妄其四曰臣聞古有諸侯臣妾其境内而卿大夫之家亦各有臣陪臣之事其君如其君之事天子

此無他其一境之内所以生殺予奪富貴貧賤者皆自我制之此固有以臣妾之也其後諸侯雖廢而自漢至唐猶有相君之勢何者其署置辟舉之權猶足以臣之也是故太守刺史坐於堂上州縣之吏拜於堂下雖奔走頓伏其誰曰不然自太祖受命收天下之尊歸之京師一命以上皆上所自署而大司農衣食之自宰相至於州縣吏雖貴賤相去甚遠而其實皆所與比肩而事主耳是以百餘年間天下不知有權臣之威而太守刺

史猶用漢唐之制使州縣之吏事之如事君之禮皆受天子之爵皆食天子之祿不知其何以臣之也小吏之於大官不憂其有所不從惟恐其從之過耳今天下以貴相高以賤相諂柰何使州縣之吏趨走於太守之庭不啻若僕妾唯唯不給故大吏常恣行不忌其下而小吏不能正以至於曲隨諂事助以為虐其能中立而不撓者固已難矣此不足怪其勢固然也夫州縣之吏位卑而祿薄去於民最近而易以為姦朝廷所恃以制之

者特以厲其廉隅全其節概而養其氣使知有所恥也且必有異材焉後將以為公卿而安可薄哉其尤不可者令以縣令從州縣之禮夫縣令官雖卑其所負一縣之責與京朝官知縣等耳其吏胥人民習知其官長之拜伏於太守之庭如是之不威也故輕之輕之故易為姦此縣令之所以為難也臣愚以為州縣之吏事太守可恭遜卑抑不敢抗而已不至於通名賛拜趨走其下風所以全士大夫之節且以儆大吏之不法者其五曰

臣聞為天下者必有所不可窺是以天下有急不求其素所不用之人使天下不能幸其倉卒而取其祿位惟聖人為能然何則其素所用者緩急足以使也臨事而取者亦不足用矣傳曰寬則寵名譽之人急則用介冑之士今者所用非所養所養非所用國家用兵之時購方畧設武舉使夫屠沽健兒皆能徒手攫取陛下之官而兵休之日雖有超世之才而惜斗升之祿臣恐天下有以窺朝廷也今之任為將帥卒有急難而可使者誰

也陛下之老將曩之所謂戰勝而善守者今亡矣臣愚以為可復武舉而為之新制以革其舊弊且昔之所謂武舉者蓋踈矣其以弓馬得者不過挽強引重市井之粗材而以策試中者亦皆記錄章句區區無用之學又其取人太多天下之知兵者不宜如此之衆而待之又甚輕其第下者不免於隸役故其所得皆貪汙無行之徒豪傑之士恥不忍就宜因貢士之歲使兩制各得舉其所聞有司試其可者而陛下親策之權畧之外使於弓

馬可以出入險阻勇而有謀者不過取一二人待以不次之位試以守邊之任文有制科武有武舉陛下欲得將相於此乎取之十人之中豈無一二斯亦足以濟矣

其六曰臣聞法不足以制天下以法而制天下法之所不及天下斯欺之矣且法必有所不及也先王知其有所不及是故存其大畧而濟之以至誠使天下之所以不吾欺者未必皆吾法之所能禁亦其中有所不忍而已人君御其大臣不可以用法如其左右大臣而必待

法而後能御也則其疎遠小吏當復何以裁以天下之大而無可信之人則國不足以為國矣臣觀今兩制以上非無賢俊之士然皆奉法供職無過而已莫肯於繩墨之外為陛下深思遠慮有所建明何者陛下待之於繩墨之内也臣請得舉其一二以言之夫兩府與兩制宜使日夜交于門以講論當世之務且以習知其為人臨事授任以不失其才今法不可以相往來意將以杜其告謁之私也君臣之道不同人臣惟自防人君惟無

防之是以歡欣相接而無間以兩府兩制為可信耶當無所請屬以為不可信耶彼何患無所致其私意安在其相往來耶今兩制知舉不免用封彌謄録既奏而下御史親往莅之凛凛如鞫大獄使不知誰人之辭又何其甚也臣愚以為此之類一切撤去彼稍有知宜不忍負若其猶有所欺也則亦天下之不才無恥者矣陛下赫然震威誅一二人可以使天下姦吏重足而立想聞朝廷之風亦必有倜儻非常之才為陛下用也其七曰

臣聞爲天下者可以名器授人而不可以名器許人人之不可一日而知也久矣國家以科舉取人四方之來者如市一旦使有司第之此固非真知其才之高下大小也特以爲姑收之而已將試之爲政而觀其悠久則必有大異不然者今進士三人之中釋褐之日天下望爲卿相不及十年未有不爲兩制者且彼以其一日之長而擅終身之富貴舉而歸之如有所負如此則雖天下之美才亦或怠而不修其率意恣行者人亦望風畏

之不敢按此何為者也且又有甚不便者先王制其天下尊尊相高貴貴相承使天下仰視朝廷之尊如太山喬嶽非扳援所能及茍非有大功出羣之才則不可以輕得其高位是故天下知有所忌而不敢覬覦今五尺童子斐然皆有意於公卿得之則不知愧不得則怨何則彼習知其一旦之可以僥倖而無難也如此則匹夫輕朝廷臣愚以為三人之中茍優與一官足以報其一日之長館閣臺省非舉不入彼果不才者也其安以入

為彼果才者也其何患無所舉此非獨以愛惜名器將以重朝廷耳其八曰臣聞古者敵國相觀不觀於其山川之險士馬之衆相觀於人而已高山大江必有猛獸怪物時見其威故人不敢褻夫不必戰勝而後服也使之常有所忌而不敢發使吾常有所恃而無所怯耳今以中國之大使外國視之不甚畏敢有煩言以瀆亂吾聽此其心不有所窺其安能如此之無畏也敵國有事相待以將無事相觀以使令之所謂使者亦輕矣曰此

人也為此官也則以為此使也令歳以某其來歳當以

某又來歳當以某如縣令署役必均而已矣人之才固

有所短而不可强其專對捷給勇敢又非可以學致也

令必使强之彼有倉惶失次為外人笑而已古者大夫

出疆有可以安國家利社稷則專之今法令大密使小

吏執簡記其旁一摇足輙隨而書之雖有竒才辨士亦

安所效用彼外國覩之以為罇俎談燕之間尚不能辨

軍旅之際固宜其無人也如此將何以破其姦謀而折

其驕氣哉臣愚以為奉使宜有常人惟其可者而不必均彼其不能者陛下責之以文學政事不必强之於言語之間以敗吾事而亦稍寬其法使得有所施且今世之患以奉使為艱危故必均而後可陛下平世使人而皆得以辭免後有緩急使之出入死地將皆逃邪此臣又非獨為出使而言也其九曰臣聞刑之有赦其來遠矣周制八議有可赦之人而無可赦之時自三代之衰始聞有肆赦之令然皆因天下有非常之事凶荒流離

之後盜賊垢汙之餘於是有以沛然洗濯於天下而猶不若今之因郊而赦使天下之凶民可以逆知而僥倖也平時小民畏法不敢趦趄當郊之歲盜賊公行罪人滿獄為天下者將何利於此而又糜散帑廩以賞無用冗雜之兵一經大禮費以萬億賦斂之不輕民之不聊生皆此之故也以陛下節用愛民非不欲去此矣顧以為所從來久遠恐一旦去之天下必以為少恩而凶豪無賴之兵或因以為詞而生亂此其所以重改也蓋事

有不可改而遂不改者其憂必深改之則其禍必速惟其不失推恩而有以救天下之弊者臣愚以為先郊之歲可因事為詞特發大號如郊之赦與軍士之賜且告之曰吾於天下非有惜乎推恩也惟是凶殘之民知吾當赦輙以犯法以賊害吾良民令而後赦不於郊之歲以為常制天下之人喜乎非郊之歲而得郊之賞也何暇慮其後其後四五年而行之七八年而行之又從而盡去之天下晏然不知而日已遠矣且此出於五代之

後兵荒之間所以姑息天下而安反側耳後之人相承而不能去以至於今法令明具四方無虞何畏而不改今不為之計使姦人猾吏養為盜賊而後取租賦以啖驕兵乘之以饑饉鮮不及亂矣當此之時欲為之計其猶有及乎其十曰臣聞古者所以採庶人之議為其踈賤而無嫌也不知爵禄之可愛故其言公不知君威之可畏故其言直今臣幸而未立於陛下之朝無所愛惜顧念於其心者是以天下之事陛下之諸臣所不敢盡

言者臣請得以僭言之陛下擢用俊賢思致太平今幾年矣事垂立而輙廢功未成而旋去陛下知其所由乎陛下知其所由則今之在位者皆足以有立若猶未也雖得賢臣千萬天下終不可為何者小人之根未去也陛下過士大夫有禮凡在位者不敢用褻狎戲嫚以求親媚於陛下而讒言邪謀之所由至於朝廷者天下之人皆以為陛下不踈遠宦官之過陛下特以為耳目玩弄之臣而不知其陰賊險詐為害最大天下之小人無

由至於陛下之前故皆通於宦官珠玉錦繡所以為賂者絡繹於道以間闗齟齬賢人之謀陛下縱不聽用而大臣常有所顧忌以不得盡其心臣故曰小人之根未去也竊聞之道路陛下將有意去而疎之也若如所言則天下之福然臣方以為憂而未敢賀也古之小人有為君子之所抑而反激為天下之禍者臣每痛傷之蓋東漢之衰宦官用事陽球為司隸校尉發憤誅王甫等數人磔其屍於道中常侍曹節過而見之遂奏誅陽球而

宦官之用事過於王甫之未誅其後竇武何進又欲去之而反以遇害故漢之衰至於掃地而不可救夫君子之去小人惟能盡去乃無後患惟陛下思宗廟社稷之重與天下之可畏既去之又去之既疎之又疎之刀鋸之餘必無忠良縱有區區之小節不過閽闥掃灑之勤無益於事惟能務絶其權使朝廷清明而忠言嘉謨易以入則天下無事矣惟陛下無使為臣之所料而後世以臣為知言不勝大願曩臣所著二十篇畧言當世之

要陛下雖以此召臣然臣觀朝廷之意特以其文采詞致稍有可嘉而未必其言之可用也天下無事臣每每狂言以迂濶為世笑然臣以為必將有時而不迂濶也賈誼之策不用於孝文之時而使主父偃之徒得其餘論而施之於孝武之世夫施之於孝武之世固不如用之於孝文之時之易也臣雖不及古人惟陛下不以一布衣之言而忽之不勝越次憂國之心效其所見且非陛下召臣臣言無以至於朝廷今老矣恐後無由復言

故云云之多至於此也惟陛下寬之臣洵誠惶誠懼頓首頓首謹書

書凡十條雖多就當時利病以為言而亦有耿然不磨可為萬世法戒者

葉適曰蘇洵自比賈誼鼂錯王安石皆畏其筆至以為過之歐陽氏比於荀卿則嘉祐後布衣特起名冠當時而高後世李覯王回豈敢望也或傳洵嘗自挾一書誦習二子不得見他日竊視之戰國策也洵闢

而歎息此雖未可信然觀其遺文大畧可見矣

御選唐宋文醇卷三十七

欽定四庫全書

御選唐宋文醇卷三十八

眉山蘇軾文一

赤壁賦

壬戌之秋七月既望蘇子與客汎舟遊於赤壁之下清風徐來水波不興舉酒屬客誦明月之詩歌窈窕之章少焉月出於東山之上徘徊於斗牛之間白露横江水光接天縱一葦之所如凌萬頃之茫然浩浩乎如馮虚

御風而不知其所止飄飄乎如遺世獨立羽化而登仙
於是飲酒樂甚扣舷而歌之歌曰桂棹兮蘭槳擊空明
兮泝流光渺渺兮予懷望美人兮天一方客有吹洞簫
者倚歌而和之其聲嗚嗚然如怨如慕如泣如訴餘音
嫋嫋不絶如縷舞幽壑之潛蛟泣孤舟之嫠婦蘇子愀
然正襟危坐而問客曰何為其然也客曰月明星稀烏
鵲南飛此非曹孟德之詩乎西望夏口東望武昌山川
相繆鬱乎蒼蒼此非孟德之困於周郎者乎方其破荆

州下江陵順流而東也舳艫千里旌旗蔽空釃酒臨江橫槊賦詩固一世之雄也而今安在哉況吾與子漁樵於江渚之上侶魚蝦而友麋鹿駕一葉之扁舟舉匏尊以相屬寄蜉蝣於天地眇滄海之一粟哀吾生之須臾羨長江之無窮挾飛仙以遨遊抱明月而長終知不可乎驟得託遺響於悲風蘇子曰客亦知夫水與月乎逝者如斯而未嘗往也盈虛者如代而卒莫消長也蓋將自其變者而觀之則天地曾不能以一瞬自其不變者

而觀之則物與我皆無盡也而又何羨乎且夫天地之間物各有主茍非吾之所有雖一毫而莫取惟江上之清風與山間之明月耳得之而為聲目遇之而成色取之無禁用之不竭是造物者之無盡藏也而吾與子之所共食客喜而笑洗盞更酌肴核既盡杯盤狼藉相與枕藉乎舟中不知東方之既白

軾手書帖盈虛者如代而卒莫消長也後人易代為彼是造物之無盡藏也而吾與子之所共食後人易食為

適今詳軾意言水與月雖前後代嬗而本體不遷所為
觀方知彼去去者不知方也今易為如彼以對如斯將
彼月而斯水乎水與月何彼我於其間也六識以六入
為養其養也胥為之食目以色為食耳以聲為食鼻以
香為食口以味為食身以觸為食意以法為食具見釋
典故曰江上清風山間明月耳得成聲目遇成色者皆
吾與子之所共食也易為共適意味索然當時有人問
軾食字之義軾曰如食邑之食猶云享也軾蓋不欲以

博覽上人故權辭以對古人謙抑如此

淩安國曰按東坡與范子豐書云黃州少西山麓陡入江中石色如丹傳云曹公敗處所謂赤壁者或曰非也時曹公敗歸華容路路多泥濘使羸弱先行踐之而過曰劉備智過人而見事遲華容夾道皆葭葦使縱火則吾無遺類矣今赤壁少西對岸即華容鎮庶幾是也然岳州復有華容縣竟不知孰是今世人以赤壁在武昌嘉魚縣東坡所遊者黃州赤嶼也恐

亦未確　東坡前後赤壁夜遊在元豐五年壬戌其元豐三年庚申十二月十九日東坡生日置酒赤壁磯下踞高峯俯鶻巢酒酣笛聲起於江上客有郭尤二生頗知音謂坡曰笛聲有新意非俗工也使人問之則進士李委聞坡生日作曲曰鶴南飛以獻呼之使前則青巾紫裘腰笛而已既奏新曲又快作數聲嘹然有穿雲裂石之聲坐客皆引滿醉倒委袖出佳紙一幅曰吾無求于公得一絶句足矣坡笑而從之

詩曰山頭孤鶴向南飛載我南遊到九疑下界何人也吹笛可憐時復犯龜兹　按東坡書有云今日李委秀才來相別因以小舟載酒飲赤壁下李善吹笛酒酣作數弄風起水湧大魚皆出上有棲鶻念孟德公瑾如昨日耳適會范子豐兄弟來遂書以與之

後赤壁賦

是歲十月之望步自雪堂將歸於臨臯二客從予過黃泥之坂霜露既降木葉盡脫人影在地仰見明月顧而

樂之行歌相答已而歎曰有客無酒有酒無殽月白風清如此良夜何客曰今者薄暮舉網得魚巨口細鱗狀似松江之鱸顧安所得酒乎歸而謀諸婦婦曰我有斗酒藏之久矣以待子不時之須於是攜酒與魚復遊於赤壁之下江流有聲斷岸千尺山高月小水落石出曾日月之幾何而江山不可復識矣予乃攝衣而上履巉巖披蒙茸踞虎豹登虬龍攀栖鶻之危巢俯馮夷之幽宮蓋二客不能從焉劃然長嘯草木震動山鳴谷應風

起水涌予亦悄然而悲肅然而恐凜乎其不可留也反
而登舟放乎中流聽其所止而休焉時夜將半四顧寂
寥適有孤鶴橫江東來翅如車輪玄裳縞衣戛然長鳴
掠予舟而西也須臾客去予亦就睡夢一道士羽衣翩
躚過臨臯之下揖予而言曰赤壁之遊樂乎問其姓名
俯而不答嗚呼噫嘻我知之矣疇昔之夜飛鳴而過我
者非子也耶道士顧笑予亦驚悟開戶視之不見其處
軾貶御史臺獄謫黃州團練副使壬戌之冬謫三年矣

其作二賦蓋與造物者游而天機自暢并無意於弔古更何預今世事嘗書寄傅欽之而曰多難畏事幸勿輕出者畏宵小之捃摭無已又或作蟄龍故事耳乃文徵明謂以曹孟德氣勢消滅無餘譏當時用事者轉以寄傅欽之之語為証謂為實有所刺譏可謂烏焉成馬矣東坡在黄安石之黨正烈而謂消滅無餘耶若謂東坡以安石比孟德謂終當消滅無餘則將置神宗於何等也東坡畏當世之捃摭而屬其友勿出示人寧知後世

譎者仍以當世之心揣摭之不已亦不幸也已果若其言則前賦更何足味而此後賦又將以何語為刺譏耶文人穿鑿之論取快一時不知印定後人眼目使古人本意不顯佻薄之子因謂古人作文無往非刺譏當世者遂猖狂謬悠而不可止既害人心術而淳謹之人畏其如此必章鈎句棘一字不敢下迫窘詰屈而文字之道或幾於熄孰非此等階之厲歟

凌安國曰按年譜公年四十九在黄州寓居臨臯就

東坡築雪堂以雪中成因繪以雪故名

屈原廟賦

浮扁舟以適楚兮過屈原之遺宮覽江上之重山兮曰惟子之故鄉伊昔放逐兮渡江濤而南遷去家千里兮生無所歸而死無以為墳悲夫人固有一死兮處死之為難徘徊江上欲去而未決兮俯千仞之驚湍賦懷沙以自傷兮嗟子獨何以為心忽終章之慘烈兮逝將去此而沉吟吾豈不能高舉而遠遊兮又豈不能退默而

深居獨嗷嗷其怨慕兮恐君臣之愈疎生既不能力爭而强諫兮死猶冀其感發而改行苟宗國之顛覆兮吾亦獨何愛於久生託江神以告寃兮馮夷教之以上訴歷九關而見帝兮帝亦悲傷而不能救懷瑾佩蘭而無所歸兮獨惸惸乎中浦峽山高兮崔嵬故居廢兮行人哀子孫散兮安在況復見兮高臺自子之逝今千載兮世愈狹而難存賢者畏譏而改度兮隨俗變化斵方以為圓黽勉於亂世而不能去兮又或為之臣佐變丹青

於玉瑩兮彼乃謂予為非智惟高節之不可以企及兮宜夫人之不吾與違國去俗死而不顧兮豈不足以免於後世嗚呼君子之道豈必全兮全身遠害亦或然兮嗟子區區獨為其難兮雖不適中要以為賢兮夫我何悲子所安兮

朱子曰公與歐陽文忠曾南豐相繼迭起各以其文擅名當世然皆傑然自為一代之作于楚人之賦有未數數然者獨自蜀而東道出屈原祠下嘗為之賦

以誠揚雄而申原志然亦不專用楚語　坡公賦屈原雖不專用楚語然至末亂辭君子之道不必全兮數語是為有發于原之心而其詞氣亦若有冥會者矣

灩澦堆賦并序

世以瞿唐峽口灩澦堆為天下之至險凡覆舟者皆歸咎於此石以余觀之蓋有功於斯人者夫蜀江會百水而至於夔瀰漫浩汗横放於大野而峽之大小曾不及

其十一苟先無以齟齬於其間則江之遠來奔騰迅快盡銳於瞿唐之口則其險悍可畏當不啻於今耳因為之賦以待好事者試觀而思之

天下之至信者唯水而已江河之大與海之深而可以意揣唯其不自為形而因物以賦形是故千變萬化而有必然之理掀騰勃怒萬夫不敢前兮宛然聽命惟聖人之所使予泊舟乎瞿唐之口而觀乎灩澦之崔嵬然後知其所以開峽而不去者固有以也蜀江遠來兮浩

漫漫之平沙行千里而未嘗齟齬兮其意驕逞而不可摧忽峽口之逼窄兮納萬頃於一杯方其未知有峽也而戰乎灧澦之下喧豗震掉盡力以與石鬬勃乎若萬騎之西來忽孤城之當道鈎援臨衝畢至於其下兮城堅而不可取矢盡劍折兮迤邐循城而東去於是滔滔汩汩相與入峽安行而不敢怒嗟夫物固有以安而生變兮亦有以用危而求安得吾説而推之兮亦以知物理之固然

以神禹之力奚難去此江中之石以安行旅物固有留其患而患小去其患而患反大者則其患非患乃為吾捍患者也宋患遼窮國之力以滅遼遼滅遂無可以屏金者遂有北狩南渡之禍向使遼在金固不得越遼而取宋也軾其有見於此而託意於灩澦石歟

黠鼠賦

蘇子夜坐有鼠方齧拊床而止之既止復作使童子燭之有槖中空嘐嘐聱聱聲在槖中曰嘻此鼠之見閉而

不得去者也發而視之寂無所有舉燭而索中有死鼠童子驚曰是方齧也而遽死耶向為何聲豈其鬼耶覆而出之墮地方走雖有敏者莫措其手蘇子歎曰異哉是鼠之黠也閉於橐中橐堅而不可穴也故不齧而齧以聲致人不死而死以形求脫也吾聞有生莫智於人擾龍伐蛟登龜狩麟役萬物而君之卒見使於一鼠墮此蟲之計中驚脫兎於處女烏在其為智也坐而假寐私念其故若有告余者曰汝惟多學而識之望道而未

見也不一於汝而二於物故一鼠之齧而為之變也人能碎千金之壁而不能無失聲於破釜能搏猛虎不能無變色於蜂蠆此不一之患也言出於汝而忘之耶余俯而笑仰而覺使童子執筆記余之作

誠生明一於汝誠也一於汝則無一亦無汝而卓然精明妄生暗二於物妄也二生三三生萬萬者機然而各分一汝則昏然莫知所之矣孔子曰不逆詐不億不信抑亦先覺者是賢乎讀者不察謂惟先覺乃能不逆不

億余非先覺者也非逆億則何覺不知逆億之中無覺路逆億所覺不過以其昏昏者自謂為覺而已軾之言不一於汝而二於物識善言立識哉乃世儒聞軾之言一言二則曰此禪學也易其說為識為妄則曰此其儒乎嗚呼彼蓋識於貌而未嘗識於中詰其識而未嘗立其識者也

凌安世曰按東坡十來歲作夏侯太初論用碎辟數語為老蘇所極愛故曰言出于汝而忘之耶

日喻

生而眇者不識日問之有目者或告之曰日之狀如銅槃扣槃而得其聲他日聞鐘以為日也或告之曰日之光如燭捫燭而得其形他日揣籥以為日也日之與鐘籥亦遠矣而眇者不知其異以其未嘗見而求之人也道之難見也甚於日而人之未達也無以異於眇達者告之雖有巧譬善道亦無以過於槃與燭也自槃而之鐘自燭而之籥轉而相之豈有既乎故世之言道者或

即其所見而名之或莫之見而意之皆求道之過也然則道卒不可求歟蘇子曰道可致而不可求何為致孫武曰善戰者致人不致於人孔子曰百工居肆以成其事君子學以致其道莫之求而自至斯以為致也歟南方多没人日與水居也七歲而能涉十歲而能浮十五歲而能没矣夫没者豈苟然必將有得於水之道者日與水居則十五而得其道生不識水則雖壯見舟而畏之故北方之勇者問於没人而求其所以没以其言試

之河未有不溺者也故凡不學而務求道皆北方之學沒者也昔者以聲律取士士雜學而不志於道今者以經術取士士求道而不務學渤海吳君彥律有志於學者也方求舉於禮部作日喻以告之

朱子謂三代學校之法廢天下學者非俗儒記誦詞章即是異端虛無寂滅其論確矣宋自王安石始以經術取士一時求仕者皆改其如青嬔白而談道德仁義及致之於用則茫然失據亦與妃青嬔白無二焉此蘇軾

日喻所以作也程朱出而昌明千載不傳之遺經而孔子之言性與天道似可得聞矣然學者不務誠身以明善學古以入官徒以口耳為性天之學其與虛無寂滅者要亦名異而實同耳軾所為不學而務求道皆北方之學没者也軾意以期天下之務其實而後世轉以其扣槃捫燭之說出於佛氏盲人觀象斥之為虛無寂滅之流噫斯真扣槃捫燭者歟

淩安國曰此元豐元年公在徐州時作年四十三

問養生

余問養生於吳子得二言焉曰和曰安何謂和曰子不見天地之為寒暑乎寒暑之極至於折膠流金而物不以為病其變者微也寒暑之變晝與日俱逝夜與月並馳俯仰之間屢變而人不知者微之至和之極也使此二極者相尋而狎至則人之死久矣何謂安曰吾嘗自牢山浮海達於淮遇大風焉舟中之人如附於桔槔而與之上下如蹈車輪而行反逆眩亂不可止而吾飲食

起居如他日吾非有異術也惟莫與之爭而聽其所為故凡病我者舉非物也食中有蛆人之見者必嘔也其不見而食者未嘗嘔也請察其所從生論八珍者必嚥言糞穢者必唾二者未嘗與我接也唾與嚥何從生哉果生於物乎果生於我乎知其生於我也則雖與之接而不變安之至也安則物之感我者輕和則我之應物者順外輕內順而生理備矣吳子古之靜者也其觀於物也審矣是以私識其言以時省觀焉

上節用陰符天地之道浸義下節用楞嚴想陰區宇義雖然毋謂聖人所不道也於養生可以悟治道焉夫五穀熟而民人育然併十日之穀頓食之死矣孝弟者堯舜之道然旦夕之間人人責以曾閔則桁楊比戶而民不聊生矣聖人久於其道而天下化成蓋如寒暑之容移焉孔子曰欲速則不達此之謂也又天下事變之來有非意所及料而如猋風暴雨之總至者惟順其勢而莫與爭一不為之動則徐乃自定蓋常變一理鉅細一

致誠不至則妄興明不至則疑生也易曰震來厲億喪貝躋於九陵勿逐七日得此之謂也

通英進讀

叔孫通不能致二生

軾以謂叔孫通制禮雖不能如三代然亦因時施宜有補於世者魯二生非之其言未必皆當通以謂不知時變亦宜矣然謹按揚子法言昔齊魯有大臣史失其名或曰如何其大也曰叔孫通欲制君臣之儀聘先生於

齊魯所不能致者二人由此觀之大臣以道事君不可則止然後可以托六尺之孤寄百里之命若與時上下隨人俯仰雖或適用於一時何足謂之大臣為社稷之衛哉

狄山論匈奴和親

軾謹按漢制博士秩皆六百石耳然朝廷有大事必與丞相御史九卿列侯同議可否蓋親儒臣尊經術不以小臣而廢其言故狄山得與張湯爭議上前此人臣之

所甚難而人主之所欲聞也溫顔以來之虛懷以受之猶恐不敢言又況如武帝作色憑怒致之於死乎故湯之用事至使盜賊半天下而漢室幾亂蓋起於狄山之不容也

張九齡不肯用張守珪牛仙客

軾竊謂士大夫砥礪名節正色立朝不務雷同以固祿位非獨人臣之私義乃天下國家所恃以安者也若名節一衰忠信不聞亂亡隨之捷如影響西漢之末敢言

者惟王章朱雲二人章死雲廢則公卿持禄保妻子如張禹孔光之流耳故王莽以斗筲穿窬之才恣取神器如反掌唐開元之末大臣守正不回惟張九齡一人九齡既已忤旨罷相明皇不復聞其過以致禄山之亂治亂之機可不慎哉

䫻邇英進讀八首此三首最有關於治忽之機用人之要

和歸去來兮辭

子瞻謫居昌化追和淵明歸去來辭蓋以無何有之鄉為家雖在海外未嘗不歸云爾

歸去來兮吾方南遷安得歸臥江海之澒洞弔鼓角之悽悲迹泥蟠而愈深時電往而莫追懷西南之歸路夢良是而覺非悟此生之何常猶寒暑之異衣豈襲裘而念葛蓋得狷而喪微我歸甚易匪馳匪奔俯仰還家下馬闔門藩垣雖闕堂室故存挹我天醴注之窪樽飲月露以洗心餐朝霞而眩顔混客主以為一俾婦姑之相

安知盜賊之何有乃揞門而折關廓圜鏡以外照納萬象而中觀治廢井以晨汲滃百泉之夜還守靜極以自作時爵躍而鯢桓歸去來兮請終老於斯遊我先人之敝廬復舍此而焉求均海南以漠北挈往來而無憂疇人告余以一言非八卦與九疇方飢須糧已濟無舟忽人牛之皆喪但喬木與高邱驚六用之無成自一根之反流望故家而求息曷中道而三休已矣乎吾生有命歸有時我初無行亦無留駕言隨子聽所之豈以師南

華而廢從安期謂易稼之終枯遂不溉而不耔師淵明之雅放和百篇之新詩賦歸來之清引我其後身蓋無疑

人身動者天而靜者地氣即日而血即月使以動還天以靜還地以氣還日以血還月如是還已更無可還夫更無可還者乃天地日月且不有而我尚得有之乎然是不有者正為萬古之常有而我與天地日月所共有軾之歸去來處也雖然是處也無去無來而又奚歸故

其卒章曰我初無行亦無留

書韓魏公黄州詩後

黄州山水清遠土風厚善其民寡求而不爭其士靜而文朴而不陋雖閭巷小民知尊愛賢者曰吾州雖遠小然王元之韓魏公嘗辱居焉以誇於四方之人元之自黄遷蘄州没於蘄然世之稱元之者必曰黄州而黄人亦曰吾元之也魏公去黄四十餘年而思之不忘至以為詩夫賢人君子天之所以遺斯民天下之所共有而

黄人獨私以為寵豈其尊德樂道獨異於他邦也歟抑二公與此州之人有宿昔之契不可知也元之為郡守有德於民民懷之不忘也固宜魏公以家艱從其兄居耳民何自知之詩云有斐君子如金如錫如圭如璧金錫圭璧之所在瓦石草木被其光澤矣何必施於用奉議郎孫貴公素黄人也而客於公公知之深蓋所謂教授書記者也而軾亦公之門人謫居於黄五年治東坡築雪堂蓋將老焉則亦黄人也於是相與募公之詩而

刻之石以為黃人無窮之思而吾二人者亦庶幾託此以不忘乎元豐七年十月二十六日汝州團練副使蘇軾記

甘棠勿翦召伯所茇左傳曰宿也敢不封殖此樹以無忘角弓一以昭好賢之心之烏可以一以昭賢者所至草木亦與有輝光使人樂趨善而不自知其手之舞之足之蹈之也軾斯文有甘棠詩人之遺風乎

三槐堂銘并序

天可必乎賢者不必貴仁者不必壽天不可必乎仁者必有後二者安取衷哉吾聞之申包胥曰人衆者勝天天定亦能勝人世之論天者皆不待其定而求之故以天為茫茫善者以怠惡者以肆盜蹠之壽孔顔之厄此皆天之未定者也松柏生於山林其始也困於蓬蒿厄於牛羊而其終也貫四時閲千歲而不改者其天定也善惡之報至於子孫而其定也久矣吾以所見所聞所傳聞考之而其可必也審矣國之將興必有世德之臣

厚施而不食其報然後其子孫能與守文太平之主共
天下之福故兵部侍郎晉國王公顯於漢周之際歷事
太祖太宗文武忠孝天下望以為相而公卒以直道不
容於時蓋嘗手植三槐於庭曰吾子孫必有為三公者
已而其子魏國文正公相真宗皇帝於景德祥符之間
朝廷清明天下無事之時享其福禄榮名者十有八年
今夫寓物於人明日而取之有得有否而晉公修德於
身責報於天取必於數十年之後如持左券交手相付

吾是以知天之果可必也吾不及見魏公而見其子懿敏公以直諫事仁宗皇帝出入侍從將帥三十餘年位不滿其德天將復興王氏也歟何其子孫之多賢也世有以晉公比李栖筠者其雄才直氣真不相上下而栖筠之子吉甫其孫德裕功名富貴畧與王氏等而忠信仁厚不及魏公父子由此觀之王氏之福蓋未艾也懿敏公之子鞏與吾遊好德而文以世其家吾是以録之

銘曰

嗚呼休哉魏公之業與槐俱萌封植之勤必世乃成既相真宗四方砥平歸視其家槐陰滿庭吾儕小人朝不及夕相時射利皇卹厥德庶幾僥倖不種而獲不有君子其何能國王城之東晉公所廬鬱鬱三槐惟德之符嗚呼休哉

天之道積氣盈朔虛之不齊歸其餘於終而生閏則不齊者齊矣春秋冬夏漸浸漸勝無一日之相似者而大夏大冬居其極致然合百年而視之則無一之不相似

矣天之所以為天者如是何獨至於人而疑之易曰積善之家必有餘慶積不善之家必有餘殃易言家不言身易言餘不言即而人每於及身驗之不驗則怨天尤人非聖而疑經亦惑之甚矣軾謂必待其定而求之可為善言天者天之定必其餘也天道遠而甚邇曷不觀之四時

邵伯溫曰王晉公祐事太祖為知制誥太祖遣使魏州以便宜付之告之曰使還與卿王溥官職時溥為

相也蓋魏州節度使符彥卿太宗夫人之父有飛語聞於上祐往別太宗於晉邸太宗卻左右欲與之言祐逕趨出祐至魏得彥卿家僮二人挾勢恣橫以便宜決配而已及還朝太祖問曰汝敢保符彥卿無異意乎祐曰臣與符彥卿家各百口願以臣之家保符彥卿家又曰五代之君多因猜忌殺無辜故享國不長願陛下以為戒帝怒其語直貶護國軍行軍司馬華州安置七年不名太宗即位謂輔臣曰王祐文章

之外别有清節朕所自知以兵部侍郎名不及見而薨初祐笑曰某不做兒子二郎必做二郎者文正公旦也祐素知其必貴手植三槐于庭曰吾子孫必有為三公者已而果然天下謂之三槐王氏

總校官編修臣朱　鈐

校對官編修臣孫希旦

謄録監生臣張龍圻

〔清〕清高宗弘曆 選
〔清〕允祿等 編

御選唐宋文醇

（五）

北方聯合出版傳媒（集團）股份有限公司
萬卷出版有限責任公司

詳校官中書臣劉源溥

欽定四庫全書

御選唐宋文醇卷三十九

眉山蘇軾文二

上文侍中論榷鹽書

留守侍中執事當今天下勳德俱高為主上所倚信華實兼隆為士民所責望受恩三世宜與社稷同憂皆無如明公者今雖在外事有關於安危而非職之所憂者猶當盡力争之而况其事關本職而憂及生民者乎竊

意明公必已言之而人不知若猶未也則願效其愚頃者三司使章惇建言乞榷河北京東鹽朝廷遣使案視名周革入覲已有成議矣惇之言曰河北與陝西皆為邊防而河北獨不榷鹽此祖宗一時之誤恩也軾以為陝西之鹽與京東河北不同解池廣袤不過數十里既不可捐以予民而官亦易以籠取青鹽至自虜中有可禁止之道然猶法存而實不行城門之外公食青鹽今東北循海皆鹽也其欲籠而取之正與淮南兩浙無異軾

在餘杭時見兩浙之民以犯鹽得罪者一歲至萬七千人而莫能止姦民以兵仗護送吏士不敢近者常以數百人為輩特不為他盜故上下通知而不以聞耳東北之人悍於淮浙遠甚平居椎剽之姦常甲於他路一旦榷鹽則其禍未易以一二數也由此觀之祖宗以來獨不榷河北鹽者正事之適宜耳何名為誤哉且榷鹽雖有故事然要以為非王政也陝西淮浙既未能罷又欲使京東河北隨之此猶患風痺人曰吾左臂既病矣右

臂何為獨完則以酒色代之可乎令議者曰吾之法與淮浙不同淮浙之民所以不免於私販而竈戸所以不免於私賣者以官之買價賤而賣價貴耳今吾賤買而賤賣借如每斤官以三錢得之則以四錢出之鹽商私買於竈戸利其賤耳賤不能減三錢竈戸均為得三錢也寧以予官乎將以予私商而犯法乎此必不犯之道也此無異於兒童之見東海皆鹽也苟民力之所及未有捨而不煎煎而不賣者也而近歲官錢常苦窘迫遇

其急時百用橫生以有限之錢買無窮之鹽竈戶有朝夕薪米之憂而官錢在期月之後則其利必歸於私販無疑也食之於鹽非若飢之於五穀也五穀之乏至於節口并日而況鹽乎故私販法重而官鹽貴則民之貧而懦者或不食鹽往在浙中見山谷之人有數月食無鹽者今將榷之東北之俗必不如往日之嗜鹹也而望官課之不虧踈矣且淮浙官鹽本輕而利重雖有積滯官未病也今以三錢為本一錢為利自祿吏購賞修築

厫庾之外所獲無幾矣一有積滯不行官之所喪可勝計哉失民而得財明者不為況民財兩失者乎且禍莫大於作始作俑之漸至於用人今兩路未有鹽禁也故變之難遣使會議經年而未果自古作事欲速而不取衆議未有如今日者也然猶遲久如此以明作始之難也今既已榷之矣則他日國用不足添價賣有司以為熟事行半紙文書而決矣且明公能必其不添乎非獨明公不能也今之執政能自必乎苟不可必則兩路

之禍自今日始夫東北之蠶衣被天下蠶不可無鹽而

議者輕欲奪之是病天下也明公可不深哀而速救之

歟或者以為朝廷既有成議矣雖爭之必不從竊以為

不然乃者手實造簿方赫然行法之際軾嘗論其不可

以告今太原韓公公時在政府莫之行也而手實卒罷

民賴以少安凡今執政所欲必行者青苗助役市易保

甲而已其他猶可以庶幾萬一或者又以為明公將老

矣若猶有所爭則其請老也難此又軾之所不識也使

明公之言幸而聽屈已少留以全兩路之民何所不可不幸而不聽是議不中意其於退也尤易矣願少留意軾一郡守也猶以職之所當憂而冒聞於左右明公其得已乎干瀆威重俯伏待罪而已

権鹽洵非三代盛王之所有然自封建變為郡縣則煑海之利無復限制末所競趨不有官吏統紀之易以為亂却不得謂非王政也特與小民爭利則失政之甚者矣篇中所論鹽政直燎如觀火而為民請命忠愛惻怛

之意横溢豪楮可為仁人之言矣讀至凡今執政所欲必行者青苗助役市易保甲而已其他猶可以庶幾萬一語真如甯俞貨醫使薄其酖令人流涕

上韓樞密書

軾頓首上樞密侍郎閣下軾受知門下似稍異於尋常人蓋嘗深言不諱矣明公不以為過其在錢塘時亦蒙以書見及語意親甚自爾不復通問者七年於茲矣頃聞明公入西府門前書生為作賀啓數百言軾輒裂去

曰明公豈少此哉要當有輔於左右者昔侯霸為司徒其故人嚴子陵以書遺之曰君房足下位至台鼎甚善懷仁輔義天下悅阿諛順旨要領絶世以子陵為狂以軾觀之非狂也方是時光武以布衣取天下功成志滿有輕人臣之心躬親吏事所以待三公者甚薄霸為司徒奉法循職而已故子陵有以感發之令陛下之聖不止光武而明公之賢亦遠過侯霸軾雖不用然有位於朝未若子陵之獨善也其得盡言於左右良不為過今

者貪功僥倖之臣勸上用兵於西北使斯言無有則天下之幸孰大於此不幸有之大臣所宜必爭也古今兵不可用明者計之詳矣明公亦必然之軾不敢復言獨有一事以為臣子之忠孝莫大於愛君愛君之深者飲食必祝之曰使吾君子孫多長有天下此豈非臣子之願歟古之人君好用兵者多矣出而無功與有功而君不賢者皆不足道也其賢而有功者莫若漢武帝唐太宗武帝建元元年蚩尤旗見其長亘天後遂命將出師

畧取河南地建置朔方其春戾太子生自是之後師行蓋十餘年兵所誅夷屠滅死者不可勝數巫蠱事起京師流血僵尸數萬太子父子皆敗故班固以為太子生長於兵興之終始唐太宗既平海内破滅突厥高昌吐谷渾等且猶未厭親駕征遼東當時大臣房魏輩皆力爭不從使無辜之民身膏草野於萬里之外其後太子承乾齊王祐吳王恪皆相繼誅死其餘遭武氏之禍殘殺殆盡武帝好古崇儒求賢如不及號稱世宗太宗克己

求治幾至刑措而其子孫遭罹如此豈為善之報也哉由此言之好兵始禍者既足以為後嗣之累則凡忍恥含垢以全人命其為子孫之福審矣軾既無狀竊謂人主宜聞此言而明公宜言此此言一聞豈惟朝廷無疆之福將明公子孫實世享其報軾懷此欲陳久矣恐未信而諫則以為謗不勝區區之忠故移致之明公雖以此獲罪不愧不悔皇天后土宜聞此言

金人入汴徽欽為虜妃主子孫殺戮夷辱之慘載於史

氏刊於稗官讀之酸鼻傷肝不忍言者抑知其無端用兵於遼死者百萬王安石始其謀童蔡成其事卒滅遼之社稷而中原亦肝腦塗地天特假手於金耳孟子曰出乎爾者反乎爾夫民令而後反之也而又奚惜焉詩言之靡言不讎靡德不報

與謝民師推官書

軾啟近奉違函辱問訊具審起居佳勝感慰深矣軾受性剛簡學迂材下坐廢累年不敢復齒縉紳自還海北

見平生親舊惘然如隔世人况與左右無一日之雅而
敢求交乎數賜見臨傾蓋如故幸甚過望不可言也所
示書教及詩賦雜文觀之熟矣大畧如行雲流水初無
定質但常行於所當行常止於不可不止文理自然姿
態橫生孔子曰言之不文行之不遠又曰辭達而已矣
夫言止於達意疑若不文是大不然求物之妙如繫風
捕影能使是物了然於心者蓋千萬人而不一遇也而
况能使了然於口與手者乎是之謂辭達辭至於能達

則文不可勝用矣揚雄好為艱深之詞以文淺易之說若正言之則人人知之矣此正所謂雕蟲篆刻者其太玄法言皆是類也而獨悔於賦何哉終身雕蟲而獨變其音節便謂之經可乎屈原作離騷經蓋風雅之再變者雖與日月爭光可也可以其似賦而謂之雕蟲乎使賈誼見孔子升堂有餘矣而乃以賦鄙之至與司馬相如同科雄之陋如此比者甚衆可與知者道難與俗人言也因論文偶及之耳歐陽文忠公言文章如精金美

玉市有定價非人所能以口舌定貴賤也紛紛多言豈能有益於左右愧悚不已所須惠力法雨堂字軾本不善作大字强作終不佳又舟中局迫難寫未能如教然軾方過臨江當往遊焉或僧有所欲記録當作數句留院中慰左右念親之意今日已至峽山寺少留即去愈遠惟萬萬以時自愛不宣

儲欣謂東坡論文所謂見其一耳此事當以韓李書為主而以坡公説參之詆揚子雲尤過不足據依嘗考韓

李之書其期於言之有物者則此文固未嘗論及至其言詞章者雖昌黎無以踰矣況所為了然於口與手者必其有物之言若其言之無物固不足論也韓愈云文無難易唯其是李翺推明之凡數百言轉不若此文止數語了徹其義而有餘韻至論揚雄尤為至當雄之言真雕蟲篆刻耳孔子曰先行其言而後從之自非然者雖日道仲尼之語亦是雕蟲篆刻雕蟲篆刻云者必妃青媲白也哉

李光地曰同時王荆公曾子固司馬温公皆尊揚子

品題至在孟荀之上坡公遂顯攻之朱文公論文亦

曰子雲太元法言葢亦長楊校獵之流而粗變其音

節直用坡公此語也

與李方叔書

軾頓首方叔先輩足下屢獲來教因循不一裁答悚息

不已比日履茲秋暑起居佳勝録示子駿行狀及數詩

辭意整暇有加於前得之極喜㒶累書見責以不相薦

引讀之甚愧然其說不可不盡君子之知人務相勉於道不務相引於利也足下之文過人處不少如李氏墓表及子駿行狀之類筆勢翩翩有可以追古作者之道至若前所示兵鑑則讀之終篇莫知所謂意者足下未甚有得於中而張其外者不然則老病昏惑不識其趣也以此私意猶冀足下積學不倦落其葉而成其實深願足下為禮義君子不願足下豐於才而廉於德也若進退之際不甚慎靜則於定命不能有毫髮增益而於

道德有丘山之損矣古之君子貴賤相因先後相援固多矣軾非敢廢此道平生相知心所謂賢者則於稠人中譽之或因其言以考其實實至則名隨之名不可掩其自為世用理勢固然非力致也陳履常居都下逾年未嘗一至貴人之門章子厚欲一見終不可得中丞傅欽之侍郎孫莘老薦之軾亦掛名其間會朝廷多知履常者故得一官軾孤立言輕未嘗獨薦人也爵祿砥世人主所專宰相猶不敢必而欲責於軾可乎東漢處士私

相謚非古也殆似丘明為素臣當得罪於孔門矣孟生貞曜蓋亦蹈襲其樊不足法而况近相名字乎甚不顧足下此等也軾於足下非愛之深期之遠定不及此猶能察其意否近秦少游有書來亦論足下近文益奇明主求人如不及豈有終汩沒之理足下但信道自守當不求自至若不深自重恐喪失所有言切而盡臨紙悚息未即會見千萬保愛近夜眼昏不一不一軾頓首

同人先號咷而後笑孔子繫之辭曰君子之道或出或

處或默或語蓋九五君位福極之所自出其孰不希爵祿以來附徒得茍富貴之人國與民奚賴焉若湯之於伊尹可為先號咷而後笑矣子路不云乎君臣之義如之何其廢之伊尹豈欲潔其身而亂大倫者哉其必三聘而後出者所為其尊德樂道不如是不足以有為故其始也先號咷而後笑其終也利斷金而如蘭孔子謂富貴得以非道則不處貧賤得以非道則不去茍其處之而去之則謂之去仁非特出處之大也即一語一默之

細而猶然子曰可與言而不與言失人不可與言而與言失言蓋必自炫自鬻之念動於中然後聒而與之語孟子充類至義之盡至斥之為穿窬之類聖賢律己之嚴一語默之細至猶如此而肯於進退之際不自慎靜也哉易六十四卦直繫以征凶无攸利無他辭者唯歸妹一卦為其說以動女求男也三百篇男女贈答離騷佳人公子類皆以女之從男況士之出處蓋非閨閫閒語也夫女之耽兮不可說也豈真以士之耽為尚可說

乎

與王庠書

軾啓遠蒙差人致書問安否輔以藥物眷意甚厚自二月二十五日至七月十三日凡一百三十餘日乃至水陸蓋萬餘里矣罪戾遠黜旣爲親友憂又使此兩人者跋涉萬里比其還家幾盡此歲此君愛我之過而重其罪也但喜比來侍奉多暇起居佳勝軾罪大責薄居此固宜無足言者瘴癘之邦僵仆者相屬於前然亦有以取

之非寒暖失宜則飢飽過度苟不犯此者亦未遽病也若大期至固不可逃又非南北之故矣以此居之泰然不煩深念前後所示著述文字皆有古作者風力大略能道意所欲言者孔子曰辭達而已矣辭至於達止矣不可以有加矣經說一篇誠哉是言也西漢以來以文設科而文始衰自賈誼司馬遷其文已不逮先秦古書况其下者文章猶爾况所謂道德者乎若所論周勃則恐不然乎勃未嘗一日忘漢陸賈為之謀至矣彼視祿

産猶几上肉但將相和調則大計自定若如君言先事經營則呂后覺悟誅兩人而漢亡矣軾少時好議論古人既老涉世更變往往悔其言之過故樂以此告君也儒者之病多空文而少實用賈誼陸贄之學殆不傳於世老病且死獨欲以此教子弟豈意婣親中乃有王郎乎三復來貺喜抃不已應舉者志於得而已今程試文字千人一律考官亦厭之未必得也如君自信不回必不為時所棄也又况得失有命決不可移乎勉守所學

以卒遠業相見無期萬萬自重而已人還謹奉手啓少
謝萬一

軾年少時才俊文雄好論議天下事為宵小所忌羣起擠之縶獄貶竄空乏飢寒出於萬死之中而所學益以光明既老絶非少年時見地故能困而不失其所亨蠻烟蜑雨中一逐臣不啻鳴金樅玉於天禄石渠彈琴詠詩於青山緑澗間也坎坷萬狀而一遇可以尊主澤民之事奮然為之一無顧忌不知身之在叢棘也非有道

者而能然耶洛蜀牴牾兩家子弟材智下不能各知其師之心遂詆軾為異端或以為縱橫家言嗜其甚矣夫君子和而不同唯其不同是以為君子天之雲霞地之卉木水色山光之紫翠蔚藍無一同者然而莫非造化秀靈之氣也及其生物不測則若相為左右手然君子之不同類是矣其不同者要皆所以從王事庇民生轉惟鹹酸甘辛之不齊而鼎實斯美不同者正所謂和也鄉生不察欲比而同之豈欲天下皆為朋黨乃快耶三復斯文

天君泰然談笑於死生之際豈非風流人豪者如彼其人而謂伯淳正叔不相能豈理也哉以軾海外諸文與柳宗元諸書較宗元真不足當一吷矣至謂儒者之病多空文而少實用自悔從前好議論古人之過尤學者所當服膺勿失者也

謝張太保撰先人墓碣書

軾頓首再拜伏蒙再示先人墓表特載辨姦一篇恭覽涕泗不知所云竊惟先人早歲汩沒晚乃有聞雖當時

學者知師尊之然於其言語文章猶不能盡而況其中之不可形者乎所謂知之盡而信其然者舉世惟公一人雖若不幸然知我者希正老氏之所貴辨姦之始作也自軾與舍弟皆有嘻其甚矣之諫不論他人獨明公一見以為與我意合公固已論之先朝載之史冊今雖容有不知後世決不可沒而先人之言非公表而出之則人未必信信不信何足深計然使斯人用區區小數以欺天下天下莫覺莫知恐後世必有秦無人之歎此

墓表之所以作而軾之所以流涕再拜而謝也黃叔度澹然無欲郭林宗一言至今以為顏子林宗於人材小大畢取所賢非一人而叔度之賢無一見於外者而後世猶信徒以林宗之重也令公之重不減林宗所賢惟先人而其心迹粗若可見其信於後世必矣多言何足為謝聊發一二

王安石未柄用時韓琦富弼歐陽修皆以王佐才目之唯張安道蘇洵灼知其姦迨後毒痛四海而韓富輩束

手無策奉身而退一月富弼見張安道語次安道曰當日安道知貢舉辟安石同事既至則一院之事皆欲紛更因即時斥逐之弼聞之憫然也安道可為善相人矣蘇洵辨姦論識千古隻眼而宋儒每謂蘇氏父子與安石不協是以有此未為公論夫司馬韓富諸賢其後孰與安石協者乃以論出於洵洛黨即斷斷焉豈篤論歟

答張文潛縣丞書

軾頓首文潛張君足下久別思仰到京公私紛然未暇

奉書忽辱手教且審起居佳勝至慰至慰惠示文編三復感歎甚矣君之似子由也子由之文實勝僕而世俗不知乃以為不如其為人深不願人知之其文如其為人故汪洋澹泊有一唱三歎之聲而其秀傑之氣終不可沒作黃樓賦乃稍自振厲若欲以警發憒憒者而或者便謂僕代作此尤可笑是殆見吾善者機也文字之衰未有如今日者也其源實出於王氏王氏之文未必不善也而患在於好使人同己自孔子不能使人同顏

淵之仁子路之勇不能以相移而王氏欲以其學同天下地之美者同於生物不同於所生惟荒瘠斥鹵之地彌望皆黃茅白葦此則王氏之同也近見章子厚言先帝晚年甚患文字之陋欲稍變取士法特未暇耳議者欲稍復詩賦立春秋學官甚美僕老矣使後生猶得見古人之大全者正賴黃魯直秦少游晁無咎陳履常與君等數人耳如聞君作太學博士願益勉之德輶如毛民鮮克舉之我儀圖之愛莫助之此外千萬善愛偶飲

卯酒醉來人求書不能覼縷

論王氏之學好人同已此正君子小人分岐處好人同已必為小人矣何也反是即舍己從人之所以為大舜也篇中雖止論文字而政事即在其中惟其好人同已而人之强與已同者至矣彼其不惜强與已同豈真與已同哉亦欲各得其所欲耳既已各得其所欲彼亦將欲人之同已夫然後終亦不與已同矣吕惠卿既執政萬方以齗致安石於死奚能終同耶孟子曰訑訑之聲

音顏色拒人於千里之外士止於千里之外則讒諂面諛之人至矣與讒諂面諛之人居國欲治可得乎千載以前蚤為王安石寫照軾所云荒瘠斥鹵之地彌望皆黄茅白葦者豈特安石之文哉安石所為朝廷遴得之人才寧不若是耶

御選唐宋文醇卷三十九

欽定四庫全書

御選唐宋文醇卷四十

眉山蘇軾文三

答李廌書

軾頓首再拜聞足下名久矣又於相識處往往見所作詩文雖不多亦足以髣髴其為人矣尋常不通書問怠慢之罪猶可闊略及足下斬然在疚亦不能以一字奉慰舍弟子由至先蒙惠書又復懶不即答頑鈍廢禮一

至於此而足下終不棄絶遞中再辱手書待遇益隆覽之面熱汗下也足下才高識明不應輕許與人得非用黄魯直秦太虚輩語真以為然耶不肖為人所憎而二子獨喜見譽如人嗜昌歜羊棗未易詰其所以然者以二子為妄則不可遂欲以移之衆口又大不可也軾少年讀書作文專為應舉而已既及進士第貪得不已又舉制策其實何所有而其科號為直言極諫故每紛然誦說古今考論是非以應其名耳人苦不自知既以此

得因以為實能之故譊譊至今坐此得罪幾死所謂齊虜以口舌得官真可笑也然世人遂以軾為欲立異同則過矣妄論利害攙說得失此正制科人習氣譬之候蟲時鳥自鳴自已何足為損益軾每怪時人待軾過重而足下又復稱說如此愈非其實得罪以來深自閉塞扁舟草履放浪山水間與樵漁雜處往往為醉人所推罵輒自喜漸不為人識平生親友無一字見及有書與之亦不答自幸庶幾免矣足下又復創相推與甚非所

望木有瘿石有暈犀有通以取妍於人皆物之病也謫居無事默自觀省回視三十年以來所為多其病者足下所見皆故我非今我也無乃聞其聲不考其情取其華而遺其實乎抑將又有取於此也此事非相見不能盡自得罪後不敢作文字此書雖非文然信筆書意不覺累幅亦不須示人必喻此意歲行盡寒苦惟萬萬節哀强食不次

李光地曰人以為牢騷玩世之語實則自寫平生實

録也文尤離奇可誦

上執政乞度牒賑濟因修廨宇書

軾頓首上書門下僕射相公閤下去年浙中冬雷發洪太湖水溢春又積雨蘇湖常秀皆水民就高田秧稻以待水退及五六月稍稍分種十不及四五而又繼之以旱以故早晚皆傷高下並損自元豐以來民之艱食未有如今歲者也軾已三奏其事至今未報蓋人微言輕理自當爾然亦恐監司諸郡不盡以實奏而廟堂所訪問

往來之人或揣所樂聞不盡以實告故朝廷以軾言為過耳不然豈有仁聖在上羣賢並用而肯恬不為意乎入冬以來緣諸郡閉糴而稅務用例違條收五穀力勝錢於米價斗至八九十衢睦等州至百餘錢皆足錢炎炎可畏軾用印板出榜千餘道止絶此兩事自半月來米穀通流價亦稍平然浙中無麥青黃之交當在來秋而熟不熟又未可知民懲熙寧流殍之禍上户有米者皆靳惜不肯出其勢非大出官米不能救此患自正月

至七月本州裏外九縣日糶官米千五百石乃可以平價救飢計當用米三十一萬五千石今本州常平除兑充軍糧外止有十七萬石漕司許於鄰郡致三萬石尚少十一萬五千石計窮理迫須至控告輒近以本州廨宇弊壞奏乞度牒二百道修完未蒙開允意欲以此度牒募人於諸縣納米度可得二萬五千石然後減價出賣每斗六十度可得錢萬五千貫且以此錢修完廨宇雖不及元計錢數且修完緊要處亦粗可足用則是此

度牒一出而兩利也伏望相公深念本州廨宇獘壞已甚不可不修及令完葺所費尚少後日大壞其費必倍又因以募人納米出糶救飢設使不因修完廨宇朝廷以飢民之故特出聖恩乞與二百道度牒猶不為過而况救飢修屋兩用而並濟乎輒愚惷少慮仰恃廟堂諸公仁賢卹民必不忍拒此請意此度牒可以必得以此不候回降指揮輒已一面告諭商旅令儲峙米斛具水陸脚乘以須度牒之至深望果斷不疑於一兩日內降

付急遽曰與吏民延頸企踵雖大旱望雲執熱思濯未喻其急也若不蒙哀察則是使軾失信商旅坐視浮殍其為慙惶狼狽未易遽言至時朝廷雖加誅殛何補於事兼軾近者奏為本路轉運使今年合起年額米斛百六十萬乞特許且起一半或三分之二其餘候豐熟日隨年額起發未蒙恩許今年漕司窘迫實倍常歲異時預買紬絹錢常於歲前散絶今尚闕大半剗刷之急蓋不遺餘力矣若非朝廷少加矜察則督迫之極害必及

民近蒙朝廷許輟上供二十萬石出糶此大惠也然望更輟留三十萬石若無米可糶秖乞以此錢收買銀絹上供雖無補於飢民而散幣在民少紓錢荒之患亦良策也此外秖有勸誘富民出穀助官賑貸及用常平錢米募民工役二事然皆難行勸誘之利未及貧民而誅求之禍先及上户浙中富民欠官錢者十人而九決無可勸誘之理至於募民工役亦非實惠若散募飢貧不堪工役鳥獸聚散得錢便走熈寧中常行此事名為名

募其實不免於等第上差科官支錢米盡入役夫而本户又須貼錢雇人凶年人户重有此擾皆虛名無實利少害多惟有多糶官米一事簡而易行米價既低民無貧富均享其利惟望相公留意則一路幸甚軾拙於言語不能盡寫憂危之狀以曉左右惟有發書之日西向再拜叩頭默禱庶幾區區丹誠可以感動萬一也不宣

截漕閉糴勸輸以工代賑數事救荒之策盡矣法須因時制宜隨地行便軾雖謂勸諭及以工代賑無實

濟或彼時浙中情勢如此未可槩論之古今天下也惟百姓艱食困苦無告而凡為官吏皆揣上意以為不樂聞而不肯以實告為下吏者揣大吏之意以為必然為大吏者揣君上之意以為必然雖萬萬不然而其意仍以為必然是則更千古而一轍也

上呂僕射論浙西災傷書

軾頓首上書門下僕射相公閣下軾近上章論浙西淫雨颶風之災伏蒙恩旨使與監司諸人議所以為來歲

之備者謹已條上二事軾才術淺短禦災無策但知呌號朝廷乞寛減額米截賜上供言狂計拙死罪死罪然三吳風俗自古浮薄而錢塘為甚雖室宇華好被服粲然而家無宿舂之儲者蓋十室而九自經熙寧饑疫之災與新法聚斂之害平時富民殘破略盡家家有市易之欠人人有鹽酒之債田宅在官房廊傾倒商賈不行市井蕭然譬如衰羸久病之人平時僅自支持更遭風寒暑濕之變便自委頓仁人君子當意外將護未可以

壯夫常理期也令年錢塘賣常平米十八萬石得米者
皆叩頭誦佛云官家將十八萬石米於烏鳶狐狸口中
奪出數十萬人此恩不可忘也夫以區區戰國公子尚
知焚券市義今以十八萬石米易錢九萬九千緡而能
活數百萬人此豈下策也哉竊惟仁聖在上輔以賢哲
一聞此言理無不可但恐世俗諂薄成風揣所樂聞與
所忌諱不以仁人君子期左右爭言無災或言有災而
不甚積衆口之驗以惑聰明此軾之所私憂過慮也八

月之末秀州數千人訴風災吏以為法有訴水旱而無訴風災拒閉不納老幼相騰踐死者十一人方按其事由此言之吏不喜言災者蓋十人而九不可不察也軾旣條上二事且以關白漕憲兩司官吏皆來見軾曰此果當今之至計也然恐朝廷疑公為漕司地奈何軾曰吾為數十萬人性命言也豈恤此小小悔吝哉去年秋冬諸郡閉糴商賈不行軾旣劾奏通之又舉行災傷法約束本路不得收五穀力勝錢三郡米大至施及浙東

而漕司官吏緣此愠怒幾不見容文符往來僚吏恐悚以軾之私意其不為漕司地也審矣力勝之免去歲已有成法然令歲未敢舉行者實恐再忤漕司怨咎愈深此則軾之疲懦畏人不免小有回屈之罪也伏望相公一言檢舉成法自朝廷行下使五穀流通公私皆濟上以明君相之恩下以安孤危之迹不勝幸甚去歲朝音免力勝錢止於四月漸中無麥須七月初間見新穀故自五月以來米價復增軾亦曾奏乞展限至六月終不

報令者若蒙施行則乞以六月為限去歲恩旨寬減上供額米三分之一而戶部必欲得見錢浙中遂有錢荒之憂軾奏乞以錢和買銀絹上供三請而後可令者若蒙施行即乞一時行下軾竊度事勢若不且用愚計來歲恐有流殍盜賊之憂或以其狂淺過計事難施用即乞別除一小郡仍選才術有餘可以坐消災沴者使任一路之責幸甚幸甚干冒台重伏紙悚戰不宣

俗吏之視國與民猶秦人視越人之肥瘠也而於災荒

則殆有甚焉越人之肥瘠無與秦事耳若災荒之間於上則必逆料為上所不喜且免租減賦則無可藉以剥民於己富貴兩有所損是不特秦越肥瘠直為敵國盛衰矣是以壅蔽災荒未有不力者軾此書宛若圖畫矣欲知吏民之情狀不可不讀

答虔倅俞括奉議書

軾頓首資深使君閣下前日辱訪寵示長牋及詩文一編伏讀數日廢卷拊掌有起予之歎孔子曰辭達而已

矣物固有是理患不知知之患不能達之於口與手所

謂文者能達是而已文人之盛莫如近世然私所歎慕

者獨陸宣公一人家有公奏議善本頃侍講讀嘗繕寫

進御區區之忠自謂庶幾於孟軻之敬王且欲推此學

於天下使家藏此方人挾此藥以待世之病者豈非仁

人君子之至情也哉今觀所示議論自東漢以下十篇

皆欲酌古以馭今有意於濟世之用而不志於耳目之

觀美此正平生所望於朋友與凡學道之君子也然去

歲在都下見一醫工頗藝而窮慨然謂僕曰人所以服藥端為病耳若欲以適口則莫如芻豢何以藥為今孫氏劉氏皆以藥顯孫氏期於治病不擇甘苦而劉氏專務適口病者宜安所去取而劉氏富倍孫氏此何理也使君斯文未必售於世然售不售豈吾儕所當挂口哉聊以發一笑耳進宣公奏議有一表輒錄呈不須示人也餘俟面謝不宣

士君子讀書學古發為文章下以此應上之求上以此

取下之材何為者哉為其能達聖賢之微言大義也為其能識古今之事變形勢也為其能知所以厚民生正民德之方也若夫雕繪藻采以娛悦耳目則誠不如歌舞博奕之可樂也乃不取其有濟世之用而取其可為耳目之觀美豈非處方用藥專覬適口之比歟不寧惟是朝廷設公卿大夫師長百執事者凡以總方畧與教化宣德敷政繩愆糾繆以立民之命篤國之慶也若夫諧柔容悦以順適心意則誠不如宦官宮妾之可親也乃

不取其有濟世之用而取其可使心意之順適者又非處方用藥專期適口之比乎

尺牘

與滕達道第二十二首

某啓專使至遠辱手誨累幅伏讀感慰所喜比來起居康勝不足云也某凡百如常杜門謝客已旬日矣承見教益務閉藏而已近得筠州舍弟書教以省事若能省之又省使終日無一語一事則其中自有至樂殆不可

名此法奇秘惟不肖與公共之不可廣也畫本亦可摹為省事故亦納去耳今却付來使不罪吳畫謾附去冬至後齋居四十九日亦無所行運聊自返照而已願公深自愛養區區難盡言想識此意也

與李公擇第十一首

某啟示及新詩皆有遠別悃然之意雖兄之愛我厚然僕本以鐵心石腸待公何乃爾耶吾儕雖老且窮而道理貫心肝忠義填骨髓直須談笑於死生之際若見僕

困窮便相於邑則與不學道者大不相遠矣兄造道深中心不爾出於相好之篤而已然朋友之義專務規諫輙以狂言廣兄之意爾僕雖懷坎壈於時遇事有可尊主澤民者便忘軀為之禍福得喪付與造物非兄僕豈發此看訖便火之不知者以為訕病也

與王庠第五首

别紙累幅過當老㦖病忘豈堪英俊如此責望也少年應科目時記録名數沿革及題目等大略與近歲應舉

者同爾亦有少節目文字才塵忝後便被舉主取去今日皆無有然亦無用也實無捷徑必得之術但如君高材强力積學數年自有可得之道而其實皆命也但卑意欲少年為學者每讀書皆作數過盡之書富如入海百貨皆有之人之精力不能兼收盡取但得其所欲求者耳故願學者每次作一意求之如欲求古人興亡治亂聖賢作用但作此意求之勿生餘念又別作一次求事迹故實典章文物之類亦如之他皆倣此此雖迂鈍

而他日學成八面受敵與涉獵者不可同日而語也甚非速化之術可笑可笑

尺牘三首上二首可見軾處困心胸可為履道坦坦幽人貞吉者矣下一首讀書法也俱學人所宜盡心者

鳧繹先生詩集序

孔子曰吾猶及史闕文也有馬者借人乘之今亡矣夫史之不闕文與馬之不借人也豈有損益於世也哉然且識之以為世之君子長者日以遠矣後生不復見其

流風遺俗是以日趨於智巧便佞而莫之止是二者雖不足以損益而君子長者之澤在焉則孔子識之而況其足以損益於世者乎昔吾先君適京師與鄉士大夫游歸以語軾曰自今以往文章其日工而道將散矣士慕遠而忽近貴華而賤實吾已見其兆矣以魯人鳧繹先生之詩文十餘篇示軾曰小子識之後數十年天下無復為斯文者也先生之詩文皆有為而作精悍確苦言必中當世之過鑿鑿乎如五穀必可以療飢斷斷乎

如藥石必可以伐病其游談以為高枝詞以為觀美者先生無一言焉其後二十餘年先君既沒而其言存士之為文者莫不超然出於形器之表微言高論既已鄙陋漢唐而其反復論難正言不諱如先生之文者世莫之貴矣軾是以悲於孔子之言而懷先君之遺訓益求先生之文而得之於其子復乃錄而藏之先生諱太初字醇之姓顏氏先師兖公之四十七世孫云

軾嘗誦孔子有德者必有言之訓而謂有德者非有言

也德之發於口者也誠為探本之論及作鳧繹詩集敘慨當世崇虛索渺高談無實而古人布帛菽粟之流風餘韻漸以無存一篇之中三致意焉嘗考列代興國之初其為文字大抵悃愊無華自道其所心得迨及叔季剽賊餖飣以為麗荒唐縹緲以為奇有若出一轍者是以昔之人每謂文運與國運相維繫宋世之政當軾之身漸以衰矣軾之所以興悲豈細故歟夫世之治也其士大夫興於行恥於空言無實之名悅於和平樂易光

明正大之氣象故其為文寫其心聲亦必類之及其衰也其士大夫不恥無行而樂於空言無實之名不自知其入於險詖側媚猖狂恣睢之氣象故其為文雖若超然出於形器之表而實蕩然無復規矩之存是蓋生於人心而後發於文字實國政之得失能損益乎文字而非文字之得失能損益乎國政也易曰言有物蓋必先有物而後有言無物之言所謂咸其輔頰舌滕口說也君子恥之

范文正公文集序

慶歷三年軾始總角入鄉校士有自京師來者以魯人石守道所作慶歷聖德詩示鄉先生軾從旁竊觀則能誦習其詞問先生以所頌十一人者何人也先生曰童子何用知之軾曰此天人也耶則不敢知若亦人耳何為其不可先生奇軾言盡以告之且曰韓范富歐陽此四人者人傑也時雖未盡了則已私識之矣嘉祐二年始舉進士至京師則范公沒既葬而墓碑出讀之至流涕曰

吾得其為人蓋十有五年而不一見其面豈非命也歟是歲登第始見知於歐陽公因公以識韓富皆以國士待軾曰恨子不識范文正公其後三年過許始識公之仲子今丞相堯夫又六年始見其叔彛叟京師又十一年遂與其季德孺同僚于徐皆一見如舊且以公遺稾見屬為序又十三年乃克為之嗚呼公之功德蓋不待文而顯其文亦不待序而傳然不敢辭者自以八歲知敬愛公今四十七年矣彼三傑者皆得從之游而公獨

不識以為平生之恨若獲挂名其文字中以自託於門下士之末豈非疇昔之願也哉古之君子如伊尹太公管仲樂毅之流其王霸之略皆素定於畎畝中非仕而後學者也淮陰侯見高帝於漢中論劉項短長畫取三秦如指諸掌及佐帝定天下漢中之言無一不酬者諸葛孔明卧草廬中與先主策曹操孫權規取劉璋因蜀之資以爭天下終身不易其言此豈口傳耳受嘗試為之而僥倖其或成者哉公在天聖中居太夫人憂則已

有憂天下致太平之意故為萬言書以遺宰相天下傳誦至用為將擢為執政考其平生所為無出此書者令其集二十卷為詩賦二百六十八為文一百六十五其於仁義禮樂忠信孝悌蓋如飢渴之於飲食欲須臾忘而不可得如火之熱如水之濕蓋其天性有不得不然者雖弄翰戲語率然而作必歸於此故天下信其誠爭師尊之孔子曰有德者必有言非有言也德之發於口者也又曰我戰則克祭則受福非能戰也德之見於怒

者也元祐四年四月十一日

呂祖謙曰作文字不難於敘文而難於敘事蓋敘事在嚴整難也看東坡自敘述處大類司馬公而整齊嚴肅又不比司馬之汗漫

姜寶曰淮陰論劉項孔明論孫曹不下數百言今約以數語真妙絶古今之文也

江子靜字序

友人江君以其名存之求字於予予字之曰子靜夫人

之動以静為主神以静舍心以静充志以静寧慮以静明其静有道得已則静逐物則動以一人之身晝夜之氣呼吸出入未嘗異也然而或存或亡者是其動静殊也後之學者始學也既累於仕其仕也又累於進得之則樂失之則憂是憂樂係於進矣平旦而起日與事交合則我喜忤則我怒是喜怒係於事矣耳悦五聲目悦五色口悦五味鼻悦芬臭是愛欲係於物矣以眇然之身而所係如此行流轉徙日遷月化則平日之所養尚

能存耶喪其所存尚安明其已之是非與夫在物之真僞哉故君子學以辨道道以求性正則靜靜則定定則虚虚則明明物之來也吾無所增物之去也吾無所虧豈復為之欣喜愛惡而累其真歟君齒少才鋭學以待仕方且出而應物所謂靜以存性不可不念也能得吾性不失其在已則何往而不適哉

王弼註易復其見天地之心謂復者反本之謂天地以本為心寂然至無是其本也故動息地中乃天地之心

見矣伊川程子曰先儒皆以静為見天地之心蓋不知動之端乃天地之心也朱子作本義謂程子言之詳矣又引邵子冬至子之半天心無改移一陽初動處萬物未生時為證蓋深闢之也然濂溪有主静立極之說而朱子他日告門弟子謂濂溪伊川道理只一般又謂王弼之說與濂溪同似與本義自相矛盾間嘗考之程子言天地之心見於動然而大學云知止而後有定定而後能静矣樂記又曰人生而静天之性也王弼言天地

之心見於靜然而復以雷在地中一陽初動而成卦陽動而陰靜安得主陰而不主陽哉然則奈何曰得其旨者動靜皆得之失其旨者動靜皆失之且人之心晝夜十二時何有一息之不動者不特日出而作酬酢萬變無往不動即日入而息其靜者形骸耳若神明何嘗與旦晝異即欲絶聲屏色離人而立於獨而此欲絶欲屏欲離欲立之心已紛然動而未嘗一息靜能使之如死灰乎即使心如死灰孰覺之哉有覺之者則又已紛

然動而未嘗一息靜矣况心果可使如死灰乎如死灰矣又何以謀衆理而應萬事操則存舍則亡出入無時莫知其鄉其心之謂歟孔子旣言之矣而人猶欲離動以求靜正如夸父之逐日也然則若何而靜曰靜固不離於動之中夫人聲色至而耳目應動作云為至而身口應其至焉者萬則其應焉者亦萬迨夫愛惡屈伸情偽相感交錯紛糅而至以萬者應且鉅萬而未已是亦天下之至動矣然苟能克己復禮一於理而不二以欲

則至者萬而應者惟一以是一而貫乎萬之中則萬者

[illegible]人主靜豈不然哉然則何以見

[illegible]氣也地者積形也人者形皆地

[illegible]形御氣不涉有無不居中外者

[illegible]地之心又曰為天地立心然則

[illegible]見其心而已一陽初動處萬物

[illegible]陽既動則其生生不已可必

也生生者天地之心也故曰動之端見天地之心從其

體言之也雖然理也者生之途也欲也者死之途也從

[illegible]生之途從欲則萬感以動而

[illegible]地之心也故曰靜則見天地

[illegible]合一而不可分則動靜無端

[illegible]生周之語與伊川本非有二

[illegible]又曰靜以存性不可不念實

[illegible]者譏其涉於二氏故備論之

如右

御選唐宋文醇卷四十

御選唐宋文醇卷四十一

眉山蘇軾文四

禮以養人為本論

三代之衰至於今且數千歲豪傑有意之主博學多識之臣不可以勝數矣然而禮廢樂墜則相與咨嗟發憤而卒於無成者何也是非其才之不逮學之不至過於論之太詳畏之太甚也夫禮之初始諸人情因其所安

者而為之節文凡人情之所安而有節者舉皆禮也則是禮未始有定論也然而不可以出於人情之所不安則亦未始無定論也執其無定以為定論則塗之人皆可以為禮今儒者之論則不然以為禮者聖人之所獨尊而天下之事最難成者也牽於繁文而拘於小說有毫毛之差則終身以為不可論明堂者惑於考工呂令之說議郊廟者泥於鄭氏王肅之學紛紛交錯者累歲而不決或因而遂罷未嘗有一人果斷而決行之此皆

論之太詳而畏之太甚之過也夫禮之大意存乎明天下之分嚴君臣篤父子形孝弟而顯仁義也今不幸去聖人遠有如毫毛不合於三代之法固未害其為明天下之分也所以嚴君臣篤父子形孝弟而顯仁義者猶在也今使禮廢而不修則君臣不嚴父子不篤孝弟不形仁義不顯反不足重乎昔者西漢之書始於仲舒而至於劉向悼禮樂之不興故其言曰禮以養人為本如有過差是過而養人也刑罰之過或至殺傷今吏議法

筆則筆削則削而至禮樂則不敢是敢於殺人而不敢於養人也而范蔚宗以為樂非夔襄而新音代作律謝皐蘇而法令亟易而至於禮獨何難歟夫法者末也又加以慘毒繁難而天下常以為急禮者本也又加以和平簡易而天下常以為緩如此而不治則又從而尤之曰是法未至也則因而急之甚矣人之惑也平居治氣養生宣故而納新其行之甚易其過也無大患然皆難之而不為悍藥毒石以搏去其疾則皆為之此天下之公

患也嗚呼王者得斯說而通之禮樂之興庶乎有日矣

推明董仲舒劉向之意以立言雖未嘗於漢書禮樂志外別有發明然固古今要論亦足見其所述之知所擇也雖然論則要矣而自董劉以後迄於蘇軾千餘年而三代之禮不可作自蘇軾迄於今又將千年而要亦無異於董劉時者豈其間遂無豪傑有意之主博學多識之臣讀董仲舒劉向蘇軾之論而慨然興起者乎而何以寂爾也蓋禮者動於五性之中而貫徹於五倫之內

即是率性盡倫之實事而非别有繁文曲節之可言也是故五性盡而五倫明五倫明而天下治而禮在其中矣基諸深宫之中達諸海隅之遠非一手一足之烈一時一事之間所可得志故曰禮樂百年而後興必也元首明而股肱良立綱陳紀始正其大而漸及其細子孫相承守其已善而補其未善使人人自得其性自敘其倫則舉其所已行之成迹而載之典冊曰禮也云爾記曰王者治定制禮豈治定之後别聚文學之士纂輯一

書謂之制禮哉凡其治定之迹皆可以為禮而世守之也若於率性盡倫之大未知如何而專取周旋揖讓升降俯仰之文命之為禮欲四海之大莫不遵而行之宜其議之如聚訟而頌之海內詔書來但挂壁也劉向曰禮以養人刑以殺人制刑則不忌制禮則不敢是敢於殺人而不敢於養人也信已然此養人之禮制之朝廷而行之四海四海不行則將任之乎抑刑之也必曰刑以弼教矣然則民之多辟業已不勝其法網之密忍又

為是周旋揖讓升降俯仰之繁文末節而偕之為禍乎如曰任之則所為制禮者不過宇內多此數卷文字而亦不足以養人矣然則禮固不可為為之其必無日乎曰事在勉强而已率性盡倫不可一刻廢則何嘗一刻不為禮也若其可以成之為一代之禮而足當為國以禮之目則非可以斬其名而飾其貌者也且記固曰禮不下庶人刑不上大夫矣乃漢唐以來雖三公可朝爵邑而夕罪隸至於儀節之末則襏襫之夫皆欲其奉行

則已非禮也已無怪其不能行而為具文也誠使君公士大夫相與納身軌物朝夕講貫而修習之且勿責之庶民及其至也上行下效萬民自有馴至之勢焉此則所當勉強者也

旣醉備五福論

君子之所以大過人者非以其智能知之彊能行之也以其功興而民勞與之同勞功成而民樂與之同樂如是而已矣富貴安逸者天下之所同好也然而君子獨

享焉享之而安天下以為當然者何也天下知其所以富貴安逸者凡以庇覆我也貧賤勞苦者天下之所同惡也而小人獨居焉居之而安天下以為當然者何也天下知其所以貧賤勞苦者凡以生全我也夫然故獨享天下之大利而不憂使天下為已勞苦而不怍耳聽天下之備聲目視天下之備色而民猶以為未也相與禱祠而祈祝曰使吾君長有吾國也又相與詠歌而稱頌之被於金石溢於竹帛使其萬世而不忘也嗚呼彼

君子者獨何修而得此於民哉豈非始之以至誠中之以不欲速而終之以不懈歟視民如視其身待其至愚者如其至賢者是謂至誠至誠無近效要在於自信而不惑是謂不欲速不欲速則能久久則功成功成則易懈君子濟之以恭是謂不懈行此三者所以得之於民也三代之盛不能加毫末於此矣既醉者成王之詩也其序曰既醉太平也醉酒飽德人有士君子之行焉而說者以為是詩也實具五福其詩曰君子萬年壽也介

爾景福富也室家之壼康寧也昭明有融攸好德也高朗令終考終命也凡言此者非美其有是五福也美其全享是福無有是樂而天下安之以為當然也夫詩者不可以言語求而得必將深觀其意焉故其譏刺是人也不言其所為之惡而言其爵位之尊車服之美而民疾之以見其不堪也君子偕老副笄六珈赫赫師尹民具爾瞻是也其頌美是人也不言其所為之善而言其冠佩之華容貌之盛而民安之以見其無媿也緇衣之

宜兮敝予又改爲兮服其命服朱芾斯皇是也故既醉者非徒享是五福而已必將有以致之不然民將盻盻焉疾視而不能平又安能獨樂乎是以孟子言王道不言其他而獨言民之聞其作樂見其田獵而欣欣者此可謂知本矣

至誠不欲速不懈三語聖學聖治之本矣然而本之中又有本焉使無以實見乎天理民彝之極致萬事萬物之當然則雖愛民發於至誠而愛之轉以害之加以自

信而不惑歷久而不懈豈不滋病乎神宗之青苗等法實欲利國利民非有私也特以不明物理不達人情愈至誠愈不欲速愈不懈愈謬以千里故大學曰欲誠其意者先致其知致知在格物既晬備五福而以昭明有融為攸好德非此之謂歟

詩論

自仲尼之亡六經之道遂散而不可解蓋其患在於責其義之太深而求其法之太切夫六經之道惟其近於

人情是以久傳而不廢而世之迂學乃欲曲為之說雖其義之不至於此者必彊牽合以為如此故其論委曲而莫通也夫聖人之為經惟其禮與春秋合然後無一言之虛而莫不可考然猶未嘗不近於人情至於書出於一時言語之間而易之文為卜筮而作故時亦有所不可前定之說此其於法度已不如春秋之嚴矣而況詩者天下之人匹夫匹婦羈臣賤隸悲憂愉佚之所為作也夫天下之人自傷其貧賤困苦之憂而自述其豈

美盛大之樂上及於君臣父子天下興亡治亂之迹而下及於飲食牀第昆蟲草木之類蓋其中無所不具而尚何以繩墨法度區區而求諸其間哉此亦足以見其志之無不通矣夫聖人之於詩以為其終要入於仁義而不責其一言之無當是以其意可觀而其言可通也今之詩傳曰殷其雷在南山之陽出自北門憂心殷殷揚之水白石鑿鑿終朝采緑不盈一掬瞻彼洛矣維水泱泱若此者皆興也而至於關關雎鳩在河之洲南有

樛木葛藟纍之南有喬木不可休息維鵲有巢維鳩居之喓喓草蟲趯趯阜螽若此者又皆興也其意以為興者有所象乎天下之物以自見其事故凡詩之為此事而作其言有及於是物者則必彊為是物之說以求合其事蓋其為學亦已勞矣且彼不知夫詩之體固有比矣而皆合之以為興夫興之為言猶曰其意云爾意有所觸乎當時時已去而不可知故其類可以意推而不可以言解也殷其雷在南山之陽此非有所取乎雷也

蓋必其當時之所見而有動乎其意故後之人不可以求得其說此其所以為興也嗟夫天下之人欲觀於詩其必先知比興若夫關關雎鳩在河之洲是誠有取於其摯而有別是以謂之比而非興也嗟夫天下之人欲觀於詩其先知夫興之不可與比同而無强為之説以求合其當時之事則夫詩之意庶乎可以意曉而無勞矣

分別比興千古定論若夫雎鳩摯而有別謂是比而非

興猶是沿習詁訓而未思也關雎只是興聞其關關和鳴見其在河之洲因以起興云爾其謂摯而有别正軾所謂刻求之過昔人不云乎雎鳩既是鶚類不應以凶殘猛鷙之鳥比淑女君子矣若其所稱書出於一時之語言易不若春秋之謹嚴語頗率爾讀者節取焉可也

儲欣曰如漢唐注疏云云是古序所謂詩有六義者蚤缺其一矣前後相沿不悟得明眼人拈出然後六義具而詩教明其有功經籍如此徒竊蘇張之緒餘

者能乎哉亦好詆之過也

禮論

昔者商周之際何其為禮之易也其在宗廟朝廷之中籩豆簠簋牛羊酒醴之薦交於堂上而天子諸侯大夫卿士周旋揖讓獻酬百拜樂作於下禮行於上雍容和穆終日而不亂夫古之人何其知禮而行之不勞也當此之時天下之人惟其習慣而無疑衣服器皿冠冕佩玉皆其所常用也是以其人入於其間耳目聰明而手

足無所忤其身安於禮之曲折而其心不亂以能深思禮樂之意故其廉恥退讓之節睟然見於面而盎然發於其躬夫是以能使天下觀其行事而忘其暴戾鄙野之氣至於後世風俗變易更數千年以至於今天下之事已大異矣然天下之人尚皆記録三代禮樂之名詳其節目而習其俯仰冠古之冠服古之服而御古之器皿傴僂拳曲勞苦於宗廟朝廷之中區區而莫得其紀交錯紛亂而不中節此無足怪也其所用者非其素所

習也而彊使焉甚矣夫後世之好古也昔者上古之世蓋嘗有巢居穴處汙尊抔飲燔黍捭豚蕢桴土鼓而以為是足以養生送死而無以加之者矣及其後世聖人以為不足以大利於天下是故易之以宮室新之以籩豆鼎俎之器以濟天下之所不足而盡去太古之法惟其祭祀以交於鬼神乃始薦其血毛豚解而腥之體解而爓之以為是不忘本而非以為後世之禮不足用也是以退而體其犬豕牛羊實其簠簋籩豆鉶羹以極今

世之美未聞其辜於上古之説選愞而不決也且方今之人佩玉服黻冕而垂旒拱手而不知所為而天下之人亦且見而笑之是何所復望於其有以感發天下之心哉且又有所大不安者宗廟之祭聖人所以追求先祖之神靈庶幾得而享之以安卹孝子之志者也是以思其平生起居飲食之際而設其器用薦其酒食皆從其生以冀其來而安之而後世宗廟之祭皆用三代之器則是先祖終莫得而安也蓋三代之時席地而食是

以其器用各因其所便而為之高下大小之制今世之禮坐於牀而食於牀上是以其器不得不有所變雖正使三代之聖人生於今而用之亦將以為便安故夫三代之視上古猶今之視三代也三代之器不可復用矣而其制禮之意尚可依倣以為法也宗廟之祭薦之以血毛重之以體薦有以存古之遺風矣而其餘者可以易三代之器而用今世之所便以從鬼神之所安惟其春秋社稷釋奠釋菜凡所以享古之鬼神者則皆從其

器蓋周人之祭蜡與田祖也吹葦籥擊土鼓此亦各從其所安耳嗟夫天下之禮宏闊而難言自非聖人而何以處此故夫推之而不明講之而不詳則愚實有罪焉惟其近於正而易行庶幾天下之安而從之是則有取焉耳

軾與二程同在元祐朝伊川好用古禮軾意不然兩家弟子遂至互相抗侮竟成洛黨蜀黨之目元豐羣小方睽睽伺隙而諸賢不悟自相謗毀至紹聖初乃盡竄嶺

海可哀也夫禮者何仁之見諸行事者也禮有古今仁亦有古今耶苟可以達吾之仁於君臣父子兄弟夫婦朋友之間是則為禮禮云禮云玉帛云乎哉軾之論實有得乎禮之意雖聖人復起不易者也雖然仁之難成久矣必協於無過不及之中而後禮具而仁以昭然則雖有聖人亦不能不監於往古之成憲以求其無過不及之中也明矣縱或信古太篤泥古太深要亦不失為古訓是式威儀是力之君子而軾虛諡之樂聞軾說者

遂於好用古禮之人如見怪物焉則又豈禮也哉洛黨不能堪於是朱光庭賈易輩遂以謗訕朝廷誣軾等則更為至無禮而大不仁也已讀軾禮論軾之本意自明洛蜀兩家得失之故亦具可考軾不云乎推之而不明講之而不詳則愚實有罪焉然則軾又何嘗謂古禮可盡廢哉

論閏月不告朔猶朝於廟

春秋之文同其所以為義異者君子觀其意之所在而

巳矣先儒之論閏月不告朔者寧乎猶朝於廟之説而莫能以自解也春秋之所以書猶者二曰如此而猶如此者甚之之詞也辛巳有事於太廟仲遂卒於垂壬午猶繹是也曰不如此而猶如此者幸之之詞也不郊猶三望閏月不告朔猶朝於廟是也夫子傷周道之殘缺而禮樂文章之壞也故區區焉掇拾其遺亡以為其全不可得而見矣得見一二斯可矣故書曰猶朝於廟者傷其不告朔而幸其猶朝於廟也夫子之時告朔之禮

亡矣而有餼羊者存焉夫子猶不忍去以志周公之典則其朝於廟者乃不如餼羊之足存歟公羊傳曰曷為不言告朔天無是月也穀梁傳曰閏月者附月之餘日也天子不以告朔而喪事不數也而皆曰猶者可以已也是以其幸之之詞而為甚之之詞宜其為此異端之說也且夫天子諸侯之所為告朔聽政者以為天歟為民歟天無是月而民無是月歟彼其孝子之心不欲因閏月以廢喪紀而人君乃欲假此以廢政事歟夫周禮

樂之衰豈一日之故有人焉開其端而莫之禁故其漸遂至於掃地而不可救文十六年夏六月公四不視朔公羊傳曰公有疾也何言乎公有疾不視朔自是公無疾不視朔也故夫有疾而不視朔者無疾而不視朔之原也閏月而不告朔者常月而不告朔之端也聖人憂焉故謹而書之所以記禮之所由廢也左氏傳曰閏以正時時以作事事以厚生生民之道於是乎在不告閏朔棄時政也何以為民而杜預以為雖朝於廟則如勿

朝以釋經之所書猶之意是亦曲而不通矣

據論語以駁公穀其解甚確

宋襄公論

魯僖公二十二年冬十月一日己巳朔宋公及楚人戰於泓宋師敗績春秋書戰未有若此之嚴而盡也曰宋公天子之上公宋先代之後於周為客天子有事燔焉有喪拜焉非列國諸侯之所敢敵也而曰及楚人戰於泓楚夷狄之國人微者之稱以天子之上公而當夷狄

之微者至於敗績宋公之罪葢可見矣而穀梁之傳以為文王之師不過是學者疑焉故不可以不辨宋襄公非獨行仁義而不終者也以不仁之資盜仁者之名爾齊宣有牽牛而過堂下者曰牛何之曰將以釁鐘王曰舍之吾不忍其觳觫若無罪而就死地夫舍一牛於德未有所損益者而孟子與之以王所謂以不忍人之心行不忍人之政三代之所共也而宋襄公執鄫子用於次睢之社君子殺一牛猶不忍而宋公戕一國君若犬

豕然而忍為之天下孰有不忍者耶泓之役身敗國衂乃欲以不重傷不禽二毛欺諸侯人能紾其兄之臂以取食而能忍飢於壺飧者天下知其不情也襄公能忍於鄫子而不忍於重傷二毛此豈可謂其情也哉桓文之師存亡繼絶猶不齒於仲尼之門況用人於夷鬼以求霸而謂王者之師可乎使鄫子有罪而討之雖聲於諸侯而戮於社天下不以為過若以喜怒興師則秦穆公獲晉侯且猶釋之而況敢用諸淫昬之鬼乎以愚觀

之宋襄公王莽之流襄公以諸侯為可以名得王莽以天下為可以文取也其得喪小大不同其不能欺天下則同也其不鼓不成列不能損襄公之虐其抱孺子而泣不能蓋王莽之篡使莽無成則宋襄宋襄得志亦一莽也古人有言圖王不成其弊猶足以霸襄公行王者之事猶足以當桓公之師一戰之餘救死扶傷不暇此獨妄庸耳齊桓晉文得管仲子犯而興襄公有一子魚不能用豈可同日而語哉自古失道之君如是者多矣

死而論定未有如宋襄公之欺於後世者也

儲欣云宋襄舉動煩擾雖得天下不能一朝居也的與王莽一轍然吾謂五霸列宋襄此相傳之謬説其實非也五霸若并前世言之周止有二焉齊桓晉文而已若據孟子書專指春秋亦二百四十年間自有五霸與襄無與也蓋自同盟幽而齊霸戰城濮而晉霸封殽尸而秦霸殺陳夏徵舒而楚霸三駕楚九合諸侯而晉復霸然則所謂五霸者齊桓晉文也秦穆楚莊也晉悼也宋

襄何有哉彼公謂其盜仁者之名吾謂其并盜霸者之名而不可以不辨矣欲意謂軾只辨宋襄不足為霸而不知五霸中實無宋襄也今按杜預注左傳謂夏霸昆吾商霸大彭豕韋周霸齊桓晉文或曰齊桓晉文宋襄秦穆楚莊趙岐注孟子用杜預後說荀子稱五霸謂齊桓晉文楚莊吳闔閭越句踐顔師古注漢書則謂齊桓宋襄晉文秦穆吳夫差歷代諸說本自不同欲意去宋襄用晉悼者則以左傳有晉復霸之辭也晉悼之霸何

休謂霸不過五不許其霸孔頴達謂霸者强國爲之其數何有定限斥休爲鄉曲之學孔意霸不妨於有六晉悼自在五霸之外則欣斥宋襄登晉悼以就五數此其立論之本也閒嘗論之仲尼之徒無道桓文之事者夫桓文一世之所矜尚而仲尼之徒至不以挂齒豈矯異若是夫亦曰君臣之義自是漓焉爾溥天之下莫非王土率土之濱莫非王臣國天子之國也民天子之民也天子使有其國牧其民以守其世祀而乃摟諸侯以伐

諸侯陽以尊王室為名而陰以行自雄自長之計逢王室之不造天子僅亦守府乃如其意而與之以長諸侯是不臣之漸也非君臣之義也夫君臣之義窮天地亘萬古而不變者豈曰將以天下奉一人哉蓋必如是而後乾坤清夷自横目之民下逮於肖翹之屬始各有所安其食息耳有或為之亂階聖人斷斷乎絕之其為斯世斯民計至深遠也自天下為郡縣以後使有藩鎮之屬為桓文之事者出焉則不待遠識之士而知議其非

矣三代公侯伯子男奉天子之命以牧其土與民者其與今之督撫守令有異制耳豈有異義焉乃挾天子以令諸侯自稱為霸則腐儒猶津津稱道之何異朝四而暮三衆狙皆喜乎然則霸之為名即非懿稱宋襄之不足為霸固矣而欣謂其并盜霸者之名猶以此為美名而有所吝惜則亦猶有蓬之心也鄭康成曰天子衰諸侯興故曰霸霸把也言把持天子之政教也夫把持天子之政教豈仲尼之徒所忍言者乎軾述古語謂圖王

不成其弊猶足以霸此語雖出自古尤不可以訓王霸殊途猶東西南北之異轍安得圖王不成而能霸夫有天下為天子者果其圖王則孟子謂保民而王莫之能禦矣豈有不成僅霸之理非天子也非有天下也則又何得圖王圖王者非即所為亂臣乎足以霸則然矣王其可成哉夫王霸之辨不明則君臣之義不著其為世道人心害非細故也

伊尹論

聖祖御評
推極根柢妙有
發揮

辨天下之大事者有天下之大節者也立天下之大節者狹天下者也夫以天下之大而不足以動其心則天下之大節有不足立而大事有不足辨者矣今夫匹夫匹婦皆知潔廉忠信之為美也使其果潔廉而忠信則其知慮未始不如王公大人之能也惟其所爭者止於簞食豆羹而簞食豆羹足以動其心則宜其智慮之不出乎此也簞食豆羹非其道不取則一鄉之人莫敢以不正犯之矣一鄉之人莫敢以不正犯之而不能辨一

鄉之事者未之有也推此而上其不取者愈大則其所辨者愈遠矣讓天下與讓簞食豆羹無以異也治天下與治一鄉亦無以異也然而不能者有所蔽也天下之富是簞食豆羹之積也天下之大是一鄉之推也非千金之子不能運千金之資販夫販婦得一金而不知其所措非智不若所居之卑也孟子曰伊尹耕於有莘之野非其道也非其義也雖禄之天下弗受也夫天下不能動其心是故其才全以其全才而制天下是故臨大

事而不亂古之君子必有高世之行非苟求為異而已
卿相之位千金之富有所不屑將以自廣其心使窮達
利害不能為之芥蔕以全其才而欲有所為耳後之君
子蓋亦嘗有其志矣得失亂其中而榮辱奪其外是以
役役至於老死而不暇亦足悲矣孔子敘書至於舜禹
皐陶相讓之際蓋未嘗不太息也夫以朝廷之尊而行
匹夫之讓孔子安取哉取其不汲汲於富貴有以大服
天下之心焉耳夫太甲之廢天下未嘗有是而伊尹始

行之天下不以爲驚以臣放君天下不以爲僭旣放而復立太甲不以爲專何則其素所不屑者足以取信於天下也彼其視天下眇然不足以動其心而豈忍以廢放其君求利也哉後之君子蹈常而習故惴惴焉懼不免於天下一爲希闊之行則天下羣起而誚之不知求其素而以爲古今之變時有所不可者亦已過矣夫

王世貞曰伊尹事功莫大於相湯又莫難於相太甲放之復之而人不疑其耕莘之心即素取信於人故

也論伊尹者無踰此篇

王志堅曰周公之流言豈其素不如伊尹哉古今之變時有所不可是亦不易之論也

周公論

論周公者多異說何也周公居禮之變而處聖人之不幸宜乎說者之異也凡周公之所為亦不得已而已矣若得已而不已則周公安得而為之成王幼不能為政周公執其權以王命賞罰天下是周公不得已者如此

而已今儒者曰周公踐天子之位稱王而朝諸侯則是豈不可以已耶書曰周公位冢宰正百工羣叔流言又曰召公為保周公為師相成王為左右召公不說又曰周公曰王若曰則是周公未嘗踐天子之位而稱王也周公稱王則成王宜何稱將亦稱王也將不稱耶不稱則是廢也稱王則是二王也而周公何以安之孔子曰必也正名乎儒者之患患在於名實之不正故亦有以文王為稱王者是以聖人為後世之僭君急於為王者

耶天下雖亂有王者在而已自王雖聖人不能以服天下昔高帝擊滅項籍統一四海諸侯大臣相率而帝之然且辭以不德惟陳勝吳廣乃囂囂乎急於自王而謂文王亦為之耶武王伐商師渡孟津會於牧野其所以稱先君之命命於諸侯者蓋猶曰文考而已至於武成既以柴望告天百工奔走受命於周而後其稱曰我文考文王克成厥勲由此觀之則是武王不敢一日妄尊其先君而況於文王之自王乎詩曰虞芮質厥成文王

蹶厥生是亦追稱而已矣史記曰嫗乎采芑歸乎田成子夫田常之時安知其為成子而稱之故凡以文王周公為稱王者皆過也是資後世之篡君而為之藉也陳賈問於孟子曰周公使管叔監商管叔以商叛知而使之是不仁不知是不知孟子曰周公弟也管叔兄也周公之過不亦宜乎從孟子之說則是周公未免於有過也夫管叔之叛非逆也是其知不足以深知周公而已矣周公之誅非疾之也其勢不得不誅也故管蔡非所

謂大惡也兄弟之親而非有大惡則其道不得不封管蔡之封在武王之世也武王之世未知有周公成王之事苟無周公成王之事則管蔡何從而叛周公何從而誅之故曰周公居禮之變而處聖人之不幸也

此與歐陽修泰誓論明文武周公之心並為扶翼君臣大義之至文決浮雲掃曚景昭昭然揭日月以行者也

御選唐宋文醇卷四十一

聖祖御評
謂人性惡識荀卿學術之偏此又推極言之理據精詳非苛論也

御選唐宋文醇卷四十二

眉山蘇軾文五

荀卿論

嘗讀孔子世家觀其言語文章循循莫不有規矩不敢放言高論言必稱先王然後知聖人憂天下之深也茫乎不知其畔岸而非遠也浩乎不知其津涯而非深也其所言者匹夫匹婦之所共知而所行者聖人有所不

能盡也嗚呼是亦足矣使後世有能盡吾説者雖為聖人無難而不能者不失為寡過而已矣子路之勇子貢之辯冉有之智此三者皆天下之所謂難能而可貴者也然三子者每不為夫子之所悅顔淵默然不見其所能若無以異於衆人者而夫子亟稱之且夫學聖人者豈必其言之云爾哉亦觀其意之所嚮而已夫子以為後世必有不能行其説者矣必有竊其説而為不義者矣是故其言平易正直而不敢為非常可喜之論要在

於不可易也昔者常怪李斯事荀卿既而焚滅其書大變古先聖王之法於其師之道不啻若寇讐及今觀荀卿之書然後知李斯之所以事秦者皆出於荀卿而不足怪也荀卿者喜為異說而不讓敢為高論而不顧者也其言愚人之所驚小人之所喜也子思孟軻世之所謂賢人君子也荀卿獨曰亂天下者子思孟軻也天下之人如此其衆也仁人義士如此其多也荀卿獨曰人性惡桀紂性也堯舜僞也由是觀之意其為人必也剛

愎不遜而自許太過彼李斯者又特甚者耳今夫小人之為不善猶必有所顧忌是以夏商之亡桀紂之殘暴而先王之法度禮樂刑政猶未至於絕滅而不可考者是桀紂猶有所存而不敢盡廢也彼李斯者獨能奮而不顧焚燒夫子之六經烹滅三代之諸侯破壞周公之井田此亦必有所恃者矣彼見其師歷詆天下之賢人自是其愚以為古先聖王皆無足法者不知荀卿特以快一時之論而荀卿亦不知其禍之至於此也其父殺

人報仇其子必且行劫荀卿明王道述禮樂而李斯以其學亂天下其高談異論有以激之也孔孟之論未嘗異也而天下卒無有及者苟天下果無有及者則尚安以求異為哉

軾謂李斯破壞周公之井田然井田之廢不自斯始且井田肪於虞夏亦不得屬之周公此語蓋軾少作未檢點處不可為法

王志堅曰鍾伯敬謂長公此論為荆公作案公此論

聖祖御評
道德刑名之利害所見朗徹而辭筆亦沈鷙絕倫

刻應詔集乃應制科時作未有荆公事伯敬誤也

韓非論

聖人之所為惡夫異端盡力而排之者非異端之能亂天下而天下之亂所由出也昔周之衰有老聃莊周列禦寇之徒更為虛無淡泊之言而治其猖狂浮游之說紛紜顛倒而卒歸於無有由其道者蕩然莫得其當是以忘乎富貴之樂而齊乎死生之分此不得志於天下高世遠舉之人所以放心而無憂雖非聖人之道而其

用意固亦無惡於天下自老聃之死百餘年有商鞅韓非著書言治天下無若刑名之嚴及秦用之終於勝廣之亂教化不足而法有餘秦以不祀而天下被其毒後世之學者知申韓之罪而不知老聃莊周之使然何者仁義之道起於夫婦父子兄弟相愛之間而禮法刑政之原出於君臣上下相忌之際相愛則有所不忍相忌則有所不敢夫不敢與不忍之心合而後聖人之道得存乎其中今老聃莊周論君臣父子之間汎汎乎若萍

浮於江湖而適相值也夫是以父不足愛而君不足忌不忌其君不愛其父則仁不足以懷義不足以勸禮樂不足以化此四者皆不足用而欲置天下於無有夫無有豈誠足以治天下哉商鞅韓非求為其說而不得得其所以輕天下而齊萬物之術是以敢為殘忍而無疑今夫不忍殺人而不足以為仁而仁亦不足以治民則是殺人不足以為不仁而不仁亦不足以亂天下如此則舉天下唯吾之所為刀鋸斧鉞何施而不可昔者夫

子未嘗一日敢易其言雖天下之小物亦莫不有所畏令其視天下眇然若不足為者此其所以輕殺人歟太史遷曰申子卑卑施於名實韓子引繩墨切事情明是非其極慘覈少恩皆原於道德之意嘗讀而思之事固有不相謀而相感者莊老之後其禍為申韓由三代之衰至於今凡所以亂聖人之道者其弊固已多矣而未知其所終奈何其不為之所也

老子無為清靜莊列一死生解外膠皆所謂遊乎方之

外者其與釋氏不以中西而異人誠能識心達本源則酬酢萬變正其無為清靜也竭力致身正其一死生解外膠也豈曰卒歸於無有哉且三界惟心不落有無若其分別諸相則言無我者有之矣奚嘗曰無人而謂殺人不足以為不仁哉無我故堯舜事業如浮雲之過太虛也所為廓然無聖也有人故堯舜其猶病諸也所為有一衆生未度不取成佛也申韓反是其於我也拔一毛而利天下不為其於人也盡世界之人摩頂放踵以

利我而亦為之此正逆天地之性拂萬物之情豈特周孔之所不容正與釋老莊列氷炭不同者雖然孔子言之矣中人以上可以語上中人以下不可以語上猶夫趾有蹼者飛不高趾無蹼者走必躍也盜賊殺人固不得歸咎於古聖之作刀劍然而殺人之器必由刀劍矣二氏之書日在宇宙不能免中人以下者之誤讀則輙此論亦有所裨補歟昔我

世宗憲皇帝有言果能了脱生死則忠必真忠孝必真孝

如其不然而徒有見於生無足愛死無足畏則中庸所謂小人而無忌憚者必其人矣大哉

聖言可息千古之聚訟也

胡居仁曰言非之慘刻由老莊以虛無輕天下來亦本太史公原道德之意而發與論李斯禍由荀卿同一公案

聖祖御評以忍字作骨而出以快筆豈子

留侯論

古之所謂豪傑之士者必有過人之節人情有所不能

瞻胸中先有此一段議論乃因留侯而發之耶

忍者匹夫見辱拔劍而起挺身而鬬此不足為勇也天下有大勇者卒然臨之而不驚無故加之而不怒此其所挾持者甚大而其志甚遠也夫子房受書於圯上之老人也其事甚怪然亦安知其非秦之世有隱君子者出而試之觀其所以微見其意者皆聖賢相與警戒之義而世不察以為鬼物亦已過矣且其意不在書當韓之亡秦之方盛也以刀鋸鼎鑊待天下之士其平居無罪夷滅者不可勝數雖有賁育無所復施夫持法太急

者其鋒不可犯而其勢未可乘子房不忍忿忿之心以匹夫之力而逞於一擊之間當此之時子房之不死者其間不能容髮蓋亦已危矣千金之子不死於盜賊何者其身之可愛而盜賊之不足以死也子房以蓋世之才不為伊尹太公之謀而特出於荆軻聶政之計以僥倖於不死此圯上之老人所為深惜者也是故倨傲鮮腆而深折之彼其能有所忍也然後可以就大事故曰孺子可教也楚莊王伐鄭鄭伯肉袒牽羊以逆莊王曰

其君能下人必能信用其民矣遂捨之句踐之困於會稽而歸臣妾於吳者三年而不倦且夫有報人之志而不能下人者是匹夫之剛也夫老人者以為子房才有餘而憂其度量之不足故深折其少年剛銳之氣使之忍小忿而就大謀何則非有生平之素卒然相遇於草野之間而命以僕妾之役油然而不怪者此固秦皇之所不能驚而項籍之所不能怒也觀夫高祖之所以勝而項籍之所以敗者在能忍與不能忍之間而已矣項

籍唯不能忍是以百戰百勝而輕用其鋒高祖忍之養其全鋒而待其敝此子房教之也當淮陰破齊而欲自王高祖發怒見於詞色由此觀之猶有剛强不忍之氣非子房其誰全之太史公疑子房以為魁梧奇偉而其狀貌乃如婦人女子不稱其志氣嗚呼此其所以為子房歟

子房自以五世相韓盡散家財求壯士為韓報讐狙擊始皇於博浪沙中儻使其時真中始皇子房必與始皇

俱死而其時斯高之謀未萌扶蘇尚在恬毅諸將無恙秦國未可亡也雖其忠肝義胆震動天地而自達者視之其行事不猶孺子之為乎子房本豪族公子其時尚少未嘗學問而秦法挾書者棄市意其時如東序所陳之大訓列國紀載之嘉言民間蕩然無存圯上老人嘗必有所藏者如魯壁之類度子房可授故出以授子房子房得聞所以定天下為帝王師之道佐高帝滅無道秦而韓之讐果以報矣惠文之世學校未興而書遂無

傳於後世耳後世疑為神怪謂所授之書必用兵之術則又與兒童之見無異漢高之取天下也定三秦之後子房始歸漢五年之内賴韓信東取齊北取趙諸侯並叛羽羽食盡乃一舉而滅之自羽食盡以前漢高自將以與羽遇但屢敗耳此時子房不在帷幄間乎然則子房所為定籌決勝者非搏戰之事亦明矣弔詭之士復僞造黄石公素書三篇以實之皆可怪也

賈誼論

非才之難所以自用者實難惜乎賈生王者之佐而不能自用其才也夫君子之所取者遠則必有所待所就者大則必有所忍古之賢人皆有可致之才而卒不能行其萬一者未必皆其時君之罪或者其自取也愚觀賈生之論如其所言雖三代何以遠過得君如漢文猶且以不用死然則是天下無堯舜終不可以有所為耶仲尼聖人歷試於天下苟非大無道之國皆欲勉強扶持庶幾一日得行其道將之荆先之以冉有申之以子

責君子之欲得其君如此其勤也孟子去齊三宿而後出晝猶曰王其庶幾召我君子之不忍棄其君如此其厚也公孫丑問曰夫子何為不豫孟子曰方今天下舍我其誰哉而吾何為不豫君子之愛其身如此其至也夫如此而不用然後知天下之果不足與有為而可以無憾矣若賈生者非漢文之不用生生之不能用漢文也夫絳侯親握天子璽而授之文帝灌嬰連兵數十萬以決劉呂之雌雄又皆高帝之舊將此其君臣相得之

分豈特父子骨肉手足哉賈生洛陽之少年欲使其一朝之間盡棄其舊而謀其新亦已難矣為賈生者上得其君下得其大臣如絳灌之屬優游浸漬而深交之使天子不疑大臣不忌然後舉天下而惟吾之所欲為不過十年可以得志安有立談之間而遽為人痛哭哉觀其過湘為賦以弔屈原紆鬱憤悶趯然有遠舉之志其後卒以自傷哭泣至於夭絕是亦不善處窮者也夫謀之一不見用安知終不復用也不知默默以待其變而

自殘至此嗚呼賈生志大而量小才有餘而識不足也古之人有高世之才必有遺俗之累是故非聰明睿哲不惑之主則不能全其用古今稱苻堅得王猛於草茅之中一朝盡斥去其舊臣而與之謀彼其匹夫略有天下之半以此哉愚深悲賈生之志故備論之亦使人君得如賈誼之臣則知其有狷介之操一不見用則憂傷病沮不能復振而為賈生者亦慎其所發哉

史稱神宗欲驟用軾韓琦不欲壞成例沮之軾以此終

身德琦嗚呼若軾者真可謂自愛其身者歟作賈誼論

宋人謂在其晚年觀軾流離顛沛至挑菜度日夕宿樹

下而若將終身怡然自得與賈誼之賦鵩鳥投文弔屈

原者異矣當日仁宗得軾對策退朝色喜皇后請其故

曰為子孫得賢宰相以故神宗雖惑於讒未嘗不終身

眷眷於軾比賈誼之見賞於文帝而終不得柄用者殆

髣髴焉軾雖知命不憂乎然篇末數語俯仰古今自傷

而傷他人者至矣若夫賈誼弔屈原賦鵩鳥誠紆鬱憤

閔不能見道之明驗至其哭泣歲餘而死則以梁王墜馬死而自傷爲傅之無狀也賈生食人之祿忠人之事一有過誤引爲己責其心且謂傅梁王而王至墜馬夭其天年則平日所自許一旦柄用可以手致太平者皆謬妄也哭泣歲餘亦死此淚當與萇叔碧血同寶矣其忠厚惻怛纍節志氣之耿光可貫日月乃軾不察史氏所稱亦死者承梁王死而言而轉以此誚誼非篤論矣梁王未墜馬死以前誼何嘗自傷不用而哭泣哉

鼂錯論

天下之患最不可為者名為治平無事而其實有不測之憂坐觀其變而不為之所則恐至於不可救起而强為之則天下狃於治平之安而不吾信惟仁人君子豪傑之士為能出身為天下犯大難以求成大功此固非勉强期月之間而苟以求名者之所能也天下治平無故而發大難之端吾發之吾能收之然後能免難於天下事至而循循焉欲去之使他人任其責則天下之禍

必集於我昔者鼂錯盡忠為漢謀弱山東之諸侯諸侯並起以誅錯為名而天子不察以錯為說天下悲錯之以忠而受禍而不知錯之有以取之也古之立大事者不惟有超世之才亦必有堅忍不拔之志昔禹之治水鑿龍門決大河而放之海方其功之未成也盖亦有潰冒衝突可畏之患惟能前知其當然事至不懼而徐為之所是以得至於成功夫以七國之强而驟削之其為變豈足怪哉錯不於此時捐其身為天下當大難之衝

而制吳楚之命乃為自全之計欲使天子自將而己居守且夫發七國之難者誰乎己欲求其名安所逃其患以自將之至危與居守之至安己為難首擇其至安而遺天子以其至危此忠臣義士所以憤惋而不平者也當此之時雖無袁盎錯亦不免於禍何者己欲居守而使人主自將以情而言天子固已難之矣而重違其議是以袁盎之說得行於其間使吳楚反錯以身任其危日夜淬礪東向而待之使不至於累其君則天子將恃

之以為無恐雖有百袁盎可得而間哉嗟夫世之君子欲求非常之功則無務為自全之計使錯自將而擊吳楚未必無功惟其欲自固其身而天子不悅姦臣得以乘其隙錯之所以自全者乃其所以自禍歟

七國削亦反不削亦反削則變速而禍小不削則變遲而禍大此世所以傷錯之忠也雖然明知削之則反矣而不為備反計乎四顧羣臣既無可屬百萬兵者而可輕削之以激其反乎況有周亞夫之可屬百萬兵而不

知孰云智囊也且夫宗社者猶人之神魂也百姓者猶人之肢體也天下有殘肢體以安神魂之理乎則亦豈有殘百姓以安宗社之理也聖賢處此豈果舍激之反而滅之之外無他道乎錯亦可為未能操刀而輕一割矣錯父曰劉氏安鼂氏危矣天下騷然京師幾喋血劉氏果足為安哉

茅坤曰錯之誤在夙有怨於盎而欲借吳之反以誅之此殺機也鬼瞰其室矣何也以錯之學本刑名

故也

續歐陽子朋黨論

歐陽子曰小人欲空人之國必進朋黨之說嗚呼國之將亡此其徵歟禍莫大於權之移人而君莫危於國之有黨有黨則必爭爭則小人者必勝而權之所歸也君安得不危哉何以言之君子以道事君人主必敬之而疎小人惟予言而莫予違人主必狎之而親疎者易間而親者難暌也而君子不得志則奉身而退樂道不仕

小人者不得志則僥倖復用惟怨之報此其所以必勝也蓋嘗論之君子如嘉禾也封殖之甚難而去之甚易小人如惡草也不種而生去之復蕃世未有小人不除而治者也然去之爲最難斥其一則援之者衆盡其類則衆之致怨也深小者復用而肆威大者得志而竊國善人爲之掃地世主爲之屏息譬斷蛇不死刺虎不斃其傷人則愈多矣齊田氏魯季孫是已齊魯之執事莫非田季之黨也歷數君不忘其誅而卒之簡公弑昭哀

失國小人之黨其不可除也如此而漢黨錮之獄唐白馬之禍忠義之士斥死無餘君子之黨其易盡也如此使世主知易盡者之可戒而不可除者之可懼則有瘳矣且夫君子者世無若是之多也小人者亦無若是之衆也凡才智之士鋭於功名而嗜於進取者隨所用耳孔子曰仁者安仁智者利仁未必皆君子也冉有從夫子則為門人之選從季氏則為聚斂之臣唐柳宗元劉禹錫使不陷叔文之黨其高才絶學亦足以為唐名臣

矣昔欒懷子得罪於晉其黨皆出奔樂王鮒謂范宣子曰盍反州綽邢蒯勇士也宣子曰彼欒氏之勇也余何獲焉王鮒曰子為彼欒氏乃子之勇也嗚呼宣子蚤從王鮒之言豈獨獲二子之勇且安有曲沃之變哉愚以謂治道去泰甚耳苟黜其首惡而貸其餘使才者不失富貴不才者無所致憾將為吾用之不暇又何怨之報乎人之所以為盜者衣食不足耳農夫市人焉保其不為盜而衣食既足盜豈有不能返農夫市人也哉故善

除盜者開其衣食之門使復其業善除小人者誘以富貴之道使墮其黨以力取威勝者蓋未嘗不反為所噬也曹參之治齊曰慎無擾獄市獄市姦人之所容也知此亦庶幾於善治矣姦固不可長而亦不可不容也若姦無所容君子豈久安之道哉牛李之黨徧天下而李德裕以一夫之力欲窮其類而致之必死此其所以不旋踵罹仇人之禍也姦臣復熾忠義益衰以力取威勝者果不可耶愚是以續歐陽子之説而為君子小人之

戒

韓范富司馬諸賢忘身為國經理天下事宵小懼不見容則屢以朋黨目之冀罔上以行其私歐陽修作朋黨論謂小人無朋惟君子有之蓋謂小人之交必以爭利而壞而君子之交必以義合而成徒欲矯當時之謬論動人主之傾聽而不自知其言之有弊也君子不黨君子亦黨乎吾

世宗憲皇帝作朋黨論深斥其非夫豈不知修之意非欲

為朋黨哉特以其激烈過當之言足使讀者悞會而小人無朋之朋方將藉口於修以亂黑白蓋凡所以斥修者正修言外之意所欲表暴於後世而未能者也軾殆亦有疑於其師之言義未圓足而不可為訓故為此續論歟蓋嘗讀大易而知文王周孔之心於朋黨實三致意也其在坤曰利西南得朋東北喪朋謂西南者坤代乾致役之地非合衆力不足以濟故利得朋東方者受命之先北方者告成之候稟令歸功已無私焉而何有

於朋類故利喪朋也其在比六三曰比之匪人謂六三應上六上在五上志不在君故為比之無首六三應之故為比之匪人也其在泰之九二曰包荒用馮河不遐遺朋亡得尚于中行包荒者寬裕溫柔也用馮河者發強剛毅也不遐遺者文理密察也然必終之以朋亡然後齊莊中正而大公無我之道備上下可以交而泰否則所為包荒之寬仁馮河之勇斷不遐遺之縝密皆不出於中正不出於中正則胥無足言矣若夫六四翩翩

不富以其鄰不戒以孚云者戒六四以當下從三陽之正而不當上合二陰之鄰也其在同人曰同人于野亨于野云者猶路人也其六二曰同人於宗吝于宗云者猶宗黨也理之在天下華夏蠻貊本為一身豈必于其宗黨乃可以同乎同人于宗吝之道矣于野同人非廓然大公之謂乎其在豫之九四曰由豫大有得勿疑朋盍簪九四一陽為豫之主天下由之以豫者也任大責重非獨力所能必得同德者以自輔非開誠布公奚以

來諸賢之益故戒以勿疑則朋盍簪也然則苟非由豫大有得者固無所謂朋盍簪也不待言明矣其在蹇之六二曰王臣蹇蹇匪躬之故九五曰大蹇朋來六二之蹇蹇者即九五之朋也其朋於九五者匪躬之故也大蹇匪朋其奚濟然惟濟天下之大蹇者朋來而非有所私否則但以喪朋為利也其在解之九四曰解而拇朋至斯孚九四為震主解天下之難者必解去在下之小人而後君子之朋斯至解以緩難非朋奚濟解而拇者

戒有所暱比也其在渙之六三曰渙其躬无悔克己復禮仁也其躬尚渙則於人無論也六四曰渙其羣元吉渙有丘匪夷所思君子無一人與為羣者而惟理之是視所為渙其羣也而理者人之所同得則天下之大四海之廣無一人而非其羣也故曰渙有丘匪夷所思也所以為大羣者即其所為渙羣也六十四卦中戒朋黨者顯言之則十居二三焉若其微言之者又未可以悉數文王周孔之心於此諄諄若是然則天下之治否寧

不以此為樞機乎為人君為人臣者其曷可以弗思

屈到嗜芰論

屈到嗜芰有疾召其宗老而屬之曰祭我必以芰及祥宗老將薦芰屈建命去之君子曰不違而道唐柳宗元非之曰屈子以禮之末忍絕其父將死之言且禮有齋之日思其所樂思其所嗜子木去芰安得為道甚矣柳子之陋也子木楚卿之賢者也夫豈不知為人子之道事死如事生況於將死丁寧之言棄而不用人情之所

忍乎是必有大不忍於此者而奪其情也夫死生之際聖人嚴之斃於路寢不死於婦人之手至於結冠纓啓手足之末不敢不勉其於死生之變亦重矣父子平日之言可以恩掩義至於死生至嚴之際豈容以私害公乎曾子有疾稱君子之所貴乎道者三孟僖子卒使其子學禮於仲尼管仲病勸桓公去三豎夫數君子之言或主社稷或勤於道德或訓其子孫雖所趣不同然皆篤於大義不私其躬也如是令赫赫楚國若敖氏之賢

聞於諸侯身為正卿死不在民而口腹是憂其為陋亦甚矣使子木行之國人誦之太史書之天下後世不知夫子之賢而惟陋是聞子木其忍為此乎故曰是必有大不忍者而奪其情也然禮之所謂思其所樂思其所嗜此言人子追思之道也曾晳嗜羊棗而曾子不忍食父沒而不能讀父之書母沒而不能執母之器皆人子之情自然也豈待父母之命耶今薦芰之事若出於子則可自其父母則為陋耳豈可以飲食之故而成父莫

大之陋乎曾子寢疾曾元難於易簀曾子曰君子之愛人也以德細人之愛人也以姑息若以柳子之言為然是曾元為孝子而曾子顧禮之末易簀於病革之中為不仁之甚也中行偃死視不可含范宣子盟而撫之曰事吳敢不如事主猶視欒懷子曰主苟終所不嗣事於齊者有如河乃瞑嗚呼范宣子知事吳為忠於主而不知報齊以成夫子憂國之美其為忠則大矣古人以愛惡比之美疢藥石曰石猶生我疢之美者其毒滋多由

是觀之柳子之愛屈到是疢之美子木之違父命藥石
也哉

[illegible]唯其理也則與生俱生生不
[illegible]若其欲也則雖屬毛離裏生同
[illegible]各有所嗜不可以相通各狥其
[illegible]兒而乾坤或幾於息矣毫釐之
[illegible]孟懿子問孝子曰生事之以禮
死葬之以禮祭之以禮天下之為人父而不欲以禮自

居者豈尠哉事之以禮則曰是不善事我也葬祭之以

之遺命也然則孔子之言亦

而子木不以祭亦祭之以禮

之蘇軾辨之當矣而胡友信

此亦一是非盍折衷於孔子

御選唐宋文醇卷四十二

御選唐宋文醇卷四十三

眉山蘇軾文六

論養士

春秋之末至於戰國諸侯卿相皆爭養士自謀夫說客談天雕龍堅白同異之流下至擊劍扛鼎雞鳴狗盜之徒莫不賓禮靡衣玉食以館於上者何可勝數越王句踐有君子六千人魏無忌齊田文趙勝黃歇吕不韋皆

[seal]

有客三千人而田文招致任俠姦人六萬家於薛齊稷下談者亦千人魏文侯燕昭王太子丹皆致客無數下至秦漢之間張耳陳餘號多士賓客厮養皆天下豪俊而田横亦有士五百人其略見於傳記者如此度其餘當倍官吏而半農夫也此皆姦民蠧國者民何以支而國何以堪乎蘇子曰此先王之所不能免也國之有姦猶鳥獸之有鷙猛昆蟲之有毒螫也區處條理使各安其處則有之矣鋤而盡去之則無是道也吾考之世變

知六國之所以久存而秦之所以速亡者蓋出於此不可以不察也夫智勇辯力此四者皆天民之秀傑也類不能惡衣食以養人皆役人以自養者也故先王分天下之富貴與此四者共之此四者不失職則民靖矣四者雖異先王因俗設法使出於一三代以上出於學戰國至秦出於客漢以後出於郡縣吏魏晉以來出於九品中正隋唐至今出於科舉雖不盡然取其多者論之六國之君虐用其民不減始皇二世然當是時百姓無

一人叛者以凡民之秀傑者皆以客養之不失職也其力耕以奉上皆椎魯無能為者雖欲怨叛而莫為之先此其所以少安而不即亡也始皇初欲逐客用李斯之言而止既并天下則以客為無用於是任法而不任人謂民可以恃法而治謂吏不必才取能守吾法而已故墮名城殺豪傑民之秀異者散而歸田畝向之食於四公子吕不韋之徒者皆安歸哉不知其能槁項黄馘而老死於布褐乎抑將輟耕太息以俟時也秦之亂成於

二世然使始皇知畏此四人者有以處之使不失職秦之亡不至若此之速也縱百萬虎狼於山林而飢渴之不知其將噬人世以始皇為智吾不信也楚漢之禍生民盡矣豪傑宜無幾而代相陳豨從車千乘蕭曹為政莫之禁也至文景武帝之世法令至密矣然吳王濞淮南梁王魏其武安之流皆爭致賓客世主不問也豈懲秦之禍以為爵禄不能盡縻天下之士故少寬之使得或出於此也耶若夫先王之政則不然曰君子學道則

愛人小人學道則易使也嗚呼此豈秦漢之所及也哉

軾以智勇辯力比之虎狼疑若言之無擇者間嘗論之物得氣質之偏人得氣質之全偏全之義非即善惡之謂也偏善偏惡之謂偏全善全惡之謂全虎豹終日不殺則跳踉大呌以洩其怒必撲殺一物乃已麒麟騶虞不踐生草不履生蟲間世一出往往餓死兩者決不可以相假人則不然其善量可以彌天地則其惡量亦可以彌天地如掌之正反然故惷愚冥頑者能小善而不

能大善則亦能小惡而不能大惡智勇辯力者其能為善大則其能為惡亦大善可麒麟騶虞惡亦可虎狼也是以為人上者凛乎若朽索之馭六馬

論魯隱公

魯隱公元年不書即位攝也公子翬請殺桓公公曰為其少故也吾將授之矣使營菟裘吾將老焉翬懼反譖公於桓而使賊弑公歐陽子曰隱公非攝也使隱而果攝也則春秋不書為公春秋書為公則隱非攝無疑也

蘇子曰非也春秋魯之信史隱攝而桓弑著於史也詳矣周公攝而克復子者也以周公薨故不稱王隱公攝而不克復子者也以魯公薨故稱公史有謚國有廟春秋獨得不稱公乎然則隱公之攝也禮歟曰禮也何自聞之曰聞之孔子曾子問曰君薨而世子生如之何孔子曰卿大夫士從攝主北面於西階南何謂攝主曰古者天子諸侯卿大夫士之世子未生而死則其弟若兄弟之子以當立者為攝主子生而女也則攝主立男也

則攝主退此之謂攝主古之人有為之者季康子是也季桓子且死命其臣正常曰南孺子之子男也則以告而立之女也則肥也可桓子卒康子即位既葬康子在朝南氏生男正常載以如朝告曰夫子有遺言命其圉臣曰南氏生男則以告於君與大夫而立之今生矣男也敢告康子請退康子之謂攝主古之道也孔子行之自秦漢以來不修是禮也而以母后攝孔子曰惟女子與小人為難養也使與聞外事且不可曰牝雞之晨惟

家之索而況可使攝位而臨天下乎女子為政而國安惟齊之君王后吾宋之曹高向也蓋亦千一矣自東漢馬鄧不能無譏而漢呂后魏胡武靈唐武氏之流蓋不勝其亂王莽楊堅遂因以易姓由是觀之豈若攝主之庶幾乎使母后而可信也則攝主何為而不可信若均之不可信則攝主取之猶吾先君之子孫也不猶愈於異姓之取哉或曰君薨百官總己以聽於冢宰三年安用攝主曰非此之謂也嗣天子長矣宅憂而未出令則

以禮從冢宰若太子未生生而弱未能君也則三代之禮孔子之學決不以天下付異姓其付之攝主也夫豈非禮而周公行之歟故隱公亦攝主也鄭𤣥儒之陋者也其傳攝主也曰上卿代君聽政者也使子生而女則上卿豈繼世者乎蘇子曰攝主先王之令典孔子之法言也而世不知習見母后之攝也而以爲當然故吾不可不論以待後世之君子

秦燔詩書而先王之典章茫然不可考漢興未幾而呂

后遂以女子居攝幾移漢祚當日匈奴尚知其非而為媟嫚之語以相誚刺乃漢之公卿拱手以聽莫敢誰何亦人倫之大變矣後遂以為典制至於唐武后後先相望遺臭萬年宋制仍之雖屢得賢后遠邁漢唐然終不可以訓也此程子傳易所以致意於坤六五之黄裳而謂非常之變不可言也歟究其所以然實以古人居攝之制廢而主少國疑國無與屬則以為莫如母后親而不知悖陰陽之義即逆天地之性而必不可行也軾之

論千古不易矣

論隱公里克李斯鄭小同王允之

公子翬請殺桓公以求太宰隱公曰為其少故也吾將授之矣使營菟裘吾將老焉翬懼反譖公於桓公而殺之蘇子曰盜以兵擬人人必殺之夫豈獨其所擬塗之人皆捕擊之矣塗之人與盜非仇也以為不擊則盜且并殺己也隱公之智曾不若塗之人哀哉隱公惠公繼室之子也其為非嫡與桓均耳而長於桓隱公追先君

之志而授國焉可不謂仁人乎惜乎其不敏於智也使隱公誅翬而讓桓雖夷齊何以尚茲驪姬欲殺申生而難里克則施優來之二世欲殺扶蘇而難李斯則趙高來之此二人之智若出一人而受禍亦不少異里克不免於惠公之誅李斯不免於二世之虐皆無足哀者吾獨表而出之以為世戒君子之為仁義也非有計於利害然君子所為義利常兼而小人反是李斯聽趙高之謀非其本意獨畏蒙氏之奪其位故勉而聽高使斯聞

高之言即召百官陳六師而斬之其德於扶蘇豈有既乎何蒙氏之足憂釋此不為而具五刑於市非下愚而何嗚呼亂臣賊子猶蝮蛇也其所螫草木猶足以殺人況其所噬齧者歟鄭小同為高貴鄉公侍中嘗詣司馬師師有密疏未屏也如廁還問小同見吾疏乎曰不見師曰寧我負卿無卿負我遂酖之王允之從王敦夜飲辭醉先寢敦與錢鳳謀逆允之已醒悉聞其言慮敦疑己遂大吐衣面皆汚敦果照視之見允之臥吐中乃已

哀哉小同殆哉岌岌乎允之也孔子曰危邦不入亂邦不居有以也夫吾讀史得魯隱公晉里克秦李斯鄭小同王允之五人感其所遇禍福如此故特書其事後之君子可以覽觀焉

軾謂亂臣賊子猶蝮蛇不殺之必被其毒洵矣然謂李斯殺趙高可以捄死固不知死非可以殺人捄也況李斯亦未始非蝮蛇以蝮蛇殺蝮蛇而可以捄死哉斯陳六師以斬高扶蘇寧不德斯於一時然而扶蘇虎子蒙

氏虎臣安知他日不以别故具斯五刑哉孔子曰篤信好學守死善道繼之曰危邦不入亂邦不居天下有道則見無道則隱君子之篤信好學信何信乎信夫死生禍福在天在人其於我無豪釐之損益惟現在所居之位各有當然自然之則為我所必由之道則不可以或過或不及也學何學乎學夫死生禍福之當前一不以動我心而唯於我現在所居之位盡其當然自然之道而毋或過毋或不及也是故天下有道則見見者道也

天下無道則隱隱者道也入危邦居亂邦必先有離經叛道之心而後入且居之既入而居之安往而得死所哉若夫龍逢比干之流則其現在所居之位即在危邦亂邦之中其死也正所為守死善道而不可以同年語也軾所論五人惟魯隱公不殺羽父則然矣若里克李斯者何暇與議誅亂賊哉若夫鄭小同王允之一死一不死皆無可哀蓋既置身於蝮蛇之側必非所為篤信好學守死善道之人也善哉孟子之言曰夫人必自侮

然後人悔之

論管仲

鄭太子華言於齊桓公請去三族而以鄭為內臣公將許之管仲不可公曰諸侯有討於鄭未捷苟有釁從之不亦可乎管仲曰君若綏之以德加之以訓辭而率諸侯以討鄭鄭將覆亡之不暇豈敢不懼若總其罪人以臨之鄭有辭矣公辭子華鄭伯乃受盟蘇子曰大哉管仲之相桓公也辭子華之請而不違曹沫之盟皆盛德

之事也齊可以王矣恨其不學道不自誠意正心以刑其國使家有三歸之病而國有六嬖之禍故桓公不王而孔子小之然其予之也亦至矣曰桓公九合諸侯不以兵車管仲之力也如其仁曰仲尼之徒無道桓文之事者孟子蓋過矣吾讀春秋以下史得七人焉皆盛德之事可以為萬世法又得八人焉皆反是可以為萬世戒故具論之太公之治齊也舉賢而尚功周公曰後世必有簒弑之臣天下誦之齊其知之矣田敬仲之始生

也周史筮之其奔齊也齊懿氏卜之皆知其當有齊國篡弒之疑蓋萃於敬仲矣然桓公管仲不以是廢之乃欲以為卿非盛德能如此乎故吾以謂楚成王知晉之必霸而不殺重耳漢高祖知東南之必亂而不殺吳王濞晉武帝聞齊王攸之言而不殺劉元海苻堅信王猛而不殺慕容垂唐明皇用張九齡而不殺安祿山皆盛德之事也而世之論者則以謂此七人者皆失於不殺以啓亂吾以為不然七人者皆自有以致敗亡非不殺

之過也齊景公不煩刑重賦雖有田氏齊不可取楚成王不用子玉雖有晉文公兵不敗漢景帝不害吳太子不用鼂錯雖有吳王濞無自發晉武帝不立孝惠雖有劉元海不能亂苻堅不貪江左雖有慕容垂不敢叛明皇不用李林甫楊國忠雖有安禄山亦何能為秦之由余漢之金日磾唐之李光弼渾瑊之流皆蕃種也何負於中國哉而獨殺元海禄山乎且夫自今而言之則元海禄山死有餘罪自當時言之則不免為殺無罪豈有

天子殺無罪而不得罪於天下者上失其道塗之人皆敵國也天下豪傑其可勝旣乎漢景帝以鞅鞅而殺周亞夫曹操以名重而殺孔融晉文帝以臥龍而殺嵇康晉景帝亦以名重而殺夏侯玄宋明帝以族大而殺王彧齊後主以謠言而殺斛律光唐太宗以讖而殺李君羨武后亦以謠言而殺裴炎世皆以為非也此八人者當時之慮豈非憂國備亂與憂元海祿山者同乎久矣世之以成敗為是非也故凡嗜殺人者必以鄧侯不殺

楚子為口實以鄧之微無故殺大國之君使楚人舉國而仇之其亡不愈速乎吾以謂為天下如養生憂國備亂如服藥養生者不過慎起居飲食節聲色而已節慎在未病之前而服藥在已病之後今吾憂寒疾而先服烏喙憂熱疾而先服甘遂則病未作而藥殺人矣彼八人者皆未病而服藥者也

至言篤論可為豈弟君子矣

論周東遷

太史公曰學者皆稱周伐紂居洛邑其實不然武王營之成王使召公卜居九鼎焉而周復都豐鎬至犬戎敗幽王周乃東徙於洛蘇子曰周之失計未有如東遷之繆者也自平王至於亡非有大無道者也髭王之神靈諸侯服享然終以不振則東遷之過也昔武王克商遷九鼎於洛邑成王周公復增營之周公旣沒蓋君陳畢公更居焉以重王室而已非有意於遷也周公欲葬成周而成王葬之畢此豈有意於遷哉今夫富民之家所

以遺其子孫者田宅而已不幸而有敗至於乞假以生可也然終不敢議田宅今平王舉文武成康之業而大棄之此一敗而鬻田宅者也夏商之王皆五六百年其先王之德無以過周而後王之敗亦不減周幽厲然至於桀紂而後亡其未亡也天下宗之不如東周名存而實亡也是何也則不鬻田宅之效也盤庚之遷也復殷之舊也古公遷於岐方是時周人如狄人也逐水草而居豈所難哉衛文公東徙渡河恃齊而存耳齊遷臨淄

晉遷於絳於新田皆其盛時非有所畏也其餘避寇而遷都未有不亡雖不即亡未有能復振者也春秋之時楚大饑羣蠻叛之申息之北門不啓楚人謀徙於阪高蔿賈曰不可我能往寇亦能往於是乎以秦人巴人滅庸而楚始大蘇峻之亂晉幾亡矣宗廟宮室盡為灰燼温嶠欲遷都豫章三吳之豪欲遷會稽將從之矣獨王導不可曰金陵王者之都也王者不以豐儉移都若弘衛文大帛之冠何適而不可不然雖樂土為墟矣且北

冠方彊一旦示弱竄於蠻越望實皆喪矣乃不果遷而晉復安賢哉導也可謂能定大事矣嗟夫平王之初周雖不如楚之彊顧不愈於東晉之微乎使平王有一王導定不遷之計收豐鎬之遺民而修文武成康之政以形勢臨東諸侯齊晉雖彊未敢貳也而秦何自霸哉魏惠王畏秦遷於大梁楚昭王畏吳遷於鄀頃襄王畏秦遷於陳考烈王畏秦遷於壽春皆不復振有亡徵焉東漢之末董卓劫帝遷於長安漢遂以亡近世李景遷於

豫章亦亡吾故曰周之失計未有如東遷之繆者也

儲欣曰并南宋百五十年小朝廷侮辱公亦若燭照而數計也異哉或謂勢可以不遷而遷者周平也勢不可不遷而遷者宋高也嗟乎使果不可不遷也當日京師已破宗留守何累表而請還南陽議幸李相國何慷慨而拜疏觀留守且死大呼渡河而宋非不可不遷章章明矣史載高宗置先生文集於左右披覽循環而於此論若未嘗寓目者又可慨也

論商鞅

商鞅用於秦變法定令行之十年秦民大悅道不拾遺山無盜賊家給人足民勇於公戰怯於私鬭秦人富彊天子致胙於孝公諸侯畢賀蘇子曰此皆戰國之游士邪說詭論而司馬遷闇於大道取以為史吾嘗以為遷有大罪二其先黄老後六經退處士進姦雄蓋其小小者耳所謂大罪二則論商鞅桑弘羊之功也自漢以來學者恥言商鞅弘羊而世主獨甘心焉皆陽諱其名而

陰用其實甚者則名實皆宗之庶幾其成功此司馬遷之罪也秦固天下之彊國而孝公亦有志之君也修其政刑十年不為聲色畋游之所敗雖微商鞅有不富彊乎秦之所以富彊者孝公敦本力穡之效非鞅流血刻骨之功也而秦之所以見疾於民如豺虎毒藥一夫作難而子孫無遺種則鞅實使之至於桑弘羊斗筲之才穿窬之智無足言者而遷之言曰不加賦而上用足善乎司馬光之言也曰天下安有此理天地所生財貨百

物止有此數不在民則在官譬如雨澤夏澇則秋旱不加賦而上用足不過設法陰奪民利其害甚於加賦也二子之名在天下如蛆蠅糞穢也言之則汚口舌書之則汙簡牘二子之術用於世者滅國殘民覆族亡軀者相踵也而世主獨甘心焉何哉樂其言之便己也夫堯舜禹湯世主之父師也諫臣弼士世主之藥石也恭敬慈儉勤勞憂畏世主之繩約也今使世主日臨父師而親藥石履繩約非有所樂也故為商鞅弘羊之術者必

先鄙堯笑舜而陋禹也曰所謂賢主者專以天下適己而已此世主所以人人甘心而不悟也世有食鍾乳烏喙而縱酒色以求長年者蓋始於何晏晏少而富貴故服寒食散以濟其欲無足怪者彼之所為足以殺身滅族者日相繼也得死於寒食散豈不幸哉而吾獨何為效之世之服寒食散疽背嘔血者相踵也用商鞅桑弘羊之術破國亡宗者皆是也然而終不悟者樂其言之美便而忘其禍之慘烈也

周語曰君人者將蕖利而布之上下者也孔子曰有國有家者不患寡而患不均不患貧而患不安惟其患不均也故導而布之以使之均惟其患不安也故布而均之以使之安司牧斯民者為國家理財為利民用厚民生計耳豈計他哉古人有言食前方丈所嘗不過一臠廣廈萬間所居不過尺地人君雖玉食萬方要豈有異於人皇矣上帝肯使一人恣於民上以縱其淫而棄天地之性若曰非以自奉吾以富國葢所為惑者矣夫人

各私一己故名己之肢體以爲身私其眷屬故名眷屬之所聚處者以爲家推而及於天下則無所私無所私而爲天下所係屬之一人則名我民之所託足者以爲國國者非他人民而已今取人民之所以養生送死之具頭會而箕斂之銖銖兩兩以成鉅萬而扃鐍於一處曰吾以富國其民至於凍餒而莫之省憂是何異聚粟帛而窖之使一家凍餒而曰吾以富家取金錢而握之使一身凍餒而曰吾以富身哉亦可爲愚矣漢文景之

世千里不持糧孝武用桑生而亭候蕭然矣宋真仁之世雖未及文景而百年休養其民衣食滋殖神宗用安石而戸口逃亡十室九空矣是謂之貧國則可耳號為富國何富之有哉以莛為楹以厲為西施人之顛倒往往如是禹訓曰内作色荒外作禽荒甘酒嗜音峻宇雕墻有一於此未或不亡夫是數者之致亡也葢必因是而求桑王富國之術以遂其縱欲之樂也如其不然雖亡其身未必能亡其國若夫直言桑王富國之術則亦

不必有是數者而不亡於其身必亡於其子孫矣豈特能貧國已哉

論始皇漢宣李斯

秦始皇時趙高有罪蒙毅按之當死始皇赦而用之長子扶蘇好直諫上怒使監蒙恬兵於上郡始皇東游會稽並海走瑯琊少子胡亥李斯蒙毅趙高從道病使蒙毅還禱山川未及還上崩李斯趙高矯詔立胡亥殺扶蘇蒙恬蒙毅卒以亡秦蘇子曰始皇制天下輕重之勢

使内外相形以禁奸備亂可謂密矣蒙恬將三十萬人威震北方扶蘇監其軍而蒙毅侍帷幄為謀臣雖有大姦賊敢睥睨其間哉不幸道病禱祠山川尚有人也而遣蒙毅故高斯得成其謀始皇之遣毅毅見始皇病太子未立而去左右皆不可以言智然天之亡人國其禍敗必出於智所不及聖人為天下不恃智以防亂恃吾無致亂之道耳始皇致亂之道在用趙高夫閹尹之禍如毒藥猛獸未有不裂肝碎首者也自書契以來惟東

漢呂彊後唐張承業二人號良善豈可望一二於千萬以徽必亡之禍哉然世主皆甘心而不悔如漢桓靈唐肅代猶不足深怪始皇漢宣皆英主亦湛於趙高恭顯之禍彼自以為聰明人傑也奴僕薰腐之餘何能為及其亡國亂朝乃與庸主不異吾故表而出之以戒後世人主如始皇漢宣者或曰李斯佐始皇定天下不可謂不智扶蘇親始皇子秦人戴之久矣陳勝假其名猶足以亂天下而蒙恬持重兵在外使二人不即就誅而復

請之則斯高無遺類矣以斯之智而不慮此何哉蘇子曰嗚呼秦之失道有自來矣豈獨始皇之罪自商鞅變法以殊死為輕典以參夷為常法人臣狼顧脅息以得死為幸何暇復請方其法之行也求無不獲禁無不止鞅自以為軼堯舜而駕湯武矣及其出亡而無所舍然後知為法之敝夫豈獨鞅悔之秦亦悔之矣荆軻之變持兵者熟視始皇環柱而走莫之救者以秦法重故也李斯之立胡亥不復忌二人者知法令之素行而臣子

之不敢復請也二人之不敢復請亦知始皇之鷙悍而不可回也豈料其偽也哉周公曰平易近民民必歸之孔子曰有一言而可以終身行之其恕矣乎夫以忠恕為心而以平易為政則上易知而下易達雖有賣國之奸無所投其隙倉卒之變無自發焉其令行禁止蓋有不及商鞅者矣而聖人終不以彼易此鞅立信於徙木立威於棄灰刑其親戚師傅積威信之極以至始皇秦人視其君如雷電鬼神不可測也古者公族有罪三宥

然後寘刑今至使人矯殺其太子而不忌太子亦不敢請則威信之過也故夫以法毒天下者未有不反中其身及其子孫者也漢武始皇皆果於殺者也故其子如扶蘇之仁則寧死而不請如戾太子之悍則寧反而不訴知訴之必不察也戾太子豈欲反者哉計出於無聊也故為二君之子者有死與反而已李斯之智蓋足以知扶蘇之必不反也吾又表而出之以戒後世人主之果於殺者

用宦寺任法律之禍毒痡四海而卒乃身受之孟子所謂仁者以其愛及其所不愛不仁者以其不愛及其所愛也此文與代張方平上書所論窮兵黷武之禍警後世君臣最為深切著明軾之垂光百世宜矣

論項羽范增

漢用陳平計間疎楚君臣項羽疑范增與漢有私奪其權增大怒曰天下事大定矣君王自為之願賜骸骨歸卒伍未至彭城疽發背死蘇子曰增之去善矣不去羽

必殺增獨恨其不蚤耳然則當以何事去增勸羽殺沛公羽不聽終以此失天下當於是去耶曰否增之欲殺沛公人臣之分也羽之不殺猶有人君之度也增曷為以此去哉易曰知幾其神乎詩曰相彼雨雪先集維霰增之去當於羽殺卿子冠軍時也陳涉之得民也以項燕扶蘇項氏之興也以立楚懷王孫心而諸侯叛之也以弑義帝且義帝之立增為謀主矣義帝之存亡豈獨為楚之盛衰亦增之所與同禍福也未有義帝亡而增

獨能久存者也羽之殺卿子冠軍也是弒義帝之兆也其弒義帝則疑增之本也豈必待陳平哉物必先腐也而後蟲生之人必先疑也而後讒入之陳平雖智安能間無疑之主哉吾嘗論義帝天下之賢主也獨遣沛公入關而不遣項羽識卿子冠軍於稠人之中而擢以爲上將不賢而能如是乎羽既矯殺卿子冠軍義帝必不能堪非羽弒帝則帝殺羽不待智者而後知也增始勸項梁立義帝諸侯以此服從中道而弒之非增之意也

夫豈獨非其意將必力爭而不聽也不用其言而殺其所立羽之疑增必自是始矣方羽殺卿子冠軍增與羽比肩而事義帝君臣之分未定也為增計者力能誅羽則誅之不能則去之豈不毅然大丈夫也哉增年已七十合則留不合則去不以此時明去就之分而欲依羽以成功陋矣雖然增高帝之所畏也增不去項羽不亡嗚呼增亦人傑也哉

君臣之義非可偽為楚懷王之立羽與增臣分定矣項

羽矯殺卿子冠軍所為有無君之心而後動於殺增不以此時去及弑義帝江南而增猶為羽謀如故則增之死久矣奚待疽發背哉軾曰增高帝之所畏也增亦人傑也哉夫虎狼之威漢高未必不畏漢高畏虎狼虎狼亦俊傑耶

御選唐宋文醇卷四十三

御選唐宋文醇卷四十四

眉山蘇軾文七

超然臺記

凡物皆有可觀苟有可觀皆有可樂非必怪奇瑋麗者也餔糟啜醨皆可以醉果蔬草木皆可以飽推此類也吾安往而不樂夫所為求福而辭禍者以福可喜而禍可悲也人之所欲無窮而物之可以足吾欲者有盡美

惡之辨戰乎中而去取之擇交乎前則可樂者常少而可悲者常多是謂求禍而辭福夫求禍而辭福豈人之情也哉物有以蓋之矣彼遊於物之內而不遊於物之外物非有大小也自其內而觀之未有不高且大者也彼挾其高大以臨我則我常眩亂反覆如隙中之觀鬬又烏知勝負之所在是以美惡橫生而憂樂出焉可不大哀乎余自錢塘移守膠西釋舟楫之安而服車馬之勞去雕墻之美而庇采椽之居背湖山之觀而行桑麻

之野始至之日歲比不登盜賊滿野獄訟充斥而齋廚索然日食杞菊人固疑余之不樂也處之期年而貌加豐髮之白者日以反黑余既樂其風俗之醇而其吏民亦安予之拙也於是治其園圃潔其庭宇伐安邱高密之木以修補破敗為苟完之計而園之北因城以為臺者舊矣稍葺而新之時相與登覽放意肆志焉南望馬耳常山出沒隱見若近若遠庶幾有隱君子乎而其東則盧山秦人盧敖之所從遁也西望穆陵隱然如城郭

師尚父齊桓公之餘烈猶有存者北俯濰水慨然太息思淮陰之功而弔其不終臺高而安深而明夏涼而冬溫雨雪之朝風月之夕余未嘗不在客未嘗不從擷園蔬取池魚釀秫酒瀹脫粟而食之曰樂哉遊乎方是時余弟子由適在濟南聞而賦之且名其臺曰超然以見余之無所往而不樂者蓋遊於物之外也

黃道周曰此篇不惟文思溫潤有餘而說安遇順性之理極為透徹此坡翁生平實際也故其臨老謫居

海外窮愁顛倒無不自得真能超然物外者矣

寶繪堂記

君子可以寓意於物而不可以留意於物寓意於物雖微物足以為樂雖尤物不足以為病留意於物雖微物足以為病雖尤物不足以為樂老子曰五色令人目盲五音令人耳聾五味令人口爽馳騁田獵令人心發狂然聖人未嘗廢此四者亦聊以寓意焉耳劉玄德之雄才也而好結髦嵇康之達也而好鍛鍊阮孚之放也而好

蠟屐此豈有聲色臭味也哉而樂之終身不厭凡物之可喜足以悅人而不足以移人者莫若書與畫然至其留意而不釋則其禍有不可勝言者鍾繇至以此嘔血發塚宋孝武王僧虔至以此相忌桓元之走舸王涯之複壁皆以兒戲害其國凶其身此留意之禍也始吾少時嘗好此二者家之所有惟恐其失之人之所有惟恐其不吾予也既而自笑曰吾薄富貴而厚於書輕死生而重畫豈不顛倒錯謬失其本心也哉自是不復好見

可喜者雖時復蓄之然為人取去亦不復惜也譬之煙雲之過眼百鳥之感耳豈不欣然接之去而不復念也於是乎二物者常為吾樂而不能為吾病駙馬都尉王君晉卿雖在戚里而其被服禮義學問詩書常與寒士角平居攘去膏粱屏遠聲色而從事於書畫作寶繪堂於私第之東以蓄其所有而求文以為記恐其不幸而類吾少時之所好故以是告之庶幾全其樂而遠其病也熙寧十年七月二十二日記

歐陽修好金石文字為集古録朱子譏之載謂書畫嘗如烟雲之過眼百鳥之感耳去而不復念乃能常為吾樂而不為吾病所見加於修一等矣然猶未足為言之至也唯曰留意於物雖微物足以為病雖尤物不足以為樂斯實千古至言焉先王之經曰惕若曰懼以終始曰畏天之威曰用顧畏于民碞古之聖人未嘗須臾忘其懼愚者不懼以思則道心息而天命不流行於吾心矣而語則曰樂在其中矣又曰知者樂又曰好之者不

如樂之者其嘉與門弟子也又曰回也不改其樂夫能樂與否何關學問而孔子顧乃反覆申重昭示後世寧不與經之言教人懼思者不相侔哉曰此固天人所由判恒性物欲所爭為低昂者也夫人自有生而後物至知知以至物至而不知之日其間固唯以得其所欲為樂耳欲之而不至斯不樂矣欲之有至有不至而至者不足樂不至者致足不樂矣欲之而即至欲之而皆至而至焉者必不能如其所欲者之大且多則亦終無有

樂矣況乎樂從欲而至者其不樂之根即潛伏於可樂之境而先後至焉如掌之反覆然則是以欲為樂者其人自物至知知以至物至而不知之日其間究無一息之樂可斷也如春蠶作繭如秋蛾赴燈日求其樂日得其苦之死而卒不悟可不謂大哀乎自非廓然無欲舉世間之所假名為樂而日之乎苦之途者蕩滌淨盡消融無餘則孔子所云之至樂真樂安得一嚌其胾也軾言微物皆足以為病雖尤物不足以為樂然則留意於

物者獨有苦耳安得樂耶學者誠有悟於此之無往不得其為苦然後可以尋孔顏樂處所樂何事然後可以終身之憂與終身之樂並行而不悖

眉山遠景樓記

吾州之俗有近古者三其士大夫貴經術而重氏族其民尊吏而畏法其農夫合耦以相助蓋有三代漢唐之遺風而他郡之所莫及也始朝廷以聲律取士而天聖以前學者猶襲五代文弊獨吾州之士通經學古以西

漢文詞為宗師方是時四方指以為迂闊至於郡縣胥吏皆挾經載筆應對進退有足觀者而大家顯人以門族相上推次甲乙皆有定品謂之江鄉非此族也雖貴且富不通婚姻其民事太守縣令如古君臣既去輒畫像事之而其賢者則記録其行事以為口實至四五十年不忘富商小民常儲善物而別異之以待官吏之求家藏律令往往通念而不以為非雖薄刑小罪終身有不敢犯者歲二月農事始作四月初吉穀稚而草壯耘者

畢出數十百人為曹立表下漏鳴鼓以致衆擇其徒為衆所畏信者二人一人掌鼓一人掌漏進退作止惟二人之聽鼓之而不至至而不力皆有罰量田計功終事而會之田多而丁少則出錢以償衆七月既望穀艾而草衰則仆鼓決漏取罰金與償衆之錢買羊豕酒醴以祀田祖作樂飲食醉飽而去歲以為常其風俗蓋如此故其民皆聰明才智務本而力作易治而難服守令始至視其言語動作輒了其為人其明且能者不復以事

試終日寂然苟不以其道則陳義秉法以譏切之故不知者以為難治今太守黎侯希聲軾先君子之友人也簡而文剛而仁明而不苛衆以為易事既滿將代不忍其去相率而留之上不奪其請既留三年民益信遂以無事因守居之北墉而增築之作遠景樓日與賓客僚吏游處其上軾方為徐州吾州之人以書相往來未嘗不道黎侯之善而求文以為記嗟夫軾之去鄉久矣所謂遠景樓者雖想見其處而不能道其詳矣然州人之

所以樂斯樓之成而欲記焉者豈非上有易事之長而下有易治之俗也哉孔子曰吾猶及史之闕文也有馬者借人乘之今亡已夫是二者於道未有大損益也然且録之今吾州近古之俗獨能累世而不遷葢耆老昔人豈弟之澤而賢守令撫循教誨不倦之力也可不録乎若夫登臨覽觀之樂山川風物之美軾將歸老於故邱布衣幅巾從邦君於其上酒酣樂作援筆而賦之以頌黎侯之遺愛尚未晚也元豐元年七月十五日記

朱子謂韓愈作滕王閣記篇末云江山之好登望之樂雖老矣如獲從公遊尚能為公賦之蘇軾作遠景樓記結處大意畧同祖愈之意而為之也今按為記必叙其地之景物而愈未至滕王閣軾雖眉人而宦徐遠景樓之作軾所未見其不可懸擬一也故其結處暗合益古人文辭尚實事同則語同非有意摹繪昔人之謦欬也

石鐘山記

水經云彭蠡之口有石鐘山焉酈元以為下臨深潭微

風鼓浪水石相搏聲如洪鐘是說也人常疑之今以鐘磬置水中雖大風浪不能鳴也而況石乎至唐李渤始訪其遺蹤得雙石於潭上扣而聆之南聲函胡北音清越枹止響騰餘韻徐歇自以為得之矣然是說也余尤疑之石之鏗然有聲者所在皆是也而此獨以鐘名何哉元豐七年六月丁丑余自齊安舟行適臨汝而長子邁將赴饒之德興尉送之至湖口因得觀所謂石鐘者寺僧使小童持斧於亂石間擇其一二扣之硿硿焉余

固笑而不信也至其夜月明獨與邁乘小舟至絶壁下大石側立千仞如猛獸奇鬼森然欲搏人而山上棲鶻聞人聲亦驚起磔磔雲霄間又有若老人欬且笑於山谷中者或曰此鸛鶴也余方心動欲還而大聲發於水上噌吰如鐘鼓不絶舟人大恐徐而察之則山下皆石穴罅不知其淺深微波入焉涵澹澎湃而為此也舟迴至兩山間將入港口有大石當中流可坐百人空中而多竅與風水相吞吐有窾坎鏜鞳之聲與向之噌吰者

相應如樂作焉因笑謂邁曰汝識之乎噌吰者周景王之無射也窾坎鏜鞳者魏獻子之歌鐘也古之人不余欺也事不目見耳聞而臆斷其有無可乎酈元之所見聞殆與余同而言之不詳士大夫終不肯以小舟夜泊絶壁之下故莫能知而漁工水師雖知而不能言此世所以不傳也而陋者乃以斧斤考擊而求之自以為得其實余是以記之蓋歎酈元之簡而笑李渤之陋也

蘇軾自跋錢唐東南皆有水樂洞泉流空巖中皆自

然宮商又自靈隠下天竺而上至上天竺谿行兩山間巨石磊磊如牛羊其聲空礱然真若鐘聲乃知莊生所謂天籟者蓋無所不在也建中靖國元年正月某日海南還過南安司法掾吴君示舊所作石鐘山記復書其末

衆妙堂記

眉山道士張易簡教小學常百人予幼時亦與焉居天慶觀北極院予蓋從之三年謫居海南一日夢至其處

見張道士如平昔汎治庭宇若有所待者曰老先生且至其徒有誦老子者曰元之又元衆妙之門予曰妙一而已容有衆乎道士笑曰一已陋矣何妙之有若審妙也雖衆可也因指灑水薙草者曰是各一妙也予復視之則二人者手若風雨而步中規矩蓋煥然霧除霍然雲消予驚歎曰妙蓋至此乎庖丁之理解郢人之鼻斲信矣二人者釋技而上曰子未覩真妙庖郢非其人也是技與道相半習與空相會非無挾而徑造者也子亦

見夫蜩與雞乎夫蜩登木而號不知止也夫雞俯首而啄不知仰也其固也如此然至蜕與伏也則無視無聽無飢無渴黙化於荒忽之中候伺於毫髮之間雖聖知不及也是豈技與習之助乎二人者出道士曰子少安須老先生至而問焉二人者顧曰老先生未必知也子往見蜩與雞而問之可以養生可以長年廣州道士崇道大師何德順學道而至於妙者也故榜其堂曰衆妙書來海南求文以記之因以夢中語為記紹聖四年三

月十五日蜀人蘇某書

嘗恠東坡脱屣生死無一物可以膠其中平生貴賤險夷履之一如遇可以為民請命者則一往無毫髮顧藉心誠為有見於道者而好導引服氣似不能無惑於長生之説者良不可解及讀此記而乃釋然夫生死之等於夢覺也審矣然死不得謂之覺而生亦未始非夢生死皆夢也唯原始要終而知死生之説者則為覺人若夫長生久視縱有其事要亦是夢而非覺夫夢之中或

徹夜如一息或一息成經年長短皆非真實又豈得謂短者夢而長者非夢耶軾之為導引服氣蓋亦在夢言夢而已此於道士何德順之請記衆妙堂也特為夢語以荅之然其夢語固長生久視之真訣也

喜雨亭記

亭以雨名志喜也古者有喜則以名物示不忘也周公得禾以名其書漢武得鼎以名其年叔孫勝狄以名其子其喜之大小不齊其示不忘一也余至扶風之明年

始治官舍為亭於堂之北而鑿池其南引流種樹以為休息之所是歲之春雨麥於岐山之陽其占為有年既而彌月不雨民方以為憂越三月乙卯乃雨甲子又雨民以為未足丁卯大雨三日乃止官吏相與慶於庭商賈相與歌於市農夫相與抃於野憂者以樂病者以愈而吾亭適成於是舉酒於亭上以屬客而告之曰五日不雨可乎曰五日不雨則無麥十日不雨可乎曰十日不雨則無禾無麥無禾歲且荐饑獄訟繁興而盜賊滋

熾則吾與二三子雖欲優游以樂於此亭其可得耶今天不遺斯民始旱而賜之以雨使吾與二三子得相與優游而樂於此亭者皆雨之賜也其又可忘耶既以名亭又從而歌之曰使天而雨珠寒者不得以為襦使天而雨玉飢者不得以為粟一雨三日緊誰之力民曰太守太守不有歸之天子天子曰不然歸之造物造物不自以為功歸之太空太空冥冥不可得而名吾以名吾亭

記曰天子有善讓德於天諸侯有善歸諸天子卿大夫有善薦於諸侯士庶人有善本諸父母存諸長老此記篇末數語殆取義於此斯義也其下學立心之始上達天德之基乎夫士庶人有善曰惟我父母師長之教訓子弟之道當爾矣然為其父母師長者本所不有而受此空言無實之名亦胡為者况天子之於諸侯諸侯之於卿大夫又非父母師長之比而欲其下之有美必歸於上抑已隘矣為君之道唯在知人善任百辟卿士乃

一人之股肱耳目也耳目聰明股肱恭重便是天君之至正寧見股肱耳目日頌其天君曰吾所以能然者皆天君之教訓哉至於讓德於天益若濶遠天之為德其諄諄然命之乎乃曰斯義也下學立心之始上達天德之基何歟易曰善不積不足以成名又曰小人以小善為无益而不為若是乎聖人之日以善望人也雖閭巷細民曰爾善則欣然喜曰爾不善則怫然怒若是乎民之秉彝好是懿德無不欲善之出於已也人人皆欲善

之出於已而聖人又曰以善望人而善之名遂爲人類所必爭雖君臣之嚴分父子之至親亦且心相競焉而不顧豈非斬善而大不善乎莊子曰爲之仁義以矯之則并其仁義而竊之者也聖人立教盡絶其有我之私而習之於忠孝之路士庶人有善則歸諸父母師長而已無與諸侯卿大夫有善則歸諸君上而已無與不使絲毫有所係累以啟其殉名喪實之漸而惟日孜孜惟善之從豈非下學而上達歟且爲父母師長者固必又

有父母師長也父母師長固皆不有也卿大夫之上有諸侯諸侯之上有天子天子之上有天天子諸侯卿大夫皆不有夫人不有而天有乎天固妙萬物而不有者也軾故曰造物不自以為功歸之太空也雖然妙萬物而不有萬物是以大有人人不自有其善天下於是大善而豈區區焉斤斤焉飾貌矜情以諂媚君父矯誣上天云爾哉軾斯記也幾於道矣而茅坤謂之滑稽儲欣謂之淺製洵乎高言不入於衆人之心也

中和勝相院記

佛之道難成言之使人悲酸愁苦其始學之皆入山林踐荆棘蛇虺袒裸雪霜或刲割屠膾燔燒烹煮以肉飼虎豹烏鳥蚊蚋無所不至茹苦含辛更百千萬億年而後成其不能此者猶棄絶骨肉衣麻布食草木之實晝日力作以給薪水糞除暮夜持膏火薰香事其師如生務苦瘠其身自身口意莫不有禁其畧十其詳無數終身念之寢食見之如是僅可以稱沙門比邱雖名為不

耕而食然其勞苦卑辱則過於農工遠矣計其利害非僥倖小民之所樂今何其棄家毀服壞毛髮者之多也意亦有所便歟寒耕暑耘官又名而役作之凡民之所患苦者我皆免焉吾師之所謂戒者為愚夫未達者設也若我何用是為剗其患專取其利不如是而已又愛其名治其荒唐之說攝衣升坐問荅自若謂之長老吾嘗究其語矣大抵務為不可知設械以應敵匿形以備敗窘則推墮滉漾中不可捕捉如是而已矣吾游四方

見輒反覆折困之度其所從遁而逆閉其塗往往面頸發赤然業已為是道勢不得以惡聲相反則笑曰是外道魔人也吾之於僧慢侮不信如此今寶月大師惟簡乃以其所居院之本末求吾文為記豈不謬哉然吾昔者始游成都見文雅大師惟度器宇落落可愛渾厚人也能言唐末五代事傳記所不載者因是與之遊甚熟惟簡則其同門友也其為人精敏過人事佛齊衆謹嚴如官府二僧皆吾之所愛而此院又有唐僖宗皇帝像

及其從官文武七十五人其奔走失國與其所以將亡而不遂滅者既足以感慨太息而畫又皆精妙冠世有足稱者故强為記之始居此者京兆人廣寂大師希讓傳六世至度與簡簡姓蘇氏眉山人吾遠宗子也今主是院而度亡矣

釋氏在唐宋之交最稱有人乃軾所述如是可知本分衲僧真同麟角也持此以槩天下攝衣陞座者幾無不落其度内矣韓愈闢佛欲人其人火其書廬其居果若

其言佛固無絲毫增減若如軾言汰其似以求其真天下釋子可立盡也雖然盡不盡佛亦豈有絲毫增減乎

李氏山房藏書記

象犀珠玉怪珍之物有悅於人之耳目而不適於用金石草木絲麻五穀六材有適於用而用之則弊取之則竭悅於人之耳目而適於用用之而不弊取之而不竭賢不肖之所得各因其才仁智之所見各隨其分才分不同而求無不獲者惟書乎自孔子聖人其學必始於

觀書當是時惟周之柱下史聃為多書韓宣子適魯然後見易象與魯春秋季札聘於上國然後得聞詩之風雅頌而楚獨有左史倚相能讀三墳五典八索九丘士之生於是時得見六經者蓋無幾其學可謂難矣而皆習於禮樂深於道德非後世君子所及自秦漢以來作者益衆紙與字畫日趨於簡便而書益多世莫不有然學者益以苟簡何哉余猶及見老儒先生自言其少時欲求史記漢書而不可得幸而得之皆手自書日夜誦

讀惟恐不及近歲市人轉相摹刻諸子百家之書日傳萬紙學者之於書多且易致如此其文詞學術當倍蓰於昔人而後生科舉之士皆束書不觀遊談無根此又何也余友李公擇少時讀書於廬山五老峯下白石庵之僧舍公擇既去而山中之人思之指其所居為李氏山房藏書凡九千餘卷公擇既已涉其流探其源採剝其華實而咀嚼其膏味以為已有發於文詞見於行事以聞名於當世矣而書固自如也未嘗少損將以遺來

者供其無窮之求而各足其才分之所當得是以不藏於家而藏於其所故居之僧舍此仁者之心也余既衰且病無所用於世惟得數年之間盡讀其所未見之書而廬山固所願遊而不得者蓋將老焉盡發公擇之藏拾其餘棄以自補庶有益乎公擇求余文以為記乃為一言使來者知昔之君子見書之難而今之學者有書而不讀為可惜也

古之立言者將以詔天下後世以行也故曰行之必可

言言之必可行孔門弟子子貢為多學而識而問一言可終身行於孔子若是乎古所為學不在多言唯力行何如也當是時書蓋至少世衰道微家為書而人為說寖以多矣孟子息邪說放淫辭荀卿歷詆以為非古也至於祖龍一炬玉石俱焚此文字之一變也漢世收亡拾燼至於東京士多以說經進故有經明取青紫如拾芥經不明不如歸耕之語是以先聖之法言為富貴之捷徑也此文字之又一變也魏晉尚清談蔑經典迨及

六朝雕琢曼辭六經掃地此文字之又一變也然而經生守殘把闕綿延不絕昌黎韓愈思振其衰文則近古於遺經有志而未逮然學者知有古文矣此文字之又一變也宋承五代之凋敝穆修歐陽修復振昌黎之業當是時書蓋汗牛充棟矣經學藝文雜糅並列蘇軾繼歐陽修之後其所見聞大畧相仿觀此記可以論其世也濂洛關閩諸子出始斥俗儒記誦詞章之學求先聖先師之意於遺經斷物躬而淑世士風丕變然當其身

太上皇帝之寶

為俗所排目之為偽學顛躓困窮不得施於天下及其[illegible]富貴捷徑即出於道學一途轉[illegible]談性命之書盈[illegible]觀此文字之又一變也自明迄[illegible]備程[illegible]家崇孔子尊經之效越漢邁唐然而經不[illegible]者[illegible]必高談性命但能帖括即取富[illegible]觀此又文字之一變也嗚呼古[illegible]後世以行也行也者孔子謂之行已蠡已之事而無與乎人者也若是乎古之有書所

以教人學聖賢今之有書所以教人取富貴取富貴又

之設豈端使然哉

御選唐宋文醇卷四十四

御選唐宋文醇卷四十五

眉山蘇軾文八

上皇帝書

臣軾謹昧死再拜皇帝陛下臣伏以今月初五日南至文武百僚入賀所以賀一陽來復也謹按易復卦雷在地中復先王以至日閉關商旅不行后不省方說易者曰乾六陽之氣也為十一月為十二月為正月為二月

為三月為四月而乾之陽復矣陽極則陰生陰生則夏至矣坤六陰之氣也為五月為六月為七月為八月為九月為十月而坤之陰極矣陰極則陽生陽生則冬至矣自太極分為二儀二儀分為四象四象分為十二月十二月分為三百六十五日五日為一候分為七十二候三候為一氣分為二十四氣上為日月星辰下為山川草木鳥獸蟲魚不出此陰陽之氣升降而已惟人也全天地十干之氣十月而成形故能天能地能人一消

一息一呼一吸晝夜與天地相通差舛毫忽則邪沴之氣干之矣故於冬至一陽之生也五陰在上五陽在伏而一陽初生於伏之下其氣至微其兆絪緼可以靜而不動可以壽養而不可以發宣故乾之初九爻曰潛龍勿用孔子曰陽在下也言陽氣方潛於下未可以用也先王於是日閉關商旅不行后不省方關者門戶所由以闗闔也商旅者動以利心也后者凡居人上者謂之羣后所以治事者也方者事也門戶不開則微陽閉而

不出也利心不動則外物感而不應也方事不省則視聽收而不發也先王奉若天道如此之密用之於國則安靜而不勞用之於身則冲和而不竭昔者伏羲神農黄帝堯舜皆得此道臣敢因至日以獻伏乞聖慈留神省覽實社稷無疆之福

上書年月無可考以意逆之當是熙寧三年冬至軾時直史館判官告院新法初行年利者並進軾因冬至奉賀而上書舉易義以諷諫言利心之不可動宜安靜以

養和平之福明年正月諫買浙燈而見納議學校貢舉而名見軾以為上信我矣乃兩上書極論新法並不見用又假進士策問擬為對策語再上安石滋怒出之於外合數篇觀之可見其進諫之次第

議學校貢舉狀

熙寧四年正月日殿中丞直史館判官蘇軾具議狀聞

奏者右臣伏以得人之道在於知人知人之法在於責實使君相有知人之才朝廷有責實之政則胥史皁隸

未嘗無人而况於學校貢舉乎雖因今之法臣以為有餘使君相無知人之才朝廷無責實之政則公卿侍從常患無人况學校貢舉乎雖復古之制臣以為不足矣夫時有可否物有廢興方其所安雖暴君不能廢及其既厭雖聖人不能復故風俗之變法制隨之譬如江河之徙移順其所欲行而治之則易為功强其所不欲而復之則難為力使三代聖人復生於今其選舉養才亦必有道矣何必由學且天下固嘗立學矣慶歷之間以

為太平可待至於今日惟有空名僅存今陛下必欲求德行道藝之士責九年大成之業則將變今之禮易今之俗又當發民力以治宮室斂民財以食游士百里之内置官立師獄訟聽於是軍旅謀於是又當以時簡不率教者屏之遠方終身不齒則無乃徒為紛亂以患苦天下耶若乃無大變改而望有益於時則與慶歷之際何異故臣以謂今之學校特可因循舊制使先王之舊物不廢於吾世足矣至於貢舉之法行之百年治亂盛

衰初不由此陛下視祖宗之世貢舉之法與今為孰精言語文章與今為孰優所得文武長才與今為孰多天下之事與今為孰辨較此四者而長短之議決矣今議者所欲變改不過數端或曰鄉舉德行而畧文章或曰專取策論而罷詩賦或欲舉唐室故事兼採譽望而罷彌封或欲罷經生朴學不用貼墨而考大義此數者皆知其一不知其二者也臣請歷言之夫欲興德行在於君人者修身以格物審好惡以表俗孟子所謂君仁莫

不仁君義莫不義君之所向天下趨焉若欲設科立名以取之則是教天下相率而為僞也上以孝取人則勇者割股怯者廬墓上以廉取人則敝車羸馬惡衣菲食凡可以中上意無所不至矣德行之弊一至於此且自文章而言之則策論為有用詩賦為無益自政事言之則詩賦策論均為無用矣雖知其無用然自祖宗以來莫之廢者以為設法取士不過如此也豈獨吾祖宗自古堯舜亦然書曰敷奏以言明試以功自古堯舜以來

進人何嘗不以言試人何嘗不以功乎議者必欲以策論定賢愚能否臣請有以質之近世士大夫文章華靡者莫如楊億使楊億尚在則忠清鯁亮之士也豈得以華靡少之通經學古者莫如孫復石介使孫復石介尚在則迂闊矯誕之士也又可施之於政事之間乎自唐至今以詩賦為名臣者不可勝數何負於天下而必欲廢之近世士人纂類經史綴緝時務謂之策括待問條目搜抉略盡臨時剽竊竄易首尾以眩有司有司莫能

辨也且其為文也無規矩準繩故學之易成無聲病對偶故考之難精以易學之士付難考之吏其弊有甚於詩賦者矣唐之通牓故是弊法雖有以名取人厭伏衆論之美亦有賄賂公行權要請託之害至使恩去王室權歸私門降及中葉結為朋黨之論通牓取人又豈足尚哉諸科舉取人多出三路能文者既已變而為進士曉義者又皆去以為明經其餘皆朴魯不化者也至於人才則有定分施之有政能否自彰今進士日夜治經

傳子史貫穿馳騖可謂博矣至於臨政曷嘗用其一二顧視舊學已為虛器而欲使此等分别注疏粗識大義而望其才能增長亦已疎矣臣故曰此數者皆知其一而不知其二也特願陛下留意其遠者大者必欲登俊良黜庸回總覽衆才經畧世務則在陛下與二三大臣下至諸路職司與良二千石耳區區之法何預焉然臣竊有私憂過計者敢不以告昔王衍好老莊天下皆師之風俗淩夷以至南渡王縉好佛捨人事而修異教大

歷之政至今為笑故孔子罕言命以為知者少也子貢曰夫子之文章可得而聞也夫子之言性與天道不可得而聞也夫性命之說自子貢不得聞而今之學者恥不言性命此可信也哉今士大夫至以佛老為聖人粥書於市者非莊老之書不售也讀其文浩然無當而不可窮觀其貌超然無著而不可挹豈此真能然哉蓋中人之性安於放而樂於誕耳使天下之士能如莊周齊死生一毀譽輕富貴安貧賤則人主之名器爵禄所以

礪世摩鈍者廢矣陛下亦安用之而況其實不能而竊取其言以欺世者哉臣願陛下明勑有司試之以法言取之以實學博通經術者雖朴不廢稍涉浮誕者雖工必黜則風俗稍厚學術近正庶幾得忠實之士不至蹈衰季之風則天下幸甚謹録奏聞伏候勑旨

按本傳熙寧四年王安石欲變科舉興學校詔兩制三館議之軾上議神宗悟曰吾固疑此得軾議意釋然矣即日召見問政事得失軾曰陛下求治太急聽言太廣

進人太銳願鎮以安靜待物之來然後應之神宗悚然其後安石卒更定其制迄今六百年無復以詩賦取士矣朱子云詩賦却無害理經義大不便分明是侮聖人之言蓋學者說經志在獵取功名而非求通於謨訓以漫讕不可方物之語而托之經義故曰侮聖人之言也宋時其獘已是如此夫欲山陬海澨皆知絃誦六經不以取士其道無由經義未始非善制然人之通經與否觀其詩賦豈不能知果是真金則盤盂釵釧何者非金

奚必專求之礦沙礦沙亦有銅鐵不知者獲則取之矣軾議非謂經義不如詩賦蓋謂詩賦行之已久不必改用經義以得人之道全不在此耳古之取士自較後世精審然亦必廣收而器使以漸陶鑄而成其材若謂所取萬不失一則雖堯舜之世亦未必能之敷奏明試記俟明書言之矣然共工驩兜之屬又何自來獨非堯舜所取之士耶聖人亦只設為庠序學校以教之而已教之不厭其詳而取之不嫌其廣誠學校明而風俗厚

則成人有德小子有造人才自必輩出不在貢舉之改法也軾議實為至允

諫買浙燈狀

熙寧四年正月某日殿中丞直史館判官告院權開封府推官蘇軾狀奏右臣嚮蒙召對便殿親奉德音以為凡在館閣皆當為朕深思治亂指陳得失無有所隱者自是以來臣每見同列未嘗不為道陛下此語非獨以稱頌盛德亦欲朝廷之間如臣等輩皆知陛下不以疏

賤間廢其言共獻所聞以輔成太平之功業然竊謂空言率人不如有實而人自勸欲知陛下能受其言之實莫如以臣試之故臣願以身先天下試其小者上以補助聖明之萬一下以為賢者卜其可否雖以此獲罪萬死無悔臣伏見中使傳宣下府市司買浙燈四千餘盞有司具實直以聞陛下又令減價收買見已盡數拘收禁止私買以須上令臣始聞之驚愕不信洛嗟累日何者竊為陛下惜此舉動也臣雖至愚亦知陛下游心經

術動法堯舜窮天下之嗜慾不足以易其樂盡天下之玩好不足以解其憂而豈以燈為悅者哉此不過以奉二宮之歡而極天下之養耳然大孝在乎養志百姓不可戶曉皆謂陛下以耳目不急之玩而奪其口體必用之資賣燈之民例非豪戶舉債出息畜之彌年衣食之計望此旬日陛下為民父母唯可添價貴買豈可減價賤酬此事至小體則甚大凡陛下所以減價者非欲以與此小民爭此豪末豈以其無用而厚費也如知其無

用何必更索惡其厚費則如勿買且内庭故事每遇放燈不過令内東門雜物務臨時收買數目既少又無拘收督迫之嚴費用不多民亦無憾故臣願追還前命凡悉如舊京城百姓不慣侵擾恩德已厚怨讟易生可不慎歟可不畏歟近日小人妄造非語士人有展年科場之説商賈有京城榷酒之議吏憂減俸兵憂減廩雖此數事朝廷所决無而此紛紛亦有以見陛下勤恤之德未信於下而有司聚斂之意或形於民方當責已自求

以消讒慝之口而臺官又勸陛下以嚴刑悍吏捕而戮之虧損聖德莫大於此而又重以買燈之事使得因緣以為口實臣實惜之方今百冗未除物力凋弊陛下縱出內帑財物不用大司農錢而內帑所儲孰非民力與其平時耗於不急之用曷若留貯以待乏絶之供故臣願陛下將來放燈與凡游觀苑囿宴好賜予之類皆飭有司務從儉約頃者詔旨裁減皇族恩例此實陛下至明至斷所以深計遠慮割愛為民然竊揆其間不能無

少望於陛下惟當痛自刻損以身先之使知人主且猶若此而况於吾徒哉非惟省費亦且弭怨昔唐太宗遣使往涼州諷李大亮獻其名鷹大亮不可太宗深嘉之詔曰有臣若此朕復何憂明皇遣使江南採鵁鶄江州剌史倪若水論之為反其使又令益州織半臂背子琵琶捍撥鏤牙合子等蘇許公不奉詔李徳裕在浙西詔造銀盝子妝具二十事織綾二千匹徳裕上疏極論亦為罷之使陛下内之臺諫有如此數人者則買燈之事

必須力言外之有司有如此數人者則買燈之事必不奉詔陛下聰明睿聖追迹堯舜而羣臣不以唐太宗明皇事陛下竊嘗深咎之臣忝備府寮親見其事若又不言臣罪大矣陛下若赦之不誅則臣又有非職之言大於此者恐不為陛下盡之若不赦亦臣之分也謹録奏聞伏候勑下

軾既以議學校貢舉事稱旨遂諫買燈以嘗上意復見納乃言新法不便狀今考此編可謂剴直無忌横批逆

鱗矣而神宗聽之如轉圜及論新法不便指斥安石則御史即摭其推官職事按問既不得纖芥過則使之危不自安求知外郡到官歲餘李定舒亶輩即希風承旨誣以謗訕朝廷下獄論死歐陽修謂言人主過失易言權臣過失難豈不信哉

聖祖御評一書萬言意甚貫串而不失之複詞甚矯厲而

上神宗皇帝書

熙寧四年二月某日殿中丞直史館判官告院權開封府推官蘇軾謹昧萬死再拜上書皇帝陛下臣近者不

不過於激不獨經濟之裕抑亦文章之雄

度愚賤輒上封章言買燈事自知瀆犯天威罪在不赦席藁私室以待斧鉞之誅而側聽逾旬威命不至問之府司則買燈之事尋已停罷乃知陛下不惟赦之又能聽之驚喜過望以至感泣何者改過不吝從善如流此堯舜禹湯之所勉强而力行秦漢以來之所絶無而僅有顧此買燈毫髮之失豈能上累日月之明而陛下翻然改命曾不移刻則所謂智出天下而聽於至愚威加四海而屈於匹夫臣今知陛下可與為堯舜可與為湯

武可與富民而措刑可與强兵而伏戎虜矣有君如此其忍負之惟當披露腹心捐棄肝腦盡力所至不知其究乃者臣知天下之事有大於買燈者矣而獨區區以此為先者蓋未信而諫聖人不與交淺言深君子所戒是以試論其小者而其大者固將有待而後言今陛下果赦而不誅則是既已許之矣許而不言臣則有罪是以顧終言之臣之所欲言者三願陛下結人心厚風俗存紀綱而已人莫不有所恃人臣恃陛下之命故能役

使小民恃陛下之法故能勝服强暴至於人主所恃者誰與書曰予臨兆民凛乎若朽索之馭六馬言天下莫危於人主也聚則為君民散則為仇讐聚散之間不容毫釐故天下歸往謂之王人各有心謂之獨夫由此觀之人主之所恃者人心而已人心之於人主也如木之有根如燈之有膏如魚之有水如農夫之有田如商賈之有財木無根則槁燈無膏則滅魚無水則死農無田則飢商賈無財則貧人主失人心則亡此理之必然不

可追之災也其為可畏從古以然茍非樂禍好亡狂易喪志則孰敢肆其胸臆輕犯人心昔子產焚載書以弭衆言賂伯石以安巨室以為衆怒難犯專欲難成而孔子亦曰信而後勞其民未信則以為厲已也唯商鞅變法不顧人言雖能驟至富强亦以召怨天下使其民知利而不知義見刑而不見德雖得天下旋踵而失也至於其身亦卒不免負罪出走而諸侯不納車裂以徇而秦人莫哀君臣之間豈願如此宋襄公雖行仁義失衆

而亡田常雖不義得衆而强是以君子未論行事之是非先觀衆心之向背謝安之用諸桓未必是而衆之所樂則國以乂安庾亮之名蘇峻未必非而勢有不可則反爲危辱自古及今未有和易同衆而不安剛果自用而不危者也今陛下亦知人心之不悦矣中外之人無賢不肖皆言祖宗以來治財用者不過三司使副判官經今百年未嘗闕事今者無故又創一司號曰制置三司條例使六七少年日夜講求於内使者四十餘輩分

行營幹於外造端宏大民實驚疑創法新奇吏皆惶惑賢者則求其說而不可得未免於憂小人則以其意而度朝廷遂以爲謗謂陛下以萬乘之主而言利謂執政以天子之宰而治財商賈不行物價騰踊近自淮甸遠及川蜀喧傳萬口論說百端或言京師正店議置監官夔路深山當行酒禁拘收僧尼常住減刻兵吏廩禄如此等類不可勝言而甚者至以爲欲復肉刑斯言一出民且狼顧陛下與二三大臣亦聞其語矣然而莫之顧

者徒曰我無其事又無其意何恤於人言夫人言雖未必皆然而疑似則有以致謗人必貪財也而後人疑其盜人必好色也而後人疑其淫何者未置此司則無其謗豈去歲之人皆忠厚而今歲之人皆虛浮孔子曰工欲善其事必先利其器又曰必也正名乎今陛下操其器而諱其事有其名而辭其意雖家置一喙以自解市列千金以購人人必不信謗亦不止夫制置三司條例司求利之名也六七少年與使者四十餘輩求利之器

也驅鷹犬而赴林藪語人曰我非獵也不如放鷹犬而獸自馴操網罟而入江湖語人曰我非漁也不如捐網罟而人自信故臣以為消讒慝以召和氣復人心而安國本則莫若罷制置三司條例司夫陛下之所以創此司者不過以興利除害也使罷之而利不興害不除則勿罷罷之而天下悦人心安興利除害無所不可則何苦而不罷陛下欲去積弊而立法必使宰相熟議而後行事若不由中書則是亂世之法聖君賢相夫豈其然

必若立法不免由中書熟議不免使宰相此司之設無乃冗長而無名智者所圖貴於無迹漢之文景紀無可書之事唐之房杜傳無可載之功而天下之言治者與文景言賢者與房杜蓋事已立而迹不見功已成而人不知故曰善用兵者無赫赫之功豈惟用兵事莫不然今所圖者萬分未獲其一也而迹之布於天下已若泥中之鬭獸亦可謂拙謀矣陛下誠欲富國擇三司官屬與漕運使副而陛下與二三大臣孜孜講求磨以歲月

則積弊自去而人不知但恐立志不堅中道而廢孟軻有言其進銳者其退速若有始有卒自可徐徐十年之後何事不立孔子曰欲速則不達見小利則大事不成使孔子而非聖人則此言亦不可用書曰謀及卿士至於庶人翕然大同乃底元吉若違多而從少則靜吉而作凶今上自宰相大臣既以辭免不為則外之議論斷亦可知宰相人臣也且不欲以此自污而陛下獨安受其名而不辭非臣愚之所識也君臣宵旰幾一年矣而

富國之效茫如捕風徒鬧內帑出數百萬緡祠部度五千餘人耳以此為術其誰不能且遣使縱橫本非令典漢武遣繡衣直指桓帝遣八使皆以守宰狼籍盜賊公行出於無術行此下策宋文帝元嘉之政比於文景當時責成郡縣未嘗遣使至孝武以為郡縣遲緩始命臺使督之以至蕭齊此弊不革故景陵王子良上疏極言其事以為此等朝辭禁門情態即異暮宿村縣威福便行驅迫郵傳折辱守宰公私勞擾民不聊生唐開元中

宇文融奏置勸農判官使裴寛等二十九人並攝御史分行天下招攜户口檢責漏田時張説楊瑒皇甫璟楊相如皆以為不便而相繼罷黜雖得户八十餘萬皆州縣希旨以主為客以少為多及使百官集議都省而公卿以下懼融威勢不敢異辭陛下讀之觀其所行為是為否近者均税寛恤冠蓋相望朝廷亦旋覺其非而天下至今以為謗曾未數歲是非較然臣恐後之視今亦猶今之視昔且其所遺尤不適宜事少而員多人輕而

權重夫人輕而權重則人多不服或致侮慢以興爭事少而員多則無以為功必須生事以塞責陛下雖嚴賜約束不許邀功然人臣事君之常情不從其令而從其意今朝廷之意好動而惡靜好同而惡異指趣所在誰敢不從臣恐陛下赤子自此無寧歲矣至於所行之事行路皆知其難何者汴水濁流自生民以來不以種稻秦人之歌曰涇水一石其泥數斗且溉且糞長我禾黍何嘗言長我粳稻耶今欲陂而清之萬頃之稻必用千

頃之陂一歲一淤三歲而滿矣陛下遂信其說即使相視地形萬一官吏苟且順從真謂陛下有意興作上糜帑廪下奪農時隄防一開水失故道雖食議者之肉何補於民天下久平民物滋息四方遺利蓋略盡矣今欲鑿空訪尋水利所謂即鹿無虞豈惟徒勞必大煩擾凡有擘畫不問何人小則隨事酬勞大則量才録用若官私格沮並行黜降不以赦原若才力不辦興修便許申奏替換賞可謂重罰可謂輕然並終不言諸色人妄有

中陳或官私悮興功役當得何罪如此則妄庸輕剽浮浪姦人自此爭言水利矣成功則有賞敗事則無誅官司雖知其疎豈可便行抑退所在追集老少相視可否吏卒所過雞犬一空若非灼然難行必須且為興役何則格沮之罪重而悮興之過輕人多愛身勢必如此且古陂廢堰多為側近冒耕歲月既深已同永業茍欲興復必盡追收人心或揺甚非善政又有好訟之黨多怨之人妄言某處可作陂渠規壊所怨田産或指人舊業

以為官陂冒田之訟必倍今日臣不知朝廷本無一事何苦而行此哉自古役人必用鄉戶猶食之必用五穀衣之必用絲麻濟川之必用舟楫行地之必用牛馬雖其間或有以他物充代然終非天下所可常行今者徒聞江浙之間數郡雇役而欲措之天下是猶見燕晉之棗栗岷蜀之蹲鴟而欲以廢五穀豈不難哉又欲官賣所在坊場以充衙前雇直雖有長役更無酬勞長役所得既微自此必漸衰散則州郡事體憔悴可知士大夫

捐親戚棄墳墓以從宦於四方者用力之餘亦欲取樂此人之至情也若凋弊太甚廚傳蕭然則似危邦之陋風恐非太平之盛觀陛下誠慮及此必不肯為且今法令莫嚴於御軍軍法莫嚴於逃竄禁軍三犯廂軍五犯大率處死然逃軍常半天下不知雇人為役與廂軍何異若有逃者何以罪之其勢必輕於逃軍則其逃必甚於今日為其官長不亦難乎近者雖使鄉戶頗得雇人然至於所雇逃亡鄉戶猶任其責今遂欲於兩稅之外

別立一科謂之庸錢以備官雇則雇人之責官所自任矣自唐楊炎廢租庸調以為兩稅取大歷十四年應干賦斂之數以定兩稅之額則是租調與庸兩稅既兼之矣今兩稅如故奈何復欲取庸聖人立法必慮後世豈可於兩稅之外別出科名萬一後世不幸有多欲之君輔之以聚斂之臣庸錢不除差役仍舊使天下怨毒推所從來則必有任其咎者矣又欲使坊郭等第之民與鄉户均役品官形勢之家與齊民並事其說曰周禮

田不耕者出屋粟宅不毛者有里布而漢世宰相之子不免戍邊此其所以籍口也古者官養民今者民養官給之以田而不耕勸之以農而不力於是有里布屋粟夫家之征而民無所為生去為商賈事勢當耳何名役之且一歲之戍不過三日三日之雇其直三百今世三大户之役自公卿以降毋得免者其費豈特三百而已大抵事若可行不必皆有故事若民所不悅俗所不安縱有經典明文無補於怨若行此二者必怨無疑女户

單丁蓋天民之窮者也古之王者首務恤此而今陛下首欲役之此等茍非户將絶而未亡則是家有丁而尚幼若假之數歲則必成丁而就役老死而没官富有四海忍不加恤孟子曰始作俑者其無後乎春秋書作丘甲用田賦皆重其始為民患也青苗放錢自昔有禁今陛下始立成法每歲常行雖云不許抑配而數世之後暴君汙吏陛下能保之歟異日天下恨之國史記之曰青苗錢自陛下始豈不惜哉且東南買絹本用現錢陜

西糧草不許折兑朝廷既有著令職司又每舉行然而買絹未嘗不折鹽糧草未嘗不折鈔乃知青苗不許抑配之說亦是空文只如治平之初揀刺義勇當時詔旨慰諭明言永不戍邊著在簡書有如盟約於今幾日議論已搖或以代還東軍或欲抵換弓手約束難恃豈不明哉縱使此令決行果不抑配計其間願請之户必皆狐貧不濟之人家若自有贏餘何至與官交易此等鞭撻已急則繼之逃亡逃亡之餘則均之鄰保勢有必至

理有固然且夫常平之為法也可謂至矣所守者約而所及者廣借使萬家之邑止有千斛而穀貴之際千斛在市物價自平一市之價既平一邦之民自足無操瓢乞匄之弊無里正催驅之勞今若變為青苗家貸一斛則千戶之外孰救其饑且常平官錢常患其少若盡數收糴則無借貸若留充借貸則所糴幾何乃知常平青苗其勢不能兩立壞彼成此所喪愈多虧官害民雖悔何逮臣竊計陛下欲考其實必然問人人知陛下方欲

力行必謂此法有利無害以臣愚見恐未可憑何以明之臣頃在陜西見刺義勇提舉諸縣臣常親行愁怨之民哭聲振野當時奉使還者皆言民盡樂為希合取容自古如此不然則山東之盜二世何緣不覺南詔之敗明皇何緣不知今雖未至於此亦望陛下審聽而已昔漢武之世財力匱竭用賈人桑宏羊之説買賤賣貴謂之均輸於時商賈不行盜賊滋熾幾至於亂孝昭既立學者爭排其説霍光順民所欲從而予之天下歸心遂

以無事不意今者此論復興立法之初其說尚淺徒言徙貴就賤用近易遠然而廣置官屬多出緡錢豪商大賈皆疑而不敢動以為雖不明言販賣然旣以許之變易變易旣行而不與商賈爭利未之聞也夫商賈之事曲折難行其買也先期而與錢其賣也後期而取直多方相濟委曲相通倍稱之息由此而得今官買是物必先設官置吏簿書廩禄為費已厚非良不售非賄不行是以官買之價比民必貴及其賣也弊復如前商賈之

利何緣而得朝廷不知慮此乃捐五百萬緡以予之此錢一出恐不可復縱使其間薄有所獲而征商之額所損必多今有人為其主牧牛羊不告其主而以一牛易五羊一牛之失則隱而不言五羊之獲則指為勞績陛下以為壞常平而言青苗之功虧商稅而取均輸之利何以異此陛下天機洞照聖略如神此事至明豈有不曉必謂已行之事不欲中變恐天下以為執德不一用人不終是以遲留歲月庶幾萬一臣竊以為過矣古之

英主無出漢高酈生謀撓楚權欲復六國高祖曰善趣刻印及聞留侯之言吐哺而罵曰趣銷印稱善未幾繼之以罵刻印銷印有同兒戲何嘗累高祖之知人適足明聖人之無我陛下以為可而行之知其不可而罷之至聖至明無以加此議者必謂民可與樂成難與慮始故陛下堅執不顧期於必行此乃戰國貪功之人行險僥倖之説陛下若信而用之則是徇高論而逆至情持空名而邀實禍未及樂成而怨已起矣臣之所願結人

心者此之謂也士之進言者爲不少矣亦嘗有以國家之所以存亡歷數之所以長短告陛下者乎國家之所以存亡者在道德之淺深不在乎强與弱歷數之所以長短者在風俗之厚薄不在乎富與貧道德誠深風俗誠厚雖貧且弱不害於存而長道德誠淺風俗誠薄雖强且富不救於短而亡人主知此則知所輕重矣是以古之賢君不以弱而亡道德不以貧而傷風俗而智者覩人之國亦以此而察之齊至强也周公知其後有簒

弑之臣衛至弱也季札知其後亡吳破楚入郢而陳大夫逢滑知楚之必復晉武既平吳何曾知其將亂隋文既平陳房喬知其不久元帝斬郅支朝呼韓功多於武宣矣偷安而王氏之釁生宣宗收燕趙復河湟力强於憲武矣消兵而龐勛之亂起故臣願陛下務崇道德而厚風俗不願陛下急於有功而貪富强使陛下富如隋强如秦西取靈武北取燕薊謂之有功可也而國之長短則不在此夫國之長短如人之壽夭人之壽夭在元

氣國之長短在風俗世有尩羸而壽考亦有盛壯而暴亡若元氣猶存則尩羸而無害及其已耗則盛壯而愈危是以善養生者慎起居節飲食道引關節吐故納新不得已而用藥則擇其品之上性之良可以久服而無害則五臟和平而壽命長不善養生者薄節慎之功遲吐納之效厭上藥而用下品伐真氣而助強陽根本以空僵仆無日天下之勢與此無殊故臣願陛下愛惜風俗如護元氣古之聖人非不知深刻之法可以齊衆勇

悍之夫可以集事忠厚近於迂濶老成初若遲鈍然終不肯以彼易此者知其所得小而所喪大也曹參賢相也曰慎無擾獄市黄霸循吏也曰治道去泰甚或譏謝安以清談廢事安笑曰秦用法吏二世而亡劉晏為度支專用果鋭少年務在急速集事好利之黨相師成風德宗初即位擢崔祐甫為相祐甫以道德寛大推廣上意故建中之政其聲翕然天下想望庶幾貞觀及盧杞為相諷上以刑名整齊天下馴致澆薄以及播遷我仁

祖之馭天下也持法至寬用人有叙專務掩覆過失未嘗輕改舊章然考其成功則曰未至以言乎用兵則十出而九敗以言乎府庫則僅足而無餘徒以德澤在人風俗知義是以升遐之日天下如喪考妣社稷長遠終必賴之則仁祖可謂知本矣今議者不察徒見其末年吏多因循事不振舉乃欲矯之以苛察齊之以智能招來新進勇鋭之人以圖一切速成之效未享其利澆風已成且天時不齊人誰無過國君含垢至察無徒若陛

下多方包容則人材取次可用必欲廣置耳目務求瑕疵則人不自安各圖茍免恐非朝廷之福亦豈陛下所願哉漢文欲拜虎圈嗇夫釋之以為利口傷俗今若以口舌捷給而取士以應對遲鈍而退人以虚誕無實為能文以矯激不仕為有德則先王之澤遂將散微自古用人必須歴試雖有卓異之器必有已試之功一則使其更變而知難事不輕作一則待其功高而望重人自無辭昔先主以黄忠為後將軍而諸葛亮憂其不可以

爲忠之名望素非關張之倫若班爵遽同則必不悦其後關雲長果以爲言以黄忠豪勇之資以先主君臣之契尚須處此況其他乎世嘗謂漢文不用賈生以爲深恨臣嘗推究其旨竊謂不然賈生固天下之竒才所言亦一時之良策然請爲屬國欲以係單于則是處士之大言少年之鋭氣昔高祖以三十萬衆困於平城當時將相羣臣豈無賈生之比三表五餌人知其踈而欲以困中行説尤不可信矣兵凶器也而易言之正如趙括之

輕秦李斯之易楚若文帝亟用其說則天下殆將不安使賈生嘗歷艱難亦必自悔其說用之晚歲其術必精不幸喪亡非意所及不然文帝豈棄才之主絳灌豈蔽賢之士至於晁錯尤號刻薄文帝之世止於太子家令而景帝既立以為御史大夫申屠賢相發憤而死紛更政令天下騷然及至七國發難而錯之術亦窮矣文景優劣於斯可見大抵名器爵禄人所奔趨必使積勞而後遷以明持久而難得則人各安其分不敢躁求今若

多開驟進之門使有意外之得公卿侍從跬步可圖其得者既不肯以僥倖自名則其不得者必皆以沉淪為歎使天下常調舉生妄心恥不若人何所不至欲望風俗之厚豈可得哉選人之改京官常須十年以上薦更險阻計析毫釐其間一事聱牙常至終身淪棄今乃以一人之薦舉而與之猶恐未稱章服隨至使積勞久次而得者何以厭服哉夫常調之人非守則令員多闕少久已患之不可復開多門以待巧者若巧者侵奪已甚

則拙者迫怵無聊利害相形不得不察故近歲樸拙之
人愈少巧進之士益多惟陛下重之惜之哀之救之如
近日三司獻言使天下郡選一人催驅三司文字許之
先次指射以酧其勞則數年之後審官吏部又有三百
餘人得先占闕常調待次不其愈難此外勾當發運均
輸按行農田水利已振監司之體各懐進用之心轉對
者望以稱旨而驟遷奏課者求爲優等而速化相勝以
力相高以言而名實亂矣惟陛下以簡易爲法以清淨

為心使姦無所緣而民德歸厚臣之所願厚風俗者此之謂也古者建國使内外相制輕重相權如周如唐則外重而内輕如秦如魏則外輕而内重内重之弊必有姦臣指鹿之患外重之弊必有大國問鼎之憂聖人方盛而慮衰常先立法以救弊我國家租賦藉於計省重兵聚於京師以古揆今則似内重恭惟祖宗所以深計而預慮固非小臣所能臆度而周知然觀其委任臺諫之一端則是聖人過防之至計歷觀秦漢以及五代諫

爭而死葢數百人而自建隆以來未嘗罪一言者縱有薄責旋即超升許以風聞而無官長風采所繫不問尊卑言及乘輿則天子改容事關廊廟則宰相待罪故仁宗之世議者譏宰相但奉行臺諫風旨而已聖人深意流俗豈知臺諫固未必皆賢所言亦未必皆是然須養其銳氣而借之重權者豈徒然哉將以折姦臣之萌而救内重之弊也夫姦臣之始以臺諫折之而有餘及其既成以干戈取之而不足今法令嚴密朝廷清明所謂

姦臣萬無此理然而養猫以去鼠不可以無鼠而養不捕之猫畜狗以防姦不可以無姦而畜不吠之狗陛下得不上念祖宗設此官之意下為子孫立萬一之防朝廷紀綱孰大於此臣自幼小所記及聞長老之談皆謂臺諫所言常隨天下公議公議所與臺諫亦與之公議所擊臺諫亦擊之及至英廟之初始建稱親之議本非人主大過亦無禮典明文徒以衆心未安公議不允當時諫議以死爭之今者物論沸騰怨讟交至公議所在

亦可知矣而相顧不發中外失望夫彈劾積威之後雖庸人亦可奮揚風采消委之餘雖豪傑有所不能振起臣恐自茲以往習慣成風盡為執政私人以致人主孤立紀綱一廢何事不生孔子曰鄙夫可與事君也歟其未得之也患不得之既得之患失之苟患失之無所不至矣臣始讀此書疑其太過以為鄙夫之患失不過備位而苟容及觀李斯憂蒙恬之奪其權則立二世以亡秦盧杞憂懷光之數其惡則誤德宗以再亂其心本生

於患失而其禍乃至於喪邦孔子之言良不為過是以知為國者平居必有亡軀犯顏之士則臨難庶幾有徇義守死之臣若平居尚不能一言則臨難何以責其死節人臣苟皆如此天下亦曰殆哉君子和而不同小人同而不和和如和羹同如濟水孫寶有言周公大聖召公大賢猶不相悅著於經典晉之王導可謂元臣每與容言舉坐稱善而王述不悅以為人非堯舜安得每事盡善導亦斂衽謝之若使言無不同意無不合更唱迭

和何者非賢萬一有小人居其間則人主何緣知覺臣之所願存紀綱者此之謂也臣非敢歴詆新政苟為異論如近日裁減皇族恩例刋定任子條式修完器械閱習鼓旗皆陛下神筭之至明乾剛之必斷物議既久臣敢有詞至於所獻之三言則非臣之私見中外所病其誰不知昔禹戒舜曰無若丹朱傲惟慢遊是好舜豈有是哉周公戒成王曰毋若商王受之迷亂酗於酒徳成王豈有是哉周昌以漢高為桀紂劉毅以晉武為桓靈

當時人君曾莫之罪書之史冊以為美談使臣所獻三言皆朝廷未嘗有此則天下之幸臣與有焉若有萬一似之則陛下安可不察然而臣之為計可謂愚矣以螻蟻之命試雷霆之威積其狂愚豈可數赦大則身首異處破壞家門小則削籍投荒流離道路雖然陛下必不為此何也臣天賦至愚篤於自信向者與議學校貢舉首違大臣本意已期竄逐敢意自全而陛下獨然其言曲賜召對從容久之至謂臣曰方今政令得失安在雖

朕過失指陳可也臣即對曰陛下生知之性天縱文武不患不明不患不勤不患不斷但患求治太速進人太銳聽言太廣又俾具述所以然之狀陛下領之曰卿所獻三言朕當熟思之臣之狂愚非獨今日陛下容之久矣豈其容之於始而不赦之於終恃此而言所以不懼臣之所懼者譏刺既衆怨仇實多必將詆臣以深文中臣以危法使陛下雖欲赦臣而不得豈不殆哉死亡不辭但恐天下以臣爲戒無復言者是以思之經月夜以

繼晝表成復毀至於再三感陛下聽其一言懐不能已卒進其説惟陛下憐其愚忠而卒赦之不勝俯伏待罪憂恐之至

黄震曰東坡之文如長江大河一瀉千里至其混浩流轉曲折變化之妙則無復可以名狀蓋能文之士莫之能尚也而尤長於指陳世事述叙民生疾苦方其年少氣鋭尚欲迅掃宿弊更張百度有賈太傅流涕大息之風及既懲創王氏一意忠厚思與天下休

息其言切中民隱發越懇到使巖廊崇高之地如親見閭閻哀痛之情有不能不惻然感動者真可垂訓萬世矣

茅坤曰按蘇氏父子兄弟所上皇帝書不同老泉當仁廟時朝廷方尚安靜豈德澤故其書大較勸主上務攬威權責名實長公次公當神廟時朝廷方變法令急富彊故其書大較勸主上務省紛更持寛大然次公之言猶紆徐曲巽而長公之言似覺骨鯁痛切

矣然三人中長公更勝其指陳利害似賈誼明切事情如陸贄讀古人文章須於此細細權衡方得他下手處

御選唐宋文醇卷四十五

欽定四庫全書

御選唐宋文醇卷四十六

眉山蘇軾文九

再上皇帝書

熙寧四年三月某日殿中丞直史館判官告院權開封府推官臣蘇軾謹昧萬死再拜上書皇帝陛下臣聞之益戒于禹曰任賢勿貳去邪勿疑仲虺言湯之德曰用人惟巳改過不吝秦穆喪師于崤悔痛自誓孔子録之

自古聰明豪傑之主如漢高帝唐太宗皆以受諫如流改過不憚號為秦漢以來百王之冠也孔子曰君子之過如日月食焉過也人皆見之更也人皆仰之聖賢舉動明白正直不當如是耶所用之人有邪有正所作之事有是有非是非邪正兩言而足正則用之邪則去之是則行之非則破之此理甚明猶饑之必食渴之必飲豈有別生義理曲加粉飾而能欺天下哉書曰與治同道罔不興與亂同事罔不亡陛下自去歲以來所行新

政皆不與治同道立條例司遣青苗使斂助役錢行均輸法四海騷動行路怨咨自宰相以下皆知其非而不敢爭臣愚惷不識忌諱迺者上疏論之詳矣而學術淺陋不足以感動聖明近者故相舊臣藩鎮侍從雜然爭言不便以至臺諫二三人本其所與締交唱和表裏之人也然猶不免一言其非者豈非物議沸騰事勢迫切而不可止歟自非見利忘義居之不疑者孰肯終始膠固不自湔洗如吳師孟乞免提舉胡宗愈不顧檢詳如

逃垢穢惟恐不脱人情畏惡一至於此近者中外讙言
陛下已有悔悟意道路相慶如蒙大賚實望陛下於旬
日之間涣發德音洗蕩乖僻追還使者而罷條例司今
者側聽所為蓋不過使監司體量抑配而已比之未悟
所較幾何此孟子所謂知兄臂之不可紾而姑勸以徐
知鄰鷄之不可攘而月取其一帝王改過豈如是哉臣
又聞陛下以為此法且可試之三路臣以為此法譬之
醫者之用毒藥以人之死生試其未效之方三路之民

豈非陛下赤子而可試以毒乎今日之政小用則小敗大用則大敗若力行而不已則亂亡隨之臣非敢過為危論以聳動陛下也自古存亡之所寄者四人而已一曰民二曰軍三曰吏四曰士此四人者一失其心足以生變今陛下一舉而兼犯之青苗助役之法成則農不安均輸之令出則商賈不行而民始憂矣併省諸軍迫逐老病至使戍兵之妻與士卒雜處其間貶殺軍分有同降配遷徙淮甸僅若流放年近五十人人懷憂而軍

始怨矣內則不取謀於元臣侍從而專用新進小生外則不責成於守令監司而專用青苗使者多置閒局以擯老成而吏始解體矣陛下臨軒選士天下謂之龍飛牓而進士一人首削舊恩示不復用所削者一人而已然士莫不悵恨者以陛下有厭薄其徒之意也今用事者又欲漸消進士純取明經雖未有成法而小人招權自以為功更相扇揺以謂必行而士始失望矣今進士半天下自二十以上便不能誦記注義為明經之學若

法令一行則士各懷廢棄之憂而人材短長終不在此昔秦禁挾書而諸生皆抱其業以歸勝廣相與出力而亡秦者豈有他哉亦以失業而亡所歸也故臣願陛下勿復言此民憂而軍怨吏解體而士失望禍亂之源有大於此者乎今未見也一旦有急則致命之士必寡矣方是之時不知希合苟容之徒能為陛下收板蕩止土崩乎去歲諸軍之始併也左右之人皆以士心樂併告陛下近者放停軍人李興告虎翼吏率錢行賂以求不

併則士卒不樂可知矣夫諂諛之人苟務合意不憚欺罔者類皆如此故凡言百姓樂請青苗錢樂出助役錢者皆不可信陛下以為青苗抑配果可禁乎不惟不可禁迺不當禁也何以言之若此錢放而不收則州縣官吏不免責罰若此錢果不抑配則願請之戶後必難收前有抑配之禁後有失陷之罰為陛下官吏不亦難乎故臣以為既行青苗錢則不當禁抑配其勢然也人皆謂陛下聖明神武必能從義修慝以致太平而近日之

事乃有文過遂非之風此臣所以憤懣太息而不能已也昔賈充用事天下憂恐而庾純任愷戮力排之及充出鎮秦凉忠臣義士莫不相慶屈指數日以望維新之化而馮紞之徒更相告語曰賈公遠放吾等失勢矣於是相與獻謀而充復留則晉氏之亂成於此矣自古惟小人為難去何則去一人而其黨破壞是以為之計謀遊說者衆也今天下賢者亦將以此觀陛下為進退之決或再失望則知幾之士相率而逝矣豈皆如臣等輩

偷安懐禄而不忍去哉猖狂不遜忤陛下多矣不敢復望寛恩俯伏引領以待誅殛臣軾誠惶誠恐頓首頓首謹言

孟獻子曰與其有聚斂之臣寧有盗臣蓋盗臣所損者府庫如疴癢之在皮膚聚斂之臣實傷國命則膏肓之疾也王安石以堅愎敢為之性有博聞強記周給敏捷之才用其前無千古後無萬年之意行忍鷙躁擾逹天拂人之事收名巧言令色便辟側媚之徒相與蚤作夜

思力行不倦以成有宋一代聚斂之臣宋神宗一見奇之遂同魚水君臣戮力勵精圖治而卒至於大亂自古亂亡之國大都般樂怠敖意不在國與民而致土崩瓦解未有自朝至於日中昃不遑暇食蘄躋世於三代之隆不得小治乃得大亂且基禍以亡如神宗安石之奇者也大學曰國不以利為利以義為利不綦要歟於此不明則源之不清流千里而皆濁神宗天姿英銳過人而未嘗學問人有言富國在節儉不掊克者則曰豈有

天子著得破皮鞵便能富國之理不知兩漢盛時百姓殷阜至於適千里不持糧豈非弋綈大練之所致歟夫六宮弋綈大練其所留餘幾何然百姓不從上之令而從其意四海之内競以儉相高以奢相誚則弋綈大練之所留餘被四海矣使神宗果著得破皮鞵豈能不富國奚若天子收農夫之債息宰相奪販豎之奇贏至今爲笑哉新法既行司馬光力爭不得辭樞密副使不拜乞外乃出知永興軍到官上章曰臣之不才最出羣臣

之下先見不如呂誨公直不如范純仁程顥敢言不如蘇軾孔文仲勇決不如范鎮誨於安石始參政事之時已言安石為姦邪謂其必敗亂天下臣以為安石止於不曉事與狠愎爾不至如誨所言今觀安石汲引親黨盤據要津擠排異已占固權寵常自以已意陰贊陛下內出手詔以決外庭之事使天下之威福在已而謗議悉歸於陛下臣乃自知先見不如誨遠矣純仁與顥皆安石素厚安石拔於庶僚之中超處清要純仁顥覩安

石所為不敢顧私恩廢公議極言其短臣與安石南北異鄉取舍異道臣接安石素疎安石待臣素薄徒以屢嘗同僚之故私心眷眷不忍輕絶而顯言之因循以至今日是臣不負安石而負陛下甚多此其不如純仁顥遠矣臣承乏兩制逮事三朝於國家義則君臣恩猶骨月覩安石專逞其狂愚使天下生民被荼毒之苦宗廟社稷有累卵之危臣畏懦惜身不蚤為陛下别白言之軾與文仲皆疎遠小臣乃敢不避陛下雷霆之威安石

虎狼之怒上書對策指陳其失隳官獲譴無所顧慮此臣不如軾與文仲遠矣人情誰不貪富貴戀俸祿鎮覩安石熒惑陛下以佞為忠以忠為佞以是為非以非為是不勝憤懣抗章極言自乞致仕甘受醜詆杜門家居臣顧惜祿位為妻子計包羞忍恥尚居方鎮此臣不如鎮遠矣臣聞居其位者必憂其事食其祿者必任其患苟或不然是為竊盜臣雖無似不忍身為竊盜今陛下唯安石是信安石以為賢則賢愚則愚是則是非則非

諂附安石者謂之忠良詰難安石者謂之讒慝臣之才識固安石之所愚臣之議論固安石之所非今日所言陛下之所謂讒慝也伏望聖恩裁處其罪若罪同范鎮則乞依例致仕若罪浮於鎮或竄或誅所不敢逃光極諫如此而神宗卒不悟信用安石愈深以致海内蕭然生靈塗炭光所言軾上書指陳其失者即此二書也其後安石捃摭軾罪不得乃以詩句為謗訕繫御史臺獄幾死矣

聖祖御評 指陳時事逐節條對透徹了當不冗不支

擬進士對御試策

右臣准宣命差赴集英殿編排舉人試卷竊見陛下始革舊制以策試多士厭聞詩賦無益之語將求山林樸直之論聖聽廣大中外歡喜而所試舉人不能推原上意皆以得失為慮不敢指陳闕政而阿諛順旨者又卒據上第陛下之所以求於人至深切矣而下之報上者如此臣竊深悲之夫科場之文風俗所繫所收者天下莫不以為法所棄者天下莫不以為戒昔祖宗之朝崇

尚辭律則詩賦之工曲盡其巧自嘉祐以來以古文為貴則策論盛行於世而詩賦幾至於熄何者利之所在人無不化今始以策取士而士之在甲科者多以諂諛得之天下觀望誰敢不然臣恐自今以往相師成風雖直言之科亦無敢以直言進者風俗一變不可復返正人衰微則國隨之非復詩賦策論迭興迭廢之比也是以不勝憤懣退而擬進士對御試策一道學術淺陋不能盡知當世之切務直載所聞上將以推廣聖言庶有

補於萬一下將以開示四方使知陛下本不諱惡切直之言風俗雖壞猶可以少救其所撰策謹繕寫投進干冒天威臣無任戰恐待罪之至

問朕德不類託於士民之上所與待天下之治者惟萬方黎獻之求詳延於廷諏以世務豈特考子大夫之所學且以博朕之所聞蓋聖王之御天下也百官得其職萬事得其序有所不為為之而無不成有所不革革之而無不服田疇闢溝洫治草木暢茂鳥獸魚鼈無不得

其性其富足以備禮其和足以廣樂其治足以致刑子大夫以謂何施而可以臻此方今之弊可謂衆矣救之之術必有本末所施之宜必有先後子大夫之所宜知也生民以來所謂至治必曰唐虞成周之時詩書所稱其迹可見以至後世賢明之君忠智之臣相與憂勤以營一代之業雖未盡善要其所以成就亦必有可言者其詳著之朕將親覽焉

對臣伏見陛下發德音下明詔以天下安危之至計謀

及於布衣之士其求之不可謂不切其好之不可謂不篤矣然臣私有所憂者不知陛下有以受之歟禮曰甘受和白受采故臣願陛下先治其心使虛一而靜然後忠言至計可得而入也今臣竊恐陛下先入之言已實其中邪正之黨已貳其聽功利之説已動其欲則雖有臯陶益稷之謀亦無自入矣而況於疏遠愚陋者乎此臣之所以大懼也若乃盡言以招過觸諱以忘軀則非臣之所恤也聖策曰聖王之御天下也百官得其職萬

事得其序臣以為陛下未知此也是以顛倒失序如此苟誠知之曷不尊其所聞而行其所知歟百官之所以得其職者豈聖王人人而督責之萬事之所以得其序者豈聖王事事而整齊之哉亦因能以任職因職以任事而已官有常守謂之職施有先後謂之序今陛下使兩府大臣侵三司財利之權常平使者亂職司守令之治刑獄舊法不以付有司而取決於執政之意邊鄙大慮不以責師臣而聽計於小吏之口百官可謂失其職

矣王者之所宜先者德也所宜後者刑也所宜先者義也所宜後者利也而陛下易之萬事可謂失其序矣然此猶其小者其大者則中書失其政也宰相之職古者所以論道經邦今陛下但使奉行條例司文書而已昔邴吉為丞相蕭望之為御史大夫望之言陰陽不和咎在臣等而宣帝以為意輕丞相終身薄之今政事堂忿爭相詬流傳都邑以為口實使天下何觀焉故臣願陛下首還中書之政則百官之職萬事之序以次而得矣

聖策曰有所不為為之而無不成有所不革革之而無不服陛下之及此言是天下之福也今日之患正在於未成而為之未服而革之耳夫成事在理不在勢服人以誠不以言理之所在以為則成以禁則止以賞則勸以言則信古之人所以鼓舞天下綏之斯來動之斯和者蓋循理而已今之為政不務循理而欲以人主之勢賞罰之威刼而成之夫以斧析薪可謂必克矣然不循其理則斧可缺薪不可破是以不論尊卑不計强弱理之

所在則成理所不在則不成可必也今陛下使農民舉息與商賈爭利豈理也哉而何怪其不成乎禮曰微之顯誠之不可揜也如是夫陛下苟誠心乎為民則雖或謗之而人不信苟誠心乎為利則雖自解釋而人不服且事有決不可欺者吏受賕枉法人必謂之贓非其有而取之人必謂之盜苟有其實不敢辭其名今青苗有二分之息而不謂之放債取利可乎凡人為善不自譽而人譽之為惡不自毀而人毀之如使為善者必須自

言而後信則堯舜周孔亦勞矣今天下以為利陛下以為義天下以為害陛下以為仁天下以為貪陛下以為廉不勝其紛紜也則使二三臣者極其巧辯以解答千萬人之口附會經典造為文書以曉告四方之人四方之人豈如嬰兒鳥獸而可以美言小數眩之哉且夫未成而為之則其獘必至於不敢為未服而革之則其獘必至於不敢革蓋世有好走馬者一為墜傷則終身徒行何者慎重則必成輕發則多敗此理之必然也陛下

若出於慎重則屢作屢成不惟人信之陛下亦自信而日以勇矣若出於輕發則每舉每敗不惟人不信陛下亦自不信而日以怯矣文宗始用訓注其志豈淺也哉而一經大變則憂沮喪氣不能復振文宗亦非有失德徒以好作而寡謀也慎重者始若怯終必勇輕發者始若勇終必怯迺者橫山之人未嘗一日而忘漢雖五尺之童子知其可取然自慶歷以來莫之敢發者誠未有以善其後也近者邊臣不計其後而遽發之一發不中

則内帑之貴以數百萬計而關輔之民困於飛輓者三年而未已雖天下之勇者敢復為之歟為之固不可敢復言之歟由此觀之則横山之功是欲速而壊之也近者青苗之政助役之法均輸之策併軍蒐卒之令卒然輕發又甚於前日矣雖陛下不卹人言持之益堅而勢窮事礙終亦必變他日雖有良法美政陛下能復自信乎人君之患在於樂因循而重改作今陛下春秋鼎盛天錫勇智此萬世一時也而羣臣不能濟之以慎重養

之以敎樸譬如乘輕車馭駿馬冒險夜行而僕夫又從後鞭之豈不殆哉臣願陛下解轡秣馬以須東方之明而徐行於九軌之道甚未晚也聖策曰田疇闢溝洫治草木暢茂鳥獸魚鼈莫不各得其性者此百工有司之事也曾何足以累陛下陛下操其要治其本恭己無爲而物莫不盡其理以生以死若夫百工有司之事自宰相不屑爲之而況於陛下乎聖策曰其富足以備禮其和足以廣樂其治足以致刑何施而可以臻此孔子曰

百姓足君孰與不足兔首瓠葉可以行禮掃地而祭可以事天禮之不備非貧之罪也管子曰倉廩實而知禮節臣不知陛下所謂富者富民歟抑富國歟陸賈曰將相和調則士豫附劉向曰衆賢和於朝則萬物和於野今朝廷可謂不和矣其咎安在陛下不返求其本而欲以力勝之力之不能勝衆也久矣古者刀鋸在前鼎鑊在後而士猶犯之今陛下躬蹈堯舜未嘗誅一無罪欲弭衆言不過斥逐異議之臣而更用人必不忍行亡秦

偶語之禁起東漢黨錮之獄多士何畏而不言哉臣恐逐者不已而爭者益多煩言交攻愈甚於今日矣欲望致和而廣樂豈不疎哉古之求治者將以措刑也今陛下求治則欲致刑此又羣臣誤陛下也臣知其說矣是出於荀卿荀卿喜為異論至以人性為惡則其言治世刑重亦宜矣而說者又以為書稱唐虞之隆刑故無小而周之盛時羣飲者殺臣請有以詰之夏禹之時大辟二百周公之時大辟五百豈可謂周治而禹亂耶秦為

法及三族漢除肉刑豈可謂秦治而漢亂耶致之言極也天下幸而未治使一日治安陛下將變今之刑而用其極歟天下幾何其不叛也徒聞其語而懼者已衆矣臣不意異端邪說惑誤陛下至於如此且夫宥過無大刑故無小此用刑之常理也至於今守之豈獨唐虞之隆而周之盛時哉所以誅羣飲者意其非獨羣飲而已如今之法所謂夜聚曉散者使後世不知其詳而徒聞其語則凡夜相過者皆執而殺之可乎夫人相與飲酒

而輒殺之雖桀紂之暴不至於此而謂周公行之歟聖

策曰方今之弊可謂衆矣捄之之術必有本末所施之

宜必有先後臣請論其本與其所宜先者而陛下擇焉

方今捄弊之道必先立事立事之本在於知人則所施

之宜當先觀大臣之知人與否耳古之欲立非常之功

者必有知人之明苟無知人之明則循規矩蹈繩墨以

求寡過二者皆審於自知而安於才分者也道可以講

習而知德可以勉強而能惟知人之明不可學必出於

天資如蕭何之識韓信此豈有法而可傳者哉以諸葛孔明之賢而知人之明則其所短是以失之於馬謖而孔明亦審於自知是以終身不敢用魏延我仁祖之在位也事無大小一付之於法人無賢不肖一付之於公議事已效而後行人已試而後用終不求非常之功者誠以當時大臣不足以與於知人之明也古之為醫者聆音察色洞視五臟則其治疾也有剖胸決脾洗濯胃腎之變苟無其術不敢行其事今無知人之明而欲立

非常之功解縱繩墨以慕古人則是未能察脉而欲試華陀之方其異於操刀而殺人者幾希矣房琯之稱劉秩關播之用李元平是也至今以為笑矣陛下觀今之大臣為知人歟為不知人歟乃者擢用衆才皆其造室握手之人要結審固而後敢用蓋以為其人可與戮力同心共致太平曾未安席而交口攻之者如蝟毛而起陛下以此驗之其不知人也亦審矣幸今天下無事異同之論不過潰亂聖聽而已若邊隅有警盜賊竊發俯

仰成敗呼吸變動而所用之人皆如今日乍合乍散臨事解體不可復知則無乃誤社稷歟華陀不世出天下未嘗廢醫蕭何不世出天下未嘗廢治陛下必欲立非常之功請待知人之佐若猶未也則亦詔左右之臣安分守法而已聖策曰生民以來稱至治者必曰唐虞成周之世詩書所稱其迹可見以至後世賢明之君忠智之臣相與憂勤以營一代之業雖未盡善然要其所成就亦必有可言者其詳著之臣以為此不可勝言也其

施設之方各隨其時而不可知其所可知者必畏天必從衆必法祖宗故其言曰戒之戒之天惟顯思命不易哉又曰稽於衆舍已從人又曰丕顯哉文王謨丕承哉武王烈詩書所稱大畧如此未嘗言天命不足畏衆言不足從祖宗之法不足用也苻堅用王猛而樊世仇勝席寶不悦魏鄭公勸太宗以仁義而封倫不信凡今之人欲陛下違衆而自用者必以此藉口而陛下所謂賢明忠智者豈非意在於此等歟臣願考二人之所行而

求之於今王猛豈嘗設官而牟利魏鄭公豈嘗貸錢而取息歟且其不悦者不過數人固不害天下之信且服也今天下有心者怨有口者謗古之君臣相與憂勤以營一代之業者似不如此古語曰百人之聚未有不公而況天下乎今天下非之而陛下不回臣不知所稅駕矣詩曰譬彼舟流不知所届心之憂矣不遑假寐區區之忠惟陛下察之臣謹昧死上對

軾兩上書言新法不便不見省復擬進士對策上之以

聖祖御評
識解既超則措

異神宗之一悟考其時軾官權開封府推官耳疎遠下僚非若兩制大臣與國同休戚而勤拳懇款無異陸贄爲內相時非其忠孝天性鬱於中而發作於外視民之疾苦若己身之痌瘝者而能然哉至若必敬天必從衆必法祖宗三言豈特爲宋神宗之良藥實萬古帝王之法語矣

代張方平諫用兵書

臣聞好兵猶好色也傷生之事非一而好色者必死賊

語自然警動行文自然高卓至其疎宕俊邁之氣磅礴筆端眞奇才也

民之事非一而好兵者必亡此理之必然者也夫惟聖人之兵皆出於不得已故其勝也享安全之福其不勝也必無意外之患後世用兵皆得已而不已故其勝也則變遲而禍大其不勝也則變速而禍小是以聖人不計勝負之功而深戒用兵之禍何者興師十萬日費千金內外騷動殆於道路者七十萬家內則府庫空虛外則百姓窮匱饑寒逼迫其後必有盜賊之憂死傷愁怨其終必致水旱之報上則將相擁衆有跋扈之心下則

士衆久役有潰叛之志變故百出皆由用兵至於興事首議之人冥謫尤重蓋以平民無故緣兵而死怨氣充積必有任其咎者是以聖人畏之重之非不得已不敢用也自古人主好動干戈由敗而亡者不可勝數臣今不敢復言請爲陛下言其勝者秦始皇既平六國復事吳越戍役之患被於四海雖拓地千里遠過三代而墳土未乾天下怨叛二世被害子嬰被擒滅亡之酷自古所未嘗有也漢武帝承文景富溢之餘首挑匈奴兵連

不解遂使侵尋及於諸國歲歲調發所向成功建元之間兵禍始作是時蚩尤旗出長與天等其春戾太子生自是師行三十餘年死者無數及巫蠱事起京師流血僵尸數萬太子父子皆敗班固以為太子生長於兵與之終始帝雖悔悟自克而殁身之恨已無及矣隋文帝既下江南繼事夷狄煬帝嗣位此心不衰皆能誅滅强國威震萬里然而民怨盜起亡不旋踵唐太宗神武無敵尤善用兵既已破滅突厥高昌吐谷渾等猶且未厭

親駕遼東皆志在立功非不得已而用其後武氏之難唐室淩遲不絕如綫蓋用兵之禍物理難逃不然太宗仁聖寛厚克己裕人幾至刑措而一傳之後子孫塗炭此豈爲善之報也哉由此觀之漢唐用兵於寛仁之後故其勝而僅存秦隋用兵於殘暴之餘故其勝而遂滅臣每讀書至此未嘗不掩卷流涕傷其計之過也若使此四君者方其用兵之初隨即敗衄惕然戒懼知用兵之難則禍敗之興當不至此不幸每舉輒勝故使狃於

功利慮患不深臣故曰勝則變遲而禍大不勝則變速而禍小不可不察也昔仁宗皇帝覆育天下無意於兵將士惰媮兵革朽鈍元昊乘間竊發西鄙延安涇原麟府之間敗者三四所喪動以萬計而海内晏然兵休事已而民無怨言國無遺患何者天下臣庶知其無好兵之心天地鬼神諒其有不得已之實故也今陛下天錫勇智意在富強即位以來繕甲治兵伺候鄰國羣臣百寮窺見此指多言用兵其始也弼臣執國命者無憂深

思遠之心樞臣當國論者無慮害持難之識在臺諫之職者無獻替納忠之議從微至著遂成厲階既而薛向為横山之謀韓絳效深入之計陳升之呂公弼等陰與之協力師徒喪敗財用耗屈較之寶元慶歷之敗不及十一然而天怒人怨邊兵背叛京師騷然陛下為之旰食者累月何者用兵之端陛下作之是以吏士無怨敵之意而不直陛下也尚頼祖宗積累之厚皇天保祐之深故使兵出無功感悟聖意然淺見之士方且以敗為

恥力欲求勝以稱上心於是王韶構禍於熙河章惇造釁於横山熊本發難於瀘渝然此等皆戕賊已降俘纍老弱困弊腹心而取空虛無用之地以為武功使陛下受此虛名而忽於實禍勉强砥礪奮於功名故沈起劉彝復發於安南使十餘萬人暴露瘴毒死者十而五六道路之人斃於輸送貲糧器械不見敵而盡以為用兵之意必且少衰而李憲之師復出於洮州矣今師徒克捷銳氣方盛陛下喜於一勝必有輕視四夷凌侮敵國

之意天意難測臣實畏之且夫戰勝之後陛下可得而知者凱旋捷奏拜表稱賀赫然耳目之觀耳至於遠方之民肝腦屠於白刃筋骨絶於餽餉流離破産鬻賣男女薰眼折臂自經之狀陛下必不得而見也慈父孝子孤臣寡婦之哭聲陛下必不得而聞也譬猶屠殺牛羊刳臠魚鼈以為饍饈食者甚美見食者甚苦使陛下見其號呼於挺刃之下宛轉於刀几之間雖八珍之美必將投箸而不忍食而況用人之命以為耳目之觀乎且

使陛下將卒精強府庫充實如秦漢隋唐之君既勝之後禍亂方興尚不可救而況所任將吏罷軟凡庸較之古人萬萬不逮而數年以來公私窘乏之內府累世之積掃地無餘州郡征稅之儲上供殆盡百官廩俸僅而能繼南郊賞給久而未辦以此舉動雖有智者無以善其後矣且饑役之後所在盜賊蠭起京東河北尤不可言若軍事一興橫歛隨作民窮而無告其勢不為大盜無以自全邊事方深內患復起則勝廣之形將在於此此

老臣所以終夜不寐臨食而歎至於慟哭而不能自止也且臣聞之凡舉大事必順天心天之所向以之舉事必成天之所背以之舉事必敗蓋天心向背之迹見於災祥豐歉之間今自近歲日蝕星變地震山崩水旱癘疫連年不解民死將半天心之向背可以見矣而陛下方且斷然不顧興事不已譬如人子得過於父母惟有恭順靜思引咎自責庶幾可解今乃紛然詰責奴婢恣行箠楚以此事親未有見赦於父母者故臣願陛下遠

覽前世興亡之迹深察天心向背之理絕意兵革之事保疆睦鄰安靜無為固社稷長久之計上以安二宮朝夕之養下以濟四方億兆之命則臣雖老死溝壑瞑目於地下矣昔漢祖破滅羣雄遂有天下光武百戰百勝祀漢配天然至白登被圍則講和親之議西域請吏則出謝絕之言此二帝者非不知兵也蓋經變既多則慮患深遠今陛下深居九重而輕議討伐老臣庸懦私竊以為過矣然人臣納說於君因其既厭而止之則易為

力迎其方鋭而折之則難為功凡有血氣之倫皆有好勝之意方其氣之盛也雖布衣賤士有不可奪自非智識特達度量過人未有能勇於奮發之中舍已從人惟義是聽者也今陛下盛氣於用武勢不可回臣非不知而獻言不已者誠見陛下聖德寛大聽納不疑故不敢以衆人好勝之常心望於陛下且意陛下他日親見用兵之害必將哀痛悔恨而追咎左右大臣未嘗一言臣亦將老且死見先帝於地下亦有以藉口矣惟陛下哀

而察之

有宋三百年第一篇文字其云戰勝之後陛下可得而知者凱旋奏捷拜表稱賀赫然耳目之觀耳至於遠方之民肝腦塗於白刃筋骨絶於饋餉流離破産鬻賣男女薰眼折臂自經之狀陛下必不得而見也慈父孝子孤臣寡婦之哭聲陛下必不得而聞也譬猶屠殺牛羊刳鱗魚鼈以為膳羞食者甚美見食者甚苦使陛下見其號呼於挺刃之下宛轉於刀几之間雖八珍之美必

將投箸而不忍食而況用人之命以為耳目之觀乎此百餘言直可上配六經特再錄之於文後以為警心怵目之觀

黄震曰歷序神廟朝用兵次第其言哀痛切至真可為萬世人主好用兵人臣好生事者之戒

楊慎曰古之諫用兵只說不勝之害務以避害而趨利此書說雖勝其害猶不可言況以當今時事天時觀之勢必不勝如此立意便高人一等

張英曰伉爽淋漓命意圓湛而體格端重詞氣豐裕
公文之似陸宣公者
勵杜訥曰歷述當日情事淋漓痛切利害較然一往
波折纏綿尤見老成謀國惓惓無已之心

代滕甫論西夏書

臣素無學術老不讀書每欲披竭愚忠上補聖明萬一
而肝肺枯涸卒無可言近者因病求醫偶悟一事推之
有政似可施行惟陛下財幸臣近患積聚醫云據病當

下一月而愈若不下半年而愈然中年以後一下一衰積衰之患終身之憂也臣私計之終不以一月之快而易終身之憂遂用其言以善藥磨治半年而愈初不傷氣體力益完因悟近日臣僚獻言欲用兵西方皆是醫人欲下一月而愈者也其勢亦未必不成然終非臣子深愛君父欲出萬全之道也以陛下聖明將賢士勇何往不克而臣尚以為非萬全者俗言彭祖觀井自係大木之上以車輪覆井而後敢觀此言雖鄙而切於事陛

下愛民憂國非特如彭祖之愛身而兵者凶器動有存亡其陷人可畏有甚於井故臣願陛下之用兵如彭祖之觀井然後為得也臣竊觀自古用兵者莫如曹操其破滅袁氏最有巧思請試為陛下論之袁紹以十倍之衆大敗於官渡僅以身免而操斂兵不追者何也所以緩紹而亂其國也紹歸國益驕忠賢就戮嫡庶並爭不及八年而袁氏無遺種矣向使操急之紹既未可以一舉蕩滅若懼而修政用田豐而立袁譚則成敗未可知

也其後北征烏丸討袁尚袁熙尚熙走遼東或勸操遂
平之操曰彼素畏尚等吾今急之則合緩之則自相圖
其勢然也遂引兵還曰吾方使公孫康斬送其首已而
果然若操者可謂巧於滅國矣滅國大事也不可以速
譬如小兒之毀齒以漸摇撼之則齒脱而小兒不知若
不以漸一拔而得齒則毀齒可以殺兒故臣願陛下之
取西夏如曹操之取袁氏也方元昊強時謀臣猛將盡
其智力十年而不敢近今者主弱臣強其國内亂陛下

使偏師一出斬名王虜偽公主築蘭會等州此真千載一時天以此賊授陛下之秋也兵法有之同舟而遇風則吳越相救如左右手今秉常雖為母族所篡以意度之其世家大族亦未肯俛首連臂為此族用也今乃合而為一堅壁清野以抗王師如左右手此正同舟遇風之勢也法當緩之今天威已震臣願陛下選用大臣宿將素為賊所畏服者使兼帥五路聚重兵境上號稱百萬蒐乘補卒牛酒日至金鼓之聲聞於數百里間外為

必討之勢而實不出境多出金幣遣間使辯士離壞其黨與且下令曰尺土吾不愛一民吾不有也其有能以地與衆降者即以封之有敢攘其地掠其人者皆斬不出一年必有權均力敵內自相疑者人情不遠各欲求全及王師之未出爭爲先降以邀重賞陛下因而分裂之即用其酋豪命以爵秩綦布錯峙務使相仇如漢封呼韓邪通西域故事不過於要害處築一城屯數千人置一將以護諸部可使數百年面內保境不煩城守餽

運豈非萬全之至計哉臣願陛下斷之於中深慮而遠計之夫為人臣計與為人主計不同人臣非攘地效首虜無以為功為陛下計惟天下安社稷固否耳陛下神聖冠古動容舉意皆是功德但能措太山之安與天地等壽則竹帛不可勝紀而堯舜禹湯不足過也議者不知出此爭欲急於功名履危犯難以勞聖慮臣竊不取古人有言省功不如省事省事不如清心劉洎諫唐太宗曰皇天以不言為貴聖人以不言為德老子稱大辯

若訥莊子言至道無文且多記則損心多言則耗氣心氣內損形神外勞初雖不覺後必為累須為社稷自愛人臣愛君未有如洎之深至者也臣竊慕之雖謫守在外不當妄言然自念舊臣譬之老馬雖筋力已衰不堪致遠而經涉險阻粗識道路惟陛下哀愍其愚而憐其意不勝幸甚

不能道故知將相必讀書也

欽定四庫全書

卷四十六

御選唐宋文醇卷四十六

欽定四庫全書

御選唐宋文醇卷四十七

眉山蘇軾文十

論河北京東盜賊狀

熙寧七年月蘇軾奏臣伏見河北京東比年以來蝗旱相仍盜賊漸熾今又不雨自秋至冬方數千里麥不入土竊料明年春夏之際寇攘為患甚於今日是以輒陳狂瞽庶補萬一謹按山東自上世以來為腹心根本之

地其與中原離合常係社稷安危昔秦并天下首收三晉則其餘强敵相繼滅亡漢高祖殺陳餘走田横則項氏不支光武亦自漁陽上谷發突騎席卷以并天下魏武帝破殺袁氏父子收冀州然後四方莫敢敵宋武帝以英雄絶人之資用武歷年而不能并中原者以不得河北也隋文帝以庸夫穿窬之智竊位數年而一海内者以得河北也故杜牧之論以為山東之地王者得之以為王霸者得之以為霸猾賊得之以為亂天下自唐

天寶以後姦臣借峙於山東更十一世竭天下之力終不能取以至於亡近世賀德倫挈魏博降後唐而梁亡周高祖自鄴都入京師而漢亡由此觀之天下存亡之權在河北無疑也陛下即位以來北方之民流移相屬天災譴告亦甚於四方五六年間未有以塞大異者至於京東雖號無事亦當長使其民安逸富强緩急足以灌輸河北缾竭則罍耻脣亡則齒寒而近年以來公私匱乏民不堪命今流離饑饉議者不過欲散賣常平之

粟勸誘蓄積之家盜賊縱横議者不過欲增開告賞之門申嚴緝捕之法皆未見其益也常平之粟累經賑發所存無幾矣而饑寒之民所在皆是人得升合官費邱山蓄積之家例皆困乏貧者未蒙其利富者先被其災昔季康子患盜問於孔子對曰苟子之不欲雖賞之不竊乃知上不盡利則民有以為生苟有以為生亦何苦而為盜其間凶殘之黨樂禍不悛則須敎法以峻刑誅一以警百今中民以下舉皆闕食冒法而為盜則死畏

法而不盜則饑饑寒之與棄市均是死亡而賒死之與忍飢禍有遲速相率為盜正理之常雖日殺百人勢必不止苟非陛下至明至聖至仁至慈較得喪之孰多權禍福之孰重特於財利少有所損衣食之門一開骨髓之恩皆徧然後信賞必罰以威克恩不以僥倖廢刑不以災傷撓法如此而人心不革盜賊不衰者未之有也

強刼民財者法如何曰亂之漸也殺無赦緩之致亂被殺者必多折其萌芽是殺以止殺也仁也因饑而成盜

所盜不過斛米斛麥而聚衆每百十人則盡殺之乎曰是所為沒其文於法而經生得以引經斷之者也不盜則飢死盜則法死法不加於待死之飢民也明矣且有任其咎者天災流行何國蔑有吏蚤上聞而為之備不飢飢而有備救之得其法仍不飢至於飢而吏之罪大矣尚不焦頭爛額以出之於水火致使羣聚以刦乎羣聚以刦猶不亟翦其渠魁以散其勢而使之延刦乎是故救死之盜可貸致盜之吏可誅

奏浙西災傷第一狀

元祐五年七月十五日龍圖閣學士左朝奉郎知杭州蘇軾狀奏右臣聞事豫則立不豫則廢此古今不刋之語也至於救災恤患尤當在早若災傷之民救之於未飢則用物約而所及廣不過寛減上供糶賣常平官無大失而人人受賜今歲之事是也若救之於已飢則用物博而所及微至於耗散省倉虧損課利官為一困而已飢之民終於死亡熙寧之事是也熙寧之災傷本緣

天旱米貴而沈起張覿之流不先事奏聞但務立賞閉糴富民皆爭藏穀小民無所得食流殍既作然後朝廷知之始敕運江西及截本路上供米一百二十三萬石濟之巡門俵米攔街散粥終不能救饑饉既成繼之以疾疫本路死者五十餘萬人城郭蕭條田野邱墟兩稅課利皆失其舊勘會熙寧八年本路放稅米一百三十萬石酒課虧減六十七萬餘貫略計所失共計三百二十餘萬貫石其餘耗散不可悉數至今轉運司貧乏不

能舉手此無它不先事處置之過也去年浙西數郡先水後旱災傷不減熙寧然二聖仁智聰明於去年十一月中首發德音截撥本路上供斛㪷二十萬石販濟又於十二月中寬減轉運司元祐四年上供額斛三分之一為米五十餘萬斛盡用其錢買銀絹上供了無一毫虧損縣官而命下之日所在歡呼官既住糴米價自落又自正月開倉糶常平米仍免數路稅務所收五穀力勝錢且賜度牒三百道以助賑濟本路帖然遂無一人

餓殍者此無它先事處置之力也由此觀之事豫則立不豫則廢其禍福相絶如此恭惟二聖天地父母之心見民疾苦匍匐救之本不計較費用多少而臣愚魯無識但知權利害之輕重計得喪之大小以謂譬如民庶之家置莊田招佃客本望租課非行仁義然猶至水旱之歲必須放免欠負借貸種糧者其心誠恐客散而田荒後日之失必倍於今日也而况有天下子萬姓而不計其後乎臣自去歲以來區區獻言屢瀆天聽者實恐

陛下客散而田荒也去歲杭州米價每斗至八九十自今歲正月以來日漸減落至五六月間浙西數郡大雨不止太湖泛溢所在害稼六月初間米價復長至七月初斗及百錢足陌見今新米已出而常平官米不敢住糶災傷之勢恐甚於去年何者去年之災如人初病今歲之災如病再發病狀雖同氣力衰耗恐難支持又緣春夏之交雨水調匀浙人喜於豐歲家家典賣舉債出息以事田作車水築圩高下殆遍計本已重指日待熟

而淫雨風濤一舉害之民之窮苦實倍去歳近者將官
劉季孫往蘇州按教臣容令季孫沿路體訪季孫還為
臣言此數州不獨淫雨為害又多大風駕起潮浪堤堰
圩埠率皆破損湖州水入城中民家皆尺餘此去歳所
無有也而轉運判官張璹自常潤還所言略同云親見
吳江平望八尺間有舉家田苗沒在深水底父子聚哭
以船筏撈摝云半米猶堪炒喫青穟且以喂牛正使自
今雨止已非豐歳而況止不止又未可知則來歳之憂

非復今年之比矣何以言之去年杭州管常平米二十三萬石今年已糶過十五萬石雖餘八萬石而糶賣未已又緣去年災傷放稅及和糴不行省倉闕數所有上件常平米八萬石只了兑撥充軍糧更無見在惟有糶常平米錢近八萬貫而錢非救飢之物若來年米益貴錢益輕雖積錢如山終無所用熙寧中兩浙市易出錢百萬緡民無貧富皆得取用而米不可得故曳羅紈帶金玉横尸道上者不可勝計今來浙東西大抵皆糶過常

平米見在絶數少熙寧之憂凜凜在人眼中矣臣材力短淺加之衰病而一路生齒憂責在臣受恩既深不敢別乞閑郡日夜思慮求來年救飢之術別無長策惟有秋冬之間不惜高價多糴常平米以備來年出糶今來浙西數州米既不熟而轉運司又管上供年額斛斗一百五十餘萬石若兩司爭糴米必大貴饑饉愈迫和糴不行來年青黄不交之際常平有錢無米官吏拱手坐視人死而山海之間接連甌閩盜賊結集或生意外之

患則誅殛臣等何補於敗以此須至具實聞奏伏望陛下備錄臣奏行下户部及本路轉運提刑兩路鈐轄司疾早相度來年合與不合准備常平斛㪷出糶救飢如合准備即具逐州合用數目臣已約度杭州合用二十萬石仍委逐司擘畫合如何措置令米價不至大段翔湧收糴得足如逐司以謂不須准備出糶救濟即令各具保明來年委得不至飢殍流亡結罪聞奏緣今來已是入秋去和糴月日無幾比及相度往復取旨深慮不

及於事伏乞詳察速賜指揮臣屢犯天威無任戰慄待罪之至謹錄奏聞伏候勑旨

朱子嘗曰救荒之術在備之未荒之前若至已荒更有何策至哉言也後世司牧斯民者哀鴻遍野尚欲壅於上聞能如軾之未雨綢繆憯怛忠愛為民請命乎此則文之醇乎醇而可為世法者佳文豈在聲調格律之工哉

論積欠狀

元祐七年五月十六日龍圖閣學士左朝奉郎知揚州蘇軾狀奏臣聞之孔子曰善人教民七年亦可以即戎矣夫民既富而教然後可以即戎古之所謂善人者其不及聖人遠甚今二聖臨御八年於兹仁孝慈儉可謂至矣而帑廩日益困農民日益貧商賈不行水旱相繼以上聖之資而無善人之效臣竊痛之所至訪問耆老有識之士隂求其所以皆曰方今民荷寛政無宅疾苦但為積欠所壓如負千鈞而行免於僵仆則幸矣何暇

舉首奮臂以營求於一飽之外哉今大姓富家昔日號為無比戶者皆為市易所破十無一二矣其餘自小民以上大率皆有積欠監司督守令守令督吏卒文符日至其門鞭笞日加其身雖有白圭猗頓亦化為篳門圭竇矣自祖宗以來每有勑令必曰凡欠官物無侵欺盜用及雖有侵盜而本家及伍保人無家業者並與除放祖宗非不知官物失陷姦民幸免之弊特以民既乏竭無以為生雖加鞭撻終無所得緩之則為姦吏之所蠶

食急之則為盜賊之所憑藉故舉而放之則天下悅服雖有水旱盜賊民不思亂此為捐虛名而收實利也自二聖臨御以來每以施捨己責為先務登極赦令每次郊赦或隨事指揮皆從寬厚凡今所催欠負十有六七皆聖恩所貸矣而官吏刻薄與聖恩異舞文巧詆使不該放監司以催欠為職業守令上為監司之所迫下為胥吏之所使大率縣有監催千百家則縣中胥徒舉欣欣然日有所得若一旦除放則此等皆寂寥無獲矣自

非有力之家納賂請賕誰肯舉行恩貸而積欠之人皆鄰於寒餓何賂之有其間貧困掃地無可蠶食者則縣胥教令通指平人或云衷私擅買抵當物業或雖非衷私而云買不當價似此之類蔓延追擾自甲及乙自乙及丙無有窮已每限皆空身到官或三五限得一二百錢謂之破限官之所得至微而胥徒所取蓋無虛日俗謂此等為縣胥食邑戶嗟乎聖人在上使民不得為陛下赤子而皆為奸吏食邑戶此何道也商賈販賣例無

現錢若用現錢則無利息須今年索去年所賣明年索今年所賒然後計算得行彼此通濟今富户先巳殘破中民又有積欠誰敢賒賣物貨則商賈自然不行此酒税課利所以日虧城市房廊所以日空也諸路連年水旱上下共知而轉運司窘於財用例不肯放税縱放亦不盡實雖無明文指揮而以喜怒風曉官吏孰敢違者所以逐縣例皆拖欠兩税較其所欠與依實檢放無異於官了無所益而民有追擾鞭撻之苦近日詔旨凡積欠

皆分為十料催納通計五年而足聖恩隆厚何以加此
而有司以謂有旨倚閣者方得依十料指揮餘皆併催
縱使盡依十料吏卒乞覓必不肯分料少取人户既未
納足則追擾常在縱分百料與一料同臣頃知杭州又
知潁州今知揚州親見兩浙京西淮南三路之民皆為
積欠所壓日就窮蹙死亡過半而欠籍不除以至虧欠
兩税走陷課利農末皆病公私並困以此推之天下大
率皆然矣臣自潁移揚州過濠壽楚泗等州所至麻麥

如雲臣每屛去吏卒親入村落訪問父老皆有憂色云豐年不如凶年天災流行民雖乏食縮衣節口猶可以生若豐年舉催積欠胥徒在門枷棒在身則人戶求死不得言訖淚下臣亦不覺流涕又所至城邑多有流民官吏皆云以夏麥旣熟舉催積欠故流民不敢歸鄉臣聞之孔子曰苛政猛於虎昔常不信其言以今觀之殆有甚者水旱殺人百倍於虎而人畏積欠乃甚於水旱臣竊度之每州催欠吏卒不下五百人以天下言之是

常有二十餘萬虎狼散在民間百姓何由安生朝廷仁政何由得成乎臣自到任以來日以檢察本州積欠為事内已有條貫除放而官吏不肯舉行者臣即指揮本州一面除放去訖其於理合放而於條未有明文者即且令本州權住催理聽候指揮其於理合放而於條有礙者臣亦不敢住催各具利害奏取聖旨

宋自青苗市易等法行民無不欠官物者一二十年間溥天之下莫不入於湯火矣觀軾此狀歷歷可覩可為

流滯王安石之罪信上通於天也古者農自農而商自商非惟正之供官府勿與交財賄焉子產之語載在春秋匪特立政之體宜爾也蓋市道必不可行於官與民夫細民之競利在錐刀之末賴積微以成鉅弗躬弗親往往乾沒今官一而民萬其必不可以躬親也明矣非胥徒是任其奚任出納既由胥徒則民之所靡十已七八而官之所入尚無二三此必然之理也久之則皆成積欠既成積欠則官物虛捐而民為子孫之累唯胥徒

不耕而穫之利永遠不荒耳是故官莊田地官本貿易在官無異舉貸棄之於地而民已不勝其擾均非善政又況放債舉息乎王安石推而行之徧天下宜乎舉太真仁英百餘年休養生息之業一旦風卷烟湯沃雪也

論綱梢欠折利害狀

元祐七年七月二十七日龍圖閣學士左朝奉郎知揚州蘇軾狀奏臣聞唐代宗時劉晏為江淮轉運使始於揚州造轉運船每船載一千石十船為一綱揚州差軍

將押赴河陰每造一船破錢一千貫而實費不及五百貫或譏其枉費晏曰大國不可以小道理凡所創置須謀經久船場既興執事者非一須有餘剩衣食養活衆人私用不窘則官物牢固乃於揚子縣置十船場差專知官十人不數年間皆致富贍凡五十餘年船場既無破敗餽運亦不闕絶至咸通末有杜御史者始以一千石船分造五百石船二隻船始敗壞而吳堯卿者為揚子院官始勘會每船合用物料實數估給其錢無復寛

剩專知官十家即時凍餒而船場遂破餽運不繼不久遂有黃巢之亂劉晏以千貫造船破五百貫為干繫人欺隱之資以今之君子寡見淺聞者論之可謂疏繆之極矣然晏運四十萬石當用船四百隻五年而一更造是歲造八十隻也每隻剩破五百貫是歲失四萬貫也而吳堯卿不過為朝廷歲寬四萬貫耳得失至微而饋運不繼以貽天下之大禍臣以此知天下之大計未嘗不成於大度之士而敗於寒陋之小人也國家財用大

事安危所出願常不與寒陋小人謀之則可以經久不敗矣臣竊見嘉祐中張方平為三司使上論京師軍儲云今之京師古所謂陳留四通八達之地非如雍洛有山河之險足恃也特恃重兵以立國耳兵恃食食恃漕運漕運一虧朝廷無所措手足因畫十四策內一項云糧綱到京每歲少欠不下六七萬石皆以折會償填發運司不復抱認非祖宗之舊也臣以此知嘉祐以前歲運六百萬石而以折欠六七萬石為多訪聞去歲止運

四百五十餘萬石而欠折之多約至三十餘萬石運法之壞一至於此又臣到任未幾而所斷糧綱欠折干繫人徒流不可勝數衣糧罄於折會船車盡於折賣質妻鬻子飢瘦伶俜聚為乞丐散為盜賊竊計京師及緣河諸郡例皆如此此朝廷之大計生民之大病如臣等輩豈可坐觀而不救耶輙問之於吏乃金部便敢私意創立此條不取聖旨公然行下不惟非理刻剝敗壞祖宗法度而人臣私意乃能廢格制敕監司州郡靡然奉行莫

敢誰何此豈小事哉謹按一綱三十隻船而稅務監官不過一員未委如何隨船點檢得三十隻船一時皆遍而不勒留住岸一船點檢即二十九隻船皆須住岸伺候顯是違條舞法析文破敕苟以隨船為名公然勒留點檢與兒戲無異訪聞得諸州多是元祐三年以來始行點檢收稅行之數年其弊乃出綱梢旣皆赤露妻子流離性命不保雖加刀鋸亦不能禁其攘竊此弊不革臣恐今後欠折不止三十餘萬石京師軍儲不繼其患

豈可勝言揚州稅務自元祐三年十月始行點檢收稅至六年終凡三年間共收糧綱稅錢四千七百餘貫絶長補短每歲不過收錢一千六百貫耳以淮南一路言之真揚高郵楚泗宿六州軍所得不過萬緡而所在稅務專攔因金部轉運司許令點檢緣此為姦邀難乞取十倍於官遂至綱梢皆窮困骨立亦無復富商大賈肯以物貨委令搭載以此專仰攘取官米無復限量拆賣船板動使淨盡事敗入獄以命償官顯是金部與轉運

司違例刻剝得糧綱稅錢一千貫而令朝廷失陷綱運米三十餘萬石利害皎然今來倉部並不體訪綱運致欠之因却言緣倉司鬭子乞覓綱梢錢物以致欠折遂立法令真揚楚泗轉般倉並行倉法其逐處鬭子仍只存留一半命下之日揚州轉般倉鬭子四十人皆詣臣陳狀盡乞歸農臣雖且多方抑按曉喻退還其狀然相度得此法必行則見今鬭子必致星散雖别行召募未必無人然皆是浮浪輕生不畏重法之人所支錢米決

不能贍養其家不免乞取既冒深法必須重賂輕齎容行交付其押綱綱梢等知專斗若不受賂必無寛剩斗面決難了納即須多方容行重賂不待求乞而後行用此必然之理也臣細觀近日倉部所立條約皆是枝葉小節非利害之大本何者自熙寧以前中外並無倉法亦無今來倉部所立條約而歲運六百萬石欠折不過六七萬石蓋是朝廷捐商稅之小利以養活綱梢而緣路官司遵守編敕法度不敢違條點檢收稅以致綱梢

飽暖愛惜身命保全官物事理灼然臣已取責得本州
稅務狀稱隨船點檢不過檢得一船其餘二十九船不
免住岸伺候顯有違礙臣尋已備坐元祐編敕曉示今後
更不得以隨船為名違條勒令住岸點檢去訖其稅務
官吏為准本州及倉部發運轉運司指揮非是自擅為
條未敢便行取勘其諸州軍稅務非臣所管無由一例
行下欲乞朝廷申明元祐編敕不得勒令住岸條貫嚴
賜約束行下并乞廢罷近日倉部起請倉法仍取問金

部官吏不取聖旨擅立隨船一法剋剝兵梢敗壞綱運以誤國計及發運轉運司官吏依隨情罪施行庶使今後剋薄之吏不敢擅行朐臆取小而害大得一而喪百

臣聞東南餽運所係國計至大故祖宗以來特置發運司專任其責選用旣重威令自行如昔時許元輩皆能約束諸路主張綱運其監司州郡及諸場務豈敢非理剋剝邀難但發運使得人稍假事權東南大計自然辦集豈假朝廷更行倉法此事最為簡要獨在朝廷留意

而已謹具元祐編敕及金部擅行隨船點檢指揮如左

一准元祐編敕諸綱運船栰到岸檢納税錢如有違限如限内無故稽留及非理搜檢并約喝無名税錢者各徒二年諸新錢綱及糧綱緣路不得勒令住岸點檢雖有透漏違禁之物其經歷處更不問罪至京下鏁通津門准此

一准元祐五年十一月十九日尚書金部符省部看詳監糧綱運雖不得勒留住岸若是隨船點檢得

委有税物名件自合依例饒潤收納税錢即無不許納税錢事理若或别無税物自不得依例喝貌税錢事理甚明

右謹件如前者若朝廷盡行臣言必有五利綱梢飽暖惜身畏法運餽不大陷失一利也省徒配之刑消流亡賊盜之患二利也梢工衣食既足人人自重以船為家既免拆賣又常修完省逐處船場之費三利也押綱綱梢附載物貨官不點檢專欄無由乞取然梢工自領赴

務量納稅錢以防告訐積少成多所獲未必減於今日
四利也自元豐之末罷市易務導洛司堆垛場議者以
爲商賈必漸通行而今八年略無絲毫之效京師酒稅
課利皆虧房廊邸店皆空何也蓋祖宗以來通許綱運
攬載物貨既免征稅而脚錢又輕故物貨通流緣路雖
失商稅而京師坐獲富庶自導洛司廢而淮南轉運司
陰收其利數年以來官用窘逼轉運司督迫諸處稅務
日急一日故商賈全然不行京師坐至枯涸今若行臣

此策東南商賈久閉乍通其來必倍則京師公私數年之後必復舊觀此五利也臣竊見近日官私例皆輕玩國法習以成風若朝廷以臣言為非臣不敢避妄言之罪乞賜重行責罰若以臣言為是即乞盡理施行少有違戾必罰無赦則所陳五利可以朝行而夕見也謹錄奏聞伏候敕旨
國家財用大事安危所出司財用者不可不讀此文又嘗論之士庶之家侈費過度必子孫貧困然貧困之後

往往仍有賢子孫復興唯慳吝積財者平生無甚過惡而每多斬焉無祀或爲子孫所破敗灰飛烟滅天之報施何必如是深思其由蓋財者人之所以養生也而其相流轉於天地之間者祇有此數豐於此即嗇於彼故侈費過度者在其人則爲奢縱而其散之天地間者必有不知誰何之人獲被其養者矣唯納而不出則身雖未嘗享其用而使養生之具積而不流則亦必有不知誰何之人不得被其養者其造禍在於無形也士庶所

及者至隘而猶如是況人君以天下為一家林林緫緫皆所宜養而可錙銖較量浚剝徵求使天地所以養人之生者不能養人或轉因之而害人之生豈非師曠所為棄天地之性者哉

朝辭赴定州論事狀

元祐八年九月二十六日端明殿學士兼翰林侍讀學士左朝奉郎新知定州蘇軾狀奏臣聞天下治亂出於下情之通塞至治之極至於小民皆能自通大亂之極

至於近臣不能自達易曰天地交泰其詞曰上下交而其志同又曰天地不交否其詞曰上下不交而天下無邦夫無邦者亡國之謂也上下不交則雖有朝廷君臣而亡國之形已具矣可不畏哉臣不敢復引衰世昏主之事只如唐明皇中興刑措之君也而天寶之末小人在位下情不通則鮮于仲通以二十萬人全軍陷沒於瀘南明皇不知馴致其事至安祿山反兵已過河而明皇猶以為忠臣此無他下情不通耳目壅蔽則其漸至

於此也臣在經筵數論此事陛下為政九年除執政臺諫外未嘗與羣臣接然天下不以為非者以謂垂簾之際不得不爾也今者祥除之後聽政之初當以通下情除壅蔽為急務臣雖不肖蒙陛下擢為河北西路安撫使沿邊重地此為首冠臣當悉心論奏陛下亦當垂意聽納祖宗之法邊帥當上殿面辭而陛下獨以本任闕官迎接人衆為辭降旨拒臣不令上殿此何義也臣若伺候上殿不過更留十日本任闕官自有轉運使權攝

無所關事迎接人衆不過更支十日糧有何不可而使
聽政之初將帥不得一面天顔而去有識之士皆謂陛
下厭聞人言意輕邊事其兆見於此矣臣備位講讀日
侍帷幄前後五年可謂親近方當戍邊不得一見而行
況疎遠小臣欲求自通亦難矣易曰天行健君子以自
强不息又曰帝出乎震相見乎離夫聖人作而萬物覩
今陛下聽政之初不行乘乾出震見離之道廢祖宗臨
遣將帥故事而襲行垂簾不得已之政此朝廷有識所

以驚疑而憂慮也臣不得上殿於臣之私别無利害而於聽政之始天下屬目之際所損聖德不小臣己於今月二十七日出門非敢求登對然臣始者本俟上殿欲少效愚忠今來不敢以不得對之故便廢此言惟陛下察臣誠心少加採納古之聖人將有為也必先處晦而觀光處靜而觀動則萬物之情畢陳於前不過數年自然知利害之真識邪正之實然後應物以作故作無不成臣敢以小事譬之夫操舟者常患不見水道之曲折

而水濱之立觀者常見之何則操舟者身寄於動而立觀者常靜故也奕碁者勝負之形雖國工有所不盡而袖手旁觀者常盡之何則奕者有意於爭而旁觀者無心故也若人主常靜而無心天下其孰能欺之漢景帝即位之初首用鼂錯更易法令黜削諸侯遂成七國之變景帝往來兩宫間寒心者數月終身不敢復言兵武帝即位未幾遂欲用兵鞭撻四夷兵連禍結三十餘年然後下哀痛詔封宰相為富民侯臣以此知古者英

睿之君勇於立事未有不悔者也景帝之悔速故變而復安武帝之悔遲故幾至於亂雖遲速安危小異然比之常靜無心終始不悔如孝文帝者不可同年而語矣今陛下聖智絶人春秋鼎盛臣願虛心循理一切未有所施默觀庶事之利害與群臣之邪正以三年為期俟得利害之真邪正之實然後應物而作使既作之後天下無恨陛下亦無悔上下同享太平之利則雖盡南山之竹不足以紀聖功兼三宗之壽不足以報聖德由此

觀之陛下之有為惟憂太早不患稍遲亦已明矣臣又聞為政如用藥方今天下雖未大治實無大病古人云有病不治常得中醫雖未能盡除小疾然賢於誤服惡藥覬萬一之利而得不救之禍者遠矣臣恐急進好利之臣輒勸陛下輕有改變故輒進此説敢望陛下深信古語且守中醫安穩萬全之策勿為惡藥所誤實社稷宗廟之利天下幸甚臣不勝忘身憂國之心冒死進言謹錄奏聞伏候敕旨

按本傳云哲宗八年宣仁皇后崩哲宗親政軾乞補外以端明殿侍讀兩學士出知定州時國是將變軾不得入辭既行上書云云嘗覲宣仁后臨朝盡革神宗時弊政千古稱女中堯舜而當時憸壬小人挾子不當改父之政之說以煽動哲宗其時諸賢亦止以宣仁所定為母改子非哲宗子改父為辭而未能究極其理也如子不可改父則宣仁臨朝雖曰母改子而哲宗嗣服究是子改父無異掩耳盜鈴矣子曰三年無改於父之道可謂

孝矣曾子曰孟莊子不改父之臣與父之政是難能也熙寧大臣動稱紹述用孔曾斯語以為據依而不知以文害辭以辭害志所為侮聖人之言也夫道也者猶路也九達之衢自西自東自南自北皆可之焉然而父自東者子三年不敢自西不忘親也孟獻子之臣當無壬人矣孟獻子之政當無粃政矣孟莊子當日豈無為之臣者孟莊子為政豈無別出之見可措諸施行者然孟莊子唯父之舊臣是用唯父之舊政是循不忘親也故

曰是難能也凡若此者皆父之所為合於道道在兩可必從其父之所可於天下無所損益也而有餘孝焉聖賢所深許也若其獲罪於天與民害於而家凶於而國人人皆知其非道而曰父之道也改必待三年曰父之臣也將卒用之以行父之政則易不當云幹父之蠱有子考无咎矣父在猶有幾諫之文諍子之義父沒則其哀痛迫切以速蓋其愆者當何如而曰吾將紹述焉是揚父之惡而世濟其凶也乃曰孔曾有明訓豈非侮孔

曾之言哉孔子繫易曰幹父之蠱意承考也夫人之所以為人以有父子之親也而所以有父子之親者亦以其為人人也者性為之非欲為之也雖桀紂之惡桀紂之欲也非其性也桀紂既死則其欲堙滅而無存矣其性則死而不亡使武庚祿父能幹其蠱反其政而安天下之民亦不得不謂之意承考蓋謂桀紂之性惡不得也則謂桀紂之無此意亦不得也況乎宋神宗者實有振厲奮發追踪前古之意特以知之不明處之不當為

羣小之所愚以致於敗晚乃悔之而氣拘物蔽吝於改過不能自克原其本意豈欲民生之流離軍旅之敗没哉夫孝者善繼人之志善述人之事者也人之志立人達人之志也人之事立人達人之事也是以不曰父之志與事謂其嬿於從欲也使以從欲為繼述則非所為人之志與事矣且守而不變誰其不能而又何謂善哉天有四時春秋冬夏其代謝者猶父子之義也春謝而夏代夏猶春之子也而易温為暑夏謝而秋代秋猶夏

之子也而易暑為涼使四時執而不變則生物盡矣況乎五緯愆而六氣易而欲執其愆且易者以為常曰吾以紹述也豈孔曾之教然哉語曰前事之不忘後事之師也然則前事之有疑即後事之惑也學必講而後明故孔子曰學之不講是吾憂也人皆知哲宗紹述之為非而不能無疑於孔曾之語則毋改子非子改父之說淆之不可不講也誠知哲宗紹述之為不孝則孔曾教孝之義大明矣

御選唐宋文醇卷四十七

御選唐宋文醇卷四十八

眉山蘇軾文十一

述災沴論賞罰及修河事繳進歐陽修議狀劄子

元祐三年九月五日翰林學士朝奉郎知制誥兼侍讀蘇軾劄子奏臣今日邇英進讀寶訓及雍熙淳化間事太宗皇帝每見時和歲豐雨雪應時喜不自勝舉酒以

屬羣臣又是日熒惑與日同度太史奏言當旱既而雨足歲豐臣讀至此因進言水旱雖天數然人君修德可以轉災為福故宋景文公一言熒惑退三舍元豐八年熒惑守心逆行犯房又逆而西垂欲犯氐氐四星后妃之象也方是時二聖在位發政施仁惟恐不及臣視熒惑退舍甚速如有所畏不敢復西以此知天人之應捷於影響太宗皇帝親政太平而每遇豐年若獲非常之福喜樂如此者豈非水旱不作自是朝廷難得之事乎

書曰天聰明自我民聰明匹夫匹婦有不獲其所猶能致水旱而况政令之失小及一方大及四海其為災沴理在不疑自二聖嗣位於今四年恭儉慈孝至仁至公可謂盡矣而四年之中非水則旱日月薄蝕五星相凌滛雨大雪常寒久陰之類殆無虛月豈盛德之報也哉臣愚無知竊謂陛下身修而政未修故監司守令多不得人百姓失職無所告訴謡怨上達以傷陰陽之和所以致此者蓋由朝廷賞罰不明舉措不當之咎也臣請畧

而言之去年熙河諸將力戰以獲鬼章此奇功也故增秩賜金涇原諸將閉門自守使賊大掠而去若涉無人之境此罪人也亦增秩賜金賞罰如此何以使人廣東妖賊岑探反圍新州差將官童政救之政賊殺平民數千其害甚於岑探朝廷使江西提刑傅燮體量其事燮畏避權勢歸罪於新州官吏又言新州官吏都有守城之功乞以功過相除愚弄上下有同兒戲然卒不問岑探聚衆構謀經年乃發而所部官吏茫不覺知使一方

赤子肝腦塗地然亦止於薄罰童政凶狡貪殘非一日之積而監司乃令將兵討賊以致千人無辜就死亦止降一差遣近日温杲誘殺平民十九人冤酷之狀所不忍聞而杲止於降官監當蔡州捕盜吏卒亦殺平民一家五六人皆婦女無辜屠割形體以為丈夫首級欲以請賞而守倅不按監司不問以致臣僚上言及行下本路乃云殺時不可辨認白日殺人不辨男女豈有此理乃是預為凶人開苟免之路事如此者非一臣不敢盡

言特舉其甚者耳如此不過恩庇得無狀小人十數人正使此等歌詠愛戴不知有何補益而紀綱頹弛媮惰成風則千萬人受其害此得為仁乎大抵為國要在分别是非以行賞罰然後善人有所恃賴平人有所告訴若不窮究曲直惟務兩平則君子無告小人得志天下之亂可坐而待此臣所謂賞罰不明之咎也黄河自天禧已來故道漸以淤塞每決而西以就下耳熈寧中決於曹村先帝盡力塞之不及數年遂決小吳先帝聖神

知河之欲西北行也久矣今強塞之縱獲目前之安而旋踵復決必然之勢也故不復塞今都水使者王孝先乃欲於北京南開孫村河欲奪河身以復故道此豈獨一方之安危天下之休戚也古者舉大事謀及庶人上下僉同然猶有意外之患今內自工部侍郎都水屬官外至安撫轉運使及外監丞皆以為故道高仰勢若登屋功必無成而患有不可測者以至河北吏民無賢愚貴賤皆以為然獨一孝先以為可作臣聞自孫村至海

口舊管堤埽四十五所役兵萬五千人勾當使臣五十員歲支物料五百餘萬自小吳之決故道諸埽皆廢不治堤上榆柳并根掘取殘零物料變賣無餘官吏役兵僅有存者使孫村之役不能奪過河身則官私財力舉為虛棄若幸而復行故道則四十五埽皆以廢壞橫流之災必倍於今孝先建議之初畧不及此近因人言沸騰方牒北外郡丞司云四十五埽並屬北外監丞司地分令一面相度枝梧又云因撿計檣料便令計置今來

欲興修四十五處已壞隄埽準備河水復行故道此莫
大之役不貲之費也孝先當於建議之初首論其事待
朝廷上下熟議而行今孝先便將此役作常程熟事行
與北外監丞司令一面管認意望敗事之後歸罪他人
其為欺罔實駭羣聽其餘患害未易悉數但臣採察衆
論以為此役不可不罷若今歲罷役不過枉費九百萬
物料虛設二萬兵工若更接續興修則來歲當役數十
萬人仍費三千餘萬此外民勞之極變故橫生嗟怨之

聲足以復致水旱若將三千萬物料錢作數年因水所欲行之地稍立隄防增卑培薄數年之後必漸安流何苦徇一夫之私計逆萬人之公論以興必不可行之役乎此臣所謂措置不當之咎也臣竊見仁宗朝名臣歐陽修為學士日有修河議狀二篇雖當時事宜而其所畫利害措置方畧頗切今日之事臣以為可用故輙繕寫進呈自祖宗以來除委任執政外仍以侍從近臣為耳目請間論事殆無虛日今自垂簾以來除執政臺諫

開封尹外更無人得對惟有邇英講讀猶獲親近清光若復瘖默不言則是耳目殆廢臣受恩深重不敢觀望上下苟為身謀謹備錄今日進讀之言上陳聖鑒臣無任恐慄待罪之至取進止

此軾邇英殿進讀祖宗寶訓因而陳所事退而書其所奏以進本傳具識之其懇款肫誠可為千古侍從臣法

乞郡劄子

元祐三年十月十七日翰林學士朝奉郎知制誥兼侍

讀蘇軾劄子奏臣近以左臂不仁兩目昏暗有失儀曠職之憂堅乞一郡伏蒙聖慈降詔不允遣使存問賜告養疾恩禮之重萬死莫酬以臣子大義言之病未及死皆當勉强雖有失儀曠職之罰亦不當辭然臣終未敢起就職事者實亦有故言之則觸忤權要得罪不輕不言則欺罔君父誅罰尤大故卒言之臣聞之易曰君子安其身而後動又曰君不密則失臣臣不密則失身以此知事君之義雖以報國為先而報國之道當以安身為

本若上下相忌身自不安則危亡是憂國何由報恭惟陛下踐祚之始收臣於九死之餘半年之間擢臣為兩制之首方將致命豈敢告勞特以臣拙於謀身銳於報國致使臺諫例為怨仇臣與故相司馬光雖賢愚不同而交契最厚光既大用臣亦驟遷在於人情豈肯異論但以光所建差役一事臣實以為未便不免力爭而臺諫諸人皆希合光意以求進用及光既歿則又妄意陛下以為主光之言結黨橫身以排異議有言不便約共

攻之曾不知光至誠為民本不求人希合而陛下虛心無我亦豈有所主哉其後又因刑部侍郎范百祿與門下侍郎韓維爭議刑名欲守祖宗故事不敢以疑法殺人而諫官呂陶又論維專權用事臣本蜀人與此兩人實是知舊因此韓氏之黨一例疾臣指為川黨御史趙挺之在元豐末通判德州而著作黃庭堅方監本州德安鎮挺之希合提舉官楊景棻意欲於本鎮行市易法而庭堅以為鎮小民貧不堪誅求若行市易必致星散

公文往來士人傳笑其後挺之以大臣薦召試館職臣
實對衆言挺之聚歛小人學行無取豈堪此選又挺之
妻父郭槩為西蜀提刑時本路提舉官韓玠違法虐民
朝旨委槩體量而槩附會隱庇臣弟轍為諫官劾奏其
事玠槩並行黜責以此挺之疾臣尤出死力臣二年之
中四遭口語發策草麻皆謂之誹謗未出省榜先言其
失士以至臣所薦士例加誣衊所言利害不許相見近
日王覿言胡宗愈指臣為黨孫覺言丁騭云是臣親家

臣與此兩人有何干涉而於意外巧構曲成以積臣罪欲使臣橈椎於十夫之手而使陛下投杼於三至之言中外之人具曉此意謂臣若不早去必致傾危臣非不知聖主天縱聰明察其無罪但以臺諫氣焰震動朝廷上自執政大臣次及侍從百官外至監司守令皆畏避其鋒奉行其意意所欲去勢無復全天下知之獨陛下深居法宮之中無由知耳臣竊觀三代以下號稱明主莫如漢宣帝唐太宗然宣帝殺蓋寛饒太宗殺劉洎皆

信用讒言死非其罪至今哀之宣帝初知蓋寬饒忠直不畏强禦自候司馬擢為太中大夫司隸校尉不可謂不知之深矣而蓋寬饒上書有云五帝官天下三王家天下而當時讒人乃謂寬饒欲求禪位宣帝不察致使寬饒自到北闕下太宗信用劉洎言無不從嘗比之魏文貞公亦不可謂不知之深矣而太宗征遼患癰洎泣曰聖體不康甚可憂懼而當時讒人乃謂洎欲行伊霍之事太宗不察賜洎自盡二主非不明也二臣之受知

非不深也恃明主之深知不避讒人積毀以至身首異處為天下笑今臣自度受知於陛下不過如蓋寬饒之於漢宣帝劉洎之於唐太宗也而讒臣者乃十倍於當時雖陛下明哲寬仁度越二主然臣亦豈敢恃此不去以卒陷二臣之覆轍哉且二臣之死天下後世皆言二主信讒邪而害忠良以為聖德之累使此二臣者識幾畏漸先事求去豈不身名俱泰臣主兩全哉臣縱不自愛獨不念一旦得罪之後使天下後世有以議吾君乎

昔先帝召臣上殿訪問古今敕臣今後遇事即言其後臣屢論事未蒙施行乃復作為詩文寓物托諷庶幾流傳上達感悟聖意而李定舒亶何正臣三人因此言臣誹謗遂得罪然猶有近似者以諷諫為誹謗也今臣草麻詞有云民亦勞止而趙挺之以為誹謗先帝則是以白為黑以西為東殊無近似者臣以此知挺之險毒甚於李定舒亶何正臣而臣之被讒甚於蓋寛饒劉洎也古人有言曰為君難為臣不易臣欲依違苟且雷同衆

人則内愧於心上負明主若不改其操知無不言則怨仇交攻不死即廢伏望聖慈念為臣之不易哀臣處此之至難始終保全措之不爭之地特賜指麾檢會前奏早賜施行臣無任感恩知罪祈天請命激切戰恐之至取進止

劉克莊跋此乞郡奏稿曰蘇程二公在朝不獨為當時小人所忌蓋攻蘇公者朱公掞賈明叔也攻程公者劉莘老孔經父也按是時羣小比肩散地蓄忿伺

隙元氣壯而後可以杜外邪衆賢和而後可以制羣小不易之論也而諸公不悟各尊其師各私其黨日有紛紛不待章蔡復用諸賢固已自相攻擊而去矣想見蘇程爭時吕吉甫輩必相與拊掌竊笑後之君子謹無爲吉甫輩所笑哉

論邊將隱匿敗亡憲司體量不實劄子

元祐三年閏十二月四日翰林學士知制誥兼侍讀蘇軾劄子奏臣近以目昏臂痛堅乞一郡蓋亦自知受性剛

褊黑白太明難以處衆伏蒙聖慈降詔不許兩遣使者存問慰安天恩深厚淪入骨髓臣謂此恩當以死報不當更計身之安危故復起就職而職事清閑未知死所每因進讀之間事有切於今日者輙復盡言庶補萬一昨日所讀寶訓有云淳化二年上謂侍臣諸州牧監馬多瘦死蓋養飼失時枉致病斃近令取十數槽寘殿庭下視其芻秣數之養療庶革此弊臣因進言馬所以病蓋將吏不職致圉人盜減芻粟且不卹其飢飽勞逸故

也馬不能言無由申訴故太宗至仁深哀憐之寘之殿庭親加督視民之與馬輕重不同若官吏不得其人人雖能言上下隔絶不能自訴無異於馬馬之飢瘦勞苦則有斃踣奔逸之憂民之困窮無聊則有溝壑盜賊之患然而四海之衆非如養馬可以寘之殿庭惟當廣任忠賢以為耳目若忠賢疏遠諂佞在傍則民之疾苦無由上達秦二世時陳勝吳廣已屠三川殺李由而二世不知陳後主時隋兵已渡江而後主不知此皆昏主不足

道如唐明皇親致太平可謂明主而張九齡死李林甫楊國忠用事鮮于仲通以二十萬人沒於雲南不奏一人反更告捷明皇不問以至上下相蒙祿山之亂兵已過河而明皇不知也今朝廷雖無此事然臣聞去歲夏賊犯鎮賊所殺掠不可勝數或云至萬餘人而邊將乃奏云野無所掠其後朝廷訪聞委提刑司體量而提刑孫路止奏十餘人乞朝廷先賜放罪然後體量實數至今遷延二年終未結絶聞奏凡死事之家官所當卹若

隱而不奏則生死啣寃何以使人此豈小事而路為耳目之司既不隨事奏聞朝廷既行蒙蔽又乞放罪遷延侮玩一至於此臣謂此風漸不可長馴致其患何所不有此臣之所深憂也臣非不知陛下必已厭臣之多言左右必已厭臣之多事然受恩深重不敢自同衆人若以此獲罪亦無所憾取進止

上下交則為泰是故隔絶欺蔽最為亂階上下所以隔絶者中有欺蔽之臣也事無巨細未有欺蔽而不為害

者若夫盜賊殺掠戰陣勝負乃國命所繫其為害尤大而欺蔽尤易生其為欺蔽尤易行何也事干封疆大小官吏必交頂抵蹠以救其死不使上聞其誅之者衆也内外之間大臣必有輔車相依唇亡齒寒者其煬之者固也是以欺蔽易生戰陣之事必在倉卒之間白刃所接如電光石火過則無形唯憑口說耳身在陣中者猶且言人人殊豈有籍之可稽圖之可指哉是以欺蔽易行以易行之事遇力行之衆則以敗為功以功為敗以

民為賊以賊為民五色倉黃莫可究詰矣甚者全軍覆沒連城失守而捷書日至然而當處被難之民無不知之者也於是千載而下傳之為笑志士仁人聞之而涕矣地處邊徼益難周知民雖能言上下隔絶不能自訴勢窮死迫化為盜賊馴而致之何所不有吁足畏也軾之惓惓憂國而不能自已歎息痛恨於邊將提刑之失其人而必欲聞於上也豈好異於衆哉

乞免五穀力勝稅錢劄子

元祐七年十一月初七日龍圖閣學士左朝奉郎守兵部尚書兼侍讀蘇軾劄子奏臣聞穀太賤則傷農太貴則傷末是以法不税五穀使豐熟之鄉商賈爭糴以起太賤之價災傷之地舟車輻輳以壓太貴之直自先王以來未之有改也而近歳法令始有五穀力勝税錢使商賈不行農末皆病廢百王不刊之令典而行自古所無之獘法使百世之下書之青史曰收五穀力勝錢自皇宋某年始也臣竊為聖世病之臣頃在黄州親見累

歲穀熟農夫連車載米入市不了鹽酪之費而蓄積之家日夜禱祠願逢饑荒又在浙西累歲親見水災中民之家有錢無穀被服珠金餓死於市此皆官收五穀力勝稅錢致商賈不行之咎也臣聞以物與人物盡而止以法活人法行無窮今陛下每遇災傷捐金帛散倉廩自元祐以來蓋所費數千萬貫石而餓殍流亡不為少衰只如去年浙西水災陛下使江西湖北雇船運米以救蘇湖之民蓋百餘萬石又計糴來水脚官費不貲而

客船被差雇者皆失業破産無所告訴與其官私費耗為害如此何似削去近日所立五穀力勝稅錢一條只行天聖附令免稅指揮則豐凶相濟農末皆利縱有水旱無大饑荒雖目下稍失課利而災傷之地不必盡煩陛下出捐錢穀如近歲之多也今元祐編敕雖云災傷地分雖有例亦免而穀所從來必自豐熟地分所過不免收稅則商賈亦自不行議者或欲立法如一路災傷則隣路免稅一州災傷則隣州亦然雖比今之法小為

通疏而隅一路一州之外豐凶不能相救未為良法須是盡削近歲弊法專用天聖附令指揮乃為通濟

免五穀關津之税使商賈通而價自平不待救荒而荒自救其言可法也

乞校正陸贄奏議上進劄子

元祐八年五月七日端明殿學士兼翰林侍讀學士左朝奉郎守禮部尚書蘇軾同呂希哲吳安詩豐稷趙彦若范祖禹顧臨劄子奏臣等猥以空踈備員講讀聖明

天縱學問日新臣等才有限而道無窮心欲言而口不逮以此自愧莫知所為竊謂人臣之納忠譬如醫者之用藥藥雖進於醫手方多傳於古人若已經效於世間不必皆從於己出伏見唐宰相陸贄才本王佐學為帝師論深切於事情言不離於道德智如子房而文則過辯如賈誼而術不踈上以格君心之非下以通天下之志三代以還一人而已但其不幸仕不遇時德宗以苛刻為能而贄諫之以忠厚德宗以猜疑為術而贄勸之

以推誠德宗好用兵而贄以消兵為先德宗好聚財而贄以散財為急至於用人聽言之法治邊馭將之方罪已以收人心改過以應天道去小人以除民患惜名器以待有功如此之流未易悉數可謂進苦口之藥石鍼害身之膏肓使德宗盡用其言則貞觀可得而復臣等每退自西閣即私相告言以陛下聖明必喜贄議論但使聖賢之相契即如臣主之同時昔馮唐論頗牧之賢則漢文為之太息魏相條鼂董之對則孝宣以致中興

若陛下能自得師莫若近取諸贄夫六經三史諸子百家非無可觀皆足為治但聖言幽遠末學支離譬如山海之崇深難以一二而推擇如贄之論開卷了然聚古今之精英實治亂之龜鑑臣等欲取其奏議稍加校正繕寫進呈願陛下置之坐隅如見贄面反覆熟讀如與贄言必能發聖性之高明成治功於歲月臣等不勝區區之意取進止

駢儷之體而與古為化者此文與韓愈代裴度讓官表

為甲觀矣藥雖進於醫手方多傳於古人若已經效於
[illegible]使聖賢之相契即如臣主之
[illegible]此不憂無臣為臣者知此不

御選唐宋文醇卷四十八

總校官編修臣朱鈐
校對官編修臣孫希旦
謄録監生臣梁垣

御選唐宋文醇

（六）

〔清〕清高宗弘曆 選

〔清〕允祿 等 編

北方聯合出版傳媒（集團）股份有限公司
萬卷出版有限責任公司

詳校官中書臣劉源溥

御選唐宋文醇卷四十九

眉山蘇軾文十二

祭歐陽文忠公文

嗚呼哀哉公之生於世六十有六年民有父母國有蓍龜斯文有傳學者有師君子有所恃而不恐小人有所畏而不為譬如大川喬嶽不見其運動而功利之及於物者蓋不可以數計而周知今公之沒也赤子無所仰

詆朝廷無所稽疑斯文化為異端而學者至於用夷君子以為無為為善而小人沛然自以為得時譬如深淵大澤龍亡而虎逝則怪變雜出舞鰌鱓而號狐狸昔其未用也天下以為病而其既用也則又以為遲及其釋位而去也莫不冀其復用至其請老而歸也莫不惆悵失望而猶庶幾於萬一者幸公之未衰孰謂公無復有意於斯世也奄一去而莫予追豈厭世溷濁絜身而逝乎將民之無祿而天莫之遺昔我先君懷寶遁世非公

則莫能致而不肖無狀因緣出入受教於門下者十有六年於茲聞公之喪義當匍匐往救而懷祿不去愧古人以忸怩緘詞千里以寓一哀而已矣蓋上以為天下慟而下以哭其私嗚呼哀哉

茅坤曰歐陽文忠公知子瞻而子瞻為此文以祭之涕入九原

表忠觀碑

熙寧十年十月戊子資政殿大學士右諫議大夫知杭

州軍州事臣抃言故吳越國王錢氏墳廟及其父祖妃夫人子孫之墳在錢塘者二十有六在臨安者十有一皆蕪廢不治父老過之有流涕者謹按故武肅王鏐始以鄉兵破走黄巢名聞江淮復以八都兵討劉漢宏并越州以奉董昌而自居於杭及昌以越叛則誅昌而并越盡有浙東西之地傳其子文穆王元瓘至其孫忠顯王仁佐遂破李景兵取福州而仁佐之弟忠懿王俶又出大兵攻景以迎周世宗之師其後卒以國入覲三世

四王與五代相終始天下大亂豪傑蜂起方是時以數州之地盜名字者不可勝數既覆其族延及於無辜之民罔有孑遺而吳越地方千里帶甲十萬鑄山煮海象犀珠玉之富甲於天下然終不失臣節貢獻相望於道是以其民至於老死不識兵革四時嬉遊歌鼓之聲相聞至於今不廢其有德於斯民甚厚皇宋受命四方僭亂以次削平而蜀江南負其險遠兵至城下力屈勢窮然後束手而河東劉氏百戰守死以抗王師積骸為城

釃血為池竭天下之力僅乃克之獨吳越不待告命封府庫籍郡縣請吏於朝視去其國如去傳舍其有功於朝廷甚大昔竇融以河西歸漢光武詔右扶風修理其父子墳塋祠以太牢今錢氏功德殆過於融而未及百年墳廟不治行道傷嗟甚非所以勸奬忠臣慰荅民心之義也臣願以龍山廢佛祠曰妙因院者為觀使錢氏之孫為道士曰自然者居之凡墳廟之在錢塘者以付自然其在臨安者以付其縣之淨土寺僧曰道微歲各

度其徒一人使世掌之籍其地之所入以時修其祠宇封殖其草木有不治者縣令丞察之甚者易其人庶幾永終不墜以稱朝廷待錢氏之意臣抃昧死以聞制曰可其妙因院改賜名曰表忠觀銘曰

天目之山苕水出馬龍飛鳳舞萃於臨安篤生異人絶類離羣奮挺大呼從者如雲仰天誓江月星晦蒙強弩射潮江海為東殺宏誅昌奄有吳越金券 玉册虎符龍節大城其居包落山川左江右湖控引島蠻歲時歸休

以燕父老髩如神人玉帯毬馬四十一年寅畏小心厥篚相望大貝南金五朝昏亂罔堪託國三王相承以待有德既獲所歸弗謀弗咨先王之志我維行之天胙忠孝世有爵邑允文允武子孫千億帝謂守臣治其祠墳毋俾樵牧愧其後昆龍山之陽巋焉新宫匪私於錢惟以勸忠非忠無君非孝無親凡百有位視此刻文

與柳宗元孝門銘同一體格

徐度曰東坡初為趙清獻公作表忠觀碑或持以示

王荆公公讀之沉吟曰此何語耶時客有在傍者遽指摘而詆訿之公不答讀之再三又擕之而起行且讀忽嘆曰此三王世家也可謂奇矣客大慙

王世貞曰表忠碑文忠公撰并書結法不似臨池老筆然自婉潤可愛銘詞是蘇詩之佳者余嘗怪錢氏起羣盜非有大功德於民而能制一方傳數世而王爵崇奉造於大明爝火自若納叛之後圭組映帶又百餘年久而人思之何也武肅初有國將築宮望氣

者言故府大之不過百年填西湖之半可得千年武肅笑曰世有千年之中不出真主者乎奈何困吾民為遂弗改此其知有足多者五代史固歐陽氏類筆未盡徵也

宸奎閣碑

皇祐中有詔廬山僧懷璉住京師十方淨因禪院召對化城殿問佛法大意奏對稱旨賜號大覺禪師是時北方之為佛者皆留於名相囿於因果以故士之聰明超

軼者皆鄙其言詆爲蠻夷下俚之説璉獨指其妙與孔老合者其言文而真其行峻而通故一時士大夫喜從之游遇休沐日璉未盥漱而戸外之屨滿矣仁宗皇帝以天縱之能不由師傳自然得道與璉問答親書頌詩以賜之凡十有七篇至和中上書乞歸老山中上曰山即如如體也將安歸乎不許治平中再乞堅甚英宗皇帝留之不可賜詔許自便璉既渡江少留於金山西湖遂歸老於四明之阿育王山廣利寺四明之人相與出

力建大閣藏所賜頌詩榜之曰宸奎時京師始建寶文閣詔取其副本藏焉且命歲度僧一人踵歸山二十有三年年八十有三臣留守杭州其徒使來告曰宸奎閣未有銘君逮事昭陵而與吾師游最舊其可以辭臣謹按古之人君號知佛者必曰漢明梁武其徒蓋常以藉口而繪其像於壁者漢明以察為明而梁武以弱為仁皆緣名失實去佛遠甚恭惟仁宗皇帝在位四十二年未嘗廣度僧尼崇修寺廟干戈斧質未嘗有所私貸而

升遐之日天下歸仁焉此所謂得佛心法者古今一人而已璉雖以出世法度人而持律嚴甚上嘗賜以龍腦鉢盂璉對使者焚之曰吾法以壞色衣以瓦鐵食此鉢非法使者歸奏上嘉歎久之銘曰

巍巍仁皇體合自然神耀得道非有師傳維道人璉逍遥自在禪律並行不相留礙於穆頌詩我既其文惟佛與佛乃識其真咨爾東南山君海王時節來朝以謹其藏

璉工詩冷齋夜話載其住東京淨因院乞還山林詩特清俊王安石嘗以其詩示歐陽修修戲曰此道人作肝臟饅頭也安石曰何謂曰此中無一點菜氣

潮州韓文公廟碑

匹夫而為百世師一言而為天下法是皆有以參天地之化關盛衰之運其生也有自來其逝也有所為矣故申呂自嶽降而傳說為列星古今所傳不可誣也孟子曰吾善養吾浩然之氣是氣也寓於尋常之中而塞乎

天地之間卒然遇之則王公失其貴晉楚失其富良平失其智賁育失其勇儀秦失其辯是孰使之然哉其必有不依形而立不恃力而行不待生而存不隨死而亡者矣故在天為星辰在地為河嶽幽則為鬼神而明則復為人此理之常無足怪者自東漢以來道喪文弊異端並起歷唐貞觀開元之盛輔以房杜姚宋而不能救獨韓文公起布衣談笑而麾之天下靡然從公復歸於正蓋三百年於此矣文起八代之衰而道濟天下之溺

忠犯人主之怒而勇奪三軍之帥豈非參天地關盛衰浩然而獨存者乎蓋嘗論天人之辨以謂人無所不至惟天不容偽智可以欺王公不可以欺豚魚力可以得天下不可以得匹夫匹婦之心故公之精誠能開衡山之雲而不能回憲宗之惑能馴鱷魚之暴而不能弭皇甫鎛李逢吉之謗能信於南海之民廟食百世而不能使其身一日安於朝廷之上蓋公之所能者天也所不能者人也始潮人未知學公命進士趙德為之師自是

潮之士皆篤於文行延及齊民至於今號稱易治信乎孔子之言君子學道則愛人小人學道則易使也潮人之事公也飲食必祭水旱疾疫凡有求必禱焉而廟在刺史公堂之後民以出入為艱前守欲請諸朝作新廟不果元祐五年朝散郎王君滌來守是邦凡所以養士治民者一以公為師民既悅服則出令曰願新公廟者聽民讙趨之卜地於州城之南七里期年而廟成或曰公去國萬里而謫於潮不能一歲而歸沒而有知其不

眷戀於潮審矣軾曰不然公之神在天下者如水之在地中無所往而不在也而潮人獨信之深思之至焄蒿悽愴若或見之譬如鑿井得泉而曰水專在是豈理也哉元豐七年詔封公昌黎伯故榜曰昌黎伯韓文公之廟潮人請書其事於石因作詩以遺之使歌以祀公其詞曰

公昔騎龍白雲鄉手抉雲漢分天章天孫為織雲錦裳飄然乘風來帝旁下與濁世掃粃糠西游咸池略扶桑

草木衣被昭回光追逐李杜參翱翔汗流籍湜走且僵滅沒倒景不可望作詩詆佛譏君王要觀南海窺衡湘歷舜九疑弔英皇祝融先驅海若藏約束蛟鱷如驅羊鈞天無人帝悲傷謳吟下招遣巫陽犦牲雞卜羞我觴於粲荔丹與蕉黃公不少留我涕滂翩然被髮下大荒

朱子曰東坡作韓文廟碑不能得一起頭起行百十遭忽得匹夫兩句下面只如此掃去

王世貞曰此碑自始至末無一字懈怠佳言格論層

見疊出太牢恍口夜明奪目蘇文古今所推此尤其最得意者其關係世道亦大矣

司馬温公神道碑

上即位之三年朝廷清明百揆時敘民安其生風俗一變異時薄夫鄙人皆洗心易德務為忠厚人人自重恥言人過中國無事四夷稽首請命惟西羌夏人叛服不常懷毒自疑數入為寇上命諸將按兵不戰示以形勢不數月生致大首領鬼章青宜結闕下夏人十數萬寇

涇原至鎮戎城下五日無所得一夕遁去而西羌兀征聲延以其族萬人來降黃河始決曹村旣築靈平復決小吳橫流五年朔方騷然而今歲之秋積雨彌月河不大溢及冬水入地益深有北流赴海復禹舊迹之勢凡上所欲不求而獲而其所惡不麾而去天下曉然知天意與上合庶幾復見至治之成家給人足刑措不用如咸平景德閒也或以問臣軾上與太皇太后安所施設而及此臣軾對曰在易大有上九自天祐之吉無不利

孔子曰天之所助者順也人之所助者信也履信思乎順又以尚賢也是以自天祐之吉無不利今二聖躬信順以先天下而用司馬公以致天下士應是三德矣且以臣觀之公仁人也天相之矣何以知其然也曰公以文章名於世而以忠義自結人主朝廷知之可也四方之人何自知之士大夫知之可也農商走卒何自知之中國知之可也九夷八蠻何自知之方其退居於洛眇然如顏子之在陋巷纍然如屈原之在陂澤其與民相

忘也久矣而名震天下如雷霆如河漢如家至而日見之聞其名者雖愚無知如婦人孺子勇悍難化如軍伍讐敵以至於姦邪小人雖惡其害已仇而疾之者莫不斂袵變色咨嗟太息或至於流涕也元豐之末臣自登州入朝過八州以至京師民知其與公善也所在數千人聚而號呼於馬首曰寄謝司馬丞相慎毋去朝廷厚自愛以活百姓如是者蓋千餘里不絕至京師聞士大夫言公初入朝民擁其馬至不得行衛士見公擎跽流

溯者不可勝數公懼而歸洛遼人夏人遣使入朝與吾使至虜中者虜必問公起居而遼敕其邊吏曰中國相司馬矣慎毋生事開邊隙其後公薨京師之民罷市而往弔鬻衣以致奠巷哭以過車者蓋以千萬數上命户部侍郎趙瞻内侍省押班馮宗道護其喪歸葬瞻等既葬皆言民哭公哀甚如哭其私親四方來會葬者蓋數萬人而嶺南封州父老相率致祭且作佛事以薦公者其詞尤哀炷薌於手頂以送公葬者凡百餘人而畫像

以祠公者天下皆是也此豈人力也哉天相之也匹夫而能動天亦必有道矣非至誠一德其孰能使之記曰惟天下之至誠為能盡其性能盡其性則能盡人之性能盡人之性則能盡物之性能盡物之性則可以贊天地之化育矣書曰惟尹躬暨湯咸有一德克享天心又曰德惟一動罔不吉德二三動罔不凶或以千金與人而人不喜或以一言使人而人死之者誠與不誠故也稽天之潦不能終朝而一綫之溜可以達石者一與不

一故也誠而一古之聖人不能加毫末於此矣而況公

乎故臣論公之德至於感人心動天地巍巍如此而蔽

之以一言曰誠曰一公諱光字君實其先河内人晉安

平獻王孚之後王之裔孫征東大將軍陽始葬今陝州

夏縣涑水鄉子孫因家焉曾祖諱政以五代衰亂不仕

贈太子太保祖諱炫舉進士試秘書省校書郎終於耀

州富平縣令贈太子太傅考諱池寶元慶歷閒名臣終

於兵部郎中天章閣待制贈太師温國公曾祖妣薛氏

祖妣皇甫氏妣聶氏皆封溫國太夫人公始以進士甲科事仁宗皇帝至天章閣待制知諫院始發大議乞立宗子為後以安宗廟宰相韓琦等因其言遂定大計事英宗皇帝為諫議大夫龍圖閣直學士論陝西刺義勇為民患及内侍任守忠姦蠹乞斬以謝天下守忠竟以譴死又論濮安懿王當準先朝封贈期親尊屬故事天下韙之事神宗皇帝為翰林學士御史中丞西戎部將嵬名山欲以横山之衆降公極論其不可納後必為邊

患已而果然勸帝不受尊號遂為萬世法及王安石為相始行青苗助役農田水利謂之新法公首言其害以身爭之當時士大夫不附安石言新法不便者皆倚公為重帝以公為樞密副使公以言不行不受命乃以為端明殿學士出知永興軍遂以留司御史臺及提舉崇福宫退居於洛十有五年及上即位太皇太后攝政起公為門下侍郎遷正議大夫遂拜左僕射公首更詔書以開言路分别邪正進退其甚者十餘人旋罷保甲保

馬市易及諸道新行鹽鐵茶法最後遂罷助役青苗方議取士擇守令監司以養民期於富而教之凜凜乎嚮至治矣而公卧病以元祐元年九月丙辰朔薨於位享年六十八太皇太后聞之慟上亦感涕不已時方祀明堂禮成不賀二聖皆臨其喪哭之哀甚輟視朝贈太師温國公襚以一品禮服謚曰文正官其親屬十人公娶張氏禮部尚書存之女封清河郡君先公卒追封温國夫人子三人童唐皆早亡康今為秘書省校書郎孫二

人植柏皆承奉郎以元祐二年正月辛酉葬於陜之夏縣涑水南原之鼂村上以御篆表其墓道曰忠清粹德之碑而其文以命臣軾臣蓋嘗為公行狀而端明殿學士范鎮取以志其墓矣故其詳不復再見而獨論其大槩議者徒見上與太皇太后進公之速用公之盡而不知神宗皇帝知公之深也自士庶人至於卿大夫相與為賓師朋友道足以相信而權不足以相休戚然猶同已則親之異已則踈之未有聞過而喜受誨而不怒者

也而況於君臣之閒乎方熙寧中朝廷政事與公所言無一不相違者書數十上皆盡言不諱蓋自敵以下所不能堪而先帝安受之非特不怒而已乃欲以為左右輔弼之臣至為叙其所著書讀之於邇英閣不深知公而能如是乎二聖之知公也知之於旣同而先帝之知公也知之於方異故臣以先帝為難昔齊神武皇帝寢疾告其子世宗曰侯景專制河南十四年矣諸將皆莫能敵惟慕容紹宗可以制之我故不貴留以遺汝而唐

太宗亦謂高宗汝於李勣無恩我今責出之汝當受以僕射乃出勣為疊州都督夫齊神武唐太宗雖未足以比隆先帝而紹宗於勣亦非公之流然古之人君所以為其子孫長計遠慮者類皆如此寧其身亡受知人之名而使其子孫專享得賢之利先帝知公如此而卒不盡用安知其意不出於此乎臣既書其事乃拜稽首而作詩曰

於皇上帝子惠我民孰堪顧天惟聖與仁聖子受命如

堯之初神母詔之匪亟匪徐聖神無心孰左右之民自擇相我輿授之其相惟何太師温公公來自西一馬二童萬人環之如渴赴泉孰不見公莫如我先二聖忘己惟公是式公亦無我惟民是度民曰樂哉既相司馬爾賈於途我耕於野士曰時哉既用君實我後子先時不可失公如麟鳳不鷙不搏羽毛畢朝雄狡率服為政一年疾病半之功則多矣百年之思知公於異識公於微匪公之思神考是懷天子萬年四夷來同薦於清廟神

考之功

軾嘗曰軾於天下未嘗銘墓獨銘五人皆盛德故五人者富弼司馬光趙抃范鎮張方平也

朱子曰坡公作温公神道碑叙事畧然其平生大致不踰於是矣這見得眼目高處

欽定四庫全書

御選唐宋文醇卷五十

眉山蘇軾文十三

富鄭公神道碑

宋興百三十年四方無虞人物歲滋蓋自秦漢以來未有若此之盛者雖所以致之非一道而其要在於兵不用用不久常使智者謀之而仁者守之雖至於無窮可也昇丹自晉天福以來踐有幽薊北鄙之警畧無寧歲

凡六十有九年至景德元年舉國來寇攻定武圍高陽不克遂陷德清以犯天雄真宗皇帝用宰相寇準計決策親征既次澶淵諸道兵大會行在敵既震動兵始接射殺其驍將順國王撻覽敵懼遂請和時諸將皆請以兵會界河上邀其歸徐以精甲躡其後殲之敵懼求哀於上上曰契丹幽薊皆吾民也何多以殺為遂詔諸將按兵勿伐縱契丹歸國敵自是通好守約不復盜邊者三十有九年及趙元昊叛西方轉戰連年兵久不決契

丹之臣有貪而喜功者以我為怯且厭兵遂教其主設詞以動我欲得晉高祖所與關南十縣慶歷二年聚重兵境上遣其臣蕭英劉六符來聘兵既壓境而使來非時中外忷之仁宗皇帝曰契丹吾兄弟之國未可棄也其有以大鎮撫之命宰相擇報聘者時敵情不可測羣臣皆莫敢行宰相舉右正言知制誥富公公即入對便殿叩頭曰主憂臣辱臣不敢愛其死上為動色乃以公為接伴英等入境上遣中使勞之英託足疾不拜公曰

吾嘗使北病卧車中聞命輒起拜今中使至而公不起此何禮也英矍然起拜公開懷與語不以外人待之英等見公傾盡亦不復隱其情遂去左右密以其主所欲得者告公且曰可從從之不可從更以一事塞之公具以聞上命御史中丞賈昌朝館伴不許割地而許增歲幣且命公報聘既至六符館之往返十數皆論割地必不可狀及見敵主問故敵主曰南朝違約塞鴈門增塘水治城隍籍民兵此何意也羣臣請舉兵而南寡人以

謂不若遣使求地求而不獲舉兵未晚也公曰北朝忌章聖皇帝之大德乎澶淵之役若從諸將言北兵無得脫者凡北朝與中國通好則人主專其利而臣下無所獲若用兵則利歸臣下而人主任其禍故北朝諸臣爭勸用兵者此皆其身謀非國計也敵主驚曰何謂也公曰晉高祖欺天叛君而求助於北末帝昏亂神人棄之是時中國狹小上下離叛故契丹全師獨克雖所獲金幣充牣諸臣之家而壯士健馬物故大半此誰任其禍

者今中國提封萬里所在精兵以百萬計法令修明上下一心北朝欲用兵能保其必勝乎曰不能公曰勝負未可知就使其勝所亡士馬羣臣當之歟抑人主當之歟若通好不絶歲幣盡歸人主臣下所得止奉使者歲一二人耳羣臣何利焉敵主大悟首肯者久之公又曰塞鴈門者以備元昊也塘水始於何承矩事在通好前地卑水勢聚不得不增城隍皆修舊民兵亦舊籍特補其闕耳非違約也晉高祖以盧龍一道賂契丹周世宗

復代取關南皆異代事宋興已九十年若各欲求異代故地豈北朝之利也哉本朝皇帝之命使臣則有詞矣曰朕為祖宗守國必不敢以其地與人北朝所欲不過利其租賦耳朕不欲以地故多殺兩朝赤子故屈已增幣以代賦入若北朝必欲得地是志在敗盟假此為詞耳朕亦安得獨避用兵乎澶淵之盟天地鬼神實臨之今北朝首發兵端過不在朕天地鬼神豈可欺也哉敵大感悟遂欲求婚公曰婚姻易以生隙人命修短不可

知不若歲幣之堅久也本朝長公主出降齎送不過十萬緡豈若歲幣無窮之獲哉敵主曰卿且歸矣再來當擇一授之卿其遂以誓書來公歸復命再聘受書及口傳之詞於政府既行次樂壽謂其副曰吾為使者而不見國書萬一書詞與口傳者異則吾事敗矣發書視之果不同乃馳還都以晡入見宿學士院一夕易書而行既至敵不復求婚專欲增幣曰南朝遺我書當曰獻否則曰納公爭不可敵主曰南朝既懼我矣何惜此二字

若我擁兵而南得無悔乎公曰本朝皇帝兼愛南北之民不忍使蹈鋒鏑故屈己增幣何名為懼哉若不得已而至於用兵則南北敵國當以曲直為勝負非使臣之所憂也敵主曰卿勿固執自古亦有之公曰惟唐高祖借兵於突厥故臣事之當時所遺或稱獻納則不可知其後頡利為太宗所擒豈復有此禮哉公聲色俱厲敵知不可奪曰吾當自遣人議之於是留所許增幣誓書復使耶律仁先及六符以其國誓書來且求為獻納公

奏曰臣既以死拒之敵氣折矣可勿復許敵無能為也
上從之增幣二十萬而契丹平北方無事蓋又四十八年矣契丹君臣至今誦其語守其約不忍敗者以其心曉然知通好用兵利害之所在也故臣嘗竊論之百餘年間兵不大用者真宗仁宗之德而寇準與公之功也
公諱弼字彥國河南人曾大父內黃令諱處謙大父商州馬步使諱令荀考尚書都官員外郎諱言皆以公貴贈太師中書令尚書令封鄧韓秦三國公曾祖母劉氏

祖母趙氏母韓氏封魯韓秦三國太夫人公幼篤學有大度范仲淹見而識之曰此王佐才也懷其文以示王曾晏殊殊即以女妻之仁宗復制科仲淹謂公子當以是進天聖八年公以茂材異等中第授將作監丞知河南府長水縣用李迪辟簽書河陽節度判官事丁秦國公憂服除會郭后廢范仲淹爭之貶知睦州公上言朝廷一舉而獲二過縱不能復后宜還仲淹以來忠言通判絳州景祐四年名試館職遷太子中允直集賢院從

王曾辟通判鄆州寶元初趙元昊反公上疏陳八事具言元昊遣使求割地邀金帛使者部從儀物如契丹而詞甚倨此必元昊腹心謀臣自請行者宜出其不意斬之都市又言夏守贇庸人也平時猶不當用而況艱難之際可為樞密乎議者以為有宰相器名還為開封府推官擢知諫院康定元年日食正旦公言請罷燕徹樂雖虜使在館亦宜就賜飲食而已執政以為不可公曰萬一北敵行之為朝廷羞後使敵還者云敵中罷燕如

公言仁宗深悔之初宰相惡聞忠言下令禁越職言事公因論日食以謂應天變莫若通下情遂除其禁元昊寇鄜延殺二萬人破金明擒李士彬延帥范雍鈐轄盧守懃閉門不救中貴人黃德和引兵先走劉平右元孫戰死而雍守懃歸罪於通判計章用都監李康伯皆竄嶺南德和誣奏平降賊詔以兵圍守其家公言平自環慶引兵來援以奸臣不救故敗竟罵賊不食而死宜卹其家守懃德和皆中官怙勢誣人冀以自免宜竟其獄

樞密院奏方用兵獄不可遂公言大臣附下罔上獄不可不竟時守懃男昭序為御藥公奏乞罷之德和竟坐腰斬延州民二十人詣闕告急上召問具得諸將敗亡狀執政惡之命邊郡禁民擅赴闕者公言此非陛下意宰相惡上知四方有敗耳民有急不得訴之朝則西走元昊北走契丹矣夏守贇為陝西都總管又以入内都知王守忠為都鈐轄公言用守贇既為天下笑而守忠鈐轄乃與唐中官監軍無異將吏必怨懼盧守懃黄德

和覆車之轍可復蹈乎詔罷守忠時又用觀察使魏昭昞為同州鄭守忠為殿前都指揮使高化為步軍都指揮使公言昭昞乳臭兒必敗事守忠與化故親事官皆奴才小人不可用詔遣侍御史陳洎往陝西督修城且城潼關公言天子守在四夷今城潼關自關以西為棄之耶語皆侵執政自用兵以來吏民上書者甚衆初不省用公言知制誥本中書屬官可選二人置局中書考其所言可用用之宰相以付學士公言此宰相偷安欲

以天下是非盡付他人乞與廷辯又言邊事係國安危不當專委樞密院用宰相魏仁浦兼樞密使國初范質王溥亦以宰相參知樞密院事今兵興宜使宰相以改事兼領仁宗曰軍國之務當盡歸中書樞密非古官然未欲遽廢内降令中書同議樞密院事且書其檢宰相以内降納上前曰恐樞密院謂臣奪權公曰此宰相避事耳非畏奪權也時西夏首領吹同乞砂吹同乞山各稱偽將相來降補借奉職羈置荆湖公言二人之降其

家已族矣當厚賞以勸來者上命以所言送中書公見
宰相論之宰相初不知也公嘆曰此豈小事而宰相不
知耶更極論之上從公言以宰相兼樞密使除鹽鐵判
官遷太常丞史館修撰奉使契丹二年改右正言知制
誥糾察在京刑獄時有用偽牒為僧者事覺乃堂吏為
之開封按餘人而不及吏公白執政請以吏付獄執政
指其坐曰公即居此無為近名公正色不受其言曰必
得吏乃止執政滋不悅故薦公使契丹欲因事罪之歐

陽修上書引顏真卿使李希烈事留公不報使還除吏部郎中樞密直學士懇辭不受始受命聞一女卒再受命聞一男生皆不顧而行得家書不發而焚之曰徒亂人意尋遷翰林學士公見上力辭曰增歲幣非臣本志也特以朝廷方討元昊未暇與敵角故不敢以死爭其敢受乎慶歷三年三月遂命公為樞密副使辭之愈力改授資政殿學士兼翰林侍讀學士七月復除樞密副使公言敵既通好議者便謂無事邊備漸弛敵萬一敗

盟臣死且有罪非獨臣不敢受亦願陛下思外國輕侮中原之恥坐薪嘗膽不忘修政因以告納上前而罷適月復除前命時元昊使辭羣臣班紫宸殿門上俟公綴樞密院班乃坐且使宰相章德象諭公曰此朝廷特用非以使敵故也公不得已乃受時晏殊為相范仲淹為參知政事杜衍為樞密使韓琦與公副之歐陽修余靖王素蔡襄為諫官皆天下之望魯人石介作慶歷聖德詩歷頌羣臣皆得其實曰維仲淹弼一夔一契天下不

以為過公既以社稷自任而仁宗責成於公與仲淹望太平於期月之間數以手詔督公等條具其事又開天章閣召公等坐且給筆札使書其所欲為者遣中使二人更往督之且命仲淹主西事公主北事公遂與仲淹各上當世之務十餘條又自上河北安邊十三策大畧以進賢退不肖止僥倖去宿弊為本欲漸易諸路監司之不才者使澄汰所部吏於是小人始不悅矣元昊遣使以書來稱男而不臣公言契丹臣元昊而我不臣則

契丹為無敵於天下不可許乃却其使卒臣之四年七月契丹來告舉兵討元昊十二月詔冊元昊為夏國主使將行而止之以俟敵使公曰若敵使未至而行則事自我出既至則恩歸契丹矣從之是歲契丹受禮雲中且發兵會元昊伐呆兒族於河東為近上問公曰敵得無與元昊襲我乎公曰敵自得幽薊不復由河東入寇者以河北平易富饒而河東嶮瘠且虞我出鎮定擣燕薊之虛也今兵出無名契丹大國決不為此就使妄動

當出我不意不應先言受禮雲中也元昊本與契丹約相左右以困中國今契丹背約結好於我獨獲重幣元昊有怨言故特築威塞州以備之呆兒屢殺威塞人敵疑元昊使之故為是役安能合而寇我哉𢦙請調發為備公曰敵雖不來猶欲以虛聲困我若調發正墮其計臣請任之敵若入國臣為罔上且悮國上乃止敵卒不動公謂契丹異日作難必於河朔既上十三策又請守一郡行其事小人怨公不已而大臣亦有以飛語讒公者

上雖不信公懼因保州賊平求為河北宣撫使以避之使將還除資政殿學士知鄆州兼京東西路安撫使讒者不已罷安撫使歲餘讒不驗加給事中移知青州兼京東東路安撫使河朔大水民流京東公擇所部豐稔者五州勸民出粟得十五萬斛益以官廩隨所在貯之得公私廬舍十餘萬區散處其人以便薪水官吏自前資待闕寄居者皆給其祿使即民所聚選老弱病瘠者廩之山林河泊之利有可取以為生者聽流民取之其

主不得禁官吏皆書其勞約為奏請使他日得以次受賞於朝率五日輒遣人以酒肉糗飯勞之出於至誠人人為盡力流民死者為大冢葬之謂之叢冢自為文祭之明年麥大熟流民各以遠近受糧而歸凡活五十餘萬人募而為兵者又萬餘人上聞之遣使勞公即拜禮部侍郎公曰救災守臣職也辭不受前此救災者皆聚民城郭中煮粥食之饑民聚為疾疫及相蹈籍死或待次數日不食得粥皆僵仆名為救之而實殺之自公立

法簡便周至天下傳以為法至於今不知所活者幾千萬人矣王則據貝州叛齊州禁兵馬達張青與姦民張握等得劍印於妖師欲以其衆叛將屠城以應則握之壻楊俊詣公告之齊非公所部恐事泄變生時中貴人張從訓銜命至青公度從訓可使即以事付從訓使馳至郡發吏卒取之無得脫者且自劾擅遣中使罪仁宗嘉之再除禮部侍郎公又懇辭不受遷資政殿大學士以明堂恩除禮部侍郎徙知鄭州又徙蔡州加觀文殿

學士知河陽還户部侍郎除宣徽南院使判并州兼河東經畧安撫使至和二年名拜同中書門下平章事集賢殿大學士與文彦博並命宣制之日士大夫相慶於朝仁宗密覘知之歐陽修奏事殿上上具以語修且曰古之求相者或得於夢卜今朕用二相人情如此豈不賢於夢卜也哉修頓首稱賀仁宗弗豫大臣不得見中外憂恐文彦博與公等直入問疾内侍止之不可因以監視禳禱為名乞留宿内殿事皆關白而後行禁中肅

然嘉祐三年加禮部尚書昭文館大學士監修國史公之為相守格法行故事而附以公議無心於其間故百官任職天下無事以所在民力困弊賦役不均遣使分道相視裁減謂之寬卹民力又弛茶禁以通商賈省刑獄天下便之六年丁秦國太夫人憂詔為罷春燕故事執政遇喪皆起復公以謂金革變禮不可用於平世仁宗待公而為政五遣使起之卒不從命天下稱焉英宗即位拜樞密使同中書門下平章事遷戶部尚書逾年

以足疾求解機務章二十上拜鎮海軍節度使同中書
門下平章事判河陽封祁國公五上章辭使相且言
真宗以前不輕以此授人仁宗即位之初執政欲自為
地故開此例終仁宗之世宰相樞密使罷者皆除使相
有不稱職有罪者亦然天下非之今陛下初即位願立
法自臣始不從神宗即位改鎮武寧軍進封鄭國公公
又乞罷使相乃以為尚書左僕射觀文殿大學士集禧
觀使召赴闕公以足疾固辭復判河陽熙寧元年移汝

州且詔入覲以公足疾許肩輿至殿門上特為御內東門小殿見之令男紹隆入扶且命無拜坐語從容至日昃賜紹隆五品服再拜上欲留公為集禧觀使力辭赴郡明年二月除司空兼侍中昭文館大學士賜甲第一區皆辭不受復拜左僕射門下侍郎同中書門下平章事公旣至永見有於上前言災異皆天數非人事得失所致者公聞之歎曰人君所畏惟天若不畏天何事不可為者去亂亡無幾矣此必姦臣欲進邪說故先導上

以無所畏使輔拂諫諍之臣無所復施其力此治亂之機也吾不可以不速救即上書數千言雜引春秋洪範及古今傳記人情物理以明其決不然者羣臣請上尊號及作樂上以久旱不許羣臣固請作樂公又言故事有災變皆徹樂恐上以同天節敵使當上壽故未斷其請臣以為此盛德事正當以示外國乞并罷上壽從之即日而雨公又上疏願益畏天戒遠姦佞近忠良上親書答詔曰義忠言親理正文直苟非意在愛君志存王

室何以臻此敢不置之枕席銘諸肺腑終老是戒更願
公不替今日之志則天災不難弭太平可立俟也公既
上疏謝復申戒不已願陛下待羣臣不以同異為喜怒
不以喜怒為用舍公始見上上問邊事公曰陛下即位
之始當布德行惠願二十年口不言兵因以九事為戒
八月以疾辭位拜武寧軍節度使同中書門下平章事
判河南復以老請改亳州時方行青苗息錢法公以謂
此法行則財聚於上人散於下且富民不願請願請者

皆貧民後不可復得故持之不行而提舉常平倉趙濟劾公以大臣格新法行當自貴近者始若置而不問無以令天下乃除左僕射判汝州公言新法臣所不曉不可以復治郡願歸洛養疾許之尋請老拜司空復武寧節度及平章事進封韓國公致仕公雖居家而朝廷有大利害知無不言交趾叛詔郭逵等討之公言海嶠險遠不可以責其必進願詔逵等擇利進退以全王師契丹來爭河東地界上手詔問公公言熈河諸郡皆不足

守而河東地界決不可許元豐三年官制行改授開府

儀同三司是歲故參知政事王堯臣之子同老上言至

和三年仁宗弗豫其父堯臣嘗與文彦博劉沆及公同

決大策乞立儲嗣仁宗許之會翊日有瘳故緩其事人

無復知者以其父堯臣所撰詔草上之上以問彦博彦

博言與同老合上嘉公等勲績如此而終不自言下詔

以公為司徒且以其子紹京為閤門祗候六年閏六月

丙申薨於洛陽私第之正寢享年八十手封遺表使其

子上之世莫知其所言者上聞訃震悼為輟視朝內出

祭文遣使致奠所以賻卹其家者甚厚贈太尉謚曰文

忠十一月庚申葬於河南府河南縣金谷鄉南張里公

之配曰周國夫人晏氏後公四年卒子男三人曰紹庭

朝奉郎曰紹京供備庫副使後公十月卒曰紹隆光禄

寺丞早卒女四人長適保寧軍節度使北京留守馮京

卒又以其次繼室封安化郡夫人次適承議郎范大琮

次適宣德郎范大珪孫男三人定方承事郎直清務奉

郎直亮假承務郎公性至孝恭儉好禮與人言雖幼賤必盡敬氣色穆然終身不見喜愠然以單車入不測之虜廷詰其君臣折其口而服其心無一語少屈所謂大勇者乎其好善疾惡蓋出於天資常言君子小人如冰炭決不可以同器若兼收並用則小人必勝薰蕕雜處終必為臭其為宰相及判河陽最後請老家居凡三上章皆言天子無職事惟辨君子小人而進退之此天子之職也君子與小人並處其勢必不勝君子不勝則奉身

而退樂道無悶小人不勝則交結構扇千跂萬轍必勝而後已小人得勝必遂肆毒於善良無所不為求天下不亂不可得也其為文章辯而不華質而不俚有文集八十卷天聖應詔集十一卷諫垣集三卷制草五卷奏議十三卷表章三十卷河北安邊策一卷奉使録四卷青州振濟策三卷平生所薦甚衆尤知名者十餘人如王質與其弟素余靖張瓌石介孫復吳奎韓維陳襄王鼎張昷之杜杞陳希亮之流皆有聞於世世以為知人

元祐元年六月有詔以公配享神宗皇帝廟廷明年以明堂恩加贈太師紹廷請於朝曰先臣墓碑未立願有以寵綏之上為親篆其首曰顯忠尚德之碑且命臣軾撰次其事謹拜手稽首而獻言曰世未嘗無賢也自堯舜三代以至於今有是君則有是臣故仁宗英宗至於神考咸有一德克享天心則天畀以人光明偉傑有如公者觀公之行事而味其平生則三宗之盛德可不問而知也古之人臣功高則身危名重則謗生故命世之

士罕能以功名終始者臣觀三宗所以待公全其功名而保其終始蓋可謂至矣方契丹求割地上命宰相歷問近臣孰能為朕使敵者皆以事辭免公獨慨然請行使事既畢上欲用公公逡巡退避不敢居而向之辭免者自恥其不行則惟公之怨比而讒公無所不至及石介為慶歷聖德詩天下傳誦則大臣疾公如仇構以飛語必欲致之死地仁宗徐而察之盡辨其誣卒以公為相及英宗神宗之世公已老矣勲在史官德在生民天

子虛已聽公西北之國視公進退以為中國輕重然一趙濟敢搖之惟神宗日月之明知公愈深公雖請老有大政事必手詔訪問又追論定策之勳以告天下寵及其子孫然後小人不敢復議雍容進退卒為宗臣古人有言曰為君難為臣不易豈不然哉公既配食清廟宜有頌詩以昭示來世其詞曰

五代八姓十有二君四十四年如絲之棼以人為嬉以殺為僖兵交兩河腥聞於天上帝憎之命我祖宗畀爾

鑪錘往銷其鋒孰謂民遠我聞其呻寧爾小忍無殘我
民六聖受命惟一其心較其後人帝命是承勿劓刵人
矧彼好兵百三十年諱兵與刑惟彼北戎謂帝我驕帝
聞其言析其萌芽篤生萊公尺箠笞之既服既馴則擾
綏之堂堂韓公與萊相望再聘於燕北方以寧景德元
禩始盟契丹公生是歲天命則然公之在母秦國寤鷙
旌旗鶴鴈降充其庭云有天赦已而生公天欲赦民公
啟其東北至燕然南至於河億萬維生公手撫摩水潦

荐饑散流而東五十萬人仰哺於公公之在內自泉流瀕其在四方自葉流根百官維人百度維貞相我三宗重華協明帝謂公來隕星其堂有墳其邱公豈是藏維嶽降神今歸不留臣軾作頌以配崧高

徐度曰東坡初欲為富韓公神道碑久之未有意思一日晝寢夢偉丈夫稱是寇萊公來訪已共語久之既即下筆首叙景德澶淵之功以及慶歷和議須刻而就以示張文潛文潛曰有一字未其安請試言之

蓋碑之末初曰公之勳在史官德在生民天子虛己

公西戎北狄視公進退以為輕重然一趙濟能搖

之竊謂能不若敢也東坡大以為然即更定焉

欽定四庫全書

御選唐宋文醇卷五十一

眉山蘇轍文一

上洪州孔大夫論徐常侍墳書

轍竊見故散騎常侍徐公鉉墳在公所治郡新建縣西山鸞岡原徐公沒於淳化辛卯迨今九十四年公無子故人奉新胡克順葬之胡氏昔為大家克順慕公高義春秋時祠頃未嘗廢克順死胡氏衰公之墳域荒蕪不

治葢有年矣聞自近歲民間利其林木至訟而爭之公所葬地本其先塋公家既無子孫契券亡失官遂籍沒其地伐其松栢以治屋宇行道知之往往為之掩泣竊惟南唐舊臣如公之比葢無一二方陳覺馮延魯愚弄其主擅興甲兵喪師蹙國時無一人敢非之者公獨與韓熙載力陳其姦卒致其罪及王師南討李氏危在朝夕公受命兵間不為身計義動中國至今稱之葢公之大節落落如此雖使千載之後猶當推其遺跡以勸後

來今歿未百年棄而不錄仁人君子豈其然哉伏惟明
公家本先聖先中丞忠義忼慨氣節凜然公之行己大
方直繼前烈如徐公輩人譬之草木臭味不遠儻蒙矜
念使孤墳遺魄不至侵暴祭祀稍存樵采不犯不惟南
方士人拭目傾心將天下義士知有所勸轍言非所職
干冒高明不勝戰越

按銈自左常侍為尼道安誣陷貶靜難行軍司馬卒於
邠門人鄭文寶護其喪至汴而胡克順歸其葬於南昌

之西山鉉本廣陵人無家無子而胡克順慕其平生迎殯歸葬於克慎之里歲時祀之古人風義可尚如此克順史稱仲容仲容殆其字歟鉉仕南唐宋師圍金陵後主李煜使求緩兵而煜將朱全贇兵十餘萬自上江來援煜以鉉故止之鉉曰此行未必能濟難援兵何可止煜曰恐不利於汝鉉曰計社稷豈顧一介使置之度外可也及隨煜入朝太祖面責之鉉曰臣為江南大臣國亡罪當死不當問其他太祖歎曰忠臣也事我當如李

聖祖御評

本是專言會計知語語歸其安養休息用意深遠而文勢紆徐

氏篇中所云不為身計義動中國者蓋指此也

元祐會計録序

臣聞漢祖入關蕭何收秦圖籍周知四方盈虛彊弱之實漢祖賴之以并天下丙吉為相匈奴嘗入雲中代郡吉使東曹考案邊瑣條其兵食之有無與將吏之才否逡巡進對指揮遂定由此觀之古之人所以運籌帷幄之中制勝千里之外者圖籍之功也葢事之在官必見於書其始無不具者獨患多而易忘久而易滅數十歲

之後人亡而書散其不可考者多矣唐李吉甫始簿録元和國計并包戶細無所不具國朝三司使丁謂等因之為景德皇祐治平熙寧四書網羅一時出內之計首尾八十餘年本末相授有司得以居今而知昔參酌同異因時施宜比前人作書之本意也臣以不佞待罪地官上承元豐之餘業親覩二聖之新政時事之變易財賦之登耗可得而言也謹按藝祖皇帝創業之始海內分裂租賦之入不能半今世然而宗室尚鮮諸王不過

數人仕者寡少自朝廷郡縣皆不能備官士卒精練常以少克衆用此三者故能奮於不足之中而綽然常若有餘及其列國款附琛貢相屬於道府庫充塞創景福内庫入畜金幣為殄滅之策太宗因之克平太原真宗繼之懷服契丹二患既弭天下安樂日登富庶故咸平景德之間號稱太平羣臣稱頌功德不知所以裁之者於是請封泰山祀汾陰禮亳社屬車所至費以鉅萬而上清昭應崇禧景靈之宮相繼而起累世之積糜耗多

矣其後昭應之災臣下復以營繕爲言大臣力学章獻感悟沛然遂與天下休息仁宗仁聖清心省事以幸天下然而民物蕃庶未獲其舊而夏賊竊發邊久無備遂命益兵以應敵急征以養兵雖間出内藏之積以求紓民而四方騷然民不安其居矣其後西戎既平而已益之兵不復遂汰加以宗子蕃衍充牣宫邸官吏冗積員溢於位財之不贍爲日久矣英宗嗣位慨然有救弊之意羣臣竦觀幾見日新之政而大業未遂神考嗣世念

流弊之委積閱財力之傷耗覽政之初為富國強兵之計有司奉承違失本旨始為青苗助役以病農民繼為市易鹽鐵以困商賈利孔百出不專於三司於是經入竭於上民力屈於下繼以南征交趾西討拓跋用兵之費一日千金雖內帑別藏時有以助之而國亦憊矣今

二聖臨御方恭默無為求民之疾苦而療之令之不便無不釋去民亦少休矣而西夏不賓水旱繼作凡國之用度大率多於前世當此之時而不思所以濟之豈不

殆哉臣歷觀前世持盈守成艱於創業之君葢盈之必
溢而成之必毀物理之至有不可逃者盈成之間非有
德者不安非有法者不久昔秦隋之盛非無法也內建
百官外列郡縣至於漢唐因而行之卒不能改然皆二
世而亡何者無德以為安也漢文帝恭儉寡欲專務以
德化民民富而國治後世莫及然身没之後七國作難
幾於亂亡晉武帝削平吳蜀任賢使能容受直言有明
主之風然而亡不旋踵子弟內叛羌胡外亂遂以失國

此二帝者皆無法以為久也今二聖之治安而靜仁而恕德積於世秦隋之憂臣無所措心矣然而空匱之極法度不立雖無漢晉强臣敵國之患而數年之後國用曠竭臣恐未可安枕而臥也故臣願得終言之凡會計之實取元豐之八年而其為別有五一曰收支二曰民賦三曰課入四曰儲運五曰經費五者既具然後著之以見在列之以通表而天下之大計可以畫地而談也若夫內藏右曹之積與天下分樁之實非昔三司所領

則不入會計將著之他書以備觀覽焉臣謹序

史家必志食貨不將一代國用之盈絀户口之多寡可考而知欲觀君德之恭儉快侈臣心之義利邪正亦思過半矣讀會計錄序宋德盛衰不具可鑑哉

古今家誡序

老子曰慈故能勇儉故能廣或曰慈則安能勇曰父母之於子也愛之深故其爲之慮事也精以深愛而行精慮故其爲之避害也速而就利也果此慈之所以能勇

也非父母之賢於人勢有所必至矣轍少而讀書見父母之戒其子者諄諄乎惟恐其不盡也惻惻乎惟恐其不入也曰嗚呼此父母之心也哉師之於弟子也為之規矩以授之賢者引之不賢者不彊也君之於臣也為之號令以戒之能者予之不能者不取也臣之於君也可則諫否則去子之於父也以幾諫不敢顯皆有禮存焉父母則不然子雖不肖豈有棄子者哉是以盡其有以告之無憾而後止詩曰洞酌彼行潦挹彼注茲可以

餴饎豈弟君子民之父母夫雖行潦之陋而無所棄猶父母之無棄子也故父母之於子人倫之極也雖其不賢及其為子言也必忠且盡而况其賢者乎太常少卿長沙孫公景修少孤而教於母母賢能就其業既老而念母之心不忘為賢母録以致其意既又集古今家誡得四十九人以示轍曰古有為是書者而其文不完吾病焉是以為合衆父母之心以遺天下之人庶幾有益乎轍讀之而嘆曰雖有悍子忿鬬於市莫之能止也聞

父之聲則斂手而退市人之過之者亦莫不泣也慈孝之心人皆有之特患無以發之耳今是書也要將以發之歟雖廣之天下可也自周公以來至於今父戒四十五母戒四公又將益廣之未止也

其文纒綿悱惻説泂酌義甚得詩意

臣事策第一 道

天下有權臣有重臣二者其迹相近而難明天下之人知惡夫權臣之專而世之重臣亦遂不容於其間夫權

臣者天下不可一日而有而重臣者天下不可一日而無也天下徒見其外而不察其中見其皆侵天子之權而不察其所為之不類是以舉皆嫉之而無所喜此亦已太過也今夫權臣之所為者重臣之所切齒而重臣之所取者權臣之所不顧也將為權臣耶必將内悅其君之心委曲聽順而無所違戾外竊其生殺予奪之柄黜陟天下以見已之權而沒其君之威惠内能使其君歡愛悅懌無所不順而安為之上外能使其公卿

大夫百官庶吏無所歸命而爭為之腹心上愛下順合而為一然後權臣之勢遂成而不可拔至於重臣則不然君有所為不可則必爭爭之不能而其事有所必不可聽則專行而不顧待其成敗之迹著則上之心將釋然而自解其在朝廷之中天子為之踧然而有所畏士大夫不敢安肆怠惰於其側爵祿慶賞已得以議其可否而不求以為己之私惠刀鋸斧鉞已得以絫其輕重而不求以為己之私勢要以使天子有所不可必為而

羣下有所震懼而已不與其利何者為重臣者不待天下之歸己而為權臣者亦無所事天子之畏己也故各因其行事而觀其意之所在則天下誰可欺者臣故曰為天下安可一日無重臣也且今使天下而無重臣則朝廷之事惟天子之所為而無所可否雖天子有納諫之明而百官畏懼戰慄無平昔尊重之勢誰肯觸忌諱冒罪戾而為天下言者惟其小小得失之際乃敢上章讙譁而無所憚至於國之大事安危存亡之所繫則將

卷舌而去誰敢發而受其禍此人主之所大患也悲夫
後世之君徒見天下之權臣出入唯唯以為有禮而不
知此乃所以潛潰其國徒見天下之重臣剛毅果敢喜
逆其意則以為不遜而不知其有社稷之慮二者淆亂
於心而不能辨其邪正是以喪亂相仍而不悟何足傷
也昔者衛太子聚兵以誅江充武帝震怒發兵而攻之
京師至使丞相太子相與交戰不勝而走又使天下極
其所往而翦滅其迹當此之時苟有重臣出身而當之

擁護太子以待上意之少解徐發其所蔽而開其所怒則其父子之際尚可得而全也惟無重臣故天下皆知之而不敢言臣愚以為凡為天下宜有以養其重臣之威使天下百官有所畏忌而緩急之間能有所堅忍持重而不可奪者竊觀方今四海無變非常之事宜其息而不作然及今日而慮之則可以無異日之患不然者誰能知其果無有也而不為之計哉抑臣聞之今世之弊在於法禁太密一舉足不如律令法吏且以為言而

不問其意之所屬是以雖天子之大臣亦安敢有所為於法律之外以安天下之大事故為天子之計莫若少寬其法使大臣得有所守而不為法之所奪昔申屠嘉為丞相至召天子之倖臣鄧通立之堂下而詰責其過是時通幾至於死而不救天子知之亦不以為怪而申屠嘉亦卒非漢之權臣由此觀之重臣何損於天下哉

軾轍皆有應制舉擬策乃場屋之文耳雖爛然可觀而非所謂古之立言者也自宋孝宗推崇之後學者用以

取金紫翕然從風當時鄙諺謂蘇文熟喫羊肉蘇文生喫菜羮良足嗤也兩蘇文字皆自宦成後更事深而學益進顧學者多讀其場屋之文發為議論每華而不實宋儒因謂兩蘇學本縱橫家徒觀此等文字其言亦甚似而幾矣選中丞不録唯此篇論權臣重臣分剖確切有補治道故存之

儲欣曰當時如韓富數公可謂重臣矣子由生其時目覩其事而見其效故言之親切有味如此

三宗

黄帝堯舜壽皆百年享國皆數十年周公作無逸言商中宗享國七十五年高宗五十九年祖甲三十三年文王受命中身享國五十年自漢以來賢君在位之久皆不及此西漢文帝二十三年景帝十六年昭帝十二年東漢明帝十八年章帝十三年和帝十二年唐太宗二十三年此皆近世之明主然與無逸所謂不知稼穡之艱難不聞小人之勞惟耽樂之從或十年或七八年或

五六年或四三年者無以大相過也至其享國長久如秦始皇帝漢武帝梁武帝隋文帝唐玄宗皆以臨御久遠循致大亂或以失國或僅能免其身其故何也人君之富其倍於人者千萬也膳服之厚聲色之靡所以賊其躬者多矣朝夕於其間而無以御之至於夭死者勢也幸而壽考用物多而害民久矜己自聖輕蔑臣下至於失國宜矣古之賢君必志於學達性命之本而知道德之貴其視子女玉帛與糞土無異其所以自養乃與

山林學道者比是以久於其位而無害也傅說之詔高宗曰王人求多聞時惟建事學於古訓乃有獲事不師古以克永世匪說攸聞惟學遜志務時敏厥修乃來允懷於茲道積於厥躬惟斅學半念終始典於學厥德修罔覺監於先王成憲其永無愆嗚呼傅說其知此矣

李光地曰殷有天下六百年而聖賢之君六七作無逸之獨舉三宗何也曰為其享國之長久也秦漢之主巻有祠神仙求方士以庶幾其長久者矣其志皆

以天下為樂而欲永享其逸也而周公言壽乃歸之無逸則知聖人之壽將以勞天下非以逸其身也抑因以知聖人之壽蓋以勞天下而得之非以逸一身而得之也何則其功德之在世故有以格於皇天也而以逸而壽者非天意其嚴敬之在躬則有以凝夫正命也而以逸而壽者非天道以天道合人之意則夫强志氣屏嗜欲不以外物賊乎其內武王所謂恭則壽也立命之本也損己以厚人德盛而福至則冥

默之中有以申錫之而不容已夫子所謂仁者壽也得天之符也蓋自學士大夫寡欲清心積善皆有行之而輒效者況乎帝王之生其受氣也尤厚而其功之所及德之所施又非可以尋常福報論者哉無逸之言三宗與文王也曰嚴恭寅畏曰恭默不言曰徽柔懿恭其凝命之說與曰治民祗懼曰嘉靖殷邦又曰保惠庶民惠鮮鰥寡其格天之說與蓋必其敬天勤民而後為無逸之實也不然若梁武帝之清淨齋

聖祖御評
洞徹當時天下
形勢故立論行
文爽健乃爾

戒不可言從於耽樂者矣而其受禍乃如蘇子所譏
又獨何哉

六國論

嘗讀六國世家竊怪天下之諸侯以五倍之地十倍之衆發憤西向以攻山西千里之秦而不免於滅亡常為之深思遠慮以為必有可以自安之計蓋未嘗不咎其當時之士慮患之疎而見利之淺且不知天下之勢也夫秦之所與諸侯爭天下者不在齊楚燕趙也而在韓

魏秦之有韓魏譬如人之有腹心之疾也韓魏塞秦之衝而蔽山東之諸侯故夫天下之所重者莫如韓魏也昔者范睢用於秦而收韓商鞅用於秦而收魏昭王未得韓魏之心而出兵以攻齊之剛壽而范睢以為憂然則秦之所忌者可以見矣秦之用兵於燕趙秦之危事也越韓過魏而攻人之國都燕趙拒之於前而韓魏乘之於後此危道也而秦之攻燕趙未嘗有韓魏之憂則韓魏之附秦故也夫韓魏諸侯之障而使秦人得出入

於其間此豈知天下之勢邪委區區之韓魏以當强虎狼之秦彼安得不折而入於秦哉韓魏折而入於秦然後秦人得通其兵於東諸侯而使天下徧受其禍夫韓魏不能獨當秦而天下之諸侯藉之以蔽其西故莫如厚韓親魏以擯秦秦人不敢逾韓魏以窺齊楚燕趙之國而齊楚燕趙之國因得以自完於其間矣以四無事之國佐當寇之韓魏使韓魏無東顧之憂而為天下出身以當秦兵以二國委秦而四國休息於內以陰助其

急若此可以應夫無窮彼秦者將何為哉不知出此而乃貪疆埸尺寸之利背盟敗約以自相屠滅秦兵未出而天下諸侯已自困矣至使秦人得伺其隙以取其國可不悲哉

王志堅曰當時蘇秦非不為此論所以卒不成者六國無明君朝聚暮散為秦人所欺而不悟也

漢文帝

老子曰柔勝剛弱勝彊漢文帝以柔御天下剛彊者皆

乘風而靡尉佗稱號南越帝復其墳墓召貴其兄弟佗去帝號俯伏稱臣匈奴桀敖陵駕中國帝屈體遺書厚以繒絮雖未能調伏然兵革之禍比武帝世十一二耳吳王濞包藏禍心稱病不朝帝賜之几杖濞無所發怒亂以不作使文帝尚在不出十年濞亦已老死則東南之亂無由起矣至景帝不能忍用鼂錯之計削諸侯地濞因之號召七國西向入關漢遣三十六將軍竭天下之力僅乃破之錯言諸侯彊大削之亦反不削亦反削

之則反疾而禍小不削則反遲而禍大世皆以其言為信吾以為不然誠如文帝忍而不削濞必未反遷延數歲之後變故不一徐因其變而為之備所以制之者固多術矣猛虎在山日食牛羊人不能堪荷戈而往刺之幸則虎斃不幸則人死其為害亟矣鼂錯之計何以異此若能高其垣牆深其陷穽時伺而謹防之虎安能必為害此則文帝之所以備吳也嗚呼為天下慮患而使好名貪利小丈夫制之其不為鼂錯者鮮矣

鼂錯策吳必反遂削以激之反而滅之當時雖天下騷然而嗣後藩服衰弱無敢跋扈其惡亦不能及於民錯之功罪固未易定也獨是聖賢處此必別有措置必不輕於一割而使黔黎肝腦塗地轍刺虎之喻誠當也雖然虎逼人矣而不高其垣墉深其陷穽時伺而謹防之乃曰事未至也安知其必至或曰此未然之勢也安知後之不變及其既至而嗟無及焉則春秋所以罪莒之失國而左氏所以賦絲麻菅蒯之章也此篇豈為王韶

開邊而作歟然時代不可考矣

漢景帝

漢之賢君皆曰文景夫帝寬仁大度有高帝之風景帝忌刻少恩無人君之量其實非文帝比也帝之為太子也吳王濞世子來朝與帝博而爭道帝怒以博局提殺之濞之叛逆勢激於此張釋之文帝之名臣也以劾奏之恨斥死淮南鄧通文帝之倖臣也以吮癰之怨困迫至死鼂錯始與帝謀削諸侯帝違衆而用之及七國反

袁盎一說誦而斬之東市曾不之卹周亞夫為大將折吳楚之鋭鋒不數月而平大難及其為相守正不阿悪其悻悻不屈遂以無罪殺之梁王武母弟也驕而縱之幾致其死臨江王榮太子也以母失愛至使酷吏殺之其於君臣父子兄弟之際背理而傷道者一至於此原其所以能全身保國與文帝俱稱賢君者惟不改其恭儉故耳春秋之法弑君稱君君無道也稱臣臣之罪也然陳侯平國蔡侯般皆以無道弑而弑皆稱臣以為罪

不及民故也如景帝之失道非一也而猶稱賢君豈非躬行恭儉罪不及民故耶此可以為不恭儉者戒也

恭者仁之表也禹曰予視天下愚夫愚婦一能勝予仁之至也故其恭乃如是使以為天下之美盡在已而萬物莫已若也則不恭之所流必為刻覈少恩矣轍以漢景刻覈少恩而又美為恭儉毋乃矛盾歟又以鄧通窮困而死為漢景刻覈少恩之一事是大不然通以姿貌得幸文帝富甲天下文帝盛德之纇也唯不任以政耳

若任以政與董賢何殊景帝即位不顯戮之於朝市以彰先君之過景帝之有恩也轍乃以使通窮困而死為譏然則為景帝者仍當使通富甲天下乃可耶鄧通富甲天下則慎夫人衣不曳地者亦徒爾為矣恭儉二字在文帝猶有議焉況景帝乎將謂景帝未得罪於民可稱賢主者其論可取也

東軒記

余既以罪謫監筠州鹽酒稅未至大雨筠水泛溢蔑南

市登北岸聽刺史府門鹽酒稅治舍俯江之湄水患尤甚既至敝不可處乃告於郡假部使者府以居郡憐其無歸也許之歲十二月乃克支其欹斜補其圮缺闢聽事堂之東為軒種杉二本竹百个以為宴休之所然鹽酒稅舊以三吏共事余至其二人者適皆罷去事委於一晝則坐市區鬻鹽沽酒稅豚魚與市人爭尋尺以自效暮歸筋力疲廢輒昏然就睡不知夜之既旦旦則復出營職終不能安於所謂東軒者每旦暮出入其旁顧

之未嘗不啞然自笑也余昔少年讀書竊嘗怪以顔子簞食瓢飲居於陋巷人不堪其憂顔子不改其樂私以為雖不欲仕然抱關擊柝尚可自養而不害於學何至困辱貧窶自苦如此及來筠州勤勞鹽米之間無一日之休雖欲棄塵垢解羈縶自放於道德之場而事每劫而留之然後知顔子之所以甘心貧賤不肯求斗升之禄以自給者良以其害於學故也嗟夫士方其未聞大道沉酣勢利以玉帛子女自厚自以為樂矣及其循理

以求道落其華而收其實從容自得不知夫天地之為大與死生之為變而況其下者乎故其樂也足以易窮餓而不怨雖南面之王不能加之蓋非有德不能任也余方區區欲磨洗濁汙晞聖賢之萬一自視缺然而欲庶幾顏氏之福宜其不可得哉若夫孔子周行天下高為魯司寇下為乘田委吏惟其所遇無所不可蓋彼達者之事而非學者之所望也余既以譴來此雖知桎梏之害而勢不得去獨幸歲月之久世或哀而憐之使得

歸復田里治先人之弊廬為環堵之室而居之然後追求顏氏之樂懷思東軒優游以忘其老然而非所敢望也

轍既上書乞納在身官為兄軾贖罪軾責授黃州團練副使轍亦降筠州監酒税既不得志知時之無可為而思歸骨田里終老於學此記之所為作也夫君子之處於世也若水然流則行而坎則止遇石則潆洄遇風則淪漪盈谿壑則放而之乎江湖若或使之而莫或使之

乃其能行能止能濚洄能淪濟能放而之乎江湖者水不居此而慕彼了無容心焉隨在各有以自效甚矣水之似君子也軾其庶幾乎其於遇能無所擇若使軾監酒稅必不與市人爭尋尺當必有所濟於物者矣故曰上善若水夫學也者文字云爾哉造次顛沛何在非學況監酒稅者其何害於學之有此軾轍之優劣也特其為文既沉鬱頓挫而又無充詘之心是則可誦也

武昌九曲亭記

子瞻遷於齊安廬於江上齊安無名山而江之南武昌諸山陂陁蔓延澗谷深密中有浮圖精舍西曰西山東曰寒谿依山臨壑隱蔽松櫪蕭然絶俗車馬之迹不至每風止日出江水伏息子瞻杖策載酒乘漁舟亂流而南山中有二三子好客而喜遊聞子瞻至幅巾迎笑相携徜徉而上窮山之深力極而息掃葉席草酌酒相勞意適忘反往往留宿於山上以此居齊安三年不知其久也然將適西山行於松栢之間羊腸九曲而獲少平

遊者至此必息倚怪石蔭茂木俯視大江仰瞻陵阜旁矚溪谷風雲變化林麓向背皆效於左右有廢亭焉其遺址甚狹不足以席衆客其旁古木數十其大皆百圍千尺不可加以斤斧子瞻每至其下輒睥睨終日一旦大風雷雨拔去其一斥其所據亭得以廣子瞻與客入山視之笑曰兹欲以成吾亭耶遂相與營之亭成而西山之勝始具子瞻於是最樂昔余少年從子瞻遊有山可登有水可浮子瞻未始不褰裳先之有不得至為之悵然移

日至其翩然獨往逍遥泉石之上擷林卉拾澗竇酌水而飲之見者以為仙也葢天下之樂無窮而以適意為悦方其得意萬物無以易之及其既厭未有不灑然自笑者也譬之飲食雜陳於前要之一飽而同委於臭腐夫孰知得失之所在惟其無愧於中無責於外而姑寓焉此子瞻之所以有樂於是也

孟子語君子三樂而曰仰不愧於天俯不怍於人二樂也三樂之中惟此為可得而自主者餘則關乎遇不遇

焉雖然樂之也蓋難夫人操行不執堅愎狠傲未嘗不仰焉無所愧俯焉無所怍而躁擾彌甚要必不能自得其樂若擇地而蹈之非法行不敢行非法言不敢道則又仰焉而知天命之在我者甚重而我負荷之未勝俯焉而覺斯人待濟之甚殷而我泛應之未當方且愧怍之不釋而又奚其樂也必也天之所責於我者小其職易以盡人之所望於我者輕其事易以為然後俯焉仰焉得不愧而不怍然則其間亦有遇耶軾之遷謫人謂

其不過抑知無愧於中無責於外而得寓懷山水之間者轉為天之幸民也哉

黄州快哉亭記

江出西陵始得平地其流奔放肆大南合湘沅北合漢沔其勢益張至於赤壁之下波流浸灌與海相若清河張君夢得謫居齊安即其廬之西南為亭以覽觀江流之勝而余兄子瞻名之曰快哉葢亭之所見南北百里東西一舍濤瀾洶涌風雲開闔晝則舟楫出没於其前

夜則魚龍悲嘯於其下變化倏忽動心駭目不可久視今乃得玩之几席之上舉目而足西望武昌諸山岡陵起伏草木行列烟消日出漁夫樵父之舍皆可指數此其所以為快哉者也至於長洲之濱故城之墟曹孟德孫仲謀之所睥睨周瑜陸遜之所馳騖其流風遺跡亦足以稱快世俗昔楚襄王從宋玉景差於蘭臺之宫有風颯然至者王披襟當之曰快哉此風寡人所與庶人共者耶宋玉曰此獨大王之雄風耳庶人安得共之玉

之言蓋有諷焉夫風無雌雄之異而人有遇不遇之變楚王之所以為樂與庶人之所以為憂此則人之變也而風何與焉士生於世使其中不自得將何往而非病使其中坦然不以物傷性將何適而非快今張君不以謫為患收會計之餘功而自放山水之間此其中宜有以過人者將蓬戶甕牖無所不快而況乎濯長江之清流挹西山之白雲窮耳目之勝以自適也哉不然連山絶壑長林古木振之以清風照之以明月此皆騷人思

士之所以悲傷憔悴而不能勝者烏覩其為快哉也哉

昔王右軍蘭亭修禊當崇山峻嶺茂林修竹之間觴詠流連而感歎於今迹明陳作詩嗟悼復序以明之然則所云信可樂者固仍未嘗樂也其轍所為清風明月皆騷人志士之所悲傷憔悴而不能勝者歟夫元會運世與一彈指無殊未能於此灑然真樂何由可味若假外物以為樂滋不樂也顏淵在陋巷不改其樂豈樂陋巷耶此樂無間於富貴貧賤而能自得之者往往在山林

問人則曰茂松清泉臣所須也清風明月不用一錢買然要其所以樂者與此何與富貴者務其名輙於山林求之無異刻舟求劍甚至葺致山石以為林巒鑿穴平地以為江湖如唐相平泉宋帝艮嶽者彼其平生何曾知所為真樂者果何等耶人被其毒望厥巖壑皆成愁峯觀其陂池謂同苦海矣空使後世人聞名頸猶縮耳

欽定四庫全書

御選唐宋文醇卷五十二

眉山蘇轍文二

遺老齋記

庚辰之冬予蒙恩歸自南荒客於潁川思歸而不能諸子憂之曰父母老矣而居室未完吾儕之責也則相與卜築五年而有成其南修竹古柏蕭然如野人之家乃闢其四楹加明窗曲楹為燕居之齋齋成求所以名之

予曰予潁濱遺老也盍以遺老名之汝曹志之予幼從事於詩書凡世人之所能茫然不知也年二十有三朝廷方求直言有以予應詔者予采道路之言論宫掖之秘自謂必以此獲罪而有司果以為不遜上獨不許曰吾以直言求士士以直言告我今而黜之天下其謂我何宰相不得已寘之下第自是流落凡二十餘年及宣后臨朝擢為右司諫凡有所言多聽納者不五年而與聞國政蓋予之遭遇者再皆古人所希有然其間與世

俗相從事之不如意者十常六七雖號為得志而實不然予聞之樂莫善於如意而憂莫慘於不如意今予退居一室之間杜門却掃不與物接心之所可未嘗不行心所不可未嘗不止行止未嘗少不如意則予平生之樂未有善於今日者也汝曹志之學道而求寡過如予今日之處遺老齋可也

轍於遷謫之餘而謂平生如意之境莫或加焉其風可尚也君子哉當兩蘇少時初至京師其父友張安道閒

院試以六題而遺覘之轍舉其中一題問軾軾以管卓索曰管子注又問其一軾笑曰無出處也安道曰長者非常然少者保家主也古人藻鑑之明如此軾平生更歷患難幾死轍雖流落皆兄所波及而以功名終洵命名而為之說曰轍乎吾知免矣不信然耶然若軾者真於死生如脫敝屣窮困顛沛而一遇可以尊主澤民之事無一顧籍心當令便行轍則少間矣今觀此文所以戒子孫者非善自為謀歟猶有自焉其不如兄遠已若此

者如果子熟則蒂脱非絲毫可假借者也

齊州閔子廟記

歴城之東五里有邱焉曰閔子之墓墳而不廟秩祀不至邦人不寧守土之吏有將舉焉而不克者熙寧七年天章閣待制右諫議大夫濮陽李公來守濟南越明年政修事治邦之耋老相與來告曰此邦之舊有如閔子而不廟食豈不大闕公唯不知苟知之其有不飭公曰噫信其可以緩於是鳩工為祠堂且使春秋修其常事

堂成具三獻焉籩豆有列儐相有位百年之廢一日而舉學士大夫觀禮祠下咨嗟涕洟有言曰惟夫子生於亂世周流齊魯宋衛之間無所不仕其弟子之高第亦咸仕於諸國宰我仕齊子貢冉有子游仕魯季路仕衛子夏仕魏弟子之仕者亦衆矣然其稱德行者四人獨仲弓常為季氏宰其上三人皆未嘗仕季氏嘗欲以閔子為費宰閔子辭曰如有復我者則吾必在汶上矣且以夫子之賢猶不以仕為汙也而三子之不仕獨何歟

言未卒有應者曰子獨不見夫適東海者乎望之茫洋不知其邊即之汗漫不測其深其舟如簸天之山其帆如浮空之雲然後履風濤而不僨觸蛟蜃而不讋若夫以江河之舟楫而跨東海之灘則亦十里而返百里而溺不足以經萬里之害矣方周之衰禮樂崩弛天下大壞而有欲救之譬如涉海有甚焉者今夫夫子之不顧而仕則其舟楫足恃也諸子之汲汲而忘返蓋亦有陋舟而將試焉則亦隨其力之所及而已矣若夫三子顧

為夫子而未能下顧諸子而以為不足為也是以止而有待夫子嘗曰世之學柳下惠者未有若魯獨居之男子吾於三子亦云衆曰然退而書之遂刻於石

子使漆雕開仕曰吾斯之未能信子說亦是此意不止為事君者量而後入不入而後量之義也春秋之時禮樂征伐自諸侯出降而至於大夫陪臣皆執國命君臣之義不明於天下矣而可以其身輕委質而為臣乎入則孝出則弟守先王之道以待後之學者是則所為與

時偕行者也顏曾冉閔所以皆為孔門高弟

制置三司條例司論事

轍頃者誤蒙聖恩得備官屬受命以來於今五月雖勉强從事而才力寡薄無所建明至於措置大方多所未諭每獻狂瞽輒成異同退加考詳未免疑惑是以不虞僭冒聊復一言竊見本司近日奏遣使者八人分行天下按求農田水利與徭役利害以為方今職司守令無可信用欲有興作當别遣使愚陋不達竊以為國家養

材如林治民之官棋布海内興利除害豈待他人今始有事輙特遣使使者一出人人不安能者嫌使者之侵其官不能者畏使者之議其短客主相忌情有不通利害相加事多失實使者既知朝廷方欲造事必謂功效可以立成人懷此心誰肯徒返為國生事漸不可知徒使官有送迎供饋之煩民受更張勞擾之獘得不補失將安用之朝廷必欲興事以利民輙以為職司守令足矣蓋勢有所便衆有所安今以職司治民雖其賢不肖

不可知而衆所素服於勢為順稍加選擇足以有為是以古之賢君聞選用職司以責成功未聞遣使以代職司治事者也蓋自近世政失其舊均税寬郵每事遣使冠蓋相望而卒無絲毫之益謗者至今未息不知今日之使何以異此至於遣使條目亦所未安何者勸課農桑墾闢田野人存則舉非有成法誠使職司得人守令各舉其事罷非時無益之役去猝暴不急之賦不奪其力不傷其財使人知農之可樂則將不勸而自勵今不

治其本而遂遣使將使使者何從施之議者皆謂方今農事不修故經界可興農官可置某觀職司以下勸農之號何異於農官嘉祐以來方田之令何異於經界行之歷年未聞有益此農田之說轍所以未諭也天下水利雖有未興然而民之勞佚不同國之貧富不等因民之佚而用國之富以興水利則其利可待因民之勞而乘國之貧以興水利則其害先見苟誠知生民之勞佚與國用之貧富則水利之廢興可以一言定矣而況事

起無漸人不素講未知水利之所在而先遣使使者所至必將求之官吏官吏有不知者有知而不告者有實無可告者不得於官吏必求於民不得於民其勢將求於中野興事至此蓋已甚勞此水利之說輒所以未諭也徭役之事議者甚多或欲使鄉戶助錢而官自雇人或欲使城郭等第之民與鄉戶均役或欲使品官之家與齊民並事此三者皆見其利不見其害者也役人之不可不用鄉戶猶官吏之不可不用士人也有田以為

生故無逃亡之憂朴魯而少詐故無欺謾之患今乃捨此不用而用浮浪不根之人輙恐掌財者必有盜用之姦捕逃者必有竄逸之弊今國家設捕盜之吏有巡檢有縣尉然較其所獲縣尉常密巡檢常疎非巡檢則愚縣尉則智蓋弓手鄉戶之人與屯駐客軍異耳今將使雇人捕盜則與獨任巡檢不殊盜賊縱橫必自此始輙觀近歲雖使鄉戶頗得雇人然至於所雇逃亡鄉戶猶任其責今遂欲於兩稅之外别立一科謂之庸錢以備

官雇鄉户舊法革去無餘雇人之責官所自任且自唐楊炎廢租庸調以為兩稅收大歷十四年應予賦斂之數以定兩稅之額則是租調與庸兩稅既兼之矣今兩稅如舊奈何復欲取庸蓋天下郡縣上户常少下户常多少者徭役頻多多者徭役簡是以中下之户每得休閑今不問户之高低例使出錢助役上户則便下户實難顛倒失宜未見其可然議者皆謂助役之法要使農夫專力於耕輙觀三代之間務農最切而戰陣田獵皆出

於農苟以徭役較之則輕重可見矣城郭人户雖號兼并然而緩急之際郡縣所賴饑饉之歲將勸之分以助民盜賊之歲將借其力以捍敵故財之在城郭者與在官府無異也方今雖天下無事而三路芻粟之費多取京師銀絹之餘配賣之民皆在城郭苟復充役將何以濟故不如稍加寬假使得休息此誠國家之利非民之利也品官之家復役已久議者不究本末徒聞漢世宰相之子不免戍邊遂欲使衣冠之人與編户齊役夫一

歲之更不過三日三日之雇不過三百今世三大戶之役自公卿以下無得免者以三大戶之役而較之三日之更則今世既以重矣安可復加哉蓋自古太平之世國子俊造將用其才者皆復其身胥史賤吏既用其力者皆復其家聖人舊法良有深意以為責之以學而奪其方用之於公而病其私人所難兼是以不取奈何至於官戶而又將役之且州縣差役之法皆以丁口為之高下今已去鄉從官則丁口登降其勢難詳將使差役

之際以何為據必用丁則州縣有不能知必不用丁則官戶之役比民為重今朝廷所以條約官戶如租佃田宅斷買坊場廢舉貨財與衆爭利比於平民皆有常禁苟使之與民皆役則昔之所禁皆當廢罷罷之則其弊必甚不罷則不如為民比徭役之説轍所以未諭也轍又聞發運之職今將改為均輸常平之法今將變為青苗愚鄙之人亦所未達昔漢武外事四夷内興宫室財用匱竭力不能支用賈人桑羊之説買賤賣貴謂之均輸

雖曰民不加賦而國用饒足然而法術不正吏緣為奸掊克日深民受其病孝昭既立學者爭排其說霍光順民所欲從而與之天下歸心遂以無事不意今世比論復興衆口紛然皆謂其患必甚於漢何者方今聚斂之臣才智方畧未見桑羊之比而朝廷破壞規矩解縱繩墨使得馳騁自由惟利自嗜以轍觀之其害必有不可勝言者矣今立法之初其說甚美徒言徙貴就賤用近易遠苟誠止於此則似亦可為然而假以財貨許置官

吏事體既大人皆疑之以為雖不明言販賣然既許之以變易矣變易既行而不與商賈爭利者未之聞也夫商賈之事曲折難行其買也先期而與錢其賣也後期而取直多方相濟委曲相通倍稱之息由此而得然至往往敗折亦不可期今官買是物必先設官置吏簿書禄廩為費已厚然後使民各輸其所有非良不售非賄不行是以官買之價比民必貴及其賣也弊復如前然則商賈之利何縁可得徒使謗議騰沸商旅不行議者

不知慮此至於捐數百萬緡以為均輸之法但恐此錢一出不可復還且今欲用忠實之人則患其拘滯不通欲用巧智之士則患其出沒難考委任之際尤難得人此均輸之說轍所以未諭也常平條勅纖悉具存患在不行非法之弊必欲修明舊制不過以時斂之以利農以時散之以利末斂散既得物價自平貴賤之間官亦有利今乃改其成法雜以青苗逐路置官號為提舉别立賞罰以督增虧法度紛紜何至如此而況錢布於外

凶荒水旱有不可知斂之則結怨於民捨之則官將何賴此青苗之說轍所以未諭也凡此數事皆議者之所詳論明公之所深究而轍以才性朴拙學問空疎用意不同動成違忤雖欲勉勵自效其勢無由苟明公見寛諒其不逮特賜數奏使轍得外任一官苟免罪戾而明公選賢舉能以備僚佐兩獲所欲幸孰厚焉

論新法害民兩蘇文字為最美然軾之文於言國命人心處雖極纏綿沉摯而剖晰事之利害則不若轍之確

實明白也嘗考王安石新法毒痡有宋之四海人民司馬光相元祐乃盡革之宣仁后崩蔡京入相盡復之以至於亡代異時移渺不復存矣乃其雇役之法則行之至於今無改當司馬光革之之時蘇軾即齗齗言其不可革至與光齟齬而羣小遂構鬬其間光雖卒革之而民轉不以為便昔人每謂軾敭歷中外久故能通曉民情而光稍未釐也殊不知光之見深而軾之見淺光之憂在萬世而軾之謀止一時有不可同年而語者矣古

者士大夫至於府史胥徒之屬莫不由於鄉舉里選兩漢以後賢公卿之出於掾史者比比古詩云十五府小史二十朝大夫三十侍中郎四十專城居是也出於鄉里而為吏出於吏而上計與偕升於公朝雖與三代殊制而未始非其遺意自唐宋科舉盛而士恥為吏於是餼羊亡矣然役則無改於舊也惟農與役不分為二故役無定人夫有一邑非數百人不能給一邑之差而此數百人皆出於農似若妨民業者然其為役或出於衆

舉或出於輪值既無所恃以患苦鄉里又無由久充以周知弊端役與吏不相諳委毋由聯手作弊侮官害民則官所察者數十吏爾耳目易以周知今行雇役之法則鄉里少年桀黠不安隴畝者盡竄其中其用舍由官吏而不由鄉里肆其饕餮而無差滿退役怨家報復之患一邑之中平添數百虎狼官一邑者察數十吏尚恐智力不足乃行一事即藉手於衆虎狼官安能分身百億隨虎狼入閭閻乎後世州縣所以難治實由於此昔

楊炎易租庸調為兩稅兩稅之中已有調稅在内又令民出雇値便是加賦兩蘇並於新法始行時辨之甚詳而此意總未見及故於元祐時又謂行之有年民轉以為便而差役亦有不便之處兩者相較未見低昻不如仍雇役之舊光蓋見及此而其言訥訥然不能舉以曉軾遂成疑案蓋止論一時之便則差役煩擾於雇役遠甚然雇役之害於政事有莫可端倪者民愚無識行之愈久愈以難革在光作相時猶可及止此光之見所以

為萬世至計而非兩蘇之所知也

論臺諫封事留中不行狀

右臣伏見皇帝陛下以至孝純仁承統踐祚太皇太后陛下以聰明睿智親攬庶政二聖協德以幸天下曾未朞歲而敝事稍去寬政復行元元之民免於流離之患蒙更生之福海内釋然無意外之憂不勝幸甚伏惟陛下恭儉祗畏發於天性猶復選於羣臣增廣諫員求直言以自助天下之士聞風相慶臣實何人得於今日備

位於此然臣聞帝王之治必先正風俗風俗既正中人以下皆自勉以為善風俗一敗中人以上皆自棄而為惡中人自勉於善則人主耳目衆多易於為治中人自棄於惡則臣下朋黨蕃殖易以為非蓋邪正盛衰之源未有不始於此者也昔真宗皇帝臨馭羣下奬用正人一時賢儁爭自託於明主孫奭戚綸田錫王禹偁之徒既以諫諍顯名則忠良之士相繼而起其後耄期厭事丁謂乘間將竊國命而風俗已成朝多正士謂雖懷姦

慝而無與同惡謀未及發旋即流放仁宗皇帝仁厚淵嘿不自可否是非之論一付臺諫孔道輔范仲淹歐陽修余靖之流以言事相高此風既行士恥以鉗口失職當時執政大臣豈皆盡賢然畏忌人言不敢安作一有不善言者即至隨輒屏去則雖人主寬厚而朝廷之間無大過失及先帝嗣位執政大臣變易祖宗法度下至小民皆知其非而卿士大夫從風而靡則風俗之變於此見矣是時惟有呂誨范鎮等明言其失二人既已得

罪臺諫有以一言及之者皆紛然逐去由是風俗大敗無一人復正言者天佑皇室啓迪聖德臨政未幾而以言路為急天下竦然思見祖宗遺俗然臣自至闕廷聞臺諫封事一切留中不出既不施行又不黜責臣不勝憂疑夫朝廷所以待臺諫者不過二事言當則行不當則黜其所上封事除事干幾密人主所當獨聞須至留中外並須降出行遣上所以正朝廷之紀綱使無廢職業下所以全人臣之名節使無負公議若當而不行不

當而不黜則上下苟且廉恥道廢風俗衰陋國將從之

臣願陛下永惟邪正盛衰之漸始於臺諫修其官則聽其言言有不當隨事行遣大者可黜小者可罷使風俗一定忠言日至陛下垂拱於上羣臣肅雍於下則太平之治可立而待也惟陛下留神省察天下幸甚

極論風俗淳漓之樞紐實盡古今之大勢夫言路不通害莫大矣言路既通知言尤要非敬義夾持而古訓是式其何以當羣言淆亂而行遣並得其當乎

乞罷左右僕射蔡確韓縝狀

右臣項論奏蔡確韓縝才不足用及多過惡乞賜罷免至今未見施行確近已上章求退而縝安然未有去意臣恐陛下隱忍不決久失天下之望竊惟先帝在位僅二十年勵精政事變更法度將以力致太平追復三代是以擢任臣庶至有起於小臣十餘年間致位公相用人之速近世無與比者究觀聖意本欲求賢自助以利安生民為社稷長久之計夫豈欲使左右大臣婾合苟

容出入唯唯危而不持顛而不扶竊取利祿以奉養妻子而已哉然自法行已來民力困敝海內愁怨先帝晚年寢疾彌留照知前事之失親發德音將洗心自新以合天意而此志不遂奄棄萬國天下聞之知前日敝事皆先帝之所欲改思慕聖德繼之以泣是以皇帝踐阼聖母臨政奉承遺旨罷導洛廢市易損青苗止助役寬保甲免買馬放修城池之役復茶鹽鐵之舊黜吳居厚呂孝廉宋用臣賈青王子京張誠一呂嘉問蹇周輔等

命令所至細民鼓舞相賀臣愚不知朝廷以為此數事者誰之過也上則大臣蔽塞聰明逢君於惡下則小臣貪冒榮利奔競無恥二者均皆有罪則大臣以任重責重小臣以任輕責輕雖三尺童子所共知也今朝廷既以罷黜小臣至於大臣則因而任之將復使燮和陰陽陶冶民物臣竊惑矣竊惟朝廷之意將以體貌大臣待其愧恥自去以全國體今確縝自山陵已後猶端然在職不肯引咎辭位以謝天下臣謹案確縝受恩最深任

事最久據位最尊獲罪最重而有靦面目曾不知愧確等誠以昔之所行為是耶則今日安得不爭以昔之所行為非耶則昔日安得不言窮究其心所以安而不去者不過以為是皆先帝所為而非吾罪也夫為大臣忘君徇己不以身任罪戾而歸咎先帝不忠不孝寧有過此臣竊不忍千載之後書之簡策大臣既自處無過之地則先帝獨被惡名此臣所以痛心疾首當食不飽至於涕泗之橫流也確等皆碌碌常才無過人之實朝廷

將取其德則不聞其孝弟可稱將取其才則不聞其功業可紀將取其學則不聞其經術可師徒以悅媚上下堅固寵禄陛下何不正確績之罪上以為先帝分謗下以慰天下之望今獨以法繩治小臣而置確績大則無以顯揚聖考之遺意小則無以安反側之心故臣竊謂大臣誠退則小臣非建議造事之人可一切不治使得革面從君竭力自效以洗前惡臣不勝狂愚忘身為國乞宣示此疏使確縝自處進退之分臣雖萬死不以為

恨謹録奏聞伏候敕旨

賞罰者人心邪正之樞機賞罰當矣而人心不孚者録其小而遺其大也疏言確績誠退則小臣非建議造事之人可一切不治使得革面從君竭力自效最得大體

乞誅竄呂惠卿狀

右臣聞漢武帝世御史大夫張湯挾持巧詐以迎合上意變亂貨幣崇長犴獄使天下重足而立幾至於亂武帝覺悟誅湯而後天下安唐德宗世宰相盧杞妒賢嫉

能戕害善類力勸征伐助成暴斂使天下相率叛上至於流播德宗覺悟逐杞而後社稷復存蓋小人天賦傾邪安於不義性本陰賊尤喜害人若不死亡終必為患

臣伏見前參知政事呂惠卿懷張湯之辯詐兼盧杞之姦凶詭變多端敢行無度見利忘義黷貨無厭王安石初任執政用之心腹安石山野之人强很傲誕其於吏事冥無所知惠卿指摘教導以濟其惡青苗助役議出其手韓琦始言青苗之害先帝知琦朴忠翻然感悟欲

退安石而行琦言當時執政皆聞德音安石亦惶遽自失累表乞退天下欣然有息肩之望矣惠卿方為小官自知失勢上章乞對力進邪說熒惑聖聽巧回天意身為館殿攝內侍之職親往傳宣以起安石肆其偽辨以破琦說仍為安石畫劫持上下之策大率多用刑獄以震動天下自是諍臣吞聲有識喪氣而天下靡然矣至於排擊忠良引用邪黨惠卿之力十居八九其後又建手實簿法尺椽寸土檢括無遺雞豚狗彘抄劄殆遍專

用告訐推析毫毛鞭箠交下紙筆翔貴小民怨苦甚於苗役又因保甲正長給散青苗結甲赴官不遺一戶上下騷動不安其生遂致河北人戶流移雖上等富家有驅領車牛懷挾金銀流入襄鄧者旋又興起大獄以恐脅士人如鄭俠王安國之徒僅保首領而去原其害心本欲株連蔓引塗汙公卿不止如此獨賴先帝天資仁聖每事裁抑故惠卿不得窮極其惡不然安常守道之士無噍類矣既而惠卿自以贓罪被黜於是力陳邊事

以中上心其在延安始變軍制雜用蕃漢上與馮京異論下與蔡延慶等力爭惟黨人徐禧助之遂行其說違背物情壊亂邊政至今為患西戎無變妄奏警急擅領大衆渉入敵境竟不見敵遷延而歸糜費資糧棄捐戈甲以鉅萬計恣行欺罔坦若無人立石紀功使西戎曉然知朝廷有吞滅靈夏之意自是戎人怨叛邊鄙騷動河隴困竭海内疲勞永樂之敗大將徐禧本患鄉自布衣中保薦擢任始終協議遂付邊政敗聲始聞震動宸

極循致不豫初實由此邊釁一生至今為梗及其移領河東大發人牛耕葭蘆吴堡兩寨生地托以重兵方敢播種投種而歸不敢復視及至秋成復以重兵防托收刈所得率皆秕稗雨中收穫即時腐爛惠卿張皇其數牒轉運司交割妄言可罷饋運其實所費不貲而無絲毫之利邊臣畏憚皆不敢言此則惠卿立朝事迹一二雖復肆諸市朝不為過也若其私行險薄非人所為雖閭閻下賤有不食其餘者安石之於惠卿有卵翼之恩有

父師之義方其求進則膠固為一更相汲引以欺朝廷及其權位既均勢力相軋反眼相噬化為讎敵始安石罷相以執政薦惠卿既以得位恐安石復用遂起王安國李士寧之獄以促其歸安石覺之被召即起迭相攻擊期致死地安石之黨言惠卿使華亭知縣張若濟借豪民朱華等錢置買田產使舅鄭膺請奪民田使僧文達請奪天竺僧舍朝廷遣蹇周輔推鞫其事獄將具而安石罷去故事不復究案在御史可覆視也惠卿言安

石相與為姧發其私書其一曰無使齊年知齊年者馮京也京安石皆生於辛酉故謂之齊年先帝猶薄其罪復發其一曰無使上知安石由是得罪夫惠卿與安石出肺腑託妻子平居相結唯恐不深故雖欺君之言見於尺牘不復疑間惠卿方其無事已一一收錄以備緩急之用一旦爭利遂相抉摘不遺餘力必致之死此犬彘之所不為而惠卿為之曾不愧恥天下之士見其在位側目畏之夫人君用人欲其忠信於己必取仁於父

兄信於師友然後付之以事故放麑違命也而推其仁則可以託國食子徇君也而推其忍則可以弑君欒布唯不廢彭越之命故高祖知其賢李勣唯不利李密之地故太宗許其義二人終事二主俱為名臣何者仁心所存無施不可雖公私有異而忠厚不殊至於呂布事丁原則殺丁原事董卓則殺董卓劉牢之事王恭則反王恭事司馬元顯則反元顯背逆人理世所共疑故呂布見誅於曹公而牢之見殺於桓氏皆以其平生反覆

勢不可存夫曹桓古之姦雄駕馭英豪何所不有然推究利害終畏此人今朝廷選用忠信唯恐不及而置惠卿於其間譬如薰蕕並處梟鸞並棲不惟勢不兩立兼亦惡者必勝況自去歳以來朝廷廢吳居厚呂嘉問蹇周輔宋用臣李憲王中正等或以牟利或以黷兵一事害民皆不得逃譴今惠卿身兼衆惡自知罪大而欲以閑地自免天下公議未肯赦之然近日言事之官論奏姦邪至於鄧綰李定之徒微細畢舉而不及惠卿者葢

其凶悍猜忍如蝮蝎萬一復用睚眦必報是以言者未肯輕發臣愚蠢寡慮以為備位言責與元惡同時而畏避隱忍辜負朝廷是以不憚死亡獻此愚直伏乞陛下斷自聖意畧正典刑縱未以汙鈇鑕猶當追削官職投畀四裔以禦魑魅謹録奏聞伏候勅旨

宋儒於王安石多恕辭而罪呂惠卿特甚惠卿罪惡具見此疏洵矣然憸壬小人如惠卿者何代蔑有不得安石惠卿不過老死於𤰝官其能毒痡四海哉記曰行偽

而堅言偽而辨學非而博潤非而澤如王安石者足當之矣其氣象識足以動人主而文采又足以欺後世國小人中之不世出者方當誅之於既死而元祐及正首贈太師名實紊矣呂惠卿雖貶竄何以服其心哉

乞招河北保甲充役以消盜賊狀

右臣聞薄賦歛散蓄聚若以致貧而民安其生盜賊不作縣官食租衣稅廩有餘粟帑有餘布久而不勝其富也厚賦歛奪民利若以致富而所入有限所害無窮大

者亡國小者致寇寇盜一起盡所得之利不償所費之十一久而不勝其貧也臣未敢遠引陳勝吳廣龐勛黃巢之類只如淳化中李順慶歷中張海等熙寧中廖恩此數火盜賊計其燔燒官寺刼略倉庫以至發兵命將轉輸糧食耗失兵械募士賞功之費大率不下數百萬貫但得了事豈敢言費然方其未發有能建言乞捐數十萬貫以消其變則上下爭執如惜支體不肯割截此天下之大迷古今之通患也故臣願於元豐庫或內藏

庫乞錢三十萬貫上以為先帝收息於既往下以為社稷消患於未萌伏願陛下權禍福之重輕較得喪之多少斷而行之毋使有司吝於出納以害大計河北之民喜為剽刼所從來尚矣近歲創為保甲驅之使離南畆教之使習凶器一夫在官一家資送窮苦無聊靡所不至椎埋為姦十人而九號為保甲莫敢誰何若更一年不罷則勝廣之事可立而待也今雖已罷而弓刀之手不可以復執鋤酒肉之口不可以復茹蔬既無所歸勢

必為盜今河北兵旅成羣訪聞皆是保甲餘黨若因之以饑饉則變故之作不可復知近歲富弼知青州是時河北流民百萬轉徙京東弼既設方畧振活其老幼而招其壯悍者為軍不待朝旨皆刺指揮二字其後皆為勁兵百萬之衆無一人為盜者弼人臣便宜行事猶能若此況陛下富有四海而元豐及内庫錢物山積莫可計數只如近日内降睿思殿金銀一色令别庫收貯者自約及百餘萬貫皆是先帝多方收拾以備緩急支用

不取於民聖算深遠非凡所及若積而不用則與東漢西園殘唐之瓊林大盈二庫何異於先帝聖德不為無損故臣願乞三十萬貫為招軍例物選文武臣僚有才幹者一二人分往河北逐路於保甲中招其強勇精悍者為禁軍隨其人才以定軍分本州無闕則自近及遠或押上京不過一二萬人則河北豪傑畧盡矣其間武藝絶倫舊日以補班行者押赴闕試驗有實即以補內六班之闕或以補本貫及鄰近闕額軍員但當嚴賜指

揮候了日當遣人覆按有不如法重坐官吏臣聞先帝本謂保甲可用故欲隱兵於農以漸消正兵是以禁軍多有闕額今保甲既罷正使無事猶合補填況如前所陳者惟陛下深察果斷而力行之今冬春大旱二麥不熟事勢如此恐不可緩謹録奏聞伏候勅旨

歆時乃所以富國若雖守其不可拔可世為天下[illegible]處立言有體至招保甲補禁軍挹彼注茲轉禍為福可謂能經國矣

御選唐宋文醇卷五十二

欽定四庫全書

御選唐宋文醇卷五十三

眉山蘇轍文三

論西事狀

右臣伏見西夏項自秉常之禍人心離貳梁氏與人多二族分據東西廂兵馬勢力相敵疑阻日深入寇之謀自此衰息朝廷略加招納隨即伏從使介相尋臣禮甚至只自今年春末夏初以來始有桀心出兵數萬掩襲

涇原殺虜弓箭手數千人復歸巢穴朝廷方事安衆難於用武接以君臣之禮加以册命之恩特遣使人厚賜金幣其不知德敢為侮慢輙以地界為詞不復入謝至於坤成賀使亦遂不遣中外臣子聞者無不憤怒思食其肉臣忝補侍從主憂臣辱義不辭勞臣擢自小官列於禁近議論幾事既其本職感激思報宜異常人是以冒昧獻言不避罪戾庶幾聖意由此感悟雖被譴逐臣不恨也臣竊惟當今之務以為必先知致寇之端由審

行事之得失然後料敵情之所在定制敵之長算誠使四者畢陳於前羌戎小醜勢亦無能為也董氊本與西夏世為仇讐元昊之亂仁宗賴其牽制梁氏之篡神宗藉其征討世効忠力非諸番之比乃者董氊老病其相阿里骨擅其國事與其妻契丹公主殺其二妻心牟氏其大將鬼章及温溪心等皆心懷不服阿里骨欺罔朝廷自稱董氊嗣子朝廷不察情偽不原順逆即以節鉞付之謀之不臧患自此起阿里骨既知失衆虐用威刑

衆心日離而鬼章自謂與阿里骨比肩一體顧居其下心常不悦夏人乘此間隙折節下之先與阿里骨解仇結懽令轉説鬼章舉兵入寇復誘脇人多保忠令於涇原竊發黨與既立羽翼既成是以敢肆狂言以動朝聽向若阿里骨以董氊之死來告立嗣朝廷因其所請遍問鬼章温溪心等以誰實當立若衆以阿里骨為可立則既立之後衆必無詞若以為不可則分董氊之舊科以三使額授此三人阿里骨無僥倖之命鬼章無怨望

之意則夏人無與為援安能動揺加以數年以來朝廷本厭兵事羌中測知此意亦以自安頃者忽命熙河點集人馬大城西關仍云來年當築龕谷聲實既暴敵心不寧舉兵自强釁亦由此此所謂致寇之端由也先帝昔因梁氏簒逆之禍舉兵誅討侵攘地界為怨至深西羌之性重於復讐計其思報之心未嘗一日忘也徒以喪亂相繼兵力凋殘陛下臨御之初意切懷納是以連年入貢以休息其民雖有恭順之言葢亦非其本意矣

假令犯順固猶有詞今朝廷因其承襲之後賜之册命捐金錢二十餘萬緡以為之禮彼既與我有君臣之分然後可責以忠順之節朝廷此舉於義甚長而西羌無謀遂肆桀傲内則其國中士民自知其不直必不為用外則中國兵將皆有鬭志易以立功曲直之幾於此始定雖棄捐金幣以封殖寇讐小人謂之失策而分别曲直以激勵將士智者謂之得計此所謂行事之得失也元昊本懷大志長於用兵亮祚天付凶狂輕用其衆頃

為邊患皆歷歲年然而國小力微終以困斃今梁氏專國素與人多不協内自多難而欲外侮中原料其奸謀益非元昊亮祚之比矣意謂二聖在位恭默守成仁澤之深遠近所悉既無用武之意可肆無厭之求蘭會諸城鄜延五寨好請不獲勢脅必從以為狂言一聞求無不得今朝廷既已漸為邊備益兵練將則敵人之心已乖本計不過秋冬寒涼之後小小跳梁以嘗試朝廷而已若朝廷執意不搖守邊無失則款塞請盟本無愧恥

若朝廷用心不一惟務求和則求請百端漸不可忍此所謂敵情之所在也凡欲應敵必先正名夏人初起邪謀必有二說其一以為慢詞既達則地界可得無窮之請因以滋彰其二以為雖不得地實亦無損自知力屈稍復求和中國厭兵勢無不許方其不遜則張皇事勢夸示諸戎及其柔伏則略為恭順使中國黽勉而聽令
朝廷遣兵積粟地界之請固已不從然而號令未明逆順未著臣恐夏人未知朝廷不憚用兵之意無以折其

奸心又恐將來奸窮力屈略修臣禮便與講和要約不堅必難持久昔趙欲與秦為購其謀臣虞卿以為從秦為購不若從齊為購於是東結齊人而秦人自至區區之趙尚知出此而况堂堂中國畏避畜縮媮於無事不一分别曲直而反聽命於羌人哉臣願陛下明降詔書榜沿邊諸郡其大意略曰夏國頃自亮祚喪亡先帝舉兵弔伐既絶歲賜復禁和市羌中窮困一絹之直至十餘千又命沿邊諸將吏迭行攻討横山一帶皆棄不敢

耕窮守沙漠衣食併竭老少窮餓不能自存朕統御四海均覆無外閔此一方窮而無告遂勅諸道帥臣禁止侵掠自是近塞之田始復耕墾既通和市復許入貢使者一至賜予不貲販易而歸獲利無筭傳聞羌中得此厚利父子兄弟始有生理朕猶念孤童幼弱部族攜貳若非本朝賜之策命假以寵靈則何以威伏酋豪保有疆土是時朝士大夫咸謂外國反覆心未可知使者將行言猶未已朕有存亡繼絶之志欲修祖宗爵命諸侯

之典以為寧人負我斷而不疑故遣使出疆授以禮命金錢幣帛相屬於道邊人父老觀者太息以為仁義之厚古所未有而忘棄不顧飽而背德不遣謝使不賀坤成朕以君道撫之而不以臣禮報朕天地所疾將相咸怒朕惟狂謀逆節止其一二姦臣國人何辜當被殺戮是以弭兵安衆未議攻討然而逆順之理不可不明其令沿邊諸將飭厲兵馬廣為儲峙敢有犯塞即殺無赦彼既背逆天理不有人禍必有鬼誅姑修吾疆以待其

變臣料此命一出羌人愧畏雖未即款伏而姦計沮屈無以號令其下諸路兵民知彼曲我直人思致死勇氣一發邊聲自倍此必然之勢也今朝廷日夕備邊常若寇至而但曲加隱忍不降此命使敵衆一旦犯境終亦不免交鋒若聽臣此言要之亦不出兵坐而待敵初無有異而使士氣感奮以思戰敵情知難而自屈求和之請其至必速此所謂制敵之長算也臣竊聞朝廷近以添屯兵將增廣邊儲議絶和市使熙河帥臣招徠阿里

骨嵬章温溪心人多保忠等此兵法所謂上兵伐謀不戰而屈人者陛下若能饒之以金錢而寛其繩墨使將帥得盡其心閒諜得盡其力則事無不成而敵漸可制矣然有一事似非臣所得言者但以蒙國厚恩不敢不盡昔熙寧元豐之閒所行政令雖未必便民然先帝操之以法濟之以威是以令無不從而事無不舉頃者朝廷削去苛法施行仁政可謂善矣然而刑政不明多行姑息中外觀望靡然有縱弛怠惰之風平居無事姑以

婾安可耳今虜方不順勝負之變葢未可知緩急之際威令無素何以使衆臣謂宜因事正法以明示天下臣前所言去歲大臣承用阿里骨欺罔之奏授以節制致令鬼章懷憤入寇夏人乘釁違命此則當時宰相樞密使副茍簡無謀之罪也近者涇原賊騎至者數萬殺掠數千斥堠不明備禦不及熈河賊退經今累月而殺傷焚蕩之奏至今未止此則將帥弛慢不畏朝廷之罪也陛下恬不為怪畧無責問政之不修孰大於此中外相

視以為疑怪朝廷方將使人蹈白刃赴湯火臣有以知其不能矣昔公孫弘為相諸侯有逆謀請歸侯印以塞責諸葛亮為相任馬謖不當請自貶三等以右將軍領事蓋大臣體國不惜身自降黜為衆行法今陛下何不取去歲冊命阿里骨與議大臣不論去位在位皆奪一官至於兩路將帥雖寄任不改而法不可廢皆使隨罪行罰以此號令四方庶幾知所畏憚政修於朝廷之上而敵人恐懼於千里之外勢之所至不足怪也今陛下

未能正羣臣而望西羌之畏威不可得矣臣聞范仲淹守慶州因葛懷敏之敗請以任將非人因兩府遜謝損其勲爵而復其位以激勵諸將慰邊兵時雖不用而范仲淹之言至今惜之臣雖不敏究觀往事以為可施於今不敢默也小臣狂僭鈇斧之誅無所逃避惟陛下裁察取進止

審曲直者兵之本也審己之曲直則知己易所為維用伐邑也審彼之曲直則知彼司馬法所為上兵伐謀也

閫以外將軍制之一切用正用奇君皆不與惟功賞而
罪罰則君制之法立而必行毫髮不可爽山嶽不可移
此又本中之本也此文所論可謂得其本矣下聲罪之
詔以彰彼之曲罰誤謀之臣以直己之曲師直則壯是
則所為廟算者若夫或攻或守或離或合之數苟從中
制縱億之而皆中亦道遠而無及於事況未必中乎昔
宋仁宗之於契丹處若小國之事大國者一時志士為
之憤惋後有使契丹者契丹主言及仁宗聲淚俱下引

聖祖御評
惆悵之語抒寫

使者令觀所奉仁宗御容與本國祖宗不殊益契丹主少時曾微服從國信使至宋邊帥覘知之密以聞至館仁宗密召入大内令見皇后撫之如己子曰爾我一家也賞賚不貲歸國即位後未嘗一日忘宋也而仁宗在日舉國不知契丹世子之曾至中國也若仁宗者可謂神武矣兵法豈必在龍蛇鳥虎間哉

陳州為張安道論時事書

伏以中外臣庶各有職事越職而言國有常憲臣守土

能盡

陳州非有言責而輒言之計其狂愚茲實有罪然臣伏念頃以老疾不任吏事陛下未忍廢棄親擇便地以遂安養將辭之日面承德音以為大臣之義皆當為國謀慮不宜以中外為嫌有所不盡古人有言雖乃身在外乃心罔不在王室伏惟聖德廣大無所不容而臣自到任以來於今一歲心目昏眩有加無瘳故嘗乞丐餘生求還閭舍區區之誠久而未獲陛下視臣志氣之衰至此豈復有意別白是非而與世俗爭議也哉是以得失

之間久而無所與今者竊有所懷上為陛下參之官吏下為陛下驗之百姓而安危之機實在於此自惟受恩累聖邦之休戚身實同之志力雖衰於義不可嘿已然臣之所欲言者非敢遠引前古逆探未然以感陛下之聰明也凡皆陛下之所嘗試而臣愚之所與聞者耳臣伏見陛下即位之始計慮深遠凡有所建動合天心始議山陵深恤費用之廣推明先帝薄葬之命以詔有司四方聞之無不感泣其後一年之間誕布號令勸率宗

族惇孝悌之行勉勵州郡先農桑之政復轉對以廣言路議徭役以寬民力盛德之事不可具記是時天下雖大變之後而無不翹然想聞德音以忘其憂兩宮歡欣九族親睦羣臣萬民蒙福而安紛紜之議不至於朝廷謗讟之聲不聞於閭里陛下優游無為而天下已治矣為國如此豈不樂哉陛下自今視之當日之政其為可悔恨者凡有幾以臣視之非獨陛下無所悔恨雖天下之人亦未有以為失當者也何者政令簡易而人情之

所安耳易曰易則易知簡則易從易知則有親易從則有功有親則可久有功則可大向使陛下推行此道終始不變則臣以為可久可大之功可得而致矣其後求治太切用意過當姦臣緣隙得進邪說始議開邊以中
上旨於是延安有横山之謀保安有招誘之計陛下饒之以金帛假之以干戈小人貪功慮害不遠輕發深入結怨西戎攘奪尺寸無用之土空竭内府累世之積大者疲弊秦雍小者身死寇讐西鄙騷然不寧而陛下始

一悔矣然而陛下天姿英果有漢武宏達之量雖復兵
吏失律而立功之意未嘗少衰是以左右大臣測知此
心復進財利之説陛下樂聞其利而未暇深究其害於
是舉而從之置條例司而講求天下之遺利己酉之秋
新政始出自是以來凡所變革不可悉數其最大者一
出而為常平青苗再出而為揀兵併營三出而為出錢
雇役四出而為保甲教閲四者並行於世官吏疑惑兵
民憤怨諫諍者章交於朝誹謗者聲播於市陛下不勝

其煩為之當宁太息日昃而不食矣然猶幸其成功力排衆人之議而固守之天下方共厭苦而不知其所止也而揀兵併營之策其害先見武夫凶悍為怨最深為患最急陛下知其不可於是多支月糧復收退卒以順適其意而陛下既再悔矣然軍中之口猶復洶洶不靖陛下雖推恩撫之而終不以為惠反謂陛下畏之耳不幸邊臣失算再生戎心惟握之臣謀之不臧不務安之而務撓之臨遣執政付以疆事多出金幣豫書誥勑以

成其深入之計當此之時天下之心知其必敗矣而陛下與一二臣者方以為萬舉而萬全既而出兵無人之境築城不守之地困弊腹心以求無益之功使秦晉之民父子流離肝腦塗地戎人徼勸受屈已築之城隨即傾覆救援之兵相繼潰叛四方震動君臣宵旰而後下罪己之詔投竄元宰以謝二鄙而陛下既三悔矣夫此三者方其未悔也陛下亦以為是耶非耶陛下犯逆衆心力行而不顧其必以為是不以為非也然而其終卒

至於此然則方今陛下之所是而未悔者無乃亦類此歟臣聞衆而不可欺者民也勇而不可犯者兵也險而不可侮者鄰國也今陛下既已欺民犯兵而侮鄰國矣夫犯兵侮鄰變速而禍小至於欺民則變遲而禍大變速而禍小者瓦解之憂也變遲而禍大者土崩之患也今瓦解之憂陛下既知悔矣土崩之患陛下未以為意此臣之所以寒心也易曰不遠復無祇悔元吉事之未敗也陛下不悟其非必俟其敗而後悔如向三者則陛

下之復已遠而悔亦大矣且臣觀之方今陛下之所是而未悔者亦有三而已青苗助役保甲三者之弊臣不復言矣何者言事者論其不可非一人也百姓毀壞支體燻灼耳目嫁母分居賤賣田宅以自脫免非一家也陛下其亦知之矣徘徊而不改使民無所告訴加之以水旱繼之以饑饉積悍之民奮為羣盜侵淫蔓延滅而復起英雄乘閒而作振臂一呼而千人之衆可得而聚也如此而勝廣之形成此所謂土崩之勢也臣恐陛下

至此雖欲復悔而無所及矣故臣願陛下取即位之政與今日之事而試觀之天下擾擾不安孰與今日之甚羣臣交口爭辨孰與今日之衆陛下聽覽疲倦孰與今日之多悔恨自責孰與今日之切陛下誠以此較之則不待臣言之終而得失可以自決矣且夫即位之政陛下之本心也今日之事臣下之過計也陛下棄即位之本心而徇臣下之過計臣竊以為過也雖然臣竊聽之道路方今陛下則亦悔之矣悔之而不變非陛下之意

也迫於建議之臣耳夫人臣進謀於其君苟事之不遂而變以從衆則人主有以測其深淺人主有以測其深淺則其用舍之命在於人主此人臣之所以不便也臣竊痛陛下為社稷之計欲改過以安天下而怙權固位之臣持之而不釋陛下聰明睿知廢置自我而獨為此鬱鬱也漢宣帝與趙充國擊匈奴魏相非之以為當與平昌侯樂昌侯平恩侯及有識者詳議乃可此三人者非賢於趙充國也然而與國同憂樂無僥倖功名之心

聖祖御評
立言有緒多棐

與希望爵賞之意則過於充國遠甚充國猶不可聽而況不如充國者哉陛下將安民保國而與喜功伐好權利者謀之臣不知其可也臣不勝區區忘身憂國之誠是以勢疎而言切惟陛下察之

茅坤曰通篇指神宗悔心處感憤開悟得易之納約自牖之意

自齊州回論時事書 畫一狀附

臣自少讀書好言治亂方陛下求治之初上書言事陛

摯纏綿之致

下不廢狂狷名對便殿親聞德音九品賤官自此始得登對論事當此之時陛下好問之聲震動海内愚賤之人篤信寡慮以為天下之事可得徐陳遍舉指顧而定矣既而誤蒙恩澤受職條例抗論得失與有司不合得請外補於今七年而天下之治安終未可見臣竊疑之伏惟陛下天生聖德聰明睿知不學而具其於謀慮措置曾何足云自頃歲以來每有更張民率不服蓋青苗行而農無餘財保甲行而農無餘力免役行而公私並

困市易行而商賈皆病上則官吏勞苦患其難行下則衆庶愁歎願其速改凡此四者豈陛下之聖明有所不知耶臣以為非也陛下之聖明無所不知何以言之二年以來陛下屢發英斷廢置大吏數其罪惡明示臣庶凡天下之所共疾惡者陛下無一不知由此觀之凡天下之所共怨苦者陛下何所不察今者皇天悔禍啓道聖意易置輔相中外踴躍思覩寛政而歴日彌月寂寞無聞衆心皇皇如久饑而不得食臣雖愚陋竊獨為陛

下恨也陛下自即位以来求治之心常若不及意將以堯舜之隆平易漢唐之淺陋不幸左右不明陵遲以至於此天下之人孰不知之今也既知其不可用而去之又循其舊而不改將遂代之任咎此臣之所以為陛下恨也且今天下之安危智者不再計矣水旱連年死者將半遺民飢困盜賊滿野疆場未寧軍旅在外府庫空竭邊餉寡少事之可憂者何可勝數術之不效斷可見矣然陛下獨遲遲而不決意者已為之而已廢之恐天下

有以窺其深淺耶臣聞人主之德如天天之於物也熾然而旱赤地千里草木皆死可謂虐矣然至雷雨時作膏澤洋溢百穀奮起民復粒食鼓舞盛德而忘旱之虐何者度量廣大改過無疑也如使密雲不雨旣雨而中止遲疑猶豫久而不忍則天之生物盡矣傳曰君子之過也如日月之食焉過也人皆見之更也人皆仰之今陛下誠先治其心使虛一而靜湛乎彼我得失莫能嬰也去惡如棄塵垢遷善如救飢渴與民一新罷此四事

青苗之旣散者要之以三歲而不收息保甲之旣團者存其舊籍而不任事復差役以罷免役之條通商賈以廢市易之令行之期年而觀之苟民不安居水旱復作盜賊復起財用復竭誠有一事以憂陛下臣請伏罔上之誅以謝左右陛下誠不信臣數年之後親受其獘矣古人有言曰一憖之不忍而終身憖乎惟陛下爲社稷籌之臣謹列四事之害畫一以獻不勝愚忠憤懣之誠干犯天威伏俟鈇鉞臣轍誠惶誠恐昧死上書 附畫一狀

謹按青苗免役保甲市易四事得失最為易見上自中外臣僚下至田父野老無有一不知者但以朝廷所行言其是則有功言其非則有罪是以畏避鉗黙不敢正言臣今謹采衆議人所共知灼然可見者畫一開坐如後

一議者皆謂富民假貸貧民坐收倍稱之息是以富者日富貧者日貧今官散青苗取息二分收富人并兼之權而濟貧民緩急之求貸不異於民間而息不至於倍

稱公私皆利莫便於此然公家之貸其實與私貸不同私家雖取利或多然人情相通別無條法今歲不足而取償於來歲米粟不給而繼之以芻藁雞豚狗彘皆可以還債也無歲月之期無給納之費出入閭里不廢農作欲取即取願還即還非如公家動有違礙故雖或取息過倍而民恬不知今官貸青苗責以見錢催隨二稅鄰里相保結狀請錢一家不至九家坐待奔赴城市糜費百端一有逋竄均及同保貧富相迫要以皆斃而後

已朝廷雖多設法度以救其失而其實無益也

一議者又謂平時差役破壊民家一夫為役舉家失業故使逐戸出錢官為雇人謂之免役出錢雖多而民免於破家之患以此為説行之不疑然不知三代之民以力事上不専以錢近世因其有無各聽其便有力而無財者使效其力有財而無力者皆得雇人人各致其所有是以不勞而具今也棄其自有之力而一取於錢民雖有餘力不得效也於是賣田宅伐桑柘鬻牛馬以供

免役而天下始大病矣且夫錢者官之所為米粟布帛者民之所生也古者上出錢以權天下之貨下出米粟布帛以補上之闕上下交易故無不利今青苗免役皆責民出錢是以百物皆賤而惟錢最貴欲民之無貧不可得也至如京師百司郡縣刑法之吏無祿而役為日久矣周制庶人在官雖曰有祿而事簡吏少勢或易供非如今時員數穢多不可供億況三代兵出於民而今世之兵坐而仰給若又兼舉大費為力實難然議者以

為給之以禄然後可責之以廉盖朝廷選吏之精必不如擇官之慎禄吏之厚必不如禄官之多今慎擇多禄之官猶不免於貪而况於吏人乎且昔之為法也計贓得罪無禄者減等今用倉法則吏之得罪反重於官顛倒失宜尤為未可若朝廷誠患吏貪但使官得其人則吏之受賕自有分限若猶未也則雖重禄深法不能禁矣

一議者又謂三代之盛兵出於農故團結伍保以寓軍

令朝廷喜其近古亦謂可行然而三代之民受田於官官之所以養之者厚故出身為兵而無怨今民買田以耕而後得食官之所以養之者薄而欲責其為兵其勢不可得矣蓋自唐以來民以租庸調與官而免於為兵今租庸調變而為兩稅則兩稅之中兵費已具且又有甚者民之納錢免役也以為終身不復為役矣今也既以免役而於捕盜則用為耆長壯丁於催稅則用為戶長里正於巡防則用為巡兵弓手一人而三役具焉民

將何以堪之且其為廵兵弓手也一保甲之中丁壯既出老弱守舍盜賊乘間如入無人之境而其上番之期又不過旬日坐作進退未能知也代者既至相率而反往來道路勞獘何益至使盜賊縱横官吏蒙責嘯聚羣黨攻剽州縣未必不由此也古之循吏使民賣劍買牛今也使之棄其農具而置兵器小民無知緣以為惡良民之畏事者一入而終身不得脫姦民之好權者一補而終身不得免其為患害有不可勝言者矣

一議者常患百貨輕重制在富民少則貴賣以取贏多則賤賣以取利利有所壅商賈難通於是置市易之官以平貴賤有司誠守此議不更別有所營則雖繁碎難行然亦未深害民今自置市易無物不買無利不籠命官遣人販賣南北放債取利公行不疑杜絶利源不與民共觀其指趣非復制其有無權其輕重而已也徒使小民失業商旅不行空取專利之名實失商稅之利國體卑辱海内離心巍巍盛朝何苦於此況復小民好利

類無遠見爭取官債以救目前欺謾父兄妄引抵當期限既迫逃竄無所父子離散行路咨嗟奈何為此陷穽誘而納之也至於姦民巨賈窺伺間隙取利則多或輸滯積不售之貨以易見錢或指殘破無用之屋以賒實貨巧智百出難以具言有司蒙蔽指以為利帛幣一散汗漫難收官之所藏徒文具而已竊聞朝廷近日將議窮究然而既弊之法施行未已買賣百物猶且如故譬如含茹毒藥喉舌破敗胸腹脹滿知其非矣然且閉口

不吐安坐切脈廣求方書其於速愈之術疎矣

右臣所陳畫一事件皆是耳目所接衆庶共知朝廷清明豈有不察若誠有意改易非復難行但朝出一紙詔書四弊夕去非如前代積弊或在列國或在四夷欲議改更恐其動揺海内故且維持含養苟且便安今事在朝廷出命則已衆所係望勢難久留而私自顧戀遲遲不決以失天下之心臣竊不取也愚惷之人志在憂國言詞激切干犯典刑區區寸誠甘俟誅戮謹具奏聞伏

候勅旨

楊慎曰新法之行東坡力爭不勝擾擾垂二十年天下幾危温公革弊一新五年而呂大防劉摯調停之說起頴濱爭之又四年李清臣用而紹述之說起新法復行頴濱爭之不勝天下事去矣二公議論關係之大如此

為兄軾下獄上書

臣聞困急而呼天疾痛而呼父母者人之至情也臣雖

草芥之微而有危迫之懇惟天地父母哀而憐之臣早
失怙恃惟兄軾一人相須為命今者竊聞其得罪逮捕
赴獄舉家驚號憂在不測臣竊思念軾居家在官無大
過惡惟是賦性愚直好談古今得失前後上章論事其
言不一陛下聖德廣大不加譴責軾狂狷寡慮竊恃天
地包含之恩不自抑畏頃年通判杭州及知密州日每
遇物託興作為歌詩語或輕發向者曾經臣寮繳進陛
下置而不問軾感荷恩貸自此深自悔咎不敢復有所

為但其舊詩已自傳播臣誠哀軾愚於自信不知文字輕易迹涉不遜雖改過自新而已陷於刑辟不可救止軾之將就逮也使謂臣曰軾早衰多病必死於牢獄死固分也然所恨者少抱有為之志而遇不世出之主雖齟齬於當年終欲效尺寸於晚節今遇此禍雖欲改過自新洗心以事明主其道無由況立朝最孤左右親近必無為言者惟兄弟之親試求哀於陛下而已臣竊哀其志不勝手足之情故為冒死一言昔漢淳于公得罪

其女子緹縈請沒爲官婢以贖其父漢文因之遂罷肉刑今臣螻蟻之誠雖萬萬不及緹縈而陛下聰明仁聖過於漢文遠甚臣欲乞納在身官以贖兄軾非敢望末減其罪但得免下獄死爲幸兄軾所犯若顯有文字必不敢拒抗不承以重得罪若蒙陛下哀憐赦其萬死使得出於牢獄則死而復生宜何以報臣願與兄軾洗心改過粉骨報効惟陛下所使死而後已臣不勝孤危迫切無所告訴歸誠陛下惟寛其狂妄特許所乞臣無任

祈天請命激切隕越之至

按何遠春渚紀聞述其父去非所聞於軾自言謂初逮繫御史獄獄具奏上是夕昏鼓既畢某方就寢忽有二人排闥而入投篋於地即枕卧之至四鼓睡中覺有撼體而連語云賀喜者某徐轉仄問之即曰安心熟寢乃挈篋而去蓋初奏上舒亶之徒力詆上前必欲置之死地而裕陵初無深罪之意密遣小黄門至獄中視某起居狀適某鼻息如雷即馳以聞裕陵顧謂左右曰朕知

蘇軾胸中無事者於是即有黃州之命夫王安石怒軾直言極諫捃摭文字以殺其身以威天下使天下不敢復言神宗諒軾無他而安石之不直勿聽可矣罪安石可矣乃若有不得已者先如其意而予之逮軾論死徐薄其罪而責遣之此何為者也豈非倒持太阿以柄與人已轉於其中排難解紛乎自古憸壬眩惑聰明如毒蠱焉能令人顛倒往往如此是以明君遠之若虺蝎良臣擊之若鷹鸇

部伯温曰朱壽昌者少不知母所在棄官走天下求之刺血書佛經志甚苦熙寧初見於同州迎以歸朝士多以詩美之蘇内翰子瞻詩云感君離合我酸心此事今無古或聞王荆公薦李定為臺官定嘗不持母服臺諫給舍俱論其不孝不可用内翰因壽昌作詩貶定故曰此事今無古或聞也後定為御史中丞言内翰多作詩貶上自知湖州赴詔獄

代三省祭司馬丞相文

嗚呼元豐末命震驚四方號令所從惟幄是望公來自
西會哭於庭縉紳咨嗟復見老成太姒在位成王在左
曰予惸惸誰恤予禍白髮蒼顔三世之臣不留相予孰
左右民公出於道民聚而呼皆曰吾父歸歟歸歟公畏
莫當遄返洛師授之宛邱實將用之公之來思岌然特
立身如槁木心如金石時當宅憂恭默不言一二卿士
代天斡旋事紛如絲衆比如櫛治亂之幾間不容髮公
身當之所恃惟誠吾民苟安吾君則寧以順得天以信

得人鉏去太甚復其本原白叟黄童織婦耕夫庶幾休
焉日月以須公乗安輿入見延和裕民之言之死靡他
將享合宮百辟咸事公病於家卧不時起明日當齋公
訃暮聞天以雨泣都人酸辛禮成不賀人識君意龍衮
蟬冠遂以往襚公之初來民執弓矛逮公永歸旣耕且
耰公雖云亡其志則存國有成法朝有正人持而守之
有一毋隕匪以報公維以報君天子聖明神母萬年民
不告勤公志則然死者復生信我此言嗚呼哀哉

光輔哲宗初政盡去熙寧痼弊與民休息出溝壑而登衽席宋幾中興光死而調停之說行始而調停者繼而盡去君子專用小人矣轍為三省合祭文約謹守光成法謂死者復生信哉此言葢所以要三省歟豈知小人將國與君之不恤而何有於光方將戮及光之死䰟而錮光之子孫何有於光之成法也

御選唐宋文醇卷五十三

御選唐宋文醇卷五十四

南豐曾鞏文一

書魏鄭公傳

予觀太宗嘗屈己以從羣臣之議而魏鄭公之徒喜遭其時感知己之遇事之大小無不諫諍雖其忠誠自至亦得君以然也則思唐之所以治太宗之所以稱賢主而前世之君不及者其淵源皆出於此也能知其有此

者以其書存也及觀鄭公以諫諍事付史官太宗怒之薄其恩禮失始終之義則未嘗不反復嗟惜恨其不思而益知鄭公之賢焉夫君之使臣與臣之事君者何大公至正之道而已矣大公至正之道非滅人言以掩己過取小亮以私其君此其不可者也又有甚不可者夫以諫諍為當掩是以諫諍為非美也則後世誰復當諫諍乎況前代之君有納諫之美而後世不見則非惟失一時之公將使後世之君謂前代無諫諍之事是啟其

怠且忌矣太宗末年羣下既知此意而不言漸不知天下之得失至於遼東之敗而始恨鄭公不在世未嘗知其悔之萌芽出於此也夫伊尹周公何如人也伊尹周公之諫切其君者其言至深而其事至迫存之於書未嘗掩焉至今稱太甲成王為賢君而伊尹周公為良相者以其書可見也令當時削而棄之成區區之小讓則後世何所據依而諫又何以知其賢且良與桀紂幽厲始皇之亡則其臣之諫詞無見焉非其史之遺乃天下

不敢言而然也則諫諍之無傳乃此數君之所以益暴其惡於後世而已矣或曰春秋之法為尊親賢者諱與此戾矣夫春秋之所以諱者惡也納諫諍豈惡乎然則焚稾者非歟曰焚稾者誰歟非伊尹周公為之也近世取區區之小亮者為之耳其事又未是也何則以焚其稿為掩君之過而使後世傳之則是使後世不見稿之是非而必其過常在於君美常在於己也豈愛其君之謂歟孔光之去其稿之所言其在正邪未可知也而焚

之而惑後世庸詎知非謀己之奸計乎或曰造辟而言詭辭而出異乎此曰此非聖人之所曾言也今萬一有是理亦謂君臣之間議論之際不欲漏其言於一時之人耳豈杜其告萬世也噫以誠信待己而事其君而不欺乎萬世者鄭公也益知其賢云豈非然哉豈非然哉

鞏文以此篇為第一所為既沒其言立者歟按易曰含章可貞或從王事无成有終子曰善則稱君過則稱己則民作忠書君陳曰爾有嘉謀嘉猷則入告爾后于内

爾乃順之于外曰斯謀斯猷惟我后之德嗚呼臣人咸若時惟良顯哉周公孔子成王之言胥不若是而謂䍐之說可比於古之立言者何歟曰周公之言則孔子文言明之矣曰陰雖有美含之以從王事弗敢成也地道也妻道也臣道也地道无成而代有終也陰不得自有美有美斯惡矣雖有公旦之勲勞而使天下不知其出於王則亦惡矣雖百官總己以聽於周公而凡文告之辭必曰周公曰王若曰若今傳宣詔旨者然可知明係

冲子而終未嘗有一言一事之專成者公之美皆王之美也至於納誨則不然曰予旦受人之徽言咸告孺子王矣公未嘗有所諱而讓也蓋无成之義在事立績成之時而納誨之辭在出謀發慮之始安得引易之語為議哉若孔子之言為人臣言也夫言豈一端而已夫各有所當也與父言依於慈與子言依於孝子與子相語而言父之不慈固為悖德父與父相語而唯言子之不孝則亦里巷小人之為矣孔子人臣為人臣言安得不

云爾乎若羣之言所以開後世人君之惑也况乎察言者如觀山焉移步換形遠近高低便不同在善領會者夫善則稱君善已成也過則稱己過已成也善之已成而身任之是悖易无成含章之義也過之已成而身任之是為尊者諱也孔子曰丘也幸苟有過人必知之之類是也若夫諫諍之事則善固未成而過亦未著其納諫而成善歟其善之大小未可知而先彰其納諫之美若決江河則尊吾君以舜也縱使過已成而改而之善

歟過既改則過之大小不必問而唯見其改過之美改過不吝是尊吾君以湯也然則羣之言正孔子所謂善則稱君之大者矣而奚有二焉惟諫不納而過已彰乃號於人曰吾嘗言之矣則為失人臣之義耳而豈筆文之旨哉若君陳之書則先儒辨之久矣葛真曰成王殆失言欲具臣善則稱君人臣之細行也君既有是心至於有過將使誰執哉禹聞善言則拜湯改過不吝端不為此言矣真德秀曰人臣自處者所當知若君以諂其

臣則不可也漢高祖稱李斯善則稱君王衛尉深非之衛尉之名不著然其言足為萬世法兩家之言當矣抑又有說焉孟子曰讀其書不知其人可乎是以論其世也成王之命君陳也周公既没而使代其職以監殷頑民於下都也管蔡之亂未久成王親政亦未久安反側銷奸慝用恩用威與常事異其時勢必有當如是措置者而成王有此言也蓋自恐其德之未洽於天下也而豈謂易地皆然哉是又不得據君陳以非羣矣

與孫司封書

運使司封閣下竊聞儂智高未反時已奪邕邑地而有之為吏者不能禦因不以告皇祐三年邕有白氣起廷中江水横溢司戸孔宗旦以為兵象策智高必反以書告其將陳拱拱不聽宗旦言不已拱怒詆之曰司戸狂耶四年智高出横山略其寨人因其倉庫而大賑之宗旦又告曰事急矣不可以不戒拱又不從凡宗旦之於拱以書告者七以口告者多至不可數度拱終不可得

意即載其家走桂州曰吾有官守不得去吾親母為與死此既行之二日智高果反城中皆應之宗旦猶力守南門為書召鄰兵欲拒之城亡智高得宗旦喜用之宗旦怒曰賊汝今立死吾豈可汙邪駡不絶口智高度終不可下乃殺之當其初使宗旦言不廢則邕之禍必不發而吾有以待之則必無事使獨有此一善固不可不旌況其死節堂堂如是而其事未白於天下比見朝廷所寵贈南兵以來伏節死難之臣宗旦乃獨不與此非

所謂曲突徙薪無恩澤焦頭爛額為上客邪使宗旦初無一言但賊至而能死不去固不可以無賞蓋先事以為備全城而保民者宜責之陳拱非宗旦事也今猥令與陳拱同戮既遺其言又負其節為天下者賞善而罰惡為君子者樂道人之善樂成人之美豈當如是邪凡南方之事卒至於破十餘州覆軍殺將喪元元之命竭山海之材者非其變發於隱伏而起於倉卒也內外上下有職事者初莫不知或隱而不言或忽而不備苟且

偷託以至於不可禦耳有一人先能言者又為世所侵蔽令與罪人同罰則天下之事其誰復言耶聞宗旦非獨以書告陳拱當時為使者于廣東西者宗旦皆歴告之今彼既不能用懼重為已累必不肯復言宗旦嘗告我也為天下者使萬事已理天下已安猶須力開言者之路以防未至之患況天下之事其可憂者甚衆而當世之患莫大於人不能言與不肯言而甚者或不敢言也則宗旦之事豈可不汲汲載之天下視聽發揚褒大

其人以驚動當世耶宗旦喜學易所爲注有可采者家不能有書而人或質問以易則貫穿馳騁至數十家皆能言其意事祖母盡心貧幾不能自存好議論喜功名鞏嘗與之接故頗知之則其所立亦非一時偶然發也世多非其在京東時不能自重至爲世所指目此固一眚今其所立亦可贖矣鞏初聞其死之事未敢決然信也前後得言者甚衆又得其弟自言而聞祖袁州在廣東亦爲之言然後知其事使雖有小差要其大槪不誣

也況陳拱以下皆覆其家而宗旦獨先以其親遁則其有先知之效可知也以其性之喜事則其有先言之效亦可知也以閤下好古力學志樂天下之善又方使南方以賞罰善惡為職故敢以告其亦何惜須臾之聽尺紙之議博問而極陳之使其事白固有補於天下不獨一時為宗旦發也伏惟少留意焉如有未合願賜還答不宣鞏頓首

國所以立者紀綱也綱以統紀紀以承綱紀亂而補苴

罅漏雖不可少然國不至於無與立也曰綱在也綱廢則紀雖存亦弛而不能舉矣誤封疆者不可逭誅死封疆者不可遺邺是立國之綱也鞏所以勤勤於孔宗旦之事而必欲其白於天下歟

謝杜相公書

伏念昔者方鞏之得禍罰於河濱去其家四千里之遠南嚮而望迅河大淮埭堰湖江天下之險為其阻阨而以孤獨之身抱不測之疾煢煢路隅無攀緣之親一見

之舊以為之託又無至行上之可以感人利勢下之可以動俗惟先人之醫藥與凡喪之所急不知所以為賴而旅櫬之重大懼無以歸者明公獨於此時閔閔勤勤營救護睮靚屈車騎臨於河上使其方先人之病得一意於左右而醫藥之有與謀至於旣孤無外事之奪其哀而毫髮之私無有不如其欲莫大之喪得以卒致而南其為存全之恩過越之義如此竊惟明公相天下之道吟誦推說者窮萬世非如曲士汲汲一節之善而位

之極年之高天子不敢煩以政豈鄉閭新學危苦之情叢細之事宜以徹於眎聽而蒙省察然明公存先人之故而所以盡於鞏之德如此益明公雖不可起而寄天下之政而愛育天下之人材不忍一夫失其所之道出於自然推而行之不以進退而鞏獨幸遭明公於此時也在喪之日不敢以世俗淺意越禮進謝喪除又恐大恩之不可名空言之不足陳緋徊迄今一書之未進顧其慚生於心無須臾廢也伏惟明公終賜亮察夫明公

存天下之義而無有所私則犖之所以報於明公者亦惟天下之義而已誓心則然未敢謂能也

大學始教宵雅肄三官其始也說者以為無私恩非孝子也無公義非忠臣也若是乎私恩公義之難並立而忠孝之致相妨乎奚其然也道在明孝則守先待後不事王侯正為朝廷端本明化忠之大也非公義歟道在明忠則能致其身使天下咸曰幸哉有子如此正為父母繼志述事孝之至也非私恩歟然則道一而已在人

審其輕重而時措之耳世衰道微彝倫攸斁於是覯起與殺其父而世以為忠伍員教吳滅楚而世以為孝其為人也孝弟而好犯上者鮮矣不好犯上而好作亂者未之有也此有若之所以歎也至於君臣朋友之間公義益以不明桀黠之徒以訐為直專於恩地加腴刻焉以求親媚於主上號於人曰不黨而不顧神人之所共怒其同流合汙者利相引害相扶前者唱于後者唱喁即至國步蹇資淪胥以敗而世猶諒之曰某與某有恩

也豈不謬哉夫以私恩報私恩無異紵衣縞帶耳以公義報私恩則木桃瓊瑶也若廢公義以報私恩猶樹穀而得稗矣豈所以為報哉韓厥之舉愈彰趙孟之忠況所為公義者又非必盡若韓厥之事也哉夫人生平恩怨所不能無公義之不明吾不知其何以報恩矣巽受杜衍甸匐救喪之厚德而矢以公義為報恩豈非真知輕重大丈夫哉

王明清曰曾密公諱易占字不疑歐陽文忠識其碑

聖祖御評
發貴莊嚴而氣

曰少有大志知名江南為文忠所稱如此則其人固可想矣既以豪俠自任信州玉山令有過客楊南仲文采可喜氣概頗相投公厚贈其行會與郡將錢僊芝不叶据摭公以客所受為賄公引伏受垢不復自辯竟除名徙英州以赦自便將訴其事於朝行次南都而卒時公子南豐先生子固已名重於世適留京師而杜祁公以故相自來逆旅為辦後事

寄歐陽舍人書

自紆迴不迫詩此等文當細觀其轉折脫卸之法

鞏頓首載拜舍人先生去秋人還蒙賜書及所撰先大父墓碑銘反覆觀誦感與慚并夫銘誌之著於世義近於史而亦有與史異者蓋史之於善惡無所不書而銘者蓋古之人有功德材行志義之美者懼後世之不知則必銘而見之或納於廟或存於墓一也苟其人之惡則於銘乎何有此其所以與史異也其辭之作所以使死者無有所憾生者得致其嚴而善人喜於見傳則勇於自立惡人無有所紀則以媿而懼至於通材達識義

烈節士嘉言善狀茍見於篇則足為後法警勸之道非近乎史其將安近及世之衰人之子孫者一欲襃揚其親而不本乎理故雖惡人皆務勒銘以誇後世立言者既莫之拒而不為又以其子孫之所請也書其惡焉則人情之所不得於是乎銘始不實後之作銘者當觀其人茍託之非人則書之非公與是則不足以行世而傳後故千百年來公卿大夫至於里巷之士莫不有銘而傳者蓋少其故非他託之非人書之非公與是故也然

則孰為其人而能盡公與是歟非畜道德而能文章者無以為也蓋有道德者之於惡人則不受而銘之於衆人則能辨焉而人之行有情善而迹非有意姦而外淑有善惡相懸而不可以實指有實大於名有名侈於實猶之用人非畜道德者惡能辨之不惑議之不徇不惑不徇則公且是矣而其辭之不工則世猶不傳於是又在其文章兼勝焉故曰非畜道德而能文章者無以為也豈非然哉然畜道德而能文章者雖或並世而有亦或

數十年或一二百年而有之其傳之難如此其遇之難又如此若先生之道德文章固所謂數百年而有者也先祖之言行卓卓幸遇而得銘其公與是其傳世行後無疑也而世之學者每觀傳記所書古人之事至其所可感則往往盡然不知涕之流落也况其子孫也哉况鞏也哉其追晞祖德而思所以傳之之繇則知先生推一賜於鞏而及其三世其感與報宜若何而圖之抑又思若鞏之淺薄滯拙而先生進之先祖之屯蹷否塞以

死而先生顯之則世之魁閎豪傑不世出之士其誰不願進於門潛遁幽抑之士其誰不有望於世善誰不為而惡誰不愧以懼為人之父祖者孰不欲教其子孫為人之子孫者孰不欲寵榮其父祖此數美者一歸於先生既拜賜之辱且敢進其所以然所諭世族之次敢不承教而加詳焉愧甚不宣鞏再拜

茅坤曰此書紆徑百折而感慨嗚咽之氣博大幽深之識溢於言外較之蘇長公謝張太保撰先人墓碣

聖祖御評
出入風雅之中
利有溫柔敦厚
之氣知其本乎
性情者深也

書特勝

張英曰以畜道德而能文章歸美歐陽足見作銘之不易以此一義迴旋轉折灑灑洋洋極唱歎游泳之致想見行文樂事

福州上執政書

鞏頓首再拜上書某官竊以先王之迹去今遠矣其可概見者尚存於詩詩存先王養士之法所以撫循待遇之者恩意可謂備矣故其長育天下之材使之成就則

如蘿蔦之在大陵無有不遂其賓而接之出於懇誠則如鹿鳴之相呼名其聲音非自外至也其燕之則有飲食之具樂之則有琴瑟之音將其厚意則有幣帛筐篚之贈要其大吉則未嘗不在於得其歡心其人材既衆列於庶位則如棫樸之盛得而薪之其以為使臣則寵其往也必以禮樂使其光華皇皇於遠近勞其來也則既知其功又本其情而叙其勤其以為將率則於其行也既送遣之又識薇蕨之始生而恐其歸時之晚及其

還也既休息之又追念其悄悄之憂而及於僕夫之瘁當此之時后妃之於内助又知臣下之勤勞其憂思之深至於山脊石砠僕馬之間而志意之一至於雖采卷耳而心不在焉葢先王之世待天下士其勤且詳如此故稱周之士也貴又稱周之士也肆而天保亦稱君能下下以成其政臣能歸美以報其上其君臣上下相與之際如此可謂至矣所謂必本其情而敘其勤者在四牡之三章曰王事靡盬不遑將父四章曰王事靡盬不

遑將母而其卒章則曰豈不懷歸是用作謌將母來諗釋者以謂諗告也君勞使臣敘述其情曰豈不誠思歸乎故作此詩之謌以養父母之志來告其君也既休息之而又追敘其情如此繇是觀之上之所以接下未嘗不恐失其養父母之心下之所以事上有養父母之心未嘗不以告也其勞使臣之辭則然而推至於戍役之人亦勞之以王事靡盬憂我父母則先王之政即人之心莫大於此也及其後世或任使不均或苦於征役而

不得養其父母則有北山之感鴇羽之嗟或行役不已而父母兄弟離散則有陟岵之思詩人皆推其意見於國風所謂發乎情止乎禮義者也伏惟吾君有出乎數千載之大志方與先王之治以上繼三代吾相於時皆同德合謀則所以待天下之士者豈異於古士之出於是時者豈有不得盡其志邪鞏獨何人幸遇茲日鞏少之時尚不敢飾其固陋之質以干當世之用今髮齒日衰聰明日耗令其至愚固不敢有徼進之心況其少有

知耶轉走五郡盖十年矣未嘗敢有半言片辭求去邦域之任而冀倍朝廷之義此鞏之所以自處竊計已在聽察之日久矣今輒以其區區之腹心敢布於下執事者誠以鞏年六十老母年八十有八老母寓食京師而鞏守閩越仲弟守南越二越者天下之遠處也於著令有一人仕於此二邦者同居之親當遠仕者皆得不行鞏固不敢為不肖之身求自比於是也顧以道里之阻既不可御老母而南則非獨省晨昏承顏色不得効其

犬馬之愚至於書問往還蓋以萬里非累月踰時不通此白首之母子所以義不可以苟安恩不可以苟止者也方去歲之春有此邦之命輩敢以情告於朝而詔報不許屬閩有盜賊之事因不敢繼請及去秋到職閩之餘盜或數十百為曹伍者往往蟻聚於山谷桀黠能動衆為魁首者又以十數相望於州縣閩之室閭莫能寧而遠近聞者亦莫不疑且駭也州屬邑又有出於饑旱之後鞏於此時又不敢以私計自陳其於寇孽屬前日

之屢敗士氣既奪而吏亦無可屬者其於經營既不敢以輕動迫之又不敢以少縱玩之一則諭以招納一則戒以翦除既而其悔悟者自相拘執以歸其不變者亦為士吏之所係獲其魁首則或縻而致之或殲而去之自冬至春遠近皆定亭無枹鼓之警里有家室之樂士氣始奮而人和始洽至於風雨時若田出自倍今野行海涉不待朋儔市粟麪米價減什七此皆吾君吾相至仁元澤覆冒所及故寇旱之餘曾未期歲既安且富至

於如此羣與斯民與蒙其幸方地數千里旣無一事繫官於此又已彌年則可以將母之心告於吾君吾相未有易於此時也伏惟古之所以待士之詳思勞歸之詩本士大夫之情而及於其親逮之以即乎人心之安或還之闕下或處以閑曹或引之近畿屬以一郡使得諧其就養之心慰其高年之母則仁治之行豈獨昏愚得蒙賜於今日其流風餘法傳之永久後世之士且將賴此其無北山之怨鴇羽之譏陟岵之歎蓋行之甚易

聖祖御評
慎取二字真讀
書要訣此論文
所獨闢

為德於士類者甚廣惟留意而圖之不宣羣頓首

茅坤曰子固以宦游閩徼不得養母本風雅以為陳情之案而其反復咏歎藹然盛世之音此子固之文所以上擬劉向而非近代所及也

新序目録序

劉向所集次新序三十篇録一篇隋唐之世尚為全書今可見者十篇而已臣既考正其文字因為其序論曰古之治天下者一道德同風俗蓋九州之廣萬民之衆

千歲之遠其教已明其習已成之後所守者一道所傳者一說而已故詩書之文歷世數十作者非一而其言未嘗不相為終始化之如此其至也當是之時異行者有誅異言者有禁防之又如此其備也故二帝三王之際及其中間嘗更衰亂而餘澤未熄之時百家衆說未有能出於其閒者也及周之末世先王之教化法度既廢餘澤既熄世之治方術者各得其一偏故人奮其私智家尚其私學者蠭起於中國皆明其所長而昧其短

矜其所得而諱其失天下之士各自為方而不能相通世之人不復知夫學之有統道之有歸也先王之遺文雖在皆絀而不講況至於秦為世之所大禁哉漢興六藝皆得於斷絶殘脱之餘世復無明先王之道以一之者諸儒茍見傳記百家之言皆悦而嚮之故先王之道為衆説之所蔽闇而不明鬱而不發而怪奇可喜之論各師異見皆自名家者誕漫於中國一切不異於周之末世其弊至於今尚在也自斯以來天下學者知折衷

於聖人而能純於道德之美者揚雄氏或可耳如向之徒皆不免乎為衆說之所蔽而不知有所折衷者也孟子曰待文王而興者凡民也豪傑之士雖無文王猶興漢之士豈無明先王之道以一之者哉亦其出於是時者豪傑之士少故不能特起於流俗之中絶學之後也蓋向之序此書於今為最近古雖不能無失然遠至舜禹而次及於周秦以來古人之嘉言善行亦往往而在也要在慎取之而已故臣既惜其不可見者而校其可

見者特詳焉亦足以知臣之攻其失豈好辯哉臣之所不得已也編校書籍臣曾鞏上

鞏序謂新序三十篇而今之新序僅十篇耳雖其事不盡實録要其所以為法戒不悖於道勝韓詩外傳之屬矣鞏謂向之徒皆不免乎為衆說之所蔽而不知有所折衷而教人以慎擇就十篇觀之無有也顧未知餘二十篇何如豈後人去其疵累而存其精英耶

列女傳目録序

聖祖御評閨門之内王化之原暢達其辭足以茂明風教矣

劉向所叙列女傳凡八篇事具漢書向列傳而隋書及崇文總目皆稱向列女傳十五篇曹大家注以頌義考之盖大家所注離其七篇為十四與頌義凡十五篇而益以陳嬰母及東漢以來凡十六事非向書本然也盖向舊書之亡久矣嘉祐中集賢校理蘇頌始以頌義為篇次復定其書為八篇與十五篇者並藏於館閣而隋書以頌義為劉歆作與向列傳不合今驗頌義之文盡向之自叙又藝文志有向列女傳頌圖明非歆作也自

唐之亂古書之在者少矣而唐志録列女傳凡十六家至大家注十五篇者亦無録然其書今在則古書之或有録而亡或無録而在者亦衆矣非可惜哉今校讐其八篇及其十五篇者已定可繕寫初漢承秦之敝風俗已大壞矣而成帝後宫趙衛之屬尤自放向以謂王政必自内始故列古女善惡所以致興亡者以戒天子此向述作之大意也其言太任之娠文王也目不視惡色耳不聽淫聲口不出敖言又以謂古之人胎教者皆如

此夫能正其視聽言動者皆大人之事而有道者之所畏也願令天下之女子能之何其盛也以臣所聞蓋為之師傅保姆之助詩書圖史之戒珩璜琚瑀之節威儀動作之度其教之者雖有此具然古之君子未嘗不以身化也故家人之義歸於反身二南之業本於文王夫豈自外至哉世皆知文王之所以興能得內助而不知所以然者蓋本於文王之躬化故內則后妃有關雎之行外則羣臣有二南之美與之相成其推而及遠則商

辛之昏俗江漢之小國兎罝之野人莫不好善而不自知此所謂身修故家國天下治者也後世自學問之士多徇於外物而不安其守其家室既不見可法故競於邪侈豈獨無相成之道哉士之苟於自恕顧利冒恥而不知反已者往往以家自累故也故曰身不行道不行於妻子信哉如此人者非素處顯也然去二南之風亦已遠矣況於南鄉天下之主哉向之所述勸戒之意可謂篤矣然向號博極羣書而此傳稱詩芣苢柏舟大車

之類與今序詩者之説尤乖異蓋不可考至於式微之一篇又以謂二人之作豈其所取者博故不能無失歟其言象計謀殺舜及舜所以自脱者頗合於孟子然此傳或有之而孟子所不道者蓋亦不足道也凡後世諸儒之言經傳者固多如此覽者采其有補而擇其是非可也故為之叙論以發其端云編校館閣書籍臣曾鞏

序

朱子曰關雎雖若專美太姒而實以深見文王之德

序者徒見其詞而不察其意遂壹以后妃爲主而不復知有文王是固已失之矣至於化行國中三分天下亦皆以爲后妃之所致則是禮樂征伐皆出於婦人之手而文王者徒擁虛器以爲寄生之君也其失甚矣惟南豐曾氏之言竊謂庶幾得之

黄震曰南豐疑此傳稱芣苢柏舟大車之類與今詩序不合蓋不思今序衛宏所作出向之後也

儲欣曰深探經術懸爲日月不刊之書

聖祖御評
論聖人因時制禮處原本經術此見南豐為學本領

禮閣新儀目録序

禮閣新儀三十篇韋公肅撰記開元以後至元和之變禮史館祕閣及臣書皆三十篇集賢院書二十篇以參相校讐史館祕閣及臣書多複重其篇少者八集賢院書獨具然臣書有目録一篇以考其次序蓋此書本三十篇則集賢院書雖具然其篇次亦亂既正其脫謬因定著從目録而禮閣新儀三十篇復完夫禮者其本在於養人之性而其用在於言動視聽之間使人之言動

視聽一於禮則安有放其邪心而窮於外物哉不放其邪心不窮於外物則禍亂可息而財用可充其立意微其為法遠矣故設其器制其物為其數立其文以待其有事者皆人之起居出入吉凶哀樂之具所謂其用在乎言動視聽之間者也然而古今之變不同而俗之便習亦異則法制度數其久而不能無弊者勢固然也故為禮者其始莫不宜於當世而其後多失而難遵亦其理然也夫則必改制以求其當故羲農以來至於三代

禮未嘗同也後世去三代蓋千有餘歲其所遭之變所習之便不同固已遠矣而議者不原聖人制作之方乃為設其器制其物為其數立其文以待其有事而為其起居出入吉凶哀樂之具者當一一以追先王之迹然後禮可得而興也至其說之不可求其制之不可考或不宜於人不合於用則寧至於漠然而不敢為使人之言動視聽之間蕩然莫之為節至患夫為罪者之不止則繁於為法以禦之故法至於不勝其繁而犯

者亦至於不勝其衆豈不惑哉蓋上世聖人有爲耒耜者或不爲宮室爲舟車者或不爲棺椁豈其智不足爲哉以謂人之所未病者不必改也至於後聖有爲宮室者不以土處爲不可變也爲棺椁者不以葛溝爲不可易也豈好爲相反哉以爲人之所既病者不可因也又至於後聖則有設兩觀而更采椽之質攻文梓而易瓦棺之素豈不能從儉哉以謂人情之所好能爲之節而不能變也由是觀之古今之變不同而俗之便習亦異

則亦屢變其法以宜之何必一一以追先王之迹哉其要在於養民之性防民之欲者本末先後能合乎先王之意而已此制作之方也故瓦樽之尚而薄酒之用太羹之先而庶羞之飽一以為貴本一以為親用則知有聖人作而為後世之禮者必貴俎豆而今之器用不廢也先弁冕而今之衣服不禁也其推之皆然然後其所改易更革不至於拂天下之勢駭天下之情而固已合乎先王之意矣是以羲農以來至於三代禮未嘗同而

制作之如此者未嘗異也後世不惟其如此而或至於不敢為或為之者特出於其勢之不可得已故茍簡而不能備希濶而不常行又不過用之於上而未有加之於民者也故其禮本在於養人之性而其用在於言動視聽之間者歷千餘歲民未嘗得接於耳目況於服習而安之者乎至其陷於罪戾則繁於為法以禦之其亦不仁也哉此書所紀雖其事已淺然凡世之記禮者亦皆有所本而一時之得失具焉昔孔子於告朔愛其禮

之存况於一代之典籍哉故其書不得不貴故為之定著以俟夫論禮者考而擇焉

犖論禮與蘇軾之語如出一人軾之文雄快至於縝密純粹固遜於犖也若犖所言禮行而財用可充則固軾之所未及而經世之要旨在焉惜犖亦未嘗究極言之也古之人飲食衣服宫室兆域莫不立之等威使無僭差曰以辨上下定民志匪曰以此富民也然而富民莫要於是蓋古之聖王自公卿士大夫以至於庶民蚤已

計耕者之所獲與禄足代耕之數為之品節限制而行之於等威之中天下之民習見習聞無其位自必恥用其物非特畏而不敢用也故奢侈之俗不待禁而自無既無越分之侈用則其所宜用者財自足以供而不至於匱此聖王使民仰足事父母俯足畜妻子仁恩誠莫大焉者也秦漢以來古制蕩然競以奢侈相尚用之無藝賈誼云庶人屋壁得為帝服倡優下賤得為后飾然而天下不屈者殆未有也相沿以至於今若河決下流

而東注其孰為之底柱乎然民情不相遠有其舉之亦莫敢壞也如今日者親王郡王得以蟒繡為坐具等威在焉則雖有放辟邪侈之人不敢以蟒繡為坐具公然入朝市者也若卧具則有力者雖庶人並得為之而莫或禁一卧具可作數坐具然坐具則公卿不敢卧具則庶人得用之而無非者以為等威不在是則無所畏與恥故也由一坐具而推之固無往不然矣天之所生地之所養人力之所用其為財止有此數不過相流轉於

天地之中賴君上留餘之以惠斯民然亦不能當人人

之膏以附上也為人上者人

甚勞而難徧矣況乎既徧之

然則以法活人法立而利無

王志堅曰困學紀聞云禮閣新儀則指新法襄州長

渠則指水利兵間詩則指徐德占論交詩則指李吉

甫按南豐嘗作懷友以遺荆公公答以同學荆公答

段縫書為南豐辨謗南豐亦薦荆公於蔡學士其相知如此後荆公得志而不為茍同又如此子固真君子人也

張英曰禮因人情能為之節而不能變此實確論出入經史其言典醇濃縟閎博淵雅南豐之所擅長也

御選唐宋文醇卷五十四

欽定四庫全書

御選唐宋文醇卷五十五

南豐曾鞏文二

戰國策目録序

劉向所定戰國策三十三篇崇文總目稱十一篇者闕臣訪之士大夫家始盡得其書正其誤謬而疑其不可考者然後戰國策三十三篇復完敘曰向敘此書言周之先明教化修法度所以大治及其後謀詐用而仁義

之路塞所以大亂其說既美矣卒以謂此書戰國之謀士度時君之所能行不得不然則可謂惑於流俗而不篤於自信者也夫孔孟之時去周之初已數百歲其舊法已亡舊俗已熄久矣二子乃獨明先王以謂不可改者豈將强天下之主以後世之不可為哉亦將因其所遇之時所遭之變而為當世之法使不失乎先王之意而已二帝三王之治其變固殊其法固異而其為國家天下之意本末先後未嘗不同也二子之道如是而已

蓋法者所以適變也不必盡同道者所以立本也不可不一此理之不易者也故二子者守此豈好為異論哉能勿苟而已矣可謂不惑乎流俗而篤於自信者也戰國之游士則不然不知道之可信而樂於說之易合其設心注意偷為一切之計而已故論詐之便而諱其敗言戰之善而蔽其患其相率而為之者莫不有利焉而不勝其害也有得焉而不勝其失也卒至蘇秦商鞅孫臏吳起李斯之徒以亡其身而諸侯及秦用之者亦滅

其國其為世之大禍明矣而俗猶莫之寤也惟先王之道因時適變為法不同而考之無疵用之無弊故古之聖賢未有以此而易彼也或曰邪說之害正也宜放而絶之則此書之不泯其可乎對曰君子之禁邪說也固將明其說於天下使當世之人皆知其說之不可從然後以禁則齊使後世之人皆知其說之不可為然後以戒則明豈必滅其籍哉放而絶之莫善於是是以孟子之書有為神農之言者有為墨子之言者皆著而非之

至於此書之作則上繼春秋下至楚漢之起二百四十五年之間載其行事固不可得而廢也此書有高誘注者二十一篇或曰二十二篇崇文總目存者八篇今存者十篇校編史館書籍臣曾鞏序

孟子曰聖王不作諸侯放恣處士横議戰國策皆其横議之文也而實執國命以交天下之兵所謂充塞仁義者劉向以為不得不然惑也鞏辯而闢之當矣明道德之出於一而枉尺之必不可以直尋其為世道人心益

良厚然於篇末設為或問以著此書之不可泯必存其籍而後可以為戒則猶有議焉古者左史記言右史記動事為春秋言為尚書周衰史氏漸亡然晉董狐之書趙盾齊太史之書崔杼皆以死守其職雖亡不能盡亡也左丘明用左史之例以傳夫子之春秋故其文雖亦紀言而主於事復自集列國之語以備右史故其文雖亦紀事而主乎言戰國策國語類也夫亦戰國之史云爾何議存議廢為然則聳沾沾焉著其不可廢之故亦

惑也柳宗元唯不明乎此故作非國語以尤左印明而不自知其陋無異舉斮脛剖心之屬非秦誓也輩知二百四十五年之行事載焉較勝宗元矣而未了然知其即是戰國之史善惡畢載不得以其邪説暴行而議存議廢者則亦不無小失云

徐幹中論目録序

臣始見館閣及世所有徐幹中論二十篇以謂盡於此及觀貞觀政要怪太宗稱嘗見幹中論復三年喪篇而

今書此篇闕因考之魏志見文帝稱幹著中論二十餘篇於是知館閣及世所有幹中論二十篇者非全書也幹字偉長北海人生於漢魏之間魏文帝稱幹懷文抱質恬淡寡慾有箕山之志而先賢行狀亦稱幹篤行體道不耽世榮魏太祖時旌命之辭疾不就後以為上艾長又以疾不行蓋漢承周衰及秦滅學之餘百氏雜家與聖人之道並傳學者罕能獨觀于道德之要而不牽於俗至於治心養性去就語默之際能不悖於理者固

希矣況至於魏之濁世哉幹獨能考六藝推仲尼孟軻之旨述而論之求其辭時若有小失者要其歸不合於道者少矣其所得於内者又能信而充之逡巡濁世有去就顯晦之大節臣始讀其書察其意而賢之因其書以求其為人又知其行之可賢也惜其有補于世而識之者少蓋迹其言行之所至而以世俗好惡觀之彼惡足以知其意哉顧臣之力豈足以重其書使學者尊而信之因校其脫謬而序其大畧蓋所以致臣之意焉

孟子以守先王之道待後之學者自任蓋聖賢仁天下之心至無已也不得致吾君於堯舜以斯道覺斯民則將澤夫後世之民期後世之被其澤必使其緒有傳其風可繼若曰萬世而後得其解者猶旦暮遇之功豈必已出名豈必已成哉詩曰蒹葭蒼蒼白露為霜所為伊人在水一方偉長抱道守節于亂世著書述孔孟之旨殆其人歟此輩所以發潛德之幽光而若不及也

先大夫集後序

聖祖御評
層折以抒其情
使人忠孝之思
油然而生

公所為書號僊鳧羽翼者三十卷西陲要記者十卷清邊前要五十卷廣中台志八十卷為臣要紀三卷四聲韻五卷總一百七十八卷皆刊行於世今類次詩賦書奏一百二十三篇又自為十卷藏於家方五代之際儒學既擯焉後生小子治術業於閭巷文多淺近是時公雖少所學已皆知治亂得失興壞之理其為文闊深雋美而長於諷諭今類次樂府已下是也宋既平天下公始出仕當此之時太祖太宗已綱紀大法矣公於是勇

言當世之得失其在朝廷疾當事者不忠故凡言天下之要必本天子憂憐百姓勞心萬事之意而推大臣從官執事之人觀望懷奸不稱天子屬任之心故治久未治至其難言則人有所不敢言者雖屢不合而出而所言益切不以利害禍福動其意也始公尤見奇於太宗自光禄寺丞越州監酒稅召見以為直史館遂為兩浙轉運使未久而真宗即位益以材見知初試以知制誥及西兵起又以為自陜以西經畧判官而公常激切論

大臣當時皆不悅故不果用然真宗終感其言故為泉州未盡一歲拜蘇州五日又為揚州將復名之也而公於是時又上書語斥大臣尤切故卒以齟齬終公之言其大者以自唐之衰民窮久矣海内既集天子方修法度而用事者尚多煩碎治財利之臣又益急公獨以謂宜遵簡易罷筦榷以與民休息塞天下望祥符初四方爭言符應天子因之遂用事泰山祠汾陰而道家之説亦滋甚自京師至四方皆大治宮觀公益諍以謂天命

不可專任宜絀姦臣修人事反復至數百千言嗚呼公之盡忠天子之受盡言何必古人此非傳之所謂主聖臣直者乎何其盛也何其盛也公在兩浙奏罷苛税二百三十餘條在京西又與三司爭論免民租釋逋負之在民者蓋公之所試如此所試者大其庶幾矣公所嘗言甚衆其在上前及書亡者蓋不得而集其或從或否而後常可思者與歴官行事廬陵歐陽修公已銘公之碑特詳焉此故不論論其不盡載者公卒以齟齬終其

功行或不得在史氏記籍今記之當時好公者少史其果可信歟後有君子欲推而考之讀公之碑與其書及予小子之序其意者具見其表裏其於名實之論可毄矣公卒乃贈諫議大夫姓曾氏諱致堯南豐人序其書者公之孫鞏也至和元年十二月二日謹序

茅坤曰子固闡揚先世所不得志處有大體而文章措注處極渾雄韓歐與蘓亦當俯首者

王慎中曰先生之文如此篇之委曲感慨而氣不迫

聖祖御評
歸重仁京得體
得法議高力厚
典貴之文

晦者亦不多有

范貫之奏議集序

尚書户部郎中直龍圖閣范公貫之之奏議凡若干篇其子世京集為十卷而屬予序之蓋自至和以後十餘年間公常以言事任職自天子大臣至於羣下自掖庭至於四方幽隱一有得失善惡關於政理公無不極意反覆為上力言或矯拂情欲或切劘計慮或辨别忠佞而處其進退章有一再或至於十餘上事有陰爭獨陳

或患引諫官御史合議肆言仁宗常虛心采納為之變
命令更廢舉近或立從遠或越月踰時或至於其後卒
從聽用蓋當是時仁宗在位歲久熟於人事之情偽與
羣臣之能否方以仁厚清靜休養元元至於是非與奪
則一歸之公議而不自用也其所引拔以言為職者如
公皆一時之選而公與同時之士亦皆樂得其言不曲
從苟止故天下之情因得畢聞於上而事之害理者常
不果行至於奇衺恣睢有為之者亦輒敗悔故當此之

時常委事七八大臣而朝政無大闕失羣臣奉法遵職海内人安夫因人而不自用者天也仁宗之所以其仁如天至於享國四十餘年能承太平之業者由是而已後世得公之遺文而論其世見其上下之際相成如此必將低回感慕有不可及之嘆然後知其時之難得則公言之不泯豈獨見其志所以明先帝之盛德於無窮也公為人温良慈恕其從政寬易愛人及在朝廷危言正色人有所不能及也凡同時與公有言責者後多至

大官而公獨早卒公諱師道其世次州里歷官行事有今資政殿學士趙公抃為公之墓誌銘云

黄震曰貫之名師道事仁宗為言官其子世京集其奏議十卷南豐發明其遭遇之盛云所以明先帝之盛德於無窮也墓則清獻趙公為誌

館閣送錢純老知婺州詩序

熙寧三年三月尚書司封員外郎祕閣校理錢君純老出為婺州三館祕閣同舍之士相與飲餞於城東佛舍

之觀音院會者凡二十人純老亦重僚友之好而欲慰處者之思也乃為詩二十言以示坐者於是在席人各取其一言為韻賦詩以送之純老至州將刻之石而以書來曰為我序之蓋朝廷常引天下儒學之士聚之館閣所以長養其材而待上之用有出使於外者則其僚必相告語擇都城之中廣宇豐堂游觀之勝約日皆會飲酒賦詩以序去處之情而致綢繆之意歷世寖久以為故常其從容道義之樂蓋他司所無而其賦詩之所

稱引況諭莫不道去者之義祝其歸仕於王朝而欲其不久於外所以見士君子之風流習尚篤於相先非世俗之所能及又將待上之考信於此而以其彙進非空文而已也純老以明經進士制策入等歷教國子生入館閣為編校書籍校理檢討其文章學問有過人者宜在天子左右與訪問任獻納而顧請一州欲自試于川窮山阻僻絕之地其志節之高又非凡才所及此賦詩者所以推其賢惜其志殷勤反覆而不能已予故為之

序其大旨以發明士大夫之公論而與同舍視之使知純老之非久于外也十月日序

作在新法未行之先太平館閣人物風雅委蛇委蛇美矣盛矣所為治世之音安以樂其政和者歟

送李材叔知柳州序

談者謂南越偏且遠其風氣與中州異故官者皆不欲久居往往車船未行輒以屈指計歸日又咸小其官以為不足事其逆自為慮如此故其至皆傾摇懈弛其憂

且勤之心其習俗從古而爾不然何自越與中國通已千餘年而名能撫循其民者不過數人耶故越與閩蜀始俱為夷閩蜀皆已變而越獨尚陋豈其俗不可更與蓋吏者莫致其治教之意也意亦其民之不幸也已彼不知繇京師而之越水陸之道皆安行非若閩溪峽江蜀棧之不測則均之吏於遠此非獨優與其風氣吾所諳之與中州亦不甚異起居不違其節未嘗有疾苟違節雖中州寧能不生疾耶其物產之美果有荔子龍眼

蕉柑橄欖花有素馨山丹含笑之屬食有海之百物累歲之酒醋皆絶于天下人少鬬訟喜嬉樂吏者惟其無久居之心故謂之不可如其有久居之心奚不可耶古之人為一鄉一縣其德義惠愛尚足以薫蒸漸澤今大者專州豈當小其官而不事耶令其得吾説而思之人咸有久居之心又不小其官為越人滌其陋俗而敺於治居閩蜀上無不幸之歎其事出千餘年之表則其美之巨細可知也然非其材之頴然邁于衆人者不能也

官於南者多矣子知其材之穎然邁于衆人能行吾說者李材叔而已材叔久與其兄公翊仕同年同用薦者為縣入祕書省為著作佐郎令材叔為柳州公翊為象州皆同時材又相若也則二州交相致其政其施之速勢之便可勝道也夫其越之人幸也夫其可賀也夫

生于斯土官於斯土皆命也莫之致而至者也生於柳者背井離鄉則其思柳無異乎他方之人也官于柳者則咸不欲久居何哉生于柳者於其宗族親戚之事斷

無有以為不足為而傾搖懈弛者也官于柳者其人民土田猶夫我之宗族親戚而責加重焉乃傾搖懈弛以為不足為何哉人之情滯於既往逆夫方來而於現在所居之位職所當為之事則未有能盡心焉者也此之謂情識顛倒予曰不知命無以為君子也

送江任序

均之為吏或中州之人用於荒邊側境山區海聚之間蠻夷異域之處或燕荊越蜀海外萬里之人用于中州

以至四遐之鄉相易而往其山行水涉沙莽之馳往往則風霜氷雪瘴霧之毒之所侵加蛟龍虺蜴虎豹之羣之所抵觸衝波急洑隤崖落石之所覆壓其進也莫不贏糧舉藥選舟易馬力兵曹伍而後動戒朝奔夜變更寒暑而後至至則宫廬器械衣服飲食之具土風氣候之宜與夫人民謠俗語言習尚之務其變難遵而其情難得也則多愁居惕處歎息而思歸及其久也所習已安所蔽已解則歲月有期可引而去矣故不得專一精

思修治具以宣布天子及下之仁而為後世可守之法也哉九州之人各用於其土不在西封在東境士不必勤舟車輿馬不必力而已傳其邑都坐其堂與道途所次升降之倦衝冒之虞無有接於其形動于其慮至于耳目口鼻百體之所養如不出乎其家父兄六親故舊之人朝夕相見如不出乎其里山川之形土田市井風謠習俗辭說之變利害得失善惡之條貫非其童子之所聞則其少長之所遊覽非其自得則其鄉之先生老

者之所告也所居已安所有事之宜皆已習熟如此能專慮致職事以宣上恩而修百姓之急其施為先後不待旁諮久察而與奪損益之幾已斷於胷中矣豈類夫孤客遠寓之憂而以苟且決事哉臨川江君任為洪之豐城此兩縣者牛羊之牧相交樹木果蔬五穀之壟相入也所為九州之人各用於其土者孰近於此既已得其所處之樂而厭閭飫聽其民人之事而江君又有聰明敏給之材廉潔之行以行其政吾知其不去圖書講

論之適賓客之好而所為有餘矣蓋縣之治則民自得於大山深谷之中而州以無為於上吾將見江西之幕府無南嚮而慮者矣於其行遂書以送之南豐曾鞏序

儲欣曰吏治莫盛於漢而漢法尤合乎人情以郡人典郡守者不可勝數也唐宋亦然至明始竊竊以私疑之越省命官猜防愈深吏治愈不古若矣奚益耶

送趙宏序

荆民與蠻合為寇潭旁數州被其害天子宰相以潭重

鎮守臣不勝任為改用人又不勝復改之守至上書乞益兵詔與撫兵三百殿直天水趙君希道實護以往希道雅與予接聞過予道潭之事予曰潭山川甲兵如何食幾何賊衆寡強弱如何予不能知能知書書之載若潭事多矣或合數道之兵以數萬絶山谷而進其勢非不衆且健也然而卒殲焉者多矣或單車獨行然而以克者相踵焉顧其義信如何耳致吾義信雖單車獨行寇可以為無事龔遂張綱祝良之類是也義信不足以

致之雖合數道之兵以數萬卒殲焉適重寇耳況致平邪楊旻裴行立之類是也則兵不能致平致平者在太守身耳明也前之守者果能此天子宰相烏用易之必易之為前之守者不能此也今往者復曰乞益兵何其與書之云者異邪予憂潭民之重困也寇之益張也往時潭吏與旁近郡斬力勝賊者暴骸者戮降者有之今之往者將特不為是而已邪抑猶不免乎為是也天子宰相任之之意其然邪潭守近侍臣使撫覗潭者郎吏

御史博士相望為我諗其賢者曰今之言古書往往曰迂然書之事乃已試者也書已試而施諸治與時人之自用孰為得失邪愚言倘可以平澤之患令雖細然太中咸通之間南方之憂常劇矣夫豈階於大哉為近臣郎吏御史博士者獨得而不思也希道固喜事者因其行遂次第其語以送之慶歷六年五月日曾鞏序

蠻夷之為邊郡害者與敵國異敵國者秦越之謂也秦勝越越未折而入於秦也越勝秦秦未折而入於越也

然一勝則敵必懼而不敢擾塞而吾國以安若大勝則摧折而入於我土地闢而政化同霸王之業也若夫蠻夷者其地本吾之地也其民本我之民也一旦賊民人盜府庫則名之曰叛然終不能出吾疆宇而他之也以兵向之則走走則散布山谷與齊民不殊未由區別而使戮當其罪也兵所不至則又保聚賊殺延蔓而不已與之相角逐則疲於奔命不戰而先自困也其頓兵一舉而盡殲之乎則地勢險隘深阻蓋天實為之不可得

而盡殲也蓋天地之性必不使數百萬人一朝盡殲矣又其地毒蒸磽瘠非生其土者居之則不能生即使盡殲其人非可遷民以實之者也然則蠻夷之不可以兵治也決矣若非長吏扶信明義以漸化寇盜為齊民固無第二術矣然而武夫悍卒之所為必與信義相反如肇所稱斬力勝賊者暴骸者戮降者是已豈武夫悍卒獨非人而無人心哉利在是害在是趨利而避害則必出於是矣斬力勝賊者百勝豈能無一敗百勝不足以

威一敗即以啟侮賊固不恥敗也我恥於敗故得賊殺之窮極慘酷以洩忿以立威於是有暴骸者不知蠻夷之性本不畏死何畏暴骸其禽獸歟禽獸固不畏暴骸也其猶有人心歟則彼亦知刳斮剖裂非人所為愈不服而愈不畏追手殺之不可得而殺計益無聊於是誘之降而殺之而暴之於是蠻夷麏驚鳥亂至死不服而民不聊生矣凡若此者皆與信義反而武夫悍卒之長技也故蠻夷不可以兵治決也

序越州鑑湖圖

鑑湖一曰南湖南並山北屬州城漕渠東西距江漢順帝永和五年會稽太守馬臻之所為也至今九百七十有五年矣其周三百五十有八里凡水之出於東南者皆委之州之東自城至於東江其北隄石楗二陰溝十有九通民田田之南屬漕渠北東西屬江者皆溉之州之東六十里自東城至於東江其南隄陰溝十有四通民田田之北抵漕渠南並山西並隄東屬江者皆溉之

州之西三十里曰柯山斗門通民田田之東並城南並隄北瀆漕渠西屬江者皆溉之總之溉山陰會稽兩縣十四鄉之田九千頃非湖能溉田九千頃而已蓋田之至江者盡於九千頃也其東曰曹娥斗門曰藁口斗門水之循南隄而東者由之以入於東江其西曰廣陵斗門曰新逕斗門水之循北隄而西者由之以入於西江其北曰朱儲斗門去湖最遠蓋因三江之上兩山之間疏為二門而以時視田中之水小溢則縱其一大溢則

盡縱之使入於三江之口所謂湖高於田丈餘田又高海丈餘水少則泄湖溉田水多則泄田中水入海故無荒廢之田水旱之歲也繇漢以來幾千載其利未嘗廢也宋興民始有盜湖為田者祥符之間二十七戸慶歷之間二戸為田四頃當是時三司轉運司猶下書切責州縣使復田為湖然自此吏益慢法而奸民浸起至於治平之間盜湖為田者凡八千餘戸為田七百餘頃而湖廢幾盡矣其僅存者東為漕渠自州至於東城六十

里南通若耶溪自樵風涇至於桐嗚十里皆水廣不能十餘丈每歲少雨田未病而湖蓋已先涸矣自此以來人爭為計說蔣堂則謂宜有罰以禁侵耕有賞以開告者杜杷則謂盜湖為田者利在縱湖水一雨則放聲以動州縣而斗門輒發故為之立石則水一在五雲橋水深八尺有五寸會稽主之一在跨湖橋橋水深四尺有五寸山陰主之而斗門之鑰使皆納於州水溢則遣官視則而謹其閉縱又以謂宜益理隄防斗門其敢田者

拔其苗責其力以復湖而重其罰猶以為未也又以謂宜加兩縣之長以提舉之名課其督察而為之殿賞吳奎則謂每歲農隙當儆人濬湖積其泥塗以為邱阜使縣主役而州與轉運使提點刑獄督攝賞罰之張次山則謂湖廢僅有存者難卒復宜益廣漕路及他便利處使可漕及注民田里置柱石以識之柱之內禁敢田者刁約則謂宜斥湖三之一與民為田而益隄使高一丈則湖可不開而其利自復范師道施元長則謂重侵耕

之禁猶不能使民無犯而斥湖與民則侵者孰禦人以湖水較之高於城中之水或三尺有六寸或二尺有六寸而益隄壅水使高則水壞城郭廬舍可必也張伯玉則謂曰役五千人濬湖使至五尺當十五歲畢至三尺當九歲畢然恐工起之日浮議外揺役夫内潰則雖有智者猶不能必其成若日役五千人益隄使高八尺當一歲畢其竹木費凡九十二萬有三千計越之户二十萬有六千賦之而復其租其勢易足如此則利可坐收

而人不煩獎陳宗言趙誠復以水勢高下難之又以謂宜從吳奎之議以歲月復湖當是時都水善其言又以謂宜增賞罰之令其為說如此可謂博矣朝廷未嘗不聽用著之於法故罰有自錢三百至於千又至於五萬刑有杖百至於徒二年其文可謂密矣然而田者不止而日愈多湖不加濬而日愈廢其故何哉法令不行而苟且之俗勝也昔謝靈運從宋文帝求會稽回踵湖為田太守孟顗不聽又求休崲湖為田顗又不聽靈運至

以語詆之則利於請湖為田越之風俗舊矣然南湖繇漢歷吳晉以來接於唐又接於錢鏐父子之有此州其利未嘗廢者彼或以區區之地當天下或以數州為鎮或以一國自王內有供養祿廩之需外有貢輸問遺之奉非得晏然而已也故强水土之政以力本利農亦皆有數而錢鏐之法最詳至今尚多傳於人者則其利之不廢有以也近世則不然天下為一而安於承平之故在位者重舉事而樂因循而請湖為田者其語言氣力

往往足以動人至於修水土之利則又費材動衆從古所難故鄭國之役以謂足以疲秦而西門豹之治鄴渠人亦以為煩苦其故如此則吾之吏孰肯任難當之怨來易至之責以待未然之功乎故說雖博而未嘗行法雖察而未嘗舉田者之所以日多湖之所以日廢繇是而已故以為法令不行而苟且之俗勝者豈非然哉夫千歲之湖廢興利害較然易見然自慶歷以來三十餘年遭吏治之因循至於既廢而世猶莫寤其所以然況

於事之隱微難得而考者繇苟簡之故而弛壞於冥冥之中又何知其所以然乎今謂湖不必復者曰湖田之入既饒矣此游談之士為利於侵耕者言之也夫湖未盡廢則湖下之田旱此方今之害而衆人之所覩也使湖盡廢則湖之為田亦旱矣此將來之害而衆人之所未覩者故曰此游談之士為利於侵耕者言之而非實知利害者也謂湖不必濬者曰益隄壅水而已此好辨之士為樂聞苟簡者言之也夫以地勢較之壅水使高

必敗城郭此議者之所已言也以地勢較之濬湖使下然後不失其舊不失其舊然後不失其宜此議者之所未言也又山陰之石則為四尺有五寸會稽之石則幾倍之壅水使高則會稽得尺山陰得半地之窪隆不並則益隄未為有補也故曰此好辨之士為樂聞苟簡者言之而又非實知利害者也二者既不可用而欲禁侵耕開告者則有賞罰之法矣欲謹水之蓄泄則有閉縱之法矣欲痛絕敢田者則拔其苗責其力以復湖而重

其罰又有法矣或欲任其責於州縣與轉運使提點刑獄或欲以每歲農隙濬湖或欲禁田石柱之内者又皆有法矣欲知濬湖之淺深用工若干為日幾何欲知增隄竹木之費幾何使之安出欲知濬湖之泥塗積之何所又已計之矣欲知工起之日或浮議外揺役夫内潰則不可以必其成又已論之矣誠能收衆説而考其可否用其可者而以在我者潤澤之令言必行法必舉則何功之不可成何利之不可復哉鞏初蒙恩通判此州問

湖之廢興於人求有能言利害之實者及到官然後問圖於兩縣問書於州與河渠司至於參覈之而圖成熟究之而書具然後利害之實明故為論次庶夫計議者有考焉熙寧二年冬臥龍齋

東南澤國土宜杭稌故水利最要文叙鑑湖興廢顛末與歷代修復之議官民利弊之隱而斷以已意豈非牧斯土者所宜深考者乎惜文存而圖亡矣抑嘗論之官之為民興利也非有勤恤民隱之主又有慈惠忠幹之

臣不能作作亦不能成也而既成之後世遠年湮則民之壞之者萬端既壞之後欲復其故則民之撓之者萬端牧斯土者思秩滿遷官而已誰其意在民者有一於此又不勝衆説之紛紜而形勢之隔閡往往太息而罷為民興利何其難哉蓋天下各私其利之在己而不知利人乃為己利之大故弊至此也孔子曰大道之行也不獨親其親不獨子其子大道之衰也各親其親各子其子夫各親其親各子其子合之則天下亦無不親其親

子其子矣而聖人猶以為道衰謂之小康何哉以為有己之見者存則末流將靡所不至也習俗澆薄人心囂頑人人唯知有己人人欲天下之利盡在己利之所在至於親不親子不子矣即不必利之所在而彼其意之所之若將有利焉則已親不親子不子矣卒至有萬害而無一利吁可哀也誰能知利己之大莫利人若者乎聖人無己靡所不已豈作而致其情哉君臣父子兄弟夫婦朋友皆人也有其利之謂利在人而不在己可乎

然則行道之人亦民吾同胞也有其利之謂利在人而不在己可矜若離人而立於獨則所為己者塊然血氣之軀所需者夏葛而冬裘渴飲而饑食耳嗚呼尹生能著幾緉屐而奚必取盈焉安得人同此心而使天下利盡興而害盡革也

敘盜

盜三十人凡十五發縣孫僊而下盜吴慶船者殺人皆應斬盜朱縞船者贓重皆應絞凡應死者十有八人縣

湯慶而下或贓輕或竊盜或常自言凡應徒者十有二人此有司之法也今圖之所見者其名氏稅等械罷與其發之日月所盜之家所取之財至於人各別其凡若干發皆旁行以見之人各別其凡若干發者又別之以朱欲覽者之易曉也吳慶之船贓分為三與吳慶吳道之屬有親疎居有異同至於孫儇湯慶之族屬以及十二人之所得不死者皆別見於圖之上下而獄之輕重詳矣其創作兵仗合衆以轉劫數百里之間至於賊殺

良民此情狀之尤可嫉者方五六月之時水之害甚矣田疇既以蕩溺矣屋廬既以漂流矣城郭之内糶官粟以賑民而猶有不得食者窮鄉僻壤大川長谷之間自中家以上日暮持錢無告糴之所况于蹋所素困之人乎方且結草葦以自託于壞隄毀埒之上士有饑餓之迫無樂生之情其屢發而為盗亦情狀之可哀者也康誥曰殺越人於貨暋不畏死凡民罔不憝孟子以謂不待教而誅者也是則殺人之盗不待教而誅皆百王之

所同而未有知其所始者也然而孔子曰天下有道盜其先變乎此謂養之既足導之既明則為盜者知恥而自新則非殺人之盜有待教而誅此亦百王之所同而未有知其所始者也不待教而誅者天下之所不得容也待教而誅者俟之之道既盡矣然後可以責之備也苟為養之既有不足導之既有不明俟之之道既有不盡矣故凶年人食不足而有起為盜賊者天子嘗家下寬大之令許降其罪而此非有司之法也至殺人與贓

重者亦不降有司之法存焉亦康誥之意也余嘗閲是獄故具列其本末情狀以覽觀焉以明予之於是盡心矣

有憯怛忠愛之意可為為士師者法

御選唐宋文醇卷五十五

御選唐宋文醇卷五十六

南豐曾鞏文三

唐論

成康殁而民生不見先王之治日入于亂以至于秦盡除前聖數千載之法天下旣攻秦而亡之以歸于漢漢之為漢更二十四君東西再有天下垂四百年然大抵多用秦法其改更秦事亦多附已意非倣先王之法而

有天下之志也有天下之志者文帝而已然而天下之材不足故仁聞雖美矣而當世之法度亦不能倣于三代漢之亡而强者遂分天下之地晉與隋雖能合天下于一然而合之未久而已亡其為不足議也代隋者唐更十八君垂三百年而其治莫盛于太宗之為君也詘已從諫仁心愛人可謂有天下之志以租庸任民以府衛任兵以職事任官以材能任職以興義任俗以尊本任衆賦役有定制兵農有定業官無虛名職無廢事人

習于善行離于末作使之操于上者要而不煩取于下者寡而易供民有農之實而兵之備存有兵之名而農之利在事之分有歸而祿之出不浮材之品不遺而治之體相承其廉恥日以篤其田野日以闢以其法脩則安且治廢則危且亂可謂有天下之材行之數歲粟米之賤斗至數錢居者有餘蓄行者有餘資人人自厚幾至刑措可謂有治天下之效夫有天下之志有天下之材又有治天下之效然而不得與先王並者法度之行

擬之先王未備也禮樂之具田疇之制庠序之教擬之先王未備也躬親行陣之間戰必勝攻必克天下莫不以為武而非先王之所尚也四夷萬里古所未及以政者莫不服從天下莫不以為盛而非先王之所務也太宗之為政于天下者得失如此由唐虞之治五百餘年而有湯之治由湯之治五百餘年而有文武之治由文武之治千有餘年而始有太宗之為君有天下之志有天下之材又有治天下之效然而又以其未備也不得

與先王並而稱極治之時是則人生于文武之前者幸五百餘年而一遇治世生于文武之後者千有餘年而未遇極治之時也非獨民之生于是時者之不幸也士之生于文武之前者如舜禹之于唐八元八凱之于舜伊尹之于湯太公之于文武率五百餘年而一遇生于文武之後千有餘年雖孔子之聖孟子之賢而不遇雖太宗之為君而未可以必得志于其時也是亦士民之生于是時者之不幸也故述其是非得失之迹非獨為

人君者可以考焉士之有志于道而欲仕于上者可以鑒矣

輩此論上下千古非止較唐太宗之得失也故太宗以後無一語及之而目其篇曰唐論明非為太宗發也終之曰士之有志于道而欲仕于上者可以鑒矣蓋指隱之丈與子路曰長幼之節不可廢也君臣之義如之何其廢之君臣父子五倫中實惟兩大堯舜之君曠世而難遇也非堯舜則不可委質而為臣然則又安得堯舜

其人者而爲之子乎子曰天下有道則見無道則隱要亦爲門弟子言之耳使如魯公子者又將安隱非特是也門弟子中如孟孫說與南宮何忌者又豈得棄其世祀而隱乎言固各有當也如此文者教人以難進之義洵善矣以爲通論則非也若其纏綿悱惻夭矯變化則固文之雄矣而茅坤轉謂其體弱何哉

墨池記

臨川之城東有地隱然而高以臨於溪曰新城新城之

上有池窪然而方以長曰王羲之之墨池者荀伯子臨川記云也羲之嘗慕張芝臨池學書池水盡黑此為其故跡豈信然耶方羲之之不可強以仕而嘗極東方出滄海以娛其意於山水之間豈有徜徉肆恣而又嘗自休于此耶羲之之書晚乃善則其所能蓋亦以精力自致者非天成也然後世未有能及者豈其學不如彼耶則學固豈可以少哉況欲深造道德者耶墨池之上今為州學舍教授王君盛恐其不彰也書晉王右軍墨池

之六字於楹間以揭之又告于鞏曰願有記推王君之心豈愛人之善雖一能不以廢而因以及乎其跡耶其亦欲推其事以勉其學者邪夫人之有一能而使後人尚之如此況仁人莊士之遺風餘思被于來世者何如哉慶歷八年九月十二日曾鞏記

寂寥短章而使人味之雋永此曾王之所長也

南軒記

得鄰之茀地燔草樹竹木灌蔬于其間結茅以自休囂

然而樂世固有處廊廟之貴抗萬乘之富吾不願易也人之性不同於是知伏閒隱隩吾性所宜驅之就煩非其器所長况使之爭于勢利愛惡毀譽之間邪然吾親之養無以修吾之昆弟飯菽藿羹之無以繼吾之役于物或田於食或野於宿不得常此處也其能無歆然於心邪少而思凡吾之拂性苦形而役于物者有以為之矣士固有所勤有所肆識其皆受之於天而順之則吾亦無處而非其樂獨何必休於是邪顧吾之所好者

遠無與處于是也然而六藝百家史氏之籍箋疏之書與夫論美刺非感徵託遠山鑱冢刻浮誇詭異之文章下至兵權歷法星官樂工山農野圃方言地記佛老所傳吾悉得于此皆伏羲以來下更秦漢至今聖人賢者魁傑之材殫歲月憊精思日夜各推所長分辨萬事之說其於天地萬物小大之際修身理人國家天下治亂安危存亡之致無不畢載處與吾俱可當所謂益者之友非邪吾窺聖人指意所出以去疑解蔽賢人智者所

稱事引類始終之槪以自廣養吾心以忠約守而恕行之其過也改趨之以勇而至之以不止此吾之所以求於内者得其時則行守深山長谷而不出者非也不得其時則止僕僕然求行其道者亦非也吾之不足于義或愛而譽之者過也吾之足于義或惡而毁之者亦過也彼何與於我哉此吾之所任乎天與人者然則吾之所學者雖博而所守者可謂簡所言雖近而易知而所任者可謂重也書之南軒之壁間蚤夜覽觀焉以自進

也南豐曾鞏記

韓愈而下至於曾鞏類皆天資英妙絶倫離羣而於聖道之要學而有得唯李翺與鞏翺又未及鞏之粹也其言養我心以忠約守而恕行之其過也改趨之以勇而至之以不止其言有本末矣不學者求一言之幾於道而不可得能如是言之有本末乎果若其言設誠而致行之其於孔氏不難升堂入室豈徒文之雄哉

思政堂記

尚書祠部員外郎集賢校理太原王君為池州之明年治其後堂北嚮而命之日思政之堂謂其出政於南嚮之堂而思之於此也其冬予客過池而屬予記之初君之治此堂得公之餘錢以易其舊腐壞斷既完以固不窘寒暑闢而即之則舊圃之勝涼臺清池遊息之亭微步之徑皆在其前平畦淺檻佳花美木竹林香草之植皆在其左右君于是退處其中并心一意用其日夜之思者不敢忘其政則君之治民之意勤矣乎夫接於人

無窮而使人善惡者事也推移無常而不可以拘者時也其應無方而不可以易者理也知時之變而因之見必然之理而循之則事者雖無窮而易應也雖善惡而易治也故所與由之必人之所安也所與違之必人之所厭也如此者未有不始於思然後得於己得於己故謂之德正己而治人故謂之政政者豈止於治文書督賦斂斷獄訟而已乎然及其已得矣則無思也已化矣則亦豈止于政哉古君子之治未嘗有易此者也今君

之學於書無所不讀而尤深於春秋其挺然獨見破去前惑人有所不及也來為是邦施用素學以修其政既得以休其暇日乃自以為不足而思之于此雖今之吏不得以盡行其志然迹君之勤如此則池之人其有不蒙其澤者乎故予為之書嘉祐三年冬至日南豐曾鞏記

子產曰政如農功日夜思之思其始而圖其終朝夕而行之行無越思如農之有畔其過鮮矣堂以思政名豈

本此數子產此語為政者所當誦法矣而輩謂因時之變未必然之理以應無窮之事者實千載而下為子產語下注腳足使人得慎思之方也夫人于一身一家之事不知命之有定分之有限深思熟慮再而未已至三三而未已至八九猝乃倉黃眩惑神馳于無何有之鄉而不知其所止者多矣至于朝廷之事民生國計之所關則無所用其思夫豈不思思上意如何耳知上之意無所主則思同官之有力者其意旨如何又無可用其

思則但問例如何耳嗚呼古之為政何其難今之為政何其易也夫以子產之賢而其於政猶必日夜思之而後敢行今之人視子產何如而所行之政往往昏屬不思而得然則民生何由而厚國計何由而足讀肇文能不蒿目于斯世哉

宜黄縣縣學記

古之人自家至于天子之國皆有學自幼至于長未嘗去于學之中學有詩書六藝絃歌洗爵俯仰之容升降

之節以習其心體耳目手足之舉措又有祭祀鄉射養老之禮以習其恭讓進材論獄出兵授捷之法以習其從事師友以解其惑勸懲以勉其進戒其不率其所為具如此而其大要則務使人人學其性不獨防其邪僻放肆也雖有剛柔緩急之異皆可以進之中而無過不及使其識之明氣之充於其心則用之于進退語默之際而無不得其宜臨之以禍福死生之故無足動其意者為天下之士為所以養其身之備如此則又使知天

地事物之變古今治亂之理至于損益廢置先後始終之要無所不知其在堂户之上而四海九州之業萬世之策皆得及出而履天下之任列百官之中則隨所施為無不可者何則其素所學問然也蓋凡人之起居飲食動作之小事至于修身為國家天下之大體皆自學出而無斯須去于教也其動于視聽四支者必使其洽于内其謹於初者必使其要于終馴之以自然而待之以積久噫何其至也故其俗之成則刑罰措其材之成

則三公百官得其士其為法之永則中材可以守其入人之深則雖更衰世而不亂為教之極至此鼓舞天下而人不知其從之豈用力也哉及三代衰聖人之制作盡壞千餘年之間學有存者亦非古法人之體性之舉動唯其所自肆而臨政治人之方固不素講士有聰明朴茂之質而無教養之漸則其材之不成夫然蓋以不學未成之材而為天下之吏又承衰弊之後而治不教之民嗚呼仁政之所以不行賊盗刑罰之所以積其不

以此也歟宋興幾百年矣慶歷三年天子圖當世之務而以學為先於是天下之學乃得立而方此之時撫州之宜黄猶不能有學士之學者皆相率而寓於州以羣聚講習其明年天下之學復廢士亦皆散去而春秋釋奠之事以著于令則嘗以廟祀孔氏廟廢不復理皇祐元年會令李君詳至始議立學而縣之士某某與其徒皆自以謂得發憤于此莫不相勵而趨為之故其材不賦而羨匠不發而多其成也積屋之區若干而門序正

位講藝之堂棲士之舍皆足積器之數若干而祀飲寢食之用皆具其像孔氏而下從祭之士皆備其書經史百氏翰林子墨之文章無外求者其相基會作之本末總為日若干而已何其周且速也當四方學廢之初有司之議固以謂學者人情之所不樂及觀此學之作在其廢學數年之後唯其令之一唱而四境之內響應而圖之如恐不及則夫言人之情不樂於學者其果然也與宜黃之學者固多良士而李君之為令威行愛立訟

清事舉其政又良也夫及良令之時而順其慕學發憤之俗作為宮室教肆之所與圖書器用之須莫不皆有以養其良材之士雖古之去今遠矣然聖人之典籍皆在其言可考其法可求使其相與學而明之禮樂節文之詳固有所不得為者若夫正心脩身為國家天下之大務則在其進之而已使一人之行脩移之於一家一家之行脩移之於鄉鄰族黨則一縣之風俗成人材出矣教化之行道德之歸非遠人也可不勉與縣之士來

請曰願有記其記之十二月某日也

朱子云余年二十許時便喜讀南豐先生之文而竊慕效之竟以才力淺短不能遂其所願又云熹未冠而讀南豐先生之文愛其詞嚴而理正居常以為人之為言必當如此乃為非茍作者朱子之景企如是是以朱子之文絕類之此篇更為水乳篇中發明古者學校教人之法格物致知之要真切不差實為程朱開先可尚也夫

筠州學記

周衰先王之迹熄至漢六藝出于秦火之餘士學于百家之後言道德者矜高遠而遺世用語正理者務卑近而非師古刑名兵家之術則狃于暴詐惟知經者為善矣又爭為章句訓詁之學以其私見妄穿鑿為説故先王之道不明而學者靡然溺于所習當是時能明先王之道者揚雄而已而雄之書世未知好也然士之出于其時者皆勇于自立無茍簡之心其取予進退去就必

度于禮義及其已衰而搢紳之徒抗志于強暴之間至於廢錮殺戮而其操愈厲者相望于先後故雖有不軌之臣猶低徊没世不敢遂其簒奪自此至於魏晉以來其風俗之弊人材之乏久矣以迄于今士乃有特起于千載之外明先王之道以寤後之學者世雖不能皆知其意而往往好之故習其說者論道德之旨而知應務之非近議從政之體而知法古之非迂不亂于百家不蔽于傳疏其所知者若此此漢之士所不能及然能尊

而守之者則未必衆也故樂易惇朴之俗微而詭欺薄惡之習勝其於貧富貴賤之地則養廉遠恥之意少而偷合苟得之行多此俗化之美所以未及于漢也夫所聞或淺而其義甚高與所知有餘而其守不足者其故何哉由漢之士察舉于鄉閭故不能不篤于自修至于漸磨之久則果于義者非强而能也今之世選用于文章故不得不篤于所學至于循習之深則得于心者亦不自知其至也由是觀之則上所好下必有甚者焉豈

非信與令漢與今有教化開導之方有庠序養成之法則士于學行豈有彼此之偏先後之過乎夫大學之道將欲誠意正心修身以治其國家天下而必本于先致其知則知者固善之端而人之所難至也以今之士於人所難至者旣幾矣則上之施化莫易于斯時顧所以導之如何爾筠為州在大江之西其地僻絶當慶歴之初詔天下立學而筠獨不能應詔州之士以為病至治平三年蓋二十有三年矣始告于知州事尚書都官郎

中董君儀董君乃與通判州事國子博士鄭君蒨相州之東南得亢爽之地築宮于其上齋祭之室誦講之堂休宿之廬至于庖湢庫廄各以序為經始于其春而落成于八月之望旣而來學者常數十百人二君乃以書走京師請記于予予謂二君之於政可謂知所務矣使筠之士相與升降乎其中講先王之遺文以致其知其賢者超然自信而獨立其中材勉焉以待上之教化則是宮之作非獨使夫來者玩思于空言以干世取禄而

已故為之著于之所聞者以為記而使歸刻焉

朱子曰南豐作宜黃筠州二學記好說得古人教學意出

撫州顏魯公祠堂記

贈司徒魯郡顏公諱真卿事唐為太子太師與其從父兄杲卿皆有大節以死至今雖小夫婦人皆知公之為烈也初公以忤楊國忠斥為平原太守策安祿山必反為之備祿山既舉兵與常山太守杲卿伐其後賊之不

能直闚潼關以公與杲卿撓其勢也在肅宗時數正言宰相不悅斥去之又為御史唐旻所構連輙斥李輔國遷太上皇居西宮公首率百官請問起居又輙斥代宗時與元載爭論是非載欲有所壅蔽公極論之又輙斥楊炎盧杞既相德宗益惡公所為連斥之猶不滿意李希烈陷汝州杞即以公使希烈希烈初慭其言後卒縊公以死是時公年七十有七矣天寶之際久不見兵禄山既反天下莫不震動公獨以區區平原逆折其鋒四

方閙之爭奮而起唐卒以振者公為之唱也當公之開
土門同日歸公者十七郡得兵二十餘萬由此觀之苟
順且誠天下從之矣自此至公殁垂三十年小人繼續
任政天下日入於弊大盜繼起天子輒出避之唐之在
朝臣多畏怯觀望能居其間一忤於世失所而不自悔
者寡矣至于再三忤于世失所而不自悔者蓋未有也
若至于起且仆以至于七八遂死而不自悔者則天下
一人而已若公是也公之學問文章往往雜于神仙浮

圖之說不皆合于理及其奮然自立能至於此者蓋天性然也故公之能處其死不足以觀公之大何則及至於勢窮義有不得不死雖中人可勉焉況公之自信也與惟歷忤大奸顛跌撼頓至于七八而終始不以死生禍福爲秋毫顧慮非篤于道者不能如此此足以觀公之大也夫世之治亂不同而士之去就亦異若伯夷之清伊尹之任孔子之時彼各有義夫既自比于古之任者矣乃欲睠顧回隱以市于世其可乎故孔子惡鄙夫

不可以 事君而多殺身以成仁者若公非孔子所謂仁者與今天子至和三年尚書都官郎中知撫州聶君厚載尚書屯田員外郎通判撫州林君慥相與慕公之烈以公之嘗為此邦也遂為堂而祠之既成二君過予之家而告之曰願有述夫公之赫赫不可盡者固不繫于祠之有無蓋人之嚮往之不足者非祠則無以致其志也聞其烈足以感人况拜其祠而親炙之者與今州縣之政非法令所及者世不復議二君獨能追公之節

尊而事之以風示當世為法令之所不及是可謂有志者也

世謂柳宗元記段秀實曾肇記顔真卿皆不以一死重其平生以為具眼定論然兩作自是不同秀實武人宗元恐後世以其奮笏擊朱泚為出於一時激烈所為没其平日慈惠忠清可以當大事之學識故特著其逸事以傳後世若顔真卿之大節卓卓震耀耳目其不嶄以一死重者夫人知之不待肇言非若秀實之傳於今實

宗元表章之之力也且也死不忘君握拳透爪其生平事蹟真所謂盾梅檀寸寸皆香者又何從較其輕重哉自濂洛關閩昌明道學而後人知修身之有方治國平天下之有具如昏夜有求于幽室之中而與之以燭其功固在萬世乃學者不踐其實徒附其名不力諸躬行但騰其口說不同人於出門轉起戈于席上一句一字與程朱不相似則引繩批根曰此異端也吾師之說不如是曰此禪學也其極至于無父無君雖陸九淵之高

明王守仁之忠幹而群為嶐訟如攻寇賊焉夷考攻者之行則與流俗無絲毫異也簞食豆羹見于色曷間死生大節乎若顏真卿之學其所慕效者羽士也其所略涉藩籬者浮圖也不能為格物慎獨之辨不能為敵義夾持知行並進之說而自壯至于老死其忠貞義勇貫金石而動鬼神赫赫如是不謂之聖人之徒而可乎學者當何所從違而用人者當何所取舍也夫學之必待講也欲明入聖之途轍使中材之士皆有所遵循以淑

其身而為天下國家用也今舉上智之士有一不似聖人之謦欬者即擯之不得為吾徒而中材以下皆可以口說得之而學問之道將淪胥以亡較學不講之時其晦蒙否塞更甚也豈程朱講學之心哉讀鞏所云真卿學問文章雜于神仙浮圖不皆合于理其奮然自立蓋天性不禁重有感焉

徐孺子祠堂記

漢元興以後政出宦者小人挾其威福相煽為惡中材

顧望不知所為漢既失其操柄紀綱大壞然在位公卿大夫多豪傑特起之士相與發憤同心直道正言分别是非白黒不少屈其意至于不容而織羅鉤黨之獄起其執彌堅而其行彌勵志雖不就而忠有餘故及其既没而漢亦以亡當是之時天下聞其風慕其義者人人感慨奮激至于解印綬棄家族骨肉相勉趨死而不避百餘年間擅強大覬非望者相屬皆逡巡而不敢發漢能以亡為存蓋其力也儒子於時豫章太守陳蕃太尉

黄瓊辟皆不就舉有道拜太原太守安車備禮召皆不至蓋忘己以為人與獨善于隱約其操雖殊其志于仁一也在位士大夫抗其節於亂世不以死生動其心異于懷禄之臣遠矣然而不屑去者義在于濟物故也孺子嘗謂郭林宗曰大木將顛非一繩所維何為栖栖不皇寧處此其意亦非自足於丘壑遺世而不顧者也孔子稱顔回用之則行舍之則藏惟我與爾有是夫孟子亦稱孔子可以進則進可以止則止乃所願則學孔子

而易于君子小人消長進退擇所宜處未嘗不惟其時則見其不可而止此孺子之所以未能以此而易彼也孺子姓徐名穉孺子其字也豫章南昌人按圖記章水北經南昌城西歷白社其西有孺子墓又北歷南塘其東為東湖湖南小洲上有孺子宅號孺子臺吴嘉禾中太守徐熙於孺子墓隧種松太守謝景於墓側立碑晉永安中太守夏侯嵩於碑旁立思賢亭世世修治至拓跋魏時謂之聘君亭今亭尚存而湖南小洲世不知其

為孺子宅又嘗為臺也予為太守之明年始即其處結茆為堂圖孺子像祠以中牢率州之賓屬拜焉漢至今且千歲富貴堙滅者不可勝數孺子不出閭巷獨稱思至今則世之欲以智力取勝者非惑與孺子墓失其地而臺幸可考而知祠之所以示邦人以尚德故并采其出處之意為記焉

東漢之末士以志節相高小人亦比而誅之使善類無遺種此郭泰有殄瘁之傷也人之云亡於是董卓曹操

無所顧忌不特漢祚以移而大亂者二三百年中國分裂視弑君篡國為故事矣識者謂小人狼虎何所不至而君子自潔其身不為後世慮者亦有遺議焉此諸賢所以為隕霜之芝蘭而徐孺子輩為歲寒之松柏也

越州趙公救菑記

熙寧八年夏吴越大旱九月資政殿大學士右諫議大夫知越州趙公前民之未饑為書問屬縣菑所被者幾鄉民能自食者有幾當廪於官者幾人溝防構築可僦

民使治之者幾所庫錢倉粟可發者幾何富人可募出粟者幾家僧道士食之羨粟書于籍者其幾具存使各書以對而謹其備州縣吏錄民之孤老疾弱不能自食者二萬一千九百餘人以告故事歲廩窮人當給粟三千石而止公斂富人所輸及僧道士之羨者得粟四萬八千餘石佐其費使自十月朔人受粟日一升幼小半之憂其衆相蹂也使受粟者男女異日而人受二日之食憂其且流亡也於城市郊野為給粟之所凡五十有

七使各以便受之而告以去其家者勿給計官為不足用也取吏之不在職而寓於境者給其食而任以事不能自食者有是具也能自食者為之告富人無得閉糴又為之出官粟得五萬二千餘石平其價予民為糶粟之所凡十有八使糴者自便如受粟又僦民完城四千一百丈為工三萬八千計其傭與錢又與粟再倍之民取息錢者告富人縱予之而待熟官為責其償棄男女者使人得收養之明年春大疫為病坊處疾病之無歸

者募僧二人屬以視醫藥飲食令無失所時凡死者使

在處隨收瘞之法廪窮人盡三月當止是歲盡五月而

止事有非便文者公一以自任不以累其屬有上請者

或便宜多輒行公于此時蚤夜憊心力不少懈事細鉅

必躬親給病者藥食多出私錢民不幸罹旱疫得免于

轉死雖死得無失斂埋皆公力也是時旱疫被吴越民

饑饉疾癘死者殆半菑未有鉅於此也天子東向憂勞

州縣推布上恩人人盡其力公所拊循民尤以為得其

依歸所以經營緩輯先後終始之際委曲纖悉無不備者其施雖在越其仁足以示天下其事雖行于一時其法足以傳後世蓋菑沴之行治世不能使之無而能為之備民病而後圖之與夫先事而為計者則有間矣不習而有為與夫素得之者則有間矣予故采於越得公所推行樂為之識其詳豈獨以慰越人之思將使吏之有志于民者不幸而遇歲之菑推公之所已試其科條可不待頃而具則公之澤豈小且近乎公元豐二年以

大學士加太子少保致仕家于衢其直道正行在于朝
廷豈弟之實在于身者此不著著其荒政可師者以為
越州趙公救菑記云

[illegible]鞏所記又復詳盡明晰司

御選唐宋文醇卷五十六

欽定四庫全書

御選唐宋文醇卷五十七

南豐曾鞏文四

熙寧轉對疏

准御史臺告報臣寮朝辭日具轉對臣愚淺薄恐言不足采然臣竊觀唐太宗即位之初延羣臣與圖天下之事而能紬封倫用魏鄭公之說所以成貞觀之治周世宗初即位亦延羣臣使陳當世之務而能知王朴之可用

故顯德之政亦獨能變五代之因循夫當衆說之馳騁而以獨見之言陳未形之得失此聽者之所難也然二君能辨之于羣衆之中而用之以收一時之效此後世之士所以常感知言之少而頌二君之明也今陛下始承天序亦詔羣臣使以次對然且將歲餘未聞取一人得一言豈當世固乏人不足以當陛下之意與抑所以延問者特用累世之故事而不必求其實與臣愚竊計殆進言者未有以當陛下之意也陛下明智大畧固將

比跡于唐虞三代之盛如太宗世宗之所至恐不足以望陛下故臣之所言亦不敢效二臣之卑近伏惟陛下超然獨觀于世俗之表詳思臣言而擇其中則二君之明豈足道于後世而士之懷抱忠義者豈復感知言之少乎臣所言如左臣伏以陛下恭儉慈仁有能承祖宗之德聰明睿知有能任天下之材即位以來早朝晏罷廣問兼聽有更制變俗比迹唐虞之志此非羣臣之所能及也然而所遇之時在天則有日食星變之異在地

則有震動陷裂水泉湧溢之災在人則有饑饉流亡訛言相驚之患三者皆非常之變也及從而察今之天下則風俗日以薄惡綱紀日以弛壞百司庶務一切文具而已内外之任則不足於人材公私之計則不足于食貨近則不能不以盜賊為慮遠則不能不以夷狄為憂海内智謀之士常恐天下之勢不得以久安也以陛下之明而所遇之時如此陛下有更制變俗比迹唐虞之志則亦在正其本而已矣易曰正其本萬事理臣以

爲正其本者在陛下得之于心而已臣觀洪範所以和同天人之際使之無間而要其所以爲始者思也大學所以誠意正心修身治其國家天下而要其所以爲始者致其知也故臣以謂正其本者在得之於心而已得之于心者其術非他學焉而已矣此致其知所以爲大學之道也古之聖人舜禹成湯文武未有不由學而成而傅說周公之輔其君未嘗不勉之以學故孟子以謂學焉而後有爲則湯以王齊桓公以霸皆不勞而能也

蓋學所以成人主之功德如此誠能磨礲長養至于有以自得則天下之事在于理者未有不能盡也能盡天下之理則天下之以事物接于我者無以累其内天下之以言語接于我者無以蔽其外夫然則循理而已矣邪情之所不能入也從善而已矣邪說之所不能亂也如是而用之以持久資之以不息則積其小者必至于大積其微者必至于顯古之人自可欲之善而充之至於不可知之神自十五之學而積之至于從心之不踰

矩豈他道哉由是而已矣故曰念終始典於學又曰學然後知不足孔子亦曰吾學不厭蓋如此者孔子之所不能已也人能使事物之接于我者不能累其內所以治內也言語之接于我者不能蔽其外所以應外也有以治內此所以成德化也有以應外此所以成法度也德化法度既成所以發育萬物而和同天人之際也自周衰以來道術不明為人君者莫知學先王之道以明其心為人臣者莫知引其君以及先王之道也一切苟

簡溺于流俗末世之卑淺以先王之道為迂遠而難遵人主雖有聰明敏達之質而無磨礱長養之具至于不能有以自得則天下之事在于理者有所不能盡也不能盡天下之理則天下之以事物接于我者足以累其内天下之以言語接于我者足以蔽其外夫然故欲循理而邪情足以害之欲從善而邪說足以亂之如是而用之以持久則愈甚無補行之以不息則不能見效其弊則至于邪情勝而正理滅邪說長而正論消天下之

所以不治而有至于亂者以是而已矣此周衰以來人主之所以可傳于後世者少也可傳于後世者若漢之文帝宣帝唐之太宗皆可謂有美質矣由其學不能遠而所知者陋故足以賢于近世之庸主矣若夫議唐虞三代之盛德則彼烏足以云乎由其如此故自周衰以來千有餘年天下之言理者亦皆卑近淺陋以趨世主之所便而言先王之道者皆絀而不省故以孔子之聖孟子之賢而猶不遇也今去孔孟之時又遠矣臣之所

言乃周衰以來千有餘年所謂迂遠而難遵者也然臣敢獻之於陛下者臣觀先王之所已試其言最近而非遠其用最要而非迂故不敢不以告者此臣所以事陛下區區之志也伏惟陛下有自然之聖質而漸漬于道義之日又不為不久然臣以為陛下有更制變俗比迹唐虞之志則在得之于心得之于心則在學焉而已者臣愚以謂陛下宜觀洪範大學之所陳知治道之所本不在于他觀傳說周公之所戒知學者非明主之所宜

已也陛下有更制變俗比迹唐虞之志則當懇誠惻怛以講明舊學而推廣之務當于道德之體要不取乎口耳之小知不急乎朝夕之近效復之熟之使聖心之所存從容于自得之地則萬事之在于理者未有不能盡也能盡萬事之理則内不累于天下之物外不累于天下之言然後明先王之道而行之邪情之所不能入也合天下之正論而用之邪說之所不能亂也如是而用之以持久資之以不息則雖細必鉅雖微必顯以陛下

之聰明而充之以至于不可知之神以陛下之睿知而積之以至于從心所欲之不踰矩夫豈遠哉顧勉強如何耳夫然故內成德化外成法度以發育萬物而和同天人之際甚易也若夫移風俗之薄惡振綱紀之弛壞變百司庶務之丈具厲天下之士使稱其位理天下之財使瞻其用近者使之親附遠者使之服從海內之勢使之常安則惟陛下之所欲何求而不得何為而不成乎未有若是而福應不臻而變異不消者也如聖心之所

存未及於此內未能無秋毫之累外未能無纖芥之蔽則臣恐欲法先王之政而智慮有所未審欲用天下之智謀材諝之士而議論有所未一於國家天下愈甚無補而風俗綱紀愈以衰壞也非獨如此自古所以安危治亂之幾未嘗不出于此臣幸蒙降問言天下之細務而無益于得失之數者非臣所以事陛下區區之志也輒不自知其固陋而敢言國家之大體惟陛下審察而擇其宜天下幸甚

朱子謂肇由學文漸見道理故文字依傍道理不為空言此疏在神宗初政勸以稽古雖若老生常談然使神宗果納其言學于古訓則所謂天變不足畏祖宗不足法人心不足順等論議必不能入于耳而遂于心矣想當時只作一通文字閱過耳移滄州過闕上殿劄子絫文勝而實意微不如此疏遠甚

為人後議

禮大宗無子則族人以支子為之後為之後者為所後

服斬衰三年而降其父母期禮之所以如此者何也以謂人之所知者近則知親愛其父母而已所知者遠則知有嚴父之義知有嚴父之義則知尊祖知尊祖則知大宗者上以繼祖下以收族不可以絶故有以支子為之後者為之後者以受重于斯人故不得不以尊服服之以尊服服之而不為之降已親之服則尤恐未足以明所後者之重也以尊服服之又為之降已親之服然後以謂可以明所後者之重而繼祖之道盡此聖人制

禮之意也夫所謂收族者記稱與族人合食序以昭穆別以禮義之類是特諸侯別子之大宗而嚴之如此況如禮所稱天子及其始祖之所自出者此天子之大宗是為天地宗廟百神祭祀之主族人萬世之所依歸而可以不明其至尊至重哉故前世人主有以支子繼立而崇其本親加以號位立廟奉祀者皆見非于古今誠由所知者近不能割棄私愛節之以禮故失所以奉承正統尊無二上之意也若於所後者以尊服服之又為

之降已親之服而退於已親號位不敢以非禮有加也廟祀不敢以非禮有奉也則為至恩大義固已備矣而或謂又當易其父母之名從所後者為屬是未知考于禮也禮為人後者為所後者之祖父母妻妻之父母昆弟昆弟之子若子者此其服為所後者而非其為已也為其父母期為其昆弟大功為其姊妹適人者小功皆降本服一等者此其服為已而非為所後者也使於其父母服則為已名為所後者是則名與實相違服與恩

相戾矣聖人制禮不如是之舛也且自古為人後者不必皆親昆弟之子族人之同宗者皆可為之則有以大功小功昆弟之子而為之者矣有以緦麻袒免無服昆弟之子而為之者矣若當從所後者為屬則亦當從所後者為服從所後者為服則於其父母有宜為大功為小功為緦麻為袒免為無服者矣而聖人制禮皆為其父母期使足以明所後者重而已非遂以謂當變其親也親非變則名固不得而易矣戴德王肅喪記曰為人

後者為其父母降一等服齊衰期其服之節居倚廬言語飲食與父在為母同其異者不祥不禫雖除服心喪三年故至于今著于服令未之有改也豈有制服之重如此而其名遂可以絶乎又崔凱喪服駁曰本親有自然之恩降一等則足以明所後者為重無緣廼絶之矣夫未嘗以謂可以絶其親而輒謂可以絶其名是亦惑矣且支子所以後大宗者為推其嚴父之心以尊祖也顧以尊祖之故而不父其父豈本其恩之所由生而先

王教天下之意哉又禮適子不可為人後者以其傳重也支子可以為人後者以非傳重也使傳重者後已宗非傳重者後大宗其意可謂即乎人心而使之兩義俱安也今若使為人後者以降其父母之服一等而遂變革其名不以為父母則非使之兩義俱安而不即乎人心莫大乎如是也夫人道之於大宗至尊至重不可以絶尊尊也人子之於父母亦至尊至重不可以絶親親也尊尊親親其義一也未有可廢其一者故為人之後

者為降其父母之服禮則有之矣為之絕其父母之名則禮未之有也或以謂欲絕其名者蓋惡其為二而欲使之為一所以使為人後者之道盡也夫迹其實則有謂之所後有謂之所生制其服則有為已而非為所後者有為所後而非為已者皆知不可以惡其為二而強使之為一也至于名者蓋生于實也迺不知其不可以惡其為二而欲強使之為一是亦過矣藉使其名可以強使之為一而迹其實之非一制其服之非一者終不

可以易則惡在乎欲絶其名也故古之聖人知不可以惡其為二而强使之為一而能使其屬之踈者相與為重親之厚者相與為輕則以禮義而已矣何則使為人後者於其所後非已親也而為之服斬衰三年為其祭主是以義引之也於其所生實已親也而降服齊衰期不得與其祭是以禮厭之也以義引之則屬之踈者相與為重以禮厭之則親之厚者相與為輕而為人後之道盡矣然則欲為人後之道盡者在以禮義明其内而

不在于惡其為二而强易其名于外也故禮喪服齊衰不杖期章曰為人後者為其父母服此見于經為人後者於其本親稱父母之明文也漢祭義以為宣帝親謚宜曰悼魏相以為宜稱尊號曰皇考立廟後世議者皆以其稱皇立廟為非至于稱親稱考則未嘗有以為非者也其後魏明帝尤惡為人後者厚其本親故非漢宣加悼考以皇號又謂後嗣有由諸侯入繼正統者皆不得謂考為皇稱妣為后蓋亦但禁其猥加非正之號而

而未嘗廢其考妣之稱此見于前世議論為人後者于其本親稱考妣之明文也又晉王坦之喪服議曰罔極之重非制教之所裁昔日之名非一朝之所去此出後之身所以有服本親也又曰情不可奪名不可廢崇本叙恩所以為降則知為人後者未有去其所出父母之名此古人之常理故坦之引以為制服之證此又見於前世議論為人後者於其本親稱父母之明文也是則為人後者之親見于經見于前世議論謂之父母謂之

考妣者其大義如此明文如此至見于他書及史官之記亦謂之父母謂之考妣謂之私考妣謂之本親謂之親者則不可一二數而以為世父叔父者則不特禮未之有載籍以來固未之有也今欲使從所後者為屬而革變其父母之名此非常異義也不從經文與前世數千載之議論亦非常異義也而無所考據以持其說將何以示天下乎且中國之所以為貴者以有父子之道又有六經與前世數千載之議論以治之故也今忽欲

棄之而伸其無所考據之說豈非誤哉或謂為人後者于其本親稱父母則為兩統二父其可乎夫兩統二父者謂加考以皇號立廟奉祀是不一于正統懷二於所後所以著其非而非謂不變革其父母之名也然則加考以皇號與禮及古之稱皇考者有異乎曰皇考一名而為說有三禮曰考廟曰王考廟曰皇考廟曰顯考廟曰祖考廟是則以皇考為曾祖之廟號也魏相謂漢宣帝父宜稱尊號曰皇考既非禮之曾祖之稱又有尊號

之文故魏明帝非其加悼考以皇號至于光武亦于南頓君稱皇考廟義出于此是以加皇號為事考之尊稱也屈原稱朕皇考曰伯庸又晉司馬機為燕王告禰廟文稱敢昭告于皇考清惠亭侯是又達于羣下以皇考為父歿之通稱也以為曾祖之廟號者于古用之以為事考之尊稱者于漢用之以為父歿之通稱者至今用之然則稱之亦有可有不可者爭曰以加皇號為事考之尊稱者施于為人後之義是干正統此求之于禮而

不可者也達于羣下以皇考為父歿之通稱者施于為人後之義非干正統此求之于禮而可者也然則以為父歿之通稱者其不可如何曰若漢哀帝之親稱尊號曰恭皇安帝之親稱尊號曰孝德皇是又求之于禮而不可者也且禮父為士子為天子祭以天子其尸服以士服子無爵父之義尊父母也前世失禮之君崇本親以位號者豈獨失為人後奉祀正統尊無二上之意哉是以子爵父以卑命尊亦非所以尊厚其親也前世崇

飾非正之號者其失如此而後世又謂宜如期親故事增官廣國者亦可謂皆不合于禮矣夫考者父殁之稱然施于禮者有朝廷典册之文有宗廟祝祭之辭而已若不加位號則無典册之文不立廟奉祀則無祝祭之辭則雖正其名豈有施于事者顧言之不可不順而已此前世未嘗以為可疑者以禮甚明也今世議者紛紛至于曠日累時不知所決者蓋由不考于禮而率其私見也故采于經列其旨意庶得以商確焉

與歐陽脩議並讀可互相發明

講官議

孔子之語教人曰不憤悱不啓發舉一隅不以三隅反則不告也孟子之語教人曰有答問者荀子之語教人曰不問而告謂之傲問一而告二謂之囋傲非也囋非也君子如響故禮無往教而有待問則師之道有問而告之者爾世之挾書而講者終日言而非有問之者也乃不自知其強聒而欲以師自任何其妄也古之教世

子之法太傅審父子君臣之道以示之少傅奉世子以觀大傅之德行而審喻之則示之以道者以審喻之為淺故不為也況于師者何為也哉正已而使觀之者化爾故得其行者或不得其所以行得其言者或不得其所以言也仰之而彌高鑽之而彌堅德如是然後師之道盡故天子不得而名也諸侯不得而友也又況得而臣之乎此伊尹太公子思孟子之徒所以忘人之勢而唐虞三代大有為之君所以忘其勢也世之挾書而講

於禁中者官以侍為名則其任故可知矣乃自以謂吾師道也宜坐而講以為請於上其為說曰必如是然後合於古之所謂坐而論道者也夫坐而論道謂之三公作而行之謂之卿大夫語其任之無為與有為非以是為尊師之道也且禮於朝王及羣臣皆立無獨坐者於燕皆坐無獨立者故坐未嘗以為尊師之禮也昔晉平公之於亥唐坐云則坐曾子之侍仲尼子曰參復坐則坐云者葢師之所以命學者未果有師道也顧僕僕然

以坐自請者也則世之為此者非妄歟故為此議以解其惑

此文為王安石爭坐講而作也呂誨劾其妄自尊大安石猶可得而辭也師道固尊也肇明其官以侍為名則非師矣而坐亦非所以為尊安石當爽然自失矣通達古今之士其議論足發矇如是厥後程伊川何以猶爭坐講也

救災議

聖祖御評：計較利害得失慮經畫最周變通不滯可補周禮所未及

河北地震水災墮城郭壞廬舍百姓暴露乏食主上憂憫下緩刑之令遣拊循之使恩甚厚也然百姓患于暴露非錢不可以立屋廬患于乏食非粟不可以飽二者不易之理也非得此二者雖主上憂勞于上使者旁午于下無以救其患塞其求也有司建言請發倉廩與之粟壯者人日二升幼者人日一升主上不旋日而許之賜之可謂大矣然有司之所言特常行之法非審計終始見于衆人之所未見也今河北地震水災所毀敗者

甚衆可謂非常之變也遭非常之變者亦必有非常之恩然後可以振之今百姓暴露乏食已廢其業矣使之相率日待二升之廩于上則其勢必不暇乎他為是農不復得修其畎畝商不復得治其貨賄工不復得利其器用閒民不復得轉移執事一切棄百事而專意于待升合之食以偷為性命之計是直以餓殍之養養之而已非深思遠慮為百姓長計也以中戶計之戶為十人壯者六人月當受粟三石六斗幼者四人月當受粟一

石二斗率一戶月當受粟五石雖可以久行也則百姓何以贍其後久行之則被水之地旣無秋成之望非至來歲麥熟賑之未可以罷自今至于來歲麥熟凡十月一戶當受粟五十石今被災者十餘州州以二十萬戶計之中戶以上及非災害所被不仰食縣官者去其半則仰食縣官者為十萬戶食之不遍則為施不均而民猶有無告者也食之遍則當用粟五百萬石而足何以辦此又非深思遠慮為公家長計也至于給授之際有

淹速有均否有真偽有會集之擾有辨察之煩厝置一
差皆足致弊又羣而處之氣久蒸薄必生疾癘此皆必
至之害也且此不過能使之得旦暮之食耳其于屋廬
構築之費將安取哉屋廬構築之費既無所取而就食
于州縣必相率而去其故居雖有頹墻壞屋之尚可完
者故材舊瓦之尚可因者什器衆物之尚可賴者必棄
之而不暇顧甚則殺牛馬而去者有之伐桑棗而去者
有之其害又可謂甚也今秋氣已半霜露方始而民露

處不知所蔽蓋流亡者亦已衆矣如是不可止則將空近塞之地空近塞之地失戰鬬之民此衆士大夫之所慮而不可謂無患者也空近塞之地失耕桑之民此衆士大夫所未慮而患之尤甚者也何則失戰鬬之民異時有警邊戍不可以不增爾失耕桑之民異時無事邊糴不可以不貴矣二者皆可不深念與萬一或出于無聊之計有窺倉庫盜一囊之粟一束之帛者彼知已負有司之禁則必鳥駭鼠竄竊弄鉏梃于草茅之中以扞

游徼之吏强者旣囂而動則弱者必隨而聚矣不幸或連一二城之地有枹鼓之警國家胡能晏然而已乎況夫外有夷狄之可慮內有郊祀之將行安得不防之於未然銷之於未萌也然則為今之策下方紙之詔賜之以錢五十萬貫貸之以粟一百萬石而事足矣何則今被災之州為十萬戶如一戶得粟十石得錢五千下戶常產之貲平日未及有此者也彼得錢以完其居得粟以給其食則農得修其畎畝商得治其貨賄工得利其

器用閒民得轉移執事一切得復其業而不失其常生之計與專意以待二升之廩于上而勢不暇乎他爲豈不遠哉此可謂深思遠慮爲百姓長計者也由有司之說則用十月之費爲粟五百萬石由今之說則用兩月之費爲粟一百萬石况貸之于今而收之于後足以振其艱之而終無損于儲偫之實所實費者錢五鉅萬貫而已此可謂深思遠慮爲公家長計者也又無給授之弊疾癘之憂民不必去其故居苟有頽墻壞屋之尚可

完者故材舊瓦之尚可因者什器衆物之尚可賴者皆得而不失況于全牛馬保桑棗其利又可謂甚也雖寒氣方始而無暴露之患民安居足食則有樂生自重之心各復其業則勢不暇乎他為雖敺之不去誘之不為盜矣夫饑歲聚餓殍之民而與之升合之食無益于救災補敗之數此常行之弊法也今破去常行之弊法以錢與粟一舉而賑之足以救其患復其業河北之民聞詔令之出必皆喜上之足賴而自安于畎畝之中負錢與粟而歸與其父母

妻子脱於流亡轉死之禍則戴上之施而懷欲報之心豈有已哉天下之民聞國家厝置如此恩澤之厚其孰不震動感激悅主上之義于無窮乎如是而人和不可致天意不可悅者未之有也人和洽于下天意悅于上然後玉輅徐動就陽而郊荒夷殊陬奉幣來享疆内安輯里無囂聲豈不適變于可為之時消患于無形之内乎此所謂審計終始見于衆人之所未見也不早出此或至于一有枹鼓之警則雖欲為之將不及矣或謂方今

錢粟恐不足以辦此夫王者之富藏之于民有餘則取
不足則與此理之不易者也故曰百姓足君孰與不足
百姓不足君孰與足蓋百姓富實而國獨貧與百姓餓
殍而國獨能保其富者自古及今未之有也故又曰不
患貧而患不安此古今之至戒也是故古者二十七年
耕有九年之畜足以備水旱之災然後謂之王政之成
唐水湯旱而民無捐瘠者以是故也今國家倉庫之積
固不獨為公家之費而已凡以為民也雖倉無餘粟庫

無餘財至于救災補敗尚不可以已況今倉庫之積尚可以用獨安可以過憂將來之不足而立視夫民之死乎古人有曰剪爪宜及膚割髮宜及體先王之于救災髮膚尚無所愛況外物乎且今河北州軍凡三十七災害所被十餘州軍而已他州之田秋稼足望今有司于糴粟常價斗增一二十錢非獨足以利農其餘增糴一百萬石易矣斗增一二十錢吾權一時之事有以爲之耳以實錢給其常價以茶荈香藥之類佐其虛估不過

捐茶荈香藥之類爲錢數鉅萬貫而其費已足茶荈香藥之類與百姓之命孰爲可惜不待議而可知者也夫費錢五鉅萬貫又捐茶荈香藥之類爲錢數鉅萬貫而足以救一時之患爲天下之計利害輕重又非難明者也顧吾之有司能越拘攣之見破常行之法與否而已此時事之急也故述斯議焉

欲舉兩月之賑一旦予民耳而反覆申重至於如此其煩文士多訕議其非古矣抑知其勤惓之心惟恐其言

之不足以傾聽而民不得被其澤語重辭複而不憚煩者正其意之所以為古乎

叩濬曰曾肇此議所謂賜之錢貸之粟比之有司日遜給粟之說其為利病相去甚遠所謂深思遠慮以為百姓長久計者真誠有之但飢民一戶貸之米十石一旦責其如數償之難矣不若因時量力稍有力者償其半無力者并與之或立為次第之限可也

贈職方員外郎蘇君墓誌銘

熙寧元年春余之同年友趙郡蘇軾自蜀以書至京師謂余曰軾之大父行甚高而不為世用故不能自見于天下然古之人亦不必皆能自見而卒有傳于後者以世有發明之者耳故軾之先人嘗疏其事蓋將屬銘於子而不幸不得就其志軾何敢廢焉子其為我銘之余為之記其說曰君諱序字仲先眉州眉山人其先蓋趙郡欒城人也曾大父釿大父祐父杲三世皆不仕而行義聞于鄉里祐生于唐季而卒于周顯德之間嘗以事

至成都遇道士異之屏人謂曰吾術能變化百物將以授子祐辭不願道士笑曰是果有以過人矣而果始以好施顯名君讀書務知大義為詩務達其志而已詩多至千餘篇為人疎達自信持之以謙輕財好施急人之病孜孜若不及歲凶賣田以賑其鄰里鄉黨至熟人將償之君辭不受以是至數破其業厄於飢寒然未嘗以為悔而好施益甚遇人無疎密一與之傾盖無疑礙或欺而侮之君亦不變人莫測其意也李順叛攻眉州君

居圜中守禦會其父病歿君治喪執禮盡哀退慰安其母皆不失所宜慶歷初詔州縣立學取士爭欲執事學中君獨戒其子孫退避人皆服其行蜀自五代之亂學者衰少又安其鄉里皆不願出仕君獨教其子渙受學所以成就之者甚備至渙以進士起家蜀人榮之意始大變皆始受學及其後眉之學者至千餘人蓋自蘇氏始而君之季子洵壯猶不知書君亦不强之謂人曰是非憂其不學者也既而洵果奮發力學與其子軾轍皆

以文學名天下為學者所宗蓋雖不用于世而見于家稱于鄉里者如此是不可以無傳也已君始以子恩為大理評事後累贈尚書職方員外郎享年七十有五慶歷五年五月十一日終于家八年二月甚日葬于眉山縣脩文鄉安道里先塋之側夫人史氏蓬萊縣太君二子曰渙尚書都官郎中提點利州路刑獄公事有能名曰洵霸州文安縣主簿編纂太常禮書贈光禄寺丞孫七人位佾不欺不疑不危軾轍軾殿中丞直史館轍商

州軍事推官銘曰

蘇氏徂西值蜀崩分三世高逝以篤吾仁君始不羈勞躬以畀孝於父母施及窮嫠維見之卓教其子孫終化鄉邦學者詵詵維子若孫同時三人擅名文章震動四方迺本厥初考祖之自刻詩墓石以畀厥裔

肇金石文字簡貴得史法如是則其他語重詞複人所病爲多者盖亦必有義矣昔人謂學古文者有二弊一爲減字法一爲換字法切中貌古者之病肇豈不能爲

減字耶

御選唐宋文醇卷五十七

欽定四庫全書

御選唐宋文醇卷五十八

臨川王安石文

原過

天有過乎有之陵歷鬬蝕是也地有過乎有之崩弛竭塞是也天地舉有過卒不累覆且載者何善復常也人介乎天地之間則固不能無過卒不害聖且賢者何亦善復常也故太甲思庸孔子曰勿憚改過揚雄貴遷善

皆是術也予之朋有過而能悔悔而能改人則曰是向之從事云爾今從事與向之從事弗類非其性也飾表以疑世也夫豈知言哉天播五行于萬靈人固備而有之有而不思則失思而不行則廢一日咎前之非沛然思而行之是失而復得廢而復舉也顧曰非其性是率天下而戕性也且如人有財見篡于盜已而得之曰非夫人之財向篡於盜矣可與不可也財之在已固不若性之爲已有也財失復得曰非其財且不可性失復得

曰非其性可乎

无咎者善補過也易莫大于无咎无咎則无悔无吝吉固自天祐之凶亦非自我作之也吉凶悔吝若循環然凶必悔悔則之乎吉矣吉易吝吝則之乎凶矣无咎則無所之也凝命之本也易曷由无咎在善補過聖人不大無過大補過子張問善人之道子曰不踐迹亦不入于室不大無過也仲虺之誥曰惟王改過不吝大補過也子曰有德者必有言有言者不必有德王安石傲佷明

德以亂天常蒼生之被其害者以百萬計不止無德矣然猶不礙其為有言言果足重乎哉自宋以來重其文字明茅坤不能删也以之殿八家儲欣益李翱孫樵而為十而亦不能删王安石而為九也則今者亦姑存之曾鞏不云乎以戒則明明何必滅其籍哉使天下讀原過而歎有如是之言而怙過如是讀進説而歎有如是之言而巧進如是則為人君者知詐偽萬端而不敢輕信以其國委人為人臣者知詐偽萬端雖爵可至王名可

至配享宗廟配享孔子文可列于學官誦於後世而卒無解于小人之號千古比之荆舒是懲則詐僞者其或可休乎然則其文誠安可不録也

進說

古之時士之在下者無求于上上之人日汲汲惟恐一士之失也古者士之進有以德有以才有以言有以曲藝今徒不然自茂才等而下之至于明法其進退之皆有法度古之所謂德者才者無以爲也古之所謂言者

又未必應今之法度也誠有豪傑不世出之士不自進乎此上之人弗舉也誠進乎此而不應今之法度有司弗取也夫自進乎此皆所謂枉已者也孟子曰未有枉已能正人者也然而今之士不自進乎此者未見也豈皆不如古之士自重以有恥乎古者幷天下之地而授之氓士之未命也則授一廛而為氓其父母妻子裕如也自家達有塾有序有庠有學觀游止處師師友友絃歌堯舜之道自樂也磨礱鐫切沉浸灌養行完而才備

則曰上之人其舍我哉上之人其亦莫之能舍也今也地不井國不學黨不庠遂不序家不塾士之未命也則或無以裕父母妻子無以處行完而才備上之人亦莫之舉也士安得而不自進嗚呼使今之士不若古非人則然勢也勢之異聖賢之所以不得同也孟子不見王公而孔子爲季氏吏夫不以勢乎哉士之進退不惟其德與才而惟今之法度而有司之好惡未必今之法度也是士之進不惟今之法度而幾在有司之好惡耳今之有司非昔之有司也後之有司又非今之有司也有司之好惡豈常

哉是士之進退果卒無所必而已矣噫以言取人未之失也取焉而又不得其所謂言是失之失也況又重以有司好惡之不可常哉古之道其卒不可以見乎士也有得已之勢其得不已乎得已而不已未見其為有道也楊叔明之兄弟以父任皆京官其勢非吾所謂無以處無以裕父母妻子而有不得已焉者也自枉而為進士而又枉於有司而又若不釋然二君固常自任以道而且朋友我矣懼其猶未寤也為進說與之

呂誨劾安石辭小官不辭大官安石仕未顯衆君子翕

然稱賢焉使以小官終千載而下知安石何如人哉安石之進也宋室之不幸亦安石之不幸也

傷仲永

金谿民方仲永世隸耕仲永生五年未嘗識書具忽啼求之父異焉借旁近與之即書詩四句并自為其名其詩以養父母收族為意傳一鄉秀才觀之自是指物作詩立就其文理皆有可觀者邑人奇之稍稍賓客其父或以錢幣乞之父利其然也日扳仲永環謁於邑人不

使學余聞之也久明道中從先人還家於舅家見之十二三矣今作詩不能稱前時之聞又七年還自揚州復到舅家問焉曰泯然衆人矣王子曰仲永之通悟受之天也其受之天也賢于材人遠矣卒之為衆人則其受于人者不至也彼其受于天也如此其賢也不受之人且為衆人今夫不受之天固衆人又不受之人得為衆人而已耶

勸學之意究轉切至為子弟者所宜誦然學何學乎宜

先辨志矣

讀孟嘗君傳

世皆稱孟嘗君能得士士以故歸之而卒賴其力以脫於虎豹之秦嗟乎孟嘗君特雞鳴狗盜之雄耳豈足以言得士不然擅齊之強得一士焉宜可以南面而制秦尚何取雞鳴狗盜之力哉夫雞鳴狗盜之出其門此士之所以不至也

謝枋得曰筆力簡而健然一篇得意處只是擅齊之

强得一士焉宜可以南面而制秦尚取雞鳴狗盜之力哉先得此數句作此一篇文字然亦是祖述前言韓文公祭田横墓文云當嬴氏之失鹿得一士而可王何五百人之擾擾不能脱夫子于剱鋩豈所寳之非賢抑天命之有常

讀孔子世家

太史公叙帝王則曰本紀公侯傳國則曰世家公卿特起則曰列傳此其例也其列孔子為世家奚其進退無

所據耶孔子旅人也棲棲衰季之世無尺土之柄此列之以傳宜矣曷爲世家哉豈以仲尼躬將聖之資其教化之盛舄奕萬世故爲之世家以抗之又非極摯之論也夫仲尼之才帝王可也何特公侯哉仲尼之道世天下可也何特世其家哉處之世家仲尼之道不從而大置之列傳仲尼之道不從而小而遷也自亂其例所謂多所抵捂者也

茅坤曰荊公短文字有絕似太史公處

與趙尚書

某啓議者多言邉欲開納西人則示之以弱彼更倔强以事情料之殆不如此以我衆大當彼寡小我尚疲弊厭兵即彼偷欲得和可知我深閉固距使彼不得安息則彼上下忿懼并力一心致死于我此彼所以能倔强也我明示開納則彼孰敢違衆首議欲為倔强者就令有敢如此則彼舉國皆將德我而怨彼孰肯為之致死此所以怒我而怠寇也老子曰抗兵相加愛者勝矣此

之謂也至于開納之後與之約和乃不可遽遽則彼將驕而易我蓋明示開納所以怠其衆而紓吾患徐與之議所以示之難而堅其約聖上恐龍圖未喻此指故令以書具道前降指揮如西人有文字詞理恭順即與收接聞奏宜即明示界上使戎吏民與彼舉國皆知朝廷之意

儲欣曰絕似漢人指揮機宜文字

答段縫書

段君足下某在京師時嘗為足下道曾鞏善屬文未嘗及其為人也還江南始熟而慕焉友之又作文粗道其行惠書以所聞詆鞏行無纖完其居家親友惴畏焉怪某無文字規鞏見謂有黨果哉足下之言也鞏固不然鞏文學論議在某交游中不見可敵其心勇于適道殆不可以刑禍利祿動也父在困戹中左右就養無虧行家事銖髮以上皆親之父亦愛之甚嘗曰吾宗敝所賴者此兒耳此某之所見也若足下所聞非某之所見也

鞏在京師避兄而舍此雖某亦辠之也宜足下深攻之也於辠之中有足矜者顧不可以書傳也事固有迹然而情不至是者如不循其情而誅焉則誰不可誅邪鞏之迹固然邪然鞏爲人弟於此不得無過但在京師時未深接之還江南又既往不可咎未嘗以此規之也鞏果于從事少許可時時出于中道此則還江南時嘗規之矣鞏聞之輒瞿然鞏固有以教某也其作懷友書兩通一自藏一納某家皇皇焉求相切劘以免于悔者略

見矣嘗謂友朋過差未可以絕固且規之規之從則已
固且為文字自著見然後已邪則未嘗也凡肇之行如
前之云其既往之過亦如前之云而已豈不得為賢者
哉天下愚者衆而賢者希愚者固忌賢者賢者又自守
不與愚者合愚者加怨焉挾忌怨之心則無之焉而不
謗君子之過于聽者又傳而廣之故賢者嘗多謗其困
于下者尤甚勢不足以動俗名實未加於民愚者易以
謗謗易以傳也凡道肇之云云者固忌固怨固過于聽

者也足下乃欲引忌者怨者過于聽者之言縣斷賢者之是非甚不然也孔子曰衆好之必察焉衆惡之必察焉孟子曰國人皆曰可殺未可也見可殺焉然後殺之匡章通國以為不孝孟子獨禮貌之孔孟所以為孔孟者為其善自守不惑于衆人也如惑于衆人亦衆人耳烏在其為孔孟也足下姑自重毋輕議肇

> 安石罷相後嘗歎曰平昔交遊皆以國事相絶曾肇傳曰安石得志後遂與之異子言之有朋自遠方來不亦

聖祖御評：書意從昌黎爭臣論得來，筆自伉爽。

樂乎鸞鳳所棲，百鳥並集，君子之光，其暉吉也。若夫傷胎殺卵，則鳳鳥不至矣。寧有害及百姓，而君子猶與為友者乎？

上田正言書

正言執事：某五月還家，八月抵官，每欲介西北之郵，布一書道區區之懷，輒以事廢。揚東南之吭也，舟輿至自汴者日十百數，因得問汴事與執事息耗甚詳。其間薦紳道執事介然立朝，無所跛倚，甚盛甚盛！顧猶有疑執

事者雖某亦然某之學也執事誨之進也執事奬之執

事知某不為淺矣有疑焉不以聞何以償執事之知哉

初執事坐殿廡下對方正策指斥天下利害奮不諱忌

且曰願陛下行之無使天下謂制科為進取一塗耳方

此時窺執事意豈若今所謂舉方正者獵取名位而已

哉蓋曰行其志云爾今聮諫官朝夕耳目天子行事即

一切是非無不可言者欲行其志宜莫若此時國之疵

民之病亦多矣執事亦柢職之日久矣向之所謂疵者

今或痤然若不可治矣向之所謂病者今或痼然若不可起矣曾未聞執事建一言寤主上也何向者指斥之切而今之疏也豈向之利于言而今之言不利耶豈不免若今之所謂舉方正者獵取名位而已耶人之疑執事者以此為執事解者或造辟而言詭辭而出疏賤之人奚遽知其微哉是不然矣傳所謂造辟而言者迺其言則不可得而聞也其言之效則天下斯見之矣今國之疵民之病有滋而無損焉烏所謂言之效耶復有為

執事解者曰蓋造辟而言之矣如不用何是又不然臣之事君三諫不從而去之禮也執事對策時常用是著於篇今言之而不從亦當不翅三矣雖惓惓之義未能自去孟子不云乎有言責者不得其言則去盍亦辭其言責邪執事不能自免于疑也必矣雖堅強之辯不能為執事解也迺如某之愚則願執事不矜寵利不憚誅責一爲天下昌言以寤主上起民之病治國之疵蹇蹇一心如對策時則人之疑不解自判矣惟執事念之如

其不然願賜教答不宣

唐順之曰歐公上范司諫書婉而切荆公與田正言書直而勁

答韶州張殿丞書

某啓伏蒙再賜書示及先君韶州之政為吏民稱誦至今不絕傷今之士大夫不盡知又恐史官不能記載以次前世良吏之後此皆不肖之孤言行不足信于天下不能推揚先人之功緒餘烈使人人得聞知之所以夙

夜愁痛疚心疾首而不敢息者以此也先人之存其尚少不得備聞為政之迹然嘗侍左右尚能記誦教誨之餘蓋先君所存嘗欲大潤澤于天下一物枯槁以為身羞大者既不得試已試乃其小者耳小者又將泯沒而無傳則不肖之孫罪大釁厚矣尚何以自立于天地之間耶閣下勤勤惻惻以不傳為念非夫仁人君子樂道人之善安能以及此自三代之時國各有史而當時之史多世其家往往以身死職不負其意蓋其所傳皆可

考據後既無諸侯之史而近世非尊爵盛位雖雄奇儁烈道德滿衍不幸不為朝廷所稱輒不得見于史而執筆者又雜出一時之貴人觀其在廷論議之時人人得講其然不尚或以忠為邪以異為同誅當前而不慄訕在後而不羞苟以饜其忿好之心而止耳而況陰挾翰墨以裁前人之善惡疑可以貸褒似可以附毀往者不能訟當否生者不得論曲直賞罰謗譽又不施其間以彼其私獨安能無欺於冥昧之間邪善既不盡傳而傳

者又不可盡信如此唯能言之君子有大公至正之道名實足以信後世者耳目所遇一以言載之則遂以不朽於無窮耳伏惟閣下於先人非有一日之雅餘論所及無黨私之嫌苟以發潛德為己事務推所聞告世之能言而足信者使得論次以傳焉則先君之不得列于史官豈有恨哉

李光地曰此古今升降一大節目此篇議論亦大關係韓子之不為史官意亦如此而有難顯言者故以

鬼神禍福爲説

周禮義序

士弊于俗學久矣聖上閔焉以經術造之乃集儒臣訓釋厥旨將播之校學而臣某實董周官惟道之在政事其貴賤有位其後先有序其多寡有數其遲速有時制而用之存乎法推而行之存乎人其人足以任官其官足以行法莫盛乎成周之時其法可施于後世其文有見于載籍莫具乎周官之書蓋其因習以崇之賡續以

終之至於後世無以復加則豈特文武周公之力哉猶四時之運陰陽積而成寒暑非一日也自周之衰以至于今歷歲千數百矣太平之遺迹掃蕩幾盡學者所見無復全經於是時也乃欲訓而發之臣誠不自揆然知其難也以訓而發之之為難則又以知夫立政造事追而復之之為難然竊觀聖上致法就功取成于心訓迪在位有馮有翼亹亹乎鄉六服承德之世矣以所觀于今考所學于古所謂見而知之者臣誠不自揆妄以為

庶幾焉故遂昧冒自竭而忘其材之弗及也謹列其書為二十有二卷凡十餘萬言上之御府副在有司以待

制詔頒焉謹序

此安石誤宋之根也孟子曰以善養人然後能服天下苟可養人不必其法出自周公也九夷八蠻皆聖人所樂取苟為百姓所患若雖扳周公以證之無濟于敗若夫文則洵美矣然亦有自然流露而不可揜者爲之于舜也見而知之也則其言曰無若丹朱傲安石之於神

宗也則其言曰所謂見而知之者臣誠不自揆妄以為庶幾焉嗚呼可以鑒矣

詩義序

詩三百十一篇其義具存其辭亡者六篇而已上既使臣雱訓其辭又命臣某等訓其義書成以賜太學布之天下又使臣某為之序謹拜手稽首言曰詩上通乎道德下止乎禮義放其言之文君子以興焉循其道之序聖人以成焉然以孔子之門人賜也商也有得于一言

則孔子悅而進之蓋其說之難明如此則是周衰以迄于今泯泯紛紛豈不宜哉伏惟皇帝陛下内德純茂則神罔時恫外行恂達則四方以無侮日就月將學有緝熙于光明則頌之所形容蓋有不足道也微言奥義既自得之又命承學之臣訓釋厥遺樂與天下共之顧臣等所聞如爝火焉豈足以賡日月之餘光姑承明制代匱而已傳曰美成在久故棫樸之作人以壽考為言蓋將有來者焉追琢其章纘聖志而成之也臣衰且老矣

尚庶幾及見之謹序

儲欣曰抑揚處得體

書義序

熙寧二年臣某以尚書入侍遂與政而子雱實嗣講事有旨為之說以獻八年下其說太學班焉惟虞夏商周之遺文更秦而幾亡遭漢而僅存賴學士大夫誦說以故不泯而世主莫或知其可用天縱皇帝大智實始操之以驗物考之以決事又命訓其義兼明天下後世而

臣父子以區區所聞承乏之與榮焉然言之淵懿而釋以淺陋命之重大而承以輕眇茲榮也祇所以為愧也與謹序

茅坤曰序皆應詔為之者其辭簡而其法度自典則

靈谷詩序

吾州之東南有靈谷者江南之名山也龍虵之神虎豹翬翟之文章楩枏豫章竹箭之材皆自山出而神林鬼冢魑魅之穴與夫仙人釋子恢譎之觀咸附託焉至其淑靈和清之氣盤礴委積於天地之間萬物之所不能

得者乃屬之於人而處士君實生其址君姓吳氏家于山址豪傑之望臨吾一州者蓋五六世而後處士君出焉其行孝悌忠信其能以文學知名于時惜乎其老矣不得與夫虎豹翬翟之文章楩枏豫章竹箭之材俱出而為用於天下顧藏其神奇而與龍蛇雜此土以處也然君浩然有以自養遨遊于山川之間嘯歌謳吟以寓其所好終身樂之不厭而有詩數百篇傳誦于閭里他日出靈谷三十二篇以屬其甥曰為我讀而序之惟君之所

得蓋有伏而不見者豈特畫于此詩而已雖然觀其鑱刻萬物而接之以藻繢非夫詩人之巧者亦孰能至于此

茅坤曰覽之如遊峭壁邃谷

芝閣記

祥符時封泰山以文天下之平四方以芝來告者萬數其大夫則天子賜書以寵嘉之小吏若民輒錫金帛方是時希世有力之大臣窮搜而遠采山農野老攀緣狙杙以上至不測之高下至澗溪壑谷分崩裂絶幽窮隱

伏人迹之所不通往往求焉而芝出于九州四海之間盖幾于盡矣至今上即位謙讓不德自大臣不敢言封禪詔有司以祥瑞告者皆勿納於是神奇之産銷藏委翳於蒿藜榛莽之間而山農野老不復知其為瑞也則知因一時之好惡而能成天下之風俗况于行先王之治哉太丘陳君學文而好奇芝之生于庭能識其為芝惜其可獻而莫售也故閣于其居之東偏掇取而藏之蓋其好奇如此噫芝一也或貴于天子或貴于士或辱于

凡民夫豈不以時乎哉士之有道固不役志于貴賤而卒所以貴賤者何以異哉此予之所以歎也

李光地曰與墨池同一機軸盖曾王文極有相似者

遊褒禪山記

褒禪山亦謂之華山唐浮圖慧褒始舍于其址而卒葬之以故其後名之曰褒禪今所謂慧空禪院者褒之廬冢也距其院東五里所謂華山洞者以其乃華山之陽名之也距洞百餘步有碑仆道其文漫滅獨其為文猶

可識曰花山今言華如華實之華者蓋音謬也其下平曠有泉側出而記遊者甚衆所謂前洞也由山以上五六里有穴窈然入之甚寒問其深則其好遊者不能窮也謂之後洞余與四人擁火以入入之愈深其進愈難而其見愈奇有怠而欲出者曰不出火且盡遂與之俱出蓋余所至比好遊者尚不能十一然視其左右來而記之者已少蓋其又深則其至又加少矣方是時予之力尚足以入火尚足以明也既其出則或咎其欲出者

而予亦悔其隨之而不得極夫遊之樂也於是予有歎焉古人之觀于天地山川草木蟲魚鳥獸往往有得以其求思之深而無不在也夫夷以近則遊者衆險以遠則至者少而世之奇偉瑰怪非常之觀常在于險遠而人之所罕至焉故非有志者不能至也有志矣不隨以止也然力不足者亦不能至也有志與力而又不隨以怠至于幽暗昏惑而無物以相之亦不能至也然力足以至焉於人為可譏而在己為有悔盡吾志也而不能

至者可以無悔矣其孰能識之乎此予之所得也予於仆碑又以悲夫古書之不存後世之謬其傳而莫能名者何可勝道也哉此所以學者不可以不深思而慎取之也四人者廬陵蕭君圭君玉長樂王回深父予弟安國平父安上純父至和元年七月某日臨川王某記

李光地曰借題寫已深情高致窮工極妙

祭范潁州文

嗚呼我公一世之師由初迄終名節無疵明肅之盛身

危志殖瑤華失位又隨以斥治功亟聞尹帝之都閑姦興良稚子歌呼赫赫之家萬首俯趨獨繩其私以走江湖士爭留公蹈禍不慄有危其辭謁與俱出風俗之衰駭正怡邪蹇蹇我初人以疑嗟力行不回慕者興起儒先酋酋以節相侈公之在戚愈勇為忠稽前引古諠不營躬外更三州施有餘澤如釃河江以灌尋尺宿贓自解不以刑加滑盜酒仁終老無邪講藝絃歌慕來千里溝川障澤田桑有喜我孽猘狂敢齧我疆鑄印刻符公

屏一方取將于伍後常名顯收士至佐維邦之彥聲之所加虜不敢瀕以其餘威走敵完鄰昔也始至瘡痍滿道藥之養之内外完好既其無爲飲酒笑歌百城妥眠吏士委蛇上嘉曰材以副樞密稽首辭讓至于六七遂參宰相釐我典常扶賢贊傑亂冗除荒官吏于朝士變於鄉百治具脩偷墮勉强彼閡不遂歸侍帝側卒屏于外身屯道塞謂宜耇老尚有以爲神乎孰忍使至于斯蓋公之才猶不盡試肆其經綸功孰與計自公之貴廐

庫俞遒空和其色辭傲許以容化于婦妾不靡珠玉巽巽公子弊綈惡粟閔死憐窮惟是之奢孫女以嫁男成厥家孰埋於深孰鍥乎厚其傳其詳以法永久碩人今亡邦國之憂尅鄙不肖辱公知尤承凶萬里不往而留涕洟馳辭以贊醪羞

茅坤曰范公為一代殊絶人物荆公祭文亦極力摹寫涕洟嗚咽

祭曾博士易占文

嗚呼公以罪廢實以不幸卒困以天亦惟其命命與才違人實知之名之不幸知者為誰公之閭里宗親黨友知公之名於實無有嗚呼公初公志如何孰云不諧而戹孔多地大天穹有時而毀星日脫敗山傾谷圮人居其間萬物一偏固有窮通世數之然至其壽夭尚何憂喜要之百年一蜕以死方其生時窘若囚拘其死以歸混合空虛以生易死死者不祈惟其不見生者之悲公今有子能隆公後惟彼生者可無甚悼嗟理則然其情

聖祖御評敘次中能備輕重淺深之法文亦抑揚盡致

難忘哭泣馳辭往侑奠觴

曾易占字不疑鞏之父也始末具王明清揮麈録中米載鞏與杜衍書篇後

廣西轉運使蘇君墓誌銘

慶歷五年河北都轉運使龍圖閣直學士信都歐陽修以言事切直為權貴人所怒因其孤甥女子有獄誣以姦利事天子使三司戶部判官太常博士武功蘇君與中貴人雜治當是時權貴人連內外諸怨惡修者為惡

言欲傾修銳甚天下汹汹必修不能自脫蘇君卒白上曰修無罪言者誣之耳於是權貴人大怒誣君以不直絀使為殿中丞泰州監稅然天子遂寤言者不得意而修等皆無恙蘇君以此名聞天下嗟乎以忠為不忠而誅不當于有罪人主之大戒然古之陷此者相隨屬以有左右之讒而無如蘇君之救是以卒至于敗亡而不寤然則蘇君一動其功于天下豈小也哉蘇君既出逐權貴人更用事凡五年之間再赦而君六徙東西南北

水陸奔走輒萬里其心恬然無有怨悔遇事強果未嘗少屈蓋孔子所謂剛者殆蘇君矣蘇君之仁與智又有足稱者嘗通判陝府當葛懷敏之敗邊告急樞密使使取道路戍還之卒再戍儀渭於是延州還者千人至陝聞再戍大怨即讙聚謀為變吏白閉城城中無一人敢出君徐以一騎出卒閒諭慰止之而以便宜還使者戍卒喜曰微蘇君吾不得生陝人亦曰微蘇君吾其掠死矣有令剌陝西之民以為兵敢亡者死既而亡者得有司

治之以死君輒縱去而言上曰令民以死者為事不集也事集矣而亡者猶不赦恐其衆相聚而為盜惟朝廷幸哀憐愚民使得自反天子以君言為然而三十州之亡者皆不死其後知坊州州稅賦之無歸者里正代為之輸歲弊大家數十君悉錮治使歸其主坊人不憂為里正自蘇君始也蘇君諱安世字夢得其先武功人後徙蜀蜀亡歸家于京師今為開封人也曾大考諱進之率府副率大考諱繼殷直考諱咸熙贈都官郎中君以

進士起家三十二年其卒年五十九為廣西轉運使而官止于屯田員外郎者以君十五年不求磨勘也君娶南陽郭氏又娶清河張氏為清河縣君子四人台文永州推官祥文太廟齋郎炳文試將作監主簿彥文未仕女子五人適進士會稽江崧單州魚臺縣尉江山趙揚三人尚幼君既卒之三年嘉祐二年十月庚午其子葬君揚州之江都東興寧鄉馬坊村而太常博士知常州軍州事臨川王某為銘曰

皇有四極周綏以福使維蘇君奠我南服元元蘇君不圓其方不晦其明君子之剛其枉在人我得吾直誰懟誰慍衹天之役日月有卯其下冥冥昭君無窮安石之銘

茅坤曰以剛字敘蘇君意氣以仁智二字决其吏業感慨中有法度

御選唐宋文醇卷五十八

總校官編修臣朱鈐

校對官編修臣孫希旦

謄録監生臣丁國華

圖書在版編目（CIP）數據

御選唐宋文醇 ： 全六册 / (清) 清高宗弘曆選 ；
(清) 允祿等編. -- 瀋陽 ： 萬卷出版有限責任公司,
2024. 11. -- ISBN 978-7-5470-6625-6

Ⅰ. I264

中國國家版本館CIP數據核字第2024S1W024號

出版發行：北方聯合出版傳媒（集團）股份有限公司
萬卷出版有限責任公司
（地址：沈陽市和平區十一緯路29號　郵編：110003）
印 刷 者：天津中印聯印務有限公司
經 銷 者：全國新華書店
幅面尺寸：175mm × 270mm
字　　數：496千字
印　　張：184.25
出版時間：2024年11月第1版
印刷時間：2024年11月第1次印刷
責任編輯：張冬梅
責任校對：張　瑩
裝幀設計：李保忠
ISBN 978-7-5470-6625-6
定　　價：780.00元（全六册）
聯繫電話：024-23284090
傳　　真：024-23284448

常年法律顧問：王　偉　版權所有　侵權必究　舉報電話：024-23284090

如有印裝質量問題，請與印刷廠聯繫。聯繫電話：010-67482953